dtv
premium

ILKKA
REMES

DIE GEISELN

Thriller

Aus dem Finnischen
von Stefan Moster

Deutscher Taschenbuch Verlag

Von Ilkka Remes
sind im Deutschen Taschenbuch Verlag erschienen:
Ewige Nacht (20939)
Das Hiroshima-Tor (24535 und 21044)
Höllensturz (24572)
Blutglocke (24605)

Deutsche Erstausgabe
Dezember 2007
Deutscher Taschenbuch Verlag GmbH & Co. KG,
München
www.dtv.de

Titel der finnischen Originalausgabe:
›6/12‹ (Werner Söderström, Helsinki 2006)

Umschlagkonzept: Balk & Brumshagen
Umschlaggestaltung: Stephanie Weischer unter Verwendung eines
Fotos von gettyimages/Harri Tahvanainen
Satz: Fotosatz Reinhard Amann, Aichstetten
Gesetzt aus der Aldus 10,75/13,82˙
Druck und Bindung: Ebner & Spiegel, Ulm
Gedruckt auf säurefreiem, chlorfrei gebleichtem Papier
Printed in Germany · ISBN 978-3-423-24638-5

ERSTER TEIL

1

Heli rechte mechanisch das gelbe Ahornlaub zusammen, während ihr Blick auf das Auto geheftet war, das auf ihr Grundstück einbog. Neben dem Fahrer meinte sie das Gesicht eines fremdländisch wirkenden Mannes zu erkennen.

Schnell kratzte sie noch die untersten, schon am Rasen festgefrorenen Blätter auf einen Haufen, dann lehnte sie den Rechen an einen Baum und ging zum Hintereingang des Hauses. Sie trug den verschossenen blauen Anorak, den sie nur noch bei der Gartenarbeit benutzte, wenn niemand es sah. Der klare Oktobertag neigte sich dem Abend zu, es tat gut, die frische Luft einzuatmen, und das leicht gefrorene Gras knisterte unter Helis Füßen.

Wer mochte da gekommen sein?, fragte sie sich. Vielleicht Hausierer, die Bilder verkaufen wollten. Sie hatte es gerade bis in den Windfang geschafft, als es auch schon klingelte. Intuitiv richtete sie sich die Haare, dann eilte sie zur Tür.

Gerade als sie die Haustür, die nach außen aufging, öffnen wollte, wurde sie ihr brutal aus der Hand gerissen, und zwei Männer mit Sturmmasken über den Gesichtern drangen ins Haus ein.

Einer der beiden hielt einen schwarzen Gegenstand aus Metall in die Höhe. Heli begriff, dass sie direkt in den Lauf einer Pistole blickte.

Als der Gefängniswärter Mikko Räsänen im Flügel B der Haftanstalt Riihimäki die Metalltreppe hinaufstieg, baumelte die Chipkarte für die Zugangskontrolle, die er um den Hals hängen hatte, hin und her. Die letzten roten Sonnenstrahlen des Tages fielen durch das schmale vergitterte Fenster auf den blaugrünen Fußboden und die helle Wand des gerade erst von Grund auf sanierten Gebäudes.

Mikkos Telefon klingelte, auf dem Display erschien der Name seiner Frau.

Heli rief selten während der Arbeitszeit an, und schon gar nicht um diese Zeit am späten Nachmittag.

»Ja?«, meldete sich Mikko leicht verwundert.

»*Bist du alleine?*«

Helis Tonfall ließ Mikko zusammenfahren.

»Was ist passiert?«

»*Bist du alleine?*«, fragte Heli noch einmal.

»Ja. Was ist denn …«

»*Zwei Männer sind gekommen … Ausländer. Ich sitze in ihrem Wagen …*« Helis Stimme brach. »*Großer Gott, ich kann das nicht …*« Heli klang ungeheuer verängstigt und schockiert.

Mikko drückte das Telefon fester ans Ohr.

Heli fuhr mit weinerlicher Stimme fort: »*Sie sind bewaffnet. Du sollst in zehn Minuten mit dem serbischen Gefangenen zum Tor B kommen. Wenn ihr nicht da seid, bringen sie mich um. Die Polizei darf nicht alarmiert werden.*«

Dann wurde die Verbindung unterbrochen.

Mikko war kaum fähig, zu atmen. Lähmende Panik erfasste ihn, und für einen Moment glaubte er, ohnmächtig zu werden.

Mit aller Gewalt riss er sich zusammen, dann rannte er los. An der nächsten Tür verlangsamte er jedoch den Schritt und ging normal weiter, er musste sich zwingen, klar zu denken. Der serbische Oberst war in Den Haag verurteilt worden und saß seine Strafe in Finnland ab – seiner Meinung nach unschuldigerweise. Offenbar waren noch mehr Leute dieser Ansicht.

Hinter den hellgrauen Metalltüren hörte man gedämpfte Stimmen, Ausrufe, Flüche, Schüsse aus dem Fernseher, Musik aus unterschiedlichen Sendern. Hiphop und finnische Schlager vermischten sich zu einer absurden Kakophonie.

Mikko wählte die Kurzwahlnummer des Gefängnisdirektors.

Dabei sah er auf die Uhr und bog auf dem hallenden Gang in die Abteilung ab, wo Jankovic inhaftiert war.

»Räsänen hier«, sagte Mikko zum Gefängnisdirektor, einem jungen, eifrigen Mann namens Laine. »Meine Frau ist in der Gewalt von zwei bewaffneten Männern. Sie wird umgebracht, falls Jankovic nicht in fünf Minuten vor Tor B steht.«

Sicherheitshalber hatte Mikko das Ultimatum verkürzt.

»*Was redest du da?*«, fuhr Laine ihn an.

»Ich bin gleich in der Zelle des Obersts. Wir marschieren direkt hinaus. Gib der Pforte die entsprechenden Anweisungen.«

Eine Sekunde Stille.

»*In Ordnung.*«

»Auf keinen Fall darf die Polizei alarmiert werden«, sagte Mikko.

»*Keine Sorge, ich mache keine Dummheiten.*«

Mikko beschleunigte seine Schritte wieder, bis er beinahe rannte. Laine war neu. Und diensteifrig. Aber er wäre doch wohl nicht so verrückt, den Helden zu spielen? Natürlich nicht. Er musste begreifen, dass Helis Sicherheit auf keinen Fall gefährdet werden durfte.

Pekka A. Laine, der Direktor der Haftanstalt Riihimäki, stand vor dem Grundriss seiner Einrichtung. Mit dem Finger fuhr er den Weg von Jankovics Zelle zu Tor B entlang. Drei Minuten, schätzte er und schaltete die Stopp-Funktion an seiner Armbanduhr ein.

Dann richtete er sich auf und schaute aus dem Fenster. Draußen war es vollkommen ruhig. Weit oben zog ein Passagierflugzeug einen weißen Streifen über den Himmel.

Das hier war seine erste wirkliche Herausforderung. Jetzt standen seine Entscheidungsfähigkeit und seine Stresstauglichkeit auf dem Prüfstand. Die Maßnahmen, die er in dieser Situation ergriff, würden sich entscheidend auf die weitere Entwicklung seiner Karriere auswirken.

Laine blähte die Backen, als staute sich der Druck der Gedanken in seinem Mund. Schließlich ließ er die Luft geräuschvoll entweichen.

Es gab nur eine Entscheidung. Und die wurde von zwei Fakten diktiert:

Die Frau des Vollzugsbeamten durfte nicht gefährdet werden.

Aus seinem Gefängnis durfte niemand fliehen.

Laine nahm seine Dienstwaffe aus der Schreibtischschublade, griff zum Telefonhörer und wählte die Notrufnummer der Polizei.

2

Schnelle, hastige Schritte hallten von den hellgrauen Wänden und dem Betonboden im zweiten Stock des Gefängnisses wider.

Mikko hätte prüfen müssen, ob die große Gittertür zwischen den Abteilungen auch wirklich verschlossen war, aber er begnügte sich damit, die Tür zuzudrücken, um rasch seinen Weg fortsetzen zu können.

Er kam in die hohe Halle, deren Wände über mehrere Stockwerke hinweg eine Zellentür neben der anderen bedeckte. Aus dem Kraftraum im Erdgeschoss hörte man das Scheppern von Metallscheiben. Mikko ergriff das Geländer und rannte die Eisentreppe hinunter. Er lief an den Gewichte stemmenden, tätowierten Männern vorbei und blieb außer Atem vor der nächsten großen Gittertür stehen.

Hastig tastete er nach der Schlüsselkarte, die er um den Hals hängen hatte, und schob sie in das Schloss eines grauen Metallschranks.

»Was ist los?«, fragte Vornamo, Mikkos unmittelbarer Vorgesetzter, der an der Tür erschienen war.

»Erzähl ich dir später.«

Mikko nahm den Generalschlüssel der Abteilung aus dem Schrank und ging an Vornamo vorbei auf den Gang.

»Warte«, rief ihm Vornamo streng hinterher.

Mikko tat so, als hätte er ihn nicht gehört, und sah auf seine Uhr. Die Hälfte der Zeit war gleich um. Und der Weg war kompliziert.

Vornamo holte ihn im Laufschritt ein. »Was hast du eigentlich vor?«

»Halt du dich da raus! Laine weiß Bescheid. Der Serbenoberst darf gehen.«

Mikkos heisere Stimme klang selbst in seinen eigenen Ohren fremd. Er blickte nicht zurück, vermutete aber, dass Vornamo auf der Stelle Laine anrief. Kein Gefangener durfte die Abteilung verlassen, weder in Begleitung eines Justizbeamten noch einer anderen Person.

Durch das Glasdach fiel gleichmäßig fahles Licht auf den Gang. Vor Zelle 213 blieb Mikko stehen, schloss auf und öffnete die Metalltür.

Borislav Jankovic blickte ausdruckslos von seinem Notizbuch auf, den Stift behielt er in der Hand. Auch im Sitzen nahm der gut sechzig Jahre alte Mann stets eine perfekte Haltung ein. Seine Nase war gebogen, der graue Bart gepflegt. Der Oberst der dritten Armee von Südserbien und Kosovo verfügte über ein beeindruckendes Charisma. Es war nicht schwer zu glauben, dass er einer Offiziersfamilie entstammte, deren Wurzeln bis ins 14. Jahrhundert zurückreichten. Für Jankovics Offiziersehre war es eine unerträgliche Demütigung gewesen, in Den Haag als Kriegsverbrecher verurteilt worden zu sein, das war auch den Vollzugsbeamten mehrfach deutlich geworden.

»*Get out*«, befahl Mikko und bedeutete dem Häftling aufzustehen.

Jankovic schien eher auf Mikkos aufgeregten Tonfall als auf den Inhalt des Befehls zu reagieren. Er erhob sich und wirkte dabei äußerst wachsam und misstrauisch. Alle Gegenstände in der Zelle befanden sich in tadelloser Ordnung: Die Bücher im Regal waren der Größe nach sortiert, die Bleistifte lagen gespitzt auf dem kleinen Tisch bereit, das Bett war millimetergenau gemacht.

»Schuhe an! Und dann raus! Ihre Kameraden warten auf Sie.«

Gefängnisdirektor Laine rannte über den hallenden Gang. Neben ihm lief ein junger Mann. Trotz seiner Jugend war dieser Atte Salmenperä bereits zum stellvertretenden Direktor ernannt worden, zum Ärger der älteren Kollegen. Er kam von der Kontroll- und Sicherheitseinheit TATU, die unter anderem in Gefängnissen nach Drogen suchte.

»Du fährst mit dem Wagen hinter den Materialschuppen und lässt den Motor laufen«, wies Laine schwer atmend seinen Stellvertreter an. »Du wartest auf mich, aber falls die Entführer losfahren, bevor ich komme, folgst du ihnen. Natürlich vorsichtig, sie dürfen dich auf keinen Fall bemerken.«

»Haben sie die Frau von Räsänen im Auto?«, wollte Salmenperä wissen.

»Möglicherweise.«

Sie blieben am Haupteingang stehen.

»Draußen musst du langsam gehen. Es kann sein, dass sie die Umgebung im Auge behalten«, sagte Laine und machte die Tür auf.

Die kahlen Äste der Birken im Hof zeichneten sich scharf vor dem zunehmend dunkler werdenden blauen Himmel ab. Es war nichts Außergewöhnliches zu erkennen. Laine nickte Salmenperä zu, und dieser ging um die Ecke zum Parkplatz.

Laine selbst begab sich hinter das alte Wachhäuschen, das aus der Mauer hervorsprang. Von dort aus konnte er Tor B sehen, die Stelle, an der Jankovic übergeben werden sollte.

Allein der Gedanke daran, welchen Skandal die Situation auslösen würde, entsetzte Laine zutiefst. Schon das Freipressen eines Häftlings durch Geiselnahme war etwas, das es in Finnland bis dato nicht gegeben hatte, ganz zu schweigen davon, um welchen Häftling es sich in diesem Fall handelte. Es würde international Aufsehen erregen, wenn ein in Den Haag verurteilter Kriegsverbrecher von diesem Kaliber entkommen könnte. Und das wäre nicht nur eine Schande für den Gefängnisdirektor, sondern eine Demütigung für ganz Finnland. Schließlich hatte der Oberst auf dem Balkan erst nach einer langen und schwierigen Operation, die mit einem Feuergefecht endete, festgenommen werden können.

Laine rief den Polizeichef von Riihimäki an, der bereits in seinem Privatwagen auf dem Weg zum Gefängnis war, und bat ihn, sicherheitshalber eine Mitteilung an den Polizeikommandanten in Helsinki zu machen, der wiederum über den Einsatz des Sondereinsatzkommandos »Bär« entscheiden konnte.

3

Auf dem Weg zu Tor B wechselte Mikko kein einziges Wort mit Oberst Jankovic. Er dachte an Heli, die von unbekannten Männern bedroht wurde, und empfand bodenlosen Hass gegenüber dem Oberst. Erst jetzt ließ er den Gedanken, den er bislang zu verdrängen versucht hatte, mit aller Wucht ins Bewusstsein dringen: Heli war schwanger. Womöglich löste der Schock eine Frühgeburt aus. Oder etwas noch Schlimmeres würde passieren …

Laine schien allen Vollzugsbeamten entsprechende Anweisungen gegeben zu haben, denn niemand kam Mikko in die Quere. Seine Kollegen sahen ihm nur mit ernsten Mienen zu, wie er mit dem serbischen Gefangenen, der nicht einmal eine Jacke trug, über die Gänge eilte.

Mikko bemerkte eine leichte Irritation in Jankovics Augen, als einer der Schließer die Tür öffnete, die in das Gefängnistor eingelassen war.

Vor dem Tor blieb Mikko stehen. Auf der nahe gelegenen Eisenbahnstrecke donnerte ein Zug vorbei. Mikko sah auf die Uhr. Sie waren eine Minute zu früh.

Er schaute Jankovic in die Augen und sagte: »Meine Frau erwartet ein Kind.«

Der Oberst antwortete nicht, und in seinem Gesicht waren keinerlei Gefühle zu lesen. Langsam wandte Jankovic den Blick in eine andere Richtung.

Das Klingeln von Mikkos Handy brach die Stille.

Es war Heli.

»Bist du in Ordnung?«, fragte Mikko schnell.

»Ja. Aber ich habe Angst ...«

»Kein Grund zur Panik. Wir tun, was sie verlangen, der Oberst steht neben mir.«

»Die hier wollen mit ihm reden.«

Mikko reichte Jankovic das Handy. Als der Oberst erkannte, wer am anderen Ende der Leitung mit ihm sprach, blitzten in seinem Gesicht erstmals menschliche Regungen auf.

Rasch sagte er etwas in seiner Sprache. Nach einem kurzen Gespräch gab er Mikko das Handy zurück und sagte auf Englisch: »Niemand darf uns folgen.«

Der unaufgeregte, nüchterne Ton des Obersts strahlte eine Autorität aus, der man sich nur schwer entziehen konnte.

»Es wird euch niemand folgen, und ihr werdet meiner Frau kein Haar krümmen«, sagte Mikko und versuchte ebenso überzeugend zu klingen. Er scheiterte erbärmlich.

Gleich darauf näherte sich auf der Zufahrt in zügigem Tempo ein dunkelblauer Nissan Maxima. Voller Verzweiflung versuchte Mikko schon aus der Entfernung etwas hinter den verdunkelten Scheiben zu erkennen.

Der Kies knirschte unter den Reifen des Fahrzeugs, es hatte den Anschein, als würde es gar nicht anhalten wollen, bis der Fahrer abrupt bremste und unmittelbar vor Mikko und dem Oberst zum Stehen kam.

Auf dem Rücksitz saß ein Mann mit Sturmhaube, neben ihm Heli, mit verbundenen Augen.

Auch der Fahrer trug eine Sturmhaube. Er beugte sich zur Seite, öffnete die Beifahrertür, und Jankovic stieg rasch ein.

Für einen kurzen Moment heftete sich Mikkos Blick auf Helis kreidebleiches Gesicht, dann schlug die Wagentür zu. Er war fast froh, Helis vor Entsetzen geweitete Augen nicht gesehen zu haben.

Der Fahrer gab sofort wieder Gas. Das Auto beschleunigte, machte vor dem Hauptgebäude eine Wendung um 180 Grad, fuhr zur Straße zurück, bog in nördliche Richtung ab und verschwand schließlich hinter dem Fichtenzaun.

Mikko merkte, wie sehr seine Hände zitterten. Ein Kollege von ihm kam herausgelaufen und sagte etwas, aber Mikko verstand es nicht.

Die Stille vor dem Gefängnis hatte etwas Unnatürliches, etwas Bedrohliches. Wo war Laine? Wo waren alle anderen?

Plötzlich hörte man den Motor eines Wagens anspringen. Hinter dem Materialschuppen kam ein Fahrzeug hervor, das in Richtung Straße fuhr und das Mikko kannte. Es war Atte Salmenperäs roter Golf.

Auf dem Beifahrersitz neben Salmenperä saß Laine. Er hatte es gerade noch in den Wagen geschafft, darum war er außer Atem, als er sich jetzt am Handy meldete.

»*Was hat Salmenperä vor, verdammt noch mal?*«, tönte Mikko Räsänens wütende Stimme aus dem Telefon.

»Nichts, was gefährlich werden könnte für …«

»*Red keinen Scheiß! Befiehl ihm anzuhalten!*«

»Ich wollte dich gerade anrufen. Was haben die Serben gesagt? Hast du etwas aus ihnen herausbekommen?«

»*Was ich herausbekommen habe, ist, dass man ihnen nicht folgen darf. Sie haben meine Frau als Geisel, kapierst du das? Sie ist schwanger …*«

»Ich muss aufhören. Ich ruf dich zurück.«

Laine breitete die Karte auf dem Schoß aus und sagte zu Salmenperä: »Langsamer. Kein Risiko. Sie fahren anscheinend zur Schnellstraße.«

»Wenn wir uns zurückfallen lassen, wissen wir nicht, in welcher Richtung sie dort weiterfahren.«

Laine antwortete nicht, sondern rief den Polizeichef an.

»Das Fahrzeug befindet sich auf dem Weg zur Schnellstraße«, sagte er und gab das Kennzeichen des Pkw durch. »Sie haben nach wie vor eine Geisel. Kannst du jemanden an die Kreuzung schicken? Wir müssen herausfinden, ob sie nach Osten oder Westen weiterfahren.«

4

Vasa Jankovic hielt das Lenkrad des Nissan fest umklammert, als er jäh auf die Schnellstraße in Richtung Osten fuhr. Radovan saß mit einer Maschinenpistole in der Hand neben der Geisel auf dem Rücksitz, der Vater in Sträflingskleidung, die ihn ein wenig hilflos und bedauernswert erscheinen ließ, auf dem Beifahrersitz. Wie anders hatte jener Oberst ausgesehen, den sie in Den Haag zum Schauprozess geschleift hatten, den die so genannten »Richter« mit ihren Lügen zu demütigen versucht hatten!

Alle im Wagen schwiegen. Hinter einem Wolkenschleier ging die Sonne unter. Vasa blickte in den Rückspiegel und sah die Lichter eines Autos. Wurden sie verfolgt, oder war das der normale Verkehr?

Während er fuhr, blickte Vasa immer wieder verstohlen auf seinen Vater. Sein Bart und seine Schläfen schienen innerhalb weniger Monate ergraut zu sein. Aber der Blick war der vertraute: fest und unbeugsam. Vasa hatte seinen Vater schon immer verehrt wie einen fernen Helden. Sein Vater kannte ihn nicht richtig, doch jetzt würde Vasa endlich die Gelegenheit erhalten, die falschen Vorstellungen, die der Vater von seinem jüngsten Sohn hatte, zu korrigieren. Das war natürlich nicht im Handumdrehen möglich, aber der Prozess hatte nun begonnen. Sein Vater würde sehen, dass Vasa zu denselben Dingen fähig war wie Radovan. Wenn nicht zu bedeutsameren.

Mit wenigen Sätzen hatte Vasa seinem Vater den weiteren Plan erklärt. Er hatte ihn zusammen mit Radovan entwickelt. Es war dem älteren Bruder schwergefallen, die Kompetenz des Jüngeren bei der Vorbereitung der Operation anzuerkennen, aber die Wahrheit war, dass Vasa solche Dinge besser beherrschte als Radovan. Als Soldat war Radovan mehr als tüchtig, aber für die Organisation einer Flucht aus dem Gefängnis war Vasas Erfahrung aus drei geglückten Überfällen auf Geldtransporter in Südschweden gefragt.

Vasa wartete auf eine Reaktion seines Vaters, aber der Alte schwieg. Der Vater war allerdings auch sonst keiner, der unnötig den Mund aufmachte. Das Gleiche galt für Radovan, der ein Abbild seines Erzeugers war; in Uniform ähnelte er auf geradezu unnatürliche Weise dem Vater als junger Offizier. Auch charakterlich waren sie aus demselben Holz geschnitzt – beziehungsweise aus demselben Stein gehauen: verschlossen, zäh, absolut zuverlässig. Und sie beklagten sich nie, sondern erledigten ohne große Worte ihre Aufgabe.

Obgleich Vasa nur acht Jahre jünger war als sein Bruder, repräsentierten sie zwei völlig unterschiedliche Generationen. Mehr als das Alter wirkte sich dabei aus, dass Radovan in Jugoslawien groß geworden war. Vasa hingegen war zunächst mitten im Chaos des zusammengebrochenen Staates, danach aber in Schweden aufgewachsen, wohin der Vater ihn und seine Schwester Mila nach dem Tod der Mutter in die Obhut von Verwandten gegeben hatte. Vor allem jedoch unterschieden sich Vasa und Radovan im Charakter. Vasa war von klein auf ein Bücherwurm gewesen und hatte es in Schweden bis zur Universität gebracht, auch wenn er mit seinem Examen in Staatswissenschaften einige Jahre im Rückstand lag. Radovan aber war bis ins Mark ein Mann der Tat.

»Sie folgen uns«, sagte der Vater plötzlich auf Serbisch.

Vasa blickte erneut in den Spiegel, aber die Straße war leer. »Wieso?«

»Der Gefängnisdirektor gibt nicht auf. Der Mann hält sich für einen harten Typen. Er will es allen zeigen.«

»Er soll zeigen, was er will. Wir haben die schwereren Geschütze und die bessere Strategie«, gab Vasa zurück. Das sorgte nicht für bessere Stimmung, und schon waren ihm seine Worte peinlich. Er merkte, dass er vor seinem Vater noch immer dieselbe halbwüchsige Rotznase war wie früher. Und das schwarze Schaf der Familie.

»Ihr seid ein großes Risiko eingegangen«, sagte der Vater in Richtung Rücksitz.

Vasa ärgerte sich, weil der Vater das Wort an Radovan richtete. Allerdings löste der Tonfall Erleichterung in ihm aus. Er klang dankbar und stolz, also akzeptierte der Vater ihre Aktion.

»Das Risiko ist nicht so groß, wie es auf den ersten Blick aussieht«, erwiderte Radovan. »Die Finnen werden das Leben der Geisel nicht gefährden. In diesem Land traut sich keiner, Waffen einzusetzen.«

»Hoffen wir es.«

Vasa blickte kurz auf die Karte, dann sah er wieder auf die zwischen Feldern verlaufende Straße. Die Lippen hatte er zu einem schmalen Strich zusammengepresst. Sein Vater überging ihn, als wäre er Luft, dabei hing alles von Vasas Kompetenz ab. Drei Überfälle auf Geldtransporter, ohne erwischt zu werden, ja ohne einen einzigen Zusammenstoß mit der Polizei, das war keine schlechte Leistung. Dennoch wollte Radovan – vom Vater ganz zu schweigen – dem keinen Wert beimessen, sie waren der Meinung, Vasa sei mit einer »schmutzigen Bande« unterwegs gewesen. Aber offensichtlich schien ihnen jetzt auch die in der »schmutzigen Bande« gesammelte Erfahrung recht zu sein.

Vasa gab sich Mühe, seinen Zorn herunterzuschlucken. Er wollte ebenso ruhig und gereift erscheinen wie Radovan. Das war nicht einfach, denn Vasa hatte wie seine Schwester Mila eine Portion Künstlertemperament von seiner Mutter geerbt.

Vasa drosselte die Geschwindigkeit. Für seinen Geschmack war das Auto zu weich gefedert, außerdem mangelte es der Lenkung an Präzision. In Schweden hatte er deutsche Autos benutzt, die für Autobahnen ohne Geschwindigkeitsbegrenzungen gebaut waren und denen die Volvos der Polizei nicht hätten folgen können, wenn es eng geworden wäre. Zu einer Verfolgungsjagd war es aber zum Glück nie gekommen. Die schwedische Polizei ging für die Festnahme von Kriminellen nicht das Risiko eines Arbeitsunfalls ein. Geld war für die Schweden bloß Geld, davon gab es im »Volksheim« seit Generationen genug, sie hatten keine Lust, sich deswegen unnötig verrückt zu machen.

Über Finnland wusste Vasa so gut wie nichts. Eigentlich sollte man den Feind stets aus eigener Erfahrung kennen, aber er war auf Radovans Schilderungen angewiesen. Die finnische Fahne mit dem blauen Kreuz auf weißem Grund war für seinen Bruder im Lauf der Jahre zum Symbol des Bösen geworden. Finnland hatte die Bombenangriffe der Nato geduldet, ein finnischer »Vermittler« hatte Milošević zu einem schändlichen Frieden gezwungen, ein anderer Finne hatte der UN-Verwaltung im Kosovo vorgestanden, und die Finnen hatten sich den KFOR-Truppen der Nato angeschlossen. Und zu allem Überfluss war der Vater nach Finnland verlegt worden, um dort seine Strafe abzusitzen.

Vasas unvollendete Examensarbeit in internationaler Politik befasste sich damit, wie die internationalen Medien über den Kosovokrieg berichtet hatten. Als einen Beispielstaat hatte Vasa Finnland gewählt, wo die einseitigen Informationen aus der Propagandamaschinerie der Nato den Status der einzig richtigen Wahrheit angenommen hatten. Je mehr Vasa in den vergangenen Wochen mit eigenen Augen von diesem Land gesehen hatte, umso mehr hatte er sich über die Finnen gewundert. Woher kam ihr unerschöpflicher Eifer, sich in die Angelegenheiten ferner Länder einzumischen? Wo glaubten die Finnen die überirdische Weisheit herzuhaben, um im Kosovo mitmischen zu können, einem Land, von dem sie in Wirklichkeit nichts wussten? Woher stammte ihr Wunsch, Soldaten zu Nato-Einsätzen weit jenseits ihrer Landesgrenzen zu schicken?

Vasa blickte erneut auf die Karte, obwohl er die Route zuvor auswendig gelernt hatte. Außerdem hatte er einen GPS-Navigator bei sich. Nichts durfte dem Zufall überlassen werden.

Gefängnisdirektor Laine starrte auf den Bogen, den die Straße vor ihm machte, und befürchtete ständig, von den Männern im Nissan bemerkt zu werden. Über dem Fichtenwald wurde der Himmel immer dunkler. Zur gleichen Zeit näherte sich der Polizeichef mit einigen Männern aus südlicher Richtung, mit der Absicht, dem Nissan den Weg abzuschneiden.

Laines Handy klingelte.

»*Wir befinden uns an der Kreuzung bei Launonen, der Nissan kommt in unsere Richtung*«, sagte der Polizeichef. »*Aus Helsinki habe ich die Anweisung erhalten, den Wagen notfalls mit einem Nagelteppich zu stoppen. Ihr könnt euch also zurückfallen lassen. Das SK Bär ist schon auf dem Weg hierher.*«

»Gut«, konnte Laine gerade noch sagen, dann legte der Polizeichef auf.

»Fahr langsamer«, sagte Laine zu Salmenperä. »Wir brauchen uns nicht zu beeilen. Die Polizei wird sie stoppen.«

»Ist das vernünftig?«, fragte Salmenperä überrascht.

»Was wäre die Alternative? Sie laufen zu lassen und das Leben der Geisel und später noch anderer Leute zu riskieren?«

Salmenperä antwortete nicht.

Vasa bemerkte den über die Straße gezogenen Metallstreifen zu spät, um den Wagen rechtzeitig zum Stehen zu bringen. Er trat das Bremspedal bis zum Anschlag durch.

Die Frau auf dem Rücksitz fing an zu schreien. Radovans Mund entwich ein wütender Strom serbischer Flüche.

»Ein Nagelteppich«, sagte Vasa mit kühler Stimme, in der kein Hauch von Panik lag, dafür aber umso mehr Erstaunen. In Schweden war er kein einziges Mal durch einen Nagelteppich gestoppt worden, dabei hatte er so eine Vorrichtung sogar sicherheitshalber testen lassen. In den Spitzen der Nägel waren Luftlöcher, damit die Reifen kontrolliert platzten.

Der Wagen kam zum Stehen.

»Bleibt sitzen!«, kommandierte Vasa. Sein Blick streifte über den stillen Wald rechts und links der Straße. Diejenigen, die den

Nagelteppich ausgelegt hatten, hielten sich garantiert dort versteckt. »Solange wir die Geisel haben, kriegen wir keine Probleme. Sie werden sich nicht trauen, etwas zu unternehmen.«

»Sie haben uns trotz der Geisel gestoppt«, stellte Radovan ruhig fest.

»Sie spielen mit hohem Einsatz. Aber wir haben den Trumpf.« Vasa klang nicht ganz so überzeugend, wie er es sich gewünscht hätte. Wenigstens hatte die Frau aufgehört zu schreien und versuchte nun, die hervordrängenden Tränen zu unterdrücken. Jetzt galt es, in Ruhe nachzudenken, ohne Störfaktoren.

»Radovan, wie lautet der Plan?«, fragte der Vater.

Bevor vom Rücksitz eine Antwort kam, sagte Vasa: »Wir verlangen ein anderes Fahrzeug.«

Der Vater drehte sich um und schaute Radovan erwartungsvoll an.

»Genau. Wir müssen weiterkommen«, bestätigte Radovan.

Vasa griff frustriert zum Telefon und schaltete es ein. Das Handy der Geisel hatten sie weggeworfen.

Er wählte die Nummer des Gefängnisdirektors. Die Stille wurde nur durch das Wählgeräusch aus dem Telefon und das aufgeregte Atmen der Finnin auf dem Rücksitz gestört. Die Frau atmete Besorgnis erregend ungleichmäßig, fand Vasa. Würde sie eine Art Anfall bekommen? Die Geisel musste unbedingt bei Bewusstsein und in relativ gutem Zustand bleiben, sonst hätten sie ein Problem.

5

Die gut 30-jährige Frau mit der düsteren Miene fuhr mit viel zu hoher Geschwindigkeit, warf aber trotzdem immer wieder einen Blick auf die Karte neben sich. Noch ein knapper Kilometer, dann musste sie die Stelle erreicht haben.

Kriminalkommissarin Johanna Vahtera hatte die Tennisstunde, auf die sie sich seit langem gefreut hatte, abbrechen müssen. Ohne sich auch nur duschen zu können, hatte sie sich ans Steuer gesetzt, nachdem der Helsinkier Polizeipräsident sie angerufen und ihr kurz die Situation geschildert hatte. Der Polizeichef des Amtsbezirks Riihimäki hatte das Sonderkommando Bär um Hilfe gerufen, das zum Dezernat Verkehrs- und Sonderpolizei in Helsinki gehörte. Johanna wiederum gehörte zum Verhandlungsteam des SK Bär, das nie auf eigene Initiative ausrückte, sondern immer nur auf Bitte der Führungsebene einer lokalen Polizeieinheit.

Über die Identität der Entführer war noch nichts bekannt, aber aller Wahrscheinlichkeit nach handelte es sich um Landsleute des Gefangenen, und aufgrund der Biografie des Obersts möglicherweise um Soldaten. Auf der Gegenseite standen also harte, gnadenlose Männer, die nicht die Angewohnheit hatten, barmherzig mit ihren Gefangenen umzugehen.

Die örtliche Polizeiführung war das Risiko eingegangen, das Fluchtfahrzeug zu stoppen, allerdings waren alle anderen Möglichkeiten auch nicht sonderlich verlockend gewesen. Vorläufig konnte man nichts tun, als auf Zeit zu spielen und die Entführer müde zu machen. Diese verlangten einen anderen Wagen, und der wurde gerade präpariert. Wahrscheinlich würden die Flüchtenden das angebotene Fahrzeug gar nicht akzeptieren, weshalb man sich darauf einstellte, Abhörgerät und Peilsender schnell auch bei einem anderen Zivilfahrzeug einzubauen.

Nach einer Kurve folgte ein langer gerader Abschnitt, an dessen Ende ein Polizeiauto stand. Zwei Männer leiteten den spärlichen Verkehr auf eine Nebenstraße um. Johanna bremste, öffnete das Fenster und stellte sich einem der beiden Polizisten vor.

»Wie weit ist es von hier zum Ort des Geschehens?«

»Ungefähr vierhundert Meter.«

Johanna fuhr langsam weiter. Die Straße war von Fichtenwald gesäumt und nun frei von Verkehr. Weil die Situation so außergewöhnlich war, spürte Johanna eine gewisse Nervosität. Sie hoffte, dass noch keine Journalisten Wind von der Sache bekommen hatten, denn sonst würden bald die internationalen Nachrichtenagenturen über das Thema herfallen. Jankovics Festnahme im Kosovo und der anschließende Prozess samt Urteil hatten ein großes Medienecho hervorgerufen – welche Schlagzeilen würde da erst seine spektakuläre Flucht provozieren. Hier lagen sämtliche Zutaten für eine selten schöne Bescherung vor.

Am Straßenrand parkten Polizei- und Zivilfahrzeuge. Ein Teil der Beamten saß in den Autos, einige unterhielten sich draußen miteinander oder telefonierten mit nervösen Gebärden.

Johanna stellte ihren Wagen hinter den anderen ab und ging in ihrer abgewetzten, braunen Wachsjacke am Straßenrand entlang zum Zivil-Passat des lokalen Polizeichefs. Raimo Salmi, der die Einsatzleitung innehatte, war ein kleiner, kompromisslos wirkender Polizist. Johanna war kurz überrascht, auch Jorma Helste, den Vizechef des Zentralen Kriminalamts KRP vor Ort zu sehen, aber natürlich war der Befreiungsversuch des serbischen Obersts ein Fall der höheren Kategorie – der höchstmöglichen, um genau zu sein.

»Die Entführer haben Laine angerufen, den Gefängnisdirektor«, sagte Polizeichef Salmi. »Sie verlangen einen anderen Wagen. Wenn sie ihn nicht innerhalb von zehn Minuten haben, werden sie der Geisel etwas antun. Das Gleiche passiert, wenn an dem Auto gefummelt worden ist. Sie sagen, sie werden es überprüfen.«

Johanna fluchte innerlich. Sie wäre gern die Erste gewesen, die mit den Entführern verhandelte.

»Ich will das Gespräch hören«, sagte sie. »Wer hat es aufgenommen?«

»Niemand«, sagte Helste. »Es ist an den Apparat von Laine gegangen, aber wir haben auch sonst keine Zeit für Sperenzchen.«

Helstes Einstellung brachte Johanna im Nu an den Rand eines Wutausbruchs. Sperenzchen? Sie versuchte sich zu beherrschen und auf das zu konzentrieren, was Helste sagte. Der Mann war um die Fünfzig, stets gepflegt, vom Typ her humorlos und sachorientiert. Er trug eine Brille mit dünnem, schwarzem Rand und einen sorgfältig getrimmten Schnurrbart, über den er immer wieder mit der Hand fuhr. Seine ganze Leidenschaft galt der Jagd, ansonsten stand er in dem Ruf eines fähigen und gerechten, wenngleich etwas farblosen Polizisten. Es wurde behauptet, sein heimliches Hobby sei Karaoke, aber das war schwer zu glauben.

»Außerdem hat der Anrufer einen Verzerrer benutzt. Die Stimme klang metallisch, roboterhaft«, fuhr Helste fort. »Da kann man keine Nuancen erkennen, und man kann sie nicht identifizieren.«

»Profis also. Wie viel Zeit haben wir noch?«

Helste sah auf die Uhr. »Knapp acht Minuten.«

»Es ist gut möglich, dass sie die Wanze und den Sender finden«, sagte Johanna.

»Kaum. Näränen beherrscht seinen Job.«

»Du schlägst vor, das Risiko einzugehen?«

Auf Helstes Gesicht war ein leichtes Zögern zu erkennen. »Wenn wir ihnen ein sauberes Fahrzeug geben, könnten sie entkommen. Für immer und ewig. Mit der Geisel.«

»Wenn sie die Manipulation entdecken, tun sie unter Umständen der Geisel etwas an. Sohlman und seine Männer werden jeden Moment hier sein.«

»Die Geisel ist ihr einziger Strohhalm«, sagte Helste. »Wenn sie entkommen wollen, können sie das Leben der Frau nicht aufs Spiel setzen.«

»Ich will mit ihnen reden«, sagte Johanna. »Und mit diesem Laine ebenfalls.«

Helste drückte auf einige Tasten seines Handys. »Hier ist Laines Nummer. Kann besetzt sein. Aber er ist auf jeden Fall auf dem Weg hierher.«

Johanna speicherte die Nummer in ihrem Handy und rief auf der Stelle an. Es war besetzt.

Das Warten strapazierte Vasas Nerven. Er hätte am liebsten laut geflucht, beherrschte sich aber. Mit den Fingern gegen das Metall der Maschinenpistole auf seinem Schoß zu trommeln, musste genügen.

Sein Vater saß schweigend auf seinem Platz, Radovan ebenso. Vasa sah, wie sie die Umgebung im Auge behielten, obwohl ein Zugriff der Polizei in dieser Phase nicht wahrscheinlich war. Oder würden die Finnen so blöd sein, unter Einsatz von Tränengas zu versuchen, an das Auto heranzukommen?

Vasa schaute auf den Wald, in dem nicht die geringste Bewegung zu erkennen war. Neben dem Straßenrand verlief ein flacher Graben, auf den wiederum niedriges, zu dieser Jahreszeit unbelaubtes Weidengebüsch folgte. Erst danach, etwa zwanzig Meter vom Wagen entfernt, begann der Wald.

Die Frau mit den verbundenen Augen änderte auf dem Rücksitz ständig ihre Position und stöhnte gequält. Vasa bereute es, für die Bereitstellung des neuen Fahrzeugs so viel Zeit eingeräumt zu haben. Sie hätten irgendein Fahrzeug in der Nähe verlangen sollen, um der Polizei keine Gelegenheit zu geben, daran herumzupfuschen.

»Du brauchst keine Angst vor uns zu haben«, hörte Vasa seinen Vater mit warmer Stimme auf Englisch zu der Frau sagen. »Du hältst mich für einen Verbrecher, aber ich bin aufgrund falscher Anschuldigungen verurteilt worden. In Den Haag wird Siegerjustiz betrieben. Meine Frau starb bei Grdelica, in einem Zug, der von einer lasergesteuerten Bombe aus einer Nato-Maschine getroffen wurde. Am helllichten Tag. Zwanzig Menschen starben, fünfzig wurden verletzt. Die Flüchtlingskolonnen auf der Straße zwischen Djakovica und Decane wurden sogar von mehreren Bomben getroffen. Über siebzig Tote und hundert Verletzte. Auch das geschah bei Tageslicht. Die Maschine flog mehrmals über die Menschen hinweg. Ich sah mit eigenen Augen, wie die Streubomben der Nato Frauen und Kinder töteten. Diese Waffen einzusetzen ist ein Kriegsverbrechen. Ebenso wie der Einsatz von Geschossen, die verarmtes Uran enthalten. Aber sie wurden eingesetzt, obwohl man wusste, dass sie Wohngebiete und Kinderspielplätze verseuchten. Trotzdem hat man noch keinen Nato-Offizier als Angeklagten in Den Haag gesehen.«

Vasa blickte über den Rückspiegel auf die Frau, die sich angesichts der an sie gerichteten Worte zu beruhigen schien.

»Was macht dein Vater beruflich?«, fragte der Oberst.

Trotz der Lage hätte Vasa fast wegen des beruhigenden Plaudertons gelächelt.

Zuerst sah es so aus, als würde die Frau nicht antworten, aber dann schien sie nach der richtigen Formulierung zu suchen, und schließlich sagte sie: »*He is a construction man. He makes buildings …*«

Vasa glaubte, dass sie Bauarbeiter meinte.

»Ein Facharbeiter«, sagte der Vater. »Macht seine Arbeit, wie es Ausbildung und Erfahrung ihm eingeben. So habe auch ich es getan. Schade, dass ihr hier in Finnland nur eine Wahrheit über unseren Krieg gehört habt. Es ist nicht die einzige Wahrheit.«

Aufgrund seiner Studien wusste Vasa das nur zu gut. Er hätte gern mit seinem Vater über den Propagandakrieg gesprochen und ihm das Material seiner Examensarbeit gezeigt, doch dafür hatte sich nie eine geeignete Gelegenheit ergeben. Sein Vater wusste von den Raubüberfällen, aber nicht von den wissenschaftlichen Studien.

Vasa blickte auf seine Uhr. Die Sekunden krochen dahin, bis zum Ablauf des Ultimatums waren es noch vier Minuten.

Und wenn die Polizei sich weigerte?

Der Vater setzte seine Unterhaltung mit der Geisel fort. Kontakt mit der Frau aufzunehmen war eine zweischneidige Angelegenheit. Einerseits war es wichtig, denn falls sich das Ganze in die Länge zöge, könnte die Sympathie der Frau allmählich auf die Seite ihrer Entführer übergehen. Wären sie aber gezwungen, der Polizei zu demonstrieren, dass sie es ernst meinten, würde es immer schwerer werden, der Frau wehzutun.

»Hast du Kinder?«

Offenbar wollte der Vater wissen, ob die Behauptung des Wärters über die Schwangerschaft seiner Frau stimmte. Die Frau schüttelte den Kopf.

»Noch nicht. Ich erwarte mein erstes Kind.«

Das war nicht von Bedeutung – außer insofern, als ihr Ehemann noch verzweifelter an die Polizei appellieren würde, vorsichtig zu sein. Und das war eine gute Nachricht.

Vasa sah ein Lächeln auf den Lippen seines Vaters, als dieser sagte: »Großartig. Kinder machen viel Freude. Manchmal aber auch Sorgen. Nie weiß man, was aus ihnen wird. Die einen erfüllen die Erwartungen der Eltern, die anderen wiederum treffen Entscheidungen, die man als Eltern nicht verstehen kann ...«

Vasa warf Radovan einen Blick zu, hüstelte und änderte ungeduldig die Sitzposition. Von Anfang an hatte er einzuschätzen versucht, wie die finnische Polizei in unterschiedlichen Situationen reagieren würde. Wären sie in Schweden, würde man ihnen auf alle Fälle ein Auto geben und auch auf weitere Forderungen eingehen.

Aber sie waren nicht in Schweden. Die Finnen hatten sie bereits mit dem Nagelteppich überrascht. Sie mussten sich also auf eine härtere Haltung einstellen. Wahrscheinlich würde die Polizei demnächst versuchen zu verhandeln. Allerdings würde sie über den Versuch nicht hinauskommen.

Vasas Telefon klingelte. Auf dem Display erschien eine finnische Telefonnummer.

»Hallo«, sagte Vasa möglichst kalt in das Mikrofon, das sich in einem ans Handy geklebten, streichholzschachtelgroßen Kästchen befand. Es verzerrte seine Stimme bis zur Unkenntlichkeit.

6

Hundertfünfzig Meter vom Wagen der Entführer entfernt drückte Johanna das Handy ans Ohr. Vor sich hatte sie ein Gerät, mit dem das Telefonat aufgezeichnet wurde. Johanna saß mit Helste von der KRP und dem örtlichen Polizeichef Salmi in dessen Passat. Inzwischen war aus Hämeenlinna auch die Führungsebene der Bezirkspolizei eingetroffen.

Johanna stellte sich dem Mann am anderen Ende der Leitung vor.

»*Was wollen Sie?*«, fragte er unwirsch auf Englisch. Weiter reichende Schlüsse waren aus der roboterartigen, elektronisch modifizierten Stimme nicht zu ziehen.

»Ich möchte kurz mit Ihnen reden.«

»*Ihr wisst, was ihr zu tun habt. Ihr habt noch drei Minuten Zeit.*«

Damit unterbrach er die Verbindung.

Der Anruf hatte nichts gebracht. Es störte Johanna, so gut wie nichts über Oberst Jankovic zu wissen, abgesehen von dem, was sie damals, als er nach Finnland verlegt wurde, den Medien entnommen hatte.

Sie blickte auf ihren Vorgesetzten. »Du willst bei solchen Typen doch sicher kein unnötiges Risiko eingehen? Nimm wenigstens die Wanze weg.«

Helste antwortete nicht. Aber er nahm das Funkgerät in die Hand und sagte zu Näränen, der für die Technik verantwortlich war: »Nimm das Abhörgerät wieder weg. Der Sender bleibt.«

»*Okay. Wanze weg, Ge-Pe-Es dranlassen*«, bestätigte Näränen.

»Es ist unmöglich, ihnen unbemerkt zu folgen, darum muss der Sender bleiben«, erklärte Helste mit Blick auf Johanna.

Neben dem Passat hielt ein grüner Peugeot, dem ein großer, breitschultriger Mann entstieg.

»Das ist Laine«, sagte Helste. »Er weiß wenigstens ein bisschen was über Jankovic.«

Johanna musterte die große Erscheinung in der Abenddämmerung. In ihren Augen sah der Gefängnisdirektor nicht wie einer aus, der sich auf der Nase herumtanzen ließ, schon gar nicht von Häftlingen.

»Wie ist die Lage?«, wollte Laine wissen.

»In gut drei Minuten werden wir ihnen einen Wagen übergeben«, antwortete Helste.

»Ist das vernünftig? Sollte man nicht zuerst ...«

»Wie würden Sie Jankovic in aller Kürze einschätzen?«, fiel ihm Johanna ins Wort.

»Das ist Johanna Vahtera von der KRP«, stellte Helste sie knapp vor. »Sie gehört zum Verhandlungsteam des SK Bär und hält von unserer Seite aus den Kontakt zu den Entführern.«

Laine sah Johanna scharf an, offenbar bemüht, seinen Ärger darüber zu verbergen, dass er in einer solchen Situation gezwungen war, mit einer Frau zusammenzuarbeiten. Jedenfalls kam es Johanna so vor.

»Soll das eine psychoanalytische Tiefenlotung des Herrn Oberst werden?«

Laines spöttisches Grinsen provozierte Johanna, adäquat zu kontern, aber Laine kam ihr zuvor und fuhr in sachlichem Ton fort: »Einerseits ein harter Hund, andererseits verdammt empfindlich. Kann, wenn es sein muss, einen ganzen Tag lang über den finnischen Winterkrieg reden. Ehemaliger Finnland-Bewunderer. Betonung auf ehemalig. Aber der Gefangene ist jetzt nicht unbedingt das Problem, sondern diejenigen, die ihn rausgeholt haben, sind es.«

Laine hatte nichts ausgesprochen Negatives über Oberst Jankovic zu berichten, trotz mehrmonatiger Erfahrung mit dem

Mann. Johanna war dadurch nicht erleichtert, sondern eher besorgt. Es wäre einfacher gewesen, wenn auf der Gegenseite das eindeutig Böse und Bestialische gestanden hätte.

Innerlich machte sie sich darauf gefasst, dass es sich bei den Männern, die versuchten, Jankovic zu befreien, ebenfalls um Soldaten handelte. Das machte sie nervös, aber auch noch wachsamer als zuvor. Es war ein Unterschied, ob man es mit spontan handelnden Kriminellen oder mit zielstrebigen Profis zu tun hatte.

»Wo ist der Sender versteckt worden?«, fragte sie Helste.

»Im Motorraum. Sie werden ihn auf keinen Fall finden.«

Etwas weiter weg waren Stimmen zu hören. Johanna drehte sich um und sah, dass der Transporter mit den Männern der Bär-Eingreiftruppe angekommen war.

»Aha, die Jungs sind da«, sagte Helste. Johanna ärgerte sich über die deutlich vernehmbare Erleichterung. Als ließe sich die Situation mit bloßem Machteinsatz auflösen.

Ein großer, kräftiger Mann kam auf sie zu: Oberkommissar Tom Sohlman. Johanna kannte den Leiter des Sonderkommandos. Er war Spezialist für Belagerungen und für die operative Beendung von Geiselnahmen. Mit seinem Bürstenhaarschnitt und seinen stechenden Augen hätte er selbst einer von denen sein können, die hundertfünfzig Meter weiter in dem Nissan die Geisel in ihrer Gewalt hatten.

»Näränen will gerade den Entführern den Wagen übergeben«, erklärte Helste. »Es ist ein Audi. Mit Sender, aber ohne Abhörgerät.«

»Warum das denn, verdammt noch mal?«, schnauzte Sohlman.

Helste blickte auf Johanna und strich sich über den Schnurrbart.

»Zu großes Risiko«, sagte Johanna. »Sie könnten die Wanze entdecken. Der Typ, mit dem ich gesprochen habe, scheint sich auszukennen. Jedenfalls klingt er so.«

»Hast du ihn getestet?«, fragte Sohlman.

Zu ihrem Verdruss musste Johanna zugeben, dass sie keine Gelegenheit erhalten hatte, herauszufinden, wie die Gegenseite auf eine Ablehnung ihrer Forderungen reagiert hätte.

»Der Kerl ist nicht zum Reden aufgelegt«, sagte sie kurz.

»Woraus schließt du dann, dass …«

»Für so etwas haben wir jetzt keine Zeit. Näränen fährt gerade los«, warf Helste ein.

Sohlman war über die Unterbrechung sichtlich verärgert, konzentrierte sich aber sofort auf das Wesentliche.

»Der Wagenwechsel ist der beste Moment, einzugreifen«, sagte er. »Beim Umsteigen sind alle gut sichtbar. Danach wird es wesentlich schwieriger. Außerdem haben wir bald kein Licht mehr.«

»In dieser Phase wollen wir auf keinen Fall die Sicherheit der Geisel gefährden.« Während er das sagte, klang Helste allerdings nicht völlig überzeugend.

»Wer trifft hier die Entscheidungen?«, fragte Sohlman. »Wir müssen dazwischengehen, wenn wir es für das Klügste halten. Sobald wir in einer Zwangslage handeln müssen, sind wir im Nachteil.«

Helste wollte etwas sagen, aber Sohlman war noch nicht fertig: »Gerade beim Wagenwechsel ist das Risiko am geringsten. Danach kann eine Intervention sogar unmöglich sein. Auf dem Weg hierher habe ich mit der Führung gesprochen. Es muss alles getan werden, um eine Flucht des Obersts zu verhindern. Hier steht das Ansehen Finnlands auf dem Spiel.«

»Und das Leben der Geisel«, konnte Johanna sich nicht verkneifen zu sagen. Aus dem Augenwinkel sah sie die Männer des SK Bär ihre Vorbereitungen treffen, was an sich reine Routine war.

Sohlman schien ihren Kommentar nicht gehört zu haben, er polterte einfach weiter: »Ich brauche drei bis vier Minuten, um meine Leute in Stellung zu bringen. Beim Wagenwechsel schauen wir dann, ob sich eine passende Gelegenheit zur Befreiung der Geisel bietet. Falls nicht, lassen wir sie fahren.«

Helste schnappte sich das Telefon. »Ich frage die Führung nach ihrer Meinung.«

»Ich sage nein«, erklärte Johanna kompromisslos. Die Geisel war nicht spontan entführt worden, die ganze Operation war sorgfältig geplant. Es gab allen Grund zu der Annahme, dass ein Zugriff mit großen Risiken verbunden wäre.

Helste begab sich mit dem Handy ein Stück vom Passat weg und telefonierte.

Der Chef des Bär-Teams kam zu Sohlman und zeigte ihm eine Skizze der Umgebung. Die Männer zogen sich zurück, um sich zu beraten, und nun nahm auch Sohlman das Telefon ans Ohr.

Johanna blieb allein zurück. Sie ahnte, was kommen würde. Das SK Bär stand immer unter der Befehlsgewalt der verantwortlichen lokalen Polizei. Im Prinzip waren die Befehlsstrukturen auch eindeutig, damit reibungslos gehandelt werden konnte: Das SK Bär plante und realisierte seine Aufgabe unter dem Kommando seines eigenen Chefs, nachdem der örtliche Einsatzleiter den Plan akzeptiert hatte. In der Praxis war es jedoch so, dass Sohlman mit seiner Erfahrung und Persönlichkeit einfach über den lokalen Polizeichef und über Helste hinwegwalzte.

Johanna sah auf die Uhr. Bis zum Ablauf des Ultimatums war es noch knapp eine Minute.

7

Vasa blickte auf die Uhr. Das Ultimatum, das er gestellt hatte, lief gerade ab. Ein Auto war nirgendwo zu sehen. Es rührte sich nichts.

Die Sekunden verstrichen. Eine Abweichung von fünfzehn, zwanzig Sekunden war hinnehmbar, aber kein bisschen länger.

Vasa umklammerte die Waffe auf seinem Schoß. Die Dämmerung wurde dichter, der Wald entlang der Straße immer dunkler.

»Sie lügen«, sagte Radovan. »Sie haben gar nicht vor, uns ein Auto zu geben.«

Vasa sagte nichts. Er war überrascht. Zum ersten Mal in seinem Leben spürte er eine echte Unsicherheit, die im Begriff war, sich zur Angst auszuwachsen. War er zu blauäugig gewesen, als er sich einbildete, die Finnen würden sich wie die Schweden verhalten?

Radovan und der Vater machten unruhige Bewegungen, die Blicke auf den Waldrand gerichtet. Die Frau atmete hysterisch, mit blassen Lippen.

Vasa glaubte, das Telefon würde jeden Moment klingeln, aber es blieb stumm. Die Nummer der Polizistin, die ihn angerufen hatte, war gespeichert. Er stellte sich darauf ein, in Kürze diese Nummer zu wählen.

»Mir gefällt das nicht«, flüsterte Radovan. »Ruf sie an und sag ihnen, was wir tun, wenn der Wagen nicht innerhalb von einer Minute hier ist. Und sieh zu, dass du überzeugend klingst!«

»Wir haben bereits eine Drohung ausgesprochen, und sie haben trotzdem das Ultimatum überschritten. Wenn wir gleich am Anfang unsere Drohungen verwässern, nehmen sie uns bald nicht mehr ernst.« Vasa sprach schnell und gereizt. »Ich werde anrufen, und du sorgst dafür, dass die Geisel vor Schmerzen schreit. Ist das klar?«

Ohne eine Antwort abzuwarten, drückte Vasa die Tasten seines Handys. Im Rückspiegel sah er Radovan näher an die Frau heranrücken.

»Das Auto kommt«, sagte der Vater plötzlich.

Vasa blickte nach draußen und sah einen roten Audi langsam näher kommen. Erleichtert legte er das Telefon aus der Hand. Er war sich nicht sicher, ob Radovan die Frau tatsächlich verletzt hätte. Wahrscheinlich schon. Vasa wusste nicht, wo Radovan überall dabei gewesen war, aber mit Sicherheit hatte sein Bruder Menschen Schaden zugefügt, wenn nicht sogar getötet.

Wäre er, Vasa, selbst dazu in der Lage?

Er wollte gar nicht weiter darüber nachdenken. Er handelte der Situation entsprechend, von Augenblick zu Augenblick.

Der Nissan Maxima der Entführer war in dem VW-Bus, in dem die Einsatzleitung des Bär-Teams saß, deutlich auf dem Monitor zu erkennen. Eine Videokamera mit Teleobjektiv stand auf einem Stativ hinter einem Wacholderstrauch, an der Stelle, an der die Straße eine Kurve machte.

Johanna blickte über Sohlmans und Helstes Schultern hinweg auf den Monitor. Man hatte sie übergangen, und sie musste das akzeptieren. Alle wussten, dass Johanna lieber zu vorsichtig war, als Risiken einzugehen. Diesen Eindruck wollte sie nicht noch verstärken, indem sie den anderen Knüppel zwischen die Beine warf.

»Bleib so lange dort, bis ich dir Bescheid sage«, sprach Sohlman in das Mikrofon, das am Kopfhörerkabel befestigt war. Die Anweisung war an Aki Näränen gerichtet, der den Audi hinter den Nissan gefahren hatte, so, wie es von den Entführern verlangt worden war.

»Die Eins bereit?«, sagte Sohlman ins Mikrofon.

Johanna konnte die Antwort nicht hören.

»Die Zwei bereit?«, fragte Sohlman weiter.

Neben dem Monitor hing ein Blatt Papier, auf dem die Straße mit dem Nissan eingezeichnet war. Im Wald daneben waren die Männer vom Bär-Team mit Kreuzchen und Nummern markiert. Es waren acht. Vier von ihnen Scharfschützen. Entscheidend war, die Unversehrtheit der Geisel zu gewährleisten, aber auch Oberst Jankovic sollte am Leben bleiben. Der KFOR-Truppe, die ihn auf dem Balkan festgenommen hatte, war das gelungen, weshalb die Finnen zusehen mussten, dass es ihnen ebenfalls gelang.

»Okay. Steig jetzt aus«, sagte Sohlman zu Näränen.

Johanna starrte unverwandt auf den Monitor.

Vasa richtete den Blick auf den roten Audi A4, der an der geforderten Stelle am Straßenrand stand, knapp zehn Meter von dem Nissan entfernt.

Warum blieb der Fahrer im Wagen sitzen und stieg nicht sofort aus?

»Warum wartet er?«, fragte Radovan angespannt. »Irgendwas ist da faul ...«

»Warte«, unterbrach ihn Vasa.

Die Tür ging auf, und ein jüngerer Mann in Zivil stieg aus dem Audi und ging mit erhobenen Händen und ruhigen Schrittes davon.

»Vertraust du ihnen?«, wollte der Vater von Radovan wissen.

Vasa wurde immer wütender, weil ihn der Vater hartnäckig überging.

»Ob ich den Finnen vertraue?«, fragte Radovan mit bitter spöttischem Ton zurück.

Vasa blickte in den Spiegel und sagte zu seinem Bruder: »Ich werde den Wagen überprüfen.«

Er nahm ein Gerät von der Größe einer Spiegelreflexkamera aus dem Fußraum des Beifahrersitzes, öffnete die Tür und stieg ohne zu zögern aus. Er war nicht gefährdet, denn die Finnen würden nichts unternehmen, solange die Geisel im Wagen saß.

Beim Gehen schaute sich Vasa um. Im Wald beiderseits der

Straße war es mucksmäuschenstill. Vor dem Audi blieb er stehen, schaltete den Spektrumanalysator ein und überprüfte zügig das Auto.

Johanna beugte sich näher an den Monitor heran, auf dem ein Mann mit Sturmhaube zu sehen war. Er untersuchte das Fahrzeug, offenbar mit Hilfe eines Spektrumanalysators.

»Das sind tatsächlich keine Amateure«, stellte Helste fest.

Sohlman verzichtete auf einen Kommentar.

»Wäre das Abhörgerät nicht entfernt worden, hätte er es schon gefunden«, merkte Johanna an.

»Aber den Sender findet er nicht«, versicherte Sohlman.

Johanna hörte allerdings eine überraschende Anspannung aus seiner Stimme heraus, die zu seiner zur Schau getragenen Sicherheit nicht passte. Auf seinem Gebiet war Sohlman der erfahrenste und abgeklärteste Mann in ganz Finnland, was sich mitunter problematisch auf die Führungsverhältnisse auswirkte. Die waren unter anderem nach dem Geiseldrama von Mikkeli einer kritischen Klärung unterzogen worden. Das SK Bär hatte damals berechtigte wie unberechtigte Kritik einstecken müssen, die allerdings im Nachhinein und aus dem Polstersessel heraus leicht zu äußern gewesen war. In einer extrem gefährlichen Situation mit enormem Druck bestand immer die Gefahr menschlichen Versagens, das war nie völlig auszuschließen. In der Öffentlichkeit wurden solche tatsächlichen oder vermeintlichen Fehler allerdings jahrelang ausgeschlachtet, was die Belastungsfähigkeit von Leuten, die unter Einsatz ihres Lebens arbeiteten, auf eine harte Probe stellte.

Der Entführer setzte sich für mehrere Sekunden in den Wagen, dann stieg er wieder aus. Er ging noch einmal gebückt um den Audi herum, wobei er sein Messgerät am unteren Rand der Karosserie entlangführte.

»Wir haben das Objekt im Sucher eines Scharfschützen«, sagte Sohlman.

»Niemand schießt!«, sagte Johanna energisch.

Der Entführer setzte sich erneut in den Audi, ließ den Motor an und fuhr unmittelbar hinter den Nissan. Ohne den Motor abzustellen, stieg er aus und begab sich wieder in den Nissan.

»Fertig«, sagte Sohlman ins Mikrofon.

»Ein Funkwellensender ist nicht installiert«, sagte Vasa nun mit festerer Stimme als zuvor. Obwohl die Ereignisse sich in eine unvorhergesehene Richtung entwickelt hatten, spürte er seine aufkommende Angst und Unsicherheit wieder schwinden. Sobald er handeln konnte, wurde er ruhiger. »Aber eventuell etwas anderes«, fuhr er fort. »Am ehesten ein Peilsender.«

»Trotzdem. Wir müssen jetzt los«, sagte Radovan.

Vasa merkte, dass er stolz auf seinen Bruder und auf sich selbst war. Hoffentlich war der Vater zu ähnlichem Stolz fähig.

Radovan nahm der Geisel die Augenbinde ab und sagte zu ihr auf Englisch: »Wir steigen in einen anderen Wagen um. Keine Angst, dir wird nichts passieren, solange du tust, was wir dir sagen.« Mit einer Kopfbewegung in Richtung Vasa fügte er hinzu: »Er wird als Erstes den Oberst in den anderen Wagen bringen und dich dabei als Schutzschild benutzen.«

Mittlerweile war es dunkel im Wagen, die Frau blinzelte. Sie schien nicht so aus der Fassung geraten zu sein, wie man es aus dem hysterischen Atmen hätte schließen können.

Vasa holte tief Luft. Rasch stieg er aus, öffnete die Tür auf der Seite der Geisel, packte die Frau am Arm und zog sie heraus. Er drückte sie fest an sich, dann machte er die Beifahrertür auf. Sobald sein Vater ausgestiegen war, bewegten sie sich langsam in einer dichten Traube auf den Audi zu.

Johanna behielt unablässig den Monitor im Auge.

»Scheiße«, zischte Helste. »Keine Chance.«

Die drei Personen aus dem Nissan begaben sich dicht aneinandergedrängt zum Audi. Die Entfernung betrug nur wenige Meter. Heli Räsänen war zwischen den beiden Männern kaum zu erkennen.

Auf einmal passierte etwas. Eine der drei Personen machte eine schnelle Bewegung.

Heli Räsänen.

Die Frau riss sich los und rannte auf den Wald zu, verfolgt von dem Mann mit der Sturmhaube. Sogleich ging am Nissan eine Tür auf, und ein zweiter maskierter Mann rannte den beiden hinterher. Oberst Jankovic warf sich neben dem Auto auf den Boden.

»Die Drei und die Vier, könnt ihr sicher agieren?«, fragte Sohlman ganz ruhig ins Mikrofon.

Die Frau hatte ungefähr zwei Meter Vorsprung. Vasa kam ihr mit jedem Schritt näher. Er streckte die Hand aus und rechnete damit, die Geisel gleich am Arm zu erwischen.

»Verdammte Idiotin«, brüllte er die Frau an.

Im selben Moment fiel ein Schuss und einen Sekundenbruchteil später ein zweiter. Schon beim ersten Schuss blieb Vasa intuitiv stehen. Reflexartig feuerte er mit seiner Waffe zuerst auf die Beine der Geisel und dann auf den Waldrand, in die Richtung, aus der geschossen worden war. Ohne auch nur einen einzigen klaren Gedanken fassen zu können, feuerte er eine kurze Salve in den Wald, dann richtete er den Blick wieder auf die Geisel, die im Straßengraben zusammengebrochen war.

Da hörte er auf Englisch eine Aufforderung aus einem Megafon: *»Lassen Sie die Waffe fallen und bleiben Sie stehen!«*

Vasas Lippen verzogen sich zu einem gezwungenen Lächeln. Lassen Sie die Waffe fallen ... Wollte schon wieder ein Finne einem serbischen Kämpfer befehlen, die Waffen niederzulegen? Vasa drehte sich zu Radovan um, und im selben Augenblick geriet die Welt vor seinen Augen ins Schwanken.

Radovan lag auf der Straße. Aus seiner Brust rann Blut. Die offenen Augen starrten zum Abendhimmel, ohne etwas zu sehen.

»Lassen Sie die Waffe fallen!«

Voller Zorn feuerte Vasan erneut in den Wald, aus dem die beiden Schüsse gekommen waren. Erst jetzt begriff er, dass einer davon für ihn und einer für Radovan bestimmt gewesen war. Er selbst war nur aufgrund eines minimalen Fehlers im Timing des Schützen verschont geblieben.

Weiterhin Schüsse abgebend, bewegte er sich rückwärts auf den Audi zu und suchte dabei mit seinen Blicken die unmittelbare Umgebung nach seinem Vater ab. Aber vergebens. Er war fast gelähmt vor Hass und Erschütterung.

»Vater«, rief er, während er schoss. »*Vater!*«

Für einen Augenblick begrub ein Gedanke alle anderen unter sich: Der Vater war nirgendwo zu sehen – hatten die Finnen ihn etwa auch erschossen?

»*Stellen Sie das Feuer ein, oder wir schießen zurück!*«, befahl die Stimme aus dem Megafon ungeduldig.

Um sich zu schützen, feuerte Vasa weiter und lief dabei die letzten Schritte zum Audi, dessen Fahrertür offen stand. Er stieg ein und sah eine Gestalt auf dem Rücksitz liegen.

»Vater«, sagte Vasa außer Atem, während er den Schlüssel im Zündschloss drehte. »Sag etwas! Bist du in Ordnung?«

Er legte den ersten Gang ein und fuhr los, aber der Wagen setzte sich nur träge und unkontrolliert in Bewegung, obwohl Vasa voll aufs Gaspedal trat. Mindestens ein Reifen war zerschossen worden. Vasa sah die Frau noch immer in der Straßenböschung liegen.

»Halt an!«, rief der Vater über den Motorlärm hinweg auf Serbisch. Draußen fielen erneut Schüsse, und ein weiterer Reifen platzte. Das Auto geriet heftig ins Schlingern.

Ohne auf seinen Vater zu achten, gab Vasa weiter Gas. »*Bleiben Sie stehen, oder wir schießen!*«, schallte es aus dem Megafon.

»Wir können Radovan nicht hier liegen lassen«, rief der Vater von hinten. »Die Schweine haben ihn erwischt, die finnischen Wahnsinnigen haben Radovan erwischt …«

Seine Stimme brach. Bis dahin hatte Vasa die Stimme seines Vaters nicht einmal zittern gehört. Sie war immer wie aus Stahl gewesen.

»Radovan kann nichts und niemand mehr helfen«, sagte Vasa mit bebender Stimme und blickte in den Rückspiegel. In der Ferne sah man die Lichter eines Fahrzeugs. Vasa trat erneut das Gaspedal durch und versuchte mit aller Kraft, das schlingernde Auto auf der Straße zu halten.

»Bleib unten!«, rief er seinem Vater zu, obwohl aus irgendeinem Grund nicht mehr auf sie geschossen wurde.

»Radovan ist nicht tot, ein Krankenwagen …«

Ohne vom Gas zu gehen, legte Vasa einen kleineren Gang ein. Der Motor heulte in voller Umdrehung auf. Unmittelbar nach der Kurve gab er zum ersten Mal im Leben seinem Vater einen Befehl: »Setz dich hin, ich halte jetzt an. Wir müssen das Auto stehen lassen und uns im Wald in Sicherheit bringen.«

»Ich brauche eine Waffe.«

»Draußen gebe ich dir meine Pistole …«

»Ich brauche deine Waffe.«

Vasa antwortete nicht, sondern bremste heftig und sprang aus dem Wagen.

Der Scharfschütze, diese elende Ratte, hatte Radovan aus dem Gebüsch heraus hingerichtet. Das würden die Finnen büßen müssen.

8

Außer Atem beugte sich Johanna über Heli Räsänen. Die Frau war bei Bewusstsein, sie lag still da und musste immer wieder vor Schmerzen schlucken.

»Keine Angst, der Notarztwagen ist auf dem Weg hierher«, sagte Johanna.

Sie wollte die Frau etwas auf die Seite drehen, um die Schusswunde stillen zu können, bis sie begriff, dass die Wunde gefährlich nahe am Rückgrat lag.

»Meine Beine bewegen sich nicht«, sagte die Frau durch einen schmalen Spalt zwischen ihren blassen Lippen.

»Versuchen Sie, sich nicht zu rühren, Sie werden ...«

»Meine Beine ... sie gehorchen mir nicht ...«

Johanna hörte Helstes Stimme hinter ihrem Rücken. Sie drehte sich zu ihm um.

»Die Serben fahren in Richtung Launonen«, sagte Helste aufgeregt ins Funkgerät. »Weit werden sie nicht kommen. Holt den Hubschrauber und die Hundestaffel ...«

Johannas Blick fiel auf den wenige Meter entfernt liegenden blutüberströmten Mann, dessen Gesicht noch immer von der Sturmhaube bedeckt war. Einer der Männer aus dem Bär-Team beugte sich über ihn, um ihm die Maske abzunehmen. Dieser Entführer brauchte keinen Krankenwagen mehr.

Auf Wunsch hätten die Männer aus dem Bär-Team das Fluchtfahrzeug fahruntauglich schießen können, aber das Risiko, den Oberst zu verletzen, war zu groß gewesen. Wäre Jankovic verwundet oder gar getötet worden, hätte das äußerst unangenehme Aufmerksamkeit auf die finnische Polizei gezogen.

Johanna beugte sich näher an Heli Räsänen heran. »Ich bin Johanna Vahtera von der Polizei. Wie heißen Sie?« Sie wollte wenigstens kurz die Aufmerksamkeit der Frau auf ein anderes Thema lenken, damit sie nicht in einen Schock geriet.

»Räsänen ... Heli ...«, entgegnete die Frau mit wildem Blick in den Augen. »Ich kann nicht ...«

»Heli, Sie werden gleich ins Krankenhaus kommen«, versicherte Johanna, zog ihre Jacke aus und breitete sie über die Frau.

Fichtenzweige streiften Vasas Gesicht, während er umgefallenen Bäumen und vermoosten Findlingen auswich. Im Wald war es wesentlich dunkler als auf der Straße. Ob die Frau tot war? Das hätten die Finnen sich dann selbst zuzuschreiben.

Vasa verlangsamte den Schritt. Er hätte auch schneller laufen können, aber für seinen Vater schien selbst dieses Tempo schon zu viel zu sein. Er zog den zigarettenschachtelgroßen GPS-Navigator aus der Oberschenkeltasche, blieb stehen und wartete auf seinen Vater, dessen Keuchen und graue Gesichtsfarbe ihm Sorgen machten.

»Wir kommen hier nirgendwohin«, bekam der Vater mit Mühe heraus. »Das ist sinnlos ...«

»Sie können nicht die ganze Gegend umstellen. Es genügt, weit genug wegzukommen. Dann besorgen wir uns ein Auto und fahren zum Boot.«

Vasa sah sich die Karte auf dem Display des Navigators an.

»Nein, ich kann nicht mehr ...« Der Vater suchte Halt an einem Baumstamm. »Geh du.«

»Du hast deine Medikamente nicht dabei«, stellte Vasa fest. Er steckte den Navigator ein und griff zur Waffe, dabei ließ er den Blick durch den Wald schweifen. Jeden Augenblick konnten dort Polizisten auftauchen, vielleicht auch Hunde. Bei der Planung hatte er an alles gedacht – nur nicht an die Herzmittel für seinen Vater. Die lagen in dessen Zelle. Vasa fluchte innerlich.

»Hast du gehört? Geh du!«, befahl der Vater, offenbar schon

kurz vor dem Zusammenbruch. War sein Herz der Grund oder Radovans Schicksal – oder beides?

»Ich werde dich ins Boot bringen, da kannst du dich ausruhen …«

»*Geh!* Ich kann ihn nicht zurücklassen … Geh endlich!«, wiederholte der Vater in einem Ton, der erschreckend klang, voll von Schmerz und Enttäuschung.

»Radovan ist tot«, zischte Vasa. Die unsichtbaren Bande zwischen seinem Vater und Radovan, an deren Beständigkeit offenbar selbst der Tod nichts änderte, versetzten ihm einen Stich.

»Woher sollen wir wissen, wie schwer er verwundet wurde?« Die Stimme des Vaters nahm an Härte zu. »Geh nach Hause und kümmere dich um Mila … Bring dein Studium zu Ende. Du hast dein Bestes gegeben, aber das hat nicht gereicht. Solche Dinge sind etwas für Männer.« Der Vater schloss die Augen und atmete beschwerlich. Seine Lippen und Wangen waren so grau wie sein Bart.

Etwas für Männer.

In Vasa brach eine Welle aus Scham und Zorn los. Er begriff, dass er alleine weitergehen musste. Aber er konnte und wollte seinen Vater nicht zurücklassen.

»Lass uns weitergehen. Uns stehen noch alle Möglichkeiten offen«, versuchte er es noch einmal, obwohl er wusste, dass es zwecklos war.

Der Vater antwortete nicht, sondern wandte sich ab, ging einige Schritte in die Richtung, aus der sie gekommen waren, suchte Halt an einer Kiefer und legte die andere Hand auf die Brust. Die Lage war hoffnungslos. Vasa konnte seinen Vater unmöglich tragen.

»Geh langsam zurück. Sie werden dich finden und zu einem Arzt bringen«, sagte Vasa geschlagen.

Der Vater sagte noch immer nichts.

Vasa lief einige Schritte, dann blieb er erneut stehen und drehte sich um. Er schaute seinen Vater, der an dem Baumstamm lehnte, einige Sekunden lang an, dann wandte er sich ab und rannte entschlossen weiter.

Er konzentrierte sich nur noch auf seine Schritte, auf jeden morschen Stamm, über den er hinwegsetzen musste, auf jedes Wurzelgeflecht, um das er einen Bogen machte. Das Gelände stieg steil an. Vasa hatte den Geschmack von Blut im Mund. Im Laufen rief er die finnische Polizistin an.

»Oberst Jankovic ist im Wald, knapp einen Kilometer östlich des Audis. Holt einen Arzt. *Angina pectoris.*«

Ohne ein weiteres Wort zu sagen, schaltete Vasa das Handy aus, nahm den Akku heraus und drosselte wieder das Tempo, um Kraft zu sparen. Er versuchte innerlich leer zu werden, sich auf den Augenblick zu konzentrieren. Das konnte er gut. Auf die gleiche Weise hatte er alles aus seinem Inneren verbannt, als die Nachricht von der Bombardierung des Zuges und vom Tod seiner Mutter gekommen war. Radovan hatte es kreidebleich berichtet, mit eingesunkenen Schultern, kaum fähig, seine Panik unter Kontrolle zu halten.

Auch diese Erinnerung löschte Vasa routiniert, aber erst nachdem er düstere Energie daraus gewonnen hatte. Er beschleunigte wieder seinen Schritt, bis es in der Lunge brannte und die Milchsäure seine Muskulatur schwerfällig werden ließ.

Dann hielt er abrupt an. Vor ihm war ein Graben, der Wasser führte. Mit Hilfe des Navigators orientierte er sich, dann stieg er in den Graben hinunter und watete so schnell er konnte im kalten Wasser den Graben entlang. Er führte ein wenig zu weit nach Norden, aber den Kurs konnte man später korrigieren. Mittlerweile war es fast völlig dunkel geworden. Das schützte Vasa vor Blicken, aber nicht vor dem Spürsinn der Hunde. Da half nur Wasser.

Nach einer Weile gabelte sich der Graben. Vasa ging nach links, in Richtung Küste. Als er in der Ferne ein knatterndes Geräusch hörte, blieb er stehen.

Ein Hubschrauber.

Verfügte die Polizei über Wärmekameras?

Vasa ging weiter. Der Graben wurde zu einer trockenen Senke und verschwand bald völlig. Um die ideale Richtung einzuschlagen, musste Vasa erneut den Navigator zu Hilfe nehmen. Radovan beherrschte die Bewegung im Gelände besser, Vasa hingegen war in der Großstadt zu Hause. Er versuchte die Erinnerung an die leblosen Augen seines Bruders zu vertreiben.

Radovan hatte die Finnen gehasst. Und jetzt hatten die Finnen ihn umgebracht.

Vor dem Krankenhaus in Riihimäki standen drei Polizeiautos. Neugierig blickten die Patienten und Krankenhausangestellten, die neben dem Eingang rauchten, zu den Wache schiebenden Polizisten hinüber.

Zwei weitere Polizisten bewachten den Eingang von Station 3. Neben der Tür von Zimmer 103 saßen ebenfalls zwei Uniformierte. Es war sehr unwahrscheinlich, dass Oberst Borislav Jankovic versuchen würde, heraus- oder Landsleute von ihm hereinzukommen, aber jetzt wollte man keine Risiken mehr eingehen.

Johanna saß an Jankovics Bett. Heli Räsänen war noch immer im OP. Es bestand die Gefahr einer Lähmung ihrer unteren Extremitäten. Ihrem Mann Mikko Räsänen hatte man beruhigende Medikamente verabreichen müssen.

Auf dem Nachttisch lief Johannas Aufnahmegerät. Die Jalousien waren heruntergelassen, nur die Leselampe erleuchtete das Zimmer. Auf den ersten Blick sah der graubärtige Oberst in dem Krankenhaus-Schlafanzug wie ein gewöhnlicher Patient aus, aber sein Gesichtsausdruck, vor allem der Blick seiner Augen, sagte mehr. Sogar in dieser Umgebung strahlte der Oberst eine besondere Energie aus: still, gnadenlos, Furcht erregend. Nachdem er seine Medikamente bekommen hatte, war er zur Beobachtung stationär aufgenommen worden.

»Warum habt ihr ihn umgebracht?«, fragte er heiser auf Englisch.

»Sie kennen die Antwort selbst«, erwiderte Johanna. »Wer war er?«

Der Oberst schwieg eine Weile.

»Mein Sohn«, sagte er schließlich leise.

»Mein Beileid«, entgegnete Johanna. Sie hatte unweigerlich Mitleid mit dem Mann, obwohl es keinen Anlass gab, die nackten Tatsachen zu vergessen. »Das ist eine Tragödie für alle Beteiligten. Auch für die Geisel. Eine Tragödie, die ohne Ihren Sohn nicht entstanden wäre. Wer war der andere Mann, der versuchte, Sie zu befreien?«

Der Oberst wurde aufmerksam. »War? Habt ihr ihn auch umgebracht?«

»Nein. Niemand hat ihn getötet.«

»Wo ist er?«

Johanna antwortete nicht, sondern ließ Stille einkehren.

»Wer ist er?«, fragte sie nach einiger Zeit noch einmal.

»Ich weiß es nicht.«

So, so, dachte Johanna. Ihr war klar, dass sie keinen weiteren Namen aus dem Oberst herausbekommen würde.

»Radovans Leiche muss nach Serbien überführt werden«, sagte der Oberst, als würde er einem Untergebenen einen Befehl erteilen. »Ins Familiengrab.«

9

Zwei Jugendliche, denen der Schritt ihrer Hiphop-Hosen in den Kniekehlen hing, gingen durch die mit Graffiti beschmierte Fußgängerunterführung bei der U-Bahn-Station Högdalen im Süden von Stockholm. Sie grinsten sich an, als ihnen ein einsamer Mann im schwachen Licht der wenigen unbeschädigten Lampen entgegenkam. Und dann traten sie ihm in den Weg.

»Hey, haste ma 'ne Kippe?«

Den Jungen begegnete ein wütender Blick. Das verunsicherte sie.

»Verpisst euch«, knurrte der Mann und stieß die beiden unwirsch zur Seite.

Vasa bemühte sich, seine Erregung im Zaum zu halten. Am liebsten hätte er seinen Zorn und seine Trauer an den Jungen ausgelassen, aber einen Aufsehen erregenden Zwischenfall konnte er sich jetzt nicht leisten.

Er stieg die Treppe der Unterführung hinauf und ging in Richtung Önskehemsgatan, wo sich Radovans Wohnung befand. Seine Hand tastete nach dem Mobiltelefon in seiner Tasche. Den ganzen Nachmittag hatte er versucht, der Verlockung zu widerstehen, aber jetzt gelang es ihm nicht mehr. Er musste es wissen.

Vasa drückte sich in einen Hauseingang und wählte mit pochendem Herzen die Nummer des Gefängnisses in Riihimäki, so wie schon viele Male zuvor. Er räusperte sich und bemühte sich, eine entspannte Haltung einzunehmen.

Dem Justizbeamten, der sich meldete, nannte er seinen Namen.

Am anderen Ende der Leitung kehrte für einen Moment Stille ein. »*Wait!*«, sagte der Beamte kurz.

Man hörte ein Knacken in der Leitung, dann nur noch ein Rauschen.

Vasas Herz schlug immer heftiger. Würden sie seinen Vater ans Telefon holen oder jemand anderen ... den Pfarrer womöglich?

»*Hallo*«, meldete sich eine selbstsichere Männerstimme. »*Wer ist da?*«

»Hier ist Vasa Jankovic. Ich möchte mit Oberst Jankovic sprechen. Wer sind Sie?«

»*Ich bin Gefängnisdirektor Laine.*«

»Was soll das?«, fragte Vasa. »Ich will mit meinem Vater sprechen.«

»*Er ist nicht hier.*«

»Wieso das? Wo ist er?«

»*Kein Grund zur Aufregung. Er ist im Krankenhaus. Leichte Herzbeschwerden.*«

»Können Sie mir eine Nummer geben, unter der ich ihn erreichen kann?« Vasa achtete darauf, dass man ihm seine Besorgnis anhörte, immerhin hatte er jetzt auch Anlass dazu.

»*Sie sind also der Sohn von Borislav Jankovic ...*« Die Stimme des Mannes hatte einen trägen, schleppenden Rhythmus angenommen. Er zog das Gespräch eindeutig in die Länge. Er hatte einen Verdacht.

»*Von wo rufen Sie an? Könnten Sie hierher nach Riihimäki kommen?*«

»Ich lebe in Stockholm. Ist die Lage so ernst?«

»*Nein, das habe ich nicht gemeint. Geben Sie mir Ihre Nummer, sie ist nicht auf der Anzeige erschienen. Ich rufe Sie gleich zurück, ich muss nur zuerst ein paar Dinge klären.*«

Vasa nannte seine Nummer, dann setzte er seinen Weg fort. Er blickte auf die Uhr. Toma und die anderen Männer würden sich wundern, wohin er verschwunden war.

Die Ereignisse des Vortags gingen ihm unablässig durch den Kopf. Nachdem er seinen Vater im Wald zurückgelassen hatte, war er an die zehn Kilometer durch die Dunkelheit gelaufen, bis er in dem kleinen Dorf Rajahuhta einen alten Toyota Corolla aufbrechen konnte. Damit war er auf Nebenstraßen über Somero, Aura und Mietoinen zum Bootsversteck nach Kustavi gefahren.

Das fünf Meter lange Schlauchboot vom Typ Zodiac Rigid Raider, wie es normalerweise von Sondertruppen benutzt wurde, kam auf eine Geschwindigkeit von bis zu fünfunddreißig Knoten. Vasa hatte einen Nassanzug angezogen und erleichtert die Motoren gestartet. Auf dem Weg durch den Archipel der Åland-Inseln nach Westen hatte er keinen weiteren Bootsverkehr wahrgenommen, abgesehen von einigen Frachtern in weiter Ferne und den hellen Lichtern zweier Helsinki-Stockholm-Fähren.

In den frühen Morgenstunden hatte Vasa südlich von Grisslehamn angelegt. Er hatte das Boot sorgfältig getarnt und war einen Kilometer lang auf einem Waldweg zu seinem Wagen gelaufen. Erst im trockenen warmen Auto hatten die physische Anstrengung und die Trauer für eine Weile Besitz von ihm ergriffen. Mit Hilfe lauter Musik aus dem Radio war es ihm aber gelungen, sich erneut in Bewegung zu setzen, und am Ende war er auf den Parkplatz vor dem Wohnblock, in dem er lebte, eingebogen.

In seiner Wohnung hatte er die Schuhe ausgezogen und war sofort ins Bett gefallen. Irgendwann war er aus dem Schlaf hochgefahren und hatte geglaubt, er sei nur kurz eingenickt. Schon hatte er sich wieder in den Schlaf zurücksinken lassen wollen, da war das Bild von Radovan, der mit ausdruckslosen Augen zum Himmel starrte, vor ihm aufgetaucht.

Vasa war hochgeschnellt und hatte auf die Uhr auf dem Nachttisch geschaut. 16:30 Uhr. Bestürzt hatte er begriffen, dass er den ganzen Tag geschlafen hatte. Daraufhin hatte er versucht, klar zu denken. War die Polizei schon in Radovans Wohnung gewesen?

Auf seinem Handy waren vier Anrufe eingegangen. Einer davon stammte von einer unbekannten Nummer, vielleicht von der Stockholmer Polizei. Radovans Identität war höchstwahrscheinlich bereits geklärt worden, und nun versuchten sie, die Angehörigen zu erreichen. Mila hatte nicht versucht anzurufen, sie wusste also wohl noch nichts von Radovans Schicksal und von den Ereignissen in Riihimäki. Hatten die finnischen Medien noch immer keinen Wind von der Sache bekommen?

Die drei anderen Anrufe stammten von ein und derselben Nummer, die Vasa kannte. Aber Toma musste jetzt warten. Alles andere musste jetzt warten.

Vasa blieb vor dem relativ neuen, weiß gestrichenen Wohnblock stehen und blickte auf die Fenster im fünften Stock. Es war bereits dunkel, doch in Radovans Wohnung brannte kein Licht. Eine Weile stand er nur da und sah nach oben. Ihm graute vor der Vorstellung, Mila von Radovans Tod berichten zu müssen. Was sollte er ihr sagen? Wie konnte er es ihr erklären?

Sein Handy vibrierte in der Tasche, er meldete sich sofort und trat zum Telefonieren in den Schutz des Verschlages, in dem die Mülltonnen des Wohnblocks untergebracht waren.

»*Guten Tag, hier ist Johanna Vahtera von der Finnischen Zentralkripo.*«

Vasa erkannte die Stimme sofort. Aber die Frau würde seine Stimme nicht erkennen, das war sicher. Trotzdem machte es ihn nervös, mit dieser Finnin zu sprechen.

Er erwiderte ihren Gruß zurückhaltend und fragte: »Was ist los? Warum ...«

»*Wäre es Ihnen recht, wenn meine schwedischen Kollegen bei Ihnen vorbeikämen?*«

»Von mir aus ... Aber was ist passiert? Ist etwas mit meinem Vater?«

»*Ihr Vater ist auf dem Weg der Besserung, da wird es keine Probleme geben. Meine Kollegen werden Sie in Kürze anrufen. Und ich werde mich auch noch einmal melden.*«

Die Frau legte auf, und Vasa ging erleichtert weiter.

Über Radovan würde der Vater sicherlich nicht schweigen, das hätte keinen Sinn. Außerdem wollte er bestimmt, dass Radovan nach Serbien ins Familiengrab kam. Aber über ihn, Vasa, würde der Vater nicht reden. In der Beziehung bestand nicht die geringste Sorge.

Vasa öffnete die gläserne Haustür, ging zum Lift und fuhr in den fünften Stock hinauf. Abgesehen von den Kinderstimmen hinter der Nachbartür war es ringsum still.

Vorsichtig steckte Vasa den Schlüssel ins Schloss und machte die Wohnungstür auf. Im halbdunklen Flur blinzelte er und tastete sich langsam ins Wohnzimmer vor, bemüht, nicht gegen die Möbel zu stoßen. Vor dem Fenster waren die Zeilen der kastenförmigen Wohnblocks zu sehen. Vasa erinnerte sich, dass auf einem Regalbord im Wohnzimmer eine kleine Tischlampe stand.

Er fand den Schalter, und in dem Moment, in dem das Licht anging, erschrak Vasa angesichts des eingerahmten Fotos neben der Lampe. Darauf standen sein Großvater, sein Vater und Radovan in Uniform nebeneinander, hinter sich das Schloss von Banje. Vasa konnte sich gut an jenen Tag erinnern. Radovan hatte gerade die Militärakademie von Belgrad absolviert und damit die Träume seines Vaters und seines Großvaters erfüllt. Die ehrenhafte soldatische Tradition der Familie wurde fortgesetzt.

Sie war fortgesetzt worden bis zum gestrigen Tag.

Vasa betrachtete das Foto genauer. Der Vater hatte verlangt, dass die ganze Familie zu dem Schloss fuhr, das ihr einst gehört hatte, um sich fotografieren zu lassen. Die Mutter hatte eifrig Bilder gemacht, während Vasa und Mila das Posieren der Männer beobachteten. Den leeren Ärmel hatte der Großvater zwischen die Knopfreihe der Jacke geschoben. Er war im Kampf gegen die Deutschen verwundet worden. Auch der Vater des Großvaters hatte gegen die Deutschen gekämpft, freilich im Ersten Weltkrieg. Davor waren die Türken die Gegner gewesen.

Vasa erinnerte sich an jenen Tag auch deshalb so gut, weil er damals seinen Vater zum ersten Mal froh und befreit gesehen hatte.

Umso schwerer schossen Vasa nun wieder die Ereignisse des Vortags in den Sinn. Die Anerkennung seines Vaters hatte er nun ein für allemal verloren, und seinen Bruder würde er nie wieder sehen.

Das Schlimmste daran: Alles war seine Schuld. Hätte er sich nicht im entscheidenden Moment von der Geisel überraschen lassen, wäre Radovan noch am Leben. Hätte er an die Medikamente seines Vaters gedacht, wäre sein Vater jetzt womöglich frei – und mit Radovan auf dem Weg nach Serbien, nach Hause, so, wie es der ursprüngliche Plan vorsah.

Plötzlich erschrak Vasa durch ein Geräusch an der Tür. Jemand drehte den Schlüssel im Schloss. Instinktiv machte er zwei Schritte auf ein mögliches Versteck zu, hielt dann aber inne. Es war das Klügste, sich möglichst normal zu verhalten, ganz gleich, wer der Eindringling war.

Zwei Polizisten in Uniform traten ein. Überrascht hielten sie inne, als sie Vasa sahen. Beide legten die Hand auf die Futterale ihrer Waffen und fassten Vasa wachsam ins Auge.

»Wer sind Sie?«, fragte einer der Polizisten. Man hörte den Schrecken in seiner Stimme.

»Was, um Himmels willen, macht die Polizei in der Wohnung meines Bruders?«, fragte Vasa zurück, bemüht, möglichst echten Ärger durchklingen zu lassen.

Die Männer sahen sich an. Dann schaltete einer von ihnen das Deckenlicht an und trat näher. »Sie sind also Vasa Jankovic?«

»Würden Sie mir sagen, worum es geht?«

Die Polizisten zögerten und warfen sich erneut einen Blick zu.

»Wir haben versucht, Sie zu erreichen«, sagte der Ältere der beiden Uniformierten.

»Ich war den ganzen Tag zu Hause und habe für eine Prüfung gelernt. Dabei schalte ich immer das Telefon aus. Ich habe es erst vor kurzem wieder eingeschaltet.«

»Wieso sind Sie gerade jetzt zufällig in der Wohnung Ihres Bruders?«, fragte der Polizist misstrauisch.

»Wir wollten heute Abend Karten spielen. Als niemand aufmachte, bin ich mit meinem Schlüssel hereingekommen.«

»Wo waren Sie gestern?«

»Ich war viel unterwegs, unter anderem bei meiner Schwester... Was wollen Sie eigentlich?«

Wieder sahen sich die Polizisten unsicher an. Dann sagte der Ältere: »Ihr Bruder ist in Finnland ums Leben gekommen.« Während er sprach, achtete er genau auf Vasas Reaktion.

Vasa starrte ihn ungläubig an und ließ sich dann in einen Sessel sinken. Er vergrub das Gesicht in den Händen.

Mit einem Seitenblick auf seinen Kollegen sagte der Polizist: »Es tut mir leid.«

»Wie konnte das ... Was ist in Finnland passiert?«

»Ihr Bruder hat versucht, unter Anwendung von Gewalt Ihren Vater aus dem Gefängnis zu befreien. Er starb bei einem Schusswechsel mit der Polizei.«

»Das kann nicht wahr sein«, murmelte Vasa, noch immer mit den Händen vor dem Gesicht. »Radovan hat ein paarmal davon gesprochen ... Ich hätte nicht geglaubt, dass er es ernst meint, ich dachte, er spielt sich nur auf ...«

Vasa blickte kurz durch die offene Tür ins Nebenzimmer und sah, dass der Computer fehlte. Vermutlich hatte die Polizei auch andere Dinge, die sie für ermittlungstechnisch relevant hielt, abtransportiert.

»Was ist in Finnland vorgefallen?«

»Man wird sich bald mit Ihnen in Verbindung setzen. Wir verfügen über keine genaueren Informationen.«

Das ist eine Lüge, dachte Vasa. Aus taktischen Gründen hielten sie es für klüger, ihm nichts zu sagen.

»Dürfte ich einen Moment hier bleiben?«, fragte er.

»Das geht leider nicht.«

»Kann ich wenigstens das Foto dort mitnehmen?« Er deutete auf das Bild von Großvater, Vater und Radovan.

Der Polizist sah es sich an. »Tut mir leid«, sagte er bedauernd.

Vasa seufzte und stand auf.

»Würden Sie uns bitte noch sagen, wie Sie zu erreichen sind.«

Vasa nannte seine Telefonnummer und seine E-Mail-Adresse.

Als er kurz darauf vor dem Haus stand, wählte er sofort Milas Nummer. Er verfluchte sich selbst, weil er vor lauter Aufregung erzählt hatte, er sei am Tag zuvor bei Mila gewesen. Allerdings hätte er auf keinen Fall stattdessen Toma oder Zlatan oder einen von den anderen erwähnen können.

»Mila, es sind entsetzliche Dinge passiert.« Vasa kam sofort zur Sache. Er hätte ihr gern alles von Angesicht zu Angesicht erzählt, aber jetzt musste die Information schnell ankommen.

»*Ich habe es in den Nachrichten gehört.*«

»In den Nachrichten? Was?«

»*Dass Vater versucht hat, in Finnland aus dem Gefängnis zu fliehen. Und ein Helfer starb bei einem Feuergefecht mit der Polizei.*«

Das war kein Feuergefecht, hätte Vasa am liebsten gebrüllt, das war eine Hinrichtung.

»*War es Radovan?*«, wollte Mila wissen und klang dabei wie ein kleines Kind.

»Ja.« Eine Welle von Trauer und Schuldgefühlen machte seine Stimme zu einem dünnen Hauch.

»*Dieser Idiot. Was hat er nur getan …*« Mila fing an zu schluchzen.

»Mila, hör mir genau zu! Wenn die Polizei dich nach mir fragt, dann sagst du, dass ich gestern bei dir war. Am Nachmittag. Um dir eine Platte von Marcus Miller zurückzubringen.«

»*Was redest du da? Warum sollte ich lügen …*« Mila verstummte, fuhr aber plötzlich mit kalter, zorniger Stimme fort: »*Du willst doch damit nicht sagen, dass du …*«

»Natürlich nicht. Das hat mit etwas anderem zu tun. Tu, was ich sage. Ich kann jetzt nicht reden, ich komme gegen Abend vorbei.«

Vasa legte auf. Er musste sich beeilen. Toma und die anderen wären außer sich. Wenn er in den Verdacht geriet, ein Verräter zu sein, konnte er von den eigenen Leuten eine Kugel in den Kopf bekommen.

10

Regentropfen trommelten am frühen Abend gegen die Fenster des Sitzes der KRP im Vantaaer Stadtteil Jokiniemi, unweit von Helsinki. Johanna blickte auf den grauen Kiefernwald vor ihrem Fenster und setzte frustriert den Kopfhörer ab. Sie war von Anfang an bei diesem Fall dabei gewesen, er lastete schwer auf ihren Schultern. Dabei inspirierte es sie normalerweise, wenn sie gefordert war, es allen zu zeigen, dann brachte sie die besten Leistungen zustande. Sie hatte das Gefühl, nur dann voll am Leben zu sein, wenn sie bei der Arbeit mit einer echten Herausforderung zu kämpfen hatte. Aber jetzt hatte sie das Gefühl, in ihren Ermittlungen auf der Stelle zu treten – vom Privatleben ganz zu schweigen. Eine feste Beziehung war weit und breit nicht in Sicht, ja, sie war sich nicht einmal sicher, ob sie tatsächlich eine wollte. War das allein nicht schon Besorgnis erregend?

Axel Navarro von der Stockholmer Polizei hatte ihr mitgeteilt, dass sie Radovan Jankovic nicht im Register hatten. Sie konnten lediglich die Grundangaben ausfindig machen, die der Serbe zwei Jahre zuvor bei der Übersiedlung nach Schweden gemacht hatte. Von Beruf war der Mann Offizier gewesen, wo er aber eventuell gearbeitet hatte, musste bei der Steuerbehörde erfragt werden.

Es klopfte an der Tür. Heino »Hedu« Wikman trat ein, in seiner ewigen grauen Jacke und seinen schlabbrigen Jeans, die dringend einer Wäsche bedurft hätten.

»Der Laden von Korhonen hat Nachschub geliefert«, sagte Hedu und legte einen Stoß Papier auf Johannas Schreibtisch.

Johanna seufzte und blätterte die Unterlagen durch. Es waren Kopien von gut einem Jahr alten Zeitungsmeldungen, die von der Festnahme von Oberst Jankovic in Serbien berichteten. Jener Korhonen, den Hedu erwähnt hatte, war Leiter der Abteilung für Internationales Recht im Außenministerium und verfolgte die Ermittlungen im vorliegenden Fall genau. Das Gleiche tat die Abteilung für Gefängniswesen im Justizministerium, die für die Erfüllung der in Den Haag gefällten Urteile in Finnland zuständig war. Das finnische Parlament hatte 1994 ein Gesetz zur Rechtshilfe gegenüber dem UN-Tribunal verabschiedet, und 1997 war eine Vereinbarung über die Aufnahme von Verurteilten in Finnland getroffen worden. Oberst Jankovic war der vierte Häftling, der von Den Haag nach Finnland geschickt worden war. Einige europäische Staaten hatten die Aufnahme von Kriegsverbrechern in ihren Gefängnissen verweigert, doch Finnland, der Musterschüler der EU, tat wieder einmal, worum er gebeten wurde, dachte Johanna.

Von Oberst Jankovic waren nun keine Informationen mehr zu erwarten. Er war nicht kooperationsbereit. Für Johanna schien der Mann von der Trauer gebrochen zu sein, auch wenn er seine Verzweiflung durch Härte zu kaschieren versuchte.

»Ich habe dir per E-Mail ein Dokument über Jankovics Kinder geschickt, es kam aus Stockholm«, sagte Hedu.

»Gut«, entgegnete Johanna.

Bekannt war bereits, dass Borislav Jankovic außer Radovan zwei weitere Kinder hatte, den 26-jährigen Vasa und die 24-jährige Mila. Über seine Frau oder andere Verwandte wusste man nichts.

Wieder klopfte es an der Tür, und eine athletische Frau mit Stoppelhaarschnitt trat ein.

»Wegen des Autos«, sagte Kriminalinspektorin Lilja Vuokko. »Der Nissan Maxima wurde am Tag vor dem Fluchtversuch in Hyvinkää gestohlen, und die Nummernschilder in Klaukkala. Im Wagen sind eine Menge Fingerabdrücke gefunden worden, die gerade mit den Abdrücken des Besitzers, des Obersts, Radovans und der Geisel abgeglichen werden.«

»Bloß dass die Entführer laut Heli Räsänen dünne Lederhandschuhe getragen haben«, merkte Johanna an.

»Ich geh ins Labor«, sagte Vuokko und verschwand, gefolgt von Hedu.

Heli Räsänen war bereits vorläufig vernommen worden, aber sie konnte sich nur an wenige Dinge erinnern, die auf die Spur des Entkommenen führen könnten. Zum Glück bestand bei ihr nicht mehr die Gefahr einer Lähmung, allerdings war das Risiko einer Frühgeburt nach wie vor groß. Für Johanna war es außerordentlich wichtig, den noch lebenden Geiselnehmer für seine Tat zur Verantwortung zu ziehen.

Dieser schien nämlich der aktivere Beteiligte gewesen zu sein. Er hatte die Verhandlungen geführt und war, so Heli Räsänen, auch für den Ablauf der Operation zuständig gewesen.

Johanna hatte sich die Aufnahme des Telefongesprächs zigmal angehört. Das Band wurde auch von einer Frau an der Universität, die Serbisch konnte, sowie von zwei Linguisten, deren Hilfe die KRP früher schon in Anspruch genommen hatte, analysiert.

Wenn einer der beiden Männer, die versucht hatten, den Oberst zu befreien, sein Sohn war, konnte der andere dann ebenfalls ein Sohn des Obersts sein?

Vasa Jankovic. Das war eine Möglichkeit, die in Stockholm überprüft werden musste.

Johanna öffnete das Dokument, das Hedu erwähnt hatte. Es enthielt so gut wie nichts Neues – lediglich die bereits bekannten Informationen in etwas anderer Form. Die Aktivitäten der schwedischen Polizei hatten Johanna noch nie sonderlich beeindruckt.

Sie nahm nun eine Internet-Recherche zu Vasa Jankovic vor. Auf dem Bildschirm erschienen mehrere Zeitungsartikel, die er geschrieben hatte und die hauptsächlich mit dem Kosovokrieg zu tun hatten. Johanna klickte einen davon an. Er befasste sich mit der Beteiligung des Internets am Propagandakrieg während der Kosovo-Krise.

Johanna überflog den in ›Svenska Dagbladet‹ veröffentlichten Artikel. Er wirkte sachlich, ohne Eifer und langweilig. Die Verbreitung von Desinformation wurde aus mehreren Blickwinkeln behandelt. Über den Verfasser hieß es am Ende: *Vasa Jankovic studiert Politik an der Universität Stockholm. Er untersucht den Kosovo-Konflikt als Propagandakrieg.*

Radovans Bruder schien ein ungefährlicher Schreibtischtäter zu sein. War in Riihimäki also jemand aus dem rigorosen Umfeld des Obersts vom Balkan am Werk gewesen? Auf jeden Fall musste versucht werden, von dort mehr Informationen zu bekommen. Das war eine internationale Geschichte, darüber bestand kein Zweifel. Timo Nortamo von der TERA hatte bereits Kontakt mit dem Leiter der Ermittlungen gehabt. Besagte TERA, die *Agence pour la lutte contre le Terrorisme, Extrémisme et Radicalisme*, war die Anti-Terror-Einheit der EU und hatte in Brüssel ihr Hauptquartier. Sie war an der Operation der EU-Truppen, die in der Festnahme Jankovics in Srbica gegipfelt hatte, beteiligt gewesen.

Johanna hatte schon früher mit Timo zusammengearbeitet, darum beschloss sie, ihn anzurufen. Der Mann war einst bei der Sicherheitspolizei und bei der KRP gewesen, hatte als Verbindungsmann in Russland gearbeitet und saß jetzt als Vertreter Finnlands bei der TERA.

Seine Persönlichkeit spaltete die Meinungen innerhalb der Polizeiorgane – die einen hielten ihn für robust und zielstrebig, die anderen für stur und allzu selbstsicher. Aus Johannas Sicht war Timo am ehesten mit der Definition »Profi« zu charakterisieren, und darum kam sie gut mit ihm aus.

»Ich bin an den Ermittlungen im Fall Riihimäki beteiligt, wir sollten uns da über ein paar Aspekte der Arbeitsteilung verständigen«, sagte sie, nachdem Timo sich am Telefon gemeldet hatte.

»Ziemlich kompromisslos, diese Serben. Irgendwas Neues über den Entkommenen?«

»Wir haben den Verdacht, dass er schon außer Landes ist. Die Sicherheitspolizei hat ein paar serbische Kontakte im Großraum Helsinki, und von dort sind jedenfalls keine Hinweise auf einen Aufenthalt des Mannes in Finnland eingegangen.«

»Es würde mich nicht wundern, wenn bei dem Unternehmen Männer des Obersts aus Priština dabei gewesen wären. Dort gibt

es eine Menge Leute, die gern ein Hühnchen mit denjenigen rupfen würden, die den Oberst festgenommen haben.«

»Kann sein. Aber von Serbien aus betrachtet liegt Finnland ziemlich weit weg. Radovan wohnte in Stockholm, und ich möchte wetten, dass auch der zweite Täter in der Richtung zu finden ist. Radovan Jankovic hat dort einen Bruder und eine Schwester. Gerade habe ich mit Navarro gesprochen, ich werde morgen nach Stockholm fliegen. Aber ich glaube, bei diesem Projekt wird auch für die TERA ein bisschen was abfallen. Es wäre nur natürlich, wenn ihr mit euren Kontakten euch um den Balkan kümmern würdet.«

»Ich bin gerade in Kopenhagen beim NPCF-Kongress. Ich kann über Stockholm nach Brüssel zurückfliegen, dann können wir morgen von Angesicht zu Angesicht alles besprechen. Je mehr Material ich zur TERA mitnehmen kann, umso besser kann ich das Thema dort vorantreiben.«

»Ich muss meine Termine noch genau abklären, aber gehen wir davon aus, dass wir uns in Stockholm treffen. Ich ruf dich an.«

11

Vasa hielt an der roten Ampel. Sein Blick folgte einer Gruppe von Jugendlichen in Trainingsanzügen, die im Licht der Straßenbeleuchtung den Valhallavägen entlangjoggten. Im Radio fingen gerade die Nachrichten an. Ob sie etwas von den Vorfällen in Riihimäki bringen würden? Er hätte Mila fragen sollen, woher genau sie ihre Informationen erhalten hatte.

»*Der Mann, der im thailändischen Thewi an der Vogelgrippe starb, hatte sich aller Wahrscheinlichkeit nach bei einem Geflügeltier angesteckt. Bislang war vermutet worden, die Infektion sei von einem anderen Erkrankten übertragen worden. Nach wie vor gilt es nur als eine Frage der Zeit, bis sich das Virus so weit verändert hat, dass es von Mensch zu Mensch übertragen werden kann …*«

Vasa trommelte mit den Fingern auf das Lenkrad, während er darauf wartete, dass die Ampel auf Grün umsprang. Die Polizisten waren in Radovans Wohnung zurückgeblieben – misstrauisch, wie Vasa schien.

Am meisten Sorgen bereitete ihm jedoch die Organisation von Radovans Beerdigung. Andererseits bot sich dadurch ein konkreter Grund, den Vater zu besuchen. Vasa hatte beschlossen, am Freitag zu ihm nach Finnland zu fahren. Sie würden nicht ungestört sein, aber sie würden miteinander reden können. Und das war das Wichtigste.

Die Ampel sprang um, und Vasa fuhr in Richtung des Stadtteils Östermalm weiter. Seine Gedanken gingen zu Toma und dem Riesending, das sie in Eskilstuna durchziehen wollten. Das würde ihre bislang absolut größte Operation werden. Allerdings konnte sich Vasa in der jetzigen Situation überhaupt nicht mehr dafür begeistern. Auch wenn er mit dem Erlös der besagten Aktion seinen Vater an die Sandstrände von São Paulo schicken könnte, damit er dort sein verdientes Rentnerdasein genoss.

Vasa wusste, dass auch andere aus der Gruppe den Überfall in Eskilstuna für ihren letzten hielten. Und darum waren wahrscheinlich auch alle besonders ungehalten darüber, dass er auf den Kontaktversuch vom Vortag nicht reagiert hatte.

»In Finnland wurde am gestrigen Nachmittag versucht, den vom UN-Kriegstribunal in Den Haag verurteilten serbischen Oberst Borislav Jankovic gewaltsam aus der Haft zu befreien …«

Vasa umklammerte das Lenkrad so heftig, dass die Knöchel weiß hervortraten.

»Zwei bewaffnete Männer entführten die Frau eines Vollzugsbeamten und zwangen somit das Personal, Jankovic laufen zu lassen. Einer der Entführer kam später bei einem Schusswechsel mit der Polizei ums Leben. Die Geisel wurde schwer verletzt. Der zweite Entführer konnte fliehen, Jankovic selbst konnte jedoch festgenommen werden …«

Vasa fluchte auf Serbisch und schlug mit der Faust heftig auf das Lenkrad. Warum wurden auch in den schwedischen Nachrichten Lügen verbreitet? Das war kein Schusswechsel gewesen! Aber das würde er allen noch klarmachen.

Noch mehr jedoch schmerzte ihn das Wissen um die schwere Verletzung der Geisel. Zum Glück hatte die Frau wenigstens überlebt – im Gegensatz zu Radovan.

Der Gedanke an seinen Bruder trieb Vasa die Tränen in die Augen. Er musste tief durchatmen, um seine Gefühle im Zaum zu halten. Es war unmöglich zu verstehen, dass Radovan nicht mehr lebte. Vasa erinnerte sich an die Sommer seiner Kindheit im Kosovo, an die glücklichste Zeit seines Lebens, Ende der 80er Jahre. Seine frühesten Erinnerungsbilder stammten aus Priština, wo seine Mutter ihn in ihrem Atelier Modell sitzen ließ. Er erinnerte sich an ihre prüfenden Blicke über den Rand der Staffelei hinweg, an den Geruch der Ölfarben und an Mutters wirre Haare, die im Licht aus dem Dachfenster golden schimmerten. In jenem Sommer hatte sie von jedem ihrer Kinder ein richtiges Bild gemalt, und vom Vater ebenfalls, gerade so, als hätte sie geahnt, dass alles einmal zersplittern würde.

Immer dunklere Wolken hatten sich damals über Jugoslawien zusammengezogen. Vasa wusste noch, wie sein Onkel blutüberströmt zu ihnen gebracht worden war, nachdem es bei einer Demonstration in Kosovo Polje zu einer Auseinandersetzung mit der Polizei gekommen war. Jetzt lebte der Onkel nicht mehr, auch die Mutter war tot, und Jugoslawien existierte nicht mehr. Vasas Kindheit war mit dem Zerfall des Staates und den damit verbundenen Kriegen, die alles zerstörten, jäh zu Ende gewesen. Im Gegensatz zu seinem Vater und Radovan hatte Vasa nicht an der Verteidigung seines Zuhauses und seiner Heimat teilgenommen, aber an der Universität hatte er den gesamten Prozess bis zu den Wurzeln erforschen wollen, um die Ursachen und die Wirkungen freizulegen, als könnte das Verstehen der Scherben einer zersplitterten Welt etwas von der Vergangenheit zurückbringen oder reparieren.

Nun lebte auch Radovan nicht mehr. Am liebsten wäre Vasa direkt zu Mila gefahren. Seine Schwester erschien ihm plötzlich wichtiger denn je, auch wenn sie sich in den letzten Jahren immer mehr voneinander entfernt hatten. Aber sie waren jetzt nur noch zu zweit.

Ob Mila jedoch so sentimental war wie er? Ob sie bereit wäre, die Polizei anzulügen? Könnte sie es überhaupt? Vasa hatte Radovan immer wieder ermahnt, aufzupassen und sorgfältig vorzugehen, aber er selbst hatte einen primitiven Fehler begangen, indem er sein Alibi auf Mila gebaut hatte.

Allmählich machte Vasa die Kontaktaufnahme der Polizei ernsthaft Angst.

Er fuhr über die Brücken von Hammarby in das Gewerbegebiet Johanneshov und parkte den Wagen im Hof von Tomas Reifenhalle. Jetzt am Abend standen nur ein alter Saab und daneben ein Sportcoupé Marke Chrysler im Hof. Das musste Slobos neues Auto sein. Wenn sie einmal auffliegen würden, dann wegen solcher geschmacklosen Anschaffungen.

Auf einmal spürte Vasa einen wachsenden Groll gegen die ganze Gruppe. Seine Freunde kamen ihm fast widerwärtig vor. Sie dachten an nichts anderes mehr als an Geld und wie sie es bekommen könnten. Trotzdem trug er auch für sie Verantwortung. Die Polizei konnte ihm durchaus bald auf den Fersen sein, und dann würde er unweigerlich seine Freunde in Gefahr bringen. Wäre es also nicht das Beste, zu verschwinden und irgendwo in Sicherheit seine Wunden zu lecken?

Er wollte schon wieder zu seinem Wagen umkehren, aber dann geriet er ins Zögern. Was war los mit ihm? Wollte er seinen Vater etwa in dem finnischen Gefängnis vergessen und kapitulieren? Handelte so einer aus dem Clan der Jankovics?

Nein. Ganz gewiss nicht.

Im selben Moment begriff Vasa auf ganz neue Weise die Einstellung seines Vater ihm gegenüber. Sie war den Gedanken sehr ähnlich, die er selbst gerade über seine Freunde gehabt hatte. Sein Vater glaubte, er, Vasa, verleugne seine Wurzeln. Musste der Vater nicht spätestens jetzt glauben, dass dies überhaupt nicht stimmte?

Vasa riss die Tür auf und ging wütend zwischen hohen Reifenstapeln auf die Metalltür am Ende der Halle zu. Dort klopfte er im vereinbarten Rhythmus an. Die anderen hatten wahrscheinlich längst die Nachrichten über die Ereignisse in Riihimäki gehört.

Nach kurzer Stille ging die Tür auf, und vor Vasa stand ein kleiner, kräftiger Mann mit rundem Gesicht und gewellten schwarzen Haaren. Danilo schaute Vasa schweigend in die Augen, dann riss er einen Revolver aus der Tasche und richtete ihn auf den Ankömmling.

Verblüfft hob Vasa die Hände.

»*Hey, Mister Brown. Where have you been, man?*«, grinste Danilo.

Erst jetzt begriff Vasa, was los war. Mit der linken Hand wischte er schnell die Waffe zur Seite und schlug Danilo mit der rechten Faust ins Gesicht. Heulend vor Schmerz sank Danilo auf den Betonboden. Er hielt sich die blutende Nase.

»Erinnerst du dich? Das war aus demselben Tarantino-Film«, sagte Vasa. Wie es aussah, hatten seine Kumpels die Nachrichten nicht gehört.

»He, he, he«, ließ sich eine beruhigende Stimme aus dem Hintergrund hören. Dort waren die Männer aufgestanden und sahen Vasa überrascht an.

Toma, der große, wettergegerbte ehemalige Offizier der serbischen Armee, kam auf Danilo und Vasa zu. »Was hat das zu bedeuten, Herr Magister?«

Vasa hatte seine Examensarbeit noch immer nicht fertig, trotzdem wurde er manchmal mit Magister angeredet, vor allem dann, wenn man ihn verspotten oder herabsetzen wollte.

Toma kam mit leicht schaukelndem Schritt näher, was mit den fehlenden Zehen am rechten Fuß zu tun hatte. Er heftete den Blick auf Vasa. »Zuerst verschwindest du zwei Tage von der Bildfläche, dass wir schon anfangen, uns Sorgen zu machen, und wenn wir dann in aller Ruhe zusammensitzen und Pläne machen, schneist du herein und machst Stress.«

Toma blieb unmittelbar vor Vasa stehen. Vasa blickte über seine Schulter hinweg, als wäre nichts. Keiner von den anderen machte einen bedrohlichen Eindruck. Zlatan, der mit seinen fünfzig Jahren fast doppelt so alt war wie er und mit einem Buch in der Ecke saß, schien die Situation sogar zu amüsieren. Ihm fiel es ohnehin schwer, Danilo zu ertragen, den Jüngsten der Gruppe, der endlich einmal bekommen hatte, was er verdiente. Wäre er von Zlatan mit der Waffe bedroht worden, hätte Vasa das Ganze ernster genommen.

Er blickte auf Danilo, der sich noch immer mit blutigen Händen die Nase hielt. »Bist du okay?«

Er reichte Danilo die Hand. Aber der schlug sie wütend aus.

Toma ging neben ihm in die Hocke. »Zeig her«, sagte er.

Danilo rührte sich nicht, sondern kauerte weiterhin auf einen Ellbogen gestützt auf dem Boden.

»Zeig her!«

Tomas strenger Ton brachte Danilo endlich dazu, die Hand vom Gesicht zu nehmen. Toma packte ihn an der Wange und drehte seinen Kopf hin und her. Dann betastete er mit der anderen Hand Danilos Nase, was diesen schmerzhaft aufstöhnen ließ.

»Sie ist nicht gebrochen«, erklärte Toma und stand auf.

»Slobo, bring Danilo Papier. Und wischt dieses verdammte Blut hier auf!«

Slobos gepflegtes, solariumgebräuntes Gesicht verzog sich vor Zorn. Er hielt sich für einen Popstar in spe, der mehr Respekt verdiente. »Wieso ich? Soll Vasa doch selbst seinen Dreck wegwischen«, sagte er, wobei er mit dem Kopfhörerkabel seines iPods spielte.

»Vasa hat jetzt was Bessers zu tun. Er darf uns erzählen, was er die letzten Tage getrieben hat«, sagte Toma und bedeutete Vasa, ihm zu folgen.

Am Ende der Halle war eine Art Empore, auf der Hocker und ein Sofa standen. Die Fenster befanden sich hoch oben unter der Decke. Für ungewöhnliche Exotik sorgte eine große, bunte Weltkarte an der Wand. Darauf waren die Weinanbaugebiete der Welt gesondert hervorgehoben. Am Rand der Karte dokumentierte eine illustrierte Liste die Traubensorten und deren Eigenschaften. Über dem großen Tisch hing eine Glühbirne, deren gemütliches Licht im Kontrast zu den Gegenständen auf dem Tisch stand: Dort lagen zwei Maschinenpistolen, Magazine, ein Messer, Filzstifte, Karten mit roten Markierungen, außerdem Fotos von Amtsgebäuden, Straßenecken und bewaffneten Wachmännern, die Koffer zu einem gepanzerten Fahrzeug trugen.

Auf einem kleineren Tisch zeigte ein Fernseher das Standbild eines Geldtransporters. Vasa hatte die Aufnahme selbst gemacht, nahe dem Depot einer Sicherheitsfirma in Eskilstuna.

»Wenn Danilo mit dem Kopf auf den Betonboden geschlagen

wäre, hätten wir das ganze Ding abblasen müssen, das ist dir doch klar?« Toma sah Vasa finster an.

»Nichts als Übertreibung«, sagte Zlatan plötzlich. Er hatte seinen Dostojewskij aus der Hand gelegt. Das Buch hätte ebenso gut eines von Sartre oder von Nietzsche sein können. Augenscheinlich suchte er bei den großen Philosophen nach einer Art Legitimation für seinen Lebensstil, in dem die völlige Freiheit des Willens und der Willkür herrschte. Zlatan konnte durchaus immer mal wieder für mehrere Wochen verschwinden. Vasa glaubte, dass er in Schweden und anderswo in Europa als Killer arbeitete.

»Im Krieg kommt es auf den Einzelnen nicht an«, fuhr Zlatan fort und fuhr sich seiner Gewohnheit entsprechend über die gebräunte Glatze. Die dunklen Augen über der Hakennase blickten abwechselnd auf Vasa und Toma. Zlatan trug ein unauffälliges Hörgerät und kleidete sich immer ganz in Schwarz. Die aufgekrempelten Ärmel seines Rollkragenpullis gaben eine Tätowierung auf dem linken Unterarm frei, deren Bedeutung niemand kannte. Vasa glaubte, dass es irgendwie mit dem Balkankrieg zu tun hatte.

Zlatan sprach nicht viel über seine Vergangenheit, aber er war früher für den jugoslawischen Militärgeheimdienst tätig gewesen, das wusste Vasa. Nach dem Zerfall des Landes hatte Zlatan beim serbischen Geheimdienst weitergemacht. Niemand wusste, ob er von dort freiwillig weggegangen war oder ob man ihn gefeuert hatte.

Angesichts der Tatsache, dass Männer wie Danilo und Zlatan dabei waren, konnte man es nur für ein Wunder halten, dass bei den bisherigen Raubüberfällen niemand zu Tode gekommen war. Aber alle wussten, sie würden künftig immer schwerer bewaffneten Sicherheitsleuten gegenüberstehen, weswegen Verletzungen oder sogar Todesopfer eventuell nicht zu vermeiden waren.

»Im Krieg vielleicht nicht, aber in Eskilstuna kommt es auf jeden Mann an«, erwiderte Toma scharf. »Nach diesem Ding könnt ihr euch von mir aus gegenseitig umbringen. Aber bis dahin beherrscht ihr euch!«, erklärte er und schaute Vasa grimmig an.

»Verräter und Feiglinge werden auf der Stelle erschossen«, sagte Zlatan scheinbar leichthin.

Vasa mochte Zlatans Ton nicht, ließ die Sache aber auf sich beruhen.

»Also los«, verlangte Toma, »wo bist du gewesen?«

Vasa starrte auf den Fußboden und überlegte fieberhaft, was er den Männern sagen sollte, die nichts von Radovan und seinem Vater wussten. Radovan hatte Toma ein- oder zweimal getroffen, aber die gemeinsamen Erfahrungen hatten keine Freundschaft zwischen den beiden Männern entstehen lassen, anders als Vasa sich das vorgestellt hatte. Der Krieg, schien ihm, hatte die beiden so kalt werden lassen, dass zwischenmenschliche Beziehungen nicht mehr zustande kamen.

»Vielleicht hat Vasa einen geheimen Lover in Malmö«, sagte Stanko plötzlich von der Seite und ließ ein breites Grinsen in seinem pockennarbigen Gesicht aufblitzen. Er hatte einen kleinen schwarzen Schnurrbart und trug seine schwarzen Haare altmodisch gescheitelt.

»Halt die Fresse«, fuhr ihn Vasa an.

»Vasa«, sagte Toma mit aufs Äußerste gespannter Ruhe. »Von dir hängt in Eskilstuna eine Menge ab. Du kannst nicht einfach so verschwinden.«

Vasa war sich der Wichtigkeit seiner Rolle bewusst. Diesmal war das Auskundschaften und das Einschätzen des besten Zeitpunktes und der besten Stelle zum Zuschlagen ihm anvertraut worden, weil er über Intelligenz und Kreativität verfügte. Er hatte seine Aufgabe gut erledigen wollen, weil das Geld wegen seines Vaters für ihn von größerer Bedeutung war als sonst.

»Ich musste dringende Familienangelegenheiten erledigen«, sagte er schließlich knapp.

»Familienangelegenheiten«, schnaubte Slobo, der bis dahin schweigend dabeigesessen hatte, verächtlich und bot Danilo, der sich ein zusammengerolltes Stück Haushaltspapier in die Nase steckte, Kautabak an. »Hier, nimm ein bisschen Medizin«, sagte er, aber Danilo schüttelte stumm den Kopf und nahm stattdessen seine Sony PSP vom Tisch. Slobo zuckte mit den Schultern und schob sich ein Kautabaksäckchen unter die Oberlippe.

Normalerweise ereiferte sich Danilo lauthals über die Pläne für die Raubüberfälle und fuchtelte angeberisch mit den Waffen herum, als wären die Überfälle nur Bestandteile eines großen Spiels oder Szenen aus einem Film. Er, der von Kindheit an in Schweden gelebt und aufgrund seiner Hyperaktivität eine Sonderschule besucht hatte, bewunderte die Filme von Tarantino und die coolen Typen darin über alles. Danilo *lebte* die Filme nach, fand Vasa, er stellte sich vor, Harvey Keitel in ›Reservoir Dogs‹ oder John Travolta in ›Pulp Fiction‹ zu sein.

»Ganz richtig, Familienangelegenheiten«, wiederholte Vasa wütend. »Was wisst ihr denn davon? Was bedeutet euch die Familie? Was bedeutet euch das serbische Blut? Die Ehre? Schaut euch doch an! Seht nur, was das Leben in Schweden aus euch gemacht hat! Ihr redet nur noch über Geld. Glaubt ihr, Geld könnte die Familie und den Respekt ersetzen? Oder habt ihr die Demütigung, die wir und unsere Eltern und unsere Familien im Kosovo ertragen mussten, schon vergessen? Hier werden wir doch nur als Jugos verachtet. Wo ist die Ehre der Serben geblieben?«

Im Raum machte sich verblüffte Stille breit. Sie wurde nur gestört durch das Brummen von Tomas Weinschrank und dem gedämpften Klappern von Danilos Konsole, über deren Steuertasten Danilo geschickt seine Wurstfinger tanzen ließ.

»Komm mir bloß nicht mit der Ehre der Serben«, brach Zlatan eisig die Stille.

Vasa hatte Angst vor Zlatan, denn dieser war unberechenbar und kaltblütig.

»Vasa, schau dir die Zeitungen hier an«, sagte Toma. »Das ist unsere Rache. Besser kann man die schwedische Polizei ja wohl nicht demütigen.«

Mehr Genugtuung würde es mir bereiten, die finnische Polizei zu demütigen, dachte Vasa. »Diese Scheiße glaubst du doch selbst nicht«, sagte er laut. »Hast du vergessen, was sie mit deinem Vater gemacht haben?«

Damit verlor Toma die Geduld. Er baute sich direkt vor Vasa auf – und wenn Toma das tat, hieß das, dass er es ernst meinte. »Du verdammter Hosenscheißer…«

»Du weißt, was ich meine. Beruhige dich.« Vasa bemühte sich, seinen Schrecken zu verbergen. Während er sprach, zog er ein blaues Notizbuch aus der Innentasche seiner Jacke. Er wunderte sich selbst über sein Verhalten; trotz seiner Angst fühlte er sich stärker, als er es sich je vorgestellt hatte. Offenbar witterte Toma an ihm etwas Besonderes, denn er ließ ihn weiterreden.

»Derzeit sieht es so aus, als wäre der beste Zeitpunkt zum Zuschlagen irgendwann kurz nach der Mittagszeit, wenn das Auto von Arboga in Richtung Eskilstuna fährt.«

Vasa hatte drei Wochen lang die Tätigkeit der Sicherheitsfirma beobachtet und die Route des Geldtransporters mit allen Regelmäßigkeiten genau dokumentiert.

Sie gingen nun seine Beobachtungen und Planung gemeinsam durch. Nach den neuesten Erkenntnissen hatten alle Sicherheitsfirmen ihre Schutzmaßnahmen wesentlich verstärkt.

»Also müssen wir unsere Bewaffnung verbessern«, sagte Vasa. »Zlatan, kann dein russischer Kontaktmann jede Art von Waffen besorgen?«

»Von Wolodja kriegt man alles außer einer Atombombe. Vielleicht sogar die, falls man sich über den Preis einigt. Er hat direkte Beziehungen zum Generalstab in Moskau. Und wenn in der Frunzenskaja, wie Wolodja seinen Laden nennt, etwas nicht aufzutreiben ist, dann braucht man es auch nicht.«

»Ich habe jedenfalls daran gedacht, meine Uzi gegen eine MP5 zu tauschen. Was glaubst du, was er für so eine haben will?«

»Ich werde mich erkundigen.«

Die Männer sammelten ihre Sachen auf dem Tisch ein. Jetzt ist der passende Moment, dachte Vasa.

Er berichtete seinen Komplizen, was in Finnland passiert war. Alle waren bestürzt – nicht nur wegen der Tragödie in Riihimäki, sondern auch weil Vasa ihnen vorher nichts von seinem Plan erzählt hatte.

»Das Ganze hätte glücklicher ausgehen können, wenn wir dabei gewesen wären«, sagte Danilo beinahe beleidigt.

Dieser Satz tat Vasa mehr weh, als Danilo ahnte.

»So ist es«, brüstete sich Slobo. »Mit dieser Truppe hier hätten wir den ganzen Knast geleert.«

Toma und Zlatan, die Kriegsveteranen, schwiegen. Sie hatten Hochachtung vor Oberst Jankovic, das wusste Vasa. Aber sie verstanden auch, dass das Ganze nur Vasa etwas anging.

Als die Männer aufbrachen, trat Vasa zu Slobo, der sich gerade wieder die Ohrhörer seines iPods in die Ohren steckte.

»Wie läuft's mit dem Demo-Band?«, fragte Vasa im Plauderton.

»Das letzte Stück kriegen wir morgen in den Kasten. Aber das richtig große Ding wäre ein Video.«

Vasa nickte. »Ich glaube, ich weiß, wo du dein Geld reinstecken wirst.«

»Genau. Aber jetzt muss ich erst mal damit zufrieden sein, dass ich die Studiomiete und ein anständiges Mastering bezahlen kann. Komm halt morgen früh vorbei und hör's dir an, wenn es dich interessiert.«

»Kommt Jasmin auch?«

»Was ist mit Jasmin?« Slobo warf Vasa einen argwöhnischen Blick zu. Jasmin war seine finnische Freundin.

»Nichts Spezielles. Mila hat nach einem finnischen Künstler gefragt, und ich dachte, Jasmin könnte etwas über ihn wissen«, log Vasa. Slobo war extrem eifersüchtig, und Vasa war schon entsetzt, wenn er sich nur vorstellte, der angehende Popstar würde erfahren, dass Jasmin das Wochenende in Riihimäki und nicht bei einer Freundin in Helsinki verbracht hatte.

»Jasmin kommt nicht. Sie steht nie vor elf auf.«

Wenn du wüsstest, dachte Vasa.

»Ich kann wahrscheinlich auch nicht. Es gibt noch eine Menge vorzubereiten«, sagte Vasa zufrieden. Jetzt wusste er, wen er am nächsten Morgen treffen würde.

12

Grau ragte das Polizeirevier des Stockholmer Stadtteils Södermalm in der Torkel Knutssons gatan auf. Vom Meer blies ein eisiger Wind, als Timo Nortamo auf den Haupteingang zuging. Er wurde von Axel Navarro begleitet, der etwas jünger und etwas rundlicher war als er und sich einen langen, weinroten Schal um den Hals geschlungen hatte, offenbar in der Absicht, wie ein madrilenischer Dichter auszusehen. Dieser Eindruck wurde durch das abgetragene Sakko komplettiert. Es schien jedoch nicht sonderlich effektiv vor der Kälte zu schützen, denn ihn fröstelte sichtlich.

Timo kannte den Mann seit Jahren und wusste, dass Navarro nicht sein ursprünglicher Nachname war. Im hyperindividualistischen Schweden waren Namenswechsel in Mode.

»Wie geht es deiner Familie?«, fragte Navarro. »Dein Sohn müsste bald schon im Mannesalter sein, oder?«

»Noch nicht ganz, zum Glück. Aaro ist vierzehn.«

Timo hoffte, Navarro würde sich nicht auch nach Soile erkundigen.

»Und deine Frau?«, fragte der Schwede prompt. »Ist sie immer noch in Genf?«

»Ja«, gab Timo sparsam zurück, ohne das Thema zu vertiefen. Sein Verhältnis zu Soile war distanziert, und es war Zeit, dass etwas passierte, egal in welche Richtung.

»Sie scheint eine Top-Wissenschaftlerin zu sein«, fuhr Navarro hartnäckig fort. »Beim CERN nehmen sie nicht jeden. Wie kommt man als Polizist klar, wenn man mit so einem Genie verheiratet ist?«, fragte er grinsend.

»Wenn du an der Intelligenz von Polizisten zweifelst, kannst du nur in eigener Sache reden.«

Navarro holte die Kontrollkarte hervor, die er um den Hals hängen hatte, und meldete Timo an der Pforte an. Von der Couch unter dem Fenster erhob sich eine Frau in engen Jeans, Cowboystiefeln und Wildlederjacke und kam mit entspanntem Lächeln auf die beiden Männer zu.

»Hallo, Johanna«, sagte Timo. »Kennst du Axel?«

»Nur vom Telefon«, antwortete Johanna und gab Navarro die Hand. »Ist es in Ordnung, wenn wir Englisch reden? Mein Schwedisch ist ein bisschen eingerostet.«

»Mit Timo rede ich auch Englisch«, sagte Navarro.

»Johanna ist die Clarice Starling Finnlands«, stellte Timo sie flachsend vor. »Hat Kurse beim FBI in Quantico besucht und ist bei der KRP aufgestiegen wie eine Raumfähre ...«

»Schlechter Vergleich, Timo. Raumfähren fallen irgendwann nämlich runter«, sagte Johanna mit künstlichem Lächeln. Sie wollte nicht, dass Navarro überzogene Hoffnungen in sie setzte – es genügte, wenn sie von der finnischen Polizeiführung zum Schwitzen gebracht wurde. Aber auch das war in gewisser Weise ihre eigene Schuld. Sie hatte selbst die Vermutung geäußert, es könnte erneut zu einem Versuch kommen, Oberst Jankovic zu befreien.

Alle drei gingen zu den Aufzügen, wobei Navarro seinen Smalltalk mit Johanna fortsetzte.

Timo war von Kopenhagen aus nach Stockholm geflogen, denn er hatte in der dänischen Hauptstadt als Vertreter der TERA an einem Kongress des Skandinavischen Polizeiverbundes teilgenommen. In Stockholm fühlte er sich nie sonderlich wohl. In seiner Jugend war die Stadt das Ziel diverser Schiffsausflüge gewesen, und immer war es kalt und teuer gewesen, und man hatte die Zeit bis zur Rückfahrt totgeschlagen. Als er noch bei der Sicherheitspolizei war, hatte er oft in Stockholm zu tun gehabt, seit er bei der TERA war, nur noch selten.

Allerdings hatte auch sein letzter Stockholm-Besuch mit

Oberst Jankovic zu tun gehabt. Die TERA war bei der Suche nach dem Aufenthaltsort des zur Fahndung ausgeschriebenen Jankovic beteiligt gewesen, und in den schwedischen Medien war die Behauptung publik gemacht worden, der Oberst sei in Stockholm untergetaucht. Der Druck, die Kriegsverbrecher festzunehmen, wuchs ständig, je länger es den wichtigsten Beschuldigten gelang, vor den westlichen Behörden zu fliehen. In Schweden war Jankovic allerdings nicht zu fassen gewesen. Erst in einer Gemeinschaftsaktion von KFOR-Truppen und weiteren internationalen Organen konnte er später auf dem Balkan ausfindig gemacht und festgenommen werden.

Erst jetzt kam Timo in den Sinn, dass Radovan Jankovic damals durchaus in den Truppen seines Vaters gestanden haben konnte, auch wenn er seinen offiziellen Wohnsitz in Stockholm gehabt hatte, in der Stadt, in der auch Vasa, der jüngere Sohn des Obersts, sowie dessen Tochter Mila lebten. Mit diesen beiden wollte Johanna sprechen.

Jankovics Fluchtversuch interessierte nicht nur die Finnen, sondern auch die TERA und die EU. Wegen des Falles war in anderen Ländern die Bewachung von Kriegsverbrechern, die derzeit ihre Strafe verbüßten, ebenfalls intensiviert worden. Die Festnahme und Verurteilung von Kriegsverbrechern sowie die Vollstreckung ihrer Strafen – all das war eine große, sensible und teure Prozedur, bei der viele Faktoren berücksichtigt werden mussten. Der aktuelle Fluchtversuch war der erste, würde aber kaum der letzte bleiben, wenn die Schuldigen nicht gefasst würden. Womöglich handelte es sich um eine Operation, die weit über den Versuch eines Sohnes, seinen Vater zu befreien, hinausging. Es konnte sogar ein organisiertes Netzwerk serbischer Nationalisten dahinterstecken.

Einer der Täter lag im Kühlraum des rechtsmedizinischen Instituts der Universität Helsinki, und je schneller sein Komplize für die Entführung einer Unbeteiligten zur Verantwortung gezogen werden konnte, umso besser war es.

»Habt ihr irgendwelche Erkenntnisse darüber, was ein Berufssoldat wie Radovan Jankovic während der letzten zwei Jahre in Stockholm gemacht hat?«, wollte Johanna von Navarro wissen, nachdem sie den Aufzug betreten hatten.

»Vielleicht hat er unsere Stadt nur als Stützpunkt benutzt. Ich weiß es nicht. In Schweden wohnen eine Menge Serben, darunter viele auf dem Balkan abgehärtete Soldaten.«

»Wäre es im Licht der Statistiken und angesichts Radovans Hintergrund denkbar, dass er in kriminellen Kreisen verkehrte?«

»Das versuchen wir gerade zu klären. Ehemalige serbische Soldaten sind bei Überfällen auf Geldtransporter und anderen, noch brutaleren Aktionen dabei gewesen. Über Radovan besitzen wir jedoch keinerlei Informationen.«

»Auch nicht über den Rest der Familie?«, hakte Johanna nach.

»Nur das, was ich schon per E-Mail geschickt habe. Bruder und Schwester leben hier.«

Der Aufzug hielt an. Sie traten in einen unendlich lang wirkenden, von billig aussehenden Design-Spots erleuchteten Gang, in dessen Fensternischen Grünpflanzen standen.

»Sind die Geschwister schon in irgendeiner Form vernommen worden?«, fragte Timo.

»Eigentlich ist das ja eure Angelegenheit«, richtete Navarro das Wort an Johanna. »Aber natürlich helfen wir, so gut es geht. Ihr solltet aber wissen, dass unsere Ressourcen ohnehin schon voll ausgeschöpft sind.«

Das wussten tatsächlich alle. Das Ansehen der schwedischen Polizei hatte einen unschönen Kratzer abbekommen, weil es ihr lediglich gelungen war, einen Bruchteil der gewaltsamen Raubüberfälle, die das Land seit längerem erschütterten, aufzuklären.

Navarros Büro war ebenso nichtssagend wie die Büros von Polizeibeamten überall auf der Welt, obwohl der Mann fast verzweifelt versucht hatte, es mit ein paar Kunstdrucken, einem bestickten Sitzkissen und einem marokkanisch aussehenden Tablett mit handbemalten Tassen aufzufrischen.

»Hatte Radovan keine Familie?«, fragte Johanna, obwohl sie die Antwort schon kannte.

»Er war nicht verheiratet. Wollt ihr einen Tee? Ich habe japanischen Gyokuro. Übers Internet bestellt.«

»Etwas Warmes würde vielleicht guttun«, sagte Johanna.

»Der ist vom Aroma her stärker, aber weniger bitter als der Sencha, den man normalerweise aus Japan kennt. Das Aroma entsteht dadurch, dass die Knospen der Teepflanze sehr früh gepflückt werden.«

Johanna nickte und brachte Navarro wieder aufs eigentliche Thema zurück: »Hast du die Adresse von Radovans Bruder und Schwester?«

Er gab ihr ein Blatt Papier und verließ den Raum, um Wasser für den Tee zu holen.

Auch Timo warf einen Blick auf den Computerausdruck. Die beiden wohnten in unterschiedlichen Vororten Stockholms: Mila Jankovic in Enskede und Vasa in Farsta. Von beiden war nicht mehr bekannt als Geburtsdatum und -ort, Personenkennziffer, Passbild und Adresse. Außerdem fand sich die Nummer von Vasas Autokennzeichen bei der zentralen Zulassungsstelle.

Mila und Vasa waren beide in Priština im Kosovo geboren.

»Ich schlage vor, gleichzeitig und ohne Vorwarnung mit den Jankovics zu reden, damit sie keine Vereinbarungen treffen können«, sagte Timo. »Ich könnte mit Vasa reden ... Oder solltest du das tun? Womöglich war er dein Verhandlungspartner in Riihimäki.«

»Die Männerstimme dort war durch einen Verzerrer unidentifizierbar gemacht, insofern spielt es keine Rolle, wer ihn befragt. Ich glaube aber, dass ich als Frau mehr aus Mila rausbekommen kann.«

Navarro kam mit dem Wasserkocher zurück und schaute die finnisch sprechende Johanna fragend an.

Diese schaltete sogleich auf Englisch um: »Radovan Jankovics Komplize kann vom Balkan stammen, aber die Linguisten, die das Band, auf dem er zu hören ist, untersucht haben, sind der Meinung, dass in dem Englisch des Mannes nicht nur ein serbischer Akzent, sondern auch etwas schwedische Intonation zu erkennen ist. Wir nehmen daher an, dass er zumindest einige Zeit in Schweden gelebt hat.«

Navarro goss das heiße Wasser in die Teekanne und hantierte vorsichtig mit dem Teefilter.

»Und überhaupt«, fuhr Johanna fort, »ist die Schwelle, vom Balkan nach Riihimäki zu kommen, um dort eine so komplizierte Aktion durchzuführen, ziemlich hoch. Außerdem haben sie mit an Sicherheit grenzender Wahrscheinlichkeit Hilfe von finnischer Seite erhalten.«

Navarro goss das Getränk, das aussah wie fahles Spülwasser, in die Tassen.

»Hast du die selbst bemalt?«, wollte Johanna wissen.

Timo warf ihr einen Blick zu, um zu sehen, ob sie mit Navarro einen Scherz trieb.

»Ich war in einem Kurs«, antwortete Navarro mit bescheidenem Stolz in der Stimme. »Die gelbe hier war meine erste, ist aber trotzdem ganz anständig gelungen, oder?«

»Elegant«, sagte Johanna höflich.

Timo verzichtete auf Lob. Er fing Johannas Blick auf, als Navarro seine Aufmerksamkeit auf das Tablett richtete. Johanna lächelte Timo schelmisch an.

13

Vasa hatte immer ein zwiespältiges Verhältnis zu Slobos finnischer Freundin gehabt. Abschätzig musterte er die junge Frau, die vor ihm saß. Jasmin war einundzwanzig, sah aber jünger aus. Braune Augen, dunkle Locken. Das vegetarische Essen hielt sie schlank, sie wirkte in jeder Hinsicht gut in Form und hellwach. Dennoch waren in ihrem Gesicht Spuren eines harten Lebens zu erkennen. Vasa hatte Jasmin kennen gelernt, als sie ihm die für seine Examensarbeit notwendigen finnischen Zeitungsausschnitte übersetzt hatte. Sie war scharfsichtig und clever, aber Vasas Versuche, sie dazu zu überreden, das Abendgymnasium zu besuchen, waren ergebnislos geblieben. Vielleicht war sie einfach zu wild und zu entwurzelt für diszipliniertes Lernen.

Auch wenn Jasmin etwas Anarchisches und Aggressives an sich hatte, so war sie doch auch aufrichtig und zuverlässig. Beides waren Eigenschaften, die Vasa an Menschen schätzte. Darum hatte er es auch gewagt, Jasmin für die Vorbereitung der Aktion in Riihimäki anzuheuern. Das Mädchen hatte ihren Preis gekannt – war ihn aber auch wert gewesen. Jasmin hatte in Riihimäki den geeigneten Gefängniswärter ausfindig gemacht und dessen Frau observiert, um ein Bild von deren täglicher Routine zu bekommen. Für Ausländer wäre es viel schwieriger gewesen, auf diese Weise in Finnland zu operieren.

Zu Vasas Überraschung hatte Jasmin die Anweisung befolgt, nicht einmal Slobo von dem Vorhaben zu erzählen.

Vasa lernte Jasmin immer mehr schätzen.

»Ich habe es in den Nachrichten gehört«, flüsterte sie ernst und blass. »In den finnischen Nachrichten ... Was ist schiefgegangen?«

Vasa musste sich Mühe geben, um seine Gefühle im Zaum zu halten.

»Alles«, sagte er und schluckte. »Das heißt eigentlich nur meine Einschätzung der Polizei. Ihr Finnen seid verdammt viel risikobereiter als die Schweden.«

Jasmin lachte kurz auf. »Das hätte ich dir vorher sagen können, du hättest mich nur fragen müssen.«

»Sie haben die Risiken ganz anders abgewogen, als es hierzulande getan worden wäre«, sagte Vasa. Es tat ihm gut, mit jemandem über das Thema reden zu können. Vorab hatte er seinen Plan nur mit Radovan durchgesprochen. »Die Polizei hat das Leben der Geisel aufs Spiel gesetzt. Das Leben einer Bürgerin ihres eigenen Staates! Ich frage mich, wer die Geisel hätte sein müssen, damit sie ihr Leben nicht aufs Spiel gesetzt hätten.«

»Finnland liegt in dieser Hinsicht näher an Russland als an Schweden. Man hat in Finnland eine ganz andere Einstellung gegenüber der Obrigkeit als hier. Bei uns sind die hohen Herren und das Volk noch getrennt. Und das Volk hasst und verehrt die hohen Herren gleichzeitig. Beides sind starke Gefühle. Du solltest mal das Pathos sehen, mit dem das Volk der Elite beim Feiern des Unabhängigkeitstages zuschaut. Alle, die in Finnland Rang und Namen haben, werden dann in die Residenz des Präsidenten eingeladen. Minister, Abgeordnete, die wichtigsten Beamten, Wirtschaftsbosse, Kulturleute. Und Millionen Bürger gucken sich das live im Fernsehen an. In welchem anderen Land gibt es so etwas noch?«

»Ich fahre morgen nach Finnland. Um meinen Vater zu besuchen. Und mich um Radovans Überführung zu kümmern. Wir wollen ihn in serbischer Erde begraben.«

»Morgen? Ich dachte, ihr plant für Eskilstuna«, sagte Jasmin vorsichtig.

»Ich habe mit den Jungs darüber gesprochen. Für die Beerdigung brauche ich auch einige Tage.«

»Du kannst das Projekt jetzt nicht einfach liegen lassen. Alle haben dafür wahnsinnig viel gearbeitet.«

Vasa nahm einen Schluck Tee. Jasmins wenige Sätze gingen ihm hartnäckig durch den Kopf. Sie hatten etwas Neues zum Keimen gebracht, etwas Frappierendes.

Er spielte mit dem Löffel wie mit einem Amulett und sah Jasmin in die Augen, bis seine Finger plötzlich erstarrten. Ein Schauer lief ihm über den Rücken.

»Was guckst du mich so an?«, lachte Jasmin gezwungen. »Du siehst aus, als …«

»Erzähl mir mehr über das Fest am Unabhängigkeitstag, das euer Präsident organisiert.«

Eine Stunde später saß Vasa in seiner Wohnung am Computer. Er hatte seit Tagen nicht gelächelt, aber jetzt ließ er zu, dass sich ein breites, befreites Schmunzeln auf seinem Gesicht ausbreitete.

Seine gemietete Zweizimmerwohnung war vollgestopft: Möbel von Ikea, in den Regalen Fachbücher, die er am Leihschalter der Bibliothek vorbeigeschmuggelt und nicht zurückgegeben hatte, Ausgaben der serbischen Zeitung ›Politika‹ und Material, das er für seine Examensarbeit brauchte. Sein bevorzugter Autor war Noam Chomsky, der unermüdlich die effektive Propagandakampagne und die Bombenangriffe der Nato im Kosovo kritisiert hatte. Die meisten Kosovo-Serben hielten die Anwesenheit der Nato mittlerweile für die beste Garantie, um ihren Status wahren zu können, aber Vasa dachte nicht so.

Vasa bewegte den Cursor über den Bildschirm und ließ den Blick durch den Gelben Saal schweifen. Von dort ging er in den Gotischen Saal weiter. Die virtuelle Präsentation des Präsidentenpalais war mit finnischer Präzision realisiert worden. Die Bildauflösung war so gut, dass man durch Zoomen sogar kleinste Details herauspicken konnte.

Finnland überraschte Vasa immer wieder aufs Neue. Ein Serbe, der einmal dort gelebt hatte, hatte ihn mehrfach zu überreden versucht, ebenfalls dort hinzuziehen. Kein Wunder. Man hatte in Finnland Verhältnisse geschaffen, die für Kriminelle fast ideal waren. Da das zu versteuernde Einkommen jedes Bürgers über die Listen des Finanzamts öffentlich zugänglich war, konnte man sich als Erstes eine wohlhabende Person aussuchen, von denen es seit den Kursgewinnen von Nokia mittlerweile Tausende gab. Die dazugehörige Adresse fand man im Internet, die Personenkennziffern waren auf allen möglichen Unterlagen im Altpapier zu sehen, und damit kam man praktisch an alles heran und überallhin. Alles war offen und vertrauensselig. Wenn man wollte, konnte man von der Kommunalverwaltung sogar Informationen über die Grundrisse von Privathäusern bekommen. Was konnte ein Krimineller mehr verlangen?

Während er sich durch die Residenz des Präsidenten bewegte, machte sich Vasa Notizen. Er skizzierte einen Grundriss mit grober Raumaufteilung und zeichnete Fenster und Türen ein. Ein Aspekt brachte ihn auf den nächsten, und was anfangs eine größenwahnsinnige Schnapsidee war, nahm nach und nach die Gestalt eines konkreten, realisierbaren Plans an.

Als Nächstes vertiefte sich Vasa in die Berichte über die Feier zum Unabhängigkeitstag, die er im Internet-Archiv der beiden wichtigsten Tageszeitungen ›Hufvudstadsbladet‹ und ›Helsingin Sanomat‹ fand. Er schrieb sich genau den Verlauf des Abends auf: Begrüßung jedes Gastes per Handschlag, Buffet, Tanz, er schrieb sich alles auf, was er fand. Dabei blieben, was den Ablauf betraf, noch viele Fragezeichen, auf die er später Antworten finden musste.

Er ging allerlei Fotos durch und zeichnete in den Grundriss die Wege ein, die die Gäste nahmen, nachdem sie dem Präsidenten die Hand gegeben hatten. Alles war noch sehr unkonkret, und es gab an vielen Stellen Lücken, aber die Antwort auf die entscheidende Frage stand:

Ja, es war möglich.

Vasa klappte sein Notizbuch zu und starrte ins Leere.

Als Nächstes würde die finnische Polizei über Geiseln verhandeln, über die zu verhandeln sie sich nicht leisten konnte.

14

Timo betrachtete das Passbild, das er in der Hand hielt. Vasa Jankovic war ein sympathisch aussehender junger Mann. Dennoch musste Timo aus irgendeinem Grund an den Mann denken, der in einem Kaufhaus die schwedische Außenministerin erstochen hatte. Auch auf den Bildern vom Tatort war ein Mann aus dem ehemaligen Jugoslawien zu sehen gewesen, dem man kaum zugetraut hätte, eine so sinnlose Bluttat begangen zu haben.

Timo blickte auf und musterte durch das Wagenfenster die Fassade des dreistöckigen Hauses in der Såfflegatan in Farsta. Er steckte das Passbild, das er von Navarro bekommen hatte, in seine Brieftasche und stieg aus dem Wagen. Mit Johanna hatte er vereinbart, dass er Vasa aufsuchte, während sie mit Mila sprechen wollte.

Langsam ging Timo auf das Gebäude zu und sah sich dabei nach allen Seiten um. Die Gegend machte sogar jetzt im Spätherbst einen gefälligen Eindruck. Auf der anderen Straßenseite befand sich ein Platz mit Kopfsteinpflaster und Bänken sowie einem Springbrunnen, der aber bereits für den Winter abgestellt war. Der Platz wurde von lehmroten und ockergelben drei- bis vierstöckigen Häusern aus den 50er Jahren gesäumt, in deren Erdgeschossen freundliche, altmodische Läden untergebracht waren: ein Schuhgeschäft, ein Süßwarenladen, ein Geschäft für Kinderkleider. Trotz des eisigen Windes waren relativ viele Leute auf der Straße. In einer solchen schwedischen Idylle könnte sogar ich mich wohlfühlen, dachte Timo. Alles in nächster Nähe, einfacher Alltag. Ganz anders als die Hektik in Brüssel.

Ein junger Mann mit aufgestelltem Kragen kam mit großen

Schritten aus der Haustür. Er telefonierte beim Gehen mit seinem Handy. Als er näher kam, erkannte Timo ihn: Vasa Jankovic.

Timo wollte sich schon zu erkennen geben, als ihm etwas auffiel. Der Mann sprach beim Telefonieren nicht Schwedisch. Er sprach auch nicht Serbisch, sondern Englisch – fließendes Englisch ohne bedeutenden Akzent.

Timo handelte intuitiv und ging an dem Mann vorbei, ohne sich etwas anmerken zu lassen.

»... eine MP5 käme in Frage«, sagte Vasa Jankovic ins Telefon. »Aber so einen Preis zahle ich nicht ...«

Mehr konnte Timo nicht hören, allerdings beschleunigte schon der eine Satz seinen Herzschlag. Sogleich sah er Vasa Jankovic mit ganz neuem Ernst; eine MP5 war eine kurzläufige Maschinenpistole von Heckler & Koch, ein zuverlässiges und beliebtes Werkzeug in den Händen von Polizisten wie von Terroristen oder auch gewöhnlichen Kriminellen.

Als er um die Ecke gebogen war, blieb Timo stehen und blickte hinter sich. Jankovic stand vor einem älteren blauen Landrover. Er telefonierte noch immer, wobei er sich nach allen Seiten umschaute. Schließlich zog er den Autoschlüssel aus der Tasche und schloss die Tür auf.

Timo hörte, wie der Motor ansprang, und als er sich erneut umblickte, sah er den Landrover eine scharfe 180-Grad-Wendung machen.

Mit schnellen Schritten ging Timo zu dem kleinen Peugeot, den er gemietet hatte. Als der Landrover schon fast im Verkehr verschwunden war, fing Timo an zu rennen. Er startete den Wagen, machte ebenfalls eine Wendung um 180 Grad und hoffte, den auffälligen Geländewagen bald wieder in den Blick zu bekommen.

An der ersten Kreuzung war der Wagen nicht zu sehen. War ihm eine Fehleinschätzung unterlaufen?, fragte sich Timo. Vielleicht hatte Jankovic von der Paint-Ball-Version der MP5 gesprochen. Schließlich gab es erwachsene Männer, die mit so etwas spielten.

Timo schaute nach vorn die Straße entlang, die nun vierspurig wurde. Nebeneinander standen die Autoschlangen an der nächsten roten Ampel. Timo beschleunigte kurz und wechselte auf die linke Spur, die lichter zu sein schien. Im selben Augenblick sprang die Ampel auf Gelb. Timo gab weiter Gas, der Tacho zeigte achtzig Stundenkilometer, der bejahrte, weißhaarige Fahrer eines Volvo Amazon warf ihm einen grimmigen Blick zu, als Timo ihn überholte. Nach der Ampel nahm Timo den Fuß vom Gas und hielt nach dem Landrover Ausschau. Tatsächlich erkannte er ihn in der rechten Wagenschlange an zweiter Stelle.

Jankovics Geländewagen lavierte mit abrupten Tempowechseln durch den Stockholmer Verkehr: schnelle Beschleunigungen, plötzliche Spurwechsel und Abbiegen in letzter Sekunde. Vor den Ampeln verlangsamte Jankovic das Tempo und gab in dem Moment Vollgas, in dem die Ampel auf Rot umsprang. Timo hatte alle Mühe, an ihm dranzubleiben. Und das war kein Zufall. Genau darauf war Jankovic aus: eventuelle Verfolger abzuschütteln. Eine andere Erklärung für den wechselhaften Fahrstil hatte Timo nicht, das Ganze sah aus wie aus einem Lehrfilm der Kriminalpolizei über Beschattung. Was veranlasste Jankovic, so vorsichtig zu sein?

Den Mann über Navarro beschatten zu lassen hätte Arbeit, Qual und extreme Bürokratie verlangt, so knapp wie die Ressourcen der Stockholmer Polizei waren. Eine einzige MP5 wäre bei der Prozedur kaum ins Gewicht gefallen.

Nach dem Slalom und den Tempowechseln im Innenstadtverkehr gelangte Jankovic ins ruhigere Gewerbegebiet Johanneshov. Timo ließ sich zurückfallen. Der gemächlichere Verkehr wurde durch Lastwagen kompensiert, hinter denen man gut in Deckung bleiben konnte.

Auf einmal trat Timo abrupt auf die Bremse. Der Geländewagen war nicht mehr auf der Straße zu sehen, er musste irgendwo abgebogen sein, in eine Zufahrt zu einer der Fabriken, Gewerbehallen oder Werkstätten. Timo wendete und fuhr langsam zurück in die Richtung, aus der er gekommen war. Dann sah er den Landrover neben einer Reifenhalle stehen.

Auf der anderen Straßenseite befand sich ein Bootshandel. Timo fuhr auf dessen Kundenparkplatz und ging zu Fuß hinüber zur Reifenhalle, die mit einem Ersatzteilhandel verbunden zu sein schien. Dazwischen war eine Nische. Nachdem er sich versichert hatte, von niemandem gesehen zu werden, schlüpfte er in den Schatten der Nische. Ob es hier weitere Freunde der MP5 gab?

Timo stellte fest, dass die Nische eigentlich ein Gang war, der sich ins Dunkle hinein fortsetzte. Nachdem sich seine Augen an die Dunkelheit gewöhnt hatten, erkannte er, dass er auf diesem Weg bis ans andere Ende kam. Die Gebäude waren also gar nicht miteinander verbunden, wie es von weitem ausgesehen hatte, sondern durch diesen etwa ein Meter breiten Gang getrennt.

Ein schweres, gedämpftes Stampfen veranlasste Timo, auf die Straße zu blicken. Er sah einen hellgrünen Sportwagen mit hohem Tempo auf den Hof der Halle fahren. Zuerst erkannte er die Marke nicht, aber dann sah er das Chrysler-Emblem. Kaum war der Motor aus, erfüllte die stampfende Musik die ganze Umgebung. Dann wurde es auf einen Schlag still. Der Fahrer stieg aus, und Timo wurde um einen weiteren Grad aufmerksamer. Zwar war der Mann gekleidet wie ein westlicher Popsänger, der sämtliche Stile seit den 80er Jahren in sich vereinigte, aber seine Gesichtszüge verrieten, dass er aller Wahrscheinlichkeit nach vom Balkan stammte.

Noch immer neben dem Wagen stehend, steckte sich der Mann Ohrhörer in die Ohren und bediente anschließend ein kleines Gerät, das Timo als iPod identifizierte.

Gleich darauf fing der Mann an, seltsame Bewegungen zu vollführen. Mit geschlossenen Augen und weißen Knöpfen im Ohr zuckte er zuerst vorsichtig und dann immer rhythmischer hin und her; er schüttelte die Schultern, und die Hüftbewegungen wurden wilder. Als er dann noch Schritte zur Seite und nach vorne machte, hatte es endgültig den Anschein, als übte er vor einem imaginären Publikum einen Showauftritt. Timo sah der Aufführung ungläubig und trotz der Situation mit einer solchen

Belustigung zu, dass es ihm schwerfiel, nicht laut zu lachen: Ja, ja, die Schweden waren seit ewigen Zeiten im Musikgeschäft erfolgreich, aber das war nun doch zu viel. Vielleicht sollte er lieber so bald wie möglich nach Brüssel verschwinden.

Wie auf Knopfdruck brach der Mann seinen Tanz ab, als ein weiteres Auto auf den Hof fuhr, mit ebenso heftigen Lenkbewegungen wie kurz zuvor der Chrysler. Es beschleunigte sogar noch, bis man die Bremsen quietschen hörte und das Fahrzeug nur einen Meter vor dem erschrockenen Showstar zum Stehen kam. Sogleich erfüllte das gesamte Spektrum des schwedischen Schimpfwortschatzes den Hof.

Ein jüngerer Mann mit Kapuzenjacke stieg auf der Fahrerseite aus. Er hatte dunkle Haare, und seine Nase zierte ein weißer Verband. Auf der Beifahrerseite entstieg dem Wagen ein ziemlich großer und dünner pockennarbiger Mann, in dessen gegelten Haaren ein kerzengerader Scheitel zu erkennen war. Beide trugen ein gleich breites Grinsen auf dem Gesicht.

»Stanko, hast du gehört, dass die Amerikaner schon vorab eine Riesenmenge von Slobos Demo-CD bestellt haben?«, hörte Timo den jüngeren der beiden zu seinem pockennarbigen Kumpel sagen.

»Rate mal, warum!«, fuhr der Jüngere fort und gab selbst die Antwort: »Die CIA will für ihre geheimen Gefängnisse Foltermaterial, mit dem sie in den Verhören die allerhärtesten Jungs weich bekommt ...«

Der Showstar war überhaupt nicht amüsiert, sondern richtete einen blitzschnellen Tritt gegen das Gesicht des Witzbolds, in dem auf einen Schlag die Miene umsprang, denn der zutretende Fuß kam unmittelbar vor der ohnehin schon ruinierten Nase zum Stoppen. Der Pockennarbige brach in abgehacktes Gelächter aus.

Der Showstar hatte seinen Tritt so blitzschnell, punktgenau und stilrein ausgeführt, dass er eine östliche Kampfsportart oder Kickboxen beherrschen musste. Oder war er womöglich ein Soldat mit Nahkampfausbildung? Ein weiterer Aspekt, der Timos

Interesse für die Männer wachsen ließ, war die Tatsache, dass auch die zwei Neuankömmlinge Gesichtszüge aufwiesen, die auf den Balkan hindeuteten.

Einen Moment später gingen die Männer lauthals redend in die Halle hinein. Timo blickte hinter sich. Am Ende des dunklen Ganges war hoch oben an der Hallenwand ein schwacher Lichtschein zu erkennen. Also musste es an der Rückwand ein Fenster geben. Auf der Erde konnte Timo zwischen einzelnen Gräsern Schotter, Backsteinbrocken und heimtückisch nach oben ragende Stücke dicker Stahlseile erkennen. Jeder Schritt musste überlegt sein, dachte Timo und ging langsam im Dunkeln voran.

15

Vasa saß nachdenklich auf dem Sofa und schaute Toma zu, der mit einem Glas in der Hand militärisch aufrecht vor der Weinkarte stand und mit professionellem Schmatzen einen Rotwein kostete. Er hatte die Flasche nach langem Warten per Post aus Südafrika bekommen. Sie stammte aus Stellenbosch, aus dem Herzen der südafrikanischen Weinbauregion, von einem Weingut, das zum Verkauf stand.

Im Weinschrank lagen entsprechende Flaschen aus verschiedenen Gegenden der Welt. Eine Flasche jedoch bewahrte Toma im Firmentresor auf. Das war die einzige übrig gebliebene Flasche von dem Weingut, das Tomas Familie im Kosovo besessen hatte und das von Albanern niedergebrannt worden war. Vasa hatte einmal gefragt, zu welchem Anlass diese Flasche eigentlich geöffnet würde. Aber angeblich sollte sie gar nicht entkorkt, sondern so lange von Generation zu Generation weitergereicht werden, bis die Familie wieder Wein anbauen konnte. Freilich gab es vorläufig gar keine Familie, denn Tomas Frau und sein einziger Sohn waren bei jenem Anschlag der Albaner im Juni 1999 umgekommen, und es sah nicht so aus, als wäre der schwer vom Leben gebeutelte Toma noch einmal fähig, eine Ehe einzugehen.

»Ausgezeichnet«, stellte er fest, nachdem er den Wein gekostet hatte. »Das ist eine eigene südafrikanische Traubensorte, Pinotage. Manche finden, man könnte sie nicht annähernd mit Cabernet oder Syrah vergleichen, aber bei Leuten, die das sagen, spielt die Psychologie eine größere Rolle als der Geschmack. Der größte Teil der südafrikanischen Ernte besteht aus Chenin blanc, der wird dort schon seit dreihundert Jahren angebaut.«

Toma nahm erneut einen Schluck und war begeistert. »Großartig.«

Er analysierte Weine nicht mit Hilfe künstlicher Begriffe, aber Vasa hielt Tomas Urteilsvermögen trotzdem für gut – und zwar in jeder Angelegenheit. Toma handelte mit der Präzision eines Berufssoldaten und ging keine unnötigen Risiken ein. Wenn nötig, konnte er aber auch hart durchgreifen. Ganz gleich, ob es darum ging, ein Maschinengewehrnest des Feindes im Kosovo zu erobern oder einen Geldtransport in Schweden zu überfallen, die Operation musste mit professioneller Sorgfalt und Besonnenheit durchgeführt werden. Das Einzige, das in Toma brannte, war sein Hass auf die albanischen Moslems. Nach der Tragödie, die seiner Familie widerfahren war, hatte Toma sich freiwillig zu vielen der schwersten Schlachten des Krieges gemeldet. Die Niederlage im Krieg, der Mord an seinem Vater und der Verlust des Weingutes an die Albaner hatten ihn so gründlich verbittert, dass er seine Heimat verlassen und beschlossen hatte, als Söldner in den Kongo zu gehen und von dort dann nach Schweden weiterzuziehen. Jetzt hatte er ein neues Leben in Südafrika im Visier, wo er sich von der Beute der Raubüberfälle ein Weingut kaufen wollte.

Zlatan hatte sich schweigend auf einem Stuhl unter dem Fenster niedergelassen, wo er routiniert seine Maschinenpistole reinigte. Im Halbdunkel konnte man von ihm wegen der schwarzen Kleider nur die Umrisse des Schädels mit der Hakennase erkennen. Er behielt Toma und Vasa im Auge, aber sein Gesicht verriet nicht, was in ihm vorging.

Die angespannte, stille Atmosphäre schlug im Nu um, als Slobo, Stanko und Danilo polternd hereinkamen.

»Mit solchen Verrückten zusammen mache ich gar nichts«, plärrte Slobo.

Danilo grinste Vasa und Toma an und machte eine kleine Kopfbewegung in Slobos Richtung: »Wollten wir uns heute nicht treffen, ohne Aufmerksamkeit zu erregen? Toma, hast du gewusst, dass Slobo sein Gezappel draußen vor der Halle trainiert und damit deine ganze Firma blamiert?«

»Dann wollen wir mal«, sagte Toma in einem Ton, der signalisierte, dass er genug von dem Thema hatte. Er breitete einen Stadtplan von Eskilstuna auf dem Tisch aus und daneben eine Karte mit dem Straßennetz der ganzen Region Svealand.

»Vasa, beschreibe uns die Route des Autos und wie dein Plan aussieht!«

Vasa schwieg einen Moment, weil er noch überlegte, wie er sein Anliegen möglichst vorsichtig zur Sprache bringen konnte.

»Der Plan sieht so aus…« – er warf einen Blick auf die ungeduldigen Mienen der anderen –, »… dass wir dieses Ding nicht machen.«

Ungläubige Verblüffung machte sich im Raum breit.

»Was faselt unser Magister da?« Tomas extrem aggressiver Gesichtsausdruck überraschte Vasa, obwohl er mit cholerischen Reaktionen gerechnet hatte. Aber Toma war normalerweise der Ruhigste und Besonnenste in der Gruppe und versuchte stets rational zu handeln.

»Wenn wir schon ein großes Ding statt vieler kleiner machen wollen, warum machen wir dann nicht ein *wirklich* großes?«

»Eskilstuna ist groß genug«, stellte Toma fest.

»Eskilstuna ist ein Fliegenschiss. Ein gefährlicher Fliegenschiss außerdem. Die Sicherheitsleute sind schwerer bewaffnet, sie rechnen mit Überfällen. Im Transporter erwartet uns womöglich eine Sondereinheit der Polizei. Es ist denkbar, dass einer von uns ums Leben oder im Rollstuhl in den Knast kommt. Dann bleibt es beim Traum vom eigenen Weingut.«

»Scheißdreck«, schrie Toma beinahe. »Du hast gestern selbst gesagt, dass wir alle Chancen auf Erfolg haben. Falls unser Herr Magister Muffensausen hat, kommen wir auch ohne ihn klar. Auf einen mehr oder weniger kommt es hier nicht an.«

»Du sagst selbst immer, es kommt auf jeden an«, stellte Danilo Kaugummi kauend fest.

»Halt's Maul!«

»Lassen wir den Magister reden«, meinte Stanko mit wachsamem Blick in den dunklen Augen.

Mit Genugtuung registrierte Vasa Stankos Geste, obwohl er den Kerl sonst nicht sonderlich mochte. Stanko hatte sich schon als Teenager den übel beleumdeten paramilitärischen serbischen Truppen angeschlossen, und Vasa hatte Geschichten gehört, denen zufolge Stanko einer derjenigen war, die von Kirchtürmen auf unschuldige Zivilisten geschossen hatten. Auch auf Frauen und Kinder. Zu seiner äußeren Erscheinung zählten die typischen Kennzeichen des Machos aus dem Mittelmeerraum: dicke Goldkette an Handgelenk und Hals, drei große Ringe. Er hielt sich für einen Frauenhelden der schweren Sorte, dabei hatte er eine frühzeitig verwelkte schwedische Frau und drei Kinder zu Hause sitzen.

Vasa ließ den Blick über die Männer schweifen. »Wir machen ein Ding, bei dem tausendmal mehr Geld herausspringt. Ein Ding, mit dem wir die skandinavischen Weicheier blamieren und gleichzeitig der ganzen Welt zeigen können, wozu Serben imstande sind.«

Danilo seufzte. »Das mit dem Geld klingt gut, aber wenn die serbische Ehre mit reingezogen wird, ist das ein deutliches Zeichen dafür, dass die ganze Aktion dazu verurteilt ist, in den Arsch zu gehen.«

Die Haltung von Danilo, diesem Winzling, wurmte Vasa. Dieser unmoralische, rückgratlose Loser wohnte in Schweden, seit er vier Jahre alt war, und seine Welt bestand aus amerikanischen Actionfilmen und Ego-Shooter-Computerspielen.

»In diesem Fall wird nichts in den Arsch gehen. Jeder von uns wird so viel Geld bekommen, wie er nur will«, sagte Vasa mit Nachdruck. »Und eines ist sicher: Mit diesem Überfall rechnet niemand«, fügte er ernst hinzu. »Absolut niemand.«

16

Timo verzog das Gesicht vor Schmerzen. Seine Bauchmuskeln und sein Fuß, den er gegen die Backsteinwand des Gebäudes gegenüber stemmte, verlangten von ihm, sofort mit dem Klettern aufzuhören. Er spürte, wie seine Beine haltlos zu schlottern begannen. Bis zum Fenster waren es noch zwei Meter.

Drei Meter war Timo bereits mit dem Rücken zur Hallenwand nach oben geklettert. Die ersten zwei Meter waren überraschend leicht gegangen, aber danach war es schnell umso schwerer geworden. Timo hatte sein physisches Leistungsvermögen schwer überschätzt. Wurde er alt? Er blickte erneut nach oben und musste einsehen, dass er es nicht schaffen würde.

Aufzugeben war mehr als ärgerlich, aber es gab keine Alternative. Zum Glück hatte er sich vorher versichert, dass unter ihm keine Eisenrohre nach oben ragten. Er ließ los und kam mit einem unterdrückten Stöhnen am Boden an. Wie weit man den Aufprall wohl hörte? Doch sicherlich nicht bis in die Halle ... Er entfernte sich schnell, lief im Schutz der Hecken in einem Bogen auf die Straße und hielt es schließlich für das Klügste, zu seinem Auto zurückzukehren.

Niemand folgte ihm. Er rief Johanna an, die gerade bei Mila Jankovic in Enskede war.

»*Ist es dringend?*«

»Könnte sein.«

»*Warte, ich gehe an einen Ort, wo ich in Ruhe reden kann.*«

Johanna entschuldigte sich bei Mila Jankovic für die Unterbrechung und ging zum Reden in die Küche. »Schieß los.«

»*Ich habe gehört, wie Vasa am Handy etwas über eine MP5 gesagt hat, und bin ihm bis zu einer Reifenhandlung in Johanneshov gefolgt*«, sagte Timo. »*Hier treffen sich ein paar Serben, die nicht wie ein Handarbeitskreis aussehen. Ich frage mich, ob ich Vasa weiter beschatten soll, wenn er aus der Reifenhalle herauskommt. Hast du aus der Schwester etwas herausbekommen?*«

»Ich habe erst angefangen«, flüsterte Johanna, auch wenn Mila wohl kein Finnisch verstand. »Mach auf jeden Fall weiter, wenn du schon mal dort bist. Über Navarro geht nichts vorwärts.«

Johanna steckte das Telefon ein und kehrte über den kurzen Flur in das Atelier der Dachgeschosswohnung zurück. Von einer solchen Wohnung hatte sie selbst immer geträumt. Die dicken Balken des Ende des 19. Jahrhunderts erbauten Hauses trugen ein Schrägdach, in das Sprossenfenster eingesetzt waren.

Was die Einrichtung betraf, war Mila Jankovics Wohnung allerdings alles andere als behaglich. An den Wänden und Holzpfeilern lehnten schwarze, düstere, beklemmende große Gemälde. Johannas Aufmerksamkeit richtete sich auf ein dunkles Bild, das an Picassos ›Guernica‹ erinnerte. Darauf reckten schreiende Menschenfiguren inmitten der Zerstörung die Hände gen Himmel.

»Es erzählt von meiner Mutter«, sagte die kleine, dunkelhaarige junge Frau. »Sie war im Zug unterwegs, um mich und meinen Bruder abzuholen und in Sicherheit zu bringen, als die Nato-Bomber zuschlugen. Durch die Detonation wurden ihr sämtliche Extremitäten abgerissen.«

Johanna begann Milas Arbeiten ein wenig besser zu verstehen.

»Das tut mir leid«, sagte sie.

Mila zuckte mit den Schultern und zündete sich eine Zigarette an. Johanna fragte sich, wie sich eine angehende Künstlerin wie Mila eine solche Wohnung leisten konnte. Hatte der Vater sie für seine Tochter gekauft? Kümmerte sich ein Netzwerk serbischer Nationalisten um die Nachkommen der Kriegshelden?

»Wie haben Sie dieses Atelier gefunden?«, fragte Johanna.

»Es gehört einer Stiftung, die mir als Stipendium drei Jahre Wohnrecht eingeräumt hat.«

An einer Wand, die ihren Putz verloren hatte, hing ein ungerahmtes Gemälde, das einen kleinen Jungen zeigte. Es wich im Stil von den anderen Bildern ab. Menschliche Wärme ging von ihm aus. Davor brannte eine Kerze.

»Das ist offenbar Ihr Bruder«, sagte Johanna.

Mila stieß den Atem aus. »Mein Bruder Radovan«, sagte sie nachdenklich. »Meine Mutter hat solche sentimentalen Sachen gemalt. Ich habe mir nie sonderlich viel daraus gemacht.«

Mila Jankovic strahlte Kompromisslosigkeit und Entschlossenheit aus. Sie hatte unverkennbar ihren Weg und ihren Stil gefunden, und niemand konnte mehr darauf einwirken. Sie machte einen offenen und ehrlichen Eindruck.

»Nach Mutters Tod war mein Vater für Radovan das Ein und Alles. Alles, was mein Vater tat, war großartig und heldenhaft.« Mila lächelte, wurde aber im Nu wieder ernst. »Und als mein Vater dann gejagt und gefangen genommen und nach Den Haag gebracht wurde …« Sie kniff die Augen zusammen und nahm einen Zug von der Zigarette, bevor sie fortfuhr. »Das war schlimmer, als wenn er gestorben wäre. All die Behauptungen über die Grausamkeiten, die mein Vater zugelassen hatte … Radovan und Vasa beharrten steif und fest darauf, dass sie nicht stimmten. Vor allem Radovan wirkte, als wäre er kurz vorm Verrücktwerden. Er sagte, mit dem Demütigen und Entehren des Vaters müsse Schluss sein. Ich wollte nicht hören, was sie sagten. Es wäre besser gewesen, mein Vater wäre gestorben.«

Johanna war verstummt angesichts der seelischen Zerstörung, die der Krieg in Menschen zurückgelassen hatte, die ihn physisch überstanden hatten. Es war eine stille Vernichtung, die noch Jahre und Jahrzehnte nach Kriegsende weiterging und die Menschen von innen zerfraß.

»Nach dem Tod Ihrer Mutter hat sich Ihr Vater um Sie gekümmert?«

»Für so etwas hatte er keine Zeit. Vasa und ich wurden nach Schweden in Sicherheit gebracht. So behauptete es mein Vater wenigstens. Ich glaube, er wollte uns nur loswerden. Radovan blieb und kämpfte und trug die Ehre der Familie als Offizier weiter. Die Ehre ist bei dem Ganzen aber später ziemlich abgebröckelt, denke ich. Das Töten hört nicht auf.«

Mila drückte die Zigarette in einem verzierten Aschenbecher aus und sah Johanna in die Augen.

»Das Töten muss irgendwann ein Ende haben. Schauen Sie in den Nahen Osten, dort scheint sich die Spirale der Rache endlos weiterzudrehen.«

»Was für ein Verhältnis haben Sie heute zu Ihrem Vater?«, fragte Johanna.

Mila ging ans Fenster und blickte über die Dächer. In der Ferne waren Leuchtreklamen zu sehen, hier und da Dachfenster, in denen Licht brannte.

»Bei dem Prozess in Den Haag sind viele Dinge ans Tageslicht gekommen, viele Behauptungen, immer neue Berichte von Grausamkeiten. Die hatten nichts mit dem Vater zu tun, den ich kannte.« Mila drehte sich wieder zu Johanna um. »Seitdem habe ich keinen Kontakt mehr zu ihm gehabt.«

»Und Ihr Verhältnis zu Ihrem Bruder?«

»Jedes Mal, wenn ich Radovan traf, schwor er, unseren Vater zu befreien. Als ich einmal sagte, dass die Behauptungen über das, was unser Vater im Krieg getan hat, ja womöglich stimmten, regte Radovan sich auf und schimpfte mich eine Verräterin. Danach hatten wir eigentlich keinen Kontakt mehr. Einerseits verstehe ich, dass er unseren Vater retten wollte, aber ich kann nicht akzeptieren, dass Menschenleben aufs Spiel gesetzt werden.«

»Und Vasa?«

»Ungefähr die gleiche Geschichte. Aber Vasa lebt schon länger in Schweden, in ihm steckt nicht diese Unerbittlichkeit und Härte wie in Radovan. Ich weiß, dass sich auch Vasa sehr nach seinem Vater sehnt. Aber das ist eine andere Art von Sehnsucht als bei Radovan, sie ist irgendwie distanzierter und nostalgischer. Vasa ist sentimentaler, als Radovan es war, er hat mehr von unserer Mutter.«

»Was treibt er denn so?«

»Er ist an der Uni eingeschrieben, internationale Politik und Massenkommunikation und so etwas. Aber er wird wohl nie einen Abschluss machen. Eigentlich weiß ich gar nicht, was er den ganzen Tag so treibt.«

»Was denken Sie, in welchen Kreisen könnte er verkehren?«

»In ziemlich seltsamen. Seine Kumpels sind ein bisschen komisch.«

»Serben?«

»Schweden und Serben. Junge Männer, die sich aufspielen. Vasa ist intelligent und kein primitiver Typ. Ich kann nicht verstehen, warum er solche Gesellschaft sucht. In letzter Zeit hatten wir kaum etwas miteinander zu tun. Als würde mich das Schicksal unseres Vaters auch von Vasa trennen.«

Mila hatte sich wieder dem Fenster zugewandt und blickte auf die Dächer der Stadt. Johanna glaubte zu sehen, wie ihre Augen feucht wurden, war aber nicht sicher, ob es nur durch die Spiegelung der Fensterscheibe so wirkte.

»Und wissen Sie was? Ich bin glücklich darüber, keinen Kontakt zu meinen Brüdern gehalten zu haben. Wenn Sie zu mir gekommen sind, um Vasa nachzuspionieren, kann ich Ihnen ehrlich sagen, dass ich keine Ahnung habe, wo er steckt und was er tut. Ich kann Ihnen keinerlei Information bieten, die meinen noch lebenden Bruder denunzieren könnte«, zischte Mila.

»Aber Sie haben Vasa am Freitag, dem 23., getroffen?«

»Sie haben gehört, was ich Ihnen gesagt habe! Ich weiß nichts von Vasas Angelegenheiten und will auch nichts davon wissen ... Gehen Sie jetzt!«

Johanna ging ruhig zur Tür. Mila Jankovic war kein Mensch, bei dem man psychologische Kartentricks anwenden konnte. Johanna merkte, dass sie die Redebereitschaft der jungen Frau falsch eingeschätzt hatte. Ganz offensichtlich wusste sie mehr, als sie sagte. Eventuell wollte sie sogar etwas Wesentliches mitteilen, indem sie ihr Schweigen so stark betonte: Sie wollte ihren Bruder nicht denunzieren, befürwortete aber auch nicht, was er tat.

Auf der Straße angekommen, rief Johanna Timo an. »Bist du immer noch an Vasa dran?«

»Ich warte noch bei der Reifenhalle auf ihn, aber nicht mehr lange.«

»Nein, warte nur in aller Ruhe. Durch Mila habe ich den Eindruck bekommen, dass es in Vasas Richtung qualmt. Ich komme zu dir. Sag mir die Adresse.«

»Warte ... Jetzt kommen die Typen heraus. Du schaffst es nicht mehr rechtzeitig. Ich folge Vasa und halte dich auf dem Laufenden.«

»Sei vorsichtig!«

Timo legte das Handy weg und heftete den Blick fest auf den Landrover, der gerade den hell erleuchteten Hof der Reifenhalle verließ. Er musste sich voll auf die Verfolgung konzentrieren, denn Vasa war auf der Hut. Plötzlich wurde Timo selbst auf die Scheinwerfer eines Fahrzeugs im Rückspiegel aufmerksam. Ihm schien, als würde Vasa noch ein weiterer Wagen folgen. Oder folgte er nicht Vasa, sondern ihm, Timo? Er schmunzelte. Jetzt war nicht der richtige Zeitpunkt zum Fantasieren.

Der Landrover hielt in der Lådulasgatan in Södermalm vor dem sympathisch wirkenden, von jungen Leuten bevorzugten Café Gromada. Timo setzte den Blinker, parkte in sicherer Entfernung von dem Geländewagen und ging zu Fuß auf das Café zu.

»Du hast es getan?«, fragte Jasmin ungläubig an einem Tisch im Café Gromada. Sie trug eine bunte, selbst gestrickte Wollmütze, die sie auch drinnen nicht abgenommen hatte.

Vasa lächelte schwach und nickte, während er seine dampfende Teetasse hob.

»Das kann nicht wahr sein«, flüsterte Jasmin und beugte sich über den Tisch näher zu Vasa heran, obwohl das Stimmengewirr ringsum ohnehin alles überdeckte. »Was hast du ihnen gesagt? Hast du ihnen die Aktion in Finnland vorgeschlagen? Sie haben dich bestimmt für verrückt gehalten.«

»Am Anfang vielleicht. Aber sie sind nicht dumm. Und sie riechen das Geld. Vor allem, wenn es so viel ist.«

Während der Autofahrt hatte Vasa die Situation und Einstellung seiner Freunde analysiert. Nachdem ihnen Vasas wahres Motiv klar geworden war – die Befreiung seines Vaters –, war die Lage einen Augenblick lang aussichtslos gewesen. Toma, Zlatan und Stanko hatten zwar allen Respekt vor dem Oberst, aber Geld war ihnen trotzdem wichtiger. Für den kleinen Danilo und für Slobo war der Oberst bloß der Vater von Vasa, nicht mehr. Für die beiden zählte nur das Geld.

Bei Stanko war es freilich nicht das Geld an sich, sondern die Möglichkeit zum Glücksspiel, die es ihm bot. Er hatte sich unmittelbar vor den Raubüberfällen zum Spielen mit großen Einsätzen hinreißen lassen, und da die Beute überraschend klein ausgefallen war, war er in eine immer üblere Schuldenspirale hineingeraten. In letzter Zeit hatte er wegen seiner Spielschulden sogar Morddrohungen erhalten. Längst gefährdeten die Schulden auch seine Ehe; ein paarmal hatte er bereits seine Frau geschlagen, die es aber noch nicht gewagt hatte, Anzeige zu erstatten. Dafür hatte sich Stanko anderer Körperverletzungen schuldig gemacht, für die er auch mit Gefängnis bestraft worden war. Erstaunlicherweise war er der Einzige in der Gruppe, der über Gefängniserfahrung in Schweden verfügte.

Im Hinblick auf das große Ding in Finnland war Slobo der schwierigste Fall, denn dessen Hirngespinst, ein Popstar zu werden, stand in krassem Widerspruch zu der Tatsache, dass es nach dem Überfall in Helsinki notwendig wäre, komplett unterzutauchen. Andererseits steckte auch hinter Slobos Musikfantasien der Wunsch, viel Geld zu verdienen.

»Du willst doch nicht im Ernst behaupten, dass sie den Überfall in Eskilstuna aufgegeben und durch deine neue Idee ersetzt haben?«, fragte Jasmin.

»Natürlich nicht. Ich habe gar nicht geglaubt, dass es so einfach gehen würde. Eskilstuna bleibt nach wie vor im Visier. Aber könntest du mir trotzdem von dem komischen Fest in der Residenz ein paar Zeitungsartikel mit Bildern besorgen und übersetzen? Oder mir sagen, wo ich Material darüber auf Schwedisch finde? Behalt aber nichts davon in deinem Computer, lösche alles, sobald du es ausgedruckt hast. Ich werde deine Mühe natürlich honorieren, sag mir einfach einen Preis...«

»Mach dir darüber keine Gedanken«, unterbrach ihn Jasmin. Sie schaute Vasa in die Augen und nahm seine Hand.

»Du hast deinen Bruder verloren... Na klar helfe ich dir«, sagte sie mit einfühlsamem Blick in ihren schokoladenbraunen Augen.

Vasa schwieg eine Weile, dann grinste er.

»Schicke Mütze«, sagte er. »Selbst gestrickt?«

Jasmin nickte. »Peruanisches Modell. In der Schule habe ich Handarbeiten gehasst. Die anderen haben das Stricken zu Hause von ihren Müttern gelernt, aber...«

Vasa drängte sie nicht, weiterzureden. Von Slobo wusste er, dass Jasmin adoptiert worden und als Baby aus Rumänien ins reiche Westend von Espoo gekommen war. Darum sah sie auch etwas exotischer aus, als es bei Finninnen üblich war, jedoch nicht so, dass es ins Auge sprang. Ihr neues Zuhause war von den äußeren Umständen her wohlhabend gewesen, in geistiger und seelischer Hinsicht aber eher armselig. Die Eltern hatten für ihre Arbeit gelebt, Jasmin war im Grunde von häufig wechselnden Au-pair-Mädchen und Haushaltshilfen großgezogen worden. Als Jasmin in zu jungen Jahren von ihrer Adoption erfahren hatte, war das Verhältnis zu ihren Adoptiveltern noch distanzierter geworden. In der Pubertät war es dann endgültig zum Bruch gekommen. Mit sechzehn war sie ausgezogen, in schlechte Gesellschaft geraten und durch Drogen beinahe ums Leben gekommen. Eine Art Selbsterhaltungstrieb hatte ihr dann aber doch geholfen, ihr Umfeld zu verlassen und nach Stockholm, in eine ganze neue Umgebung zu kommen. Hier hatte sie zwei Jahre zuvor Slobo kennen gelernt. Vom Regen in die Traufe, dachte Vasa, behielt den Gedanken aber für sich.

»Ich habe für Slobo auch so eine gemacht, aber angeblich ist das nicht sein Stil«, sagte Jasmin.

»Tatsächlich? Ich hätte sie genommen«, sagte Vasa lächelnd.

Auf der anderen Straßenseite stand in einer Hofeinfahrt ein Mann mit düsterer Miene. Er sah durch das große Fenster des Cafés, wie Vasa und Jasmin einander zugeneigt an einem Nebentisch saßen und Händchen hielten.

Slobo ballte vor Zorn die Fäuste, dabei hielt er zugleich Ausschau, ob der Mann mittleren Alters, der ihm zuvor schon aufgefallen war, immer noch in Sichtweite war. Er hatte den Platz gewechselt, aber spätestens jetzt war Slobo klar, dass der andere tatsächlich beobachtete, was im Café passierte. Interessierte er sich etwa für Vasa?

Kurz darauf verließ Jasmin das Café, aber der geheimnisvolle Mann blieb in Sichtweite.

Wenige Minuten später trat auch Vasa aus der Tür. Slobo sah, wie Vasas Erscheinen den wartenden Mann in Bewegung versetzte. Slobo zog sich die Kapuze seiner Jacke noch tiefer ins Gesicht und folgte dem Unbekannten.

17

Timo sah Vasa in der Haustür verschwinden. Er rief Johanna an, die ihn erneut aufforderte, vorsichtig zu sein.

Diese Bevormundung ärgerte ihn. Er stieg aus dem Wagen. Der Platz sah in der Abendbeleuchtung mindestens ebenso freundlich aus wie zuvor bei Tageslicht. Timo konnte sich vorstellen, wie es in wenigen Wochen hier aussähe, wenn es schneite und ein Christbaum den Platz schmückte. Dann wäre die schwedische Weihnachtsidylle perfekt.

Er ging die Treppe in den ersten Stock hinauf. Was, wenn Jankovic die Beschattung bemerkt hatte? Erwartete Timo hinter der Wohnungstür womöglich eine entsicherte Waffe?

Er drückte den Klingelknopf. Verdächtig lange rührte sich nichts. Dann wurde aufgeschlossen, und die Tür öffnete sich. Auf der Schwelle stand, das Kinn vorgestreckt, ein Mann, dessen maskuline, zugleich aber auch sensibel wirkende Züge bei Frauen garantiert nicht ihre Wirkung verfehlten.

Timo stellte sich vor, indem er dem anderen seinen finnischen Polizeiausweis zeigte. Die TERA ließ er bewusst aus dem Spiel.

»Was wollen Sie?«

»Als Erstes möchte ich Ihnen mein Beileid angesichts des Todes Ihres Bruders aussprechen. Könnten wir uns über ihn vielleicht kurz unterhalten?«

Jankovic seufzte resigniert und trat zur Seite, damit Timo eintreten konnte.

»Mein Schwedisch ist ein bisschen schwerfällig, wäre es Ihnen recht, wenn wir Englisch reden?«, fragte Timo, als sie ins Wohnzimmer kamen.

Jankovic schüttelte den Kopf. »Reden wir Schwedisch, wenn wir schon in Schweden sind. Warum wollen Sie über meinen Bruder sprechen?« Er bedeutete Timo, sich ihm gegenüber an den Tisch zu setzen.

»Wie Sie wissen, hat er versucht, den in Riihimäki inhaftierten Kriegsverbrecher...«

»Er hat versucht, seinen Vater zu befreien«, unterbrach ihn Jankovic scharf.

»Seinen Vater, der wegen Kriegsverbrechen verurteilt worden ist.«

»Unser Vater ist kein Verbrecher. Er ist ein Offizier, der vom Volk geachtet und geliebt wird. Die Gewinner des Krieges haben ihn schändlicherweise verurteilt und in eine Zelle gesteckt, irgendwo in ...«

Es klingelte an der Tür. Jankovic verließ das Zimmer.

Timo war auf der Hut. Der Mann wirkte genauso schwierig, wie er es sich vorgestellt hatte.

Vasa starrte auf den Mann, der ihm an der Tür gegenüberstand. Slobo starrte zurück, die Hände in den Taschen seiner Kapuzenjacke vergraben.

»Was willst du hier, Mann? Wir haben doch ausgemacht, dass wir uns nicht gegenseitig besuchen. Verschwinde!«, fauchte Vasa leise und wollte die Tür schließen.

Slobo schob seinen Fuß dazwischen.

»Ich suche Jasmin. Ich dachte, ich finde sie vielleicht hier.«

»Jasmin? Wovon redest du? Wieso hier?«

»Hast du sie nicht gesehen?«

»Nein. Verschwinde jetzt. Ich habe Besuch ...«

Slobo riss die Tür auf und trat ein. Sein vor Wut verzerrtes Gesicht war unmittelbar vor Vasas Gesicht.

»Du lügst, du Scheißkerl. Ich hab gesehen, wie ihr im Café Gromada Händchen gehalten habt ...«

Timo konnte die Wohnungstür nicht sehen, aber er hörte, wie der serbische Wortwechsel zunehmend heftiger wurde. Der Mann, der geläutet hatte, schien höchst erregt zu sein. Es klang, als machten sich die Männer gegenseitig Vorwürfe. Timo wurde unbehaglich zu Mute. Intuitiv blickte er zum Balkon und taxierte, ob er von dort notfalls auf den Nachbarbalkon gelangen würde.

Auf einmal wurde es still im Flur. Der andere Serbe hatte etwas gesagt, was Jankovic, der gerade noch lauthals und heftig gesprochen hatte, zum Schweigen brachte. Timo hörte den Ankömmling weiterreden. Vasa entgegnete etwas mit gesenkter Stimme. Dann hörte man, wie sich im Treppenhaus schnelle Schritte entfernten, und die Tür wurde geschlossen.

Kopfschüttelnd kam Jankovic ins Wohnzimmer.

»Tut mir leid, aber wir Serben regen uns leicht auf, auch wegen Kleinigkeiten. Mein Freund kam, um Schulden einzutreiben, die ich ihm gestern schon zurückzahlen wollte. Ich hatte nur andere Sachen im Kopf.«

Timo nahm zur Kenntnis, dass sich Jankovic nicht wieder an den Tisch setzte, sondern stehen blieb und sich an den Türrahmen lehnte.

»Viele hier wissen das mit Radovan noch gar nicht. Er war ziemlich isoliert, verbittert wegen des Schicksals unseres Vaters und ganz Serbiens. Alles, woran er glaubte und was er für wichtig hielt, ging mit dem verlorenen Krieg unter. Er hat gar nicht erst versucht, sich hier zu integrieren.«

»Hatte er Kontakte nach Serbien oder zu ehemaligen serbischen Soldaten hier in Schweden?«

»Das weiß ich nicht. Wir führten ganz unterschiedliche Leben. Ich schreibe an meiner Examensarbeit und arbeite auch sonst. Ich ...«

»Wo arbeiten Sie?«

»Ich schreibe als freier Mitarbeiter für Zeitungen. Meistens über Themen, die mit meiner Examensarbeit zu tun haben. Zwei Fliegen mit einer Klappe. Radovan hockte dagegen tagaus, tagein zu Hause und nahm keine Arbeit an, die man ihm anbot. Das war seiner nicht würdig. Für meinen Lebensstil hatte er nichts übrig, weshalb wir irgendwann auch keinen Kontakt mehr hielten. Ich kann nicht mehr sagen, als dass er verbittert und introvertiert war und sich mit so gut wie niemandem hier getroffen hat. Weder mit Schweden noch mit Serben.«

»Hatte er Verbindungen nach Finnland?«

»Soweit ich weiß, nein.«

»Ich muss Ihnen noch Fingerabdrücke abnehmen.« Timo nahm das Stempelkissen und die Formulare, die er von Johanna bekommen hatte, aus der Tasche.

»Was soll der Zirkus?«

»Das ist kein Zirkus, das ist Ernst. Sie werden sicher verstehen, dass wir auch mit Ihnen routinemäßig verfahren müssen.«

Mit düsterer Miene setzte Jankovic seine Fingerabdrücke in die dafür vorgesehenen Felder.

»Ich fahre morgen nach Finnland, um meinen Vater zu besuchen. Das hätte man auch dort erledigen können.«

»Ich wusste nicht, dass Sie hinfahren. Haben Sie mit der Gefängnisleitung darüber gesprochen?«

»Selbstverständlich.«

Innerlich fluchend steckte Timo das Stempelkissen und die Formulare wieder in seine Tasche. Hatte Johanna auch nichts gewusst?

Jankovic sah Timo forschend an. »Bevor Sie gehen, möchte ich Sie bitten, mir noch eine Frage zu beantworten.«

»Ja?«

»Warum sind Sie mir gefolgt?«

Timo erschrak. Wo hatte Jankovic ihn bemerkt? Die wahrscheinlichste und fast einzige Stelle war auf der Straße vor dem Café. Nachdem die Observation sich über den ganzen Abend hingezogen hatte, war Timo unachtsam geworden und beim Warten auf Jankovic einmal zu offensichtlich über die Straße gegangen.

»Ich war heute schon einmal hier, habe Sie aber nicht angetroffen. Da ich noch andere Dinge in der Stadt zu erledigen hatte, wollte ich Ihnen erst später hinterhertelefonieren. Man hatte mir gesagt, Södermalm sei ein schönes Viertel, darum beschloss ich, dort essen zu gehen. Auf dem Weg zu meinem Wagen sah ich Sie dann im Fenster des Cafés. Ich hatte kein Foto dabei, darum war ich mir nicht hundertprozentig sicher. Erst als Sie hierherfuhren, wusste ich, dass ich Recht hatte.«

Timo trug seine erfundene Geschichte so arglos wie möglich vor und beobachtete dabei, wie seine Worte wirkten. Jankovic nickte ausdruckslos.

»Dann haben Sie es ja nicht so eilig.«

Vom Küchenfenster aus verfolgte Vasa, wie der Finne davonfuhr. Anscheinend war er ausschließlich an der Flucht aus dem Gefängnis interessiert. Von den Überfällen auf die Geldtransporter schien er nichts zu wissen.

Vasa schrubbte wütend seine tintenschwarzen Fingerkuppen mit Spülmittel. Der Grund für seine Wut war nicht der Besuch des Polizisten, sondern Slobo. Dieser eifersüchtige Trottel.

Slobo war bereits Ende der 90er Jahre nach Schweden gekommen, mit seiner Mutter, die in Priština als Musiklehrerin gearbeitet hatte. Der Vater war unter dubiosen Umständen verschwunden. Es wurde sogar behauptet, serbische paramilitärische Truppen hätten ihn verschleppt, weil er, der Akademiker, Milošević kritisiert hatte. Die Mutter war vor drei Jahren in Stockholm von einem Auto überfahren worden, und das war für Slobo ein schwerer Schlag gewesen. Erst als er Jasmin kennen gelernt hatte, war er wieder auf die Beine gekommen.

Je mehr Vasa über alles nachdachte, umso mehr Klarheit gewann er. Er musste Toma und die anderen dazu bringen, Eskilstuna zu vergessen und sich stattdessen für Helsinki zu begeistern.

Die Begeisterung war sogar schon am Keimen, denn alle hatten begriffen, dass ein erfolgreicher Schlag in Helsinki ein Blankoscheck war – die Aussicht auf grenzenlosen Reichtum. Aber das hieß noch nicht, dass die Männer bereit waren, auf Eskilstuna zu verzichten. Dieses Ding war vorläufig noch konkreter, reeller. Aber das konnte sich ändern.

Vasa trocknete sich die Hände mit Haushaltspapier. Was wäre die beste Art, das Eskilstuna-Ding zu torpedieren? Es musste verhindert werden, und Helsinki musste an seiner Stelle die Chance des Lebens bieten, die man einfach beim Schopfe ergreifen musste.

Vasa ging ins Wohnzimmer und ließ sich auf die Couch fallen. Slobos Verhalten war Besorgnis erregend. Sollte er dem Hitzkopf erklären, dass er von Jasmin nichts weiter wollte als Informationen über Finnland?

Allerdings: Stimmte das überhaupt?

Vasa hatte die Finger von Frauen gelassen, seitdem seine Ehe mit der Schwedin Mona nach zwei Jahren auf Grund gelaufen war. Es hatte sich herausgestellt, dass Mona sich nicht zu einer Frau umerziehen ließ, die akzeptierte, was er trieb.

Vasa wunderte sich sehr, wieso die sonst so clevere Jasmin nicht kapierte, mit was für einem Idioten sie es im Fall von Slobo zu tun hatte. Bei den Überfällen beherrschte der Mann seinen Job, aber im Zivilleben war er mitsamt seiner musikalischen Schaumschlägerei einfach nur ein nerviger Trottel.

Vasas Telefon klingelte. Mila war am Apparat, sie klang unsicher und gedämpft. Vasa begriff sofort, was los war.

»War die Polizei bei dir?«, fragte er.

»Ja.«

Stille.

»Was hast du ihnen gesagt?«

»Ich habe ihnen gesagt, wie es ist. Dass ich nicht weiß, was du treibst, und es auch nicht wissen will.«

»Haben sie dich gefragt, ob wir uns getroffen haben?«

»Hast du nicht gehört, was ich gesagt habe?« Milas Stimme wurde aggressiv.

»Doch, habe ich. Beruhige dich jetzt. Morgen werde ich Vater in Finnland besuchen.«

»Was hat das mit mir zu tun?«

»Er wird mir genaue Anweisungen für das Begräbnis geben. Das alles bedrückt mich. Ich habe schon in Belgrad und bei JAT

Airways angerufen und mich wegen des Transports von Särgen erkundigt. Wir könnten einen gemeinsamen Flug buchen, du und ich …«

»*Wenn es eine Beerdigung wird wie die von Darko, bleibe ich lieber zu Hause. Wenn Waffen einen Menschen getötet haben, muss man dann auch bei der Beerdigung noch damit herumballern?*«

»Ich muss mich nach den Wünschen unseres Vaters richten, das verstehst du doch?«

»*Nein, das verstehe ich überhaupt nicht. Ist er denn ein Gott für dich? Du hast doch selbst das Den Haager Urteil gelesen …*«

»Es reicht, Mila. Deine Haltung ist deutlich geworden. Wir kommen auf das Thema zurück, wenn du fähig bist, ohne überzogene Emotionen zu reden.«

Vasa beendete das Gespräch, bevor er selbst aufbrauste. Er durfte jetzt nicht wütend auf Mila werden, nicht gerade jetzt.

18

»Einerseits wirkt Mila Jankovic stark, andererseits hat sie zugleich etwas Bemitleidenswertes an sich«, sagte Johanna. Sie saß in einer Ecke des Hotelzimmers im Sessel und ließ die Beine lässig über die Armlehne baumeln. Timo flog am nächsten Morgen nach Brüssel zurück, weshalb sie ein Treffen in seinem Hotelzimmer vereinbart hatten, um sich gegenseitig auf den neuesten Stand der Dinge zu bringen.

Timo öffnete die Minibar und bot Johanna eine Flasche Mineralwasser an. Sie schüttelte den Kopf.

»Etwas Stärkeres?«, fragte Timo und grinste aufmunternd.

»Ein andermal ... Aber ich bin überzeugt davon, dass Mila von den Ereignissen in Riihimäki so gut wie nichts weiß. Nach dem Den Haager Tribunal hat sie den Kontakt zu ihrem Vater abgebrochen. Mit dem Verhältnis zu ihren Brüdern ist es nicht anders. Anscheinend verdächtigt sie Vasa, an der Aktion beteiligt gewesen zu sein, will aber ihrem Bruder gegenüber loyal bleiben. Jedenfalls bis zu einem bestimmten Punkt. Ich glaube jedoch, man könnte sie dazu bringen, diesen Punkt zu überschreiten.«

Johanna streckte sich, um Notizblock und Stift aus ihrer Handtasche zu nehmen, die sie aufs Bett geworfen hatte. »Erzähl mir, was genau Vasa über die MP5 gesagt hat.«

»Er war dabei, einen Handel abzuschließen. Er sagte etwas Ähnliches wie: *Eine MP5 kommt in Frage. Aber so einen Preis zahle ich nicht.*«

»Und die Kerle in der Reifenhalle? Gib mir noch mal den Namen der Firma.«

Timo schrieb ihn auf. »Alle sahen serbisch aus. Ich werde

Navarro morgen darüber berichten. Der soll mit seiner Porzellanmalerei ein bisschen kürzertreten und stattdessen mal den Club aus der Reifenhalle genauer unter die Lupe nehmen. Und an deiner Stelle würde ich ziemlich aktiv in Vasas Richtung weiterermitteln.«

»Alles hängt von den Ressourcen der schwedischen Polizei ab – und von ihrem Willen, sie einzusetzen.«

»Ich werde das Ganze auch noch mit Malmsten in Brüssel besprechen«, sagte Timo und seufzte tief. Bengt Malmsten war der schwedische TERA-Vertreter, und Timo kam nicht sonderlich gut mit ihm aus, vor allem weil der Mann die Angewohnheit besaß, ewig um den heißen Brei herumzureden, ohne zu einem Entschluss zu kommen.

Die Lampe vor dem Pressbyrå-Zeitungskiosk im Sockenvägen schaukelte an ihrem Stahlseil im Wind. Vasa trat aus dem Kiosk heraus und ging zu seinem Auto, das er zwanzig Meter weiter geparkt hatte. Er blickte sich verstohlen um, aber auf der Straße war es ruhig, immerhin war es bereits elf Uhr am Abend.

Im Auto tauschte er die SIM-Karte seines Handys gegen die Prepaid-Karte aus, die er gerade am Kiosk gekauft hatte.

Er überlegte noch einen Moment, dann schrieb er eine SMS: DIE ROUTINEMÄSSIGEN SICHERHEITSMASSNAHMEN IN ESKILSTUNA MÜSSEN SOFORT GEÄNDERT WERDEN!

Diese Nachricht schickte er an einen Mitarbeiter der Firma Securitas, den er bei der Vorbereitung des Überfalls beschattet hatte. Anschließend setzte er wieder seine eigene SIM-Karte ein und stieg aus dem Wagen, um die Prepaid-Karte in einen Abfalleimer zu werfen.

Leichten Mutes fuhr Vasa nach Hause. Nun stand der Aktion in Helsinki nichts mehr im Wege. Die Operation würde den Namen 6/12 tragen. Und sie würde ganz Finnland auf den Kopf stellen.

Zu Hause nahm Vasa das Material, das er über die Residenz des finnischen Präsidenten gesammelt hatte, zur Hand. Es war eine Menge, und er hatte sich gründlich mit dem Gebäude und der Umgebung vertraut gemacht. Alle Informationen waren auch auf Schwedisch, der zweiten offiziellen Sprache Finnlands, zugänglich gewesen. Das Objekt war nach der Art eines Pariser Adelspalais gebaut worden, ionische Säulen zierten seine Fassade.

Besonders interessierte sich Vasa für die Innenräume, deren Grundzüge Ende der 30er Jahre des 19. Jahrhunderts geschaffen worden waren, als der Bau zum Palast für den Zaren umfunktioniert wurde. Vasa studierte genau den großen, von Galerien gesäumten Staatssaal, der im Zuge der zweiten Erweiterung von 1908 neben dem Spiegelsaal entstanden war, mit Verbindung zum Speisesaal. Es gab dort vier in der Decke eingelassene Fenster, und die umlaufende Galerie ruhte auf korinthischen Säulenpaaren.

Das nächste Mal war der Palast zwischen 1919 und 1922 renoviert worden. Damals hatte man die oberste Etage zur Wohnung des Präsidenten umgebaut. Wichtiger war für Vasa jedoch der in den 30er Jahren zur Mariankatu hin angelegte Seiteneingang samt Empfangshalle. Bei den Reparatur- und Renovierungsmaßnahmen Anfang der 70er Jahre war die bauliche Grundstruktur erhalten geblieben. Im Sommer 2005 hatte man dann im Palast sämtliche Rohre erneuert.

Vasa überprüfte auch die unmittelbaren Nachbarn der Residenz, den Obersten Gerichtshof in der Helenankatu sowie das Wirtschaftsministerium in der Aleksanterinkatu. Von dort aus schien es keinen Zugang zur Residenz zu geben, so wie es Vasa auch vermutet hatte.

Er wusste, dieselben Pläne und Zugangswege würden am Abend des nächsten Unabhängigkeitstages vom Sonderkommando Bär der finnischen Polizei studiert werden.

19

Johanna leerte im Schlafzimmer ihrer Wohnung in Helsinki ihren Koffer und telefonierte dabei. Am Stockholmer Flughafen Arlanda hatte sie sich einen Flakon Lolita Lempicka gekauft und gleich etwas davon auf den Hals gesprüht. Düfte waren der einzige Luxus, bei dem sie keine Abstriche machte.

»Laut Nortamo besteht kein Zweifel daran, dass Vasa Jankovic nicht ganz koscher ist«, sagte Johanna zu Hedu. Ihr Chef hatte die Verdachtsmomente gegen Vasa trotzdem nicht für stark genug gehalten, um ihm die Besuchserlaubnis bei Borislav Jankovic zu verweigern.

»*Die Sicherheitsmaßnahmen in Kakola sind schon immer streng gewesen, und jetzt sind sie es erst recht*«, sagte Hedu beschwichtigend.

»Ich glaube auch nicht, dass sie den Oberst jetzt gleich wieder herausholen wollen«, erwiderte Johanna und warf die schmutzige Wäsche auf einen Haufen. »Aber ihr müsst auf Band aufnehmen, was die beiden reden, es kann sein, dass wir dadurch etwas erfahren.«

Zur Abwechslung hatte Hedu auch eine gute Nachricht: Heli Räsänen war auf dem Weg der Genesung, die Gefahr einer Frühgeburt bestand nicht mehr, und Angst vor einer Lähmung musste sie auch nicht mehr haben.

Nach dem Telefonat steckte Johanna die Wäsche in die Maschine, schloss die Luke und schüttete so achtlos Waschpulver in das dafür vorgesehene Fach, dass eine gehörige Portion auf dem Boden landete. Wütend auf sich selbst befeuchtete sie zähneknirschend etwas Toilettenpapier und wischte das Pulver auf.

Vasa schaute seinen Vater an, der im Krankenzimmer der unter dem Namen »Kakola« bekannten Justizvollzugsanstalt Südwestfinnland im Ruhesessel saß. Der Pfleger hatte ihm ein Medikament gespritzt und ihn dann mit dem Besucher allein gelassen. Allerdings stand ein Wächter vor der Tür, und auch sonst schien das gesamte Gefängnispersonal auf der Hut zu sein.

Vasa wusste, dass er auf dünnem Eis ging. Er bereute bereits das Risiko, das er mit seinem Besuch einging. Aber es war wichtig, den Vater zu sehen. Er hätte es sich nie verziehen, wenn die Verfassung seines Vaters schlechter geworden wäre und er es nicht mehr geschafft hätte, mit ihm über bestimmte Dinge zu reden. Ärgerlich nur, dass aller Wahrscheinlichkeit nach jedes ihrer Worte aufgezeichnet wurde.

»Sorge dafür, dass auf Radovans Grabstein der Vers kommt, den er als kleiner Junge immer aufgesagt hat«, sagte der Vater mit für seine Verhältnisse ungewöhnlich sanfter Stimme.

Vasa nickte. Er wollte nicht reden, denn er hatte Angst, seine Stimme könnte ihm versagen. Radovan hatte sich als Kind mythische Worte aus der Sage von Kosovo Polje, dem Amselfeld, angeeignet, von denen behauptet wurde, sie stammten von Fürst Lazar. Bei jeder sich bietenden Gelegenheit hatte er sie aufgesagt.

»Hast du sonst alles organisiert?«, fragte der Vater.

Vasa räusperte sich. »Ja. Mach dir keine Sorgen, konzentriere dich darauf, dass du wieder zu Kräften kommst.«

Der Vater sah ihn plötzlich scharf an und sagte leise: »Sag Veljiko, er soll schauen, wer zum Begräbnis kommen soll und wer besser nicht.«

»Wie erreiche ich ihn?«

»Über Branislav. Gebrauch deinen Verstand. Bring die Nachricht dorthin, wo du dich mit Radovan gestritten hast, als wir aus Pec kamen.«

Vasa nickte rasch. Jetzt kamen sie auf vermintes Gelände, auf dem sich Vasa zuvor nicht bewegt hatte – und wo er auch jetzt nicht unbedingt hinwollte. Da Radovan nicht mehr war, kamen ganz neue Dinge auf Vasa zu. Zuvor hatte er sich nicht für die in die Enge getriebenen Offiziere interessiert, auch nicht für das serbische Netzwerk, das sie schützte, oder für ihre Verstecke und Zufluchtsorte.

Bis jetzt hatte er seine Augen sogar vor der eigentlichen Kernfrage verschließen können: Was hatte sich sein Vater zu Schulden kommen lassen? Trug er überhaupt eine Schuld? Vasa hatte Radovans Beteuerungen geglaubt, weil er daran glauben wollte. Jetzt war die Situation eine andere. Jetzt musste er selbst entscheiden, was die Wahrheit war.

Timo zahlte in der TERA-Kantine im Brüsseler Stadtteil Ixelles sein Mittagessen. Auf seinem Tablett prangten ein Teller Gemüsesuppe, eine Scheibe Brot ohne Butter und ein Glas Wasser. Er hatte beschlossen, die ersten Anzeichen von Gewichtszunahme gleich im Keim zu ersticken.

Kurz zuvor hatte er aus Neugier in Kakola angerufen und erfahren, dass die Jankovics eine Stunde lang miteinander geredet hatten. Der Mitschnitt war gerade auf dem Weg zur Übersetzung. Timo würde der Text in wenigen Tagen vorliegen.

Widerwillig steuerte er mit seinem Tablett den Tisch von Bengt Malmsten an. Der schwedische TERA-Vertreter war ein großer, dünner Mann aus der südschwedischen Provinz Schonen, der wie viele seiner Landsleute ein Faible für Sitzungen aller Art hatte.

»Viele Grüße von Mama Svea«, sagte Timo auf Schwedisch.

»Danke, Timo«, erwiderte Malmsten, erfreut, seine Muttersprache zu hören. »Hat sich etwas geklärt?«

»Nichts Umwälzendes«, fuhr Timo auf Englisch fort und fing lustlos an, seine Suppe zu löffeln. »Außer dass es allen Grund gibt, sich eingehend mit Vasa Jankovic zu befassen. Navarro kann aber keine Ressourcen dafür bereitstellen.«

Während des Essens ging Timo die Ereignisse von Stockholm durch. Anschließend rief er von seinem Büro aus Johanna in Helsinki an. Sie war fest der Meinung, dass Vasa Jankovic an der Befreiungsaktion des Obersts beteiligt gewesen war – und dass er erneut einen Befreiungsversuch unternehmen würde.

20

Während der gesamten Fahrt von der Haftanstalt in Turku nach Helsinki war Vasa tief in Gedanken versunken gewesen. Nun stand er auf dem Marktplatz der finnischen Hauptstadt, trank heißen Kaffee und richtete den Blick über die Marktstände und die Zeltcafés mit ihren orangen Dächern auf das im Hintergrund erkennbare Gebäude. Eine gleichmäßig graue Wolkendecke überzog den Himmel, und ein ähnlicher Farbton wiederholte sich in der Fassade des Präsidentenpalais.

Es war ein außergewöhnliches Gefühl, zum ersten Mal ein Gebäude mit eigenen Augen zu sehen, dessen Räume man schon in- und auswendig kannte. Staatssaal, Spiegelsaal, Gelber Saal. Vasa wusste, was sich hinter jeder Fensterreihe befand, welches der kürzeste Weg von einem Eingang zum anderen war, wo sich die Räume befanden, zu denen nur das Personal Zutritt hatte.

Vasa trank seinen Kaffee aus und ging auf die Residenz zu. Er fühlte sich stark und voller Energie, er spürte das Leben in jeder einzelnen Körperzelle. Er hatte eine Herausforderung vor sich, eine Aufgabe – und einen Feind. So, wie die Männer aus dem Geschlecht der Jankovics in allen Generationen ihren Feind gehabt hatten. Vasa verstand zum ersten Mal, warum ihn die bisherigen Raubüberfälle eher frustriert hatten: Ihnen hatte die tiefere Bedeutung gefehlt, sie waren einfach durchgezogen worden.

Vasa achtete auf die angemessene Geschwindigkeit beim Gehen, er trödelte nicht, ging aber auch nicht zu schnell. Während er das Tor der Residenz passierte, ließ er durch die Gitter hindurch den Blick über den Hof wandern, wo ernste Soldaten regungslos Wache standen. Zugleich registrierte er die Aufhängung des Tores, die Stärke der Metallkonstruktion. An der Ecke bog er in die Mariankatu ein, wo ihm die hohe Bordsteinkante vor dem Seiteneingang zur Residenz auffiel.

Er ging die Mariankatu bis zur nächsten Ecke der Residenz nach Norden, dann bog er rechts ab, spazierte die wenigen Meter bis zum Ufer, überquerte eine flache Brücke und wartete schließlich an einer Haltestelle zu Füßen der orthodoxen Kathedrale auf die Straßenbahn. Wegen seines maritimen Charakters erinnerte Helsinki an Stockholm, aber ansonsten herrschte hier eine ganz andere Atmosphäre als in der schwedischen Hauptstadt. In Helsinki gab es nur wenige Ausländer, und die Sprache errichtete eine gläserne Wand zwischen Vasa und der Umgebung. Vielleicht war es aber auch das Verhalten der Einwohner, das eine Wand errichtete – und zwar eine aus Eis. Die fünf, sechs anderen Leute, die mit Vasa an der Haltestelle standen, sahen weder Vasa noch einander an, jeder war in seiner eigenen Wirklichkeit eingeschlossen.

In Vasas Jackentasche klingelte das Handy. Er schaute auf das Display. Unbekannte Nummer.

Es meldete sich Johanna Vahtera von der Zentralen Kriminalpolizei.

Vasa zuckte zusammen. Wieder die Frau, die mit ihm in Riihimäki verhandelt hatte.

»*Ich habe gehört, dass Sie in Turku waren*«, sagte sie auf Englisch.

»Und weiter?«

Vasa wusste, dass der Verzerrer seine Stimme bei der Geiselnahme verändert hatte, aber dennoch sprach er intuitiv möglichst leise und langsam, eben völlig anders als in Riihimäki.

»*Fliegen Sie über Helsinki nach Stockholm zurück? Könnten wir uns kurz treffen?*«

Vasa überlegte kurz, dann log er: »Ich bin noch in Turku, fliege von hier aber direkt nach Stockholm. Ehrlich gesagt bin ich ein bisschen spät dran, könnten Sie vielleicht morgen noch einmal anrufen?«

Ohne eine Antwort abzuwarten, brach Vasa das Gespräch ab

und schickte sich an, in die Straßenbahn einzusteigen, die gerade die Haltestelle erreichte. Diese Frau Vahtera konnte nichts Gewichtiges mit ihm zu besprechen haben, sonst hätte sie sich anders verhalten. Die Finnen klopften nur auf den Busch. Natürlich würde die Polizei, wenn sie es wollte, herausfinden, dass Vasa von Helsinki nach Stockholm flog und nicht von Turku aus, aber eine Erklärung dafür wäre nicht schwer zu finden.

Von der Straßenbahn aus schaute sich Vasa noch einmal den Präsidentenpalast sowie das Häuserviertel um ihn herum und das Straßensystem an.

Dann meldete sein Handy den Eingang einer SMS. Sie stammte von Toma.

PROBLEME. TREFFEN 20:00. OK?

Das würde gerade so hinhauen, denn Vasas Maschine landete am frühen Abend in Arlanda.

Er konnte sich vorstellen, um welche Probleme es sich handelte. Toma war an diesem Tag in Eskilstuna gewesen und hatte wahrscheinlich gemerkt, dass sich dort etwas verändert hatte. Das würde die Männer nervös machen, keine Frage. Vasa war selbst unruhig und angespannt.

Eine halbe Stunde später saß Vasa mit Jasmin auf einer Bank der Esplanade im Zentrum von Helsinki und schlotterte vor Kälte. Cafés oder andere Innenräume waren für ihr Gespräch nicht sicher genug. Die Maschine sollte um 18:00 Uhr Ortszeit den Flughafen Helsinki-Vantaa verlassen, weshalb ihnen auch nicht allzu viel Zeit blieb.

Jasmin trug wieder die selbst gestrickte Mütze, unter der ihre Locken hervorquollen, und einen Wollmantel. Sie fiel im Straßenbild der finnischen Hauptstadt nicht auf, stellte Vasa zufrieden fest.

»Morgen um eins«, sagte Jasmin mit roter Nasenspitze. Sie wollte an einer Führung in der Residenz des Präsidenten teilnehmen.

»Darf man dabei Fotos machen?«

»Nein. Aber von der Residenz gibt es jede Menge Bilder.«

Sie überreichte Vasa einen Stapel Fotokopien: das Ergebnis ihrer Recherche über das Gebäude und den Empfang am Unabhängigkeitstag.

Vasa erklärte Jasmin, worauf sie bei der Führung achten sollte.

Als er fertig war, wechselte Jasmin das Thema und sagte besorgt: »Slobo ist immer noch eifersüchtig.«

»Hat er Schwierigkeiten gemacht?«

»Nein. Aber das macht mir ja gerade Sorgen. Ich meine, dass er mich nicht mit Fragen bombardiert.«

»Du glaubst, das ist die Ruhe vor dem Sturm?«

»Er brütet irgendetwas aus. Er sucht keinen Streit, er brütet. Sei vorsichtig.«

»Er wird die Erklärung für viele Dinge bekommen, sobald ich von meinem Plan berichte.«

»Mein Anteil an dem Ganzen wird einiges erklären, aber nicht den Anlass für seine Eifersucht. Im Gegenteil.«

»Gibt es denn Grund zur Eifersucht?«, fragte Vasa und sah Jasmin tief in die braunen Augen.

»Zumindest ist er der Meinung.«

»Und welcher bist du?«

Sie zuckte mit den Schultern und fragte mit vielsagendem Lächeln zurück: »Und du?«

Bevor sich Vasa über Ursache und Wirkung Gedanken machen konnte, zog er Jasmin fast gewaltsam an sich. Ihr Blick sagte ihm, dass es von diesem gefährlichen Weg keine Rückkehr gab. Ohne sich um die Kälte und die Passanten zu kümmern, küssten sie sich lange.

Mila trat zwei Schritte auf dem alten, knarrenden Parkett zurück und begutachtete ihr Werk. Seit einer Woche feilte sie daran. Auf dem Bild war im Vordergrund ein Mann zu erkennen, der sich die Hände vors Gesicht hielt. Weit hinter ihm, in einem Tal, sah man in dunklen Farben ein kleines Dorf, aus dem helle Flammen aufstiegen.

Nachdem sie ihre Arbeit eine Weile betrachtet hatte, trat Mila wieder näher heran, die Hand mit dem Pinsel erhoben, als suchte sie nach einer Stelle, die sie noch korrigieren könnte. Dann warf sie unvermittelt und mit voller Wucht den Pinsel gegen die Leinwand, packte das Bild mit beiden Händen und warf es auf den Boden. Auf den Knien riss sie den Stoff vom Rahmen und zerknüllte ihn.

Als sie schließlich vor dem zerstörten Gemälde stand, fiel ihr Blick auf das Porträt von Radovan, das an der Wand lehnte. Sie schaute es eine Weile an, dann ging sie zum Regal und nahm ein verstaubtes Fotoalbum heraus. Sie blätterte darin und blieb an einer Aufnahme hängen: Ein sanftmütig wirkender Mann saß hemdsärmelig in einem Garten und hielt ein lächelndes Mädchen auf dem Schoß.

Mila erkannte das blaue Kleid, das ihr der Vater aus Moskau mitgebracht hatte. Nie war er von einer Reise zurückgekommen, ohne ihr etwas Schönes mitzubringen. Für Radovan, vor allem aber für Vasa war das bitter gewesen. Sie hatten immer nur ein gemeinsames Mitbringsel bekommen, das freilich nach dem Recht des Stärkeren normalerweise bei Radovan landete.

Milas Augen wurden feucht. Sie nahm den Hörer des schnurlosen Telefons von der Couch und zog einen Zettel aus der Tasche. Sie tippte einige Ziffern, brach das Wählen aber vorzeitig ab.

Draußen peitschte kalter Regen die kahlen Ahornbäume. Mila seufzte tief, nahm erneut den Hörer in die Hand und tippte die komplette Nummer ein. Sie musste sich zweimal vorstellen und ihr Anliegen in allen Einzelheiten vortragen, bevor man ihr schließlich sagte, Oberst Jankovic werde ans Telefon geholt. Nach langem Warten hörte Mila Schritte näher kommen.

»*Jankovic.*«

Die Stimme war vertraut, sie gehörte dem Mann auf dem Foto, der stolz das Mädchen im blauen Kleid auf dem Schoß hielt. Und doch war es die Stimme eines völlig fremden Menschen.

»Vater«, sagte Mila unsicher.

Es folgte ein Moment der Stille.

»*Mila. Das ist aber eine Überraschung.*«

In der Stimme lag eine Wärme, die Mila mehr schmerzte, als sie sich eingestehen mochte.

»Ich wollte dir nur sagen, dass es mir leidtut … das mit Radovan …«

Sie konnte nicht weiterreden. Die Stimme ihres Vaters klang schwach, als er sagte: »*Ja, mir auch.*«

»Radovan sagte, dass er versuchen wolle, dich zu befreien. Er hat sein Wort gehalten.«

»*Er hielt immer Wort.*«

»Wenn es bloß einen anderen Weg gegeben hätte …«

Da ihr Vater nichts sagte, fuhr Mila fort: »Ich habe in der Zeitung gelesen, dass eine Frau als Geisel genommen wurde. Ich finde es total barbarisch, das Leben von Unschuldigen zu gefährden.«

»*Radovan …*«, erwiderte der Vater scharf und mit Nachdruck, milderte aber sogleich wieder seinen Tonfall: »*… wusste, dass es der einzige Weg war. Er hätte der Frau nichts getan. Aber den Finnen war das Leben der Frau egal, sie haben angefangen zu schießen.*«

Mila seufzte. Es war zwecklos, mit dem Vater zu diskutieren. Das Resultat war immer das Gleiche. In der Welt ihres Vaters gab es stets mehr Gründe, Gewalt anzuwenden, als auf sie zu verzichten.

»*Du gehst doch zur Beerdigung?*«, fragte der Vater vorsichtig.

»Ich weiß es noch nicht. Von Vasa habe ich gehört, dass ihr sie auf eure Art organisiert. Muss denn auch bei einem Begräbnis noch geschossen werden? Kann man die Waffen nicht …«

»*Salutschüsse sind nicht irgendeine Schießerei.*«

Im Nu war die Stimme des Vaters eiskalt geworden.

»Ich habe versucht, Vasa zu erreichen, aber er meldet sich nicht«, wechselte Mila das Thema.

»*Ich sage ihm, er soll dich anrufen. Er war heute hier.*«

»Ich habe keine Ahnung, was er eigentlich so treibt. Er hat seltsame Freunde, ich …«

»*Mila*«, unterbrach der Vater sie. »*Jetzt ist nicht der richtige Augenblick, um über Familienangelegenheiten zu streiten, über solche Dinge redet man, wenn man sich gegenübersitzt. Wie geht es dir? Malst du noch?*«

Mila durchschaute den plumpen Versuch ihres Vaters, das Gespräch in ungefährliche Gewässer zu lenken. Erst jetzt begriff sie, dass die Telefonate im Gefängnis mit Sicherheit aufgezeichnet wurden.

»Natürlich male ich. Immer mehr.«

»*Was für Bilder malst du?*«

»Ich male die Welt. Die Menschen. Ich male, wie die Brutalität an die Oberfläche dringt. Wie sich ein liebender Familienvater als gnadenloser Schlächter entpuppt ...« Mila merkte, wie ihre Aufregung wuchs.

Nach einem Moment der Stille hörte sie die ruhige Stimme ihres Vaters: »*Der Krieg ist grausam. Immer. Für alle Beteiligten. Aber nur der Sieger erhält die Gelegenheit, Geschichte zu schreiben. Mila ... Ich habe unser Land und unsere Heimat verteidigt, damit auch du irgendwann dorthin zurückkehren kannst.*«

»Komm mir bloß nicht mit der Behauptung, du hättest mir zuliebe paramilitärische Garden und andere Bewaffnete in den albanischen Dörfern wüten und Frauen und Kinder umbringen lassen«, schrie Mila. »Das war schlicht und einfach falsch, es war ein Kriegsverbrechen, und dafür bist du verurteilt worden. Serbien ist nicht mehr meine Heimat, für mich ist das Land ebenso gestorben wie Radovan!«

Wieder kehrte schwere Stille ein. Dann sagte der Vater: »*Die Wärter geben mir ein Zeichen. Ich muss aufhören.*«

So, so, dachte Mila.

»*Leb wohl*«, sagte der Vater.

»Leb wohl, Vater«, gab Mila zurück und legte wütend auf. Im selben Moment brach sie in untröstliches Schluchzen aus. So heftig hatte sie seit Jahren nicht geweint. Sie weinte um ihren Vater, um Radovan, um ihre Mutter – aber vor allem weinte sie um das Mädchen im blauen Kleid, das es nicht mehr gab.

Mit der Zeit beruhigte sie sich, aber eine pechschwarze Last lag auf ihrem Gemüt. Sie wollte nicht zu Radovans Beerdigung gehen, wo kriegsverrückte Männer mit ihren Gewehren ballerten und Rache ausbrüteten. Aber sie wollte dem Begräbnis auch nicht fernbleiben.

Ihr Vater hatte Vasa in die Pflicht genommen, damit er eine Zeremonie im Schatten der Waffen organisierte. Mila lächelte bitter. Jetzt, da sonst keiner mehr da war, war Vasa gut genug, um die Überbleibsel der gedemütigten Offiziersdynastie aufzupolieren. Die Frage war, welche Last Vasa von seinem Vater noch aufgehalst würde.

Mila trat vor das Bild, das Radovan darstellte. Wen hatte der Bruder als Komplizen für die Befreiung seines Vaters angeheuert? Doch nicht etwas Vasa?

Erst jetzt fing dieser Gedanke in Milas Kopf zu schwelen an. Bislang hatte sie sich einen ehemaligen serbischen Soldaten als Radovans Komplizen vorgestellt. War es dem Vater und Radovan am Ende doch gelungen, Vasa in die unendliche Spirale der Gewalt hineinzuziehen? Hatte sich deshalb die finnische Polizistin so genau nach Vasa erkundigt?

Mila wollte in nichts hineingezogen werden, am allerwenigsten in die Angelegenheiten ihres Vaters und ihrer Brüder. Dennoch merkte sie plötzlich, dass sie nach der Visitenkarte von Johanna Vahtera suchte.

21

Vasa sah auf die Uhr am spärlich bestückten Armaturenbrett seines Landrovers. Zum Glück war die Maschine aus Helsinki planmäßig in Stockholm gelandet. Die Männer in der Reifenhalle waren wegen der Probleme in Eskilstuna garantiert nervös. Ob sie etwas ahnten? Jetzt galt es, möglichst überzeugend den Unwissenden zu spielen.

Vasa gab sich Mühe, ruhig und tief zu atmen, während er den Wagen in Richtung Johanneshov lenkte. Er spürte noch immer Jasmins Lippen auf den seinen, Jasmins fordernde Finger in seinem Nacken ... Er musste die unwirkliche Stimmung auf der Parkbank in Helsinki gewaltsam von sich abschütteln. Dennoch erinnerte er sich jetzt deutlich, wie neidisch er gewesen war, als Slobo ihm damals seine neue Freundin vorgestellt hatte.

Vasa bereute den Kuss. Die Beziehung musste gleich zu Beginn wieder ein Ende haben. Eigentlich bestand ja auch gar keine Beziehung. Nur einen unvorsichtigen Kuss hatte es gegeben, zu dem ihn die Umstände verleitet hatten. Das war alles. Wenn Slobo davon erführe, wäre der Teufel los. Aber nichts durfte die Operation 6/12 gefährden, dachte Vasa, als er schon ins Gewerbegebiet Johanneshov einbog.

Auch Radovans Beerdigung belastete ihn. Er hatte beschlossen, bei der Organisation die Anweisungen seines Vaters zu befolgen, obwohl er sich zu dessen und Radovans Kreisen nicht zugehörig fühlte. Noch vor dem Start der Maschine in Helsinki hatte er den Priester in Priština angerufen, der Rodovan einsegnen sollte.

Vasa fuhr einige zusätzliche Schlenker über ruhige, schwach

beleuchtete Nebenstraßen, um sich zu versichern, dass sich niemand an ihn gehängt hatte. Schließlich parkte er hinter der Reifenhalle neben Slobos Wagen und ging hinein.

Slobo saß auf seinem Stammplatz, einem alten Ledersessel, und warf ihm einen kalten, gefühllosen Blick zu. Als wüsste er, was in Helsinki geschehen war. Aber das konnte nicht sein.

»Schlechte Nachrichten«, sagte Toma hinter seinem Tisch mit einer Stimme, die einen Gewittersturm ankündigte. Sein wettergegerbtes Gesicht wirkte noch düsterer als sonst. Die Weinflasche aus Südafrika war neben anderen leeren exotischen Flaschen im Regal gelandet.

»Ich habe deine SMS bekommen«, antwortete Vasa, so ruhig er konnte. »Wo hängt's?«

»Securitas hat die Transportroute und den Zeitplan in Eskilstuna geändert. Und die Bewachung verstärkt.«

»Warum?«, fragte Vasa und bereute die Frage auf der Stelle. Es war besser, so wenig wie möglich zu reden.

»Das weiß ich nicht. Wir müssen die Operation aufschieben.«

»Verdammte Scheiße!«, brüllte Stanko und hieb vor Wut ein Messer mitten in den Tisch. Auf seinem Handrücken war eine breite Brandnarbe zu erkennen, die sich bis unter den Ärmel fortsetzte. Guerillas der UÇK hatten ihn in der Nähe von Dakovica gefesselt in einem brennenden Auto zurückgelassen, und nur das mutige Eingreifen seiner serbischen Kameraden hatte ihm das Leben gerettet. Er trug weder Goldkettchen noch Ringe an diesem Tag. Vasa vermutete, er habe sie wegen der Spielschulden verkaufen müssen.

»Das war's mit dem Millionending«, sagte Danilo matt.

»Genau«, bestätigte Vasa. »Das war nur ein Millionending. Kleinkram. In Helsinki warten zig Millionen auf uns. Hunderte, wenn ihr wollt. Wir legen die Summe selber fest.«

Vasa sah, dass die Männer ihm zuhörten. Er hatte schon immer als das Gehirn der Gruppe fungiert. Die latente Autorität dazu verlieh ihm das Ansehen seines Vaters und der gesamten Familie. Jetzt brauchte er sie dringender als je zuvor.

Toma schien Zweifel zu haben.

»Deine Helsinki-Idee ist ein Tagtraum«, sagte er. »Aber es kann sein, dass ich als Ersatz für Eskilstuna etwas Vernünftiges anzubieten habe. Das heißt, eigentlich kommt der Vorschlag von Marek.«

Was Vasa da hörte, gefiel ihm überhaupt nicht. Marek Kadijevic wurde für ein Genie gehalten, das es weit gebracht hätte, wenn es wenigstens ansatzweise zum Umgang mit anderen Menschen fähig gewesen wäre. Er war ein einsamer Wolf, ein schwieriger Typ, der an seinem Computer große Pläne ausbrütete. Während des Kosovokriegs war es ihm gelungen, von Belgrad aus die Homepage der Nato zu sabotieren, indem er sie mit leeren Dokumenten bombardierte. Dadurch wurden die Informationssysteme der Nato natürlich zum Ziel von Virusattacken. Nachdem er nach Stockholm gekommen war, hatte Marek Vasa und seinen Kumpels beim ersten Überfall geholfen, indem er in das Intranet der betroffenen Sicherheitsfirma eingedrungen war. Seitdem hatte er sporadisch seine Dienste verkauft.

»Großartig«, sagte Vasa kühl. »Mareks Plan bringt mit Sicherheit Millionen ein, ohne jedes Risiko.«

»Genau, sonst würde Marek gar nicht erst damit anfangen«, stimmte Danilo ein.

»Er soll uns selbst erzählen, was er sich ausgedacht hat«, sagte Toma und rief Marek an.

Vasa konnte Toma nicht daran hindern, denn das hätte Verdacht erregt. Falls Marek käme, würde er mit seinem alten Porsche zwanzig Minuten für die Strecke brauchen.

Vasa beschloss, die Zeit dafür zu nutzen, um seine eigene Idee zu verkaufen.

»In Helsinki hätten wir es mit einem echten Risiko und mit einem echten Gewinn zu tun«, sagte er. »Das Risiko ist vielleicht größer, als es in Eskilstuna gewesen wäre. Aber das gilt auch für den Gewinn.« Er breitete eine Karte über dem Stadtplan von Eskilstuna aus, der noch auf dem Tisch lag, und nahm einen Stift zur Hand.

»Ich war heute dort, vor der Residenz des Präsidenten. Erst an Ort und Stelle habe ich kapiert, dass uns wirklich nichts am Erfolg hindern kann, wenn wir das durchziehen.«

Vasa hörte keinen einzigen spöttischen Kommentar, sondern sah interessierte Blicke ihre Aufmerksamkeit auf den Stift richten, der sich auf die Karte senkte, auf das Häuserviertel, das von den Straßen Nördliche Esplanade, Mariankatu, Aleksanterinkatu und Helenankatu eingefasst wurde. Er stellte den anderen seinen Plan vor und versuchte erst gar nicht, seinen Eifer und seine Selbstgewissheit zu verbergen.

Eine Viertelstunde später kam Marek lässig herein. Er trug eine abgewetzte Lammfelljacke, schwarze Jeans und seltsame Basketballschuhe, die vermutlich irgendwo auf der Welt gerade groß in Mode waren. Vom Kleidungsstil durfte man sich jedoch nicht täuschen lassen. Vasa hatte Marek auch schon in einem maßgeschneiderten Nadelstreifenanzug aus der Londoner Savile Row gesehen. Der Mann war ein Chamäleon, das sicherlich auch in der legalen Wirtschaft Erfolg gehabt hätte.

Marek kam direkt zur Sache, wie es seine Art war. Mit wenigen Worten schilderte er, dass er in letzter Zeit beim Hacken Informationen aus den Datenbanken von internationalen Transport- und Kurierfirmen herausgeholt hatte. Der größte Teil der Fracht, die sie transportierten, war Volumenware, aber hin und wieder liefen sehr kostbare Lieferungen mit. Zu deren Schutz engagierte man Sicherheitsfirmen oder nahm die Polizei in Anspruch. Oft war es aber besser, einfach möglichst wenig Aufsehen zu erregen, anstatt sichtbare Sicherheitsvorkehrungen zu treffen. Die wertvollsten Frachten versuchte man möglichst im Geheimen zu transportieren.

»Ich habe mich besonders für bestimmte Posten interessiert, die regelmäßig von China aus über die Schweiz hierher nach Stockholm, zum Flughafen Arlanda kommen«, sagte Marek. »Die nächste Lieferung wird am 7.12. und die darauf folgende am 27.12. eintreffen. Beiden Lieferungen ist eine Bewachung der Klasse eins zugeteilt worden, obwohl nur wenige den Wert der Fracht überhaupt erkennen würden. In den Frachtpapieren steht ›Shikimisäure‹, was praktisch niemandem etwas sagt. Trotzdem werden in der Maschine bewaffnete Sicherheitsleute mitfliegen, und am Boden wird eine Elitetruppe der SSG aufpassen. Aus diesem Grund möchte ich euch eine Zusammenarbeit vorschlagen.«

Die SSG – Stockholm's Security Group – gehörte zur Crème de la Crème der Unternehmen, die Dienstleistungen im Bereich Sicherheit anboten: hohe Qualität und hohe Preise. Bislang war die Firma von Überfällen verschont geblieben, im Gegensatz zu ihren größten Konkurrenten Securitas und Falck.

Marek erläuterte genauer seinen auf Erpressung basierenden Plan, der unter allen anderen Umständen auch in Vasas Ohren ziemlich interessant geklungen hätte.

»Das klappt nicht«, sagte Vasa jetzt aber dennoch, in der Hoffnung, die anderen würden sich ihm anschließen. »Sobald die Fracht in der Nullzone von Arlanda eingetroffen ist, bekommen wir sie nicht mehr sicher heraus. Die Millionen werden uns keine Freude machen, wenn wir geschnappt werden, bevor wir sie in den Händen haben.«

»Die zig Millionen«, korrigierte Marek.

»Von mir aus können es Hunderte sein. Man darf sie trotzdem nicht hinter Gitter mitnehmen.«

»Solche Summen nutzbar zu machen ist unmöglich«, mischte sich Toma ein und fuhr mit der Hand kurz über sein Hörgerät. Niemand wusste, wo er sein Gehör beschädigt hatte, Gerüchten zufolge war er in Bosnien gefoltert worden. »Man kann eine Milliarde erpressen, aber die Frage ist, wie man das Geld konkret in die Hände bekommt, ohne dass es früher oder später aufgespürt wird.«

»Ich habe ein sicheres System dafür. Es beruht auf Diamanten.«

»Da hat Marek ja mal wieder eine ganz spezielle Idee«, sagte Stanko gelangweilt. »Glaub es einfach. Wir haben keine Chance, die Fracht aus dem Flughafen Arlanda rauszukriegen. Nach den

Überfällen in Örebro und Linköping haben sie die Sicherheitsvorkehrungen dermaßen verschärft, dass ich lieber Goldbarren aus Fort Knox holen würde.«

Vasa hörte zufrieden zu. Wenn Mareks Idee unterging, käme die Operation 6/12 umso verlockender wieder an die Oberfläche.

22

Schneidender Nachtfrost hatte die Pfützen vor dem Gebäude der KRP gefrieren lassen. Johanna blickte kurz auf die Sonne am klaren, blauen Himmel, bevor sie die Jalousie vor dem Fenster herunterließ.

Gestresst setzte sie sich an den Schreibtisch. Die Ermittlungen in der Geiselnahme von Riihimäki traten auf der Stelle. Radovan Jankovics Komplize war nach wie vor auf freiem Fuß und würde es, so, wie es aussah, auch weiterhin bleiben. Ein Durchbruch war nicht in Sicht. Vasa Jankovic war der Hauptverdächtige, aber die Indizienlage so schwach, dass es nicht einmal gelungen war, die schwedische Polizei richtig in die Ermittlungen einzubeziehen.

Johanna starrte zum x-ten Mal auf das DIN-A4-Blatt mit den Einkommens- und Vermögensverhältnissen von Vasa Jankovic, das sie vom Finanzamt erhalten hatte. Im Vorjahr hatte er 102 000 Kronen verdient, was gut 10 000 Euro entsprach. Die Summe war durchaus glaubwürdig, stand aber doch ein wenig im Widerspruch zu einer Information der Zulassungsstelle: Vasa fuhr einen Landrover. Zwar Baujahr '98, aber immerhin. Trotzdem hatte sich der Fiskus nicht in Vasas Angelegenheiten eingemischt.

Johanna trug das Kennzeichen des Fahrzeugs in die Liste ein, in der sie mit Hedu und den anderen Mitarbeitern das Material zu Vasa gesammelt hatte. Einen Teil davon hatte sie bereits in die zentrale Datenbank eingegeben, mit deren Hilfe sie etwas über eventuelle Aktivitäten Vasas in Finnland zu erfahren hofften.

Der Wind wirbelte trockenes Laub unter den grauen, träge dahinziehenden Wolken auf. In gemächlichem Takt bewegte sich die Prozession schweigender Menschen auf die tiefe Grube zu, neben der hoch aufgeschüttet die Erde lag.

Der Trauerzug wurde von Soldaten mit ausdruckslosen Mienen erwartet, die mit ihren Gewehren in einer exakt ausgerichteten Reihe standen. An der Spitze des Zuges schwenkte ein orthodoxer Priester in schwarzem Gewand ein Weihrauchfass. Hinter ihm schritt ein weiterer Geistlicher, der ein Kreuz trug, und hinter diesem ein dritter mit einer Ikone in den Händen. Neben dem Grab setzten die Männer, die auf die Priester folgten, den Sarg vorsichtig auf einem Podest ab.

Erst als er sich umdrehte, begriff Vasa, wie viele Menschen sich dem Trauerzug auf dem Weg durch die Ortschaft angeschlossen hatten. Es sah aus, als wollte das ganze Dorf Abschied von Radovan nehmen. Vasa war gerührt. Er hatte nicht damit gerechnet, dass so viele seinem Bruder die letzte Ehre erweisen würden.

Der Priester erteilte dem Toten den letzten Segen. Vasas Blick schweifte über die Trauergäste. Außer den Geschwistern seiner Eltern kannte er kaum jemanden. Manche kamen ihm freilich bekannt vor: alte Freunde der Familie und Nachbarn, die alt geworden waren, aber deren Gesichter trotzdem unbestimmte Erinnerungen an die warmen Sommer seiner Kindheit heraufbeschworen.

Vasa erschrak, als die Salutschüsse erschallten. Der Priester gab den Trägern ein Zeichen, und acht Männer, zwei davon in Offiziersuniform, ließen den Sarg langsam ins Grab hinab.

Als sie die Seile heraufgezogen hatten, traten sie zurück. Der Priester setzte seine Zeremonie noch eine Weile fort, dann nickte er Vasa zu. Dieser ging ans Grab und nahm eine Handvoll Erde. Dann zwang er sich, auf den Sarg in der kalten Grube zu blicken. Radovans Lächeln fiel ihm ein, das Lächeln, das er nie wieder sehen würde.

Als er den Kopf hob, sah er die Menschen um sich herum in neuem Licht: Sie trugen alte, schäbige Anzugjacken, die hier und da gestopft waren. Er sah vorzeitig gealterte Menschen, arm und krüpplig, er sah Frauen, die angesichts Radovans Sarg um ihre eigenen verlorenen Söhne weinten.

Mit Macht kam Vasa wieder die Erschütterung in den Sinn, die er am Tag zuvor beim Anblick seines ruinierten Elternhauses erlebt hatte. Die Wände hatten große Löcher gehabt, durch die albanische Plünderer das Hab und Gut abtransportiert hatten. Möbel, Geschirr, sogar Fotoalben hatten sie mitgenommen. Vasa hatte um Atem ringen müssen, als er sein geschändetes Zuhause sah. Erinnerungen an den internationalen Wirtschaftsboykott waren ihm in den Kopf geschossen, an die Zeit, als das Leben ein einziger Überlebenskampf gewesen war: Hunger, kaputte Kleider, Schwarzhändler, Feldküchen des Roten Kreuzes, Familien, die in Mülltonnen wühlten. Die Väter hatten vor Hilflosigkeit geweint, weil sie ihren Familien nichts zu essen beschaffen konnten.

Seit jener Zeit hegte Vasa einen tiefen Hass gegen Slobodan Milošević, der sein eigenes Volk an den Abgrund getrieben und aus Serbien einen Schurkenstaat gemacht hatte. Das ganze Volk war Opfer seiner Kriegspolitik geworden, wegen seines Anführers hatte es seinen Stolz verloren, seinen Besitz und seine Ehre.

Die Gefühle und Erinnerungen überrollten Vasa mit niederschmetternder Wucht. Er musste an die Beerdigung seiner Mutter denken. Er besaß eine Videokassette davon, hatte sie aber nie angeschaut. Jetzt sah er den Namen seiner Mutter auf dem Grabstein und dachte, wie vollkommen seine Familie und sein ganzes Geschlecht zum Opfer von Zerstörung, Scham und Demütigung geworden waren. Die Bombardements der Nato hatten zwölf von ihnen hinweggerafft – die Mutter unter ihnen.

Jetzt hatte seine Schwester die Verbindung zur Familie abgebrochen, und sein Vater saß im fernen Finnland in einer kleinen Zelle und durfte nicht einmal zur Beerdigung seines Sohnes kommen. Und Radovan, sein Bruder, lag als kalter Leichnam vor ihm im Grab. Alle, die um ihn herumstanden, hatten ähnliche Schicksalsschläge zu verkraften, Freunde und Bekannte, die hilfsbereiten Nachbarn und die Spielkameraden aus der Kindheit, die sich nun als untröstliche menschliche Wracks dahinschleppten.

Vasa blickte zu der Mauer hinter der elenden Trauergemeinde und darüber hinaus auf die Dorfstraße. In Vasas Kindheit war sie belebt und fröhlich gewesen, eine Straße mit schönen Häusern und Blumen davor. Jetzt wurde sie von ruinierten Häusern gesäumt, deren Bewohner ängstlich und resigniert dem Winter entgegensahen. Im Grau dieses Tages kamen die kahlen Stümpfe der zerschossenen oder für Brennholz gefällten Bäume noch deutlicher zur Geltung.

Plötzlich hatte Vasa das sichere Gefühl, dies alles schon einmal gesehen zu haben. Der Anblick erinnerte ihn in verblüffender Weise an ein Gemälde von Mila, auf dem es ihr gelungen war, die unbeschreiblich beklemmende Atmosphäre einzufangen.

Vasa stand mit der Erde in der Hand am Grab und vermochte sich nicht zu rühren. Ein leichtes Raunen ging durch die Menschenmenge.

Dann hörte man in der Ferne ein rhythmisches Geräusch, das näher kam und immer lauter wurde. Vasa fuhr zusammen. Ein Hubschrauber.

Die Trauergäste spähten zum Himmel. Zwei große Helikopter der KFOR-Truppen donnerten über den Friedhof hinweg. Sie flogen einen Bogen, kehrten zurück und tauchten noch tiefer den Köpfen der Trauernden entgegen.

Vasa konnte im offenen Bugteil den schwarzen Helm und die schwarze Sonnenbrille eines Soldaten erkennen. Der Lärm war ohrenbetäubend. Der Luftstrom riss einigen Frauen die Hüte vom Kopf, zerrte an Schals und den bescheidenen Blumengebinden.

Vasa stand nach wie vor regungslos da, hielt die Hand mit der Erde von sich gestreckt und musterte die durcheinandergeratene Trauergemeinde. Einige Offiziere erhoben das Gewehr gegen die Hubschrauber. Die Lähmung, die Vasa gerade noch vollkommen erfasst hatte, schlug in blinde Wut um. Wie konnten sie es wagen, sogar ein Begräbnis zu stören? Aus einer plötzlichen Eingebung heraus schleuderte er die Handvoll Erde zum Himmel, den Hubschraubern entgegen.

»Beruhigt euch«, bat einer der Offiziere. »Die Salutschüsse haben sie veranlasst, nachzusehen, was los ist.«

Vasas Augen wurden feucht, er war voll von machtlosem Hass und voller Rachsucht. Die Erde flog im Wind, und ein Teil davon rieselte auf den Sarg.

In diesem Augenblick kam Vasa eine Idee. Sie kam wie aus dem Nichts, auch wenn sie vielleicht schon länger irgendwo in seinem Innern gegoren hatte. Mit dieser Idee würde er das schwierigste Problem der Operation 6/12 lösen können.

23

Bei einem Unfall im Kosovo kamen fünf in Stockholm wohnhafte Serben ums Leben.

Vasa starrte auf die zweispaltige Meldung in der Ausgabe der schwedischen Zeitung ›Expressen‹ vom 1. Dezember, die er am Helsinkier Hauptbahnhof gekauft hatte.

Er hatte zwar damit gerechnet, dass der Zwischenfall aufgrund der Anzahl der Opfer die Nachrichtenschwelle überschreiten würde, aber trotzdem ließ ihn die gedruckte Nachricht nun zusammenfahren.

Er schaute auf das Foto von dem zu einem Metallhaufen zusammengequetschten Van, der von der Serpentinenstraße am Cakor-Pass in eine Schlucht gestürzt war.

Nachdem der Fahrer die Kontrolle über das Fahrzeug verloren hatte, brach es durch einen Zaun und stürzte fast dreihundert Meter in die Tiefe. Die schwer verbrannten, 22- bis 52-jährigen Opfer werden morgen nach Stockholm überführt …

Vasa reichte die Zeitung an den schweigenden Toma weiter. Jasmin blickte ihm über die Schulter und las mit. Slobo lag in dem hohen, halbdunklen Zimmer auf dem Holzboden, die Ohrhörer seines iPod in den Ohren, die Augen geschlossen. Zlatan saß am Tisch und las in einem Buch. Danilo tippte im Sessel auf seiner PSP-Konsole herum. In der Küche hantierte Stanko mit Töpfen und Geschirr.

Nur Vasa und die anderen Mitglieder der Gruppe wussten, dass die Toten in dem Wagen von einem in Pec lebenden früheren Kollegen von Zlatan beschafft worden waren. Dieser wiederum hatte behauptet, sie in einer Leichenhalle im Kosovo gekauft zu haben – allesamt obdachlose, einsame Männer, die niemand vermissen würde.

Vasa trat ans Fenster und blickte über den Helsinkier Marktplatz, der unmittelbar am Hafen lag. Die Residenz des Präsidenten, die sich dahinter erhob, veranlasste ihn, die Fäuste zu ballen. Der Himmel war bewölkt, der kurze Tag grau und kalt. Für den Abend war leichter Schneefall angekündigt.

Vielleicht war es gut, wenn die Nachricht von dem Unglück in serbischen Kreisen in Stockholm weite Verbreitung fände. Jetzt erfuhren alle, dass Toma, Zlatan, Slobo, Danilo und Stanko tot waren.

Nur Stanko hatte Frau und Kinder, und der Gedanke an die abgrundtiefe Trauer seiner Angehörigen versetzte Vasa einen Stich. Stanko selbst wies den Gedanken zurück, er stellte sich lieber die Freude des Wiedersehens vor, in ein paar Jahren, an einem Strand mit Palmen. Toma hatte in Schweden lediglich einige Freunde, Zlatan war ein einsamer Wolf. Danilos Eltern wohnten in Sona, sie hatte die Nachricht natürlich schwer erschüttert.

Es gab keine Rückkehr, alles Alte war gestorben. Buchstäblich.

Vasa wandte sich vom Fenster ab. Die Zeitung war bei Stanko gelandet, der inzwischen aus der Küche gekommen war und den Artikel im Stehen las. Die Stimmung war gedämpft und angespannt.

Nach seiner Rückkehr von Radovans Beerdigung hatte Vasa seinen Freunden eine einfache Frage gestellt: Wer macht mit? Es ging um eine große Entscheidung, darum hatte er den Männern Bedenkzeit gegeben.

Das Resultat hatte ihn nicht mehr überrascht. Alle waren bereit gewesen, mitzumachen. Keiner hatte etwas zu verlieren, alle wollten sich den Traum von der grenzenlosen Freiheit erfüllen. Bei der Vorbereitung hatten sie eine genaue Arbeitsteilung vorgenommen. Marek hatte sich um seinen Part selbstständig gekümmert.

Jetzt, am 2. Dezember, war alles bereit. Fünf lebendige tote Männer und eine finnische Frau warteten mit Vasa auf die Stunde X. Drei von ihnen wohnten in der Albertinkatu und zwei in der Bernhardinkatu, in Wohnungen, die Jasmin von verreisten Bekannten gemietet hatte.

Zlatan legte sein Buch zur Seite und streckte die Hand aus. Stanko gab ihm die Zeitung.

Während der letzten Tage waren sie alle in Finnland geblieben, denn ohne Pass war es schon etwas riskant zu reisen. Nur Zlatan war einmal weg gewesen – in Serbien, um den Unfall zu inszenieren. Wegen seines Hintergrundes hatte er über die besten Kontakte und Voraussetzungen dafür verfügt. Anschließend, am 30. November, war Zlatan mit falschem Pass von Belgrad nach Helsinki geflogen.

Vasa selbst war am Tag zuvor mit seinem Landrover von Stockholm nach Finnland gekommen, nachdem er die letzten Vorbereitungen getroffen hatte. Er war noch immer erschüttert, weil er gemerkt hatte, dass Stankos Frau längst einen Tröster parat hatte – ohne dass Stanko auch nur das Geringste von ihrem Verhältnis ahnte. Fieberhaft überlegte Vasa, wann beziehungsweise ob überhaupt er dem armen Kerl die bittere Wahrheit sagen sollte.

Vorläufig jedenfalls nicht, denn die Stimmung in der Gruppe war äußerst empfindlich und dabei beinahe innig. Keiner von ihnen konnte zurück, denn was einmal war, gab es nicht mehr. Sie hatten nur einen einzigen Weg vor sich. Alle waren nervös, versuchten aber, den Druck nicht an den anderen abzulassen. Konflikte untereinander konnten sie sich jetzt nicht mehr leisten. Ihr Feind wartete draußen.

24

6. Dezember. Der Unabhängigkeitstag.

Johanna mochte keine Feiertage. Wofür sollte es gut sein, dass sich die Leute scharenweise in ihre Familien zurückzogen und die ganze Stadt die Türen schloss? Warum merkte niemand, dass sich die Struktur der Gesellschaft verändert hatte? In der Stadt gab es eine Menge Menschen, die keine Familie hatten und über die Feiertage lieber etwas anderes getan hätten, als das Unterhaltungsangebot der eigenen vier Wände in Anspruch zu nehmen. Von ihren Gedanken in Rage geraten, warf Johanna die Frauenzeitschrift, in der sie gelesen hatte, in hohem Bogen in die Ecke. *Rezepte für die feierlichen Stunden im Kreis der Familie.*

Während sie noch laut fluchte, musste sie auch schon fast anfangen zu lachen. Sah so das fantastische freie Leben eines immer noch jungen, intelligenten Singles mit ordentlichem Einkommen aus? Dass man die Leute, die Familie hatten, ausgerechnet in den Stunden verwünschte, in denen man seine Freiheit endlich einmal genießen konnte? Johanna beschloss, das Lamentieren bleiben zu lassen und den Tag zu nutzen, an dem sie mit gutem Gewissen einfach nichts tun konnte. Sie hatte lange geschlafen, war bei kaltem, windigem Wetter joggen gewesen und hatte später fast eine Stunde lang mit ihren Eltern und einigen Freunden telefoniert.

Nachdem sie die zur Feier des Tages bei Stockmann gekaufte Sushi-Portion gegessen und auf der Couch ein Schläfchen gemacht hatte, legte sie die DVD mit dem Film ›Capote‹ ein und schaltete den Fernseher an. Auf dem Bildschirm erschien ein Reporter. Er stand vor der festlich erleuchteten Residenz des Präsidenten.

»… beginnt um 18:50 Uhr die Live-Übertragung vom Empfang des Präsidenten anlässlich des Unabhängigkeitstags. Hier vor der Residenz hat es seit zwei Jahren keine Demonstrationen mehr gegeben, aber die Polizei ist diesmal in außergewöhnlich schwerer Ausrüstung vor Ort. Umtriebe von Aktivisten des so genannten Präkariats haben dafür gesorgt …«

Das Fernsehbild sprang um, und es erschien der Text, der dem Anfang des Films vorausging: »*Warnung! Die unerlaubte Kopie dieses Datenbildträgers …*«

Die Feierlichkeiten in der Residenz interessierten Johanna kein bisschen, aber sie drückte dennoch die Stopp-Taste, um das Fernsehbild zurückzuholen. Irgendein störender Gedanke machte sich in ihrem Hinterkopf bemerkbar.

Der Reporter vor der Residenz sprach weiter, aber Johanna achtete nicht auf die Worte des Mannes, sondern lauschte genau auf das, was man im Hintergrund hörte.

Nichts weiter als ein gedämpftes Gewirr von Geräuschen.

Aber gerade war da ein vertrauter Ton gewesen – das tiefe Tuten der Fähre nach Schweden, ein Geräusch, das bei Johanna stets Reisefieber auslöste.

Diesmal brachte es ihr jedoch etwas anderes in Erinnerung. Sie hörte plötzlich Vasa Jankovics Stimme am Telefon: *Ich bin noch in Turku …*

Damals hatte sie im Hintergrund genau so ein Tuten gehört, dazu Verkehrsgeräusche – das Dröhnen eines Lkws, das Zuschlagen einer Wagentür, das Quietschen einer Straßenbahn.

Einer Straßenbahn!

Sowohl das Nebelhorn als auch das Geräusch der Straßenbahn waren aus der Nähe gekommen. In Turku aber erreichte man den Hafen nicht mit der Straßenbahn, es gab dieses Verkehrsmittel in der Stadt nicht einmal.

Wenn Jankovic damals statt in Turku in Helsinki gewesen war, musste er sich den Hintergrundgeräuschen nach irgendwo in der Nähe des Hafens und des Marktes befunden haben.

War er auf dem Weg zur Fähre gewesen? Bei dem heutigen

Preiskampf der Fluggesellschaften wählte niemand mehr, der nach Stockholm wollte, statt des Flugzeugs das Schiff, wenn ihm nicht gerade nach einer kleinen Ostseekreuzfahrt zu Mute war. Und schon gar nicht käme er zuvor von Turku nach Helsinki, denn von Turku gab es ebenfalls eine direkte Schiffsverbindung nach Stockholm.

Also war es möglich, sogar wahrscheinlich, dass sich Jankovic aus einem anderen Grund im südlichen Zentrum von Helsinki aufgehalten hatte. Und was der Grund auch gewesen sein mochte, der Mann hatte ihn verheimlichen wollen.

Aus einer Eingebung heraus suchte Johanna die Nummer von Mila Jankovic heraus und rief sie in Stockholm an. Sie versuchte erst gar nicht, den Grund ihres Anrufs zu verbergen, sondern kam direkt zur Sache.

»Als Vasa zuletzt in Finnland war, um seinen Vater zu besuchen, kam er da per Schiff oder per Flugzeug zurück?«

»*Mit dem Flugzeug natürlich. Wieso?*«, fragte Mila erstaunt.

»Ich kläre nur gerade ab, wo er wann war. Können Sie sich erinnern, ob an jenem Abend irgendetwas anders war als sonst?«

Mila überlegte kurz. »*Nicht dass ich wüsste. Ich rief Vasa an, um nach unserem Vater zu fragen ... Ich habe meinem Vater gegenüber wohl trotz allem ein schlechtes Gewissen, obwohl gar kein Grund dafür besteht. Vasa war gerade in Arlanda gelandet ...*«

»Wie spät war es da ungefähr?«

»*Sechs oder sieben Uhr. In der Gegend.*«

Falls Vasa tatsächlich von Helsinki aus mit Johanna telefoniert hatte, musste er von dort nach Stockholm geflogen sein, nicht von Turku aus. Das konnte man überprüfen, wenn es nötig werden sollte.

»*Und weiter?*«, fragte Mila erneut. »*Warum klären Sie ab, wo Vasa wann gewesen ist?*«

Johanna überdachte rasch die Situation. Sie glaubte an Milas ehrlichen Wunsch, sich von dem kaltblütigen Vorgehen des männlichen Teils ihrer Familie distanzieren zu wollen.

»Bei uns verdichten sich die Hinweise, dass Vasa an dem Versuch, Ihren Vater zu befreien, beteiligt war«, antwortete Johanna schließlich. Sie hätte gern gesehen, wie Mila auf ihre Worte reagierte, aber aus Zeit- und Geldgründen hätte sie wegen eines solchen Schusses ins Blaue nicht nach Stockholm fliegen können.

Mila war still.

»Haben Sie gehört, was ich gesagt habe?«, fragte Johanna nach.

»Na und? Was habe ich damit zu tun?«

Johanna erschrak über die Reaktion. Mila versuchte nicht einmal, sich überrascht zu geben. Johanna ärgerte sich, sie war zu sanft mit der jungen Frau umgegangen, als sie bei ihr zu Hause gewesen war.

»Wir glauben, dass er wieder versuchen wird, den Oberst zu befreien«, sagte sie, als wäre das so gut wie sicher. »Beim letzten Versuch wurde eine schwangere Frau als Geisel genommen und schwer verletzt. Jetzt versuchen wir, eine ähnliche oder noch schlimmere menschliche Tragödie zu verhindern. Fällt Ihnen irgendetwas zu Vasa ein, was mit diesem Thema zu tun haben könnte? Er wird nie erfahren, dass Sie …«

»Das macht mir nichts aus, ich bin bereit, das alles auch Vasa ins Gesicht zu sagen. Das habe ich auch schon getan. Aber ich weiß von nichts. Vielleicht sollten Sie mal mit einer gewissen Jasmin reden, einer Finnin, die mit einem von Vasas Freunden zusammen ist. Normalerweise sind die Frauen von seinen Kumpels strohdoof, aber Jasmin macht einen relativ intelligenten Eindruck.«

»Erinnern Sie sich an den Nachnamen?«

»Ranta. Aber da wäre vielleicht doch etwas, was mit dem Thema zu tun haben könnte …«, sagte Mila vorsichtig.

Johanna war plötzlich hellwach.

»Vasa war vorgestern bei mir, seit langer Zeit mal wieder. Zwei Bilder von der Beerdigung hatte er dabei. Er benahm sich seltsam … Wir haben über uralte Sachen geredet, über die Kindheit. Vielleicht war er noch von der Beerdigung erschüt-

tert. Aber da war noch etwas anderes ... Als er ging, hatte ich das komische Gefühl ... ihm wäre klar, nicht so bald wiederzukommen ...«

»Haben Sie versucht, Vasa danach noch einmal anzurufen?«

»Ein paarmal. Zuletzt heute. Er hat sich nicht gemeldet, aber es kam eine SMS von ihm. Angeblich ist alles in Ordnung, und er ruft später an.«

»Wissen Sie, wo er ist?«

Einen Moment vorsichtiges Schweigen, dann: *»Als ich heute versuchte, ihn anzurufen und ihn nicht erreichte, kam vom Handy-Anbieter eine Ansage auf Finnisch und Englisch.«*

Nun schrillten bei Johanna sämtliche Alarmglocken. Würden sie so bald schon wieder versuchen, den Oberst zu befreien?

»Aber ich will doch lieber nicht, dass Vasa etwas von diesem Gespräch erfährt«, sagte Mila. Sie war ganz und gar nicht mehr so trotzig wie zu Beginn des Telefonats.

Johanna bat noch um die Nummer von Vasa, die Mila angerufen hatte, dann beschwichtigte sie die junge Frau und beendete das Gespräch. Sicherheitshalber rief sie auf der Stelle in Kakola an und teilte mit, was sie gehört hatte, damit die Bewachung des Obersts verschärft wurde. Falls jemand die Absicht hatte, einen Häftling zu befreien, konnte er keinen besseren Zeitpunkt als einen Feiertag wie den Unabhängigkeitstag wählen, weil dann der Personalaufwand wegen des Feiertagszuschlags auf ein Minimum reduziert wurde.

Anschließend richtete Johanna wieder ihren Blick auf den Fernsehschirm, wo zuvor aufgezeichnetes Material über die Vorbereitungen zum Empfang im Präsidentenpalais gesendet wurde.

Johanna kam nicht von den Hintergrundgeräuschen los, die sie während des Telefonats mit Vasa gehört hatte. Was hatte er in der Gegend des Marktes zu tun gehabt? Was gab es dort Besonderes?

Plötzlich erstarrte sie, ihr Blick blieb am Bildschirm hängen.

Doch wohl nicht ...

Was hatte Vasa zu seinem Vater auf dem Tonband gesagt, das

in Kakola aufgenommen worden war: »*Du wirst schon hier herauskommen. Wer weiß, vielleicht begnadigt dich der finnische Präsident.*«

Der Satz hatte nach einem bemühten Scherz geklungen, aber auf einmal erhielt die Anspielung auf den Präsidenten in Johannas Kopf eine ganz neue Bedeutung.

25

Timo war in der Küche und beobachtete aus dem Augenwinkel, wie Aaro im Wohnzimmer die Kerzen anzündete und den Kerzenständer behutsam auf den Tisch vor dem Fenster stellte. Er war froh über die Einstellung des Jungen zu seinem Vaterland. Für im Ausland lebende finnische Kinder war Finnland überhaupt ein Spitzenland nach allen Maßstäben – wenn sie einmal »fennifiziert« waren, gab es keine Grenzen mehr.

»Oder hätten wir die Kerzen schon um sechs Uhr finnischer Zeit anzünden sollen?«, fragte Aaro besorgt.

»Nicht das Timing ist entscheidend, sondern der Gedanke.« Timo nahm die Steaks aus der Marinade, legte sie auf einen Teller neben dem Herd und wischte sich die Hände an der Schürze ab, die er von Aaro zum Vatertag bekommen hatte. Auch den feierten sie im November, so, wie es in Finnland üblich war, und nicht nach mitteleuropäischer Art im Juni.

»Ich könnte den Computer an den Fernseher anschließen, dann hätten wir ein größeres Bild«, sagte Aaro geschäftig. Das Fest im Präsidentenpalast kam live im Internet, und die Aufgabe, das Ganze sichtbar zu machen, war Aaro übertragen worden.

Die Wohnungstür ging auf, und Soile trat mit einer Plastiktüte von Delhaize in den Flur.

»Hast du Milch bekommen?«, fragte Timo.

Lächelnd hielt Soile eine Literflasche aus Plastik in die Höhe. In Belgien trank man nicht viel Milch, weshalb es immer ein Lotteriespiel war, ob man im Laden in der Nähe Frischmilch bekam. Sorten, die sich auch im Warmen monatelang hielten, gab es dagegen in großer Auswahl, aber die mochten Finnen normalerweise nicht.

»Prima.«

Soiles gute Laune steckte an, auch wenn Timo nichts daran ändern konnte, dass er sie in gewisser Weise für bedenklich hielt. Es war unangenehm, wegen des wahren Grundes von Soiles Fröhlichkeit argwöhnisch zu sein – als könnte ein Mensch nicht auch ohne Affäre mit einem Arbeitskollegen guter Dinge sein. Timo merkte, wie seine gute Laune schon wieder von der Dunstabzugshaube in den dunklen Himmel über Brüssel gepustet wurde. Vorbei war vorbei, aber trotzdem ...

Timo fing an, die Steaks zu braten. Er kochte selten, fast nie, aber Feiertage waren eine Ausnahme. Er wies Aaro an, den Tisch zu decken, doch der hatte noch Probleme mit dem Streaming.

»Die werden sich hoffentlich darauf eingestellt haben, dass heute Abend viele auf den Server wollen«, brummte Aaro, während er auf der Tastatur klapperte.

»Sie könnten genauso gut die Übertragung vom letzten Jahr noch einmal zeigen, das Einzige, was anders ist, sind die Klamotten der Frauen«, sagte Timo, während die Steaks köstlich in der gusseisernen Pfanne zischten. Soile hatte schon vor Jahren den Einsatz von Teflonpfannen verboten, wegen der chemischen Verbindungen, die sich von deren Oberflächen lösten.

»Na also, jetzt sieht man was«, juchzte Aaro.

»Lass uns zuerst essen und den Präsidenten in aller Ruhe seinen Gästen die Hand geben«, sagte Timo.

Im selben Moment klingelte in seiner Jackentasche im Flur das Handy. Aaro brachte seinem Vater den Apparat, noch bevor der auch nur darum bitten konnte.

Johanna Vahtera. Natürlich. Man merkte, dass die Frau keine Familie hatte.

»*Kannst du jetzt sofort deine E-Mails lesen?*« Johanna klang außer Atem.

»Ich brate gerade Steaks«, antwortete Timo leicht ungehalten.

»*Hast du kein Internet zu Hause?*«

»Doch, aber…«

»Sieh dir deine Mails an, jetzt sofort! Öffne die Bilddatei im Anhang und schau, ob du den Mann erkennst. Ich rufe gleich wieder an.«

Damit legte sie auf. Timo war verwundert, aber auch verärgert über Johannas Benehmen. Seine Familie litt ohnehin genug unter seinen unregelmäßigen und langen Arbeitszeiten, darum versuchte er wenigstens in der Freizeit für Ruhe zu sorgen.

»Ich muss einen Blick auf meine Mails werfen«, sagte er zu Aaro, der auf das erstaunlich scharfe Bild schaute. Es zeigte eine Schlange von Menschen, die darauf warteten, dem Präsidenten die Hand geben zu dürfen.

»Jetzt?«, fragte Aaro überrascht.

Timo klickte seine Mailbox an. »Du kannst mit deiner Mutter schon mal anfangen zu essen, ich komme gleich.«

Aaro wich zur Seite, schaute aber neugierig zu, wie Timo über komplizierte Codes zu seinen E-Mails gelangte.

»Hast du gehört?«, sagte Timo eine Spur strenger.

Er wartete, bis Aaro sich demonstrativ langsam in die Küche geschleppt hatte, dann richtete er den Blick auf den Bildschirm.

Johannas Mail war vor zwei Minuten eingetroffen. Bevor Timo den Bildanhang überhaupt öffnen konnte, rief Johanna wieder an.

»Erkennst du ihn?«

»Das Bild wird gerade erst geladen, jetzt warte mal einen Augenblick.«

Auf dem Bildschirm wurden nach und nach grobkörnige, von einer Überwachungskamera aufgenommene, vergrößerte Bilder sichtbar. Es dauerte eine Weile, bis Timo den Mann erkannte.

»Ist das Vasa Jankovic? Wo sind die her?«

»Aus Helsinki. Von den Kameras der Präsidentenresidenz am Eingang Mariankatu. Aufgenommen am 8. November um circa 15:00 Uhr. Jankovic war zu dem Zeitpunkt angeblich in Turku.«

»Worauf willst du hinaus?«

»Das kann ich jetzt nicht erklären. Ich wollte nur deine Mei-

nung. War mir nicht sicher, weil ich Jankovic nur von einem Passfoto her kannte. Ich überprüfe das weiter.«

Und schon legte sie auf. Timo holte wieder die Fernsehübertragung aus dem Präsidentenpalast auf den Schirm. Das Händeschütteln wollte kein Ende nehmen.

Am westlichen Rand der Grünanlage Kaisaniemi stand ein zehn Jahre alter Landrover zwanzig Meter vom nächsten Laternenmast entfernt. Die gelblichen Lichter entlang der Bahnlinie schimmerten hinter den kahlen Bäumen. Der Dieselmotor des Geländewagens stieß Abgase aus, die von Windböen in der Dunkelheit verweht wurden.

Vasa saß am Steuer, Danilo auf dem Beifahrersitz. Auf der Mittelkonsole stand ein winzig kleiner TV-Empfänger, der am Zigarettenanzünder angeschlossen war. Das Bild flimmerte stark, aber man konnte etwas erkennen. Der Präsident gab den Gästen die Hand, die in einer endlosen Schlange langsam in den Saal strömten.

Vasa blickte kurz auf den Bildschirm, dann machte er mit dem Kontrollieren der Ausrüstung weiter. Er trug einen einteiligen, winddichten Nomex-Schutzanzug, der an Ellbogen und Knien mit Kevlarfaser verstärkt war. Zum Schutz des Oberkörpers hatte er eine Bristol-Panzerweste mit eingenähten Keramikplatten zur Verstärkung an. Zuoberst trug er gewöhnliche weite Cargohosen und einen Anorak. In der Tasche wartete eine Kopfmaske, die nur die Augen frei ließ und vor Wind schützte. Seine schwarzen Trekkingschuhe mit niedrigem Schaft hatten elastische Gummisohlen. Das olivgrüne Futteral, das an seinem Gürtel hing, enthielt eine Gasmaske. Zum Schluss würde er sich noch eng anliegende Pilotenhandschuhe anziehen.

Alle in der Gruppe hatten die gleiche Grundausrüstung, nur die Bewaffnung variierte. Bei Vasa bestand sie aus einer 9 mm Browning als Reserve und einer Heckler & Koch MP5, einer 9-mm-Maschinenpistole mit kurzem Lauf, als eigentlicher Waffe. Das schwerere Gerät befand sich in Rucksäcken. Keinesfalls versuchten sie bei der Bewaffnung Klasse durch Masse zu ersetzen, im Gegenteil. Ein Profi würde auf den ersten Blick sehen, dass man diese Männer ernst nehmen musste. Die Waffen waren von Wolodja in Russland besorgt und nach Finnland eingeschmuggelt worden. Wolodja war ein ehemaliger Kollege von Zlatan, sie kannten sich aus der Zeit, als Zlatan beim jugoslawischen Geheimdienst gearbeitet hatte. Nicht zum ersten Mal waren ihnen Zlatans gute Beziehungen nach Russland von Nutzen gewesen.

Danilo kaute vehement Kaugummi und ging ebenfalls seine Ausrüstung durch. Die Gruppe hatte sich in drei Paare aufgeteilt, die sich separat bewegten: Vasa und Danilo, Toma und Slobo, Stanko und Zlatan.

Vasa blickte auf die Uhr und sagte in das Mikrofon, das an seinem Kragen befestigt war: »Test.«

»*Die Zwei okay*«, antwortete Tomas Stimme im Ohrhörer beinahe ohne Hintergrundrauschen. Bei ihren Raubüberfällen hatten sie es sich zur Gewohnheit gemacht, das Pyephone-Funksystem zu benutzen, mit dessen Hilfe alle sicher über Halsmikrofone und Ohrhörer miteinander kommunizieren konnten. Für die Elektronik war Danilo verantwortlich. Am liebsten hätte er die Gruppe auch noch mit iPods, portablen Playstations und tragbaren DVD-Playern samt Filmen ausgerüstet.

»*Die Drei okay.*« Stanko klang nervöser als Toma.

»Los jetzt, Lazar«, sagte Danilo leise.

Mit einem sanften Lächeln im Mundwinkel löste Vasa die Handbremse und fuhr los. Fürst Lazar war der mythische Held auf dem Amselfeld gewesen, unter dessen Führung die Soldaten des mittelalterlichen Serbenreichs gegen die Osmanen gekämpft hatten. Weil Danilo mit seiner Schwäche für Entertainment aller Art eine romantische Einstellung zu Serbien hatte, fielen Vasas patriotische Reden bei dem jungen Mann auf fruchtbaren Boden. Natürlich war Danilo hauptsächlich wegen des Geldes an dem Vorhaben interessiert, aber nach und nach war auch ein gewisser ideeller Eifer an die Oberfläche gedrungen. Auch bei den anderen hatte Vasa das registriert, und das schadete überhaupt nicht.

»Hoffen wir trotzdem, dass es heute Abend nicht so kommen wird wie auf dem Amselfeld«, sagte Vasa, als er die scharfe Rechtskurve am Restaurant Kaisaniemi nahm.

Im Amselfeldmythos wurden Fürst Lazar, dem Anführer der Serben, ein himmlisches oder ein irdisches Reich zur Wahl gestellt. Wählte er das irdische, trüge er den Sieg über die Türken davon. Wählte er aber das himmlische Reich, müsste er eine Kirche im Kosovo errichten, und er selbst würde mit seinem Heer vernichtet. Lazar wählte das himmlische Königreich und die moralische Läuterung – und ging mitsamt seinem Heer auf dem Amselfeld unter. Als Kind hatte Vasa nie verstanden, warum eine Niederlage im Kampf durch den Mythos in einen moralischen Sieg umfunktioniert wurde. Der Gedenktag an die Schlacht auf dem Amselfeld war für die Serben der heiligste Feiertag von allen, er symbolisierte den aufopfernden Kampf der Serben im Namen des Christentums gegen die Ausbreitung des Islam.

»Falls dieser Job hier so viel Geld für mich abwirft, wie wir glauben, dann werde ich eine Computergame-Firma in Belgrad finanzieren«, sagte Danilo vollkommen ruhig, ganz entgegen seiner sonst so impulsiven, aufschäumenden Art. »Dann sollen sie ein richtig klasse Spiel mit dem Titel ›Lazar‹ entwickeln. Wo man richtig schön Osmanen abschlachten kann.«

»Und der Unterlegene ist in Wahrheit der Sieger. Aber konzentrieren wir uns statt auf die Osmanen zuerst auf die Finnen.«

Das ständige Reden seiner Kameraden über Geld war Vasa unangenehm. Er wollte nicht unentwegt daran erinnert werden, dass sie im Geld ihr zentrales Motiv sahen. Lange hatten gerade hinter der finanziellen Seite der Aktion die meisten Fragezeichen gestanden. Nicht, weil zu wenig Geld dabei herauskommen konnte, sondern weil zu viel davon in Aussicht stand. Es gab kein Limit. Die größte Herausforderung bestand aber darin, eine Methode zu finden, die Summen nicht nur zu verlangen, sondern auch sicher in die Hände zu bekommen – und in Gebrauch nehmen zu können. Bargeld war ausgeschlossen, ebenso alles andere, dessen Transfer sich nachvollziehen ließ: Überweisungen, Wertpapiere und dergleichen.

Bei der Beerdigung von Radovan war Vasa wieder Mareks Plan eingefallen, den sie zuvor zurückgewiesen hatten. Tatsächlich war es unmöglich, die besagte Fracht vom Flughafen Arlanda zu stehlen, aber das Erpressen von Lösegeld in Form von Diamanten war ein realistischer Gedanke. Diamanten waren eine sehr traditionelle und sehr öde Art, Eigentum zu verschieben. Aber es war auch eine ausgesprochen praktische Methode. Ein hoher Wert konnte zu wenigen Gramm oder Kilogramm verdichtet werden, die dann leicht transportiert werden konnten und sich überall auf der Welt realisieren ließen. Vor allem aber konnte man diesen Wert anonym verkaufen, ohne dass es später nachvollzogen werden konnte, denn notfalls konnte man Diamanten neu schleifen lassen.

Vasa hatte Mareks Vorschlag mit einem Mal in ganz neuem Licht gesehen und war auf die Idee gekommen, zwei voneinander unabhängige Pläne miteinander zu verknüpfen. Er hatte diese Idee innerlich immer wieder hin- und hergewendet und war dabei auf kein einziges unlösbares Problem gestoßen. Im Gegenteil – durch die Idee hatten viele kritische Probleme gerade gelöst werden können.

Nachdem er aus dem Kosovo nach Stockholm zurückgekehrt war, hatte Vasa die Gruppe zusammengerufen und seine Idee vorgetragen, Mareks Plan in die Operation 6/12 zu integrieren. Zuerst war er damit auf Ablehnung gestoßen, aber nach genauer Überlegung hatten alle die Genialität und den Wert der Idee erkannt. Marek hatte seinen Part von da an eigenständig erledigt, wofür er unter anderem nach Polen gefahren war.

In den Fenstern der Jugendstilhäuser entlang der Kaisaniemi-Bucht brannten Kerzen, auf der Straße war kein Mensch zu sehen. Jasmin hatte Recht, alle waren zu Hause und verfolgten den Präsidentenempfang.

Sie fuhren am Botanischen Garten vorbei und mussten vor der Unioninkatu an der Ampel anhalten. Danilo sah auf die Uhr und sagte: »Plus zwanzig Sekunden.«

Vasa nickte. Sie waren fast genau in der Zeit. Zufriedenheit und Gewissheit erfüllten ihn. Er spürte keine Angst, sondern nur eine gesunde Anspannung.

Er war die Route viermal mit der Uhr abgefahren, zum ersten Mal Anfang November und zuletzt vorgestern bei der Generalprobe. Lange hatte er darüber nachgedacht, ob sie falsche oder echte Nummernschilder benutzen sollten. Falls sie wegen falscher oder gestohlener Kennzeichen in einem an sich ungefährlichen Zusammenhang erwischt würden, hätte das üble Schwierigkeiten zur Folge. Somit war das Gesamtrisiko im Hinblick auf das Gelingen der Operation mit echten Kennzeichen geringer.

Vasa bog rechts in die Unioninkatu ein. Kurz darauf sprang die Ampel an der Kreuzung Kaisaniemenkatu auf Rot. Nasser Schnee fiel auf die Straße. Vasa bremste leicht. Hinter ihnen hielt ein Ford Mondeo der Polizei.

»Hey, hast du das gemerkt?«, fragte Danilo unruhig mit Blick in den Rückspiegel.

»Das ist Zufall. Glotz nicht so hin!«

Aber auch Vasas Puls beschleunigte sich.

Fast im selben Augenblick wurde die Ampel grün. Vasa trat ruhig aufs Gas und blickte in den Spiegel. Der blau-weiße Ford folgte ihnen weiter.

Plötzlich blinkte am Polizeiauto das rote Stopp-Signal, und gleichzeitig ging das Blaulicht an. Vasas Herzschlag setzte für einen Moment aus.

»Scheiße«, murmelte Danilo.

Vasa überlegte kurz, dann öffnete er die Funkverbindung zu den anderen beiden Fahrzeugen.

ZWEITER TEIL

26

Johanna stand in der Diele ihrer Wohnung und hörte sich an, was der Dienst habende Kollege mit seinem ostfinnischen Dialekt über das gestoppte Fahrzeug zu sagen hatte. Zwei Männer ausländischer Herkunft waren in der Unioninkatu angehalten worden. Beide schwer bewaffnet: Kalaschnikow, MP5, Granaten. Der Diensthabende machte Johanna von dem Vorfall Meldung, weil ihr Name auf der Liste der »bei Antreffen zu stoppenden Fahrzeuge« neben dem betreffenden Landrover mit schwedischem Kennzeichen angegeben war.

»*Die Insassen sind zwei jüngere ausländische Männer, beide keine gebürtigen Schweden*«, sagte der Kollege. »*Keiner von beiden kann sich ausweisen.*«

»Wo werden sie hingebracht?«

»*Nach Pasila, auf die Hauptwache.*«

»Sag der Streife, dass man mit den beiden besonders vorsichtig sein muss«, empfahl Johanna, obwohl die großkalibrige Bewaffnung der beiden Ausländer bereits für sich sprach.

»*Sie tragen schon Handschellen.*«

»Trotzdem. Ich komme nach Pasila.«

Johanna warf sich die Jacke über und fragte sich, warum die Männer keinen Widerstand geleistet hatten, als sie gestoppt wurden, trotz ihres armeetauglichen Arsenals. Das war überraschend. Und Besorgnis erregend.

Sie wollte schon die Wohnungstür schließen, kehrte aber noch einmal ins Wohnzimmer zurück. Sie hatte vergessen, die Kerze zu löschen. Fluchend über ihre Zerstreutheit, blies Johanna die Kerze aus. Dabei spritzte Wachs auf den Vorhang.

Jasmin Ranta spielte nervös mit der Fernbedienung des Fernsehers. Mit einem Knopfdruck machte sie die Uhrzeit auf dem Bildschirm sichtbar.

Eine Minute vor neun.

Die herausgeputzten Festgäste posierten vor den Kameras wie Pfaue. Jasmin erkannte mehrere Bekannte ihrer Eltern wieder.

Ihr Großvater hatte sich den Empfang immer mit strengem Blick angeschaut und darüber geklagt, wie wenige Kriegsveteranen von seinem Schlag dort vertreten seien, obwohl ihnen das ganze Verdienst für die Unabhängigkeit zukomme.

Jasmin dachte oft an ihren Opa, viel öfter als an ihre Adoptiveltern. Ihnen gegenüber empfand sie nichts, weder Liebe noch Hass. Die beiden existierten einfach nicht mehr für sie.

Wesentlich realer waren da schon ihre biologischen Eltern, obwohl sie nichts von ihnen wusste. Jasmin hatte sich jedoch ihr eigenes Bild von ihnen gemacht, sogar wie sie aussahen, hatte sie sich vorgestellt. Ihr Vater hatte ihre Augen, ihre Mutter ihre Haare. Als in der Schule einmal alle Schüler einen Vortrag über einen Staat halten mussten, hatte sie Rumänien gewählt. Niemand in der Schule hatte von ihrer Adoption gewusst, sogar der Lehrer hatte sich gewundert, wie viel sie über die Geschichte und Geografie Rumäniens wusste. Zu Hause hatte sie in einem dicken Ordner Zeitungsausschnitte über das Land gesammelt. Ihre Adoptiveltern hatten ihn entdeckt und waren traurig gewesen. Sonst nichts, nur traurig. Dann wurde über das Thema nicht mehr geredet.

Als Kind war sie mit ihren Adoptiveltern in Kenia, Frankreich, in den USA, in Thailand, England und wer weiß wo noch gewesen, aber nie waren sie nach Rumänien gefahren, obwohl Jasmin sich das gewünscht hatte. Je mehr sie über ihre »eigentliche Heimat« gesprochen hatte, umso bedrückter waren Vater und Mutter geworden.

Vor zwei Jahren hatte sie dann endlich Rumänien besucht, aber die Reise war eine herbe Enttäuschung gewesen. Sie hatte keine besondere Verwandtschaft mit den Menschen und dem Land empfunden. Ihr Gefühl, nirgends verwurzelt zu sein, und der Wunsch, etwas Neues zu finden, waren dadurch nur noch gesteigert worden.

Jasmin fuhr aus ihren Gedanken hoch und sah auf die Uhr.

21:02.

Sie hatte überlegt, sich während der Stunde X in die Nähe der Residenz zu begeben, aber Vasa hatte es ihr verboten. Dort hätte sie nicht helfen können.

Vasa hatte Recht.

Jasmin stand auf und ging zu dem Fernglas, das sie auf einem Stativ angebracht hatte.

Der mit verchromten Stoßstangen und Scheinwerferschutz ausgerüstete Toyota-Geländewagen bog um 21:03 Uhr von der Liisankatu in die Mariankatu ein. Hinter den verdunkelten Scheiben war im Licht der Straßenbeleuchtung nichts zu erkennen – nicht die zwei Männer und nicht die schweren Rucksäcke im Fußraum des Beifahrers, der wegen des Gepäcks seinen Sitz so weit wie möglich nach hinten geschoben hatte.

Nach der Kreuzung hielt Toma die Geschwindigkeit bei fünfzig Stundenkilometern, obwohl sie wegen der leicht abschüssigen Straße von selbst zunehmen wollte. Wieder einmal schmerzten ihn die fehlenden Zehen am rechten Fuß. Es war die Kälte, die das verursachte. Aber Toma biss die Zähne zusammen und konzentrierte sich aufs Fahren. Der Schnee gefror auf der Straße. Bis zum Objekt waren es noch vierhundert Meter.

»*Die Zwei*«, meldete sich Stankos Stimme im Ohrhörer.

»Die Zwei«, antwortete Toma.

Sie hatten gleichzeitig mit Stanko und Zlatan den zuvor vereinbarten Kontrollpunkt zwei passiert. Das war perfekt.

»Wir sind zu wenige«, wiederholte Slobo auf dem Beifahrersitz noch einmal, was er zuvor schon gesagt hatte.

»Das ist überhaupt kein Problem«, entgegnete Toma ruhig, aber sein Gesichtsausdruck verriet versteckte Nervosität.

Sie hatten von Vasa eine Nachricht erhalten: Er und Danilo waren erwischt worden. Aber sie würden ohne die beiden hineingehen. Ihre erste Forderung wäre dann Vasas und Danilos Freilassung, und danach wäre die Unterbesetzung wieder wettgemacht. Anschließend würde es plangemäß weitergehen. Die Aktion in dieser Phase abzublasen, konnte keine Alternative sein.

Toma opferte nicht eine Minute, um sich zu überlegen, warum Vasa erwischt worden war. Hauptsache, die Polizei wusste nichts von der Aktion.

Oder wusste sie doch etwas? Eine kleine Unsicherheit nagte an Toma, aber er versuchte, sich auf den Moment zu konzentrieren. Jetzt ging es erst einmal darum, Vasas und Danilos Fehlen im Präsidentenpalast auszugleichen.

Ab der Ecke von Mariankatu und Aleksanterinkatu war die Straße mit mobilen Verkehrshindernissen gesperrt. Nur die Straßenbahnschienen waren offen gelassen worden.

Toma atmete betont ruhig und umklammerte das Lenkrad. Er verließ sich auf Vasa. In letzter Zeit hatte Vasa viele Eigenschaften seines Vaters und seines Bruders Radovan an den Tag gelegt. Trotzdem war Toma überrascht von dem Eifer, mit dem Vasa die Befreiung seines Vaters betrieb. Offenbar hatte ihm Radovans Tod die Augen geöffnet. Toma hatte nie mit Vasa über das Urteil sprechen können, das über den Oberst verhängt worden war, hatte es auch nie erwartet. Wie hätte Vasa eingestehen können, dass sein Vater als ehrenhafter Mann der blinden Brutalität der paramilitärischen Freiwilligenkorps im Kosovo hätte Einhalt gebieten müssen?

Gleich zu Beginn des Krieges, nach der Auflösung des Staates, war es mit der Ehre ohnehin vorbei gewesen, ein einzelner Offizier hätte in dem Hexenkessel nichts ausrichten können. Auch Toma hatte es nicht gekonnt, auch er hatte zuerst die Familie und dann die Ehre verloren, und danach alles andere. Von da an war es in seinem Leben nur noch bergab gegangen, bis es in Schweden den Tiefpunkt erreicht hatte. Nun stellte sich die Frage, ob er im Schlamm stecken bleiben oder einen neuen Aufstieg versuchen würde. Toma hatte beschlossen, es noch einmal nach oben zu schaffen, zusammen mit den anderen, ein letztes Mal …

Toma kniff die Augen zusammen. Auf dem Bürgersteig waren mehrere Polizeifahrzeuge und einige Polizisten zu erkennen. Weiter vorne standen zwei große Übertragungswagen des Fernsehens. Die Atmosphäre hatte etwas Verschlafenes, nichts deutete darauf hin, dass in dem angrenzenden Gebäude ein großes Fest stattfand.

»Was ist, geht's los?«, fragte Toma unwirsch.

»Deswegen sind wir doch hier«, antwortete Slobo und umklammerte die Maschinenpistole auf seinem Schoß.

Der Eifer in Slobos Stimme ärgerte Toma ein wenig, aber andererseits war genau dieser Eifer notwendig.

Beide zogen sich eine schwarze Maske über das Gesicht. Toma behielt die Geschwindigkeit bei, obwohl die Metallabsperrung der Polizei immer näher rückte. Die leuchtenden Straßenlampen vor dem schwarzen Himmel glitten rhythmisch an ihrem Bewusstsein vorbei, das wie in jeder gefährlichen Situation auf unverwechselbare Art geschärft war. Außer dass jetzt nicht einmal besondere Gefahr bestand. Sie brauchten keine Angst zu haben, auf eine Mine zu fahren oder dass hinter der nächsten Ecke albanische UÇK-Guerillas mit Panzerfäusten lauerten, wie es Toma im Juni 1998 ergangen war, als er die Zehen an seinem rechten Fuß verloren hatte.

»Die Eins«, sagte er ins Mikrofon.

»*Wir sind an der Eins, nur hereinspaziert*«, erwiderte Zlatan, als ginge es um eine Einladung zum Tee. Er war schon von seiner Laufbahn beim Geheimdienst in Belgrad her mit allen Wassern gewaschen, ihn brachten die bevorstehenden Ereignisse des Abends nicht aus der Fassung, ganz gleich, was kommen mochte. Für Stanko galt das ohnehin. Toma machte sich eher wegen Vasa und Danilo Sorgen und wegen Slobo, der wortkarger als sonst neben ihm saß.

Tomas Blick sprang zu dem immer näher kommenden Seiteneingang der Residenz. Er nahm ein wenig den Fuß vom Gas und hielt das Lenkrad stabil im Griff. Die Verantwortung lag nun bei ihm, da Vasa vorübergehend außer Gefecht gesetzt war. Aber Toma trug diese Verantwortung gerne.

»Überraschung, Überraschung«, sagte Slobo bemüht scherzhaft.

Der am nächsten stehende Polizist blickte verdutzt auf das Auto, das mit unverminderter Geschwindigkeit auf die Absperrung zufuhr. Das Viehgitter am Bug des Toyota stieß das Hindernis mit einem Schlag zur Seite. Das war das erste Geräusch der Aktion, die erste Botschaft an das Gehirn, die besagte, dass jetzt alles auf dem Spiel stand. Toma blickte kurz in den Spiegel und sah den Polizisten aufgeregt in sein Funkgerät sprechen.

Zlatan starrte grimmig geradeaus, während sich der schwere Rangerover mit hohem Tempo durch das Eisentor vor dem Präsidentenpalast schob. Die Eisenstangen kratzten an den Flanken des Geländewagens, aber das Tor war nur Dekoration, im Gegensatz zu den aus dem Boden ausfahrbaren Terrorhindernissen in besser ausgerüsteten Städten.

»Weißt du, was Nietzsche jetzt gesagt hätte?«, fragte Zlatan an Stanko gerichtet, wobei er kräftig aufs Gaspedal trat. »Freie Geister …«

»Dein Nietzsche würde sich in die Hose scheißen, wenn er hier im Wagen säße«, rief Stanko, als das Auto mit einem Ruck vor dem Haupteingang der Residenz zum Stehen kam.

Stanko hatte bereits während der Fahrt die Tür geöffnet und sprang jetzt mit vorgehaltener Maschinenpistole aus dem Wagen. Die Schutzweste, die übrige Ausrüstung und der zwanzig Kilo schwere Rucksack schienen ihn dabei kein bisschen zu beeinträchtigen. Zlatans Rucksack war etwas leichter, dafür wog der Gürtelbehälter mit den Granatenpatronen umso mehr.

Im selben Moment hielt Toma vor dem mit Säulen verzierten Seiteneingang der Residenz in der Mariankatu.

Slobo stieß die Beifahrertür so heftig auf, dass die Scharniere beinahe nachgegeben hätten. Gleichzeitig sprang Toma auf seiner Seite aus dem Wagen und stürmte mit der Kalaschnikow in der Hand die wenigen Stufen zur Eingangstür hinauf, wobei er sich bemühte, nicht auf den pochenden Schmerz in seinem rechten Fuß zu achten. Der Polizist, der neben dem Eingang Wache stand, hatte die Pistole gezogen und richtete sie auf die beiden Serben. Slobo schoss ihm ins Bein. Toma erschrak, begriff aber sogleich, dass es keine andere Möglichkeit gegeben hatte. Sie duldeten keine Gegenwehr, das musste von Anfang an unmissverständlich deutlich gemacht werden. In der Eingangshalle stürzte ein Sicherheitsmann in Zivil mit einer Pistole in der Hand auf sie zu.

»Die Waffe weg!«, rief Toma auf Englisch. Dabei riss er einen Mann im Frack, der in der Nähe stand, an sich.

»Die Waffe weg, oder dieser Mann hier stirbt!«

Langsam legte der Sicherheitsbeamte seine Waffe auf dem Fußboden ab, und Toma schob den Mann im Frack vor sich her durch die Halle. Bei der Garderobe, die vor Mänteln überquoll, trafen ihn die ungläubigen Blicke der Portiers und Aufseher. Mit einigen schnellen Schritten begab er sich zu der Treppe auf der linken Seite, stieß das menschliche Schutzschild von sich und ging ins Atrium hinauf, wo ihn die festlich gekleideten Gäste verdutzt anstarrten. Für einen kurzen Augenblick ließ Tomas Wachsamkeit eine Spur nach, weshalb er um ein Haar gegen eine weiße Marmorskulptur, die eine Frau und zwei kleine Jungen darstellte, gestoßen wäre.

»*Okay, der Spiegelsaal ist unter Kontrolle*«, meldete Stankos keuchende Stimme im Ohrhörer.

»Bin im Atrium, komme in wenigen Sekunden in den Staatssaal«, antwortete Toma und eilte weiter. Kreischend wichen Frauen in Abendkleidern vor ihm zur Seite. Die schwarzen Büsten der ehemaligen Präsidenten Finnlands starrten düster ins Leere. Toma blickte kurz hinter sich und sah Slobo, der zurückgeblieben war, um den Eingang zur Mariankatu mit Semtex-Sprengstoff zu verriegeln. Dann ließ Toma den Blick nach oben schweifen, wo er aus dem Augenwinkel Bewegung registriert hatte: Von der Galerie des Zwischengeschosses aus spähten Leute herab. Toma richtete seine Waffe auf einen der riesigen Kronleuchter und gab eine kurze Salve ab. Das Dröhnen der Schüsse vermengte sich mit dem Splittern von Glas und immer hysterischerem Geschrei.

Vom Atrium setzte Toma seinen Weg in den wesentlich größeren Staatssaal fort, wo die Menschenmenge, die gerade noch im Takt der Orchestermusik getanzt hatte, nun wegen der Schüsse innehielt. Der Donauwalzer von Strauß hinkte jedoch noch einige zögernde Takte weiter, bevor er in dem immer lauter werdenden Stimmengewirr versickerte. Im Nu herrschte durch Tomas Schüsse das blanke Chaos in dem hell erleuchteten Saal. In panischer Angst wichen die Gäste Toma aus, dabei stießen sie gegeneinander, und einige stolperten und fielen hin.

Toma sah ein Gewühl aus bunten Abendkleidern, Gold und Kristall vor sich, die Gäste versuchten, sich zu den Ausgängen zu stürzen, kamen aber im Gedränge nicht weit. Manche erstarrten auf der Stelle. Gäste, die auf der Galerie der obersten Etage standen, blickten ungläubig nach unten. In der warmen, stickigen Luft mischte sich der Geruch der Angst unter den Parfumduft. Irgendwo flammten Blitzlichter auf, weil einige Pressefotografen mit besonders guten Nerven ihre Arbeit fortsetzten.

Toma feuerte eine weitere Salve auf den siebenhundert Kilo schweren Kronleuchter, worauf weitere Glasstücke auf das gebohnerte Parkett und die kreischenden Menschen hagelten. Dann zwang Toma fünf in Panik geratene Gäste, sich neben dem an einen griechischen Tempel erinnernden Kachelofen zwischen zwei korinthische Säulen zu stellen, und drückte einem der Männer den Lauf der Kalaschnikow auf die Brust.

Gleichzeitig nahm er sein Telefon zur Hand und rief die Nummer der Polizei in Helsinki an.

»Ihr habt fünfzehn Minuten Zeit, unsere vorhin festgenommenen serbischen Genossen in den Präsidentenpalast zu bringen«, sagte er zu dem Dienst habenden Polizisten. »Wenn ihr nicht gehorcht, töten wir den ersten Gast.«

27

Im Übertragungswagen des Finnischen Fernsehens starrte Lauri Hyvönen, der für ein Millionenpublikum die Regie führte, auf die Monitore. Mit harter Hand stießen Männer mit schwarzen Sturmhauben und schwarzen Rucksäcken die Festgäste vor sich her, die dabei jegliche Würde verloren. Das Chaos in der Residenz stand in krassem Widerspruch zu der friedlichen Atmosphäre im gedämpften Licht des stillen Übertragungswagens. Nur das Jaulen eines davonfahrenden Krankenwagens drang herein. Der Polizist, der vor dem Eingang in der Mariankatu angeschossen worden war, wurde ins Krankenhaus gebracht.

Die Kameramänner in der Residenz gingen weiter ihrer Arbeit nach, Hyvönen hörte ihre Kommentare über seinen Kopfhörer. Die Bilder der Handkameras waren unruhig. Die Stimmen der drei Reporter in der Residenz fehlten allerdings, auch konnte man die Kollegen nirgendwo im Bild entdecken.

»Wir brechen die Übertragung ab«, sagte Hyvönen zu seinem Regieassistenten.

»Welchen Text blenden wir ein?«

»Irgendeinen.«

Der Abbruch einer Übertragung war eine außergewöhnliche Maßnahme, über die eigentlich der Sendeleiter hätte entscheiden müssen, aber jetzt schien sofortiges Handeln die einzig richtige Lösung zu sein.

Der Monitor mit dem ausgehenden Signal wurde schwarz. Dann erschien als Standbild eine Außenaufnahme der festlich erleuchteten Residenz. Darüber stand der Text: *Wir bitten um etwas Geduld.*

Fast im selben Augenblick, wahrscheinlich rein zufällig, brachen die Übertragungen der Kameras aus der Residenz eine nach der anderen ab.

Hyvönen griff sofort zum Mikrofon. »Was ist da los?«

»Sie unterbrechen ...«

Dann war die Stimme des Kameramanns weg.

Die Schneide des kleinen Beils durchschlug das orange Kabel und drang in das gemusterte, sorgfältig polierte Parkett des Atriums ein.

Der Vorgang spiegelte sich in der Sonnenbrille, die Slobo zusätzlich zur Sturmhaube aufgesetzt hatte. Er riss das Beil aus dem Holz und blickte zur Galerie hinauf. Der Kameramann, der dort am Geländer stand, schaute verwirrt und ängstlich zurück. Die Festgäste hielten von Slobo so viel Abstand wie möglich. Nach den hektischen Momenten unmittelbar nach dem Eindringen war er jetzt bereits in der Lage, sich neugierig umzuschauen.

Dieses Fest hier, das er bislang nur von Pressefotos kannte, war noch aufgeblasener, als er gedacht hatte. Nie zuvor hatte er so viel Seide, Gold, Flitter auf einem Haufen gesehen, nie so viele Orden, Plissees, Schmuckfedern, Stickereien. Diese Leute, diese Kleider, dieses Fest – das war nicht nach Slobos Geschmack. Er stand mehr auf einen coolen Stil. Im ersten Moment war er gegenüber den Kadetten, die mit ihren Uniformen und ihren langen, schmalen Säbeln bedrohlich wirkten, besonders argwöhnisch gewesen, aber bald hatten sie sich als ebenso ungefährlich erwiesen wie die übrigen Gäste, genau so, wie Vasa es vorab erklärt hatte. Die Kadetten waren nur hier, um mit Frauen zu tanzen, die keinen Partner hatten.

An einigen Stellen standen Fernsehkameras, dahinter Kameramänner in Anzügen und mit Kopfhörern. Sie blickten sich unruhig um, weil die durchtrennten Kabel die Übertragung unterbrochen hatten und auch keine Anweisungen mehr aus dem Sendewagen bei ihnen ankamen. Im Jahr zuvor waren gar einundzwanzig Kameras vor Ort gewesen, hatte Slobo über das Internet herausgefunden. Schon allein daran konnte man sehen, dass diese Veranstaltung für die Finnen eine große Sache war.

Slobo rückte die Sonnenbrille zurecht und sah auf die Uhr. Sie hatten die Situation unter Kontrolle, aber Vasa und Danilo könnten von ihm aus gerne bald eintreffen, damit es weitergehen konnte. Seinen Rucksack hatte Slobo inzwischen Zlatan übergeben, der mit Stanko für die schweren Waffen zuständig war.

Slobo wiederum kümmerte sich darum, dass niemand die Residenz verließ oder hereinkam – weder durch Türen und Fenster noch über das Dach. Er hatte zwei WCs für die Gäste überprüft, hatte Gänge mit Plastiksprengstoff vermint und Fotozellen angeschlossen, deren Alarmempfänger sich in seiner Hosentasche befand. In einer anderen Tasche steckte auch sein iPod, aber zum Musikhören würde er erst später wieder kommen.

Der kurze Gedanke an die Musik ließ ihn endgültig begreifen, worauf er sich eingelassen hatte: Er hatte einen Weg gewählt, mit dem sich der Traum von einem Leben als Popstar wahrscheinlich niemals realisieren lassen würde. Er hatte den goldenen Käfig gewählt, aus dem man nicht davonfliegen konnte.

Doch schnell wich der Gedanke vor den Herausforderungen der konkreten Situation. Stanko kümmerte sich um die Seite des Haupteingangs zur Nördlichen Esplanade, Toma regierte im Staatssaal, und Zlatan trieb die Leute von den oberen Galerien in den ersten Stock. Sie mussten möglichst bald alle überflüssigen Personen, die die Situation nur unübersichtlich machten, aus dem Gebäude schaffen.

»Es wundert mich überhaupt nicht mehr, dass du immer schwarze Klamotten anhast«, rief Slobo zu Zlatan hinauf, der sich auf der Galerie des Atriums zeigte. Normalerweise hatte er Angst vor Zlatan, wie alle anderen auch, aber die gemeinsame Aktion brachte sie auf Augenhöhe. »In Schwarz fühlt man sich mächtig. Kein Wunder, dass die Kerle hier alle schwarze Fräcke tragen.«

»Du würdest nicht mal in Schwarz schick aussehen«, rief Zlatan zurück. »Und nimm endlich diese idiotische Sonnenbrille ab!«

Ein Blitzlicht ließ Slobo zusammenfahren. Der Fotograf, der es ausgelöst hatte, zog sich mindestens ebenso erschrocken zurück. Es waren jede Menge Medienvertreter anwesend. Was an sich gut war. Jedenfalls hatte Vasa das behauptet.

»Papa, komm jetzt her!«, rief Aaro immer drängender aus dem Wohnzimmer.

Timo stellte den letzten Teller in die Spülmaschine, legte eine Tab in das dafür vorgesehene Fach und schaltete die Maschine ein. Er nahm einen Schluck Rotwein, dann ging er mit dem Glas zu Aaro hinüber, der vor dem Computer saß.

»Was ist los?«, fragte Timo.

»Die Übertragung ist unterbrochen worden. Irgendein Durcheinander ist da ausgebrochen, und dann war alles schwarz.«

»Wäre ja auch ein Wunder gewesen, wenn das mit dem Internet-Fernsehen funktioniert hätte. Wahrscheinlich sehen zu viele Leute zu, weil alle ...«

»Nein«, fiel Aaro ihm energisch ins Wort. »Das ist es nicht. Dort ist irgendwas Komisches passiert, darum ist die Übertragung unterbrochen worden. Das ist kein technischer Fehler.«

Timo trat näher an Aaro heran und stellte das Weinglas auf den Tisch. »Was heißt ›irgendwas Komisches‹?«

»Die Leute haben angefangen zu schreien. Und der Reporter hat ganz erschrocken geguckt. Dann hat die Kamera gewackelt, als würde der Kameramann rennen oder so. Ist aber auch kein Wunder, die Schüsse ...«

Timo rannte in den Flur. Das Tischchen, auf dem normalerweise sein Handy lag, war leer. Er tastete die Taschen seiner Jacke ab, aber vergebens.

»Wo ist mein Handy?«, rief er.

»Weiß ich nicht. Nimm das Festnetz«, sagte Aaro.

»Alle Nummern sind im Handy gespeichert. Komm her und hilf mir suchen!«

Während sie mit ihrem eigenen Wagen zum Polizeipräsidium in Pasila fuhr, sah Johanna überall in den Fenstern der Häuser die Kerzen brennen. Die Stadt wirkte wie ein einziges friedliches Zuhause.

An der Kreuzung von Aleksis Kiven katu und Sturenkatu klingelte ihr Handy. Sie meldete sich über das Mikrofon ihrer Freisprechanlage.

Der Anrufer war derselbe Dienst habende Polizist, mit dem sie kurz zuvor bereits gesprochen hatte.

»*Jetzt ist die Hölle los*«, sagte der Mann mit einer Stimme, die Johanna eine Gänsehaut bereitete. »*Eine Gruppe bewaffneter Männer hat den Präsidentenpalast in ihre Gewalt gebracht, mindestens ein Polizist ist dabei verletzt worden. Die Attentäter haben erklärt, sie würden eine erste Geisel erschießen, falls ihre festgenommenen serbischen Genossen nicht innerhalb von fünfzehn Minuten bei ihnen in der Residenz sind.*«

Durch Johannas Kopf ging ein Rauschen. Vasa Jankovic! Sie war auf der richtigen Spur gewesen, aber leider zu spät. Vor ihr sprang die Ampel auf Rot. Sie bremste heftig und vermied nur knapp einen Auffahrunfall.

»*Der Polizeikommandant ist auf dem Empfang in der Residenz. Ich habe Kovalainen Meldung gemacht. Er hat die Lage kurz überdacht und der Streife mit den beiden Serben befohlen, in Richtung Residenz zu fahren. Jetzt bräuchten wir eigentlich die Stellungnahme der obersten Polizeiführung, damit wir wissen, was wir tun sollen, aber die ist natürlich auf dem Empfang.*«

»Auf die Schnelle gibt es keine andere Möglichkeit. Ich fahre auch zur Residenz«, sagte Johanna, setzte den Blinker und fuhr mit hohem Tempo auf die Gegenspur. Ihre Wendung um 180 Grad überraschte ein ihr in der Ferne entgegenkommendes Fahrzeug und veranlasste den Fahrer, auf die Hupe zu drücken. Johanna gab ihrerseits dem Taxi, das vor ihr gerade nach einem Parkplatz suchte, ein Hupsignal. Heftig beschleunigend fuhr sie an dem Taxi vorbei, bog in nördlicher Richtung in die Sturenkatu und gleich darauf in die Teollisuuskatu ein.

Auf der Uferstraße erhöhte sie die Geschwindigkeit auf hundert Kilometer pro Stunde, und noch bevor sie die Hochhäuser von Merihaka erreicht hatte, tastete sie nach dem Telefon, um Hedu anzurufen.

In ihrem Kopf hämmerten die absurden Worte, die unwirklichen, surrealen Sätze des Dienst habenden Kollegen. So etwas konnte nicht passieren.

Timo ergriff das Handy, das Soile schließlich gefunden hatte.

»Aaro, geh ins Internet und verfolge die Nachrichten. Sag mir sofort Bescheid, wenn du was über den Präsidentenpalast siehst«, sagte er, während er Johannas Nummer wählte. Es war natürlich besetzt.

Soile sah Timo an. »Was ist da …«

»Das versuche ich gerade herauszufinden«, unterbrach Timo sie gereizt und rief als Nächstes einen früheren Kollegen bei der Sicherheitspolizei an.

»*Välimäki.*«

An der entspannten Stimme merkte man, dass der Mann nichts von den außergewöhnlichen Vorgängen wusste.

»Wie geht's?«, fragte Timo rasch.

»*Wie soll's schon gehen*«, antwortete Välimäki gut gelaunt. »*Ich bin in meinem Wochenendhäuschen in Mäntyharju und halte mit dem Spieß Würstchen übers Kaminfeuer. Aus dem Fenster blicke ich auf den zugefrorenen See, und das Eis funkelt im Mondschein. Alles wahrscheinlich ein bisschen anders als in Brüssel, schätze ich … Regnet's?*«

»Nein, es regnet nicht«, überging Timo die Frotzelei. »Dich hat niemand angerufen?«

»*Ich war gerade Brennholz holen*«, sagte Välimäki, dessen Stimme verriet, dass er allmählich aufmerksam wurde. »*Ich habe gesehen, dass in der Zeit zwei Anrufe eingegangen sind.*«

»Tut mir leid, wenn ich dir deinen stimmungsvollen Abend verderbe, aber im Präsidentenpalast scheint etwas vorzugehen. Spring in dein Auto und mach das Radio an. Und halte mich auf dem Laufenden. Ich versuche inzwischen jemand anders zu erreichen.«

»*He, leg noch nicht auf! Was soll dort vorgehen?*« Von Gelassenheit war nun auch bei Välimäki keine Spur mehr.

»Aaro hat sich den Empfang des Präsidenten im Internet angesehen. Plötzlich gab es einen Aufruhr und Geschrei, und die Übertragung wurde unterbrochen.«

»*Wir haben hier keinen Fernseher.*«

»Es ist noch nicht lange her, da hat mich Johanna Vahtera angerufen. Sie hat Vasa Jankovic auf einer Aufnahme der Überwachungskamera am Präsidentenpalast erkannt. Vor ungefähr einem Monat hielt sich der Mann in der Nähe des Palasts auf. Wir haben ihn im Verdacht, einer der beiden Entführer von Riihimäki zu sein. Im schlimmsten Fall hängen die beiden Vorgänge zusammen.«

Am anderen Ende der Leitung herrschte einige Sekunden bestürztes Schweigen.

»*Ich rufe dich gleich zurück*«, sagte Välimäki dann.

Timo legte auf und ging zu Aaro ins Wohnzimmer hinüber. »Hast du etwas gefunden?«

»Jedenfalls nicht auf den Seiten vom Dritten Programm, auch im Videotext nicht ...«

»Und im Fernsehen?«

»Erst recht nichts. Da steht immer nur *Wir bitten um etwas Geduld.*«

»Versuch's mit dem Internetradio«, sagte Timo.

»Da kann man nicht hören, was gerade aktuell läuft, sondern immer nur die letzte Nachrichtensendung.«

In dem Moment klingelte Timos Handy.

»*Ja, eine Gruppe schwer bewaffneter Männer hat den Präsidentenpalast in ihre Gewalt gebracht*«, bestätigte Välimäki außer Atem. Im Hintergrund hörte man eine Wagentür zuschlagen. »*Ich ruf dich von unterwegs an, sobald ich etwas höre.*«

Timo kam das alles ganz unwirklich vor. Välimäkis Worte entwarfen ein Szenario des schlimmsten möglichen Alptraums. Die gesamte Staatsführung und die übrige Elite in einem Gebäude versammelt – das stellte ein kolossales Sicherheitsrisiko dar. Und dieses Risiko hatte sich nun in eine Katastrophe verwandelt.

»Was ist da los?«, wollte Aaro wissen.

In Gedanken versunken probierte Timo erneut Johannas Nummer. Es war immer noch besetzt. Es hatte keinen Zweck, in Finnland anzurufen, er würde ohnehin niemanden an die Strippe bekommen.

Stattdessen rief er den Dienst habenden Kollegen bei der TERA in Ixelles an und teilte ihm mit, was er über den Vorfall in Helsinki wusste. Ein solcher Fall gehörte eindeutig auch ins Revier der TERA. Schon allein, weil in der Residenz jede Menge Vertreter des Diplomatischen Korps aus den EU-Ländern anwesend waren und die Täter aller Wahrscheinlichkeit nach nicht aus Finnland stammten. Es konnte sein, dass man in Helsinki bald Hilfe aus dem Ausland brauchte.

»Ich fliege nach Helsinki«, teilte Timo seiner Frau und seinem Sohn mit. Mit etwas Glück würde er es gerade noch zur letzten Maschine schaffen.

28

Das Heulen der Sirenen hallte von den Häuserfassaden wider, als die beiden Polizeiautos auf der Pasilankatu in Richtung des Stadtzentrums von Helsinki rasten. Die wenigen Passanten blieben stehen, um den vorbeirauschenden Fahrzeugen hinterherzuschauen, die bei der Brücke gezwungen wurden anzuhalten, weil dort Autos vor der roten Ampel warteten. Das vordere der beiden Fahrzeuge war ein Mondeo-Streifenwagen, das zweite ein VW-Bus.

»Macht endlich Platz!«, rief Polizeiobermeister Niemi, der den VW-Bus fuhr, und drückte auf die Hupe, obwohl die Sirene eingeschaltet war.

In der geschlossenen Kabine hinter ihm saßen die beiden Ausländer, die zuvor aufgegriffen worden waren. Sie sollten jetzt zum Präsidentenpalast gebracht werden. Und zwar schnell. Niemi kapierte kein bisschen, warum und weshalb, es schien auch sonst niemand zu verstehen, aber die Zeit drängte angeblich gewaltig. Nie zuvor hatte Niemi erlebt, dass Festgenommene ihre Waffen behalten durften. Jetzt wurde er also Zeuge dieses Wunders. Und was für Waffen …

Langsam krochen die Autos an der Ampel auf den Bürgersteig. Im Schein des Blaulichts schlängelten sich die Polizeifahrzeuge durch die entstandene Gasse hindurch und überquerten vorsichtig die Nordenskiöldinkatu, wo die Ampel für den Verkehr Grün zeigte.

Aus dem Augenwinkel heraus sah Niemi von links ein Auto die leicht abschüssige, durch Eisreste und Schneematsch glatte Straße herabschlittern – direkt auf die Polizeifahrzeuge zu. Er drehte ein wenig den Kopf und erkannte hinterm Steuer die erschrockene Miene eines älteren Mannes.

»Pass auf«, rief sein Kollege, der neben Niemi auf dem Beifahrersitz saß.

Blitzschnell schätzte Niemi die Situation ein. Würde er bremsen, wäre eine Zusammenprall unvermeidlich. Würde er in der bisherigen Geschwindigkeit weiterfahren, würde das andere Auto vermutlich noch den hinteren Teil des VW-Busses rammen. Und würde er Gas geben, würde der alte Mann in seinem Wagen auf der glatten Straße einfach weiterschlittern. Also trat Niemi leicht aufs Gas, und das Polizeifahrzeug entkam knapp einem Zusammenprall.

Der Kollege auf dem Beifahrersitz schüttelte den Kopf. Niemi blickte über den Spiegel auf die Ausländer. Sie hatten ihre Jacken und Hosen ausgezogen. Darunter waren Sturmoveralls zum Vorschein gekommen. Sie wühlten in ihren Taschen und rüsteten sich noch schwerer aus, als sie es ohnehin schon waren. Niemi sah eine Maschinenpistole aufblitzen und spürte einen kalten Schauer. Den Anweisungen nach sollten sie die Männer auf jeden Fall in Ruhe lassen.

»*Zwei-zwei-sechs*«, kam es aus dem Funk, »*habt ihr alles unter Kontrolle?*«

»Wir kommen«, sagte Niemi und beschleunigte. »Jetzt sind wir auf der Höhe vom Tierpark. Aber einen Sinn hat das Ganze nicht, die Kerle dahinten hängen sich ziemlich unschönes Zubehör um den Hals. Verdammt unschönes …«

»*Hilft alles nichts, Niemi. Ihr müsst jetzt versuchen, die Fracht sicher ans Ziel zu bringen.*«

Niemi folgte dem Mondeo, der immer weiter beschleunigte. Weiter vorne raste ein anderes Polizeiauto in dieselbe Richtung, hinter ihnen ebenfalls. Aus dem explosionsartig gestiegenen Funkverkehr ließ sich entnehmen, dass aus allen Teilen der Stadt Streifen zum Präsidentenpalast abgerufen wurden.

»Was soll das eigentlich? Die Typen gehören in den Knast, nicht in den Präsidentenpalast. Wir können die doch nicht einfach …«

»Du sollst jetzt nur deinen Job machen, und zwar schnell.«

Niemi fluchte laut. Auf der Helsinginkatu war erstaunlich viel Verkehr, durch den sich die Polizeiautos hindurchschlängeln mussten.

Niemis Kollege drehte das Radio lauter. *»... gibt es keine sicheren Aufschlüsse. Gerade eben sind in der Residenz des Präsidenten Schüsse gefallen, und die Fernsehübertragung ist unterbrochen. Wir sind jetzt live mit unserem Reporter vor dem Gebäude verbunden, wie ist die Lage dort?«*

Vor der Oper blickte Niemi erneut in den Rückspiegel und erschrak. Die Männer hatten sich schwarze Sturmmasken, die nur die Augen freiließen, übers Gesicht gezogen. Ihre Metamorphose war vollendet. Was sie hier im Polizeiwagen transportierten, waren zwei Soldaten in kompletter Kampfausrüstung.

»Die Lage hier vor der Residenz des Präsidenten ist äußerst unübersichtlich.« Die Stimme des Reporters klang angespannt und hektisch. *»In der ganzen Gegend herrscht reges Polizeiaufkommen, Passanten werden aus dem Weg gescheucht. Vor wenigen Minuten hat ein Krankenwagen den Seiteneingang in der Mariankatu verlassen ...«*

»Zwei-zwei-sechs, wo seid ihr?«, wurde erneut per Funk gefragt.

»Wir biegen gerade in die Mannerheimintie ein«, antwortete Niemi gereizt, weil er so angetrieben wurde.

»Es muss schneller gehen, zwei Streifen machen euch den Weg frei. Gib Gas!«

Niemi erhöhte das Tempo. Zwanghaft musste er immer wieder in den Spiegel schauen. Die Umrisse der Männer in der schwarzen Sturmausrüstung und mit den Maschinenpistolen zeichneten sich vor dem Heckfenster ab.

Ein kalter Schauer nach dem anderen lief Niemi über den Rücken. Das hier würde er nie vergessen: Sie brachten feindliche Soldaten direkt in den Präsidentenpalast, mitten ins Allerheiligste der Republik.

Vasa schwankte mit den schnellen Bewegungen des Fahrzeugs hin und her. Er hielt seine Waffe deutlich sichtbar vor dem Körper, steckte sich mit der anderen Hand wieder den Knopf ins Ohr und bog die gepolsterte Halterung hinter die Ohrmuschel. Das Halsmikrofon war die ganze Zeit an seinem Platz geblieben, und der Sender hatte Strom. Gleich würden sie wieder in den Sendebereich kommen.

»Schlechter Anfang, Lazar«, sagte Danilo heiser, während er letzte Hand an seine Ausrüstung legte.

»Noch ist nichts verloren, nicht das Geringste«, erwiderte Vasa und meinte es auch so.

Danilo war nervös – kein Wunder. Gleich zu Beginn waren sie gewissermaßen in Rückstand geraten. Hatte die Polizei sie zufällig gestoppt, oder besaßen sie aus irgendeinem Grund Informationen über den Landrover?

Es musste Zufall gewesen sein. Allein der Gedanke, unter Umständen einen Fehler in der Vorbereitung begangen zu haben, machte Vasa rasend. Dummheit war etwas, das er noch nie ertragen hatte. Mit den physischen Kräften kam man irgendwann an seine Grenzen, aber die Kapazität des Gehirns war im Prinzip grenzenlos. Als Vasa ein kleiner Junge war, wurde er für eine Leseratte, für zart und zerbrechlich gehalten, und tatsächlich war er bei Rauferein oft unterlegen. Wenn Radovan einmal verloren hatte – was sehr selten vorkam –, konnte er seine Niederlage nicht ertragen. Vasa hingegen hatte damals jede Niederlage geschluckt, denn er hatte seine physische Schwäche akzeptiert.

Mit zunehmendem Alter hatte Radovan dann zu verlieren gelernt, während es für Vasa immer schwieriger wurde, vor allem nach dem Umzug nach Schweden. Für Prüfungen hatte er geackert, damit er seinen Kommilitonen überlegen war, speziell den schwedischen. Seine Examensarbeit nahm jetzt schon fast die Ausmaße einer Doktorarbeit an. Auch bei den Überfällen auf die Geldtransporter war von Anfang an Siegeswille im Spiel gewesen und der Wunsch, es allen zu zeigen. Je öfter es Vasa gelungen war, die schwedischen Behörden übers Ohr zu hauen, umso großartiger hatte er sich gefühlt. Die Schweden lebten seit Generationen in einer heilen Welt, sie waren vorsichtig, vermieden Konflikte und neigten dazu, nachzugeben. Damit verkörperten sie das genaue Gegenteil von der Kraft des Blutes, das in Vasas Adern floss. Es entsprang der Geschichte seiner Familie, seines Geschlechts, dem Charakter jener Menschen, die durch die ganze Historie hindurch gezwungen gewesen waren, sich im Kreuzfeuer von Völkern und Zivilisationen zu behaupten. Die Gewalt war ihm über die Gene vererbt worden, nicht einmal das schwedische »Volksheim« konnte sie in ihm zum Erlöschen bringen. Oder wäre es am Ende doch möglich gewesen, mit der Zeit?

Vasas Blick fiel im Dämmerlicht des Autos auf Danilos Augen im Sehschlitz der Sturmhaube. Auch in ihnen brannte das Feuer, der Glaube eines jungen Mannes an seine Allmacht. Doch in letzter Zeit schien sich Danilo, der fast sein ganzes Leben in Schweden verbracht hatte, trotz seines Interesses weit von seinem Geschlecht und seinen Vorfahren auf dem Balkan entfernt zu haben. Es haftete mittlerweile etwas Schwedisches an ihm, eine schwer zu identifizierende Oberflächlichkeit, die Vasa unwahrscheinlich ärgerte. Danilo bezog seine Handlungsmuster und seine Vorstellung von Ehre eher aus den Hunderten von Gewaltfilmen, die er gesehen hatte, als aus der Herkunft seiner Familie – jedenfalls bislang. Denn jetzt sah es schon besser aus. Und an diesem Abend spielte es ohnehin keine Rolle, woraus er seine Inspiration schöpfte. Hauptsache, er war bereit, seine Kraft einzusetzen.

»Weißt du, wie man in Frankreich den Quarter Pounder nennt?«, zitierte Vasa aus ›Pulp Fiction‹, um Danilo bei Laune zu halten.

Danilo seufzte schwer, aber für einen Moment entspannte sich sein Blick.

»Hör auf.«

»Antworte einfach.«

»*Royale with Cheese.*«

Vasa zwinkerte ihm zu. Danilo war immer noch voll dabei.

29

Johanna wusste, dass sie viel zu schnell durch die für den normalen Verkehr gesperrte Aleksanterinkatu fuhr. Sie hatte noch einmal den Dienst habenden Polizisten im Präsidium angerufen und um weitere Informationen über die Ausrüstung und Bewaffnung von Vasa Jankovic und dessen Komplizen gebeten.

»*Der eine hat eine MP5, der andere eine AK-47*«, listete der Kollege auf. »*Außerdem haben sie Pistolen, reichlich Munition sowie Handgranaten plus Licht- und Rauchgranaten dabei. Im Rucksack des einen eine leichte Panzerfaust und im Rucksack des anderen eine Art Stativ, dessen genauere Funktion nicht klar geworden ist. Beide tragen Kommando-Overalls, Kevlarwesten, sie haben digitale Endgeräte für den Funkverkehr und sonst noch jede Menge Werkzeug bei sich, ein Teil der Taschen und Etuis konnte gar nicht überprüft werden.*«

Johanna beendete das Gespräch und spürte, wie ihr der Schweiß über den Rücken rann.

Aus dem Radio kam die Stimme eines Reporters, der hörbar schockiert war. »*Unbestätigten Informationen zufolge haben einige Festgäste aus der Residenz ihre Angehörigen angerufen und berichtet, mehrere bewaffnete Männer seien in das Gebäude eingedrungen …*«

Johanna bremste vor der Polizeiabsperrung an der Kreuzung von Unioninkatu und Aleksanterinkatu.

»Hier sollte man lieber nicht mit dem Wagen …«, fing ein Polizist an, aber Johanna setzte ihren Weg sogleich fort. Sie wollte das Auto zweihundert Meter weiter am Senatsplatz abstellen und keine Zeit für Erklärungen verschwenden. Von der Aleksanterinkatu her kamen zwei Polizeifahrzeuge in hoher Geschwindigkeit näher, deren Nummern ihr auffielen. 402 und 404. Diese Wagen gehörten zum Sondereinsatzkommando »Bär«.

Das SK Bär wurde um Hilfe gebeten, wenn es um die Durchführung von »mit ernsten Gesundheitsrisiken oder schwerer Lebensgefahr verbundenen Einsätzen« ging, in »Situationen, in denen das Erreichen des gewünschten Ergebnisses mit gewöhnlichen Mitteln und Maßnahmen unsicher ist«.

Jetzt waren die Kriterien für eine solche Situation ziemlich eindeutig erfüllt, dachte Johanna mit einem freudlosen Schmunzeln.

Sie war in Gedanken noch bei dem, was sie gerade im Radio gehört hatte. Vasa und seine Leute würden wohl kaum Finnisch verstehen, aber sie konnten über sprachkundige Helfershelfer verfügen. Wieder fiel Johanna die von Mila erwähnte Jasmin Ranta ein. Die Journalisten sollten sich besser überlegen, welche Informationen sie an die Öffentlichkeit brachten. Das SK Bär war zum Beispiel stets darauf bedacht, jeden Einsatz möglichst unauffällig anzugehen, ohne Aufmerksamkeit auf sich zu ziehen, denn wenn das Kommando beim Eintreffen am Ort des Geschehens entdeckt wurde, verlor es seinen wichtigsten Vorteil. Zu einer sichtbaren Belagerung waren alle Polizeikräfte fähig, aber taktisches Eindringen musste bis zum Schluss geheim gehalten werden, um das Objekt des Zugriffs zu überraschen und unnötige Gewaltanwendung zu vermeiden.

Einer wie Vasa stellte sich natürlich darauf ein, dass die Polizei mit allen sichtbaren und verborgenen Mitteln versuchen würde, das Leben der Geiseln zu schützen.

Johanna parkte vor dem Sederholm-Haus am Senatsplatz auf dem Bürgersteig, sprang aus dem Wagen und ließ die Zentralverriegelung zuschnappen. Der Bürgersteig war rutschig, vom Meer her blies ein kalter Wind. Im Laufschritt eilte sie die Helenankatu hinunter in Richtung Marktplatz. Dort und auf der Nördlichen Esplanade hatten sich neugierige Menschen mit ernsten Gesichtern versammelt. Johanna schob sich durch die Menge und zeigte einem Polizisten in blauem Overall, der versuchte, die Schaulustigen zurückzudrängen, ihre Dienstmarke. Ein Dutzend Polizeiautos hatte sich vor dem Präsidentenpalast gruppiert, die ganze Umgebung leuchtete im flackernden Blaulicht. Eine Einheit der Bereitschaftspolizei erweiterte den Belagerungsring, indem sie die Aluminiumabsperrungen Stück für Stück weiter von der Residenz wegschob.

Am nördlichen Rand des Marktplatzes stand ein großer GMC-Lieferwagen mit US-Diplomatenkennzeichen. Als Johanna näher herankam, stellte sie fest, dass die Sicherheitsleute der amerikanischen Botschaft versuchten, mit der Polizei zu verhandeln – ohne großen Erfolg. Die Amis mussten in ihre Botschaft zurückgeschickt werden, das war klar, denn es durften nicht auch noch Köche von außen den Brei verderben. Wie die anderen Gäste des Präsidenten auch, musste der amerikanische Botschafter in der Residenz sehen, wie er zurechtkam.

Johanna näherte sich dem Palais. Neben einem Zivilfahrzeug der Polizei hatte sich eine kleine Gruppe von Männern zur Beratung versammelt. Johanna erkannte Rinne, den stellvertretenden Polizeipräsidenten von Helsinki, der nun die Einsatzleitung innehatte, da sich der Polizeipräsident selbst in der Residenz befand. Hedu war nicht zu sehen, auch Vuokko und Johannas andere Kollegen fehlten noch.

Vor der Residenz blieb Johanna einen Moment stehen, um sich zu sammeln. Nach außen hin wirkte das Gebäude friedlich, fast heimelig. Der kleine, gemütliche Präsidentenpalast eines kleinen, friedlichen Landes, weit weg von der großen, bösen Welt.

Johanna ging mit beschleunigtem Schritt weiter und wäre beinahe über den Bordstein gestolpert. Sie lief auf die beiden großen Sendewagen des Finnischen Fernsehens zu, die in der Mariankatu standen.

Da hörte sie, wie jemand auf der anderen Straßenseite »Johanna« rief. In der halbdunklen Zone zwischen zwei Straßenlampen stand ein kleiner Mann, der sich ein Telefon ans Ohr hielt: Jorma Helste, der Vizechef der Zentralkripo KRP, winkte ihr mit der freien Hand zu. Sein sorgfältig polierter Volvo-Kombi war auf dem Bürgersteig geparkt.

Johanna ging zu Helste hinüber, der im Begriff war, sein Telefonat zu beenden: »... zusehen, dass er einen Installateur findet, der sich mit Heizung und Belüftung des Gebäudes auskennt. Der Verwalter der Residenz wüsste natürlich Bescheid, aber der ist drinnen. Und Koski kommt bald, der hat die Pläne.«

Oberkommissar Juhani Koski war der Chef der Sicherheitsabteilung der Verkehrspolizei, die zusammen mit der Sicherheitspolizei für den Personenschutz des Präsidenten zuständig war. Koski unterstand direkt dem Vizechef der Verkehrspolizei und dem ersten Adjutanten des Präsidenten.

»Johanna Vahtera ist übrigens schon hier, sie steht gerade neben mir.«

»Sieh zu, dass in Sachen Rettung und Versorgung genügend Kräfte eingesetzt werden«, sprach Johanna dazwischen. »Da drin sind eine Menge Leute und eine Menge Waffen und Sprengstoff versammelt. Als Erstes muss der Rettungsplan für das Gebäude hervorgekramt werden.«

»Sämtliche Krankenhäuser in der Hauptstadtregion müssen in Alarmbereitschaft versetzt werden. Außerdem sollen weitere Kranken- und Notarztwagen hierhergeschickt werden und der P2. Der soll beurteilen, welche Ressourcen benötigt werden.« Damit beendete Helste das Gespräch. Der P2, von dem er gesprochen hatte, war der Dienst habende, für Einsätze verantwortliche Chef der Rettungsleitstelle. Für die Residenz des Präsidenten existierten genaue Sicherheits-, Rettungs- und Evakuierungspläne, und die wurden möglicherweise bald dringend gebraucht.

Helste und Johanna standen eine Weile schweigend nebeneinander und schauten sich um. Dann trafen sich ihre Blicke. Falls die Informationen, die sie bislang erhalten hatten, zutrafen, hatten sie es hier mit einem Geiseldrama zu tun, das auch in der internationalen Kriminalgeschichte seinesgleichen suchte.

»Hast du schon etwas über ihre Ausrüstung erfahren?«, fragte Johanna.

»Ja, hab ich.« Die Augen hinter Helstes dünnem Brillengestell verfinsterten sich. »Eine Bazooka, unter anderem. Übrigens hat mich Sarimo aus der Residenz angerufen, gleich als es losging.«

Das überraschte Johanna. Kai Sarimo, der Chef der Zentralkripo, war nicht gerade als Mann mit starken Nerven und Urteilsvermögen bekannt. »Was hat er gesagt?«

»Es war ja nicht viel Zeit. Er hat versucht, ein Bild der Lage zu geben, ist aber schnell unterbrochen worden. Jetzt haben wir in Finnland auch endlich echte Terroristen«, sagte Helste kaum hörbar. »Sollten wir schon mal die Armee um Hilfe bitten?«

»Solche Entscheidungen werden auf höherer Ebene getroffen.«

»Eigentlich schon, aber die höhere Ebene ist komplett in der Residenz versammelt, samt Polizeidirektor, Innenminister, den Staatssekretären aus dem Innenministerium, den Polizeikommandanten der Provinzen ...«

»Die Leute müssen weiter von der Residenz weggedrängt werden, der Ring muss mindestens bis hinten zur Markthalle reichen«, sagte Johanna. »Ich geh jetzt in den Übertragungswagen vom Fernsehen und sehe mir an, was sie für Bilder haben. Als Erstes müssen wir wissen, mit wie vielen Geiselnehmern wir es zu tun haben.«

Auf dem Weg zum Übertragungswagen fiel Johanna ein Polizist auf, an dessen Gürtel statt der üblichen Glock eine USP von Heckler & Koch hing. Er gehörte zur SK Bär.

»Ist Sohlman schon hier?«, fragte Johanna ihn.

»Noch nicht.«

Im selben Moment sah Johanna einen Mann im Anorak auf sie zukommen: Hedu. Normalerweise hatte der eine ziemlich schlechte Haltung und schlurfte eher durch die Gegend, aber jetzt schritt er aufrecht und zielstrebig voran.

»Komm mit«, sagte Johanna ohne weitere Erklärungen.

Ein Mitarbeiter des Fernsehens öffnete auf Johannas Klopfen hin die Tür des Sendewagens. »Hier darf man nicht ...«

»Polizei.« Johanna zeigte ihre Dienstmarke. »Wir wollen das

Bildmaterial von dem Augenblick sehen, in dem die Geiselnehmer in das Gebäude eingedrungen sind.«

Der Mann wirkte schroff, aber auch nervös, als er in das Fahrzeug hineinrief: »Lauri, hier ist eine Polizistin, die Bilder aus der Residenz sehen will.«

Rigoros drängte die Polizei die Menschenmenge auf der weiterhin für den Verkehr gesperrten Nördlichen Esplanade zurück. Jasmin registrierte, bis wohin die Sicherheitslinie gezogen wurde: bis zum Rathaus. Sie war bereits auf der anderen Seite des Häuserblocks, in der Aleksanterinkatu, die hinter der Residenz verlief, gewesen und hatte festgestellt, dass man niemanden durch die Unioninkatu ließ, nicht einmal auf den Senatsplatz.

In aller Ruhe verzog sich Jasmin aus der Menge der Gaffenden und spazierte in Richtung Südliche Uferstraße. Jasmin spürte, wie ruhig und wie entschlossen sie wieder war, genau wie bei den beiden Überfällen auf die Geldtransporter, bei denen sie mithelfen durfte.

Slobo war zunächst dagegen gewesen und hatte gemeint, es wäre zu riskant, eine Frau mitzunehmen, aber Jasmin hatte diese chauvinistische Einstellung nicht akzeptiert. Sie wusste, wenn es eng würde, käme sie genauso gut zurecht wie Slobo. Und sie wusste, dass Vasa das bereits aufgefallen war.

Jetzt blieb Jasmin an der Ampel stehen. Auf der Südlichen Esplanade raste ein gewöhnlicher Opel vorbei, hinter dessen Kühlergrill jedoch blaue Leuchten blinkten. Außerdem war auf dem Dach ein Blaulicht mit Magnet befestigt worden. Es sah so aus, als wären sämtliche Polizeikräfte im Einsatz.

Nur zu, dachte Jasmin, ohne sich auch nur die geringsten Sorgen deswegen zu machen.

30

Zlatan atmete heftig durch die Sturmhaube und hielt das Sturmgewehr fest umklammert. Er schwitzte unter dem schwarzen, elastischen Stoff, und seine Kopfhaut juckte. Zlatan trieb die Leute, die sich auf den Galerien im zweiten Stock aufgehalten hatten, in den ersten Stock hinunter. Die *Plamyja*, einen vollautomatischen Granatwerfer, hatte er bereits in die Nähe des Balkons gebracht, wo sie warten durfte, bis Danilo das Stativ anschleppte.

»*Move, move*«, brüllte Zlatan, um die auf der Treppe nach unten drängenden Menschen anzutreiben. Er hatte die Zahl der Gäste vorher gekannt, aber trotzdem hatte ihn das Gedränge anfangs überrascht. Der größte Teil der Leute musste hinaus. Vasas und Danilos Verspätung erschwerte es ein wenig, das Gedränge und das Chaos unter Kontrolle zu bringen, aber die Lage war nicht wirklich kritisch.

Zlatan steuerte die lautstark redende Menge in den Gotischen Saal.

»Ruhe!«, brüllte er, um das Stimmengewirr zu dämpfen, das den Gebrauch des Ohrhörers erschwerte. Aber der Lärm ließ nicht nach.

Ohne zu zögern richtete Zlatan seine Waffe nach oben und gab mehrere Schüsse in die verzierte Kuppeldecke ab, von der sogleich vergoldete Sterne herabrieselten.

»Ruhe!«, schrie er noch einmal. Diesmal wirkte das Kommando.

Generaldirektor Keijo Rutanen erschrak, als aus dem Gotischen Saal Schüsse zu hören waren. Er merkte, wie das Zittern, das in der rechten Hand begonnen hatte, jetzt auch auf seine Beine überging. Das Zittern hatte in dem Moment angefangen, als er den Ernst der Lage nicht mehr leugnen konnte: als man ihm den Lauf einer Maschinenpistole an die Schläfe hielt und deutlich machte, dass er möglicherweise nur noch wenige Minuten zu leben hatte.

Schweißperlen liefen Rutanen übers Gesicht, aber er traute sich nicht, sie abzuwischen. Die Luft im Staatssaal war heiß und stickig. Ein Komplize des Mannes, der die Waffe auf Rutanen richtete, dirigierte mit seiner Maschinenpistole die Festgäste und zerrte sie rigoros dorthin, wo er wollte. Einige Gäste lagen zwischen Glasscherben auf dem Boden. Sie waren ohnmächtig geworden. Um sie herum waren Helfer in die Hocke gegangen. Einige der großen Gefäße mit Bowle waren umgekippt. Die Kleider mehrerer Gäste hatten Flecken von Kaffee und Kuchen, Glassplitter knirschten unter ihren Füßen, manche hatten sich geschnitten und bluteten. Ängstliche Paare hielten einander fest, und einige Gäste standen da, als hätten sie noch immer nicht begriffen, was geschehen war. Alles war so schnell gegangen. Auch Generaldirektor Rutanen hatte eine Weile gebraucht, bis er das über alle Maßen Entsetzliche der Ereigniskette erfasst hatte.

Langsam wandte er den Blick zu dem Geiselnehmer, der die Waffe auf seinen Kopf gerichtet hielt. Im Schlitz der Sturmhaube waren düstere, flackernde Augen zu sehen.

Rutanen schluckte. Seine Frau stand erstaunlich ruhig neben ihm. Freilich war Anna schon immer die Stärkere von ihnen beiden gewesen, wenn es einmal eng wurde.

Die Einladung zum Empfang des Präsidenten war als freudige Überraschung gekommen, auch wenn damit ein bisschen zu rechnen gewesen war, nachdem Rutanens Firma in dem Provinzstädtchen Kannus den Preis für Exportförderung erhalten hatte. Besonders Anna war über die Einladung begeistert gewesen. Sie hatte sich vorgestellt, wie die Nachbarn und alle Bürger des

Städtchens grün vor Neid vor dem Fernseher saßen, während sie in funkelnder Abendrobe dem Präsidenten die Hand reichte.

Tatsächlich hatte der Abend großartig begonnen. Sie hatten dem Präsidenten beim Händedruck alles Gute zum Unabhängigkeitstag gewünscht, wie es ihnen geraten worden war. Unmittelbar hinter ihnen hatte eine prominente Parlamentsabgeordnete im grellen Abendkleid mit ihrem neuen Freund am Arm gestanden, weshalb die Rutanens sicher sein durften, dass sie wenigstens kurz im Fernsehen zu sehen sein würden.

Später hatte Rutanen sich mit dem Landwirtschaftsminister und zwei Abgeordneten der Zentrumspartei unterhalten und somit bedeutsame Kontakte für seine Firma geknüpft. Anna wiederum hatte die Gelegenheit gehabt, mit einer Schlagersängerin, die sie bewunderte, sprechen zu können. Die Bowle hatte sich allmählich in angenehmer Weise bemerkbar gemacht und Rutanen in heitere Stimmung versetzt. Er hatte sich gerade zu seiner Frau und dem Schlagerstar gesellt, als die bewaffneten Männer hereingestürmt kamen.

Einer von ihnen hatte mit der Maschinenpistole auf den mittleren Kronleuchter im Staatssaal gefeuert, und als die Glassplitter herabregneten, hatte Rutanen befürchtet, der ganze riesige Lüster würde ihnen auf den Kopf fallen. Einer der Angreifer hatte Rutanen am Arm gepackt und ihn mit Anna, dem Schlagerstar und zwei anderen Gästen zur Seite gezogen. Aus diesem Grüppchen hatte der Mann dann Rutanen ausgewählt, ihn gepackt und ihm die Maschinenpistole an die Schläfe gehalten.

Rutanens Blick fiel auf Anna. Sie war die Nächste in der Schlange der Hinrichtungsopfer. Er sah auf seine schlotternden Beine. Lange würde er sich nicht mehr aufrecht halten können.

Toma hielt seine Sig Sauer fest auf den Kopf des Finnen gerichtet. Er wusste nicht, wer der zitternde Mann war, aber das spielte jetzt auch keine Rolle.

»Zwei«, sagte Toma auf Serbisch in sein Ärmelmikrofon. In

der Residenz nannten sie sich nicht beim Namen und vermieden es überhaupt, zu reden. »Sind die Ausgänge gesichert?«

»Ja. Alles dicht«, antwortete Slobos Stimme beinahe unbeschwert.

»Drei und Fünf, treibt die Leute in Gruppen zusammen. Wir müssen dieses Gekreische und dieses Chaos in den Griff kriegen«, sagte Toma weiter. Er musste es beinahe schreien. Dann sah er auf die Uhr: noch vier Minuten.

Nachdem er der Polizei das Ultimatum mitgeteilt hatte, hatte Toma sein Handy ausgeschaltet. Er war nicht bereit, Erklärungen und Verzögerungen hinzunehmen. Die erste Geisel würde exakt in dem Moment erschossen, in dem das Ultimatum ablief. Allerdings glaubte er nicht, dass diese extreme Maßnahme notwendig werden würde. Falls doch, konnte Zlatan die schmutzige Arbeit erledigen.

Vasa lehnte das Töten ab, und Toma gefiel die Vorstellung auch nicht besonders. Aber es war die einzige effektive Methode, die Gegenseite davon zu überzeugen, dass sie es ernst meinten. Andernfalls müssten sie sich dauernd Erklärungen der Polizei über Verzögerungen anhören, was ihr genügend Zeit geben würde, sich eine Taktik zurechtzulegen.

Mitten im Gedränge, dreißig Meter von Toma entfernt, stand ein athletisch wirkender Mann im schwarzen Anzug, von dessen Ohr ein hautfarbenes Kabel ausging und im Kragen verschwand. Oberinspektor Jani Sjöholm arbeitete in der Personenschutzgruppe 3 des Präsidenten, und er blickte jetzt verstohlen auf den neben ihm stehenden Boss, wie die Sicherheitsleute den finnischen Präsidenten Matti Koskivuo nannten.

Zumindest äußerlich hatte es den Anschein, als behielte der Präsident seine Nerven unter Kontrolle. Er trug einen Frack und diverse Orden, aber eigenen Aussagen zufolge gefiel es ihm am besten, wenn nur das kleine Abzeichen der Friedensbewegung sein Revers zierte.

Die Gelassenheit des Präsidenten beruhigte Sjöholm, denn das machte ihm die Arbeit ein klein wenig leichter. Als die erste MP-Salve den Kronleuchter im Staatssaal hatte zersplittern lassen, war Sjöholm nur wenige Sekunden verdutzt gewesen. Dann hatte er rasch die Lage abgeschätzt und über Funk Kontakt zum Chef seiner Gruppe aufgenommen, der sich im Hauptquartier der Sicherheitseinheit in der Kanzlei des Präsidenten aufhielt. Sjöholm hatte seine Ausbildung in den USA erhalten, an dem Ort, wo auch die Sicherheitsleute des US-Geheimdienstes ausgebildet wurden, er hatte gelernt, schnell und analytisch zu handeln. Und er war von Berufs wegen bereit, alles zu tun, um das Leben des Bosses zu schützen, auch wenn er den Mann persönlich nicht sonderlich mochte.

Sjöholm hatte den Präsidenten und dessen Frau in die Mitte der Menschenmenge gesteuert, nachdem er gemerkt hatte, dass es nicht mehr möglich war, nach draußen zu kommen. Die Ausgänge wurden bewacht, außerdem waren Sprengladungen installiert worden.

Wegen des Lärms hatte Sjöholm Schwierigkeiten, die Stimme seines Kollegen im Ohrhörer zu verstehen, darum bat er ihn per Ärmelmikrofon, seine Mitteilung zu wiederholen.

»*Es gibt einen geheimen Weg nach draußen*«, sagte der Gruppenleiter noch einmal. »*Versucht in den Bereich zwischen Spiegelsaal und Staatssaal zu kommen, dort gibt es zwei gegenüberliegende Türen. Durch die vom Spiegelsaal aus betrachtet linke Tür kommt ihr in einen Abstellraum, an dessen hinterer Wand einige Kisten gestapelt sind. Dahinter befindet sich eine Tür, durch die ihr in einen engen Gang gelangt, der in das Gebäude des Obersten Gerichtshofs führt. Wir sorgen so schnell wie möglich dafür, dass dort die Bahn frei ist.*«

»Okay«, bestätigte Sjöholm und wandte sich an den Präsidenten und dessen Frau. »Folgen Sie mir!«, forderte er die beiden auf.

»Was haben Sie vor?«, fragte der erste Adjutant.

»Kennen Sie den Weg zum OGH?«

»Ich habe davon gehört, aber ich kenne keine Einzelheiten. Ich bleibe hier und halte euch den Rücken frei.«

Im Schutz des allgemeinen Durcheinanders ging Sjöholm mit dem Präsidentenpaar im Schlepptau in den hinteren Teil des Staatssaals. Er trug eine Pistole im Schulterhalfter, aber sie in dieser Situation zu benutzen, würde nur Schaden anrichten. Bei der Skulptur, die das Gesetz symbolisierte, bedrohte einer der Geiselnehmer einen Gast mit der Maschinenpistole. Ein anderer kam gerade aus dem Speisesaal. Die anderen Eindringlinge waren nicht zu sehen. Sjöholm blickte zur Galerie hinauf, sie war leer.

»Nein, tun Sie so, als sähen Sie uns nicht«, sagte Sjöholm zu den Gästen, die versuchten, Platz für den Präsidenten zu machen.

Sie kamen nur quälend langsam voran, aber weiter am Rand war das Gedränge weniger stark. Noch zehn Meter, dachte Sjöholm und rückte möglichst unauffällig in Richtung Tür vor. Fünf, vier, drei, zwei, der Durchgang zum Spiegelsaal war jeden Moment erreicht.

»Was habt ihr vor?«, hörte Sjöholm eine schrille Frauenstimme hinter sich fragen.

Premierministerin Sinikka Noronen stieß andere Leute zur Seite und schob sich in Sjöholms Nähe. Auch ihr müsste man helfen, ins Freie zu kommen, dachte Sjöholm, aber was, wenn sie mit ihrem hysterischen Verhalten dabei die Sicherheit des Präsidenten gefährdete?

»Matti, hast du gehört? Wo wollt ihr hin?«, wiederholte die Premierministerin noch lauter als zuvor.

Sjöholm sah sie an, schüttelte den Kopf und legte den Zeigefinger auf die Lippen, um die Frau zum Schweigen zu bringen, aber es war zu spät.

»He, dahinten«, rief jemand auf Englisch. »Stehen bleiben!«

Sjöholm sah, wie der Mann in der Sturmausrüstung die Maschinenpistole auf ihn richtete. Er blickte kurz auf Präsident Koskivuo, der ebenfalls an der Tür erstarrt war.

»Glaubt ihr, ihr könnt hier einfach so verschwinden?«, brüllte der Mann.

Sjöholm hob langsam die Hände. Dabei sah er aus dem Augenwinkel seinen Kollegen Turunen. Der schlich sich von hinten an den Mann mit der Maschinenpistole heran und schob dabei eine Hand ins Sakko. Er war verrückt!

Als er neben dem Geiselnehmer stand, zog Turunen die Pistole und zielte auf den Kopf des Mannes.

»Keine Bewegung, oder ich schieße«, sagte er in schwerfälligem Englisch und rief gleich darauf auf Finnisch: »Sjöholm, geht weiter!«

Noch bevor Sjöholm einen Schritt machen konnte, sah er hinter Turunen einen zweiten Geiselnehmer auftauchen. Blitzschnell beurteilte Sjöholm die Situation: Wenn er selbst die Waffe zöge, würde der Mann mit der Maschinenpistole möglicherweise instinktiv abdrücken und am Ende gar den Präsidenten töten.

»Turunen, hinter dir«, rief Sjöholm darum nur.

Turunen konnte sich nicht einmal zur Hälfte umdrehen, da schlug ihm der Geiselnehmer schon mit der Maschinenpistole auf den Hinterkopf. Turunen brach zusammen, und als er auf dem Fußboden aufschlug, löste sich der Ohrhörer aus seinem Ohr, und die Waffe glitt ihm aus der Hand.

Das Stimmengewirr verstummte.

Einen Moment lang blickte sich der Mann mit der Maschinenpistole wild um, dann brüllte er: »Glaubt ihr, wir wissen nicht, wie der Präsident Finnlands aussieht?«

Sjöholm spürte das Pochen seines Pulsschlags in den Schläfen. Hunderte Augenpaare starrten ihn und das Präsidentenpaar an.

»Haltet ihr uns für Vollidioten?«, schrie der Mann noch heftiger und gab dabei eine kurze Salve in ihre Richtung ab. Die Kugeln schlugen oberhalb der Köpfe von Sjöholm und dem Präsidenten ein.

Plötzlich spürte Sjöholm einen brennenden Schmerz. Er führte die Hand an den Hals. Das weiße Hemd färbte sich rot. Ein Gefühl der Schwäche erfasste seinen Körper. Er blickte auf den Präsidenten, der unverletzt, aber erschüttert wirkte.

»Es tut mir leid …«, konnte Sjöholm noch sagen, bevor er langsam zu Boden sank.

31

Die Aufschrift POLIISI leuchtete auf den Rücken der mit kugelsicheren Kevlarwesten und Helmen ausgerüsteten Männer. Es wurde ernst. In Johanna machte sich eine Angst bemerkbar, die sie nicht an sich kannte, es war eine Angst, die im Bauch und in der Kopfhaut kribbelte und die Brust einschnürte. In Riihimäki war die Lage außer Kontrolle geraten, mit tragischen Folgen. Angst zu haben konnten sie sich jetzt nicht leisten, sonst stünde eine unermessliche Tragödie bevor.

Im Licht der Straßenlampen erkannte sie auf dem Übertragungswagen das Logo des Finnischen Fernsehens und darunter die Aufschrift ÜW-3. Hedu ging drinnen auf die Schnelle das Bildmaterial durch, während Johanna draußen auf die Streife wartete, die die beiden bewaffneten Ausländer bringen sollte. Das Heulen der näher kommenden Sirene hallte von den Wänden der Residenz wider.

Von der Aleksanterinkatu bogen ein Mondeo und ein VW-Bus mit rasender Geschwindigkeit in die Mariankatu ein, bei beiden Wagen blinkten alle nur denkbaren Lichter. Sie drosselten das Tempo so weit, dass die zwei Polizisten an der Absperrung gerade noch ausweichen konnten. Der Mondeo hielt neben dem Tor, das in den Innenhof der Residenz führte, der VW-Bus fuhr hinein. Es war also gelungen, Vasa Jankovic und seinen Komplizen rechtzeitig herzubringen.

Johanna wartete, bis der VW-Bus wieder rückwärts aus dem Innenhof auf die Straße herauskam. Sie stellte sich dem Fahrzeug in den Weg und winkte, denn sie wollte mit den Männern reden, die die Serben transportiert hatten. Eine unangenehme

Erinnerung an die Ereignisse vom Oktober 2002 in Moskau beschlich sie, als Tschetschenen das dortige Dubrowka-Theater gestürmt hatten. Bei der folgenden Intervention von Spetsnaz-Einheiten waren hundertsechsunddreißig Personen ums Leben gekommen.

Das durfte sich hier nicht wiederholen.

Der VW-Bus hielt neben Johanna an. Sie sah Helste und ein paar andere Männer näher kommen, wartete aber nicht ab, sondern stellte sich den Streifenbeamten vor, die sichtlich schockiert waren.

»Verdammte Scheiße«, sagte der Kollege am Steuer. Johannas Blick suchte das Namensschild auf der Jacke des Mannes. Niemi. Der Beifahrer hieß Moisio.

»Und wir haben die tatsächlich hierherbringen sollen?«, fragte Niemi ungläubig.

Johanna erkundigte sich kurz, was Niemi und Moisio gesehen hatten. Sie bekam eine detaillierte Schilderung der Ereignisse und die Bestätigung für die schwere Ausrüstung der Attentäter.

»In dem einen Rucksack war ein massives Stativ, mindestens zwanzig Kilo schwer. Wofür hatten die das eigentlich dabei?«

»Meiner Meinung nach gehört es zu einer Granatmaschinenwaffe«, sagte Moisio.

»Beschreibt es unseren Leuten von der Technik, die klären dann, für welche Art von Aufsatz es dient.«

»Die Kanonen sind das eine, aber dieser Kerl«, sagte Niemi kopfschüttelnd. »Das war ein Roboter. Wenn die anderen vom selben Kaliber sind, sitzen wir in der Scheiße, und zwar bis zum Hals.«

Niemis knappe Analyse von Jankovic ließ Johanna noch besorgter werden, als sie ohnehin schon war.

Jetzt tauchte Helste hinter ihr auf.

»Du hast sie schon befragt, ja? Von nun an gehen wir systematisch vor«, zischte er.

»Nur zu«, sagte Johanna ausdruckslos und ging zum Sendewagen des Fernsehens zurück. Sie traute Helste nicht zu, einen so gewaltigen Einsatz leiten zu können. Der Mann hätte in diesem Moment längst eine Führungsgruppe aus Angehörigen aller Organisationen, deren Hilfe benötigt wurde, zusammenstellen müssen.

Johanna erkannte neben einem orangeroten Rangerover einen anderen Mann, der dort gerade mit zwei seiner Mitarbeiter sprach, und winkte ihm zu. Der für die operativen Maßnahmen zuständige Dienst habende Chef der Rettungsleitstelle ging mit dem Brandmeister und einem Notarzt die Lage durch. Die Krankenhäuser hatten bereits ihr Bereitschaftspersonal in den Dienst gerufen, und die Akutversorgung für Krisensituationen in der Hauptstadtregion wurde in Gang gesetzt. Es existierten Bereitschaftspläne für alle möglichen Gefahrensituationen, aber für einen solchen Fall hatte man sich auch in den kühnsten Szenarien nicht präparieren können.

Johanna ging in den Übertragungswagen hinein, wo sich Hedu noch immer Zeitlupenbilder ansah. In einer Einstellung fuhr die Kamera über die Menschenmenge hinweg, während von oben etwas herabfiel und im hellen Licht blitzte und blinkte. Johanna begriff, dass Stücke eines Kristalllüsters auf den Fußboden hagelten.

»Es sind vier oder fünf Attentäter«, sagte Hedu ernst. »Plus die zwei, die gerade gebracht worden sind. Schwere Bewaffnung, Sprengstoff, alle mit Sturmhauben.«

Die Kamerabewegung kam zur Ruhe. Mitten im Gedränge sah man den Präsidenten der Republik, umgeben von Sicherheitsleuten.

Plötzlich wurde die Kamera heftig erschüttert und schwenkte zur Decke.

Im Innenhof der Residenz blieb Vasa vor der Tür stehen, Danilo hinter sich. Das Polizeifahrzeug war wieder rückwärts auf die Straße hinausgefahren.

Vasa atmete die kühle Luft ein. Er war erleichtert, weil die Polizei seinen Forderungen gemäß gehandelt hatte. Es hätte die

Lage nur erschwert, wenn eine oder mehrere Geiseln wegen einer Überschreitung des Ultimatums ihr Leben gelassen hätten.

Im Innenhof war niemand, nur einige Autos standen dort. Dahinter oder in ihrem Inneren konnten sich allerdings Polizisten verbergen. Vasa schlug mit der Waffe gegen die Tür. Hinter den hohen Fenstern im ersten Stock waren hinter den dünnen Vorhängen die Kronleuchter zu erkennen.

»Wir sind es«, rief er auf Serbisch.

Die Tür ging einen Spaltbreit auf. »Kommt schnell rein, bald gehen die Getränke aus.« Slobos Stimme klang angespannt, Besorgnis erregend angespannt. Er trug eine Sonnenbrille.

»Alles in Ordnung?«, fragte Vasa.

»Sie haben versucht, den Präsidenten rauszubringen, ein Sicherheitsmann ist verletzt.«

»Ein Sicherheitsmann? Die hätten als Erstes entwaffnet und rausgeschickt werden müssen.«

»Das war Danilos Job ... Wir hatten auch so alle Hände voll zu tun. Das Chaos ist Wahnsinn ...«

Vasa ließ die Sache auf sich beruhen. Alle hatten ihr Bestes getan. Er warf einen Blick auf die Semtex-Ladung an der Tür und ging neben Danilo den Flur entlang. Er hatte beschlossen, seine feuerfeste Maske so lange zu tragen, bis sich die Situation im Gebäude stabilisiert hatte. Danach brauchte er sie nicht mehr. Die Polizisten hatten auch Danilos Gesicht gesehen, aber nur im Halbdunkeln und kurz, und er trug jetzt auch eine Sturmhaube, wie die anderen.

Vasa hielt seine Maschinenpistole fest umklammert, denn hinter jeder Tür konnte ein Sicherheitsmann auftauchen und das Feuer eröffnen. Aber nichts geschah.

Je weiter sie den Korridor entlanggingen, umso lauter wurde der Lärm. Slobo öffnete die Tür zu einer leeren Vorhalle, wo sie schon von Stimmengewirr umgeben waren, obwohl noch kein Mensch zu sehen war.

»Bist du bereit?«, fragte Slobo ungewöhnlich ernst und ehrlich.

»Schnell jetzt«, gab Vasa zurück und stellte fest, dass er kaum einen Laut aus seiner heiseren Kehle herausbekam.

Slobo stieß die Doppeltür auf, und sogleich flutete Vasa schweißtreibende Hitze und die kollektive Panik der Menschenmenge entgegen. Im hellen Licht wogte vor seinen Augen eine lärmende Masse, aus der sich nur nach und nach einzelne Gesichter herauskristallisierten, bunte Abendkleider, unterschiedliche Personen.

Der Anblick und die Atmosphäre ließen mehr Adrenalin als je zuvor in Vasas Kreislauf schießen. War es Toma nicht gelungen, diese Hühnerschar zum Schweigen zu bringen? Vasa richtete die Waffe zur Decke und gab eine lange Salve ab.

Zuerst wurde der Lärm explosionsartig noch lauter, nun auch durchsetzt von unbeherrschtem Kreischen.

»Ruhe!«, rief Vasa auf Englisch und schoss noch einmal.

»*Ruhe!*«, brüllte er, so laut er konnte, und setzte dabei seinen Weg fort. Die Menschen wichen wie von einer unsichtbaren Hand gelenkt vor ihm zur Seite. Einige fielen hin, weil sie von den Ängstlichsten beim Ausweichen gestoßen wurden. Nach und nach aber versiegte der Lärm und erstarb schließlich ganz.

Vasa merkte, wie seine Unsicherheit und seine Angst verschwanden. Stattdessen durchströmte nun maßlose Selbstsicherheit seine Adern.

Zlatan näherte sich mit vorgehaltener Kalaschnikow dem Sicherheitsmann, der auf dem Parkettboden lag. Zlatan wusste, dass der Mann wahrscheinlich eine Waffe im Schulterhalfter trug und dass er als Profi eventuell noch einen verzweifelten Angriffsversuch wagen würde.

Stanko hatte die Waffe des anderen Sicherheitsmannes aufgehoben und zielte auf den Präsidenten.

»Weg von der Tür«, forderte Zlatan den Präsidenten auf.

Er drückte den Lauf seiner Kalaschnikow in die Wange des Sicherheitsmannes, ging in die Hocke und nahm mit der anderen Hand die Waffe aus dem Schulterhalfter. Das Hemd des Mannes war blutdurchdränkt, und unter dem Kragen quoll weiter Blut hervor.

Zlatan entsicherte die Waffe des stockend atmenden Finnen und richtete sie mitten auf dessen Stirn.

»Ich frage noch einmal«, sagte er drohend. »Sehen wir aus wie Vollidioten?«

»Hör auf«, befahl hinter ihm eine Stimme auf Serbisch.

Zlatan blickte sich um und sah Vasa mit energischen Schritten auf ihn zukommen.

»Hallo«, sagte Stanko. »Wie geht's?«

Vasa trat zu dem Sicherheitsmann.

»Sie dort«, sagte er zu einer Frau, die in der Nähe stand. »Kommen Sie her!« Die erschütterte Frau sah ihn unsicher an.

»Hierher. *Sofort!*«

Vasas Tonfall machte der Frau Beine.

»Drücken Sie mit dem Finger so fest wie möglich da drauf«, sagte Vasa und schaute zu, wie die Frau in dem trägerlosen, eng anliegenden Abendkleid ihren Finger auf die blutende Wunde des Sicherheitsmannes drückte und dabei gegen die aufkommende Übelkeit ankämpfte.

Vasa winkte Toma zu sich. Dessen Gang schien noch wiegender zu sein als normalerweise. Vasa suchte Tomas nervösen Blick im Schlitz der Sturmhaube und sagte möglichst ruhig: »Sind schon alle hier in diesem Stockwerk?«

»Ja. Wir müssen jetzt Leute rausschaffen, und zwar schnell. Es ist unmöglich, diese Menschenmenge im Griff zu behalten.«

»Keine Panik. Wir fangen sofort damit an. Von jetzt an läuft alles nach Plan.«

Vasa rief eine Nummer der Polizei an und sagte auf Englisch: »Bringt einen Krankenwagen vor das Haupttor. Wir haben hier einen Verwundeten. Hoher Blutverlust.«

Nachdem er das Telefon ausgeschaltet hatte, blickte sich Vasa um. Höchstwahrscheinlich verstand keiner im Saal Serbisch. Er wandte sich an Toma und Zlatan. »War es nötig, auf den Mann zu schießen?«

»Ja«, erwiderte Zlatan zornig. »Der Kerl hat versucht, den Präsidenten hinauszuführen. Die haben uns für Vollidioten gehalten.«

»Niemand schießt, wenn es nicht unbedingt sein muss«, sagte Vasa mit Nachdruck und ging mit der Waffe in der Hand ans andere Ende des Saals.

»Warte«, sagte Stanko aufgebracht.

Vasa blieb beunruhigt stehen und drehte sich um. Wenn die Männer sich schon in den ersten Stunden so benahmen, wo sollte das dann enden?

»Wenn wir ihnen nicht zeigen, dass wir es ernst meinen, gerät uns alles außer Kontrolle«, sagte Stanko mit Blick auf Toma und Zlatan, als suchte er bei ihnen Unterstützung.

»Er hat Recht«, sprang ihm Toma bei. »Hätten wir angefangen zu verhandeln und uns Erklärungen anzuhören, wärst du jetzt nicht hier. Sieh dich doch mal um.« Wütend machte er eine ausholende Handbewegung.

Der Lärm im Saal war verstummt. Man hörte nur noch verzweifeltes oder entsetztes Schluchzen. Alle richteten den Blick auf den blutenden Sicherheitsbeamten, um den sich nun einige Festgäste kümmerten, die sich mit Erster Hilfe auskannten. Einer hatte aus dem Spiegelsaal eine Tischdecke zum Verbinden geholt.

»Jetzt glauben sie, dass wir es ernst meinen«, fuhr Toma fort. »Fluchtversuche wird es keine mehr geben. Und wir haben noch immer den Präsidenten.«

Vasa wusste, dass Toma Recht hatte. Der blutende Sicherheitsbeamte verlieh ihnen eine Autorität, die stärker war als alle Worte.

»Ich gehe jetzt nach oben und gebe vom Balkon aus eine kleine Kostprobe mit der *Plamyja* ab«, sagte Zlatan.

»Das ist nicht nötig, jedenfalls noch nicht«, entgegnete Vasa strikt. »Niemand schießt ohne meinen Befehl.«

Vasa befürchtete, die Finnen könnten die Unstimmigkeit bemerken, auch wenn sie die Sprache nicht verstanden.

»Wir sind bis jetzt auch gut ohne dich klargekommen«, schnaubte Zlatan zurück.

»Wir bleiben bei dem, was abgemacht war«, sagte Toma versöhnlich. »Niemand wird unnötig verletzt. Aber in Ausnahmesituationen muss jeder sein eigenes Urteil fällen.«

Vasa warf einen Blick auf den Präsidenten, der als natürlicher Mittelpunkt der Menge mitten im Raum stand. Er hatte den obersten Hemdknopf geöffnet, und es sah aus, als ginge es ihm nicht gut. Man konnte beim besten Willen nicht sagen, dass er besonderes Charisma ausstrahlte, er wirkte eher wie ein Beamter, der sein Leben lang am Schreibtisch gesessen hat, als wie ein Staatsmann.

»Der Oberbefehlshaber der finnischen Armee scheint durch den Anblick der Waffen ein bisschen schockiert zu sein«, sagte Danilo höhnisch und Kaugummi kauend. »Scheint kein besonderer Lazar zu sein«, fügte er hinzu und sah Vasa an.

Dieser erwiderte den Blick und nickte. »Fangen wir an«, sagte er und ging ans andere Ende des Saals. Wieder versuchten die Festgäste ihm auszuweichen, soweit es die Enge zuließ.

Vasa erklomm das Podest, das für die Musikkapelle vorgesehen war, und sprang von dort auf den Bronzelöwen neben der ebenfalls bronzenen Frauenfigur, die das Gesetz symbolisierte. Alle Blicke richteten sich auf ihn, und er riss sich die Sturmhaube vom Kopf.

»*Good evening, ladies and gentlemen*«, rief er. »Niemand kommt zu Schaden, wenn Sie uns gehorchen. Ich bitte nun die Reporter und die Kameramänner mit drahtloser Handkamera zu mir. Aber schnell!«

Vasa spürte, dass die Leute ihm anders gegenüberstanden als seinen Kameraden. Die anderen hatten das Gesicht verhüllt, er nicht. Er hatte nichts zu verbergen – und nichts zu verlieren.

32

Johanna blickte auf den Krankenwagen, der aus dem Innenhof der Residenz auf die Mariankatu herausfuhr und mit Blaulicht in Richtung Nördlicher Esplanade beschleunigte. Das war ein Unheil verkündender Anblick, der allen unmissverständlich deutlich machte, mit welcher Einstellung die Geiselnehmer vorgingen. Mit Einbruch der Nacht war es kühler geworden, und die Abgaswolke des Sanitätsautos schwebte noch lange unter der Straßenbeleuchtung in der Luft.

Hedu kam mit großen Schritten auf Johanna zu und sagte außer Atem: »Lehikoinen meint, der Verwundete sei ein Sicherheitsbeamter. Offenbar derselbe, der vorher schon in Funkkontakt mit seinen Kollegen stand. Sie haben ihm den Weg zum OGH erklärt.«

»Kommt er durch?«

»Keine Ahnung.«

»Versuch herauszukriegen, ob er reden kann, und wenn ja, sprich so bald wie möglich mit ihm.«

Johanna dachte über das nach, was Hedu gesagt hatte. »Sie haben ihm den Weg zum OGH erklärt?«

»Angeblich sind die Gebäude miteinander verbunden. Irgendein alter Geheimgang, der beim Umbau Anfang der 20er Jahre bewusst nicht zugemauert worden ist. Man hielt es für sinnvoll, dem ersten Präsidenten der Republik einen geheimen Fluchtweg offenzuhalten. Sohlman geht der Sache gerade nach.«

Johanna machte sich auf den Weg zu der mobilen Einsatzzentrale der Polizei, die in einem umgebauten Bus eingerichtet war und mittlerweile in der Aleksanterinkatu stand. Die Zahl der

Fahrzeuge und Leute wuchs ständig. In der Mariankatu nahmen die technischen Ermittler den Geländewagen auseinander, den die Attentäter benutzt hatten. An den Rangerover vor dem Haupteingang der Residenz kam man nicht sicher genug heran. Beide Fahrzeuge waren in Stockholm gemietet worden.

Der Stunden zuvor angehaltene Landrover war in die Garage der Zentralkripo gebracht worden. Jankovic hatte den Wagen auf seinen eigenen Namen angemeldet.

Unter den Polizisten, die um die Residenz herum auf den Beinen waren, befanden sich auch Einsatzgruppen des SK Bär: Scharfschützen und Technikexperten, außerdem die so genannte »Tebo«, die wichtigste finnische Terror-Bomben-Einheit, deren Roboter bereits in einem zivilen VW-Bus auf seinen Einsatz wartete.

Der Aufwand schien hoch, aber alles war relativ. In London oder Washington wären Sondereinheiten gerade dabei gewesen aus Sperrholz und Pappe die wichtigsten Innenräume der Residenz in Originalgröße nachzubauen und darin so lange den Zugriff zu trainieren, bis jeder Mann seinen Platz und sein Ziel kannte.

Auch die finnische Sondereinheit verfügte über eine ordentliche Ausbildung und eine Ausrüstung, die an diesem Abend besonders überzeugend aussah: schwarzer Komponentenhelm, eine ähnliche, das Gesicht verbergende Kommandohaube, wie sie auch die serbischen Geiselnehmer trugen, großer Augenschutz, schwarze kugelsichere Westen mit Taschen und Halterungen, an den Hosen Seitentaschen und Befestigungsriemen, gebundene knöchelhohe Schuhe mit dünnen Sohlen, schwarze Handschuhe.

Die Männer machten sich in ihren eigenen Fahrzeugen fertig, vor Blicken geschützt. Das Sondereinsatzkommando war in drei Schichten organisiert, seine Angehörigen erledigten trotz ihrer Spezialausbildung normale Polizeiarbeit im Bezirk Helsinki, bis sie alarmiert wurden.

Drei Bereitschaftspolizisten mit Helmen und Plastikschilden kamen Johanna entgegen. Jenseits der blinkenden Blaulichter gähnte der menschenleere Senatsplatz. Man hatte ihn komplett geräumt, die Schaulustigen waren bis in die Straßen hinter dem Dom abgedrängt worden, und danach hatte man die gesamte Umgebung abgeriegelt. Auf dem Platz standen jetzt die Einsatzzentrale H10 der Rettungsleitstelle Helsinki, die Rettungseinheit H11, mehrere Standard-Krankentransportfahrzeuge, eine Ärztestation und eine pharmazeutische Einheit. Wenn man die Voraussetzungen für die Erstversorgung in dieser Weise organisierte, war das so, als würde man vorab schon die Niederlage eingestehen, aber es war unumgänglich. Das interne Telefonnetz der Behörden, das den Namen VIRVE trug, stand unter extremer Belastung.

Johanna sah Helste die Treppen vor dem Regierungsgebäude am Senatsplatz herunterkommen. In den Fenstern des neoklassizistischen Baus brannten Kerzen zur Feier des Unabhängigkeitstages. In einigen Räumen war mittlerweile aber auch das elektrische Licht angegangen.

»Die Sitzung der Vertreter der Ministerien beginnt in etwa einer Stunde, sobald alle zusammengetrommelt sind«, sagte Helste.

»Wer von uns geht hin?«

»Das weiß ich noch nicht.«

Die Lage war kompliziert, wesentlich komplizierter, als Johanna es sich noch kurz zuvor vorgestellt hatte. Die gesamte Führung des Landes, sämtliche hohen Entscheidungsträger, waren im Präsidentenpalast gefangen. Was die Führungsverantwortung der Polizei betraf, so hatte es da schon immer Probleme gegeben, aber jetzt war man nicht mehr weit vom totalen Chaos entfernt – und das, obwohl die aktuelle Lage eine lückenlose Verantwortungskette erfordert hätte.

»Ich glaube nicht, dass es aus den Ministerien Anweisungen hageln wird«, sagte Johanna.

Helstes Miene straffte sich. »Das hier ist etwas für Profis. Da würden die Ansichten von Politikern ohnehin nicht ins Gewicht fallen.«

Das war eine glatte Lüge, und das wussten sie beide. Schulter an Schulter gingen sie in Richtung Einsatzzentrale.

»Wir haben sämtliche Botschaften am Hals«, sagte Helste verärgert. »Die Amerikaner sind außer sich. Die Russen drängen uns Experten aus Moskau auf. Briten und Franzosen haben ›ihrer Besorgnis Ausdruck verliehen‹. Das AA kümmert sich um sie, so gut es geht.«

»Hoffentlich bringen sie im AA auch einen Krisenstab zustande.«

Das Auswärtige Amt würde man noch brauchen, nicht nur, um die diplomatischen Beziehungen zu pflegen, das war sicher.

»Jankovic wird bald die Befreiung seines Vaters verlangen«, sagte Johanna. »Und wer weiß, was noch alles. Aber das werden wir sicher in Kürze erfahren.«

»Was habt ihr aus dem Bildmaterial des Fernsehens herausholen können?«

»Sechs oder sieben schwer bewaffnete Männer, den Gesten und Bewegungen nach ehemalige Soldaten, jedenfalls zum Teil. Die Experten bei der Zentralkripo gehen alles noch einmal genau durch. Auf jeden Fall stehen die Serben untereinander in Funkkontakt, und es wäre für uns Gold wert, wenn wir ihren Funkverkehr mithören könnten.«

»Dahinten ist Sohlman«, sagte Helste mit einer Kopfbewegung in Richtung eines Renault-Lieferwagens des SK Bär.

Im selben Moment klingelte das Telefon in Helstes Hand. Er meldete sich und hörte eine Weile zu.

»In Ordnung, stell es durch.«

Helste sah Johanna ausdruckslos an. »Die Geiselnehmer rufen an, sprichst du mit ihnen?«

Johanna nahm das Handy und drückte es fest ans Ohr.

»Hallo?«

»*Mit wem habe ich die Ehre?*«, fragte eine tiefe Männerstimme auf Englisch.

»Ich bin Johanna Vahtera von der Zentralkriminalpolizei.«

Am anderen Ende war es einen Moment still.

»Schon wieder Sie. Hier spricht Vasa Jankovic. Neben mir steht ein Kameramann mit einer drahtlosen Kamera. Ihr habt gerade die Übertragung unterbrochen, jetzt müsst ihr sie fortsetzen. Live und landesweit. Macht schnell, sonst darf der Krankenwagen den nächsten Gast abholen.«

Noch bevor Johanna etwas sagen konnte, wurde das Gespräch unterbrochen.

»Das war Vasa Jankovic. Sag der Zentrale, sie sollen alle Anrufe aus der Residenz an mich umleiten und mitschneiden. Ich gehe zurück zum Ü-Wagen, die Geiselnehmer verlangen eine Verbindung ins landesweite TV-Netz.«

»Können wir das zulassen?«

»Hast du einen besseren Vorschlag?« Johanna machte sich auf den Weg zum Sendewagen.

Sogleich klingelte ihr Handy. Sie meldete sich hoffnungsvoll, aber der Anrufer war nicht Jankovic, sondern Timo Nortamo.

»Na endlich«, sagte er. *»Was …«*

»Ich hab jetzt keine Zeit für Erklärungen«, unterbrach ihn Johanna. »Hier ist die Hölle los. Wie schnell kannst du hier sein?«

»Ich bin auf dem Weg zum Flughafen, mein Flieger landet kurz vor Mitternacht in Helsinki.«

»Rate mal, mit wem ich gerade telefoniert habe?«

»Ich glaube, ich weiß, wer das war. Wenn wir ihn geschnappt hätten …«

»Sie verlangen eine Live-Schaltung ins landesweite TV-Netz.«

»Was wollt ihr tun?«

»Es gibt keine Alternative. Zwei Männer sind bereits mit dem Krankenwagen abgeholt worden.«

»Ich melde mich später wieder bei dir. Wir lassen uns das gemeinsam durch den Kopf gehen.«

Dank Timos ruhiger Stimme fühlte sich Johanna einen Hauch besser. Sie stieg die Stufen zum Übertragungswagen hinauf. Drinnen saßen zwei Männer und eine Frau mit Kopfhörern vor den Monitoren, den Blick auf das wacklige Kamerabild aus der Residenz geheftet.

Als er Johanna sah, nahm der Regisseur den Kopfhörer ab. Er war derjenige, der Hedu zuvor das Bildmaterial gezeigt hatte.

»Habt ihr neue Bilder aus der Residenz?«, fragte Johanna.

»Auf den Fünfer kommt ein Signal von der schnurlosen Kamera«, sagte der Regisseur mit einer Handbewegung zu der Reihe der nummerierten Monitore.

Johanna schaute auf das wacklige Bild, auf dem die erschütterten Gesichter der Festgäste zu sehen waren. Sie erkannte eine Abgeordnete der Sammlungspartei, deren trägerloses, eng anliegendes Kleid mit Blut beschmiert war. Dieser Anblick beschleunigte Johannas Herzschlag. Was ging da drin eigentlich vor?

Allein der Gedanke, das ganze Volk würde solche Bilder aus der Residenz sehen, war unerträglich. Aber was sollten sie sonst tun?

Johanna schaute einige Sekunden lang auf den Monitor, in der Hoffnung, einer der Geiselnehmer würde wenigstens kurz auftauchen, aber bald merkte sie, dass die Kamera nun an einer Stelle verharrte.

»Die Geiselnehmer verlangen eine landesweite Live-Schaltung«, sagte Johanna zu dem Regisseur.

»Das lässt sich von hier aus nicht machen. Um Zeit zu sparen, rufen Sie am besten selbst in der Sendezentrale an und schildern die Situation.«

Er tippte eine Nummer in sein Handy und reichte Johanna den Apparat.

»*Heiskanen.*«

»Hier spricht Johanna Vahtera von der KRP. Ich befinde mich in einem Ihrer Übertragungswagen, weil ich von den Geiselnehmern die Forderung nach einer Live-Schaltung ins finnische Sendenetz erhalten habe.«

»*Ich kann das nicht entscheiden. Dafür bräuchte ich Anweisungen von oben …*«

»Von wo oben?«, unterbrach Johanna ihn. »Ihr Intendant sitzt als Geisel in der Residenz, und der gesamte Rundfunkrat wahrscheinlich auch. Kann sein, dass sie innerhalb weniger Minuten alle umgebracht werden.« Johanna schrie fast. »Senden Sie die Bilder, verdammt noch mal, und zwar ein bisschen plötzlich!«

Am anderen Ende herrschte kurzes Schweigen.

»*Sie übernehmen dafür aber die volle Verantwortung*«, sagte der Sendeleiter schließlich.

»Ja, ja, ich übernehme die volle Verantwortung. Machen Sie sich bloß nicht ins Hemd.«

Wütend beendete Johanna das Gespräch und richtete den Blick wieder auf die Bilder mit den erschütternden Gesichtern der Festgäste. Sie hätte am liebsten weggeschaut, aber die Augen vor den Tatsachen zu verschließen half jetzt am allerwenigsten.

»So, wir sind auf Sendung«, sagte der Regisseur angespannt. »Das nenne ich echtes Reality-TV.«

Auch in der Residenz war die Live-Schaltung offenbar bemerkt worden. Die Kamera senkte sich bis knapp über den Boden und richtete sich dann schräg nach oben. Das gesamte Bild wurde von einer Löwenskulptur ausgefüllt, auf der ein Mann stand. Der Bildwinkel ließ Vasa Jankovic bedrohlich erscheinen. Er richtete den Blick direkt in die Kamera. Das Flackern seiner dunklen Augen drang durch den Bildschirm hindurch.

Johanna holte tief Luft. Nun begann der eigentliche Kampf.

33

Durch die Kerzenflamme hindurch betrachtet, flimmerte der ganze Präsidentenpalast. Das blaue, unregelmäßige Blinken der Polizeifahrzeuge mischte sich mit der orangen und gelben Masse im Vordergrund. Jasmin rückte den Kerzenständer nur dann aus dem Sehfeld des Fernglases, wenn sie etwas ganz genau erkennen wollte.

Sie löste sich von dem Okular und strich sich zur Entspannung ein paarmal über die Lider. Wenn man mit bloßen Augen aus dem Fenster schaute, war der Palast nur ganz klein in der Ferne zu erkennen.

Die Zweizimmerwohnung in der Bernhardinkatu lag hinsichtlich der Operation nahezu ideal. Sie gehörte Jasmins ehemaliger Klassenkameradin Elisa – genau genommen natürlich deren Eltern, Elisa wohnte nur in dem »Anlageobjekt«, wenn sie nicht gerade in Goa oder Peru war. Das Zimmer mit der hohen Decke war spartanisch möbliert. Holzboden, in der Ecke ein Kachelofen, ein abgenutztes Sofa, Tisch und Regal.

Jasmin schnaubte, als sie an Elisa dachte. Vielleicht hatte Vasa Recht, vielleicht sollte sie das Abitur nachholen und an die Uni gehen. Wenn es möglich war, mit Elisas leerem Kopf Folkloristik und Kunstgeschichte zu studieren, warum sollte sie dann nicht zu etwas Ähnlichem fähig sein?

Jasmin hatte mitbekommen, was Vasa für seine Examensarbeit alles getan hatte, und gemerkt, dass ein Studium an der Uni etwas vollkommen anderes war als die Schule. Ihre Mutter hatte ihr früher für jede Eins in einer Mathe- oder Englischarbeit einen Hunderter und für jede Zwei einen Fünfziger versprochen.

Leider war die Mutter billig davongekommen. Ihr Vater hatte für die Klassenarbeiten zu wenig Interesse aufgebracht, um Belohnungen auszusetzen.

Jasmins Gedanken sprangen zu Themen, an die sie eigentlich nicht denken mochte. Wie war es ihren Adoptiveltern damals nur gelungen, die Behördenvertreter in dem Gespräch vor der Adoption so gründlich an der Nase herumzuführen? Andererseits wunderte sie sich darüber nicht, denn Vater und Mutter waren ja auch geschickt genug, ihre Kunden und Geschäftspartner zu manipulieren, warum also nicht die Adoptionsbehörden. Die hatten wahrscheinlich überhaupt keine Chance gehabt, zu merken, dass da jemand gar nicht wirklich ein Kind, sondern nur Füllstoff für das niedliche Kinderzimmer in der Luxusvilla suchte.

Jasmin wollte sich ihre Verbitterung nicht eingestehen. Hätten Vater und Mutter sie zu überreden versucht, wieder zurück nach Hause zu kommen, hätte sie vielleicht sogar darüber nachgedacht.

Auf der Mattscheibe des kleinen tragbaren Fernsehers in der Zimmerecke erschien jetzt Vasas Gesicht. Das entschlossene Gesicht eines gut aussehenden Mannes, das Jasmins Herz höherschlagen ließ.

Slobo tauchte nicht im Bild auf. Allerdings hätte man von ihm auch nicht mehr als die Augen gesehen. Drei Jahre zuvor hatten sie Eindruck auf Jasmin gemacht, aber inzwischen gelang ihnen das nicht mehr. Jetzt erkannte sie darin nur noch den unangenehmen Blick eines krankhaft eifersüchtigen Mannes.

Vasa starrte in das Objektiv der Kamera auf der Schulter des Kameramannes und sprang von dem Löwen herab. Endlich lief alles, seine Selbstsicherheit wuchs von Minute zu Minute. Die Finnen würden ihnen nichts anhaben können.

Er wünschte, Radovan könnte all das hier sehen.

»Herr Präsident«, sagte er. »Und Frau Premierministerin. Begeben Sie sich bitte mit Ihrer Gattin beziehungsweise Ihrem Gatten in den Spiegelsaal.«

Präsident Koskivuo blickte sich unsicher und erschrocken um. Er nahm seine Frau an der Hand.

»*Jetzt*«, fuhr Vasa ihn an.

Premierminsterin Noronen hatte sich mittlerweile beruhigt und ging an der Seite ihres Mannes in den Spiegelsaal, der Präsident und seine Frau schlossen sich an. Vasa bedeutete Stanko, ihnen zu folgen, dann fuhr er plötzlich herum und feuerte auf die Gesetzes-Statue. Slobo, der inzwischen seine Sonnenbrille abgenommen hatte, beteiligte sich an der Schießerei, Danilo machte ebenfalls mit. Der Lärm, den die hohen Saalwände zurückwarfen und verstärkten, drohte die Trommelfelle zu ruinieren, und die Gäste hielten sich die Ohren zu.

Vasa hörte mit dem Schießen so abrupt auf, wie er angefangen hatte.

Der Lärm klang in den Ohren nach. Die Festgäste standen bestürzt im Saal, die Blicke auf die demolierte Frau und den ebenso demolierten Löwen gerichtet. Als wäre nun das letzte Sakrileg begangen worden.

»So, jetzt genau aufgepasst«, sagte Vasa zu dem Fernsehreporter, dessen Aufgabe ursprünglich darin bestanden hatte, prominente Gäste des Empfangs zu interviewen, und der jetzt scheinbar ruhig neben ihm stand. »Hier ist eine Liste der Gäste, die im Spiegelsaal bleiben. Alle anderen lassen wir im Eiltempo hinausmarschieren. Kennst du alle?«

Der Reporter fing an, die Liste durchzugehen.

»Stell dich dort an die Tür«, sagte Vasa als Nächstes zu dem Kameramann, »und sorge dafür, dass alle an der Kamera vorbeigehen.«

Der Kameramann machte sich auf den Weg, den Befehl zu befolgen. Niemand sah Vasa an, als er in die Schar der Festgäste trat. Dieselben Menschen, die zu Beginn des Abends versucht hatten, mit ihren Roben möglichst viel Aufmerksamkeit zu erregen, versuchten nun, so wenig wie möglich aufzufallen.

Das Aussehen und die Sprache der Leute waren Vasa fremd, und das Seelenleben der Finnen war ihm ein Rätsel. Die einzige

Ausnahme bildete Jasmin – eine angenehme Ausnahme. Er merkte, dass seine Gedanken immer wieder zu ihr abdrifteten.

Er riss sich zusammen und ließ den Blick über die vor Schweiß glänzenden Gesichter um ihn herum schweifen. Ihm fiel das Medienmaterial ein, das er für seine Examensarbeit gesammelt hatte und bei dessen Übersetzung ihm Jasmin geholfen hatte. Am Donnerstag, dem 25. März 1999, einen Tag, nachdem das mächtigste Militärbündnis der Welt einen veritablen Krieg gegen einen europäischen Staat anfing, hatten die finnischen Boulevardblätter mit folgenden Schlagzeilen getitelt: »Satu und Jussi sind ein Paar«; »Werden Männer beim Frauentanztee diskriminiert?«; »Starregisseur Hardwick schwer depressiv«.

Das sagte alles über die Medien und die Menschen in diesem Land. Eigentlich hätte man glauben müssen, dass es mit dem mangelnden Interesse der Finnen am Kosovo so weitergehen würde, aber dem war leider nicht so gewesen. Stattdessen hatten die Finnen begonnen, sich einzumischen. Die größte Tageszeitung hatte das Volk belehrt: Die Entscheidung der Nato, im Kosovo anzugreifen, sei begründet und unausweichlich. Die Gründe waren freilich völlig andere als diejenigen, mit denen Bill Clinton in Washington die Einsätze rechtfertigte.

Vasa ging am russischen Botschafter vorbei, den er von Fotos kannte, und blieb schließlich vor einem Finnen in Uniform stehen.

»Sind Sie der Oberkommandant der Streitkräfte?«

Der General sah Vasa in die Augen. »Der bin ich.«

»Was halten Sie davon, dass Finnland die Verantwortung für einen Sektor der KFOR-Operation unter Führung der Nato an sich gerissen hat?«

Der General sah ihn gelassen an. »Finnland hat nichts an sich gerissen. Man hat Finnland die Verantwortung übertragen.«

»Das war das erste Mal, dass ein Land, das nicht der Nato angehört, die Befehlsgewalt über einen operativen Sektor erhielt. Was sagt das Ihrer Meinung nach über das Verhältnis von Finnland zur Nato aus?«

»Nichts.«

»Gehen Sie in den Spiegelsaal und leisten Sie dem Präsidenten und der Premierministerin Gesellschaft. Zum Zeitvertreib können Sie sich ja über die Notwendigkeit von finnischen Einsätzen in Krisengebieten unterhalten. Gehen Sie an der Kamera vorbei. Ihre Frau ebenfalls.«

»Nicht meine Frau! Lassen Sie uns das als eine Sache unter Männern ...«

»*Ihre Frau ebenfalls*«, wiederholte Vasa und ging zu dem Reporter zurück, der noch immer die Liste studierte.

Unterwegs blieb er vor einer Frau mit tief ausgeschnittenem rotem Abendkleid stehen. »Sie kenne ich ... Sie sind Minsterin, oder?«

Die Frau nickte schwach.

»Gehen Sie in den Spiegelsaal!«

Bei dem Reporter angelangt, blickte Vasa auf die Liste. Der Mann hatte an die zehn Namen angekreuzt. »Die kenne ich nicht. Aber meine Kollegin ...«

»Deine Kollegin wird dir helfen, wir wollen daraus kein Problem machen. Fangen wir an.«

Vasa gab Danilo und Slobo ein Zeichen, und die beiden sorgten dafür, dass die Leute der Reihe nach an Vasa, dem Reporter und dessen Kollegin, die hinzugekommen war, vorbeigingen.

»Zeigt mir diejenigen, die auf der Liste stehen. Die gehen dann mit ihrem Partner an der Kamera vorbei in den Spiegelsaal. Die anderen gehen ins Atrium und werden von dort gruppenweise ins Freie geführt.«

Noch während er sprach, betätigte Vasa die Tastatur seines Handys. Er rief Jasmin an, die nur wenige hundert Meter von der Residenz entfernt in der Bernhardinkatu vor dem Fernseher saß.

»Hier kommen sie«, sagte Vasa leise.

Der Reporter mit der Liste wirkte deprimiert, als wäre er gezwungen, eine Selektion vorzunehmen, gleich der in ›Sophies Entscheidung‹: Wer darf leben, wer muss sterben?

»Bewegung!«, rief Danilo nur wenige Meter entfernt und schob die Menschenmenge in Richtung Tür.

An Vasa und den Reportern gingen mehrere alte Leute vorbei, ein Teil wurde im Rollstuhl geschoben. Die meisten trugen reihenweise Orden an der Jacke. Das waren die Kriegsveteranen. Sie wurden nach draußen expediert, ebenso wie der serbische Botschafter und seine Frau, das Personal der Residenz, die Kadetten, fast alle Journalisten und Fotografen, die Adjutanten des Präsidenten, die Sicherheitsleute, Schauspieler, Sänger, andere Kulturschaffende, Sportler und gewöhnliche Bürger, die aus irgendeinem Grund eine Einladung erhalten hatten.

Nervös und möglichst unauffällig zeigte der Reporter auf einen Mann im Frack und sagte fast flüsternd zu Vasa: »Das ist der Finanzminister…«

»Dann in den Saal mit ihm. Die Frau ebenfalls.«

Mit dem Telefon am Ohr verfolgte Jasmin konzentriert die Übertragung. Die Leute huschten so schnell an der Kamera vorbei, dass sie sich anstrengen musste, um bei dem Tempo mitzuhalten.

Die großen Fische bekämen sie auf alle Fälle in den Kescher, die würden nicht mit dem gemeinen Volk hinausschlüpfen. Damit hatte Vasa sie getröstet, als Jasmin die Befürchtung geäußert hatte, ihre Aufgabe nicht erfüllen zu können. Sie hatte sich sorgfältig darauf vorbereitet, hatte stapelweise Illustrierte durchforstet, hatte im Internet recherchiert und im finnischen ›Who is Who‹ gelesen. Obwohl sie seit zwei Jahren nicht mehr in Finnland lebte, hatte das ihre Recherche kaum erschwert. Die Kreise, die das Land in Schwung hielten, waren fast unverändert dieselben geblieben. Die Crème de la Crème war dick, aber knapp. In diesem Augenblick war das für Jasmin nur positiv.

34

Johanna starrte im gedämpften Licht des Übertragungswagens auf den Monitor. Gedemütigte, ängstliche Menschen gingen an der Kamera vorbei. Unmittelbar danach teilte sich die Reihe. Die wichtigsten Gäste gingen in den Spiegelsaal weiter: der Parlamentspräsident, die Minister, Parlamentsabgeordnete, Wirtschaftsbosse, hohe Beamte, die bedeutendsten Botschafter.

Beim Anblick von Personen, die sie kannte, zuckte Johanna zusammen. Kai Sarimo, der Chef der KRP, trug die Ausgehuniform der Polizei. Unmittelbar hinter ihm ging Nykänen, der Polizeidirektor im Innenministerium. Auch die Diplomaten der größeren Länder blieben als Geiseln in der Residenz. Johanna erkannte die amerikanische Botschafterin, eine streng wirkende Dame, in deren weinrotem Kleid Johanna nicht stecken mochte, wenn Vasa Fragen nach dem Kosovokrieg stellte. Aber hatte Vasa überhaupt politische Motive?

Um den Oberst freizupressen, hätte es keiner Aktion dieser Größenordnung bedurft. Andererseits war es mit dem rationalen Denken schnell vorbei, wenn Emotionen ins Spiel kamen. Und um Emotionen war es auch bei dem Familiendrama der Jankovics in Riihimäki gegangen. Außerdem war der Kosovo heilige Erde für die Serben, viele von ihnen waren bereit, dafür sogar ihr Leben zu geben. War es das? Griffen hier Serben die Finnen an, weil diese sich an der Vertreibung der Serben aus dem Kosovo beteiligt hatten?

Bei ihrer Arbeit hatte Johanna gelernt, einseitige Ansichten und strenge Moralvorstellungen zu vermeiden. Die finnischen Politiker hingegen schienen nicht sonderlich zimperlich zu sein, wenn es darum ging, ihre Meinung die Angelegenheiten ferner Länder betreffend zu äußern. Schon vor Ort war es schwer genug, moralische Urteile zu fällen, aus mehreren tausend Kilometern Entfernung war es umso schwerer. Nicht alle verstanden oder wollten verstehen, dass die schwächere Partei – ob es sich nun um Individuen oder um ganze Völker handelte – nicht unbedingt auch die sanftmütigere war, wenn sie die Chance erhielt, gegen den Stärkeren vorzugehen.

Die moralischen Ansprüche, die die außenpolitische Führung Finnlands an andere Länder stellte, konnten sich im Gegenzug durchaus auch gegen Finnland selbst wenden; Moral war nicht schwarzweiß, die Dinge waren vielschichtig und mannigfaltig, und selbst mit der ungewollten Unterstützung einer Partei machte man sich die andere Partei oft automatisch zum Feind. Auch in Finnland war man gezwungen, auf Anschläge gefasst zu sein, denn es gab im Ausland mittlerweile genügend Gruppierungen, die auf die Idee kommen konnten, sich auf ebendiese Weise bemerkbar zu machen: südamerikanische Umweltaktivisten, die gegen finnische Zellulosefabriken in ihren Ländern protestierten, ebenso wie Afghanen, Libanesen oder Kongolesen, in deren Heimat sich finnische Truppen in komplizierte Konflikte einmischten. Je mehr Finnen im Ausland eingesetzt wurden, umso mehr wuchs die Gefahr einer Krise. Mittlerweile konnte es in Buenos Aires ebenso gut wie in Zentralafrika passieren, dass die finnische Flagge in Brand gesetzt wurde. Trotzdem konnten sich die Finnen, wie auch die Vertreter anderer Staaten, nicht aus Angst vor Konflikten einfach aus allen internationalen Belangen zurückziehen.

Johanna fuhr zusammen, als der Regisseur plötzlich sagte: »Ich glaube, bald haben wir vier Millionen Zuschauer.«

»Sie lassen den größten Teil der Leute raus«, stellte Johanna mit einem Anflug von Erleichterung fest.

Im selben Moment erkannte sie den Justizminister, der in einer großen Gruppe von Leuten auf dem Weg nach draußen war, den Kopf gesenkt, wie in Gedanken.

Aber dann tauchte auf einmal Jankovic hinter dem Minister auf, packte ihn am Arm und stieß ihn durch die Tür in den Spiegelsaal. Was Jankovic dabei brüllte, war nicht zu verstehen.

Jetzt begriff Johanna auch, warum Vasa eine Live-Schaltung aus der Residenz haben wollte. Sie wählten die wichtigsten Personen als Geiseln aus, und sie mussten irgendwo jemanden vor dem Fernseher sitzen haben, der ihnen bestätigte, dass die Reporter sie nicht täuschten und wichtige Würdenträger hinausließen. Diese Kontaktperson am Bildschirm musste ein Finne sein. Oder eine Finnin.

Johanna machte die Tür des Ü-Wagens auf und ging hinaus. Es war noch kälter geworden, eine ordentliche Frostnacht war zu erwarten. Johanna blickte nach oben und registrierte, dass sich auf dem Dach des Obersten Gerichtshofs etwas bewegte. Die Scharfschützen des SK Bär suchten sich ihre Stellungen. Johanna ging an der Kanzlei des Präsidenten vorbei, die leer und geschlossen war. Von dort gelangte man in die Residenz, und diesen Weg hatten die Geiselnehmer abgeschnitten.

In der Nähe des Seiteneingangs in der Mariankatu blieb Johanna hinter der Reihe der uniformierten Polizisten stehen. Nach und nach strömten die Leute aus der Residenz auf die Straße. Es standen Busse für sie bereit, aber bei vielen löste sich der Schock schon vor dem Einstieg in die Fahrzeuge, sie brachen in Tränen aus oder fielen sich gegenseitig um den Hals. In der Ferne, hinter der Absperrung, wogte die Menge der Schaulustigen, der Fotografen und Journalisten. Die Luft flimmerte vor einer Sensation, von der überall auf der Welt berichtet werden würde.

Vasa Jankovic bekommt eine Menge Publikum, dachte Johanna. Hoffentlich begriffen die Journalisten, dass auch die Geiselnehmer die Nachrichten verfolgen konnten.

Hedu, Vuokko und einige weitere Kollegen von der KRP und der Kripo Helsinki sprachen bereits mit den ersten Freigelassenen. Hedu hatte sich inzwischen auch nach dem Schicksal des verwundeten Sicherheitsbeamten erkundigt. Der Mann musste operiert werden und würde erst danach reden können. Aber es gab auch so mehr als genug Augenzeugenberichte.

Johanna winkte Hedu und Vuokko zur Seite.

»Die Geiselnehmer haben irgendwo einen Helfer vor dem Fernseher sitzen.« Johanna sprach schnell und laut, denn ringsum hallte der Lärm der aufgeregten Menschen und der Fahrzeuge wider. »Es muss ein Finne sein, der die Gesichter der geladenen Gäste kennt und bestätigen kann, dass keine wichtige Person die Residenz verlässt. Das ist jetzt ein Schuss ins Blaue, aber einer von Vasas serbischen Komplizen hat eine finnische Freundin. Jasmin Ranta. Sobald wir mit einigen Freigelassenen gesprochen haben, versuchen wir herauszufinden, wo sich die Frau im Moment aufhält.«

Hedu und Vuokko nickten und kehrten wieder in die Menge zurück. Johanna suchte sich unter den Gästen, die in die Busse geleitet wurden, einen ruhig wirkenden Kadetten heraus.

Der junge Mann beantwortete ihre Fragen dankenswert klar und erschöpfend. Die Situation in der Residenz war ungefähr so, wie Johanna sie sich vorgestellt hatte. Und es war unmöglich, unbemerkt in das Gebäude hineinzukommen.

Johanna bedankte sich bei dem Kadetten und machte sich wieder auf den Weg zur Einsatzleitung. Jemand musste die Zügel fest in die Hand nehmen. Sie hatten jetzt so viele Informationen, wie man unter diesen Umständen erwarten konnte. Weiter weg, am Ende der Aleksanterinkatu, war eine riesige Schar von Fotografen hinter der Absperrung zu erkennen.

Johanna stellte fest, dass im Prinzip alle Voraussetzungen für einen erfolgreichen Polizeieinsatz gegeben waren. Die Einsatzleitung und der Führungsstab saßen in zwei nebeneinanderstehenden Fahrzeugen, dazwischen liefen ständig Männer hin und her, Beobachtungen und Meinungen wurden ununterbrochen ausgetauscht. Es wurden Befehle erteilt, auch die Entscheidungsbefugnisse waren an sich klar. Alles hing von der Kompetenz und der Erfahrung der Verantwortlichen ab. Doch leider verfügte an diesem Abend keiner über ausreichend Erfahrung, und darum fehlte die Voraussetzung, richtige, fundierte Entscheidungen zu treffen.

Johanna wollte gerade in den Bus des Führungsstabs steigen, als ein ihr unbekannter Mann mit einer Papierrolle in der Hand auf sie zutrat.

»Man hat mich gebeten, die Grundrisszeichnungen der Residenz samt Heizungs- und Belüftungskanälen zu bringen«, sagte der Mann, der eine Brille trug.

»Kennen Sie das Gebäude?«

»Ich bin einer der Hausmeister.«

»Kommen Sie herein.«

Johanna stieg in den Bus, merkte aber, dass dort eine Besprechung im Gange war. An zwei Tischen saß die höchste zur Verfügung stehende Polizeiführung: der Stellvertreter des Polizeidirektors im Innenministerium, der stellvertretende Leiter der KRP, der Vizechef der Sicherheitspolizei und der stellvertretende Präsident des Helsinkier Polizeipräsidiums – die Männer, auf deren Schultern die operative Führung dieses Einsatzes lastete.

Johanna trat gar nicht erst ein, sondern ging zu einem in der Nähe geparkten Polizeiauto und breitete die Papierrolle auf der Motorhaube aus. Im selben Häuserblock wie die Residenz befand sich auf der Nördlichen Esplanade und in der Helenankatu der Oberste Gerichtshof und in der Aleksanterinkatu das Wirtschaftsministerium.

»Ich habe gehört, dass vom OGH aus ein alter Verbindungsgang in die Residenz führt«, sagte Johanna. »Wissen Sie, wo der ist?«

»Hier«, sagte der Mann und deutete mit dem Finger darauf. »Aber er ist nicht in Gebrauch.«

»Kommt man dort trotzdem durch?«

»Es ist kein Notausgang, kann sein, dass da irgendwelches Gerümpel steht. Stühle oder so etwas.«

Sie unterhielten sich eine Weile und studierten die Zeichnungen. Dann traten Sohlman und Helste zu ihnen.

»Hast du schon gehört, was die Serben da drinnen haben?«, fragte Helste.

»Nein. Meinst du etwas, das zu dem Stativ gehört?«

»Angeblich handelt es sich um das Stativ einer Granatmaschinenwaffe. Das ist kein Terrorismus mehr«, sagte Helste und schaute auf die Residenz. »Das ist Krieg.«

Johanna überlegte einen Moment. »Ich gehe durch das OGH-Gebäude hinein.«

Helste sah sie mit strenger Miene an. »Das kannst du nicht. Das Risiko ist zu groß.«

»Ich weiß besser als du, was für ein Risiko ich eingehen kann.«

»Ich meine nicht das Risiko für dich, sondern für die Geiseln.«

»Ich werde keine zusätzliche Gefahr für sie darstellen«, sagte Johanna und versuchte damit zugleich sich selbst zu überzeugen. »Im Moment strömen Leute aus der Residenz, es herrscht Betrieb, das verleiht einen gewissen Schutz. Bald ist wieder alles dicht, dann sind nur noch die Geiseln der obersten Kaste drin und es ist zu spät. Ich gehe jetzt.«

Ohne eine Antwort abzuwarten, trat Johanna zu Sohlman, nahm ihn zur Seite und teilte ihm ihren Plan mit. Sohlman protestierte nicht, denn er profitierte selbst davon, wenn sich herausstellte, dass die Verbindung vom OGH aus offen war.

Als Nächstes rief Johanna Timo an. Der konnte manchmal stur und anstrengend sein, aber wenn es eng wurde, konnte man sich auf seine Einschätzung immer verlassen.

Timos Handy klingelte, als er gerade sein Auto in der Kurzparkzone am Brüsseler Flughafen abstellte. Man würde es abschleppen, aber er hatte jetzt keine Zeit, ins Parkhaus zu fahren.

»*Sie lassen Leute aus der Residenz, behalten aber die bedeutendsten Persönlichkeiten als Geiseln*«, berichtete Johanna aus Helsinki.

»Irgendwelche Forderungen?«

»*Vorerst nicht. Ich könnte mir vorstellen, dass sie Oberst Jankovic wollen. Wahrscheinlich aber noch mehr. Jedenfalls könn-*

ten sie es sich leisten, alles Mögliche zu verlangen. Bei den Geiseln und dem Waffenarsenal, das sie dabeihaben ... Von der Kalaschnikow bis zur Panzerfaust und Granatmaschinenwaffe.«

Timo schloss den Wagen ab und lief auf den Eingang des Terminals zu. »Wie werdet ihr vorgehen?«

»Darüber herrscht noch keine Klarheit. Das ist ein Fall von einer Größenordnung, bei der man Entscheidungen von der obersten Polizeiführung bräuchte, aber die Lage ist nun mal, wie sie ist. Helste versucht den Boss zu mimen, aber er hat nicht das Zeug dazu. Ich versuche vom Gebäude des Obersten Gerichtshofs aus hineinzukommen, über einen alten Verbindungsgang.«

»Gute Idee«, ermunterte Timo sie, auch wenn er wusste, dass diese Entscheidung gewaltige Risiken barg. Aber jemand musste etwas unternehmen. Und Johanna war dazu in der Lage.

Am Check-in-Schalter war eine Schlange, an der Timo vorbeiging. »Ich bin im Geiste dabei«, versicherte er Johanna. »Sei vorsichtig, tu nichts, was ich nicht ...«

»Soll ich die Tür für dich offen lassen?«

»Unbedingt.«

Timo beendete das Gespräch. Er konnte nichts für das Lächeln, das sich auf seinen Lippen breitmachte. Trotzdem machte er sich große Sorgen. Die Gegenmaßnahmen in Finnland gerieten ins Stocken, weil die oberste Führungsebene handlungsunfähig beziehungsweise nicht anwesend war. Jeder wartete auf einen Befehl von oben, der aber nicht kommen würde. Der letzte Rest des Lächelns verschwand, als er an die Ausrüstung der Geiselnehmer dachte. Eine Granatmaschinenwaffe war eine Kombination aus Maschinengewehr und Granatwerfer: hohe Feuergeschwindigkeit plus die Wirkung von Splittergranaten oder Panzerfaustgeschossen. Da zogen die Geräte des SK Bär den Kürzeren. Wann war der richtige Moment, die Armee zu Hilfe zu rufen? Das wäre eine große Entscheidung, die ohne einen einzigen Minister schwer zu treffen war.

Aller Wahrscheinlichkeit nach benutzten die Serben russisches Gerät, vielleicht eine AGS-17, die *Plamyja,* was »Flamme« bedeutete – eine Höllenmaschine, die ihre Feuertaufe im Afghanistankrieg erhalten hatte.

Jorma Helste sah die Männer des Führungsstabs in der Einsatzzentrale an, denen er gerade die neuesten Informationen weitergegeben hatte. Die Spots, die in der Decke des Busses eingelassen waren, sorgten für Schatten unter den Augen und ließen die Mienen der Männer noch düsterer aussehen, als sie ohnehin waren.

»Es gibt für uns keine realistische Chance, hineinzukommen und die Geiseln zu befreien«, sagte Rinne, der stellvertretende Polizeipräsident von Helsinki. »Wir müssen abwarten, bis die Geiselnehmer sagen, was sie wollen.«

»Aber wir müssen darauf gefasst sein, dass sich die Lage in der Residenz aus irgendeinem Grund zuspitzt, und dann müssen wir auf jeden Fall hinein, um zu retten, was zu retten ist.« Der Vizechef der Sicherheitspolizei schaute den stellvertretenden Polizeidirektor, der zumindest der Form nach die höchste Entscheidungsgewalt vor der politischen Ebene im Innenministerium hatte, fragend an.

»Wenn man die Bewaffnung der Attentäter berücksichtigt, müssten wir dem Generalstab eine Bitte um Amtshilfe vorlegen. Drei Pasi-Panzerfahrzeuge vor die Residenz, einen BT-2 in Bereitschaft.«

»BT-2?«, fragte ein Beamter aus der Polizeiabteilung des Innenministeriums.

»Der Panzer vom Typ BT-2. Anders kommen wir an die Residenz nicht heran.«

»Das ist doch Unfug.«

»Sie haben eine Bazooka. Und eine Granatmaschinenwaffe ... Weiß hier jemand, wie hoch die Durchschlagskraft von so einem Ding ist? Mehr als fünf Zentimeter.«

»Dann brauchen wir eher einen T-54«, sagte Rinne. »Nur der Schutz eines Kampfpanzers reicht gegen deren Arsenal aus.

Außerdem muss die Sicherheitszone rund um die Residenz erweitert werden. Auf jeden Fall brauchen wir jemanden aus dem Oberkommando der Streitkräfte hier im Führungsstab. Ich schlage vor, dass wir auch den Grenzschutz um Amtshilfe ersuchen, damit wir notfalls eine Sondereinheit von dort bekommen können.«

»Das hört sich immer mehr nach Mobilmachung an«, sagte der Vertreter des Innenministeriums ungläubig. »In Kürze beginnt die Krisensitzung der Kabinettsvertreter. Da wird auch über die Beteiligung der Armee geredet.«

Helste hatte bis jetzt geschwiegen. Durch seine Brille schaute er der Reihe nach jeden der Männer an und fragte sich, wie lange es noch dauern würde, bis alle den Ernst der Lage begriffen.

»Selbstverständlich hört sich das nach Mobilmachung an. Wie soll man einer Kriegserklärung denn sonst begegnen?«

35

Der Parlamentsabgeordnete Erkki Ala-Turpeinen schwitzte heftig und trat unablässig von einem Bein aufs andere. Er trank einen Schluck Bowle und schaute auf die hochrangigen Politiker, die in den Spiegelsaal geleitet wurden, und auf die weniger hochrangigen, die aus dem Gebäude expediert wurden.

Ala-Turpeinen war erschüttert. Würde man ihn etwa hinauswerfen? Stand ihm die totale Demütigung vor seinen Wählern und dem gesamten finnischen Volk bevor? In den letzten acht Jahren hatte er versucht, Minister zu werden, wenigstens Landwirtschafts- oder Kulturminister. Jetzt kamen die Minister automatisch in den Spiegelsaal. Die wichtigen Minister.

Ala-Turpeinen trank noch etwas Bowle und schaute besorgt auf die Kamera. Wie viele Zuschauer die Übertragung wohl sahen? Sehr viele, das stand fest. Sein Blick heftete sich auf den Parlamentskollegen, der weiter vorne in der Schlange stand und gegen den er eine herbe Niederlage bei der Wahl zum stellvertretenden Vorsitzenden des Verfassungsausschusses hatte einstecken müssen. Wo würde der Kollege landen? Aller Vernunft und aller Hoffnung nach draußen ... Der Geiselnehmer neben dem Reporter mit der Liste machte eine scharfe Handbewegung: raus.

Ala-Turpeinen seufzte erleichtert auf.

Hinter ihm stand ein weiterer Parlamentarier, der ebenfalls seufzte: »Puh, das war knapp für Pena.«

Ala-Turpeinen lockerte seine Fliege. »Allerdings«, murmelte er und ging langsam weiter nach vorne. Er merkte, dass er ein klein wenig wacklig auf den Beinen war. Alle anderen hatten beim ersten Schuss ihre Getränke zur Seite gestellt. Ala-Turpeinen verstand nicht, weshalb. Gerade jetzt brauchte man sie doch.

Ein Sportsternchen im tief ausgeschnittenen lila Kleid stieß ihn aus Versehen an, als sie versuchte, sich von der Seite in die Schlange zu drängeln. Ala-Turpeinen wischte sich mit der Handfläche die übergeschwappte Bowle vom Frack.

Die Selektion im Licht des TV-Scheinwerfers ging indessen weiter. Ala-Turpeinen fluchte innerlich schwer, als er den Justizminister in den Spiegelsaal gelangen sah. Warum nur? Kurz vor dem Kameramann, dem Reporter und dem Geiselnehmer wurde das Gedränge dichter, die meisten Leute wussten, dass sie hinausdurften, und hatten es eilig.

»Nicht drängeln«, brüllte der Geiselnehmer. »In der Schlange bleiben!«

Ala-Turpeinen stahl sich aus dem Gedränge und erhaschte einen Blick auf die Elite der Elite im Spiegelsaal. Er blickte hinter sich, lehrte sein Glas und stellte es neben einer Säule ab.

Woll'n wir doch mal sehen, verdammt!

In leicht gebückter Haltung huschte Ala-Turpeinen durch die Tür in den Spiegelsaal. Er befürchtete, von hinten angeschrien zu werden, aber das Gedränge vor der Kamera zog alle Aufmerksamkeit auf sich.

Der Präsident, die Minister, die Diplomaten und übrigen Geiseln standen nervös in kleinen Grüppchen im Spiegelsaal. Ala-Turpeinen bemühte sich um einen stabilen Schritt und hielt nach einigermaßen bekannten Gesichtern Ausschau. In einem Grüppchen standen zwei Minister, Parteigenossen von ihm, deren überraschte Blicke er aufschnappte. Sofort bekam der Alkohol in Ala-Turpeinens Kopf Gesellschaft vom aufsteigenden Zorn. So groß konnte die Überraschung ja auch wieder nicht sein, dass er auf dieser Seite auftauchte.

»Erkki, Mensch, haben sie dich auch hierhergesteckt?«, fragte der Verteidigungsminister mit ärgerlicher Verwunderung.

»Gibt's hier noch was zu trinken, oder habt ihr schon alles

weggekippt?«, fragte Ala-Turpeinen mit einem ersten Anflug von Lallen.

»Ich glaube, jetzt ist nicht der richtige Moment, um Bowle zu trinken, Erkki.«

Ala-Turpeinen schnaubte und sah sich um. »Warum stehen hier so viele Sozis rum? Walzt die Sozihegemonie auch hier alles andere platt? Oder ist das eine Art Verschwörung?«

Der feine Staub drang in Augen, Nase und Mund ein. Johanna versuchte mit allen Mitteln, das Niesen zu unterdrücken. Dazu kämpfte sie in dem engen, stockfinsteren Gang gegen die aufkommende Klaustrophobie an. »Gang« war eigentlich eine viel zu vornehme Bezeichnung für den Schacht mit den unverputzten Backsteinwänden.

Der Hausmeister des Obersten Gerichtshofs war geholt worden und hatte, zusammen mit dem Hausmeister der Residenz, Johanna durch diverse Lagerräume zu der alten Tür geführt, die nicht einmal von einem Rahmen eingefasst war. Einen Schlüssel hatte niemand, also wurde das Schloss gewaltsam geöffnet.

Johanna schaltete kurz die kleine Fingerlampe an, machte sie aber sofort wieder aus, nachdem sie gesehen hatte, dass der Weg frei war. Sie musste seitlich vorangehen, um zwischen den Wänden hindurchzupassen. Falls es noch enger würde, käme sie nie in die Residenz hinüber. Und selbst wenn, war es unsicher, ob der Schlüssel in ihrer Tasche dort ins Schloss passte und ob sie die betreffende Tür überhaupt aufbekam. Dem Hausmeister zufolge konnte in dem Abstellraum auf der anderen Seite wer weiß was für Zeug stehen.

Johanna ging nicht aus dem Kopf, was Hedu ihr wenige Minuten zuvor mitgeteilt hatte. In den Polizeiregistern stand über Jasmin Ranta nichts. Laut Einwohnermeldeamt wurde sie »im Ausland« geboren, und im Alter von knapp einem Jahr waren Jaakko und Päivi Ranta aus Espoo als ihre Eltern anerkannt worden. Das Mädchen war also ein Adoptivkind. Ob das etwas zu bedeuten hatte?

Johanna blieb stehen und lauschte. Kein einziger Laut aus der Residenz drang bis hierher. Sie ging weiter und musste ungewollt an die Tunnelratten im Vietnamkrieg denken: speziell ausgebildete Soldaten, die in von Vietcong gegrabene, manchmal kilometerlange Tunnels vordrangen, wo die übelsten Fallen auf sie warten konnten.

Schließlich gelangte Johanna zu der Tür am Tunnelausgang. Mit Tränen in den Augen kämpfte sie gegen den Nies- und Hustenreiz an, denn es war nicht gerade verlockend, in diesem dunklen, engen Gang durch Kugeln zu sterben, die durch die Tür schlugen.

Allerdings war es ziemlich unwahrscheinlich, dass die Geiselnehmer etwas von dem Verbindungsgang wussten. Möglich war es dennoch. Und alles, was möglich war, musste beachtet werden.

Johanna ließ kurz die Lampe aufleuchten und schob behutsam den Schlüssel ins Schloss.

Im selben Moment erstarrte sie. Durch die Tür hörte sie einen Wortwechsel in serbischer Sprache. Sie hielt den Atem an. Dann wurden die Stimmen leiser. Die Männer waren offenbar nur an dem Abstellraum vorbeigegangen. Das heißt, die Frage war, ob die Männer gerade im Abstellraum gewesen waren oder ob man ihre Stimmen vom Gang aus gehört hatte. Johanna wusste, wie sinnlos es war, darüber nachzugrübeln, aber das tat man nun einmal automatisch.

Sie wartete kurz im Dunkeln ab, doch die Zeit drängte. Millimeter für Millimeter drehte sie den Schlüssel, bis das Schloss mit einem kleinen Knacken aufging.

Mit äußerster Vorsicht drückte Johanna die Tür auf. Das fahle Licht einer Neonröhre fiel durch den Türspalt. Dann stieß die Tür auch schon gegen ein weiches Hindernis.

Johanna lugte durch den Spalt und sah, dass die Tür von einem Stapel Kartons blockiert wurde. Sie drückte mit aller Kraft dagegen, und es gelang ihr, die Kartons so weit zu verschieben, dass die Tür um einige weitere Zentimeter aufging. Johanna schlüpfte in den Abstellraum, schloss die Tür hinter sich und schob die Kisten wieder an ihren Platz. Was sie unruhig machte, war, dass in dem Abstellraum Licht brannte. Hatten die Serben den Raum für irgendetwas vorgesehen?

Johanna war mit dem Hausmeister den Grundriss durchgegangen und hatte sich alles eingeprägt, sodass sie theoretisch wusste, was hinter der nächsten Tür auf sie wartete – aber eben nur theoretisch.

Für langes Zögern aber reichte die Zeit nicht. Vorsichtig öffnete sie die dicke Tür einen Spalt. Von links aus dem Staatssaal war Stimmengewirr zu hören. Rechts führte eine Tür in den Spiegelsaal. Der kleine hallenartige Raum davor war leer. Rasch schlüpfte Johanna aus dem Lagerraum und ging in die gegenüberliegende Damentoilette. Auch dort war niemand. Sie versteckte ihr auf lautlos gestelltes Handy unter den benutzten Papierhandtüchern im Abfalleimer, dann musterte sie sich im Spiegel. Wie ein geladener Gast sah sie nicht aus, ebenso wenig wie eine Angestellte der Residenz. Da half es auch nicht, sich die Haare ein bisschen zu richten.

Innerlich fluchend kehrte Johanna in die kleine Vorhalle zurück, wo jetzt Rufe in serbischer und englischer Sprache zu hören waren. Sachte öffnete sie die Tür vor sich. Sofort wurden die Stimmen lauter. Um die Ecke blickte man in den Staatssaal, wo sich noch immer viele Menschen drängten. In einer ungeordneten Reihe schlängelten sie sich an Vasa und zwei Fernsehreportern vorbei, und Vasa pickte einzelne Personen heraus und kommandierte sie in den Spiegelsaal. Wie die Juden an der Rampe von Auschwitz, dachte Johanna.

Sie ließ den Blick über die Personen schweifen, die einige Meter entfernt mit dem Rücken zu ihr standen. Das schien das ausgefranste Ende der Selektionsschlange zu sein. Der Polizeidirektor, der Chef der KRP oder sonstige Angehörige der Polizeiführung waren nicht zu sehen. Sie erkannte nur Wirtschaftsminister Heinonen, von dem sie wusste, dass er Junggeselle war. Der etwa 50-jährige Mann mit Halbglatze trat nervös von einem Bein aufs andere und schien vor sich hin zu murmeln.

Je länger sie sich umsah und die Situation einschätzte, umso deutlicher nahm Johannas Plan Gestalt an. Von den Geiselnehmern war keiner zu sehen. Sie schlich sich näher an die vor ihr stehende Gruppe heran und trat schließlich neben eine Frau, die sie nicht kannte. Diese warf ihr einen überraschten Blick zu. Johanna bedeutete ihr, nach unten zu blicken, worauf die Frau die Dienstmarke in Johannas Hand bemerkte.

»Folgen Sie mir!«, flüsterte Johanna.

Die blonde Frau schüttelte ängstlich den Kopf.

»Vertrauen Sie mir, es ist wichtig«, sagte Johanna fordernd.

Die Frau zögerte einen Moment, aber dann nickte sie unsicher.

Johanna beschloss, sofort zu handeln, bevor sie es sich anders überlegte. Sie hielt nach den Geiselnehmern Ausschau, nahm die Frau an der Hand und führte sie mit wenigen Schritten um die Ecke. Vor einer Tür, die für das Personal bestimmt war, blieb sie stehen, schob die Frau hinein und folgte ihr.

»Ich bin Johanna Vahtera von der Zentralkripo«, flüsterte sie. »Es tut mir leid, aber ich muss mir ihr schönes Kleid borgen.«

Zum Glück schien der Verstand der Frau auch in Krisensituationen zu funktionieren. Sie stellte keine Fragen, sondern blickte nur ausdruckslos auf Johannas Jeans, die sie bei dem Tauschgeschäft bekommen würde.

»Und ich? Ich kann doch nicht in Jeans zurückgehen? Die werden fragen ...«

»Ich bringe Sie in Sicherheit, machen Sie sich keine Sorgen ... Aber jetzt tauschen wir die Kleider. Schnell.«

Die Frau drehte sich um. »Öffnen Sie den Reißverschluss.«

Kurz darauf hatte Johanna ein violettes, schimmerndes Abendkleid an, das ihr ein wenig zu eng war. Die Frau wiederum trug etwas zu weite Jeans und einen roten Rollkragenpullover.

»Make-up?«, fragte Johanna.

Die Frau holte eine Puderdose, Wimperntusche und einen Lippenstift aus ihrer Handtasche. Johanna schminkte sich rasch, dann führte sie die Frau zu der Tür, durch die sie selbst hereingekommen war, und versteckte ihre Dienstmarke in einer Lücke zwischen den Kartons. »Falls Sie im Dunkeln nicht weiterkommen oder sich unsicher fühlen, warten Sie dort. Sie werden mit Sicherheit gerettet werden.«

Wenig später schob sich Johanna zwischen die Leute und begab sich neben den Wirtschaftsminister. Der unruhig wirkende Heinonen sah sie fragend an.

»Ob Sie es glauben oder nicht, aber ich bin jetzt Ihre Frau«, flüsterte Johanna. Bevor Heinonen, der bereits die Augenbrauen hob, etwas sagen konnte, fügte sie hinzu: »Johanna Vahtera von der KRP. Ich bin so lange Ihre Frau, bis das hier vorbei ist.« Heinonen wirkte irritiert, weshalb Johanna glaubte, sie müsse alles noch einmal wiederholen, aber dann schien sich der Mann dank der Geschmeidigkeit des Politikers doch schnell mit seinem neuen Familienstand zu arrangieren.

»Ist es unter Eheleuten nicht üblich, sich zu duzen?«, flüsterte er. »Ich heiße Kari.«

»Johanna.« Johanna zwang sich zu einem Lächeln. Sie hatte zusehends Bedenken, weil ihr das geliehene Kleid eine Nummer zu klein war. Bei den Schuhen machte sich das gleiche Problem höchstens durch etwas ungeschicktes Gehen bemerkbar, aber bei dem Kleid drohten ihr die Brüste aus dem Ausschnitt zu hüpfen. Dem Blick nach zu urteilen, mit dem er sie musterte, war das auch Heinonen aufgefallen.

Johannas Blick hingegen wanderte über die Schar der Geiseln. Jetzt entdeckte sie den Polizeipräsidenten sowie einige weitere hochrangige Beamte. Sie alle standen getrennt voneinander.

War das Unfähigkeit oder Feigheit? Oder gezielte Vorsicht?

36

»*Ihr* Finnair-*Flug AY 363 nach Helsinki ist jetzt an Gate 59 zum Einsteigen bereit. Wir bitten Passagiere mit Sitzplätzen in den Reihen 21 bis 38 zuerst an Bord zu gehen*«, tönte es auf dem Brüsseler Flughafen auf Englisch aus den Lautsprechern.

Die Durchsage löste unter den Reisenden im Wartebereich, bei denen es sich hauptsächlich um finnische Beamte und Geschäftsleute handelte, die auf einer Stippvisite in Brüssel gewesen waren, nicht die übliche Betriebsamkeit aus. Obwohl in den anderen Ländern Europas der finnische Unabhängigkeitstag ein normaler Werktag war und viele Finnen wenn nötig auch an diesem Feiertag Termine hatten.

Jetzt aber standen die Finnen mit sorgenvollen Mienen in kleineren und größeren Gruppen zusammen und diskutierten, andere telefonierten mit ernstem Gesicht, hier und da piepste ein Handy, weil eine SMS eingegangen war, und vor dem Fernseher, der an der Decke angebracht war, verfolgten mehrere Personen die CNN-Nachrichten, in denen von einem Terroranschlag auf den Palast des finnischen Präsidenten berichtet wurde.

Langsam begaben sich die Passagiere in die Maschine, wo sich die Atmosphäre aufgrund der Enge weiter zu verdichten schien. Keiner wusste etwas Genaues über die Lage, aber dafür kursierten umso mehr Gerüchte.

Die Startvorbereitungen wurden routiniert abgewickelt, und die Passagiere schnallten sich an. Aber statt sich dem üblichen Zeitungsleseritual hinzugeben, unterhielt man sich. Eine Durchsage teilte mit, dass sich der Start etwas verzögere, ein Grund wurde nicht genannt. Alles Außergewöhnliche erhielt nun eine größere Bedeutung als normalerweise, und das Stimmengewirr in der Maschine wurde lauter.

Das moderne Terminal des Brüsseler Flughafens war Timo schon immer ziemlich langgestreckt vorgekommen, aber jetzt schien es sich endlos fortzusetzen. Die Deckenlampen reflektierten auf dem glänzenden Steinboden unter seinen raschen Schritten, er eilte zu Gate 59, das Telefon am Ohr, in der anderen Hand die prall gefüllte Tasche aus Schweinsleder. Der absolut letzte Aufruf für seinen Flug lag bereits eine Minute zurück.

»Da muss das professionellste Sonderkommando Europas hin«, sagte Timo außer Atem. Endlich war es ihm gelungen, Helste ans Telefon zu bekommen. »Das SK Bär reicht nicht, ich würde es bei der SAS in England oder bei der GSG 9 in Deutschland versuchen.«

»*Für so etwas brauchen wir einen Beschluss der Regierung ...*«

»Mach dich nicht lächerlich, die Regierung ist in der Residenz gefangen«, fuhr Timo schroff dazwischen.

»*Die Vertreter der Ministerien kommen in Kürze zusammen. Es wird nach den Vorschriften für Krisensituationen gehandelt, das Land geht nicht unter, bloß weil ein paar Oberbosse fehlen.*«

»Die vorhandene Polizeiführung hat die operativen Entscheidungen zu treffen. Sie hat jetzt die Macht, die in diesem Fall niemand sonst haben kann. Für Memoranden und die Suche nach Konsensbeschlüssen ist jetzt keine Zeit.«

Timo näherte sich dem Gate. Vor der Tür zum Eingang war bereits das breite Sperrband zugezogen. Unwillkürlich legte Timo ein paar Laufschritte ein und hielt der Bodenstewardess Pass und Bordkarte hin. Die Frau riss einen Teil der Bordkarte ab und sagte: »Schnell!«

Timo eilte in die Gangway. »Bist du noch da?«, fragte er Helste.

»*Wir haben bereits dem Grenzschutz und dem Oberkommando unsere Bitten um Amtshilfe vorgelegt.*«

»Was wir brauchen, ist Kompetenz und Erfahrung, Masse allein reicht nicht …«

»Du kennst die Lage nicht, hör also auf mit der Bevormundung«, knurrte Helste.

»Da braucht man Leute, die Erfahrung mit solchen Situationen haben«, fuhr Timo fort, ohne auf Helste zu achten. »Verzögerung und Unentschiedenheit können zum Tod der gesamten Staatsspitze führen. Es kann zig Tote geben. Oder sogar Hunderte. Die ganze Welt schaut zu, wie wir uns aus der Affäre ziehen.«

Bei den letzten Sätzen betrat Timo die Maschine, und er senkte die Stimme.

Die Stewardess, die am Eingang stand, machte sich sofort daran, die Tür zu schließen.

Ein ganzes Flugzeug voller Passagiere sah Timo an und hörte zu, was er auf dem Weg zu seinem Platz in sein Handy sagte.

»Ich bin im Flieger, ich muss aufhören«, sagte er leise. »Während des Flugs melde ich mich vom Cockpit aus.«

Timo steckte das Handy ein und schob seine Tasche unter den Sitz vor sich. Im selben Moment setzte sich das Flugzeug mit einem Ruck in Bewegung.

»Entschuldigung, wissen Sie etwas über die Ereignisse in Helsinki?«, fragte seine Sitznachbarin. Sie wirkte selbstsicher und wortgewandt, aller Wahrscheinlichkeit nach war sie Beamtin in irgendeinem Ministerium.

»Welche Ereignisse?«, fragte Timo und schnallte sich an. Dem Gesichtsausdruck nach war die Frau ernsthaft verärgert.

37

Die Kante der Kontaktlinse bildete eine kleine Schwelle zwischen dem Rand der bräunlichen Iris und der Linse. Das Lid schloss sich, verdeckte das Auge, und die Fingerspitzen rieben leicht über das Lid. Die neuen Einweglinsen plagten ihn mehr als die alten, obwohl der Optiker in der Fredrikinkatu das Gegenteil behauptet hatte. Er fragte sich, ob er gegen den Kunststoff, der für die Linsen verwendet wurde, allergisch war.

Techniker öffnete das feuchte, leicht gerötete Auge und richtete den Blick wieder auf den Bildschirm, wo man die Residenz des Präsidenten sah, vom Südufer her mit Teleobjektiv aufgenommen. Auf dem Bild der Wärmekamera waren auch dunkle Punkte zu erkennen: die Stellen, an denen sich finnische Polizisten versteckten.

Techniker schmunzelte. Er schätzte die finnische Polizei nicht sonderlich, überhaupt hatte er für die Finnen kaum etwas übrig.

Sein Kollege saß ihm am Tisch gegenüber, ebenfalls mit Kopfhörer. An der Wand hingen ein Plan von der Umgebung der Residenz sowie ein Grundriss des Gebäudes.

Techniker dämpfte ein wenig die Lautstärke des Kopfhörers. Das Rauschen wurde von Befehlen und Informationen der Polizisten unterbrochen, sie kamen so schnell, dass Techniker manchmal Schwierigkeiten hatte, sie zu verstehen, obwohl er gut Finnisch konnte.

Er schaltete auf einen anderen Funkkanal, der Stimmen aus dem Inneren der Residenz übermittelte. Aus dem Rauschen und Brodeln war nichts Wesentliches herauszuhören, die Schießerei hatte längst aufgehört, und je mehr Leute aus dem Gebäude kamen, umso mehr ließ der chaotische Lärm nach.

Techniker gähnte und machte eine Dose Cola light auf. Das würde eine lange Nacht werden.

Im Konferenzraum des Regierungsgebäudes hatten sich hektisch, ja fast panisch wirkende Männer und einige Frauen versammelt.

Da der Staatssekretär des Ministerpräsidenten aus bekannten Gründen verhindert war, saß der Unterstaatssekretär am Kopfende des Tisches. Anwesend waren die Bereitschaftschefs der wichtigsten Ministerien oder deren Stellvertreter sowie einige Experten, darunter der Sicherheits- und Nachrichtendienstchef des Ministerrates, der Stellvertreter des Kanzleichefs aus dem Innenministerium, eine Abteilungsleiterin des Außenministeriums, der Stellvertreter des Verwalters des Präsidentenpalais, der Sicherheitsverantwortliche aus dem Verkehrsministerium, der Vizekommandant der Polizei Helsinki, ein Generalmajor des Oberkommandos der finnischen Streitkräfte und der Vizechef der KRP.

Der Versammlung ging es als Erstes darum, eine Bestandsaufnahme der aktuellen Lage vorzunehmen. Außerdem sollte entschieden werden, in welchem Umfang die Streitkräfte um Amtshilfe gebeten werden sollten.

An der Seite von Minister Heinonen gelangte Johanna in der Schlange weiter nach vorn. Die Luft im Saal war immer dicker und heißer geworden, obwohl der größte Teil der Gäste schon draußen war.

Johanna und ihr neuer Ehemann redeten ebenso wenig miteinander wie die anderen Ehepaare. Auf allen Gesichtern sah man mehr oder weniger erfolgreich verborgene Angst. Nur noch wenige Paare wurden herausgepickt und zu den Geiseln in den Spiegelsaal gelotst, die meisten gingen durch das Atrium direkt hinaus. Johanna fiel der psychologische Scharfblick der Geiselnehmer auf: Sie schickten die Würdenträger mit ihren Ehepartnern in den Spiegelsaal – ein eindrucksvoller, medienwirksamer Coup.

Während Johanna und Heinonen immer näher an Vasa Jankovic, die Fernsehreporter und den Kameramann herankamen, betete Johanna innerlich, dass die Reporter nicht auf die Idee kamen, Heinonens Begleitung Aufmerksamkeit zu schenken.

Die Leute unmittelbar vor ihnen wurden hinausgeschickt. Johanna suchte den Blick des Reporters, aber dessen Augen sprangen zwischen der Liste und den Gesichtern der Leute hin und her – bis sie dann doch bei ihr innehielten. Johanna erwiderte den Blick ruhig und nickte leicht.

Der Reporter wandte sich an seine Kollegin und sagte etwas. Auch sie schaute Johanna an, mit überraschter Miene. Johanna nickte erneut und wies mit den Augen in Richtung Spiegelsaal.

Es half nicht. Johanna trat der Schweiß auf die Stirn.

»Sag ihnen auf Finnisch, dass ich deine Frau bin«, flüsterte sie Heinonen zu.

»Was redet ihr da?«, fuhr Jankovic sie an. »Hier wird nur Englisch gesprochen!«

Der Reporter übersetzte den Wortwechsel und machte ein Kreuzchen auf seiner Liste. Johanna hielt den Atem an. Jankovic schien dem Ganzen aber keine sonderliche Aufmerksamkeit zu schenken, sondern winkte sie in den Spiegelsaal. Die Reporter widmeten sich dem nächsten Paar in der Schlange.

Johanna ging nach Heinonen an Jankovic vorbei in den Spiegelsaal. Jankovics Gesicht war rot, aber ansonsten wirkte der Mann ruhig, wesentlich ruhiger als zuvor auf dem Fernsehbildschirm.

Intelligentes Gesicht. Mehr als bloß ein Revolverheld.

Das passte zu dem Bild, das Johanna von ihm hatte, und diese Beobachtung machte sie optimistisch. Wenn nötig, würde man mit Jankovic vielleicht verhandeln können.

Andererseits verhieß es nichts Gutes, dass er sein Gesicht zeigte. Es war ihm egal, ob er identifiziert wurde oder nicht.

Heinonen blieb mitten im Spiegelsaal stehen. Johannas Optimismus bröckelte, als sie auf einen Blick die ausgesonderten Geiseln vor sich sah: der Präsident, die gesamte Regierung, die namhaftesten Abgeordneten, die höchsten Beamten des Staates, einflussreiche Männer aus der Wirtschaft mit ihren Frauen, dazu die Botschafter der EU-Länder, der USA, Russlands und Chinas, insgesamt ungefähr hundert Personen.

Hundert Menschen, deren Leben die Polizei keinesfalls aufs Spiel setzen durfte. Und das wusste Jankovic nur zu genau.

Johanna hielt nach der Polizeiführung Ausschau und fand als Ersten den Polizeidirektor aus dem Innenministerium und den KRP-Chef. Sie bemerkten sie nicht.

»Lass uns dorthin gehen.« Heinonen nickte in Richtung eines Grüppchens.

Seite an Seite gingen sie zu den Leuten, die an einer Wand standen. Alle schienen Heinonen zu kennen, und alle richteten erstaunte Blicke auf Johanna.

»Aha, einige von euch kennen anscheinend meine Frau noch nicht«, sagte Heinonen gelassen. »Das ist Johanna.«

Die anderen nickten höflich, als hätte die Situation überhaupt nichts Außergewöhnliches an sich, aber Johanna hörte förmlich die Flut der unausgesprochenen Fragen. In diesem Fall war das Pokerface eines Politikers endlich einmal nützlich.

Nur ein Mann trug offen seine Skepsis zur Schau.

»Wann hast du denn Zeit gehabt zu heiraten, Kari?«, tönte er lauthals; er war eindeutig betrunken und sah aus wie ein Schwein auf zwei Beinen. Johanna konnte sich dunkel an das Gesicht von diesem Ala-Turpeinen erinnern, so wie man sich eben an einen nichtssagenden Hinterbänkler erinnert.

Heinonen lachte kurz trocken auf, kam aber nicht dazu, zu antworten, denn ein anderer stieß Ala-Turpeinen schon in die Rippen und sagte: »Erkki, halt's Maul!«

Danilo stand vor dem aufrechten Mann mit dem grauen Bart und sah sich dessen Orden am Frack an.

»Toll«, sagte Danilo.

Er nahm einen der Orden zwischen die Finger. »Der da ist besonders schön. Wofür hast du den gekriegt?«

Der Mann blickte auf seine Brust.

»Ich habe dich etwas gefragt«, ermahnte ihn Danilo gereizt.

»Der ist mir für meine Verdienste um die finnische Nation verliehen worden«, antwortete der Mann in fließendem Englisch. Man konnte einen gewissen Stolz und Trotz in seiner Stimme hören.

»Verdienste um die finnische Nation«, nickte Danilo. »Wie heißt der?«

Der Mann sah Danilo an. »Verzeihung?«

»Wie er heißt. Hat nicht jeder Orden einen Namen?«

Der Finne richtete den Blick an Danilo vorbei aufs andere Ende des Saales.

»Verdienstkreuz der Ritterschaft der Weißen Rose«, sagte er.

»Wow«, tönte Danilo. »Dann haben wir ja einen echten Ritter unter uns.«

Er trat zwei Schritte zurück und musterte die Schar der wichtigsten Geiseln. Der Kolben der Maschinenpistole ruhte in seiner Armbeuge, der Lauf zeigte zur Decke. Der Finger lag am Abzug.

»Gibt es hier noch mehr Ritter?«, fragte er laut.

Niemand meldete sich.

»Alle Ritter vortreten!«, befahl Danilo.

Niemand rührte sich vom Fleck.

Danilo ließ den Blick über die Reihen schweifen.

»Hier gibt es tatsächlich keine Ritter«, sagte er verächtlich. »Nur finnische Feiglinge. Ihr verdient eure Orden nicht! Die sind nichts als Klimbim!«

Er riss dem Bärtigen die Orden von der Brust und warf sie auf den Fußboden.

»Ihr Memmen!«, schnaubte er und sah dem Bärtigen in die Augen.

Dann trat er zum Nächsten und riss auch diesem die Orden von der Brust. »Feiglinge seid ihr alle. Ihr zittert wie Espenlaub. Solche wie euch müsste man über den Haufen schießen …«

»*Fahk juh*«, rief es da plötzlich aus der Menge. Die ungelenk ausgesprochene Beschimpfung stand in so großem Kontrast zu dem Ambiente und zu der ganzen Situation, dass Danilo lachen musste.

»Halt's Maul, Erkki! Wie oft soll ich dir das noch sagen?«, flüsterte Ala-Turpeinens Parteigenosse und versetzte ihm erneut einen Stoß in die Rippen.

Die Beschimpfung war Ala-Turpeinens Lippen halb versehentlich entwichen, eigentlich wollte er sie nur vor sich hinmurmeln.

Die Augen des Geiselnehmers im Sehschlitz seiner Sturmhaube verrieten kein Anzeichen von Belustigung, obwohl er kurz aufgelacht hatte.

»Wie bitte?«, fragte er und sah in die Richtung, in der Ala-Turpeinen stand. »Wer hat das gesagt?«

Im Saal war es mucksmäuschenstill. Ala-Turpeinens Herz hämmerte unangenehm, und er hätte sich gern über die Stirn gewischt, über die ein von der Panik erzeugter Schweißtropfen rann.

»Anscheinend müssen wir alle bestrafen, wenn sich der Feigling nicht traut, vorzutreten.«

Stanko, der vor einer schönen Frau stehen geblieben war, richtete seine Aufmerksamkeit kurz auf Danilo: »Hör auf, konzentrieren wir uns lieber auf die angenehme Seite der Arbeit. Was über die schönen finnischen Frauen erzählt wird, scheint nicht übertrieben zu sein.«

Stanko grinste unter seiner Sturmhaube und griff nach der blütenförmigen Brosche am tief ausgeschnittenen Abendkleid der Frau. »Und wofür ist dieser Orden?«

Die Frau blinzelte mit ihren langen Wimpern, zeigte sonst aber keine Anzeichen von Nervosität.

»Warum bist du hier?«, fragte Stanko.

»Ich bin die Bildungsministerin.«

Stanko sah sie überrascht an. »Ich hätte dich für ein Model gehalten.«

Er ließ den Blick über die gebräunten, perfekten Beine schweifen und hob mit dem Lauf der Maschinenpistole den Rock an. »Zum Beispiel für fesche Dessous … Wo verläuft bei dir die Bräunungsgrenze?«

Die Frau erschrak, wich Stankos Blick aber nicht aus. Dieser ließ den Lauf langsam an der Innenseite der Schenkel nach oben gleiten.

»Hör auf«, hörte man eine Stimme hinter ihm rufen. »Und komm her!«

Stanko drehte sich um und sah Vasa mitten im Saal stehen.

»*I'll be back*«, flüsterte Stanko und zwinkerte der Frau zu.

»Vergeudet keine Zeit, sondern sammelt von allen die Handys ein!«, befahl Vasa.

Bis jetzt hatte er damit keine Eile gehabt, denn es gab wohl kaum eine effektivere Methode, außerhalb der Residenz für ein gewaltiges Durcheinander zu sorgen, als panische Anrufe der Geiseln bei ihren Angehörigen zuzulassen.

Stanko und Danilo fingen an, die Anzugtaschen der Männer und die Handtaschen der Frauen zu durchsuchen.

Johanna beobachtete das Vorgehen der Geiselnehmer genau. Sie sprachen untereinander Serbisch, offenbar in dem Vertrauen, dass niemand sie verstand.

Einer von ihnen trat vor Heinonen hin, schob ihm die Hand in die Innentasche seines Fracks und riss das Handy so heftig heraus, dass der Minister ein Stück nach vorne taumelte.

Johanna öffnete die Handtasche, die sie mit dem Kleid bekommen hatte, nahm das Handy heraus und reichte es dem Geiselnehmer. Dieser riss ihr trotzdem die Tasche aus der Hand und schaute hinein. Erst da fiel Johanna ein, dass sie die Frau nicht nach ihrem Namen gefragt hatte. Sie wusste nicht einmal, wessen Sachen sie trug.

Warum wühlt der Serbe so lange in dem Handtäschchen?,

dachte Johanna mit zunehmender Besorgnis. Aber dann gab ihr der Mann plötzlich die Tasche mit einem Ruck zurück und ging zum nächsten Gast über.

Johanna blickte auf Vasa und sah diesen etwas zu dem Kameramann sagen. Der Mann reichte Vasa die schwere Schulterkamera, Vasa nahm sie, hob sie mit beiden Händen in die Höhe – und schleuderte sie mit aller Kraft zu Boden.

Im Nu war die Atmosphäre noch mehr angespannt. Es wurde still im Saal.

Hundert Menschen sahen Vasa an, der in die Hocke ging, die Kamera aufhob und so lange auf den Boden hämmerte, bis einzelne Teile meterweit flogen.

Der Fernsehschirm war schwarz, die Übertragung aus der Residenz beendet.

Vasa ging zu seiner Tasche und entnahm ihr etwas. Johanna kniff die Augen zusammen, um besser sehen zu können: eine VHS-Kassette. Vasa rief einen seiner Komplizen zu sich. Es war der Mann, der laut Minister Heinonen auf den Sicherheitsbeamten des Präsidenten geschossen hatte.

Vasa schien seinem Komplizen nun Anweisungen zu geben. Dann reichte er ihm die Kassette. Anschließend nahm er das Handy, das der andere um den Hals hängen hatte, und wählte eine Nummer.

Wahrscheinlich würde er als Nächstes der Polizei seine Forderungen vortragen, dachte Johanna.

Im selben Moment hörte sie hinter sich ein Flüstern. »Johanna …«

Sie drehte sich nicht um. Sie erkannte die Stimme. Sie gehörte KRP-Chef Sarimo.

»Wir tun, was sie sagen«, sagte die Stimme leise. »Mach den anderen draußen klar, wie hier die Lage ist. Kein SK Bär, um Himmels willen!«

38

Im Fahrzeug der Einsatzleitung schaute Helste aufmerksam auf das Bild der Außenkamera, die das Technikteam des SK Bär am Zaun vor der Residenz installiert hatte. Hinter ihm stand ein Teil der obersten Polizeiführung. Die anderen saßen bei der Besprechung im Regierungsgebäude.

Auf dem Bild sah man, wie der Haupteingang der Residenz aufging und ein Mann in Sturmausrüstung erschien. Er bückte sich und legte einen Gegenstand vor die Tür. Dann verschwand er wieder, und die Tür ging zu.

»Die Eins«, sagte Helste ins Mikrofon. »Geh hin.«

Ein Polizist mit Helm und kugelsicherer Weste, der an der Ecke stand, setzte sich in Bewegung, ging durch das Tor und überquerte mit raschen Schritten den Hof zum Haupteingang. Auf seinem Rücken leuchte in reflektierenden Buchstaben das Wort POLIISI.

Er hob den Gegenstand, den der Geiselnehmer abgelegt hatte, auf und machte rasch kehrt. Gleich darauf hörte Helste im Kopfhörer: *»Es ist eine VHS-Kassette.«*

»Es ist eine VHS-Kassette«, sagte Helste zu den Leuten aus dem Polizei-Führungsstab. Kurz zuvor hatte Vasa Jankovic verlangt, dass der Inhalt der Kassette, so wie er war, im finnischen Fernsehen gezeigt würde.

»Es sieht zumindest nach einer Kassette aus«, sagte der stellvertretende Polizeidirektor Rauno Artto. »Besser, man ist vorsichtig damit.«

Helste nahm verärgert das Headset ab und strich sich über den Schnurrbart. Hielt Artto ihn für einen Idioten? Wortlos verließ er den Bus und ging in Richtung Nördliche Esplanade. Auf dem Senatsplatz waren mittlerweile noch mehr Fahrzeuge aufgetaucht, Rettungs- und Krankenwagen, Leiterwagen der Feuerwehr sowie noch robusteres Material: ein kugelsicherer Mercedes-Lieferwagen des SK Bär und drei gepanzerte Pasi-Mannschaftswagen der Armee. Weiteres Gerät der Streitkräfte sowie Soldaten standen einsatzbereit in den verschiedenen Kasernen.

Im Hauptgebäude der Universität auf der Westseite des Platzes wurden die freigelassenen Gäste aus der Residenz befragt. Die meisten von ihnen schickte man direkt nach Hause, denn es waren weder die Ressourcen noch der Bedarf vorhanden, sofort mit allen zu sprechen.

Helste ging zu dem VW-Bus, in dem die Einsatzleitung des SK Bär saß. Sohlman vollendete dort gerade mit dem Kommandanten der Grenzschutz-Sondereinheit den Plan, den er in Kürze dem Führungsstab vorlegen wollte. Er bestand aus zwei Teilen: einer heimlichen Vorbereitung, bei der Männer so nahe wie möglich an die Geiselnehmer herangebracht werden sollten, um im Falle einer Konfliktsituation die Geiseln schützen zu können. Und in der Vorbereitung eines plötzlichen gewaltsamen Eindringens, falls es die Situation erforderte. Das war natürlich die letzte Alternative und würde nur geschehen, wenn sich Blutvergießen nicht mehr verhindern ließe. Wenn es nur noch darum ginge, die Menge des vergossenen Blutes möglichst gering zu halten.

Die Techniker des SK Bär versuchten gerade, Abhörgeräte und Minikameras durch die Belüftungskanäle in die Residenz einzuschleusen. Dabei wurde zugleich überprüft, ob es auf diesem Weg auch möglich war, Männer in das Gebäude zu bekommen. Ein eventueller offener Zugriff würde freilich mit Hilfe von Seilen durch die Fenster stattfinden, wobei notfalls von oben Männer aus Hubschraubern nachgeschoben werden konnten.

Mit Interventionen dieses Ausmaßes hatten die Finnen keinerlei Erfahrung, trotzdem war Timo Nortamos Vorschlag, den britischen SAS oder die deutsche GSG 9 um Hilfe zu bitten, im Führungsstab abgeschmettert worden, vorerst jedenfalls.

»Keränen, würdest du mal herkommen«, sagte Helste zu dem Chef der Terrorbomben-Einheit. »Die Serben haben uns einen Gegenstand überlassen, dem Anschein nach eine VHS-Kassette. Lass uns mal nachschauen, ob es ist, wonach es aussieht.«

Die beiden gingen zu dem Polizisten, der den Gegenstand vom Eingang der Residenz abgeholt hatte und noch immer in der Hand hielt.

»Gewicht?«, fragte Keränen.

»Hört auf, das ist eine Kassette. Ich weiß doch, wie eine Videokassette aussieht«, entgegnete der Mann amüsiert.

Keränen nahm die Papphülle in die behandschuhte Hand, sah sich die Kassette an und reichte sie dann mit einem Nicken an Helste weiter.

Helste kehrte zur Einsatzleitung zurück, Sohlman dicht auf seinen Fersen.

»Was da wohl drauf ist?«, fragte Artto mit Blick auf die Kassette. »Die lassen uns wie die Hammel an der Leine laufen.«

»Haben wir eine andere Möglichkeit, als das hier zu senden?«, fragte Helste. Er musste sich offensichtlich beherrschen, um ruhig zu bleiben.

»Wir stimmen also zu?«, fragte Sohlman ungläubig.

»Verdammt noch mal, natürlich stimmen wir zu«, fauchte Artto.

»Wir sind mit allem einverstanden«, kommentierte Sohlman sarkastisch.

»Mit allem. Vorerst jedenfalls. Wenn du keinen besseren Vorschlag hast.«

»Du bekommst meinen Vorschlag in spätestens einer Viertelstunde«, erklärte Sohlman selbstsicher.

»Ihr könnt von mir aus weiter diskutieren, ich bringe das jetzt zum Ü-Wagen, bevor es knallt«, sagte Helste und verließ mit der Kassette das Fahrzeug. Sohlman war eindeutig in seinem Element. Hoffentlich würde das keine Probleme mit sich bringen.

Im Ü-Wagen überreichte Helste die Kassette dem Regisseur.

»Sie verlangen, dass das hier gesendet wird. Aber wir schauen vorher kurz, was drauf ist.«

Der Regisseur drehte die Kassette in den Händen. »Wir haben kein VHS-Gerät. Wir können uns das nicht ansehen. Ganz zu schweigen davon, dass wir es von hier aus nicht in den Äther schicken können.«

Helste starrte den Regisseur schockiert an: »Das kann nicht Ihr Ernst sein.«

Vasa stand ungeduldig vor dem Fernseher. Warum hatte die Übertragung nicht längst begonnen?

Er sah auf die Uhr und ging zum Polizeidirektor hinüber. »Hoffentlich sind Ihre Stellvertreter ihrer Aufgabe gewachsen.«

Der Mann schaute Vasa ruhig in die Augen. »Ich glaube, das sind sie.«

»Ich habe ihnen eine Videokassette gegeben und verlangt, sie landesweit zu senden. Das Ultimatum ist vor einer Minute abgelaufen. Einer Ihrer Untergebenen spielt gerade mit Menschenleben.«

»Ich glaube nicht, dass die Absicht besteht, die Forderung nicht zu erfüllen ...«

In dem Moment klingelte Vasas Handy. Er führte es ans Ohr und fragte scharf: »Warum ist die Übertragung nicht zu sehen?«

»Im Übertragungswagen gibt es keinen VHS-Recorder, weil das eine veraltete Technik ist. Es wird eine Weile dauern, bis wir die Kassette ins Sendezentrum gebracht haben. Dort wird ihr Inhalt dann auf ...«

»Unsinn«, unterbrach Vasa. In seiner Erinnerung blitzten die Ereignisse von Riihimäki auf: wie die Geisel ihm entwischte, wie sein Vater seine Medikamente brauchte, an die er, Vasa, nicht gedacht hatte. Das Schuldgefühl wegen seiner Fehler und der schlechten Vorbereitung hatte in den letzten Wochen an ihm genagt, und er war fest entschlossen, diesmal alles richtig zu machen. Niemand würde sagen können, ihm seien bei der Planung der Geiselnahme Fehler unterlaufen.

»Ihr versucht auf Zeit zu spielen«, erboste sich Vasa. »Ihr habt fünf Minuten, dann erschießen wir die Botschafterin der Vereinigten Staaten. Anschließend lichten wir die Reihen eurer Minister. Einer nach dem anderen. *Fünf Minuten.*«

Vasa brach das Gespräch ab und sah den Polizeidirektor unverwandt an. Dann ging er zehn Schritte weiter und blieb vor der Botschafterin der Vereinigten Staaten stehen. Er drückte ihr den Lauf seiner Waffe an die Stirn.

»Schieß!«, rief Danilo. »Erschieß die Hure!«

»Halt die Schnauze!«, schrie Vasa zurück. Danilos Benehmen ging ihm immer mehr auf die Nerven. Danilo hatte sich nie für Politik interessiert, sein Hass war nur Theater – ein Teil des Films, als dessen Action-Held er auftrat.

Aber im Prinzip stimmte Danilos Einstellung gegenüber der Amerikanerin, ermahnte sich Vasa selbst. Er musste sich etwas beruhigen.

»Am 24. März 1999 habt ihr den Krieg gegen Jugoslawien begonnen«, sagte Vasa zu der Botschafterin, deren Versuch, keine Miene zu verziehen, von dem schlimmen Zucken ihres linken Auges zunichte gemacht wurde. Vasa sprach deutlich und sachlich wie ein Staatsanwalt. »Euer Angriff ist erfolgt ohne eine Entscheidung des UN-Sicherheitsrates und sogar gegen die Bestimmungen eures *eigenen* Nordatlantik-Vertrags. Wie ist Ihre Meinung zu diesem Angriff, Frau Botschafterin?«

Im Saal herrschte absolute Stille. Die Amerikanerin starrte mit von Angst erfüllten Augen an Vasa vorbei.

»Über die Luftangriffe war ich anderer Ansicht«, sagte sie. »Sie waren überstürzt, ich habe das schon damals kritisiert ...«

»Scheißdreck!« Vasa stieß den Lauf seiner Waffe so heftig gegen die Stirn der Frau, dass diese das Gleichgewicht verlor und hinfiel. »Nur ein Feigling dreht sein Fähnchen nach dem Wind! Ich zitiere wortwörtlich aus einem Interview mit Ihnen, das am 10. April desselben Jahres erschien: ›Ein humanitärer Angriff war unvermeidlich.‹ *Humanitärer Angriff?* Was, zum Teufel, soll das sein?«

Bange verfolgte Johanna die Auseinandersetzung zwischen Vasa und der amerikanischen Botschafterin. Der junge Jankovic hatte seine Hausaufgaben gemacht. Mit einer Sorgfalt, die beinahe zwanghaft wirkte.

Johanna warf einen vorsichtigen Blick auf Sarimo, den KRP-Chef. Der große, breitschultrige Mann stand mit ernstem Gesicht in seiner Ausgehuniform inmitten der Menge. Wenige Meter von ihm entfernt standen der Innenminister und der Polizeidirektor aus dem Innenministerium, dahinter der Polizeipräsident der Provinz Südfinnland. Keiner von ihnen würdigte Johanna eines Blickes, was auch klug war. Nichts durfte zwischen ihnen vorfallen, was das Interesse der Serben für Johanna wecken könnte.

Die Botschafterin saß auf dem Boden und wischte sich das Blut aus dem Gesicht. Jankovic ging zu einem seiner Komplizen, und die beiden fingen an, heftig gestikulierend miteinander auf Serbisch zu sprechen.

Dass die Politik aufs Tapet kam, war ein schlechtes Zeichen. Das galt auch für die Tatsache, dass die Nerven der Geiselnehmer zusehends angespannt waren und mindestens einer der Männer sadistische Neigungen an den Tag legte. Die Situation konnte jeden Moment außer Kontrolle geraten. Helste und Sohlman versuchten offensichtlich auf Zeit zu spielen, aber in dieser Lage war das die falsche Taktik.

Johanna machte einige Schritte auf den Geiselnehmer zu, der ihr am nächsten stand.

»Ich müsste auf die Toilette«, sagte sie.

Der Mann musterte sie brüsk von Kopf bis Fuß und blickte dann fragend auf seinen Kameraden.

»Ist okay«, sagte der. »Aber schnell!«

Auf der Damentoilette nahm Johanna das Handy, das sie im Abfalleimer versteckt hatte, und rief Helste an.

»Bitte warten Sie einen Moment, bitte legen Sie nicht auf …«

Johanna fluchte innerlich. Wenige Sekunden später meldete sich Helste zum Glück.

»*Johanna*«, sagte er. »*Wie ist die Lage? Bist du in Ordnung?*«

»Ja. Außer dass ich die Ehefrau von Wirtschaftsminister Heinonen geworden bin«, flüsterte Johanna.

»*Dann sieht es also wirklich übel aus*«, versuchte Helste zu lachen.

»Es sind sechs Geiselnehmer, alle maskiert außer Jankovic. Angespannte Nerven, Finger am Abzug. Tut, was sie verlangen, sofort! Keine Spielchen jetzt. Sarimo sagt das auch. Er ist wahrscheinlich in Kontakt mit der übrigen hier anwesenden Polizeiführung gewesen, möglicherweise auch mit dem Innenminister und der Premierministerin. Hast du verstanden?«

»*Die vom Fernsehen haben hier kein VHS-Gerät, das Ultimatum werden wir auf jeden Fall überschreiten müssen, ob wir wollen oder nicht ... War der Verbindungsgang gut benutzbar? Sohlman baut seinen Plan darauf auf.*«

»Der Weg ist okay, aber sehr eng. Im Gang wartet eine Frau, eine der Geiseln, bringt sie in Sicherheit. Nach dem Gang kommt ein Abstellraum. Geiseln und Geiselnehmer sind im Spiegelsaal. Von dort aus machen die Serben ihre Kontrollgänge. Halte um Himmels willen Sohlman in Schach! Sonst gibt es hier ein Blutbad. Und beeilt euch mit der Kassette. Andernfalls erschießen sie die Amerikanerin wirklich, daran habe ich nicht den geringsten Zweifel.«

Mit kaltem Schweiß auf der Stirn legte Helste auf. Er verließ sich auf Johannas Beurteilung der Lage. Es sah noch düsterer aus, als er befürchtet hatte.

»Bringen wir die Kassette ins Sendezentrum nach Pasila?«, fragte der Regisseur.

»Dafür ist keine Zeit«, sagte Helste und rannte hinaus zu den Polizisten und gab ihnen Anweisungen, worauf sie sich sofort in Bewegung setzten.

Wenige Augenblicke später schlug Oberwachtmeister Rahunen die Scheibe in der Tür eines Hauses im unteren Teil der Mariankatu ein, griff hinein und öffnete die Haustür. Drinnen rannte er wenige Stufen hinauf und klingelte an der ersten Wohnungstür. Keine Reaktion.

Er läutete an der Tür gegenüber. Keine Reaktion. Dann hörte er hinter der ersten Tür ein Geräusch.

»*Polizei. Machen Sie auf!*«, rief Rahunen.

Vorsichtig ging die Tür auf. Hinter der vorgelegten Kette spähte eine ältere Dame heraus.

»Besitzen Sie einen VHS-Recorder?«, fragte Rahunen außer Atem.

»Einen was?«, fragte die Dame mit schnarrender Stimme.

Da hörte Rahunen die Tür hinter sich aufgehen.

Ein junger Mann in ordentlichem Hemd erschien. Eine junge Frau blickte ihm über die Schulter. Aus dem Wohnzimmer hörte man die Sondersendung der Nachrichten, die über die Lage in der Residenz berichtete.

»Was ist hier los?«

»Haben Sie einen VHS-Recorder?«

»Wofür brauchen Sie den?«

»Haben Sie einen oder nicht?«

»Wir besitzen keine Antiquitäten.«

Zum selben Zeitpunkt zersplitterte die Glastür der Touristinformation der Stadt Helsinki. Wachtmeister Katajisto schlug so lange mit dem Wagenheber das Glas aus der Tür, bis er sich hineinzwängen konnte.

Die Alarmanlage heulte mit 145 Dezibel, während Katajisto durch die Räume ging. Er hatte richtig vermutet. Im Konferenzraum öffnete er einen niedrigen Schrank, und dort standen Videokanone und DVD-Spieler.

Hinter der letzten Schranktür befand sich ein schwarzer Videorecorder. Er nahm ihn aus dem Fach, riss die Kabel heraus und klemmte sich das Gerät unter den Arm.

39

Im Personalraum des Gefängnisses in Mikkeli herrschte lautes Stimmengewirr. Alles, was an Personal verfügbar war, hatte sich vor dem Fernseher versammelt.

Die schockierenden Bilder aus dem Präsidentenpalast waren gerade abrupt abgebrochen worden, und ein Reporter, der auf dem zugigen Markplatz stand, war auf dem Bildschirm erschienen. Im Hintergrund sah man den Präsidentenpalast als Teil des Häuserblocks, den die Polizei abgeriegelt hatte.

»*... besteht vorerst keine Klarheit. Die Polizei hat angekündigt, in einer Stunde eine Erklärung abzugeben. Ein Teil der Geiseln ist also freigelassen worden, aber man lässt keine Medienvertreter zu ihnen. Die Geiselnehmer halten in der Residenz weiterhin die oberste Staatsführung gefangen. Damit zurück ins Studio.*«

Der Redakteur im Studio blickte auf seinen Monitor und richtete dann den Blick in die Kamera. »Verehrte Zuschauer«, sagte er unsicher. »Wir zeigen Ihnen nun auf Verlangen der Geiselnehmer ein Videoband, über dessen Inhalt und Charakter uns nichts mitgeteilt worden ist. Sicherheitshalber empfehlen wir Kindern und empfindlichen Zuschauern, die Empfangsgeräte zu verlassen ...«

Das Stimmengewirr, die Diskussionen und Spekulationen verstummten. Alle konzentrierten sich auf das Privatvideo, das jetzt gezeigt wurde. Man sah spielende Kinder in heimischer Umgebung. Und die lächelnde Mutter der Kinder. Dann ging es in den Hof hinaus. Die Kinder planschten in einem Schwimmbecken aus Plastik. Fröhlich widerhallende Schreie. Die Sprache klang osteuropäisch.

Dann sah man ein Auto durch die Einfahrt kommen und vor der Garage parken: Der Vater kam von der Arbeit nach Hause. Die Kinder hüpften vor Begeisterung. Ein Mann in Uniform stieg aus dem Wagen und nahm ein kleines Mädchen auf den Arm. Dann wurde das Gesicht des Vaters in Nahaufnahme gezeigt.

Die Gefängniswärter in Mikkeli waren bestürzt. Auf dem Bildschirm war Oberst Borislav Jankovic als junger Mann zu sehen.

Mit dem Handy am Ohr blickte Vasa auf das Fernsehgerät, das im Spiegelsaal auf dem Fußboden stand. Auf dem Bildschirm zeigte Radovan im Teenager-Alter Kunststückchen mit dem Fußball. Vater hatte Vasa und Mila auf dem Schoß und applaudierte. In Wirklichkeit hatte der Vater seine Kinder nur selten auf den Schoß genommen, aber für den Film wollte er ein bisschen posieren.

»Was siehst du?«, fragte Vasa auf Englisch ins Telefon.

»Ich sehe, dass ihr ein ziemlich angenehmes Leben hattet. Ich dachte immer, im sozialistischen Jugoslawien hätten die Soldaten in grauen Plattenbauten gewohnt«, sagte Jasmin.

»Gut«, erwiderte Vasa erleichtert. Er hatte geahnt, dass es die Finnen nicht wagen würden, das Video nicht in die Wohnzimmer aller Bürger zu senden. Der Fernseher in der Residenz hing an einem Kabelanschluss, nicht am Antennennetz, darum hatte Vasa beschlossen, das Ganze durch Jasmin überprüfen zu lassen.

»Verdiente Offiziere konnten ein eigenes kleines Haus bekommen«, sagte Vasa nachdenklich. »Aber zumindest unser Haus war nicht gerade in besonders gutem Zustand.«

Er sah sich selbst auf dem Bildschirm, den kleinen Jungen mit den großen Augen und den dunklen Locken, den seine Mutter lachend auf den Arm nahm. In der nächsten Einstellung waren Menschen in festlicher Kleidung zu sehen, hier war die Hochzeit des Onkels im Gange. Vasa spürte, wie ihn innerlich die Rührung packte. Der glatt rasierte, braun gebrannte Vater stand inmitten einer kleinen Gruppe von Männern aus der Verwandtschaft, wieder in Uniform, und schaute mit einem Lächeln in die Kamera.

»*Bist du noch da?*«, fragte Jasmins Stimme im Telefon.

»Ja. Und es ist gut, dass ich genau hier bin.«

Johannas Blick sprang vom Fernsehschirm auf Vasas Gesicht. Der Mann hielt sein Telefon ans Ohr, sein Gesichtsausdruck war konzentriert, dabei aber entspannter als zuvor.

Johanna bewegte sich in der Menge vorsichtig näher an Vasa heran, den Blick unablässig auf dessen Lippen geheftet. Sie hörte nicht genau, was er sagte, doch zusammen mit seiner Mundbewegung konnte sie es verstehen: »Ist rund um die Residenz etwas Besonderes zu erkennen?«

Johanna begriff, dass die Person, mit der Vasa sprach, irgendwo in der näheren Umgebung sein musste. Sie musste Blickkontakt zur Residenz haben und somit die Möglichkeit, Vasa direkt über die Bewegungen und Maßnahmen der Polizei zu informieren.

Langsam bewegte sich Johanna wieder in der Menge nach hinten. Sie musste noch einmal mit Helste sprechen. Aber ein zweiter Besuch auf der Toilette so kurz nach dem ersten würde Misstrauen erwecken.

Allerdings war die Zahl der Geiseln so groß, dass ihr Verschwinden nicht unbedingt auffiele, jedenfalls nicht sofort.

Johanna begab sich an eine Stelle, von der aus sie nur von zwei Geiselnehmern gesehen werden konnte, wenn sie nach hinten durch die Tür zum Staatssaal verschwand.

»Entschuldige, ich bräuchte deine Hilfe«, wandte sich Johanna an Heinonen. »Würdest du für einen Moment die Aufmerksamkeit der Serben auf dich ziehen? Frage sie etwas. Ich muss telefonieren, ich brauche zwei Minuten.«

Heinonen nickte widerwillig, bewegte sich aber in der Menschenmenge nach vorne. Er blieb vor einem der Geiselnehmer stehen und fragte laut, was sie mit den Geiseln vorhätten.

Sobald die Geiselnehmer ihre Aufmerksamkeit auf Heinonen

richteten, huschte Johanna um die Ecke und weiter auf die Damentoilette.

Mit einem Druck auf die Kurzwahltaste rief sie Hedu an. Sie hörte das Freizeichen.

Antworte!, flehte Johanna innerlich.

Schließlich meldete sich Hedus Stimme.

»Jetzt ist es sicher«, flüsterte Johanna in den Apparat. »Sie haben draußen eine Person, die ihnen hilft. Mit Blickkontakt zur Residenz. Irgendetwas über Jasmin Ranta?«

»Wir kriegen in Kürze die Verbindungsdaten ihrer Telefonate. Außerdem versuchen wir ihre Eltern zu erreichen. Die sind offenbar auf Reisen.«

»Nimm dir Leute zur Unterstützung und ermittelt in der Richtung weiter. Das kann uns helfen, weiterzukommen.«

Johanna beendete das Gespräch und legte das Handy in sein Versteck zurück. Dann verließ sie die Toilette und spähte um die Ecke. Heinonen hielt immer noch an seinem Auftritt fest, der die Serben wütend machte. Einer von ihnen schrie Heinonen an und schlug ihm mit der Faust ins Gesicht. Johanna stöhnte auf bei dem Anblick, als wäre sie selbst getroffen worden. Sie huschte unbemerkt in die Menge zurück. Ihre Wertschätzung für den Minister war um mehrere Grad gestiegen.

Heinonen kam taumelnd zu ihr und hielt sich die blutende Nase. Der russische Botschafter bot ihm sein weißes Taschentuch an.

»Prima gemacht«, flüsterte Johanna dem Minister zu.

»Hoffentlich bittest du mich kein zweites Mal um diesen Gefallen. Beim nächsten Mal dürfte nämlich eine Kugel fällig sein«, sagte er.

Johannas Blick fiel auf den Fernsehschirm. Statt der Familienbilder waren jetzt ganz andere Aufnahmen zu sehen. Männer in Tarnanzügen rannten mit Waffen in der Hand über eine Anhöhe. Am unteren Bildrand waren finnische Untertitel aufgetaucht: *»Der Kosovo wurde von Serben und Albanern bewohnt. Beide Volksgruppen hielten ihren Status für bedroht. Der Kosovo ist* *für die Serben und für die Albaner von großer historischer Bedeutung. Beide beanspruchen das Land für sich ...«*

Johanna war überrascht. Der Text machte einen ausgewogenen Eindruck. Diejenigen, die den Film gedreht hatten, waren nicht dumm, sondern hatten verstanden, dass reine Propaganda nur zu sofortiger Ablehnung geführt hätte, die Botschaft also verloren gegangen wäre.

40

»*Kommissar Helste*«, sagte Vasa Jankovic am anderen Ende der Leitung.

Zum ersten Mal redete ihn der Serbe mit Namen an. Helste stand in dem Bus, der als Einsatzzentrale diente. Auf den Bänken rund um die zusammengeschobenen Tische saß die Führung der KRP, der Schutzpolizei, der Sicherheitspolizei und der Polizei Helsinki. Sohlman war nicht da.

Auf dem Bildschirm eines tragbaren Fernsehers fielen Bomben und zerstörten die Häuser in einer nächtlichen Stadt. »*Die westliche Berichterstattung führte die Menschen bei allen Fragen, die mit dem Beginn des Kosovokrieges zu tun hatten, geradezu in die Irre*«, hieß es im Untertitel. »*Die zentralen Prinzipien des Völkerrechts wurden mit Füßen getreten. Die Frage lautete: Wer hat das Recht, über den Einsatz von Gewalt zu entscheiden, und wie soll das geschehen?*«

»*Die Vorbereitungen sind jetzt getroffen, und wir kommen allmählich zur Sache*«, erklärte Jankovic. Das gesamte Telefonat wurde auf Festplatte aufgezeichnet. »*Ich sage Ihnen nun, was Sie als Nächstes zu tun haben. Vielleicht haben Sie es auch schon erraten.*«

Helste antwortete nicht, denn es gab nichts zu sagen. Er strich sich nervös über den Schnurrbart. Im Bus war es mucksmäuschenstill. Vor den verdunkelten Scheiben leuchteten die Blaulichter der Polizeifahrzeuge. Der Anblick auf dem Fernsehbildschirm war trostlos: Häuserruinen in fahler, bläulicher Morgendämmerung. Eine hysterisch weinende junge Mutter auf den Knien vor ihrem zerstörten Haus. Die Untertitel berichteten: »*Laut offizieller, für den deutschen Bundesgerichtshof auf der Grundlage von konkreten Nachforschungen erstellter Gutachten ist es im Kosovo nie zu Formen ethnischer Verfolgung gekommen, die dagegen sprechen würden, das Land als sicher einzustufen, auch für die albanische Bevölkerung. Erst nach Beginn des Luftkriegs ging es mit den Vertreibungen und anderen Gewalttaten los.*«

»*Als Nächstes werdet ihr den zu Unrecht verurteilten Oberst Borislav Jankovic hierherbringen*«, sagte Vasa. »*Dafür habt ihr eine Stunde Zeit.*«

»Es ist absolut unmöglich, den Oberst innerhalb von einer Stunde hierzuhaben«, fuhr Helste auf und hoffte, Jankovic werde nicht auflegen.

»*Reden Sie keinen Mist. Sie wissen so gut wie ich, dass man mit dem Hubschrauber höchstens eine Stunde von Turku nach Helsinki braucht.*«

»Er ist nicht mehr in Turku im Gefängnis, sondern in Mikkeli. Es war eine Sicherheitsmaßnahme, ihn zu verlegen, und es bestand die Absicht, ihn in Kürze erneut zu verlegen. Der Helikopter braucht von Mikkeli aus mindestens zwei Stunden.«

Vasa biss sich auf die Lippen. Was Helste behauptete, konnte stimmen – oder eben nicht ...

»Ich melde mich gleich wieder«, sagte er und legte auf.

Er zog die Liste aus der Tasche und ging die Namen und Dienstgrade der Geiseln durch.

»Bring mir den Polizeidirektor und den Chef der Sicherheitspolizei her!«, sagte er zu Slobo. »Und zwei Stifte.«

Auf dem Fernsehschirm sah man ein Mädchen, das durch eine Streubombe Arme und Beine verloren hatte. Es lag im Krankenhaus und erzählte, wie es einen Gegenstand vom Boden aufhob, von dem es nicht wusste, was es war. Vasa hatte die Einstellung beim Zusammenschneiden des Videos unzählige Male gesehen, und jedes Mal war er von der Erzählung des Mädchens mit den schiefen Zähnen zutiefst gerührt gewesen.

Die Finnen würden den Film, der gerade auf die Fernsehapparate übertragen wurde, als Propaganda abtun, das wusste Vasa, aber alles, was dort gesagt wurde, stimmte, und das würden die meisten Zuschauer hoffentlich verstehen. Der Film enthielt nichts von der Desinformation, wie sie alle Beteiligten des Balkankrieges verbreitet hatten. Schon im August 1992 hatten Nachrichtenbilder dazu beigetragen, die Vorstellung von den Serben als den neuen Nazis zu propagieren, als weltweit Bilder aus Trnopolje verbreitet wurden, die muslimische Gefangene hinter einem Stacheldrahtzaun zeigten. Ein Konzentrationslager!, erschrak die ganze Welt, obwohl es in Trnopolje so etwas in Wahrheit gar nicht gab. Ein Fotograf der Nachrichtenagentur ITN hatte die Aufnahmen auf dem Gelände eines alten Bahnhofs gemacht – und dabei selbst innerhalb des Zauns gestanden, während sich die anderen Menschen davor aufgehalten hatten. Die öffentliche Meinung war nach allen Regeln der Desinformation bewusst und in organisierter Form in antiserbische Richtung manipuliert worden.

Vasa fuhr aus seinen Gedanken auf, als der Polizeidirektor und der Chef der Sicherheitspolizei vor ihn traten.

»Hier haben Sie beide einen Stift«, sagte Vasa. »Sie werden jetzt auf ihre Handfläche die Antwort auf die Frage schreiben, die ich Ihnen gleich stelle.« Vasa reichte den Männern die Stifte.

Zlatan hatte sich mittlerweile neben Vasa gestellt.

»Drehen Sie sich mit dem Rücken zueinander«, befahl Vasa. »Schreiben Sie auf, in welcher Stadt Oberst Borislav Jankovic zu dieser Stunde im Gefängnis sitzt!«

Die Männer schrieben ihre Antwort, Zlatan packte unsanft die Hände der beiden und hielt sie Vasa hin. Auf beiden stand: MIKKELI.

»Zweite Frage. Wie lange dauert es, Oberst Jankovic mit dem Hubschrauber hierherzubringen?«

Die beiden Männer warfen einander Blicke zu.

»Umdrehen!«, fuhr Zlatan sie an.

Beide überlegten, Vasa ebenso. Vor der Aktion in Riihimäki

hatte er die finnische Karte genau studiert, und er erinnerte sich ungefähr, wo Mikkeli lag. Aber er hatte keine Ahnung, ob dort Hubschrauber stationiert waren oder wie lange es dauern würde, einen dort verfügbar zu machen.

»Die Antworten!«, drängte er. Die Männer schrieben auf ihre Handflächen, und Vasa sah sich das Ergebnis an.

Der Polizeidirektor hatte geantwortet: CA. DREI STUNDEN. Die Antwort des SiPo-Chefs lautete: ZWEI STUNDEN.

Vasa nahm sein Telefon, rief Helste an und sagte: »Ihr bekommt zwei Stunden. Keine Minute mehr.«

Dann legte er auf und kommandierte die beiden Finnen zurück zu den anderen.

»Zwei Stunden ist zu viel«, sagte Zlatan zu Vasa. »Wir kommen aus dem Zeitplan.«

»Mein Vater ist in Mikkeli. Für seinen Transport braucht man zwei Stunden.«

Zlatan winkte Toma, der gerade einen Kontrollgang gemacht hatte, zu sich und erklärte ihm die Lage.

»Wir müssen früher loskommen, oder?«, schloss er.

Toma schaute Vasa an. Unter seiner Sturmhaube sah man nur die Augen, und Vasa konnte nichts an ihnen ablesen.

»Zwei Stunden sind eine lange Zeit«, sagte Toma schließlich. »Währenddessen kann die Polizei einige Vorbereitungen treffen.«

Vasa sah Toma und Zlatan fest an. »Wir gehen nicht ohne meinen Vater.«

»Du bist nicht mehr fähig, vernünftige Entscheidungen zu treffen«, sagte Zlatan. »Wir gehen zeitplangemäß zur nächsten Phase der Operation über. Gib mir das Telefon.« Zlatan streckte die Hand aus.

Vasa rührte sich nicht, sondern fixierte Zlatan unverwandt. »Wir gehen nicht ohne meinen Vater«, wiederholte er leise.

Zlatan schüttelte den Kopf. »Kapierst du nicht ...«

»Hört auf, ihr Idioten«, mischte sich Toma ein.

»Vasa gefährdet die ganze Operation«, murrte Zlatan.

»Unsere Streitereien gefährden die Operation«, sagte Toma. »Der Oberst hat sich als Offizier im vaterländischen Krieg verdient gemacht. Wir lassen ihn nicht in einem finnischen Rattenloch schmachten.«

Vasa hatte geahnt, dass man sich letzten Endes auf Tomas Patriotismus verlassen konnte. Er wollte ihm schon zum Zeichen der Dankbarkeit zunicken, verzichtete aber im letzten Moment auf die Geste. Er brauchte keine Dankbarkeit zu zeigen. Die Freilassung seines Vaters war eine Selbstverständlichkeit. Zlatans Forderung, den Vater im Gefängnis zurückzulassen, kam Vasa auf einmal unfassbar anmaßend vor.

41

Johanna registrierte den heftigen Wortwechsel der Geiselnehmer. Um keine Aufmerksamkeit zu erregen, richtete sie ihren Blick auf den Fernseher, wo jetzt schockierende Aufnahmen von Opfern der Bombardierungen zu sehen waren, verstümmelte Menschen, vor allem Frauen und Kinder.

Johannas Aufmerksamkeit wuchs schlagartig, als eine Beerdigung gezeigt wurde. Unter den Trauergästen erkannte sie Mila und Vasa in jüngeren Jahren. Die Kamera zeigte den offenen Sarg mit der übel zugerichteten Leiche. Das Gesicht war unversehrt, es war das Gesicht der Frau, die am Anfang des Videos zu sehen gewesen war: Vasas Mutter.

Johanna schluckte. War Vasas Mutter bei den Nato-Bombardements ums Leben gekommen? Jetzt verstand Johanna viel besser, warum Vasa die amerikanische Botschafterin so hart angefasst hatte.

Sie warf einen Blick auf Vasa und sah ihn mit versteinertem Gesicht auf den Bildschirm schauen. Die Einstellung von dem Begräbnis war zu Ende. Nun rannten Zivilisten voller Entsetzen inmitten von Explosionen in Deckung. Die Kamera schwenkte zu den Bombern am Himmel. In der nächsten Einstellung sah man verkohlte Trümmer und auf der Erde sitzende, weinende Menschen.

Das Gefängnispersonal sah sich die Bilder der zerstörten Gebäude auf dem Fernsehschirm an. Am unteren Bildrand lief weiterhin ein Text in finnischer Sprache: »*Die Amerikaner setzten im Kosovo tonnenweise Geschosse mit verarmtem Uran ein. Verarmtes Uran entsteht bei der Herstellung von Brennstäben für Atomkraftwerke. Es handelt sich dabei um leicht radioaktiven Müll, dessen Endlagerung streng überwacht werden muss – also teuer ist. Darum gibt die Atomindustrie das verarmte Uran als Geschenk an die Rüstungsindustrie weiter, um Kosten zu senken. Uran eignet sich besonders gut für Sprengköpfe, denn es ist das schwerste natürlich vorkommende Element …«*

Die Stille wurde vom Klingeln des Telefons unterbrochen. Der Obervollzugsbeamte, der am nächsten saß, stand auf und nahm den Hörer ab.

»*Wenn sie auf einen Widerstand treffen, verwandeln sich die Uransprengköpfe in äußerst feinen Uranoxydstaub. Nach dem Krieg wurde in den von Uran verseuchten Gebieten im Kosovo festgestellt, dass Bodenproben von wenigen Milligramm Millionen von mikroskopisch kleinen Uranoxydpartikeln enthielten …«*

Der Obervollzugsbeamte hörte sich schweigend an, was ihm am Telefon gesagt wurde.

»Ja. Wir handeln sofort.«

Er legte den Hörer auf, war mit wenigen Schritten am Schlüsselschrank und nahm einen Schlüsselbund heraus.

»Ein Hubschrauber holt Jankovic ab. Mänty und Hoikkala, kommt mit!«, sagte er und eilte in Richtung Zellentrakt.

Oberinspektor Heino »Hedu« Wikman stand an der Ecke von Südufer und Bernhardinkatu und betrachtete frustriert die umliegenden Häuser. In vielen Fenstern zeichneten sich die dunklen Silhouetten von Menschen ab, die neugierig das spannende Drama verfolgten, das sich wenige hundert Meter weiter jenseits des Marktplatzes abspielte.

»*Wie sieht's aus?*«, fragte Hedus Kollege über Funk.

»Hier gibt es zig Fenster, von denen aus man die Residenz im Auge behalten kann«, antwortete Hedu.

Die Anrufe von Vasa Jankovic waren analysiert worden, und

einer war an einen Anschluss in der unmittelbaren Nähe des Südufers gegangen.

»*Verstärkung ist im Anmarsch. Ihr klappert alle Wohnungen ab, von deren Fenster aus man die Residenz sehen kann.*«

»Der Helikopter mit dem Oberst ist gerade vom Gefängnishof in Mikkeli gestartet«, teilte Helste dem Führungsstab in der Einsatzzentrale mit, der dem im Regierungsgebäude versammelten Krisenstab unterstand. Allerdings hatte sich gleich zu Beginn herausgestellt, dass von den Bürokraten im Krisenstab keine konkrete Hilfe bei der operativen Entscheidungsfindung und der Durchführung der nötigen Maßnahmen zu erwarten war.

»Das bedeutet, dass Vasa und seine Leute mindestens noch zwei Stunden in der Residenz bleiben werden«, sagte Sohlman. »Wir haben also genug Zeit, bei Bedarf Männer in das Gebäude zu bekommen.«

Helste schaute Sohlman an. »Hast du einen Plan, von dem ich nichts weiß?«

»Nein. Außer dass wir bereit sein müssen einzugreifen, falls es nötig wird.«

Der zweite Mann der Sicherheitspolizei nickte. »Unnötige Risiken dürfen wir nicht eingehen, aber es müssen für alle Eventualitäten Vorbereitungen getroffen werden.«

»Für alle?«, fragte Helste.

»Im schlimmsten Fall für eine Intervention. Sohlman hat Recht, wir dürfen den Kopf nicht in den Sand stecken. Und jetzt kennen wir ja auch mindestens einen möglichen Zugangsweg.«

Auf dem Tisch vor den Männern lag der Grundriss der Residenz, auf dem rot der von Johanna Vahtera erfolgreich benutzte Zugang vom OGH aus markiert war. Auch die Positionen der Scharfschützen waren eingezeichnet, außerdem die potenziellen Zugriffswege per Seil vom Dach aus und weitere Einzelheiten.

Eine Turbulenz erschütterte die Maschine, und der Pilot schaltete die Anschnallzeichen an.

Timo hielt während des gesamten Flugs den Gurt geschlossen. Zum wer weiß wievielten Mal hörte er sich die Lageanalyse seiner Sitznachbarin zu den Ereignissen in Helsinki an. Dass sie schon immer der Meinung gewesen sei, in Finnland reichten die Sicherheitsmaßnahmen nicht aus; dass die Finnen glaubten, sie lebten in einer Idylle, weit weg von den Krisenherden der Welt; dass die finnische Polizei nie in der Lage sei, so eine Situation zu meistern.

Timos Geduld wurde immer mehr auf die Probe gestellt, je mehr die Frau trank. Sie war neugierig und hatte schon dreimal gefragt, in welcher Branche Timo tätig sei, aber er hatte beschlossen, sich die Wahrheit als letzten Ausweg aufzusparen. Seine Besuche im Cockpit hatten die Neugier der Frau ganz besonders angeheizt. In der Maschine gab es kein Passagiertelefon, die Verbindungen mussten auf dem Funkweg über das Cockpit hergestellt werden.

Timo stand erneut auf und ging nach vorn. Pilot und Kopilot wussten, mit wem sie es zu tun hatten. Er setzte sich das Headset auf.

Helstes Stimme klang noch angespannter als zuvor. »*Ein Helikopter bringt den Oberst aus Mikkeli. Und das SK Bär wird in der Residenz in Stellung gebracht, sicherheitshalber.*«

»Das SK Bär hat keine Erfahrung mit diesen Dingen. Die Folgen könnten katastrophal sein. Wir brauchen eine Truppe mit Erfahrung. Ich sage noch einmal, dass wir uns mit dem SAS in England in Verbindung setzen sollten.«

»*In der amerikanischen Botschaft ist man laut Auswärtigem Amt sehr beunruhigt wegen der Botschafterin.*«

»Haben die Amis ihre Hilfe angeboten?«

»*Sie haben darum gebeten, auf dem Laufenden gehalten zu werden. Ausländische Hilfe wäre ja doch nicht rechtzeitig hier.*«

»Sie könnte längst auf dem Weg nach Helsinki sein, wenn von Anfang an richtig vorgegangen worden wäre. Die Situation kann sich noch Tage hinziehen. Je schneller Profis vor Ort sind, desto besser.«

»Sohlman ist da anderer Ansicht.«

»Regelt ihr eure Angelegenheiten per Abstimmung, oder was?«

»Vom Land aus kann man leicht Anweisungen geben, wenn auf dem Meer ein Unglück passiert.«

»Ich bin in der Luft. Dein Vergleich hinkt also. In einer Dreiviertelstunde bin ich in Helsinki. Was ist mit Vahtera?«

Helste berichtete von Johannas Kontaktaufnahme und davon, dass jemand von außerhalb der Residenz den Serben Informationen lieferte, möglicherweise Jasmin Ranta.

Timo nahm das Headset ab. Das Gespräch hatte ihn alles andere als beruhigt. Er kehrte zu seinem Platz zurück und nahm die neugierigen Blicke seiner Sitznachbarin zur Kenntnis. Jetzt verstand sie es immerhin, den Mund zu halten.

Alles deutete darauf hin, dass die Geiselnehmer Profis waren, darum verstand Timo nur zu gut, wenn die Amerikaner sich Sorgen um ihre Botschafterin machten. Der Hass der Serben, der sich gegen Finnland richtete, ging Timos Meinung nach schwer am Ziel vorbei, aber hinsichtlich der Amerikaner war die Situation eine andere.

Die Amerikaner hatten ihre Angriffe im Kosovo mit humanitären Absichten gerechtfertigt. Aber auch die besten Gründe waren im schlimmsten Fall biegsam und zweckorientiert. Jedenfalls waren solche Gründe nicht ins Feld geführt worden, als humanitäres Eingreifen in Ost-Timor oder in der Türkei, immerhin einem Verbündeten der USA, nötig gewesen wäre. Der Aufstand der Kurden gegen den Nato-Staat Türkei war eine menschliche Krise weit größeren Ausmaßes gewesen als die Lage im Kosovo. Es gab zehnmal so viele Kurden wie Kosovo-Albaner. Während des Aufstands der Kurden hatten die Türken Hunderte kurdische Dörfer und Städte zerstört, 25 000 bis 30 000 Kurden waren ums Leben gekommen. Beim Aufstand im Kosovo war es zu 2000 Todesopfern gekommen. Die Türkei erkannte die Existenz eines

Kurdenproblems gar nicht erst an und akzeptierte keinerlei Einmischung von außen. Die humanitären Gründe, mit denen das Eingreifen der Nato im Kosovo gerechtfertigt worden war, hatten in der Türkei überhaupt keine Bedeutung gehabt.

Timo war schon lange zu dem Ergebnis gekommen, dass nicht nur die Außenpolitik der USA und der anderen Großmächte auf Entscheidungen beruhte, die nur oberflächlich mit etwas Moral aufpoliert wurden – das Gleiche galt auch für die Außenpolitik des kleinen Finnland. Wenn man in den großen Ländern an der heuchlerischen Oberfläche kratzte, stieß man immerhin auf realpolitische Interessen, während man in Finnland dort nur die Selbstverherrlichungsbedürfnisse der außenpolitischen Akteure fand und ideologische Vorstellungen, die im schlimmsten Fall im Widerspruch zu den Interessen des Landes standen. So versuchte Präsident Koskivuo schon seit Jahren, sein internationales Profil zu schärfen.

Die Maschine geriet leicht ins Schwanken, und Timo änderte seine Sitzposition. Er hatte nichts zum Lesen dabei, weshalb ihm seine Nachbarin freundlich die Tageszeitung anbot, deren Titelseite ein friedliches Bild zu Ehren des Unabhängigkeitstages zierte.

Zerstreut blätterte Timo in der Zeitung, in der an verschiedenen Stellen versucht wurde, einen neuen Blick auf den Nationalfeiertag zu werfen. Die Sonntagsbeilage enthielt einen langen Artikel über eine finnische Wissenschaftlerin, die bei der WHO in Genf an der Untersuchung des Vogelgrippevirus arbeitete. Die Frau hatte eine hektische Woche gehabt, denn aus Thailand war die Nachricht gekommen, jemand sei an der Vogelgrippe gestorben, wobei das Virus von einem anderen Menschen übertragen worden sei. Immer öfter kam es zu Fällen von Fehlalarm in dieser Richtung, aber den Wissenschaftlern zufolge rückte der Tag immer näher, an dem das seit Jahren in Umlauf befindliche H5N1-Virus sich so weit verändert haben würde, dass es von Mensch zu Mensch übertragen werden konnte.

Der Artikel heiterte Timo nicht gerade auf. Das galt auch für den kleinen Zweispalter, in dem es hieß, die Polizei wolle zur Sicherung des Empfangs des Präsidenten zum Unabhängigkeitstag »ausreichend« Kräfte gegen eventuelle Demonstrationen von militanten Angehörigen der Präkariats- und Aktivistenbewegung bereitstellen.

Techniker hielt seine überanstrengten Augen geschlossen und konzentrierte sich auf den Funkverkehr der Polizei, den er per Kopfhörer verfolgte. Zwar vermieden es die Polizisten, bei ungesicherten Verbindungen über ihre operativen Pläne zu sprechen, aber allmählich bekam Techniker eine Ahnung von ihren Absichten.

Er öffnete die Augen und schaute auf den Monitor mit dem Bild der Wärmekamera. Sollte sich seine Ahnung bestätigen, würde dort bald etwas zu sehen sein.

42

Johanna spürte, dass etwas geschehen würde.

Das Video mit den Grausamkeiten der Nato war zu Ende. Die Serben redeten miteinander und wirkten immer unruhiger. Schließlich nahm Vasa zornig und entschlossen das Telefon zur Hand.

Johanna bemerkte, dass sich der Innenminister mit dem Polizeidirektor austauschte. Sie hoffte, die beiden würden keine Dummheiten aushecken. Aber schon im selben Moment begriff sie, wie lächerlich allein der Gedanke war. Ein Politiker und ein Schreibtischpolizist kämen kaum auf die Idee, Pläne für Heldentaten zu schmieden.

Um näher an Vasa heranzukommen, pirschte sich Johanna am Buffet-Tisch vorbei.

»Ich sage Ihnen jetzt, was ihr als Nächstes zu tun habt«, hörte sie Vasa ins Telefon sagen. »Als Erstes bringt ihr drei startbereite Busse auf die Nördliche Esplanade, direkt vor den Haupteingang ...«

Johanna merkte, wie sich Vasas Blick zu ihr verirrte. Sogleich griff sie nach einer Karaffe und goss sich Wasser in ein Glas.

Vasas Stimme war weiterhin zu hören: »Und zweitens sorgt ihr dafür, dass ein großer Airbus von *Finnair* auf dem Flughafen Helsinki-Vantaa bereitgestellt wird. Ihr habt dafür zwei Stunden. Die Zeit läuft ab jetzt.«

Vasa beendete das Gespräch, und für einen Moment befürchtete Johanna, er käme direkt zu ihr. Aber es war der Präsident, auf den er zuging.

Was er gesagt hatte, elektrisierte Johanna. Die Serben wollten also weg. Aber wohin? Wohin glaubten sie per Flugzeug kommen zu können? Mit einer solchen Menge Geiseln?

Johanna hatte ein Flugzeug zwar für eine mögliche Variante gehalten, allerdings für eine unwahrscheinliche. Möglichst unauffällig versuchte sie Vasa zu beobachten, der sich nun vor dem Präsidenten aufbaute.

»Kommen Sie auch hierher!«, befahl er der Premierministerin. »Sie können dem Schicksal danken, dass *wir* hier sind. Ich kenne Serben, die an unserer Stelle schon längst einige von euch eliminiert hätten. Und wenn an unserer Stelle Männer aus dem Nahen Osten oder von einem anderen Krisenherd der Welt, an dem ihr euch aufplustert, hier wären, dann müsstet ihr jetzt auf Knien um Gnade flehen.«

Präsident Koskivuo entgegnete nichts. Seine Frau stand feuerrot etwas weiter weg.

»Wissen Sie, wer die Personen auf dem Video waren?«, fragte Vasa.

Präsident und Premierministerin schwiegen. Johanna biss sich auf die Lippen. In Vasas Auftreten lag nun eine Bedrohlichkeit von neuer Qualität.

»Ich habe Sie erkannt. Offensichtlich war das Ihre Familie«, sagte die Premierministerin schließlich.

»Das war meine Familie. Mein Vater, meine Mutter, mein Bruder, meine Schwester. Wir lebten glücklich im Kosovo. Wissen Sie, was dann passierte? Dann kam die *humanitäre Intervention* der Nato. Luftangriffe. Die Kosovokrise. Tausende Bombenangriffe wurden geflogen, aber es wurde nicht von Krieg gesprochen. Mit Waffengewalt wurde das Gebiet eines anderen Staates angegriffen, mit der Absicht, ihn zu zwingen, bestimmten politisch festgelegten Bedingungen zuzustimmen. Was soll das anderes sein als Krieg?«

Und warum erwähnst du mit keinem Wort die Massenmorde und Blutbäder, die von den Serben angerichtet worden sind?, dachte Johanna und hörte dabei, wie Vasas Stimme fast zum Schreien anschwoll.

»Die Nato wollte nicht zugeben, sich im Krieg zu befinden, denn ihr Vorgehen wäre nach dem Völkerrecht zu verurteilen gewesen. Für ein solches Vorgehen waren die Nazi-Führer bei den Nürnberger Prozessen verurteilt worden. Darum musstet ihr die Kriegshandlungen herunterspielen und zu Euphemismen greifen. Ihr habt euch nicht getraut, zuzugeben, dass ihr euch im Krieg befindet. Luftangriffe auf das Gebiet eines anderen Staates sind den UN-Bestimmungen nach Offensivmaßnahmen. Die neunzehn reichsten Staaten der Welt, 750 Millionen Menschen, gegen acht Millionen Serben. Tausende von Bombenangriffen. Alle fürchterlich. Vor allem einer.«

Vasa machte eine Pause.

»Meine Mutter war auf dem Weg, um mich und meine Schwester abzuholen und in Sicherheit zu bringen. Aber sie kam nie ans Ziel. Wissen Sie, warum?«

Präsident und Premierministerin sahen einander gequält an.

»Weil die Bomber der Nato in Grdelica einen *humanitären Luftangriff* vornahmen. Ihr Ziel war der Zug, in dem meine Mutter unterwegs war. Mitten am helllichten Tag. Ein Personenzug mit Zivilisten.«

Vasa trat bis auf wenige Zentimeter an den Präsidenten und die Premierministerin heran. »Kollateralschäden. Das war das Wort, das die Nato benutzt hat. Meine Mutter war ein *Kollateralschaden*. Und ihr in Finnland habt den unrechtmäßigen Krieg der Nato gegen uns gutgeheißen. Auf einem Auge blind habt ihr euch an der Verbreitung der Nato-Propaganda beteiligt. Ihr habt erst gar nicht versucht, den Konflikt ausgewogen und objektiv zu beurteilen …«

Alle Leute im Saal hatten ihre Aufmerksamkeit inzwischen auf Vasa gerichtet, der zusehends die Beherrschung zu verlieren schien.

»Dann habt ihr das Um-die-Ecke-Schießen aufgegeben und seid offiziell in die Reihen der KFOR-Truppen eingetreten. Wie passt das Ihrer Meinung nach zu eurer ›Neutralität‹? Woher kommt die Lust, sich an Militäroperationen zu beteiligen, für die es keine Ermächtigung durch die UNO gibt?«

Präsident und Premierministerin sahen Vasa nervös an. Sie wussten nicht, was sie sagen sollten.

»Antwortet! Wer von euch beiden entscheidet über diese Dinge?«, verlangte Vasa immer aggressiver zu wissen. »Wer von euch entscheidet über die Beteiligung an der schnellen Eingreiftruppe der Nato?«

Vasa hielt dem Präsidenten die Waffe an die Schläfe. »Raus mit der Sprache! Wer entscheidet darüber, ob finnische Soldaten zu eiternden Krisengeschwüren geschickt werden?«

Der Präsident leckte sich über die trockenen, blassen Lippen. »Die Regierung unter der Führung der Premierministerin hört den Auswärtigen Ausschuss des Parlaments ...«

Die Premierministerin schüttelte den Kopf. »Ja, ja, aber die Entscheidung fällt der Präsident ...«

»Die formelle Entscheidung«, sagte der Präsident.

»Ist das die Art und Weise, wie finnische Politiker Verantwortung übernehmen?«, höhnte Vasa. »Es ist leicht, am Schreibtisch über alle möglichen Dinge zu bestimmen, aber was, wenn man die Verantwortung für seine Entscheidungen tragen muss?«

Vasa nahm die Waffe so abrupt von der Schläfe des Präsidenten, dass dieser erschrak.

»Was interessiert euch Finnen am Kosovo eigentlich so besonders? Ein Finne hat die Friedensverhandlungen geführt, finnische Soldaten stehen unter den KFOR-Truppen der Nato, ein Finne steht der UN-Verwaltung vor ...«

Vasa hatte beim Reden eine kleine finnische Fahne, deren Stange in einem Sockel aus Marmor steckte, in die Hand genommen.

Der Präsident richtete den Rücken gerade und sagte: »Dass die finnische Diplomatie in die Position aufstieg, die Spirale der Gewalt im Kosovo zu durchbrechen, war eine logische Folge der Stellungnahmen von Seiten Finnlands in den verschiedenen Stadien des Konflikts.«

Vasa starrte den Präsidenten eine Weile an. Johanna wartete gespannt, was passierte. Die Äußerung kam so routiniert und mit so ehrlicher Idiotie, dass kein Zweifel aufkommen konnte: Der Sprecher glaubte hundertprozentig an das, was er sagte. Johanna schämte sich für alle Finnen. Aber vielleicht würde auch Vasa jetzt merken, wie sinnlos es war, den Präsidenten zu quälen. Unzurechnungsfähige wurden nicht einmal vor Gericht verurteilt. Auch Vasa sollte sein Pulver nicht an Koskivuo vergeuden.

Nach einer Pause, die eine Ewigkeit zu dauern schien, fing Vasa an zu lachen. Er riss die Fahne mit dem blauen Kreuz von der kleinen Stange und zog ein Feuerzeug aus der Tasche.

»Diese Fahne hat in den letzten Jahren sichtbar im Kosovo geweht.«

Vasa zündete das Fähnchen an und ließ es brennend auf den Boden fallen. »Ich kenne eure Geschichte. Mein Vater hat mir davon erzählt, als ich klein war. Er bewunderte eure Kriegskunst, er kannte den Winterkrieg Schlacht für Schlacht. Der Kosovo bedeutet für uns so viel wie Karelien für euch. Für meinen Vater war es ein Schock, dass ausgerechnet ihr damit angefangen habt, uns aus dem Kosovo zu vertreiben. Uns, die wir seit Jahrhunderten das westliche Europa gegen die muslimische Macht verteidigt haben. Finnen und Serben sind im Osten die Grenzwächter der westlichen Zivilisation. Unserem Kampf gegen die Türkei wurde einst Sympathie entgegengebracht, sogar von Finnland aus, ihr habt damals die Nationalgarde geschickt, um Seite an Seite mit uns zu kämpfen. Aber im Kosovokrieg habt ihr uns den Rücken gekehrt und seid bei der Nato aufgesprungen.«

Dies hatte Vasa in den Saal hineingesprochen, aber jetzt wandte er sich unvermittelt wieder dem Präsidenten zu. »Ihr seid schuld am Tod meiner Mutter«, brüllte er mit vor Hass verzerrtem Gesicht. »Ihr seid schuld am Tod meines Bruders. Ihr seid schuld an der Erniedrigung meines Vaters. Ihr seid schuld daran, dass meine Schwester nicht einmal zur Beerdigung meines Bruders kommen wollte. Ihr habt es euch selbst zuzuschreiben, dass wir jetzt hier sind. Ihr habt in der Welt um Anerkennung gebettelt, ihr habt euch wie blauäugige Idioten nach der Rolle des skandinavischen Friedensboten gestreckt, ohne fähig zu sein, die Verantwortung dafür zu tragen oder wenigstens die Folgen eurer Pfuscherei zu begreifen! Ihr habt euch ausgerechnet, dass die Risiken sich höchstens in Form von ein paar finnischen Soldaten im Zinksarg niederschlagen würden, aber sie schlagen sich hier und jetzt nieder!« Zum Abschluss feuerte Vasa mehrere Schüsse in die Wände und die Decke des Saals.

Unter den ohrenbetäubenden Lärm mischte sich die hysterische Stimme einer Frau: »Hättet ihr euch aus den Machenschaften der Nato rausgehalten, wäre das alles hier nicht passiert!«

Der Ehemann der Frau, in dem Johanna den Justizminister erkannte, versuchte seine Gattin zu beruhigen, aber die schrie mit Tränen in der Stimme weiter: »Das ist alles eure Schuld, ihr angeblich so pazifistischen Kriegstreiber...«

In dem Moment, in dem die Frau an der Brust ihres Mannes leise weinend verstummte, fiel vor Johanna etwas auf das weiße Tischtuch des Buffets: eine kleine Schraube von etwa fünf Millimetern Durchmesser.

Sie blickte nach oben und begriff, dass sie von dem Gitter vor einem Belüftungskanal stammen musste.

Ungewollt fuhr Johanna zusammen. Sohlman hatte Leute vom SK Bär ins Gebäude geschickt, und die waren nun wegen der Schüsse alarmiert!

Wenn die Serben das merkten, stünde ein Blutbad bevor.

Johanna überlegte einen Augenblick, dann rief sie auf Finnisch: »Eine Schraube ist runtergefallen, zieht euch zurück! Sohlman soll die Finger weglassen, sonst gibt es Tote!«

Sohlman und die Polizeiführung hörten Vahteras Ruf aus dem Lautsprecher, es war von Rauschen durchsetzt, aber deutlich genug zu verstehen.

»Zieht euch zurück«, sagte Sohlman. »Schnell!«

Alle Blicke waren auf den großen, flachen Monitor geheftet, auf dem man das mit dem Fisheye-Objektiv aufgenommene, kugelförmig verzerrte Bild aus dem Spiegelsaal sah. Die Kamera von wenigen Millimetern Durchmesser hing am Ende einer polymeren optischen Faser und war in den Spalt eines Belüftungsgitters geschoben worden.

Das Bild zitterte ein wenig, als ein Polizist des SK Bär, der sich in dem Belüftungskanal zurückzog, gegen das Faserkabel stieß.

Der Stellvertreter des Polizeidirektors saß mit angespannten Gesichtsmuskeln auf seinem Stuhl. Er schwieg, sah aber aus, als hätte er einen Gedanken am liebsten laut ausgesprochen: Was habe ich euch gesagt! Sohlmans Leute hatten die Kamera und ein Mikrofon in den Belüftungsschächten des Spiegelsaals installiert, und da dies reibungslos funktioniert hatte, war beschlossen worden, die Männer für alle Fälle dort in Bereitschaft zu halten.

Johannas Warnruf hatte sich mit dem Stimmengewirr nach den Schüssen vermischt, dennoch kam einer der maskierten Serben auf sie zu. War es möglich, dass doch einer von ihnen Finnisch verstand? Oder sogar Finne war?

Für einen Augenblick war Johanna vor Angst wie gelähmt. Dann trat sie dem Serben entschlossen entgegen und rief auf Englisch: »Warum greift ihr nicht die Amerikaner an? Oder die Briten oder die Deutschen oder die Franzosen? Dort findet ihr die Hauptschuldigen am Kosovokrieg, nicht hier…«

Johanna hoffte, den Mann täuschen zu können, falls er ihr finnischsprachiges Rufen gehört hatte.

Der Geiselnehmer blieb unmittelbar vor ihr stehen und drückte ihr die Maschinenpistole quer auf die Brust.

»Was bringt dich auf die Idee, dass wir politische Motive haben?«, fragte der Serbe.

Johanna war erleichtert, offenbar hatte der Mann nichts verstanden.

»Aber die Bilder auf dem Video, was haben die denn sonst zu bedeuten?«

»Vielleicht hat einer von uns etwas gegen euch Finnen. Für uns anderen seid ihr nur hervorragende Geiseln. Geiseln, für die man ein gutes Lösegeld bekommt. Glaub bloß nicht, du hättest irgendeine besondere Bedeutung für uns.«

Während er das sagte, trat der Serbe zwei Schritte zurück und musterte Johanna von Kopf bis Fuß.

»Andererseits, wenn man dich so betrachtet, könntest du durchaus eine besondere Bedeutung haben«, sagte er und zwinkerte Johanna zu.

Johanna verfluchte innerlich ihr zu enges Abendkleid.

»Wer bist du eigentlich?«, fragte der Serbe dann.

»Mein Mann ist Minister.« Johanna machte eine Kopfbewegung in Richtung Heinonen. »Wirtschaftsminister Heinonen.«

Der Serbe warf einen kurzen Blick auf ihn.

»Was willst du mit so einem Schlappschwanz? Du könntest was viel Besseres kriegen.«

Johanna war überrascht, wie unsicher sie sich fühlte. Es war ihr fast zu gut gelungen, die Aufmerksamkeit des Mannes auf ein anderes Thema zu lenken.

»Ich werde an dich denken. Irgendwann können wir uns noch mal unter vier Augen unterhalten. Aber jetzt gehst du auf deinen Platz zurück«, sagte der Serbe und gab Johanna, die sich erleichtert abwandte, einen Klaps auf den Po.

Im selben Moment kam ein anderer Serbe vom Staatssaal her in den Spiegelsaal gerannt, mit einer grausam aussehenden Gasmaske über dem Gesicht. Er blickte schräg nach oben, hielt die Waffe in die Höhe und rief etwas auf Serbisch.

Auch die anderen Serben rissen die Gasmasken von den Gürteln und zogen sie sich über den Kopf. Der Mann, der mit Johanna gesprochen hatte, war mit wenigen Sätzen bei seinem Komplizen. Voller Entsetzen sah Johanna zu, wie die Männer das Gitter des Belüftungskanals unter Beschuss nahmen. Dröhnender Lärm erfüllte den Saal, die Leute hielten sich die Ohren zu, einige schrien. Funken sprühten, Backsteinbrocken flogen durch die Gegend, der Verputz staubte. Ein dritter Mann rannte ans andere Ende des Saals und schoss dort in ein weiteres Belüftungsgitter hinein.

Johanna war sicher, dass die Männer des SK Bär mindestens schwer verwundet waren. Oder hatten sie es geschafft, sich rechtzeitig zurückzuziehen?

Die Serben kippten den großen Tisch etwas zur Seite, sodass alles Geschirr und alle Gläser klirrend zu Boden fielen. Einer von ihnen sprang auf den Tisch und spähte in Richtung Gitter.

Der Mann mit der Gasmaske starrte Sohlman und die Polizeiführung direkt an, während sich sein Handschuh der Kamera näherte und sie schließlich verdeckte. Der Bildschirm wurde schwarz. Aus dem Lautsprecher kamen Gepolter und vereinzelte Rufe. Plötzlich sah man die Decke im Bild, eine Wand und dann heftig wackelnd den Saal, entsprechend der Bewegung der Kamera im Griff des Geiselnehmers.

Dann wurde der Bildschirm mit einem Schlag wieder schwarz, und der Ton war weg.

In der Einsatzzentrale machte sich vollkommene Stille breit, die erst durch die Mitteilung eines Mannes des SK Bär durchbrochen wurde: »Wir sind draußen.«

Artto seufzte vor Erleichterung laut auf.

43

»Voll die großen Wellen«, sagte der kleine Junge im Café der Abflughalle am Flughafen Helsinki-Vantaa, als er zum wer weiß wievielten Mal den Reiseprospekt bewunderte.

Sein Vater lächelte, seiner Mutter war weniger zum Lächeln zu Mute. Sie hatten die Ereignisse in der Residenz über das Radio in ihrem Handy und durch Anrufe von Freunden verfolgt, denn der einzige Fernseher, den sie am Flughafen hatten finden können, hing in der Bar eines Restaurants, und die war voller Leute. Zum Glück war niemand von ihren Bekannten in der Residenz eingeladen gewesen.

Die Familie stand auf und ging zum Gate. Ihre Maschine sollte planmäßig in zehn Minuten starten, aber es war noch immer niemand vom Bodenpersonal zu sehen. Für diesen Urlaub hatten sie das ganze Jahr gespart, da kam ihnen schon eine kleine Verzögerung unzumutbar vor. Sie setzten sich zu den anderen ungeduldig Wartenden.

»Anscheinend ist der Flughafen hier wieder zum besten Europas gewählt worden«, sagte die Mutter, die sich eine Zeitung aus dem Gestell genommen hatte und darin blätterte. Sie gab sich Mühe, unbeschwert zu klingen.

»Der schnellste ist er jedenfalls nicht«, brummte der Vater. »Wieso verzögert sich das dermaßen? Der Flug ist lang genug, da hab ich keine Lust, vorher schon ewig rumzuwarten.«

Nun erschienen Angehörige des Bodenpersonals am Gate. Sie diskutierten heftig, einer von ihnen telefonierte. Schließlich kam eine Durchsage.

»*Verehrte Fluggäste*«, begann die *Finnair*-Angestellte.

»Na endlich«, sagte der Vater und stand auf.

»*Ihr* Finnair-*Flug AY 743 nach Bangkok ist gestrichen …*«

Durch die Menge der Passagiere ging ein bestürztes Raunen.

»Sind alle draußen?«, versicherte sich Artto, der stellvertretende Polizeidirektor, im Fahrzeug des Führungsstabs.

Sohlman nickte. An seinem Gesicht ließ sich nichts ablesen.

»Ohne Vahteras Warnruf hätten wir mehrere Männer verloren«, sagte Helste leise.

Sohlman verzichtete auf einen Kommentar.

»Niemand wird mehr versuchen, in das Gebäude zu kommen, sofern kein akuter Bedarf zur Rettung von Menschenleben besteht«, sagte Artto mit Nachdruck. »Und ich meine, was ich sage, Sohlman. Niemand. Nicht ein Mann!«

Eine Weile war es still, dann erschien ein Polizist an der Tür und erstattete Helste Bericht: »Die Maschine steht auf dem Flughafen bereit. Sie sollte eigentlich nach Thailand fliegen. Zwei Hornets kommen vom Stützpunkt Rissala nach Helsinki-Vantaa. Dort werden sie verfügbar gehalten, bis wir wissen, ob wir sie brauchen. Ein zweites Paar steht auf dem Flughafen Tampere in erhöhter Alarmbereitschaft.«

»Sieht es also jetzt so aus, dass wir die hundert wichtigsten Personen dieses Staates in der Gewalt von serbischen Geiselnehmern abziehen lassen müssen?«, fragte der Vizechef der Sicherheitspolizei. »Und zwar in unbekannte Richtung?«

»Hast du eine bessere Idee?«, fragte Artto.

»Schauen wir zuerst in aller Ruhe, was passiert.«

Nun ergriff der Vizechef der KRP das Wort: »Dieser Fall hier ist von einem Ausmaß, dass wir möglichst einer Meinung sein sollten, was immer wir auch tun.«

»Wir sind sicherlich alle der Meinung, dass ein Zugriff des SK Bär eine zu gefährliche Variante wäre«, sagte der zweite Mann der SiPo. »Aber die Männer müssen in möglichst guten Positionen bleiben, für den Fall, dass sich die Lage ändert und ein schnelles Eingreifen Menschenleben retten kann. Vorerst müssen wir jedoch davon ausgehen, dass wir die Geiselnehmer das Flugzeug besteigen lassen. Also schlagen wir dem Krisenstab vor, dieser Forderung zuzustimmen.«

Alle wussten, dass der Krisenstab seine Entscheidungen praktisch auf der Basis ihrer operativen Sicht der Dinge fällte.

»Wir brauchen Experten, um zu klären, warum die Geiselnehmer ausgerechnet einen großen Airbus verlangt haben. Anzahl der Sitze, Reichweite und andere Fakten. Und was mich noch interessieren würde: ob man in der Maschine blinde Passagiere transportieren kann«, sagte Sohlman.

»Stellen wir uns also darauf ein, dass ihnen das Passagierflugzeug zur Verfügung gestellt wird«, sagte Helste. »Wir setzen uns von hier aus mit Flugzeugexperten in Verbindung, und das Auswärtige Amt muss auf dem Laufenden gehalten werden. Sohlman, du fährst mit deinen Leuten los und machst die Maschine fertig.«

Im Spiegelsaal schaute Vasa den außer sich geratenen Zlatan, der sich vor ihm aufgebaut hatte, ausdruckslos an. Die Gitter der Belüftungsschächte lagen auf dem Fußboden. Inzwischen hatten die Männer wieder ihre Gasmasken abgenommen.

»Was ist die Strafe?«, fragte Zlatan.

»Wie bist du auf die Idee gekommen, dass Männer in den Belüftungsschächten waren?«

»Ich bin nicht auf die Idee gekommen, ich *wusste*, dass sie dort waren.«

»Aber kurz bevor wir sie entdeckt haben, sind sie verschwunden?«, fragte Vasa gelangweilt. Zlatan sollte seine Fantasie im Zaum halten. »Wir werden sie nicht bestrafen, wenn wir uns nicht sicher sind, wofür. Ansonsten halten sie uns für Nervenbündel.«

Zlatan wandte sich ab und murmelte etwas vor sich hin. Er hatte die Pläne besorgt, auf denen die Belüftungskanäle und andere technische Details eingezeichnet waren.

Vasa sah erneut auf die Uhr. Noch zehn Minuten bis zum Ablauf des Ultimatums. Dann musste sein Vater hier sein.

»Ja, ja, guck du nur auf deine Uhr«, rief ihm Slobo unruhig zu. »Wir sollten längst im Flugzeug sein. Aber stattdessen warten wir hier und geben der Polizei Zeit, sich alles Mögliche auszudenken. Okay, du bist bereit, wegen deines Vaters Risiken einzugehen. Aber warum sollten wir anderen das tun?«

»Mich interessieren die Risiken jedenfalls weniger als das Geld«, stimmte Danilo zu.

Noch bevor Vasa antworten konnte, klingelte sein Telefon.

»Die Busse sind gerade gekommen«, sagte Jasmins angespannte Stimme.

»Gut. Hat sich an den Aktivitäten der Polizei etwas geändert?«

»Alles wie bisher. Sie laufen hin und her, Autos kommen und gehen …«

»Alles klar. Sei vorsichtig.«

Vasa sah die Männer an, die bei ihm standen.

»Die Busse warten draußen«, sagte er. »Alles läuft nach Plan.«

Zlatan stieß die Doppeltür zum Balkon auf und richtete die Mündung der *Plamyja* auf dem Stativ nach draußen. Unter seinem Overall floss der Schweiß. Die Finnen schienen zu vergessen, dass sie sich keine Spielchen leisten konnten. Vasa war zu weich, viel zu weich. Außerdem bildete er sich ein, die ganze Operation sei sein eigenes Projekt und die anderen seien bloß seine Handlanger. Zlatan machte sich zum Feuern bereit.

Hedu Wikman wollte gerade das Neorenaissancehaus am Südufer betreten, als eine Serie von Detonationen in seinen Ohren erschallte.

Er drehte sich in die Richtung um, aus der der Lärm kam. Das Granatfeuer zerriss den dunklen Himmel über dem Meer. Erst als nach einigen Sekunden das höllische Donnern zu Ende war, erkannte Hedu, dass die Geschosse auf einer der kleinen Inseln vor Helsinki eingeschlagen haben mussten, auf Valkosaari, Ryssänsaari, Luto oder Klippan.

Mit pochendem Herzen nahm er das Handy aus der Tasche.

Was, wenn das Granatfeuer ein bewohntes Ziel getroffen hätte? Man konnte ja nicht die ganze Stadt evakuieren.

Hedu berichtete dem Dienst habenden Kollegen seine Beobachtung und konzentrierte sich dann darauf, seine Arbeit fortzusetzen, die immer wichtiger zu werden schien. Das Treppenhaus, das er betrat, war prachtvoll, so wie in dieser Gegend üblich. Er und seine Kollegen von der Kripo hatten die Häuser untereinander aufgeteilt. Sie hatten keine Zeit, sich die Grundrisse zu besorgen, sie mussten alle Wohnungen selbst in Augenschein nehmen, um zu sehen, von wo aus man einen freien Blick auf die Residenz hatte. Hedu ging intuitiv vor. Wenn jemand die Wohnungstür öffnete, zeigte er entweder seinen Dienstausweis oder schob einen erfundenen Grund vor, um in die Wohnung zu kommen und die Lage der Fenster zu prüfen. Einige Türen öffneten sich nicht, die markierte er auf einer Liste.

Hedu sah ungeduldig auf die schöne Wohnungstür vor sich. Niemand öffnete, und er läutete erneut. Eine Hand hielt er unter der Jacke, in der Nähe seiner Dienstwaffe. In gewisser Weise gingen sie nur auf gut Glück vor, denn die Person, die den Geiselnehmern half, konnte ebenso gut draußen an einer Straßenecke stehen.

Schließlich machte ein jüngerer Mann die Tür auf. Hedu zeigte seine Dienstmarke und bat um Erlaubnis, einen Blick in die Wohnung zu werfen.

Dort war nichts Interessantes zu entdecken, und Hedu setzte seine Runde fort.

Der ganze Senatsplatz schien zu zittern und zu dröhnen, als der Hubschrauber vom dunklen Himmel herabkam und zwischen dem Denkmal des Zaren Alexander II. und der Treppe zum Dom landete. Die Fotografen am Zaun vor der Sicherheitszone verewigten den Anblick aus der Ferne. Ein Teil der Fotografen war zum Ufer aufgebrochen, aber bald schon hatte sie die Nachricht erreicht, dass die Granaten, die auf der Insel Valkosaari eingeschlagen waren, weder Personen- noch Sachschäden angerichtet hatten. Ansonsten waren Informationen schwer zu bekommen, es hatte noch immer keine Pressekonferenz über das Vorgehen der Polizei, der Regierung oder des Präsidialamts gegeben. Das sorgte unter den Medienvertretern für Unzufriedenheit, auch wenn sie verstanden, wie heikel die Situation war.

Nachdem der Hubschrauber den Boden berührt hatte, ging die Tür auf, und zwei Polizisten mit Overall und Helm sprangen heraus. Sie halfen einem älteren Mann, der sich beim Aussteigen verwirrt umsah, während der Luftzug der Rotoren sein graues Haar flattern ließ.

Oberst Borislav Jankovic wurde zu einem Polizeiauto geführt, welches sich, kaum dass er auf dem Rücksitz Platz genommen hatte, in Bewegung setzte, um die wenigen Meter zur Residenz des Präsidenten zu fahren. Ausdruckslos blickte der Oberst aus dem Wagenfenster.

44

Auf dem Flughafen Helsinki-Vantaa steckte Sohlman sein Handy in die Tasche. Der Oberst war angekommen, und das war gut so. Aber die Geiselnehmer hatten eine Kostprobe mit ihrer Granatmaschinenwaffe abgegeben, und das ermunterte absolut nicht dazu, weitere Risiken einzugehen.

Trotzdem durfte man jetzt nicht die Flinte ins Korn werfen. Nun hieß es, noch präziser vorzugehen, Fehler durften nicht mehr unterlaufen.

Mit zwei Experten von *Finnair* setzte Sohlman die Untersuchung des Frachtraums in dem Airbus A 340 fort. Die Entladung des Gepäcks für den gestrichenen Thailand-Flug war noch im Gange. In der zunehmenden Kälte der Nacht dröhnte das Geräusch eines landenden Hornet-Jagdbombers der Fliegerdivision Karjala. Kurz darauf landete eine zweite Hornet.

»Technisch wäre es also möglich, im Frachtraum Männer zu transportieren?«, versicherte sich Sohlman noch einmal im Schein der grellen Scheinwerfer.

»Der gesamte Rumpf der Maschine ist isoliert und wird unter Druck gehalten, auch der Frachtraum«, sagte Åberg, der Leiter des Flugbetriebs bei *Finnair* und zeichnete dabei einen groben Querschnitt der Maschine in seinen Notizblock. »Der untere Teil des Rumpfes besteht aus zwei Teilen, dem vorderen und dem hinteren Frachtraum. Dazwischen liegt der technische Bereich. Dort ist unter anderem die Klimaanlage untergebracht, in die unter Druck gehaltene Luft aus den Turbinen eingespeist wird. Die Anlage mischt die heiße Luft mit kalter Außenluft, und die Mischung wird dann im gewünschten Verhältnis in die

Kabine geleitet. In der Kabine zirkuliert dieselbe Luft wie im Frachtraum.«

Sohlman wirkte skeptisch. »Wieso sind die Koffer nach dem Flug dann immer so kalt?«

»Die Passagiere erwärmen die Luft in der Kabine. Jeder einzelne mit einer Leistung von siebzig Watt. Das merken Sie, wenn die Maschine noch steht und die Klimaanlage noch nicht läuft. Tiere oder blinde Passagiere frieren da unten nicht, aber es ist kühler als oben, das stimmt. Wenn aber keine Fracht kommt, dürfte es keine Chance geben, hier jemanden zu verstecken ...«

»Es kommt keine Fracht. Verdammt noch mal, wir hätten die Koffer nach Thailand drin lassen sollen.«

»Und das hätten die Geiselnehmer akzeptiert?«

»Natürlich nicht.« Sohlman sah sich den vorderen Frachtraum an, der groß und gut ausgeleuchtet war. Man konnte dort in gebückter Haltung stehen. »Da könnte man doch bestimmt eine Zwischenwand einziehen?«

»Eine Zwischenwand? In einem Flugzeug kann man nicht einfach irgendetwas einbauen. Alles muss von der Luftfahrtbehörde genehmigt werden ...«

»Ich dachte, ich hätte deutlich gemacht, dass wir uns in einer Ausnahmesituation befinden. Es geht um jede Minute.«

Sohlman deutete mit dem Strahl seiner Lampe auf den Abschluss des vorderen Frachtraums, wo eine schmale, etwa zwei Meter tiefe Nische sichtbar wurde. Außerdem befand sich dort die abnehmbare Verkleidung des technischen Bereichs.

»Nehmen wir mal an, dort würde man eine leichte Zwischenwand einbauen ... Wäre das möglich?«

»Alles ist möglich, wenn man Zeit und Geld hat.«

»Zeit haben wir maximal zwei Stunden. Und auf Geld kommt es jetzt überhaupt nicht an.«

Der Leiter des Flugbetriebs schüttelte den Kopf. »Zwei Stunden? Wir sprechen hier über ein Projekt von zwei *Tagen*. Die Techniker können das besser beurteilen. Aber wir kriegen mitten in der Nacht keine Männer hierher ...«

»Die Männer werden von Polizeiautos mit Blaulicht zu Hause abgeholt. Was ist mit dem Material?«

»Im Prinzip hätten wir geeignete Bleche auf Lager...«

»Gut. Fangen wir an, die Konstruktion zu planen.« Sohlman drehte sich beim Sprechen zum Terminal um. Die Hornets rollten hinter Halle drei, außer Sichtweite.

Sohlman überlegte. In die Nische passten drei Mann. Sie müssten im Versteck bleiben, solange nichts zu tun wäre. Nach dem Landen der Maschine hätten sie den Überraschungseffekt auf ihrer Seite. Ihren Einsatz könnte man zusammen mit den Behörden und den Sonderkommandos auf dem Zielflughafen koordinieren – je nachdem, um welches Land es sich handelte.

Jetzt ging es nur darum, geeignete Freiwillige zu finden. Und mit den Geiselnehmern musste auf Zeit gespielt werden, bis das Versteck fertig war. Sohlman beschloss, in die Innenstadt zurückzufahren, um sich an der Planung des Bustransports von Geiselnehmern und Geiseln zu beteiligen. Unterwegs würde er die Männer für das Versteck in der Maschine organisieren.

Vasa hätte Zlatan am liebsten wegen des eigensinnigen Gebrauchs der *Plamyja* zusammengestaucht, aber er schluckte seinen Zorn. Die anderen waren auf Zlatans Seite, und auch Vasa war sich seiner vorsichtigeren Haltung nicht mehr absolut sicher. Außerdem war den Finnen spätestens jetzt klar, wozu die Serben fähig waren, wenn sie wollten.

»Vater«, sagte Vasa leise auf Serbisch, als die Tür zwischen Staatssaal und Atrium aufging. Vor ihm stand ein unsicher wirkender älterer Mann. Vasa breitete die Arme aus.

Der Vater sagte jedoch nichts und umarmte ihn auch nicht. Stattdessen starrte er auf den Anblick hinter Vasas Rücken. Vasa wusste, was es dort zu sehen gab: Menschen, die in Mitleidenschaft gezogene Festgarderobe trugen, weinende Frauen, Blut und Glassplitter auf dem Fußboden.

»Vater«, sagte Vasa noch einmal etwas lauter. Er ergriff die Schulter seines Vaters und zog ihn an sich.

Der Vater stieß ihn aber gleich wieder von sich. »Was hast du da getan?«

Vasa spürte eine Welle unendlicher Enttäuschung über sich hinwegschwappen. »Ich weiß, was du von den Finnen hältst. Jetzt demütigen wir sie nach Strich und Faden. Und verlangen ein Lösegeld, mit dem wir bis ans Ende unseres Lebens wie die Herrschaften leben werden.«

Der Vater seufzte gequält. »Und wo sollen wir leben? Wo sollen wir hingehen, ohne geschnappt zu werden?«

»Das kannst du mir überlassen.«

»Dir überlassen? Wie ist es denn ausgegangen, als ich zuletzt etwas dir überlassen habe? Das hier ist eine Nummer zu groß für dich.«

»Du hast kein Recht, das zu sagen.« Vasa war selbst überrascht von der Kraft, die in seiner Stimme lag. »Nach allem, was ich für dich getan habe. Für ganz Serbien.«

Der Vater schüttelte den Kopf. »Dummkopf. Du bist ein Dummkopf.«

Auf Vasas Gesicht machte sich ein bitteres Lächeln breit. »Du wirst dich noch wundern … Ganz Serbien wird stolz auf mich sein.«

Danilo beobachtete die Frau, deren tief ausgeschnittenes Abendkleid eine Nummer zu klein zu sein schien. Sie ging etwas abseits von den anderen Geiseln umher, in der Nähe der Tür, langsam, ohne bestimmtes Ziel. Es war dieselbe Frau, mit der Slobo vor einiger Zeit gesprochen hatte.

Versuchte sie, Vasa und den Oberst, die an der Tür zum Atrium miteinander redeten, zu belauschen? Konnte sie womöglich Serbisch?

Danilo näherte sich ihr mit vorgehaltener Maschinenpistole.

»Ich weiß, dass du mich verstehst«, sagte er auf Serbisch.

Die Frau drehte sich um und sah ihn fragend an.

»Tu nicht so, ich weiß, dass du uns ausspionierst. Ich werde dich jetzt erschießen!«

Die Frau starrte ihn weiterhin an, erstaunt und ängstlich zugleich, aber eindeutig ohne ihn verstanden zu haben.

»Die versteht dich nicht«, sagte Toma in Danilos Rücken. Beinahe widerwillig senkte Danilo die Waffe. Etwas an der Frau stimmte nicht. Die Kurven allerdings schon, das war nicht zu leugnen. Es war etwas anderes. Er wollte Toma seinen Verdacht mitteilen, aber der war schon bei Vasa und dem Oberst.

»Ich werde mit Stanko die Busse überprüfen«, sagte Toma, nachdem er dem Oberst zugenickt hatte. Sogar bei Toma schimmerte jetzt explosive Ungeduld durch.

Danilo warf noch einen Blick auf die Frau. Er durfte nicht paranoid werden. Aber er musste die Augen offen halten.

Der Akkuschrauber surrte und wurde gleich danach an der nächsten Schraube angesetzt. Nach und nach fand die Zwischenwand an den Aluminiumleisten an Boden und Decke Halt.

Fünf Mechaniker aus der *Finnair*-Technikwerkstatt arbeiteten im Frachtraum des Airbus an der ungewöhnlichen Konstruktion. Sie verlangte Einfallsreichtum, Geschick und vor allem schnelles Arbeiten – sowie gute Nerven, nachdem sie erfahren hatten, dass es um hundert Menschenleben ging, die oberste Staatsführung Finnlands mit eingerechnet. Ein Teil der Männer war dabei gewesen, als wegen der Tsunami-Katastrophe eine Passagiermaschine zum fliegenden Krankenhaus umgebaut worden war, aber selbst damals hatten sie sich nicht so sehr beeilen müssen.

Die Arbeit wurde von Raimo Järventaus, dem Leiter der technischen Abteilung der Flugzeugwartung, überwacht. Vor die Öffnung des vorderen Frachtraums war zum Sichtschutz ein Gestell mit einer Plane geschoben worden. Den Forderungen der Geiselnehmer gemäß hatte man die Maschine auf einen Platz circa hundert Meter vom Terminal entfernt verlegt. Eigentlich wäre der Hangar der einzig richtige Ort für eine solche Umbaumaßnahme gewesen, aber dort hatte man die Maschine nicht hinbringen können. Das Risiko, aufzufliegen, wäre zu groß gewesen.

Die drei Männer, die sich später in der Nische verstecken sollten, sahen sich inzwischen die Passagierkabine des Flugzeugs genau an. Jani Kariluoto, Jukka Moisio und Tuomo Petäjä hatten sich freiwillig für die außergewöhnliche Aufgabe gemeldet: für den Flug im Frachtraum hinter einer provisorischen Trennwand und wenn nötig – je nach Flugziel – für die Durchführung eines Sturmangriffs oder die Beteiligung daran.

Das Erstürmen von Flugzeugen hatte bei allen drei allgemein zur Ausbildung gehört, aber jetzt hatten sie die Gelegenheit, vorab die konkrete Maschine zu inspizieren, auf die sich der Angriff aller Wahrscheinlichkeit nach richten würde.

Nachdem sie sich mit der Kabine vertraut gemacht hatten, unterhielten sich die Männer im Cockpit mit den Piloten, die sich ebenfalls freiwillig gemeldet hatten und sich nun auf den Flug vorbereiteten. Freilich blieben sowohl der Informationsaustausch als auch die Vorbereitungen lückenhaft, denn Kapitän Sorvisto und Kopilot Rissanen wussten nicht, in welche Richtung sie fliegen würden.

Zum Schluss ging Kariluoto vor dem Sitz 17 B in die Hocke und versteckte darunter auf Sohlmans Anweisung einen Stoffbeutel, der eine kompakte Waffe und einen Peilsender mit Funkmikrofon in Miniaturgröße enthielt.

Kariluotos Telefon klingelte, als er gerade den Beutel verstaut hatte.

»*Alles fertig?*«, fragte Sohlman.

»Wohl kaum. Ich gehe runter und sehe nach.«

»*Die Busse fahren hier jeden Moment los*«, sagte Sohlman. »*Unterwegs können wir das Tempo ein bisschen drosseln, aber in einer Dreiviertelstunde dürften sie trotzdem am Flughafen sein.*«

»Ich dachte, wir könnten vielleicht Tuomisto und Vaarala noch als Stewards verkleiden«, sagte Kariluoto, während er die Treppe hinunterging. »Wenigstens als Versuch. Falls sie doch Kabinenpersonal akzeptieren.«

»*Keine Chance.*«

»Was haben wir denn zu verlieren?«

Sohlman überlegte. »*Das stimmt wohl. Niemand soll sagen können, wir hätten nicht alles versucht.*«

Kariluoto trat an den offenen Frachtraum, wo gerade einer der Mechaniker herauskam.

»Wie lange noch?«, fragte Kariluoto den Mann.

»Eine Stunde.«

»Das ist zu lang. Macht schneller.«

45

Jasmin stand hinter dem Stativ mit dem Fernglas und schaute von der Wohnung in der Bernhardinkatu auf die Residenz des Präsidenten. Drei rot-weiße Reisebusse mit der Aufschrift »Express-Bus« waren in der Nördlichen Esplanade geparkt, unmittelbar vor dem Zaun des Residenzhofes.

Sie hatte nicht beobachten können, wie man Vasas Vater gebracht hatte, denn das war über den Seiteneingang in der Mariankatu geschehen. Nun freute sie sich für Vasa. Das Gelingen dieser Operation würde den Oberst sicherlich davon überzeugen, dass er außer Radovan noch einen Sohn hatte, der zum Kämpfer taugte.

Plötzlich klingelte es an der Tür.

Jasmin fuhr zusammen. Wahrscheinlich wieder einer von Elisas Freunden. Sie hatte nicht vor, aufzumachen, sondern wartete einfach ab.

Es läutete erneut. Sicherheitshalber nahm Jasmin das Fernglas und verstaute es samt Stativ unter dem Bett. Schließlich konnte es sein, dass einer von Elisas Freunden einen Schlüssel zur Wohnung hatte. Vorsichtig schlich sie in den Flur. War es vielleicht doch klüger, zu öffnen? Würde es womöglich mehr Verwunderung wecken, wenn sie nicht aufmachte und jemand käme mit dem eigenen Schlüssel herein und sähe sie?

Das Schloss knackte, und die Tür vor Hedu Wikman öffnete sich.

Eine junge Frau.

Hedu war sogleich hellwach, versuchte sich aber nichts anmerken zu lassen.

»Guten Abend«, sagte er mit einem höflichen Lächeln.

»Guten Abend. Worum geht's?« Die Frau blickte mürrisch drein und war schon im Begriff, die Tür wieder zu schließen.

Hedu ließ kurz seine Dienstmarke aufblinken. »Polizei. Sie wissen sicherlich, was in der Residenz vorgeht. Wir brauchen für unseren Einsatz eine Wohnung mit Blickkontakt dorthin. Dürfte ich mal kurz bei Ihnen aus dem Fenster schauen?«

Die Frau sagte nichts, trat aber widerwillig im dunklen Flur zur Seite. Hedu spürte förmlich, wie sich ein extrem wachsamer Blick in seinen Rücken bohrte. Er war auf der Hut: Die Frau hatte dunkle Augen und Locken und etwas nicht Finnisches an sich.

Im Wohnzimmer trat er ans Fenster, nahm das Funkgerät zur Hand und teilte der Funkzentrale seines Teams mit: »Hedu hier. Ziemlich gute Sicht von hier aus. Bernhardinkatu 1 A. Sag Jokke Bescheid. Ich warte hier.«

Während er sprach, schaute Hedu nicht durch das Fenster zur Residenz hinüber, sondern auf die Spiegelung in der Scheibe. Die junge Frau stand hinter ihm und bewegte sich unruhig. Die Haustür war noch immer offen.

»Schön hier«, sagte Hedu und sah sich im Zimmer um. In der Ecke lief der Fernseher.

»Das ist die Wohnung einer Freundin von mir, ich kann ihnen nicht die Erlaubnis geben ...«

»Hätten Sie die Nummer Ihrer Freundin? Dann rufe ich sie an. Wie war übrigens Ihr Name?«

Jasmin überlegte eine Sekunde. Würde sie einen falschen Namen angeben und dann um ihren Ausweis gebeten, würde das sofort Fragen aufwerfen, und sie wäre dran.

»Ranta. Jasmin Ranta.«

»Und die Angaben der Wohnungsbesitzerin, bitte?«

»Elisa Vala. Moment, ich suche ihre Telefonnummer heraus ...« Jasmin tastete nach ihrem Handy. Sie musste Vasa warnen.

»Nein«, sagte der Polizist energisch.

Überrascht sah Jasmin den Mann an.

»Wir erledigen das später«, fügte er weniger streng hinzu.

Jasmins Unruhe wuchs von Sekunde zu Sekunde. Sie glaubte kein bisschen mehr an den Vorwand, mit dem der Polizist in die Wohnung gekommen war.

Bis jetzt hatte sie sich als Außenstehende gefühlt, als eine, die buchstäblich nur von der Seite zuschaute, die lediglich ein bisschen half, ein Verbrechen durchzuführen. Aber jetzt begriff sie, dass sie ebenso kriminell war wie ihre serbischen Freunde im Präsidentenpalast. In ihren Adern pochte die Panik. Was würde geschehen, wenn sie aufflog? Sie merkte, dass sie sich mehr Sorgen um Vasa als um sich selbst machte, sie wollte in seinen Augen nicht diejenige sein, die alles vermasselte.

»Ich muss auf die Toilette.« Abrupt drehte sich Jasmin um und wollte das Zimmer verlassen.

»Das geht jetzt leider nicht«, sagte Hedu. »Warten Sie bitte, bis meine Kollegen kommen.«

»Ich kann nicht warten.« Jasmin wusste, was sie zu tun hatte. Die Zeit des Zögerns war vorbei, sie musste sich endgültig entscheiden, auf welcher Seite sie stand. Entschlossen zog sie das Handy hervor und drückte Vasas Kurzwahlnummer.

Mit überraschend geübter Bewegung zog der Polizist seine Waffe, richtete sie mit ausgestreckten Armen auf Jasmin und sagte: »Legen Sie das Handy weg! Sofort!«

Jasmin wusste, dass der Mann nicht auf sie schießen würde. Sie hielt das Telefon ans Ohr und hörte das Freizeichen.

Im selben Moment stürmten zwei bewaffnete Polizisten in Overalls in die Wohnung und stürzten sich auf Jasmin.

»Hallo«, meldete sich Vasas Stimme.

»Die Polizei ist hier«, konnte Jasmin noch rufen, bevor ihr das Telefon aus der Hand gerissen wurde und man sie gewaltsam zu Boden drückte.

Im Gedränge der anderen Geiseln verließ Johanna die Residenz. Sie sog die frische Luft ein und fing sogleich an, in ihrem dünnen Kleid vor Kälte zu zittern.

Dass sie aus dem Gebäude kamen, erleichterte die Lage der Geiseln keineswegs – im Gegenteil. Johanna schätzte, dass zumindest Sohlman gern während des Einsteigens in die Busse zugeschlagen hätte. Allerdings würden Helste und die übrige Führung dem nicht zustimmen. Hoffentlich.

Trotzdem, für alle Fälle versuchte Johanna, sich so dicht wie möglich bei Vasa zu halten, allerdings nicht zu sehr, denn einer der Serben behielt sie eindeutig nach wie vor im Auge.

Sohlmans Leute hatten die Serben in diesem Moment im Visier. Falls etwas Überraschendes passierte, würden sie versuchen, Vasa außer Gefecht zu setzen.

Die Schar der Geiseln drängte zu den Bussen, um die herum, vermutlich auf Verlangen der Geiselnehmer, ein freier Kreis von ungefähr hundert Metern Radius gelassen worden war. Die Serben gingen in der Mitte der Geiseln. Sie sprachen aufgeregt miteinander, wahrscheinlich über den Anruf, den Vasa vor wenigen Augenblicken erhalten hatte. Der hatte eindeutig Zwietracht gesät, und jetzt zog Vasa mit heftiger Gebärde das Telefon aus der Tasche und rief seinerseits jemanden an. Johanna versuchte näher heranzukommen, merkte aber bald, dass es gar nicht nötig war.

»Ihr habt ein Mitglied unserer Gruppe gefunden«, sagte Vasa auf Englisch, ohne sich darum zu scheren, dass die Finnen in seiner Nähe mithörten. »Ihr werdet sie zum Flughafen bringen, in die Maschine, die für uns bereitsteht. Falls wir sie dort nicht sehen, erschießen wir eine Geisel.«

Vasa benutzte das Pronomen *she*, als er über das Mitglied der Gruppe sprach. Es handelte sich um eine Frau – also war Jasmin gefasst worden, dachte Johanna erleichtert, auch wenn das den Geiseln zunächst in keiner Weise half.

Im Fahrzeug des Führungsstabs fluchte Helste über Vasa Jankovics Anruf.

Hinter ihm starrte Sohlman frustriert auf den Monitor, auf dem man gerade die letzten Geiseln in die Busse steigen sah.

»Wir müssen ihnen Jasmin Ranta übergeben«, sagte Helste, nachdem er eine Weile geflucht hatte.

Sohlman entgegnete nichts, sondern warf sich seine Jacke über. »Ich fahr zum Flughafen, komm nach, sobald du kannst.«

Beim Hinausgehen sagte Sohlman in sein Telefon: »Die Busse fahren ab. Wir versuchen, ihre Fahrt in die Länge zu ziehen.«

»*Gerade werden die letzten Schrauben festgezogen*«, teilte Kariluoto vom Flughafen mit.

»Okay. Ich werde selbst vor den Bussen da sein.«

Beim Gedanken an den dunklen Verschlag im Frachtraum des Flugzeugs schauderte Sohlman. Er hoffte, die prominenten Geiseln würden später den Einsatz der drei blinden Passagiere zu schätzen wissen.

Auf dem Weg zu seinem Kadett Kombi wäre Sohlman fast ausgerutscht. Als er den Wagen startete, sagte er ins Funkgerät: »Sie sind unterwegs. Ist die Zwei-drei-sechs bereit?«

»*Hier sind wir*«, antwortete eine der Zivilstreifen, die auf dem Weg zum Flughafen für stockenden Verkehr sorgen sollten.

Sohlman fuhr los und hob die Hand. Die Polizisten in der Aleksanterinkatu schoben die Absperrung zur Seite und erwiderten ernst den Gruß.

Im selben Moment ertönte eine Explosion und gleich darauf eine zweite. Sohlman blickte zur Residenz, aus deren Richtung die Geräusche gekommen waren. Das Gebäude des Wirtschaftsministeriums verdeckte die Sicht, aber dahinter sah man ein oranges Lodern.

46

Helste starrte auf die Fenster der Residenz, die durch die Explosionen zerborsten waren und aus denen Flammen und Rauchschwaden drangen. Auch die Fenster der Nachbargebäude waren zersplittert. Helste rannte zu dem Mann, der im Dienst der Rettungsleitstelle für die operativen Maßnahmen zuständig war. Mit dem Funkgerät in der Hand gab er bereits Anweisungen.

»Es kann niemand ins Gebäude, bevor die Bombenexperten sich versichert haben, dass keine weiteren Sprengsätze vorhanden sind«, sagte Helste.

»Und wie kommen die Bombenexperten hinein? Ohne Atemschutzausrüstung?«

In dem Moment hielt ein weißer Kadett Kombi vor ihnen, und Sohlman sprang heraus.

»Wir kümmern uns um das hier, sieh zu, dass du zum Flughafen kommst!«, fuhr Helste ihn an. »Ich komme gleich nach.«

Helste merkte, dass er immer inständiger auf Timo Nortamos Eintreffen wartete. Viele in der Polizeiführung waren neidisch auf Nortamo, sie fanden seinen Ruf übertrieben. Aber die Wahrheit lautete, dass er der mit den meisten Wassern gewaschene Polizist Finnlands war. Wenn jemand gegen die Serben ankam, dann war das Timo Nortamo.

Raimo Järventaus von der *Finnair*-Technik reichte Kariluoto, der im Frachtraum auf dem Boden saß und die Haken seiner kugelsicheren Weste schloss, den Akkuschrauber.

»Ich weiß nicht, ob ihr eines von den Wandstücken gleich

aufmachen solltet, nachdem die Geiselnehmer alles überprüft haben und die Maschine anrollt«, sagte Järventaus nachdenklich.

Kariluoto erwiderte nichts. Er kroch in das Versteck, in dem Petäjä und Moisio schon quer zur Öffnung auf einer dünnen Matratze auf dem Rücken lagen. Neben sich hatten sie ihre Waffen, Taschenlampen, Essenspakete und Trinkflaschen. Unter den Overalls trugen die Männer wärmere Unterkleidung als sonst üblich. Ihre Aufgabe war außergewöhnlich und extrem gefährlich. Etwas Ähnliches hatten bislang nicht einmal ausländische Sondereinheiten versucht.

»Hoffentlich habt ihr keinen allzu langen Flug vor euch«, sagte Järventaus und sah zu, wie Kariluoto sich in den engen Raum zwängte.

»Hoffen wir, dass es kein Interkontinentalflug wird«, sagte Petäjä, ohne den Blick von der Decke des Verstecks zu wenden.

»Immerhin kann man die Beine ausstrecken. In der Touristenklasse oben geht das nicht. Vielleicht können wir ein bisschen schlafen.« Moisios Stimme klang nicht ganz so heiter wie geplant.

»Da muss man schon ein guter Schläfer sein«, sagte Järventaus und reichte den Männern noch eine Schachtel Ohropax.

Dann ging er auf die Knie und leuchtete mit der Lampe auf die Schrauben. »Also noch einmal. Die zwei hier oben und die zwei hier unten. Die Verkleidung geht auf, indem ihr von innen dagegendrückt. Das hätte man üben müssen, aber es war ja keine Zeit. Wir schrauben die Verkleidung jetzt zu. Versucht es auszuhalten.«

Järventaus setzte das Blech ein, und die drei Polizisten lagen in völliger Finsternis.

»Uns wird doch nicht der Sauerstoff ausgehen?«, fragte eine gedämpfte Stimme von innen.

»Nein«, versicherte Järventaus und nahm einen Anruf entgegen.

Er hörte eine Weile zu, dann sagte er laut hörbar: »Die Busse unserer Gäste sind gleich hier. Die Herrschaften haben als Abschiedsgeschenk noch zwei Bomben in der Residenz hochgehen lassen.«

Vasa sah durch das Busfenster Feuerwehrautos in Richtung Residenz rasen. Sie fanden immer noch irgendwo welche, dabei hätte man meinen können, dass längst alles, was vier Räder hatte, rund um die Residenz versammelt war. Stanko hatte zwei funkgesteuerte Kracher losgelassen, als Showeinlage. Einer war im Gelben Saal, einer im Staatssaal hochgegangen, beides eigentlich ziemlich kleine Böller, aber einen Brand konnten sie schon auslösen.

Es schlug Vasa aufs Gemüt, dass Jasmin erwischt worden war. Auf einen so schweren Rückschlag war er nicht vorbereitet gewesen. Mit einem Mal nahm Jasmins Leben nun unwiderruflich eine neue Richtung, und ihm kam die Verantwortung zu, das Ganze auf die bestmögliche Art zu regeln.

Aber das würde erst später von Bedeutung sein, jetzt ging es um den gegenwärtigen Augenblick. Vasa bereitete sich innerlich darauf vor, seine letzte Forderung zu stellen. Und diese würde die Finnen gründlich überraschen.

Er warf einen Blick auf seinen Vater, der still und allein auf der anderen Seite des Ganges saß und vor sich hin starrte. Mit einer solchen Reaktion hatte Vasa nicht gerechnet. Der Vater hatte erklärt, sich in keiner Weise an der Operation zu beteiligen. Vasa solle seinen größenwahnsinnigen Plan allein durchziehen.

Einerseits verstand er seinen Vater, denn das Chaos in der Residenz war vollkommen überraschend für ihn gekommen. Also war es kein Wunder, wenn er seine Gefühle nicht im Griff hatte. Aber am Ziel würde Vasa dafür sorgen, dass die Verhältnisse, unter denen sein Vater leben dürfte, die denkbar besten waren. Am Geld würde es jedenfalls nicht scheitern. Dann würde sich der Vater schon beruhigen und das Handeln seines Sohnes in neuem Licht sehen.

Erst in letzter Zeit war Vasa aufgefallen, was für ein gebrochener Mann sein Vater tatsächlich war. Wie von selbst drängte sich ihm das Bild aus der Kindheit auf: der stattliche, viel beneidete Offizier mit vielversprechenden Karriereaussichten. Die jugoslawische Armee war sehr einflussreich und stark gewesen, ein Staat im Staat oder auch »der siebte Bundesstaat«, wie man damals sagte. Ihr waren siebzig Prozent des Staatshaushaltes zugeflossen, und sie hatte selbstständig über ihre Angelegenheiten bestimmt.

Dann waren die Kriege gekommen, die Kamikaze-Politik von Slobodan Milošević und danach die Niederlagen, die dem Vater zusehends schwerer zu schaffen gemacht hatten. Der absolute Tiefpunkt hatte dann in Den Haag auf ihn gewartet, wo er noch den eisenharten Offizier spielte, obwohl es ihm schwer an die Nieren gegangen sein musste. Mit seinen letzten Kräften hatte der Vater den Richtern und seinen Feinden bei der Nato ein starkes Bild von sich geben wollen, wenigstens der zwölf Mitglieder seiner Familie wegen, die von der Nato im Kosovo getötet worden waren.

Auf einmal war Vasa sehr stolz auf sich und seine Operation. Alle zwölf Toten gehörten auch zu seiner Verwandtschaft, zu seiner Familie. Und jetzt wurden sie von sechs Serben gerächt. Das hatte ihn auf die Idee für den Namen der Operation gebracht. 6/12. Außerdem war die Ziffernkombination noch mit dem Datum des finnischen Unabhängigkeitstages identisch.

Vasa lächelte und beantwortete die SMS, die er von Marek aus Polen erhalten hatte: ALLES OKAY. So war es auch. Die kleine Verzögerung war weder für Marek noch für Vasa und seine Leute von Bedeutung.

Slobo kam über den Gang des Busses zu ihm. »Wir hätten noch einen Moment in der Residenz warten und Jasmin dorthin bringen lassen sollen«, sagte er zornig. »Schließlich haben wir auch auf deinen Vater gewartet ...«

»Jasmin wartet am Flughafen auf uns, da kannst du sicher sein«, unterbrach ihn Vasa erbost. Wie konnte Slobo mit so verächtlichem Ton über den Oberst reden, zumal dieser in Hörweite war!

»Und du sollst nicht trödeln!«, rief Slobo dem Busfahrer zu, der hinter einem Lieferwagen abbremste.

Der Fahrer blickte in den Spiegel und wechselte zum Überholen auf die linke Spur. Auf der Gegenseite kamen ihnen Polizeiautos mit heulenden Sirenen entgegen.

Vasa warf einen Blick auf Slobo. Dessen Benehmen war Besorgnis erregend. Das Gleiche galt für das Verhalten der anderen. Der Glanz des Geldes trübte den Blick und machte sie blind für alles, was darüber hinausging. Toma und Danilo saßen im zweiten Bus, Stanko und Zlatan im dritten.

»Jetzt ruf endlich an!«, sagte Slobo zum wiederholten Mal.

Vasa wusste, dass Slobo nicht mehr von Jasmin sprach, sondern von dem, was ihm und den anderen am meisten unter den Nägeln brannte.

»Helste?«, fragte Vasa nach, als sich am anderen Ende jemand meldete.

»*Am Apparat.*«

»Zwei praktische Dinge: Die Maschine muss mindestens dreihundert Meter vom Terminal entfernt auf uns warten. Leer und ohne Licht. Und wenn wir starten, darf uns keine andere Maschine folgen. Falls doch, leiden die Geiseln. Und nun kommt unsere letzte Forderung, hören Sie genau zu. Die Geiseln werden nicht frei gelassen, bevor ihr 120 Kilo Shikimisäure an einem Ort, den wir euch noch mitteilen werden, für uns bereitgestellt habt.«

Shikimisäure? Johanna starrte bestürzt auf Vasa, der drei Reihen vor ihr mit dem Handy am Ohr im Bus saß. Sie hörte, was er sagte, begriff es aber nicht. Nicht im Geringsten.

Heinonen neigte sich zu ihr. »Was hat er...«

Johanna brachte ihn mit einem Ellbogenstoß zum Schweigen.

»Der Name der Substanz sagt euch vielleicht nichts«, hörte sie Vasa fortfahren. »Shikimisäure ist ein wesentlicher Bestandteil bei der Herstellung des Medikaments Tamiflu, das wahrscheinlich auch bei euch mittlerweile bekannt ist, wegen der Vogelgrippe. 120 Kilo reichen für zig Millionen Tamiflu-Tabletten aus, weil der Anteil der Säure in dem Medikament so gering ist ...«

Er ist wahnsinnig, dachte Johanna. Vasa ist ein Wahnsinniger.

»Shikimisäure wird dem in China wachsenden Sternanis extrahiert. Ihr könnt beim Pharmakonzern Roche darum bitten. Dem gehört nämlich der größte Teil aller Sternanisplantagen. Kann natürlich sein, dass Roche negativ reagiert und nicht daran denkt, den knappen Rohstoff herzugeben. Für diesen Fall gebe ich euch aus purer Freundlichkeit einen kleinen Tipp. Am 7. Dezember wird eine Ladung von 120 Kilogramm Shikimisäure per Luftfracht von China über Basel nach Stockholm zum Flughafen Arlanda geliefert. Gute Nacht.«

Johanna warf einen Blick auf Heinonen, der so verdutzt mit offenem Mund vor sich hin starrte, dass es fast komisch wirkte.

Warum, um Himmels willen, wollten die Serben Rohstoff für Tamiflu haben? Begriff Vasa nicht, dass das eine unmögliche Forderung war? Verstand er nicht, dass sie gar nicht erfüllt werden konnte? An Tamiflu herrschte Mangel. Zwar hatte sich die Vogelgrippe noch nicht so verändert, dass sie von Mensch zu Mensch übertragbar war, doch konnte das jederzeit passieren.

Johanna überlief ein Schauder. Vorläufig dürfte es am besten sein, wenn Vasa nicht wusste, dass er Unmögliches verlangte. Jedenfalls blieb den Geiseln dadurch ein wenig Hoffnung.

Die Polizei drängte die Fotografen und Journalisten noch weiter von der Residenz weg. Ein Teil der Medienvertreter war bereits zum Flughafen aufgebrochen, als es zu den Explosionen kam, aber es war trotzdem noch eine gewaltige Schar aufgeregter Menschen zurückgeblieben. Zwei Reporter gaben im hellen Licht von Akkulampen direkte Berichte ins Fernsehstudio.

»*... die Explosionen brachten noch mehrere hundert Meter von der Residenz des Präsidenten entfernt den Erdboden zum Erzittern. In der Residenz selbst gingen Fenster zu Bruch, dahinter waren helle Flammen zu erkennen, aber aus Angst vor weite-*

ren Sprengkörpern konnte die Feuerwehr offenbar nicht unverzüglich in das Gebäude hinein …«

Timo schaute aus dem Fenster, während die Maschine aus Brüssel in Helsinki-Vantaa von der Landebahn rollte. Die Blaulichter Dutzender von Polizeiautos, Krankenwagen und Feuerwehrautos blinkten auf dem ohnehin schon hell erleuchteten Flughafen. Hier waren massive Sicherheitsvorkehrungen im Gange, das war nicht zu übersehen.

»Was ist hier los?«, wollte Timos Sitznachbarin wissen.

Timo schaltete sein Handy ein und überließ die Frau ihrer Neugier. Sobald die Maschine zum Stehen kam, nahm er seine Tasche, stand auf und drängte sich schubsend zwischen den anderen Passagieren zur Tür durch, die gerade von einer Stewardess geöffnet wurde. Dabei bediente er mit dem Daumen die Tasten seines Telefons.

Helstes Stimme meldete sich unter einem Rauschen. *»Timo, bist du in Finnland?«*

»Bin gerade gelandet. Wie ist die Lage?«

»Die Geiselnehmer haben nach ihrer Abfahrt von der Residenz noch zwei Bomben gezündet. Der Brand ist unter Kontrolle, das ist kein Problem mehr. Sie kommen jeden Moment zum Flughafen. Wir haben drei Mann in der Maschine versteckt, mit der sie verschwinden wollen.«

Die Stewardess bekam die Tür auf, aber draußen war ein Flughafenangestellter noch damit beschäftigt, die Befestigung der Gangway zu überprüfen. Timo wartete ungeduldig und versuchte gleichzeitig die Situation zu analysieren.

»Aber jetzt kommt der Hammer … Jankovic junior hat gerade seine letzte Forderung gestellt. 120 Kilo Shikimisäure, die man als Rohstoff für Tamiflu braucht, sollen an einen Ort gebracht werden, den sie uns später nennen.«

»Was redest du da?«

»Ich weiß, ich weiß! Wir können dem natürlich unmöglich zustimmen. Aber wir können auch unmöglich Nein sagen.«

DRITTER TEIL

47

Die drei rot-weißen Express-Busse verließen an der Abfahrt Flughafen den Autobahnring 3.

Vasa hielt seine Waffe auf dem Schoß und trommelte mit den Fingern darauf herum, während man draußen bereits die bunten Leuchtreklamen auf den Dächern der Flughafenhotels sah. Helste hatte mehrfach versucht anzurufen, aber Vasa hatte nicht geantwortet. Es gab nichts zu bereden.

Hinter sich hörte er einen serbischen Fluch. Er drehte sich zu Slobo um und begegnete einem ähnlich flammenden Blick wie vorhin vor der Residenz.

Slobo kam zu ihm.

»Kapierst du, was du getan hast?«, zischte Slobo. »Du hast gesagt, sie könnten Jasmin niemals auf die Spur kommen.«

Vasa schüttelte den Kopf. »Ich verstehe nicht, wie sie das geschafft haben …«

»Sie wird sich jetzt für den Rest ihres Lebens verstecken müssen«, regte sich Slobo auf. »Oder gehört das auch zu deinen Plänen? Ihr zwei seid die Einzigen, deren Identität bekannt ist. Ihr müsst untertauchen. Wartet vielleicht schon irgendwo ein gemeinsames Nest auf euch?«

»Du siehst Gespenster. Setz dich auf deinen Platz, wir reden später darüber.«

Draußen huschten die ersten Hinweisschilder des Flughafenkomplexes vorbei. Slobo ging widerwillig auf seinen Platz zurück und schlug unterwegs mit der Faust gegen eine Rückenlehne. Vasa hoffte, Slobo würde seine Gefühle unter Kontrolle halten können.

In der frisch gewienerten Empfangshalle des Flughafens Helsinki-Vantaa eilte Timo zum VIP-Bereich. Die wahnsinnige letzte Forderung der Geiselnehmer hatte seine zuvor besorgte Stimmung in Wut umschlagen lassen.

Sie mussten die Maschine mit allen Mitteln am Boden halten. Man durfte die Geiseln nicht zu einem unbekannten Ziel fliegen lassen, erst recht nicht jetzt, da ihr Leben von einer Forderung abhing, die nicht erfüllt werden konnte.

Timo zeigte dem Wachtmeister vor dem Eingang zum VIP-Bereich seine Dienstmarke und betrat den karg möblierten Raum, in dem die Polizeiführung heftig über die Lage diskutierte.

Timo blieb hinter den Männern stehen. Niemand nahm von ihm Notiz.

»... kann man nicht verhindern. Wir müssen sie starten lassen«, sagte Artto, der Stellvertreter des Polizeidirektors.

»Im Gegenteil. Wir dürfen sie nicht in die Luft lassen«, sagte Timo laut.

Die Köpfe der Männer drehten sich zu ihm.

»Wir sind nicht in der Lage, ihre Forderung zu erfüllen, und das müssen sie verstehen. Ich werde mit ihnen sprechen.«

»Das ist sinnlos«, fuhr Artto ihn an.

»Nein, Nortamo hat Recht.« Der Chef der Sicherheitspolizei war sichtlich erleichtert, Timo zu sehen. »Wir können sie nicht starten lassen. Soll er nur mit ihnen reden, wir verlieren dabei nichts.«

»Wir brauchen auch Kontakt zu dem Tamiflu-Hersteller«, sagte Timo. »Holt den Vorstandsvorsitzenden des Pharmakonzerns ans Telefon!«

Bei den letzten Worten machte Timo bereits die ersten Schritte in Richtung Ausgang. Sohlman und Helste kamen im selben Moment herein.

»Ich gehe in die Maschine und warte dort auf die Geiselnehmer«, sagte Timo zu Helste. »Sie haben sich daran gewöhnt, mit dir zu sprechen, jetzt geben wir ihnen durch einen neuen Mann ein neues Signal.«

»Jankovic meldet sich nicht am Telefon«, sagte Helste. »Die Busse sind schon fast an der Einfahrt.«

Timo trat auf das Rollfeld hinaus.

»Ist dir klar, was du für eine Verantwortung auf dich nimmst, wenn du jetzt alles durcheinanderbringst?«, rief ihm Artto hinterher.

Timo tat so, als hörte er ihn nicht, sondern machte einige Laufschritte zu dem Polizeiauto, das unter einem Betondach stand. Sohlman eilte ihm nach. Timo setzte sich in den Wagen und befahl dem Polizisten am Steuer, ihn zu der Maschine zu bringen. Sohlman schaffte es gerade noch rechtzeitig, einzusteigen.

Unterwegs schilderte er Timo kurz die Lage und berichtete auch von den Männern im Frachtraum.

»Das Bomben-Kommando entschärft gerade die Sprengsätze der Serben in der Residenz«, sagte Sohlman zum Schluss. »Hoffentlich kommen sie nicht auf die Idee, Böller mit ins Flugzeug zu nehmen. Selbst wenn sie nicht vorhaben, sie zu zünden.«

Timo sah durch die Windschutzscheibe auf das Flugzeug, das in voller Beleuchtung auf dem Rollfeld stand. Draußen gingen einige als Mechaniker verkleidete Männer des SK Bär umher. Weiter weg waren Scharfschützen hinter Gepäckanhängern und anderen Versorgungsfahrzeugen in Stellung gegangen. Die Hornets standen in unmittelbarer Startbereitschaft, auch wenn klar war, dass man von ihnen keine Hilfe erwarten konnte.

»Sie haben verlangt, die Maschine soll mindestens dreihundert Meter vom Terminal entfernt stehen, leer und ohne Beleuchtung«, sagte Timo und rief dabei die TERA in Brüssel an.

»Wir schauen, wo ihre Schmerzgrenze bei Abweichungen liegt, und handeln dementsprechend.«

Sohlman versuchte eindeutig am hartnäckigsten, den Serben wenigstens irgendwie ins Handwerk zu pfuschen; die obere Führung hatte es längst aufgegeben, weil sie Angst um die Staatsspitze hatte, was an sich auch nicht unklug war.

Timo bekam den Dienst habenden Kollegen bei der TERA an den Apparat und schilderte ihm mit wenigen Sätzen die Lage.

»Sucht die wichtigsten Informationen über Shikimisäure und die Herstellung von Tamiflu heraus und macht einen neutralen Experten ausfindig«, sagte er schnell. Das Polizeiauto hielt neben dem Flugzeug. »Ich melde mich in ein paar Minuten noch mal. Und fangt an, die Führung des Pharmakonzerns Roche weichzuklopfen, ich will mit ihnen reden. Am liebsten mit dem Vorstandsvorsitzenden.«

Timo beendete das Gespräch und stieg aus.

»Sollen wir den Start unter dem Vorwand technischer Störungen hinauszögern?«, fragte Sohlman.

»Ich weiß nicht, lass uns das später entscheiden.«

Sohlman sagte nichts, sondern nahm sein Funkgerät zur Hand. Timo sah sich um. Einer von Sohlmans Leuten machte sich im Mechanikeroverall am Fahrwerk zu schaffen, ein zweiter tat so, als würde er das Querruder überprüfen.

»Die Busse sind an der Einfahrt zum Flughafen«, sagte Sohlman und nahm das Funkgerät vom Ohr. »Helste teilt mit, dass Jankovic tobt, weil die Maschine nicht dort steht, wo sie soll.«

»Sag ihm, er soll die Anrufe von Jankovic an mich umleiten«, erwiderte Timo und ging auf die Gangway zu. »Ich bleibe hier, und ihr verschwindet, und zwar schnell. Sieh zu, dass die Mechaniker von der Maschine wegkommen, die Serben lassen sich von ihnen keine Sekunde täuschen. Wir dürfen sie nicht unnötig reizen.«

Timo stieg die Treppe zum Flugzeug hinauf. Oben wirkte der Wind noch kälter. Am Eingang drehte er sich um und sah das Polizeiauto zum Terminal zurückfahren. Die Busse waren noch nicht zu sehen.

Timo betrat die Kabine, wo zwei Stewards in dunkelblauen Uniformen mit den sehr ernst wirkenden Piloten sprachen. Sohlman hatte zwei an sich glaubwürdig aussehende Männer als Stewards verkleidet, aber es war fast selbstverständlich, dass Jankovic die beiden sofort hinauswerfen würde.

Timo stellte sich vor und sagte: »Ich rede noch mit den Geiselnehmern. Unser Ziel ist es zu verhindern, dass dieses Flugzeug startet.«

Kapitän Sorvisto und Kopilot Rissanen nickten. Timo hatte Hochachtung vor ihrem Mut, freiwillig diesen Flug zu übernehmen, über dessen Ziel und endgültiges Schicksal nichts bekannt war.

»Vorläufig folgt ihr meinem Kommando und meinen Zeichen«, fing Timo an, aber das Klingeln des Telefons unterbrach ihn.

Zuerst hörte er es einige Male knacken.

»*Was treibt ihr da für ein Spiel?*«, fragte eine nervöse Stimme in fließendem Englisch – die bekannte Stimme aus Stockholm. »*Ich habe klare Anweisungen gegeben …*«

»Vasa, hier ist Timo Nortamo. Wir haben in Stockholm miteinander gesprochen. Erinnern Sie sich?«

Kurze Stille. »*Sieh zu, dass die Maschine weiter weg kommt, so wie ich es gesagt habe. In der Maschine und um sie herum darf niemand sein, außer zwei Piloten und Jasmin Ranta. Niemand sonst.*«

Dann wurde die Verbindung unterbrochen.

»Wir versetzen die Maschine«, sagte Timo zu den Piloten und sah die Stewards des SK Bär an. »Schicke Uniformen, aber ihr müsst aussteigen.«

»Sohlman hat gesagt …«

»Wir handeln der Situation entsprechend, und die Situation ist jetzt diese.«

Die Männer verließen die Maschine, und das Flughafenpersonal entfernte die Gangway. Kopilot Rissanen schloss die Tür, und das Flugzeug setzte sich langsam in Bewegung.

Timo ließ sich auf einem der Plätze nieder. Die Kabine war geräumig, sie hatte zwei Gänge, in der Mitte befanden sich jeweils vier Sitze nebeneinander, an den Seiten jeweils zwei. In der Business-Class gab es nur Zweierreihen. Die Geiseln würden die große Maschine nicht einmal zur Hälfte füllen.

Timo rief seinen Kollegen bei der TERA in Brüssel an. »Hast du etwas über Shikimisäure herausbekommen?«

»*Die gewinnt man aus dem Sternanis, das in China wächst. Sie kommt dort aber nur in vier Provinzen vor. Wegen Tamiflu ist die Nachfrage explodiert, das Angebot hat sich nicht annähernd so stark steigern lassen. Roche besitzt fast alle Anbaugebiete ...«*

»Alles klar, wir kommen später auf das Thema zurück«, unterbrach Timo und beantwortete den Ruf des Funkgerätes in seiner anderen Hand. Die Maschine rollte bis kurz vor die Startbahn, durch die Fenster sah man die Reihe der beleuchteten Flugsteige am Terminal in die Ferne rücken.

»*Hier ist Artto*«, meldete sich der Stellvertreter des Polizeidirektors. »*Mit wessen Erlaubnis bist du in der Maschine geblieben?*«

»Ich sagte bereits, dass wir jetzt die letzte Gelegenheit haben, die Maschine am Boden zu halten. Danach haben wir diese Runde verloren. Und das kann die entscheidende Runde sein.«

»*Wir haben dir keinen Freibrief ausgestellt. Was passiert, wenn die Serben wegen deines Sololaufs die Geiseln bestrafen?*«

»Ich habe nicht vor, die Gesundheit der Geiseln aufs Spiel zu setzen, sondern sie in Sicherheit zu bringen, solange es möglich ist. Und wenn die Maschine startet, ist es nicht mehr möglich. Verbinde mich mit den Männern im Frachtraum!«

Widerwillig stellte Artto die Verbindung zu Kariluoto her, den Timo von früher kannte. Er hielt ihn für einen der fähigsten Finnen auf seinem Gebiet, aber jetzt hatten sie es mit einer nahezu unlösbaren Aufgabe zu tun. Timo musste sich versichern, dass die Männer im Frachtraum auf dem Laufenden waren.

In Kariluotos Stimme schwang Zufriedenheit über Timos Anwesenheit mit. »*Hier kann man sogar zum Schlafen die Beine ausstrecken*«, versuchte er die Stimmung zu lockern.

Nach einem kurzen Gespräch mit Kariluoto steckte Timo das Funkgerät ein und stand auf. Die leere Kabine wirkte gespenstisch und Unheil verkündend.

Plötzlich hörte er hinter sich an der Tür der Maschine Stimmen. Timo fuhr herum und sah zwei Männer in Zivil eintreten, die eine junge Frau mit braunen Augen und bunter Mütze, unter der schwarze Locken glänzten, in ihrer Mitte hatten.

Timo begrüßte die Männer. Einen davon kannte er noch von seiner Zeit bei der KRP. Sie führten die Frau zu einem Sitz im vorderen Teil der Kabine.

Timo schaute Jasmin Ranta fest in die Augen und fragte sie: »Wohin soll die Reise gehen?«

Die Frau schaute ebenso unverwandt mit gelassenem Gesichtsausdruck zurück.

Ein harter Brocken. Zumindest hielt sie sich selbst dafür.

48

Vasa spähte durch die Windschutzscheibe des Busses. Die blau-weiß gestrichene *Finnair*-Maschine vom Typ Airbus 340 war in den schwach beleuchteten Bereich des Rollfeldes verlegt worden, gesondert von den anderen Flugzeugen. In den Fenstern und der offenen Tür sah man, dass in der Passagierkabine Licht brannte. Die Klappen des Frachtraums im unteren Teil des Rumpfes standen offen.

Vasa hatte unterwegs den Platz gewechselt und saß mittlerweile neben dem Busfahrer.

»Du fährst direkt zur Gangway. So dicht wie möglich an sie heran«, befahl er dem Fahrer.

Dieser reduzierte die Geschwindigkeit, fuhr fast bis auf einen Zentimeter an die Treppe heran und öffnete die Tür. Vasa stieg aus. Er konnte vom Bus aus direkt die Gangway betreten, ohne einen Schritt auf das Rollfeld machen zu müssen. Er blickte die Treppe hinauf nach oben und erschrak.

In der offenen Flugzeugtür stand der Polizist, der ihn in Stockholm besucht und sich nach Radovan erkundigt hatte. Derselbe Mann, der vorhin versprochen hatte, es wären nur die Piloten in der Maschine. Timo Nortamo.

»Was machst du hier?«, explodierte Vasa.

»Ich will mit Ihnen über die Forderung nach dem Tamiflu-Rohstoff reden«, sagte Nortamo und ging mit zur Seite ausgestreckten Händen langsam die Treppe hinunter.

Vasa zog sich in den Bus zurück, riss den Parlamentspräsidenten von seinem Sitz, zerrte ihn mit sich an die Tür und hielt ihm die Pistole an die Schläfe.

»Ich habe gesagt, in der Maschine dürfen nur die Piloten sein!«

»Wir können uns auf vieles einlassen, aber nicht auf die Beschaffung des Tamiflu-Rohstoffs. Das hängt nicht von uns ab, wir...«

»Runter von der Gangway, oder ich erschieße die Geisel!«

Langsam stieg der Finne weiter die Treppe hinunter.

»Verstehen Sie? Die Beschaffung des Tamiflu-Rohstoffs ist eine unmögliche Forderung. Wir bieten Ihnen Geld an. Fünfzig Millionen Euro. Bis morgen früh bringen wir es hierher auf den Flughafen. Oder Sie sagen uns, wo und wie Sie es haben wollen. Wir wollen nur, dass die Maschine mit den Geiseln nirgendwo hinfliegt.«

»Über dieses Thema verhandle ich nicht. Verschwinde, oder du musst die Folgen tragen!«

»Sie treiben sich selbst und uns in die Ecke mit Ihrer Forderung. Wir...«

»Halt's Maul und verschwinde!«, brüllte Vasa.

Nortamo sah ihn einen Augenblick an, dann gab er auf und ging ohne Eile in Richtung Terminal davon.

»Vasa«, sagte Stanko. Er war aus seinem Bus ausgestiegen und neben Vasa getreten.

»Fünfzig Millionen Euro sind eine Menge Geld«, sagte er leise auf Serbisch.

»Wenn sie fünfzig anbieten, können sie auch hundert bezahlen«, kommentierte Danilo, der im Bus nach vorne gekommen war. »Das wäre dann allmählich sogar für mich genug.«

»Lasst euch nicht für dumm verkaufen«, sagte Vasa gereizt. »Den Geldscheinen würden sie auf die Spur kommen. Darüber haben wir doch oft genug geredet.«

»Das könnten wir schon irgendwie verhindern. Aber dieser Tamiflu-Stoff...«, erwiderte Stanko. »Es ist absolut möglich, dass sie ihn wirklich nicht beschaffen können, auch wenn sie es noch so gerne wollten. Das ist ein so großes Ding, dass diejenigen, die darüber entscheiden, vielleicht sogar bereit sind, den

Präsidenten und ein paar Promis aus einem Kleinstaat zu opfern.«

»Wenn wir den Präsidenten der Vereinigten Staaten entführt hätten, würden wir das Zeug vielleicht kriegen«, sprang Danilo bei.

»Und selbst wenn wir den Präsidenten der Vereinigten Staaten entführt hätten, wäre das immer noch nicht genug. Weil es nämlich um das Leben von Hunderten Millionen Menschen geht. Diesen Stoff rücken sie einfach nicht raus«, beharrte Stanko.

»Was werdet ihr so nervös?«, fragte Vasa. »Wir sind dieses Thema mehr als einmal durchgegangen. Die bieten uns keine Millionen. Das ist bloß ein Bluff. Ihr lasst euch von der Polizei blenden. Wenn wir jetzt unsere Pläne ändern, schenken wir ihnen nur Zeit. Bis morgen früh sind hier sämtliche Anti-Terror-Kommandos aus ganz Europa versammelt, und wir liegen im Sarg.«

Vasa sah die Männer an, die er mit seinen Worten zum Schweigen gebracht hatte. »Die Finnen werden das schaffen. Sie haben gar keine andere Wahl. Und wir auch nicht. Seid nicht blöd! Bargeld kommt nicht in Frage. Wir ziehen das mit Marek durch, genau so, wie wir es besprochen haben.«

Kapitän Sorvisto und Kopilot Rissanen saßen im Cockpit auf ihren Plätzen und hörten Schritte auf der Gangway. Sie sahen sich an.

Hinter ihnen hielten die Schritte inne, jemand blickte ins Cockpit.

»Aufstehen!«, befahl eine Stimme auf Englisch.

Sorvisto legte die Hand auf das Gurtschloss und ließ es aufschnappen. Er stand langsam auf und begegnete dem ernsten Blick des ebenfalls aufstehenden Rissanen.

Sie drehten sich zur Passagierkabine um und sahen vor sich einen Mann im Kampfoverall und mit Sturmhaube, der eine Maschinenpistole in der Hand hielt.

»Sie wissen bestimmt, dass Sie das da in der Luft nicht benutzen dürfen«, sagte Sorvisto mit einer Kopfbewegung zu der Waffe, »sonst stürzen wir ab.«

Der Geiselnehmer antwortete nicht, sondern bedeutete ihnen, näher zu treten. Im selben Moment tauchte ein zweiter Geiselnehmer in der Maschine auf und winkte der Finnin zu, die zuvor von der Polizei ins Flugzeug gebracht worden war.

Der erste Geiselnehmer befahl den Piloten, sich mit den Händen an die Wand zu stützen. Dann nahm er eine Leibesvisitation vor. Sein Komplize sah sich gleichzeitig gründlich in der Passagierkabine um.

»Geht auf eure Plätze und bereitet euch auf den Start vor! Ihr verlasst das Cockpit nicht, ihr macht die Tür nicht zu, und ihr nehmt ohne Erlaubnis auch keinen Funkkontakt auf«, sagte der Serbe zum Abschluss.

Sorvisto und Rissanen kehrten ins Cockpit zurück und schnallten sich wieder an. Rissanen blickte sich noch einmal um und stellte fest, dass beide Männer nun die Passagierkabine durchsuchten.

»Alles in Ordnung?«, fragte Slobo, der im Gang vor Jasmin stehen geblieben war. Sie saß kreidebleich in einer der vorderen Sitzreihen.

»Es könnte nicht besser sein«, antwortete sie mit gezwungenem Lächeln.

Slobo legte ihr beruhigend die Hand auf die Schulter, drückte sie leicht und setzte mit Stanko die Durchsuchung der Kabine fort. Alles schien in bester Ordnung zu sein. Die Gurte lagen fein säuberlich ausgerichtet auf den Sitzen, die Sicherheitsbestimmungen und die Bordzeitschriften steckten schön ordentlich in den Sitztaschen.

Stanko ließ die Gepäckablagen über den Sitzen aufschnappen. Sie waren leer. Slobo zog inzwischen die Sonnenblenden an den Fenstern herunter.

Im hinteren Teil der Maschine riss Slobo den Vorhang zur Küche zur Seite, wo die Stewardessen die Essensportionen der Passagiere aufwärmten und ihre Trolleys aufbewahrten. Er klopfte mit der Waffe die Wandverkleidung ab und blickte ins WC.

Schließlich gingen die beiden Männer wieder nach vorne zum Eingang. Stanko gab mit dem Daumen das Zeichen, dass in der Maschine alles in Ordnung war.

Unten kommandierten Vasa, Toma, Zlatan und Danilo die Geiseln aus den Vordertüren der Busse.

Vasa sah dem Menschenstrom auf der Gangway zu. Inmitten der verschnörkelten Pracht der Residenz waren die festlichen Kleidungsstücke angebracht gewesen, hier aber, auf dem zugigen, dunklen Rollfeld, wirkten sie lächerlich, und die Menschen, die sie trugen, sahen bemitleidenswert aus. Die Crème de la Crème der Nation badete nun nicht mehr im Glanze ihrer Großartigkeit, sondern musste sich Mühe geben, ihr Entsetzen einigermaßen unter Kontrolle zu halten. Die meisten Menschen hatten in ihrem tiefsten Inneren Angst vorm Fliegen, und jetzt, in dieser Situation, glich das Flugzeug auf dem nächtlichen Areal einem riesigen Zinksarg mit Flügeln.

Das Flugzeug konfrontierte auch Vasa mit neuen Herausforderungen. Er besaß nun nicht mehr die totale Macht über sein Handlungsumfeld. Letztlich lag die Macht bei den Piloten, die aber dem feindlichen Lager angehörten. Außerdem stellte die hysterische Schar der Passagiere auf so engem Raum einen ganz neuen Gefahrenfaktor dar.

»Zur Seite treten!«, befahl er dem Polizeidirektor, als dieser den Bus verließ.

Auf dieselbe Weise pflückte er die übrigen Angehörigen der Polizeiführung sowie die Offiziere der Armee aus der Masse heraus und rief ihnen mit einer Handbewegung zum Terminalgebäude zu: »Verschwindet! Geht ins Terminal, dort wartet man schon auf euch.«

Die Männer sahen sich unsicher an.

»Ich kann euch auch auf der Stelle erschießen, wenn ihr nicht daran interessiert seid, abzuhauen.«

Mehr war an Ermunterung nicht nötig. Mit forschen Schritten setzten sich die Männer in Bewegung. Bis dahin hatten sie nicht sonderlich viel Initiative an den Tag gelegt – wahrscheinlich um die anderen Geiseln zu schützen –, aber von nun an, da sich die Lage der Geiseln Stück für Stück verschlechtern würde, hätten sie vielleicht neuen Mumm bekommen. Und darauf war Vasa nicht scharf.

Johanna blickte beim Aussteigen aus dem Bus verstohlen zur Seite. Die führenden Männer von Polizei und Armee trippelten über das dunkle Rollfeld auf die Lichter des Terminals zu. Ihre Ehefrauen blieben zurück und tuschelten ängstlich miteinander. Das war ein genau überlegter und kluger Schachzug von Vasa – wieder einmal.

Johanna stieg hinter Minister Heinonen die Treppe zur Maschine hinauf. Als die Schlange vor der Tür ins Stocken geriet, hörte Johanna den am Eingang stehenden Geiselnehmer sagen: »Willkommen zu Ihrem *Finnair*-Flug in die Hölle. Sie dürfen sich Ihre Plätze frei wählen, nur die Sitze in der Business-Class sind den Ehrengästen vorbehalten. Wir wünschen einen guten Flug.« Es folgte ein überhebliches, schallendes Lachen.

49

Nachdem sie die Maschine betreten hatte, warf Johanna einen Blick ins Cockpit. Vor den Armaturen sah man die Rücken zweier weißer Hemden, die unverkennbar zur Fluggesellschaft gehörten. Einen eigenen Piloten hatte Vasa denn doch nicht dabei, stellte Johanna zu ihrer Erleichterung fest.

Der maskierte Geiselnehmer, der am Eingang zur Passagierkabine Wache stand, versetzte Heinonen einen solchen Stoß, das dieser an den Sitzlehnen Halt suchen musste.

»He, Kari, haste zu viel Bowle getankt?«, erkundigte sich jemand in Johannas Rücken. Sie erkannte die Stimme, denn der Abgeordnete Ala-Turpeinen hatte auch in der Residenz schon ständig sein Mundwerk aufgerissen.

Johanna folgte dem schweigenden Heinonen durch die Business-Class hindurch. Plötzlich fuhr sie zusammen. Im vorderen Teil der Touristenklasse saß eine junge Frau, die nicht in der Residenz gewesen war. Das musste Jasmin Ranta sein.

Johanna merkte, dass sie die junge Frau anstarrte, und blickte sogleich anderswohin. Die Augen auf die Sitznummern gerichtet, ging sie weiter.

»Warte«, sagte sie zu Heinonen, als sie Reihe 18 erreicht hatten. »Wir bleiben hier.«

Heinonen gehorchte brav. »Darf ich ans Fenster?«

»Ich verlange es sogar.« Erst als sie das gesagt hatte, erinnerte sich Johanna wieder an die Anwesenheit von Jasmin Ranta.

So würde ein Ehepaar nicht miteinander reden. Jasmin Ranta gehörte dem feindlichen Lager an und konnte Finnisch. Das war eine lebensgefährliche Kombination, und Johanna war wütend auf sich, weil ihr ein so primitiver Fehler unterlaufen war. Wenn Müdigkeit sich bemerkbar machte, musste man besonders auf der Hut sein.

»Du willst doch immer ans Fenster«, sagte sie zu Heinonen in möglichst alltäglichem Ton, aber auch das klang nicht natürlich. Es gab an diesem Abend in dieser Maschine wohl kein einziges Ehepaar, das natürlich miteinander redete.

Johanna setzte sich auf Platz 18 B und sah sich dann in der Kabine um, die sich langsam mit schweigenden, leidend und nervös wirkenden Festgästen füllte.

»Soll ich mal den Knopf drücken und die Stewardess rufen? Mal gucken, ob der Getränkeservice funktioniert«, tönte Ala-Turpeinens schon vertraute Stimme einige Sitzreihen weiter.

»Erkki, jetzt hältst du das Maul, oder wir stopfen es dir«, fauchte die Premierministerin, die von ihrem Parteikollegen genug hatte.

Danilo leuchtete mit der Taschenlampe in den vorderen Frachtraum der Maschine. An der Decke waren Lampen angebracht, aber es hätte zu viel Zeit gekostet, wenn er darum gebeten hätte, sie einzuschalten. Er führte die Kontrolle schnell durch, denn es war höchste Zeit, wegzukommen.

Toma stieg zu ihm in den Rumpf des Flugzeugs. Den hinteren Frachtraum hatten sie bereits überprüft. Die Lichtkegel ihrer Taschenlampen leckten schnell über die Wände, den Boden und die Decke.

Hinter der eingezogenen Wand hielten Kariluoto und seine beiden Kollegen die Luft an.

Der Lichtkegel einer Lampe hielt auf der dünnen Wand inne. Man sah das Licht durch die Säume der Zwischenwand ins Versteck scheinen.

Kariluoto hoffte, dass die Geiselnehmer ihre Hausaufgaben nicht mit der nötigen Sorgfalt gemacht und sich die Maße und genaue Form des Frachtraums eingeprägt hatten. Denn sonst würden sie merken, dass er an einem Ende etwas zu früh aufhörte. Wenn die Serben etwas ahnten und auf die Zwischenwand schossen, hätten er und seine beiden Kollegen keine Chance, das wusste Kariluoto.

»Hier ist nichts, was nicht hergehört«, sagte Danilo zu Zlatan, der an der Tür zum Frachtraum erschienen war.

Danilo und Toma kletterten zurück auf das Rollfeld, aber Zlatan ließ noch einmal den Lichtkegel seiner Lampe über die Wände gleiten. Dann richtete er ihn auf den Boden und bemerkte etwas.

Er schwang sich in den Frachtraum, machte gebückt ein paar Schritte und ging dann in die Hocke. Toma und Danilo folgten ihm und richteten ihre Lampen auf den kleinen Gegenstand, den Zlatan aufgehoben hatte: eine Schraube. Alle wussten, dass in Flugzeugen keine Schrauben auf dem Boden herumzuliegen hatten.

Zlatan legte den Zeigefinger an die Lippen und deutete mit dem Daumen auf die Wand in seinem Rücken. Alle drei hoben die Waffen.

Zlatan drehte sich rasch um und trat kräftig gegen das Blech.

»Raus!«, brüllte er. »Sofort! Oder ihr werdet in eurem Rattenloch verrecken!«

50

Im Nu hatte Kariluoto die Situation erfasst. Wenn er nicht sofort antwortete, würden die Männer draußen womöglich das Feuer eröffnen. Sie würden sich jedenfalls nicht selbst einem möglichen Beschuss aussetzen.

»Nicht schießen, wir kommen raus«, rief Kariluoto. »Es dauert einen Moment, die Verkleidung zu entfernen.«

Er fluchte innerlich heftig und fing an, die Schrauben zu lösen.

»Verdammte Scheiße«, sagte Moisio neben ihm. »Wie konnten sie das wissen?«

Zlatan warf seinen Genossen einen triumphierenden Blick zu.

»Tempo!«, befahl Danilo und richtete die Waffe unruhig auf die Wand, hinter der man nun Geräusche hörte.

»Ich hab doch gesagt, dass wir mehrere Schrauben lösen müssen«, wurde von jenseits der Wand geantwortet.

Zlatan bedeutete Danilo und Toma, die Wandverkleidung anzuleuchten. Sie sahen, wie die Schrauben an den Rändern sich drehten. Gleich darauf löste sich das erste Blech, und wenig später das zweite und das dritte.

Drei Männer in Sturmausrüstung krochen heraus. Mit erhobenen Händen blinzelten sie ins Licht.

»Kein schlechter Versuch«, stellte Zlatan barsch fest. »Aber nicht gut genug. Schade für euch, denn der Preis für Verrat ist der Tod.«

»Beherrsch dich«, sagte Toma auf Serbisch. »Eine Maschine mit Löchern fliegt nicht mehr gut.«

»Wir bringen sie aus der Maschine und richten sie hin. Die Leichen lassen wir auf dem Rollfeld liegen.«

»Wir zeigen den Scheißkerlen, dass wir uns nicht verarschen lassen«, stimmte Danilo zu und klang dabei fast begeistert.

»Gehen wir zuerst mal hinaus«, sagte Toma ruhig.

Sie lotsten die Finnen aus dem Frachtraum und nahmen ihnen die Waffen ab. Toma ging Vasa holen.

Timo schaute auf die Männer in Ausgehuniform, die außer Atem in das gedämpfte Licht der Spotlights im Turm der Flugleitung traten. Einige gehörten der Polizei an, andere der Armee.

Die aktive Polizeiführung schien nicht zu wissen, wie sie sich den befreiten Geiseln gegenüber verhalten sollte. Die peinliche Situation löste sich aber sogleich auf, als Polizeidirektor Nykänen zu seinem Stellvertreter sagte: »Und, wie kommt ihr klar?«

Nykänens Stimme klang schwach und müde. Bevor Artto antworten konnte, sagte Sohlman hinter dem Nachtfernglas, das auf einem Stativ am Fenster stand: »Kariluoto und seine Leute sind entdeckt worden.«

Die gesamte Polizeiführung drehte sich zu dem Airbus um, den man durch die großen Fenster nur schemenhaft im dunklen Bereich des Rollfeldes erkennen konnte.

»Was machen sie mit ihnen?«, fragte Helste mit erschöpfter Stimme.

»Sie bedrohen sie neben der Maschine mit der Waffe«, murmelte Sohlman hinter dem Fernglas.

»Und was machen wir jetzt?«, fragte Helste weiter.

Keiner antwortete, denn die Antwort war von quälender Eindeutigkeit. Sie konnten nichts tun.

Die Finnen standen mit den Händen im Nacken vor Zlatans Sturmgewehr. Vom Terminal her hörte man das gleichmäßige, tiefe Brummen von Düsenmotoren, obwohl der übrige Flugverkehr unterbrochen war. Alle eintreffenden Flüge wurden nach Tampere oder Turku umgeleitet.

»Warte«, sagte Vasa mit Nachdruck. »Ohne meine Erlaubnis wird nicht geschossen.«

»Wir müssen mindestens einen von ihnen umlegen«, erwiderte Zlatan. »Das weißt du so gut wie ich.«

Die Männer ohne Strafe freizulassen kam nicht in Frage, das verstand Vasa, dennoch zögerte er.

»Wir nehmen einen von ihnen mit in die Maschine«, sagte er. »Als Opfergefangenen. Gut gefesselt. Falls etwas passiert, muss er als Erster leiden.«

»Warum sollen wir die Strafe aufschieben, das ...«

»Vasa hat Recht«, fiel Toma Zlatan ins Wort und zog Kabelbinder aus der Seitentasche seiner Hose. »Fessle damit den Mittleren«, sagte er zu Danilo.

»Und ihr zwei«, wandte sich Vasa an die Finnen. »Fangt an zu rennen, bevor wir es uns anders überlegen.«

Kariluoto und Petäjä sahen erschüttert zu, wie einer der Geiselnehmer Moisios Handgelenke auf dem Rücken zusammenband.

»Seid ihr immer noch da?«, fuhr einer der Serben sie an.

Kariluoto und Petäjä machten sich auf den Weg zu den Lichtern des Terminals. Sie konnten nichts tun, um Moisio zu helfen.

»Wir haben euch befohlen zu rennen«, rief einer der Geiselnehmer und schoss ihnen hinterher.

»Und ich renne trotzdem nicht«, knurrte Petäjä.

Auf Johannas Bitte zog Heinonen wieder die Sonnenblende vor dem Fenster herunter.

»Was da draußen wohl vorgeht?«, fragte Heinonen leise.

Die Leute vom SK Bär sind aufgeflogen, hätte Johanna am liebsten gesagt und dazu kräftig geflucht. Stattdessen suchte sie in ihrer Handtasche nach einem Stift und schrieb in die Blue-Wings-Zeitschrift auf den Rand der Seite mit der Weltkarte: VORNE SITZT EINE FINNIN. DENK DARAN, DASS WIR EIN EHEPAAR SIND!

Heinonen las die Mitteilung und nickte. Johanna riss das Papier in kleine Stücke. Nach all dem zu schließen, was man über sie wusste, war Jasmin Ranta eine Frau mit guten Nerven und scharfem Verstand. Darum musste man in ihrer Nähe vorsichtig sein.

Die Geiselnehmer stießen den gefesselten Mann des SK Bär vor sich her über den Gang. Johanna versuchte Blickkontakt mit ihm aufzunehmen, aber der Mann bemerkte es nicht. Sie drehte den Kopf weit genug, um aus dem Augenwinkel zu erkennen, dass sie den Kollegen in der hintersten Reihe festbanden.

Die Geiseln befreiten sich von der schlimmsten Anspannung, indem sie leise miteinander redeten, da dies nicht ausdrücklich verboten worden war. Oberst Jankovic saß etwa fünf Reihen weiter vorne. Er wirkte müde, es schien ihm nicht gut zu gehen, und er sprach mit keinem der anderen Serben. Als Johanna ihn im Krankenhaus besucht hatte, war er ebenso matt gewesen. Auf der anderen Seite des Ganges saß der Innenminister.

Auch die übrigen Geiselnehmer bestiegen die Maschine, und Vasa befahl dem Kopiloten, die Tür zu schließen. Plötzlich war die Atmosphäre in der Kabine wieder aufs Äußerste gespannt. Die Serben zogen ihre Splitterschutzwesten aus und stopften sie in die Gepäckablage über den Sitzen.

Johanna war in Gedanken ständig bei der Shikimisäure-Forderung, die Vasa gestellt hatte. Aber damit mussten sich jetzt andere auseinandersetzen. Sie sah einen der Piloten aus dem Cockpit kommen und die Tür verschließen. Der gebräunte Mann mit den kurzen Haaren machte einen sehr ruhigen und starken Eindruck. Andere hätten sich für einen solchen Flug auch sicher nicht freiwillig gemeldet.

»Keine Panik, wir werden das schon über die Bühne bringen«, sagte der Kopilot auf Finnisch zu dem Präsidenten, der Premierministerin und dem Parlamentspräsidenten, die in die Business-Class gesetzt worden waren. Hinter ihnen saß ein Teil der Diplomaten.

»Hört auf, Finnisch zu reden!«, schnauzte einer der Geiselnehmer auf Englisch.

Ein anderer Serbe ging zu Jasmin Ranta. Johanna hörte die beiden einige Worte auf Schwedisch wechseln.

Der russische Botschafter schien ein Glas Wasser bekommen zu haben und überhaupt gute Behandlung zu genießen, was auch nicht weiter überraschend war, denn die Serben hatten keinen Grund, den Russen gegenüber verbittert zu sein, im Gegenteil. Die Frage war, warum der Mann überhaupt als Geisel genommen worden war.

Timo schaute vom Kontrollturm aus auf den Airbus, der mit blinkenden Lichtern auf die Startbahn zurollte. An den Fenstern der Passagierkabine waren die Sonnenblenden heruntergezogen. Ein beklemmender Anblick. Auf den Gesichtern der Anwesenden im Kontrollturm spiegelte sich die entsprechende Stimmung. Die Hornets warteten noch immer hinter Halle 3, aber man wagte es nicht, sie dem Airbus hinterherzuschicken.

Mit zunehmender Entfernung verlor sich das Signal des Mikrofonsenders in der Passagierkabine. Das Gerät war von Anfang an nutzlos gewesen, weil man nur sporadisch Stimmen hörte. Allerdings hätte sich die Situation ändern können, wenn die Maschine länger auf dem Rollfeld gestanden hätte.

Man hatte den befreiten Geiseln etwas zu essen gebracht, aber es wurde kalt, da sie es nicht anrührten. Sohlman war nirgendwo zu sehen, er war Kariluoto und Petäjä entgegengegangen. Dass Moisio allein in der Maschine bleiben musste, war ein schwerer Rückschlag.

»Finnair *four-six-eight, cleared for take-off*«, sagte einer der Fluglotsen, die mit Kopfhörern vor ihren Bildschirmen saßen.

Dem Flug war die Starterlaubnis erteilt worden, aber über die Flugrichtung war noch immer nichts bekannt. Ein Flugplan konnte nicht erstellt werden, weshalb die Maschine im Prinzip nicht hätte starten dürfen. Die internationalen Flugverkehrsbestimmungen verlangten, dass für alle Flüge ein Flugplan mit Zielflughafen, Routenpunkten und Notlandeplätzen vorlag.

Timo lauschte dem Funkverkehr über Lautsprecher, während

er zusah, wie die Maschine draußen in ihre Startposition rollte. Die Lampen an den Tragflächen erleuchteten schwach den Asphalt, als der schwere Rumpf sich scheinbar leicht drehte und auf die Startbahn einbog.

»*Wir haben nach der Destination gefragt, aber keine Angaben erhalten*«, sagte Kopilot Rissanen auf Englisch. »*Jankovic hat lediglich befohlen, in östliche Richtung zu fliegen.*«

»Okay«, antwortete der Fluglotse. Er erteilte der Maschine die Erlaubnis, zum Warteplatz am Beginn der Startbahn zu rollen. Nervös blickte er aus dem Fenster auf das langsam voranrollende Flugzeug.

Timo schnappte sich eines der Headsets.

»Die Richtung ist alles andere als okay«, sagte er möglichst deutlich auf Englisch. »Die Geiselnehmer werden doch wohl kapieren, dass man sie zur Landung zwingen wird, wenn sie ohne sachgerechten Flugplan in den russischen Luftraum eindringen?«

»*Das habe ich ihnen schon gesagt, aber sie reagieren darauf nicht. Wir sollen nur die Anweisungen befolgen, ohne Fragen zu stellen*«, antwortete der Kopilot. »*Auf ihren Befehl schalten wir jetzt auch den Transponder aus.*«

Der Kopilot unterbrach die Funkverbindung.

Polizeidirektor Nykänen und KRP-Chef Sarimo standen frustriert und unruhig neben Timo. Das Ausschalten des Transponders, der ein Sekundärradarsignal übermittelte, löschte das Symbol der Maschine auf dem Bildschirm sowie die Höheninformation. Alle Beobachtungen blieben nun dem Primärradar überlassen.

»Teilt der Flugleitung in Stockholm, Tallinn und St. Petersburg mit, dass sie sich auf einen solchen Flug einstellen sollen«, sagte Nykänen. »Auch dem russischen Militär muss darüber sofort Meldung gemacht werden.«

»Das Außenministerium muss sich darauf gefasst machen, mit Moskau Kontakt aufzunehmen«, fügte Sarimo hinzu.

Timo setzte den Kopfhörer ab, drehte sich zu Helste um und

fragte: »Habt ihr den Vorstandsvorsitzenden des Pharmakonzerns immer noch nicht erreicht?«

»Marstio kümmert sich darum. Aber du glaubst doch nicht im Ernst …«

»Verschwenden wir keine Zeit für Spekulationen. Wir müssen weiterkommen, alles andere hilft jetzt nicht.«

Timo richtete den Blick wieder auf die Startbahn, wo der Airbus nun beschleunigte und in den dunklen Himmel aufstieg.

51

Vasa hob die Hand mit drei ausgestreckten Fingern zum serbischen Siegeszeichen, als die Maschine von der Startbahn abhob und zum Himmel aufstieg. Stanko, Toma, Slobo, Danilo und Zlatan antworteten mit dem gleichen Zeichen. Im Nu löste sich die Anspannung.

Vasa ließ den Kopf auf die Rückenlehne sinken und legte die Hände entspannt auf die Armlehnen. Dass die Waffe auf dem Sitz neben ihm bereitlag, war nur eine symbolische Geste, denn in der Maschine durfte ein so großkalibriges Gerät unter keinen Umständen eingesetzt werden. Für Notsituationen hatten sie alle Kampfmesser, wie sie die Spetsnaz-Truppen benutzten, an der Wade befestigt.

Die Fahrt wurde gleichmäßiger, je mehr sich die Maschine der Reiseflughöhe näherte, die zu erreichen Vasa befohlen hatte. Er setzte sich neben seinen Vater. Dessen Gesicht sah jetzt zufriedener aus als zuvor. Vasa wusste, wie sehr den Vater die Aussicht auf ein Alter hinter Gittern bedrückt hatte.

»Es tut mir leid, was ich zuletzt zu dir gesagt habe«, sagte der Vater leise. »Ich war von der Situation überrascht.«

Vasa lächelte befreit. »Kein Wunder.«

»Ihr habt eine komplizierte Operation in die Wege geleitet.«

Das war eher konstatierend als bewundernd gesagt, aber die Anerkennung machte Vasa glücklich.

»Und eine große Lebensentscheidung getroffen«, fuhr der Vater fort. »Hoffentlich ist das, was ihr anstrebt, all die Opfer wert.«

Vasa schwieg. Er konnte nicht sagen, dass es so war, denn er wusste es selbst nicht. Noch nicht.

Techniker legte die Füße auf den Tisch und lehnte sich auf seinem Stuhl zurück. Was ihn und die anderen aus seiner Gruppe betraf, war der Fall allmählich erledigt. Die Monitore waren aus. Er schloss die brennenden Augen. Die Serben waren in der Luft, nur über den Flugfunkverkehr konnte man jetzt noch die Entwicklung verfolgen, und über das Abhören von VIRVE, dem internen Telefonnetz der finnischen Behörden.

Techniker gähnte und trank einen Schluck starken Kaffee. Seine Frau hatte gerade angerufen und gefragt, wann er nach Hause komme. Ziemlich bald, hatte er geantwortet. Das stimmte, diesmal, falls alles nach Plan lief.

Auf den Radarschirmen der in Aitovuori bei Tampere in den Fels gesprengten obersten Kommandozentrale der Luftwaffe wurde ständig die Lage im Luftraum über Finnland und den angrenzenden Gebieten überwacht. Dafür standen sämtliche Radarquellen der zivilen Luftfahrtbehörde und der Luftwaffe zur Verfügung.

Die Männer, die jetzt an den Bildschirmen saßen, verfolgten aufmerksam einen Punkt, der sich langsam nach Nordosten bewegte und im Begriff war, die Ostgrenze zu tangieren. Hinter ihnen standen der Befehlshaber der Zentrale, der Oberbefehlshaber der Flugstaffel Satakunta und der eilends von Tikkakoski eingeflogene Systemexperte, der auf die Software für die Erstellung des Luftraumbildes spezialisiert war. Die Atmosphäre war düster und gespannt.

Über eine Standleitung gab es eine direkte Verbindung zum Flughafen Helsinki-Vantaa, wo die Krisenleitung die immer katastrophalere Ausmaße annehmende Entwicklung verfolgte.

Bei der Flugleitung in Helsinki-Vantaa beobachtete Timo den Punkt auf dem Bildschirm. Die Maschine näherte sich unaufhaltsam der Ostgrenze. Die Hornets wurden weiterhin am Boden gehalten, denn man wollte das Leben der Geiseln nicht gefährden. Außerdem hätte eine Verfolgung des Flugzeugs nichts gebracht, sie wäre spätestens an der russischen Grenze zu Ende gewesen. Das Radarbild musste genügen, es reichte auch in der Einflugkontrolle weit genug, solange die Maschine im überwachten Luftraum blieb und nicht zu tief flog.

Die Funkstille wirkte unheilvoll und bedrückend.

»Ist so eine stumm fliegende Maschine kein Kollisionsrisiko für andere Flugzeuge?«, fragte Timo den Chef der Flugleitung.

»Die meisten Passagiermaschinen haben ein automatisches Sicherheitssystem, für den Fall, dass sie aus irgendeinem Grund die Funkverbindung zur Flugleitung verlieren. Selbst wenn der Funk bei zwei Maschinen auf Kollisionskurs ausfiele, würden ihre Sicherheitssysteme miteinander ›kommunizieren‹ und einen Zusammenprall verhindern.«

Timo glaubte, der Mann hätte bereits alles gesagt, als dieser noch hinzufügte: »Allerdings verfügen nicht alle russischen Passagierflugzeuge über dieses Sicherheitssystem. Und auf einem ganz anderen Blatt steht, was die Russen mit einer nicht identifizierbaren Maschine machen, die in ihren Luftraum eindringt, besonders im Zeitalter des Terrorismus. Wir haben keinerlei Informationen darüber, ob man in Russland auf die Ankunft der Maschine vorbereitet ist. Ob ihr Zivilflugverkehr damit rechnet, ob man den Verkehr im selben Luftraum einschränkt ...«

»Besteht keine Gewissheit darüber, dass man sich in St. Petersburg auf ziviler wie auf militärischer Seite der Lage bewusst ist?«, fragte Polizeidirektor Nykänen.

»Ihnen ist Mitteilung gemacht worden, aber sie haben nicht geantwortet.«

Nykänen schaute Helste an. »Und das Außenministerium?«

»Auch von dort haben wir nichts gehört.«

»Hol jemanden von dort hierher! Sofort. Das ist jetzt deren Sektor.«

Timo merkte, dass Helste die Wichtigkeit der Sache nicht erfasste.

»Hat man im Außenministerium wenigstens bestätigt, dass man sich um Moskau kümmert?«, fragte Timo. Je deutlicher sich der Fall ins Ausland erstreckte, umso klarer fiel er auch ins Revier der TERA.

»Nein, das AA hat nichts verlauten lassen.«

Timo fluchte frustriert. »Und die Damen und Herren an der Kaffeetafel im Regierungsgebäude kommen auch nicht in die Gänge?«

Man sah an Helstes Gesicht, dass ihm nun doch allmählich aufging, welch wichtige Rolle das Außenministerium in dieser Sache spielte: Es ging um die Frage, wie das Flugzeug mit den Geiseln in Russland empfangen würde.

Timo beschloss, selbst Kontakt mit der Krisenzentrale im Außenministerium aufzunehmen. Dort tagten die höchsten Beamten des Ministeriums, sofern sie nicht im Krisenstab der Regierung oder unter den Geiseln waren.

»Die Maschine nähert sich der russischen Grenze«, sagte Timo zu Botschaftsrat Seppälä. »Habt ihr schon Verbindung mit Moskau aufgenommen?«

»Wir müssen zuerst mit dem Leiter der Abteilung Ost verhandeln und ...«

»Verdammt noch mal, was glaubt ihr eigentlich, was wir hier tun? Glaubt ihr, wir scheißen uns wegen des Schicksals eines Hobbypiloten in die Hosen? Ihr müsst entscheiden, wer die Sache in die Hand nimmt und unverzüglich eine Entscheidung trifft.«

»Bei uns herrscht Unklarheit hinsichtlich der Befugnisse, weil der Präsident, der Außenminister und ein großer Teil der höchsten Beamten verhindert sind. Ein Botschaftsrat ...«

»Bei der russischen Luftwaffe sind sie längst in erhöhter Alarmbereitschaft. Die MiGs stehen in den Startlöchern, die Piloten haben die Hand auf dem Steuerknüppel und warten nur auf den Befehl zum Start. Woher sollen die wissen, was die Entführer vorhaben? Vielleicht wollen sie den Airbus in den Kreml krachen lassen! Die Russen werden nicht einfach zugucken, sondern die Maschine zu Boden zwingen, auf die eine oder eben auf die andere Art. Anschließend nimmt die Alfa oder die Omon oder eine andere Spezialeinheit eine Intervention in Angriff. Und die tragen dabei keine Samthandschuhe, so wie hier. Wenn es so entschieden werden sollte, stürmen sie die Maschine mit aller Gewalt. Und zwar ohne dass wir auch nur ein Wörtchen mitreden dürfen. Und im finnischen Außenministerium zerbricht man sich den Kopf darüber, wer wann was zu sagen hat! Verdammt noch mal, ruft gefälligst in Moskau an, und zwar schnell!«, brüllte Timo und legte auf.

Er holte tief Luft, dann wandte er sich an den Chef der Flugleitung.

»Wie lange können wir die Maschine auf dem Schirm sehen?«

»Normalerweise sind zwei verschiedene Radarsysteme in Gebrauch. Das Sekundärradar basiert auf dem Transponder in der Maschine. Den haben die Entführer aber ausschalten lassen. Bleibt nur das Primärradar übrig, und dessen Reichweite hängt von der Flughöhe ab. Die Erdoberfläche wölbt sich, das Radarsignal geht jedoch geradeaus weiter. Je höher die Maschine fliegt, umso länger können wir sie beobachten.«

»Wie weit reicht unser Radar im Osten?«

»Mit dem Fernaufklärungsradar der Armee erreicht man die Maschine bis auf fünfhundert Kilometer Entfernung.«

Timo zeichnete mit einem Bleistift einen Halbkreis. Er erstreckte sich von Petroskoi über Bologoe bis in den Süden Lettlands.

»Wie weit reicht der Treibstoff des Flugzeugs?«, fragte er.

»Ein Flug von ungefähr dreizehntausend Kilometern ist möglich. Bis Sydney schaffen sie es nicht, aber bis Bangkok oder Nairobi schon.«

Helste kam mit dem Mobiltelefon in der Hand zu Timo. »Ich habe gerade gehört, dass sich unter keiner der auf den Internetseiten von Roche genannten Nummern jemand meldet. Natürlich nicht, jetzt um Mitternacht.«

»Ich rufe bei der TERA an. Wenn Landesgrenzen überschritten werden, gehört der Fall sowieso immer mehr in unseren Kompetenzbereich.«

Timo ahnte, dass es allein schon problematisch sein würde, die Leitung des Pharmakonzerns auch nur zu erreichen. Er rief in Brüssel an und berichtete vom Flug der Maschine nach Osten. Der Dienst habende Kollege versprach, jemanden aus dem Stammsitz des Tamiflu-Herstellers Roche in der Schweiz zu wecken.

Während er sprach, sah Timo, wie der Punkt, der den Airbus darstellte, sich immer weiter auf die russische Grenze zubewegte.

Das schlimmstmögliche Szenario war Wirklichkeit geworden: Die Geiselnehmer hatten eine Forderung gestellt, die von den Finnen wahrscheinlich nicht erfüllt werden konnte – und die Geiseln befanden sich außer Reichweite.

52

Präsident Matti Koskivuo starrte mit leerem Blick vor sich hin. Die Angst hatte sein Denken betäubt. Außerdem machte sich das Sodbrennen bemerkbar, das ihn immer bei Stress plagte.

Hätte er sich während der letzten Stunden anders verhalten sollen? Hätte er etwas unternehmen sollen, was die Zuspitzung der Situation verhindert hätte? Er war für sein Verhandlungsgeschick bekannt, er war eine Führungspersönlichkeit.

Nein. Niemand hätte auf den Verlauf der Ereignisse Einfluss nehmen können. Die Geiselnehmer machten, was sie wollten. Vasa Jankovic schien kein hirnloser Desperado zu sein, er bildete sich sogar ein, in internationaler Politik bewandert zu sein. Auch in dem Bereich waren Amateure am schlimmsten, die glaubten, etwas über komplizierte Angelegenheiten zu wissen.

Koskivuo hatte Gewalt immer gescheut und das Verhandeln für die einzig richtige Art der Konfliktlösung gehalten. Es war extrem frustrierend für ihn, in eine Situation geraten zu sein, in der es für Verhandlungen keinen Spielraum gab.

Vorsichtig drehte er sich um und versuchte Blickkontakt mit seiner Frau aufzunehmen, die in der Touristenklasse saß, aber sie hatte die Augen geschlossen. Alle waren vor Angst gelähmt. Ein Flugzeug, das am Himmel einem unbekannten Ziel entgegenraste, war der erbärmlichste Ort, sich seinem Schicksal zu stellen.

Vasa blickte über die Schultern der Piloten auf das Meer der Armaturen, Anzeigen, Schalter, Monitore und Signallampen. Er fühlte sich unsicher, denn er kannte sich mit der Arbeit der Piloten nicht aus. Zlatan und Danilo standen hinter ihm an der Tür zum Cockpit. Ihre Nervosität war nicht gerade hilfreich, ebenso wenig wie ihr Argwohn gegenüber den beiden Finnen.

»Wir müssen die Fragen der Flugkontrolle in St. Petersburg beantworten«, sagte der Kapitän. »Sonst werden wir zum Landen gezwungen. Man kann nicht einfach in den Luftraum eines anderen Landes hineinfliegen, schon gar nicht in den russischen.«

»Ihr bleibt einfach in Richtung Osten und kümmert euch nicht um Eventualitäten«, sagte Vasa.

»Tut, was wir euch sagen, dann kriegt ihr keine Probleme«, stimmte Zlatan bei.

»Aber wenn wir merken, dass ihr tricksen wollt, werfen wir zwei Passagiere zur Tür hinaus«, fügte Danilo hinzu und stieß ein protziges Gelächter aus.

Vasa kehrte in die Kabine zurück. Danilos überzogener Stil gefiel ihm nach wie vor nicht. Zlatan blieb als Wache im Cockpit, seine Russischkenntnisse würden bald gefragt sein. Vasa ging ans Ende der Kabine, um zu prüfen, ob der Polizist noch sicher gefesselt war. Der Mann würdigte ihn keines Blickes.

Auf dem Rückweg in den vorderen Bereich legte Vasa im Vorübergehen kurz die Hand auf Jasmins Schulter. Jasmin sah ihn an, aber ihre Miene war schwer zu deuten. Ihre Anwesenheit in der Maschine war nicht geplant, sie würde am Ziel neue Maßnahmen erfordern.

Vasa blieb in der Business-Class stehen. Präsident und Premierministerin wirkten äußerst angespannt.

»Sie haben die besten Plätze.« Vasa setzte sich auf den Gangplatz neben dem Präsidenten. »Wir tun alles, damit Sie sich auf unserem Flug wohlfühlen.«

»Wohin fliegen wir?«, fragte der Präsident vorsichtig.

»Das soll eine Überraschung bleiben. Aber so viel kann ich verraten, dass es in Richtung Osten geht. Richtung Russland. Das kennen Sie ja.«

Der Präsident sagte nichts, sondern starrte nur auf die Rückenlehne vor sich.

»Ziemlich bedeutungsschwere Gegend für euch, dieses Russland«, fuhr Vasa fort. »Deswegen tretet ihr auch nicht der Nato bei, obwohl ihr praktisch längst dazugehört. Sie kennen meine Meinung als Serbe zur Nato, aber eure Position interessiert mich auch aus der Perspektive der internationalen Politik. Offenbar habt ihr ein geheimes Abkommen, demzufolge Finnland von der Nato Hilfe erwarten kann, wenn ein Dritter Weltkrieg ausbricht und Russland beschließt, seine Interessenssphäre zu erweitern. Dem finnischen Volk wird von dem Abkommen bloß nichts verraten.«

Auf den Lippen des Präsidenten bildete sich ein trockenes Lächeln. »Finnland hat keine Geheimabkommen mit der Nato.«

»Nicht? Das ist aber dumm. Wissen Sie, warum?«

Der Präsident antwortete nicht, sondern blickte weiterhin starr geradeaus.

»Ihr traut euch nicht, der Nato beizutreten, weil ihr euch vor der Reaktion Moskaus fürchtet. Aber das ist überflüssig. Russland zählt euch nämlich schon jetzt zu seinen Feinden. Seitdem ihr in den 90er Jahren eure Militärtechnik den Nato-Forderungen angepasst habt. In Moskau sitzen keine Idioten, die eure Beteuerungen von der militärischen Neutralität Finnlands glauben. Mit Wortgeklingel kann man niemanden täuschen. Dort hat man sehr wohl gesehen, wie Finnland sich an den Rockschoß der Nato gehängt hat. Man hat sich nicht einmal groß darüber gewundert, sondern einfach Gerät an die Grenze verlegt, und zwar eine Menge.«

Der Präsident rutschte gequält auf seinem Sitz hin und her.

Vasa wies mit dem Kopf leicht nach hinten. »Mein Vater gehört zur Führung der serbischen Armee. Er verfügt über enge Beziehungen zu den Offizieren unseres Brudervolkes. Nur wenige Monate bevor man ihn gefangen nahm, traf er den russischen Kollegen, der im Juni 1999 mit seinen Fallschirmspringereinheiten den Flugplatz von Priština besetzt hatte und sich weigerte, Nato-Truppen dorthin zu lassen. Bei dem Treffen sprachen sie auch über die an Russland angrenzenden Gebiete, unter anderem über Finnland. Und wissen Sie was?«

Vasa beugte sich etwas näher an den Präsidenten heran. »In Russland lacht man über die blauäugigen finnischen Dummköpfe. Die massive Militärkonzentration, die Putin in der Oblast Pskow zusammengezogen hat, steht. Und im Kreml sitzt mit Präsident Rozanow jetzt ein Mann, über dessen Ziele man ebenso wenig weiß, wie man über Putins Ziele wusste. Der Kollege meines Vaters von der Fallschirmspringerdivision war in der Oblast Pskow in der Nähe von St. Petersburg stationiert, wo sich einer der Hauptstützpunkte der Transportluftwaffe befindet. Sowohl die Fallschirmspringerdivision als auch die Transportluftwaffe braucht man zur Durchführung eines strategischen Angriffs. Die Truppen sind innerhalb von zwanzig Minuten in Helsinki.«

Der Präsident sah Vasa nicht an, und er schien sich auch sonst nicht für dessen Worte zu interessieren.

»In den Augen Moskaus ist Finnland ein Nato-Staat, ein feindliches Land, ganz egal, ob das Beitrittsabkommen von Ihnen unterschrieben worden ist oder nicht. Die Russen ziehen an der Grenze zu Finnland einen Block für Distanzeinsätze der Luftwaffe zusammen. Sie machen Manöver an der Grenze und testen euer Reaktionsvermögen bei Grenzverletzungen, genau wie man es an feindlichen Grenzen macht. Ihr finnischen Politiker wollt davon einfach nichts wissen, ihr redet es euch schön. Ihr seid genauso gutgläubige Deppen wie die Schweden.«

Plötzlich packte Vasa den Präsidenten am Kinn, drehte das Gesicht in seine Richtung und sagte: »Für Russland ist es sehr wichtig, euch so lange wie möglich von Artikel 5 des Nato-Vertrags fernzuhalten. Mit allen Mitteln. Glauben Sie mir.«

Jasmin sah Vasa in der Business-Class den Präsidenten piesacken. Slobo saß wenige Reihen hinter den beiden. Sie hätte sich gern neben Slobo gesetzt und mit ihm über alles geredet, aber das war nicht klug. Sie hätten Schwedisch und Englisch sprechen müssen, und dann hätten die Geiseln alles verstehen können.

Der Schock nach der Festnahme war verflogen, allmählich

wurde Jasmin wieder sie selbst. Sie begriff, was für eine enorme Leistung das unter diesen Umständen war. Trotzdem stimmte es: Sie war ruhig und aufmerksam und hatte keine Angst. Sie verließ sich auf Vasa. Nicht auf Slobo und die anderen, sondern auf Vasa. Slobo war eifersüchtig und kindisch, und Jasmin fragte sich, was sie an ihm ursprünglich gefunden hatte.

Die Polizei kannte jetzt ihre Identität und ihr Gesicht, aber das bereitete ihr keine Sorgen. Sie war bereit, sich auf die neue Situation einzulassen, was immer sie auch von ihr verlangen mochte. Jasmin war sicher, Vasa würde eine Lösung für sie finden.

Timo stand mit dem Telefon in der Hand im Konferenzraum der Flugleitung, den man der Polizei zum operativen Gebrauch zur Verfügung gestellt hatte. Polizeidirektor Nykänen und KRP-Chef Sarimo waren ins Regierungsgebäude zum Krisenstab gerufen worden, aber sie hielten es für wichtiger, sich auf die Einsatzleitung zu konzentrieren. Zu dieser Entscheidung trug sicherlich der Umstand bei, dass ihre Ehefrauen in der Maschine saßen.

Außer der obersten Polizeiführung war auch ein Vertreter der Streitkräfte anwesend, der in Verbindung mit der Leitungszentrale in Aitovuori bei Tampere stand. Die Flugleitung in Tampere hatte ihrerseits mehrfach über die außergewöhnliche Situation nach St. Petersburg berichtet: Ein Passagierflugzeug der *Finnair* dringe ohne Flugplan oder andere Vorabinformationen in den russischen Luftraum ein. Die Russen hatten den Eingang der Mitteilungen bestätigt, ohne sie in irgendeiner Form zu kommentieren.

Allmählich wurde es brenzlig. Wenn es so weiterginge, würde der Airbus jeden Moment die russische Grenze überfliegen, und es bestand keinerlei Gewissheit darüber, ob in Russland bekannt war, um was für einen Flug es sich handelte.

Timo war es endlich gelungen, erneut Botschaftsrat Seppälä im Außenministerium ans Telefon zu bekommen, der nun über die angemessenen Kontakte auf politischer Ebene zu entscheiden hatte.

»Was ist aus Moskau zu hören?«, fragte Timo.

»*Nichts. Moskau schweigt.*«

»Was heißt hier, Moskau schweigt?«

»*Sie reagieren auf unsere Kontaktaufnahmen nicht. Aber man darf nicht vergessen, dass es mitten in der Nacht ist . . .*«

»Blödsinn. Sie haben die Lage den ganzen Abend beobachtet und außerdem Berichte aus ihrer Botschaft in Helsinki bekommen. Schließlich sitzt der russische Botschafter in der Maschine. Es ist eher ein Wunder, dass sie nicht von sich aus Kontakt aufgenommen haben. Versuchen Sie es weiter!«

Besorgt blickte Timo auf Oberstleutnant Rahkonen. »Das Auswärtige Amt findet in Moskau niemanden, mit dem sie sprechen könnten. Die werden doch nicht mit Kampfflugzeugen die Maschine herunterholen, ohne zuvor mit uns geredet zu haben?«

»Zuerst identifizieren sie die Maschine, dann versuchen sie Kontakt zum Cockpit aufzunehmen«, sagte Rahkonen. »Je nachdem, wie die Antwort ausfällt, handeln sie so, wie sie es für richtig halten, und hören sich tatsächlich erst gar nicht an, was unsere Meinung ist. Wir würden uns in einer vergleichbaren Situation auch nicht die Anweisungen einer fremden Macht anhören.«

»Was ist Ihre Vermutung?«

»Sie werden die Maschine wohl kaum sehr weit ins Land hineinlassen. Das AA hat allen Grund, Moskau verständlich zu machen, worum es geht, bevor irgendwelche Spezialeinheiten die Maschine auf einem abgelegenen Militärflugplatz ausräuchern.«

Timos Telefon klingelte, der Anruf kam von der TERA. Seinem französischen Kollegen Giraud war es gelungen, Alexandre Xavier, den stellvertretenden Vorstandsvorsitzenden des Pharmakonzerns Roche, an den Apparat zu bekommen. Timo trat zur Seite, während er verbunden wurde.

»Sind Sie über den Terroranschlag, der heute Abend in Finnland stattgefunden hat, informiert?«, fragte Timo den Manager auf Englisch.

»Ich habe die Ereignisse auf CNN verfolgt, und Ihr Kollege aus Brüssel hat mir gerade von den neuesten Entwicklungen berichtet. Das Flugzeug mit den Geiseln ist auf dem Weg von Finnland nach Russland. Dessen ungeachtet können wir uns selbstverständlich nicht erpressen lassen. Wir können niemandem Shikimisäure aushändigen, am allerwenigsten einer terroristischen Vereinigung.«

»Das sind keine Terroristen im eigentlichen Sinn. So, wie ich es sehe, haben sie vor, den Rohstoff zu benutzen, um an Geld zu kommen.«

»Wie bitte?«

»Die serbische Gruppe hat Geiseln, aber sie stellt keine politischen Forderungen. Bleiben – unter anderem – ökonomische Ziele. Aber Geld zu transferieren, ohne das Risiko, erwischt zu werden, ist sehr schwierig. Wie die Ereignisse des Abends zeigen, wollen die Mitglieder der Gruppe – abgesehen von Vasa Jankovic – ihre Identität geheim halten. Sie wollen vermutlich an das Lösegeld, das sie für die Geiseln fordern, auf irgendeine anonyme Weise herankommen. Und dafür brauchen sie die Shikimisäure.«

»Ich möchte hinzufügen: die unersetzbare, unsagbar wertvolle Shikimisäure. Das dürfte Ihnen unsere Sicht der Dinge erschöpfend verdeutlichen. Es tut mir leid, aber ich kann Ihnen in keiner Weise behilflich sein.«

Timo schloss die Augen, versuchte sich zu beherrschen und sagte dann so überzeugend, wie er nur konnte: »Ich bin nicht sicher, ob Sie den Ernst der Lage begreifen …«

»Sie wissen sicherlich, dass Shikimisäure bei der Herstellung von Tamiflu verwendet wird«, unterbrach Xavier ihn schroff. *»Ich bin nicht sicher, ob* Sie *den Ernst der Lage begreifen, angesichts der Möglichkeit, dass sich die Vogelgrippe zu einer Form verändert, die vom Menschen übertragen wird, worauf alles hindeutet. In dem Fall nämlich kann das Fehlen einer 120-Kilo-Partie Shikimisäure den Verlust mehrerer Millionen Menschenleben bedeuten.«*

»Ich verstehe Ihre Position vollkommen. Es ist absolut klar, dass wir die Substanz nicht verschwinden lassen dürfen. Sie darf nur eingesetzt werden, um die Geiseln sicher …«

»*Habe ich mich nicht deutlich genug ausgedrückt?*« Xavier war allem Anschein nach ein Berg, den man nicht so leicht bezwingen konnte. »*Unter keinen Umständen werden wir einer Übergabe des Rohstoffs zustimmen. Auf Wiederhören.*«

Zum ersten Mal in dieser Nacht spürte Timo Anzeichen von Verzweiflung. Die ließen sich nur durch konkretes Handeln ersticken. Er ging zu dem Tisch, an dem der Polizeidirektor gerade telefonierte, und wartete schweigend das Ende des Gesprächs ab.

»Ich möchte mit dir ein paar Worte unter vier Augen wechseln.«

Nykänen stand auf, und sie setzten sich an einen Nebentisch.

»Die Pharmafirma ist unter keinen Umständen bereit, uns die Partie mit dem Tamiflu-Rohstoff auszuhändigen«, sagte Timo. »Aber wir müssen etwas unternehmen, um voranzukommen. Die Entführer dürfen nicht unzufrieden werden.«

»Was stellst du dir vor?«

»Wir haben keine Wahl. Die Geiselnehmer behaupten, eine Lieferung mit Shikimisäure sei auf dem Weg von China nach Stockholm und werde am Flughafen im Depot der Transportfirma gelagert. Also fliege ich nach Stockholm. Ohne Aufhebens. Ohne dass der Krisenstab darüber beschließt.«

»Was meinst du damit? Wenn sie den Stoff nicht hergeben wollen, was hat es dann für einen Sinn …«

»Das habe ich doch gerade gesagt. Wir müssen dafür sorgen, dass die Geiselnehmer nicht unzufrieden werden. Ich nehme einen Geschäftsflug nach Stockholm und kläre die Lage dort. Wir haben es mit einer Ausnahmesituation zu tun, und die verlangt außergewöhnliche Maßnahmen.«

Der extrem müde wirkende Polizeidirektor sah Timo in die Augen. »Ich weiß nicht, wovon du redest«, begnügte er sich festzustellen. »Und ich will es auch gar nicht wissen.«

53

Kapitän Sorvisto fürchtete sich vor jedem Knacken im Kopfhörer. Er hatte sich bei der Flugleitung in St. Petersburg gemeldet, so wie es die Entführer ihm aufgetragen hatten, als handelte es sich hier um einen gewöhnlichen genehmigten Flug. Petersburg hatte Sorvisto mitgeteilt, die Maschine besitze keine Erlaubnis, in den Petersburger Luftraum zu kommen. Danach hatte einer der Serben auf Russisch mit der Flugleitung gesprochen.

Irgendetwas würde bald schiefgehen. Ohne jede Erklärung wurde der Flug in Richtung Südosten fortgesetzt.

»Fliegen wir nach Moskau?«, fragte Kopilot Rissanen.

»Sind die Serben und die Russen nicht alte Kumpane? Brudervölker?«, schlug Sorvisto vor.

»Bei der Miliz dürfte die Brüderschaft nicht sonderlich ins Gewicht fallen, wenn wir jetzt landen würden. Rate mal, auf welches Flugziel ich wette!«

»Asien. Nach einem kleinen Schlenker zur Täuschung.«

Im selben Moment fuhr Sorvisto zusammen. »Hinten rechts«, sagte er. »Ich schalte den Autopilot frei.«

Rissanen griff nach dem Steuerknüppel. Ein plötzliches Donnern übertönte das gleichmäßige Motorengeräusch, als zwei Kampfjets auf beiden Seiten in unmittelbarer Nähe vorbeiflogen.

Hinter Sorvisto und Rissanen tauchte schwer fluchend der Serbe im Cockpit auf, der zuvor schon mit der Flugleitung Russisch gesprochen hatte. »Gebt mir eine Verbindung nach St. Petersburg!«

Rissanen stellte fest, dass sich der eine Düsenjäger an die linke und der andere an die rechte Tragfläche gehängt hatte. Aber dann zog der rechte Jet plötzlich nach oben und nahm weiter Abstand. Der auf der linken Seite hingegen blieb, wo er war, näherte sich sogar noch ein Stück. Blitzschnell überlegte Rissanen, ob man das Manöver auf die schlimmste denkbare Weise interpretieren musste: Der eine drehte ab, damit der andere schießen konnte.

»Scheiße, Mann, was haben die vor?«, schrie er Sorvisto zu.

Von seinem Platz aus blickte Vasa in Richtung Cockpit, in das Zlatan eben hineingestürmt war. Das Donnern der MiG-Kampfflugzeuge kam wieder näher, wie eine gigantische Lärmfront. Der Rumpf der Passagiermaschine erzitterte, ein Teil der Geiseln kreischte auf. Dann schaukelte die Kabine heftig und neigte sich jäh nach vorn. Das Schreien nahm zu. Wasserflaschen, Plastikbecher und andere lose Gegenstände flogen durch die Luft.

Vasa umklammerte die Armlehnen. Die plötzliche Sturzbewegung zog im Magen, im Kopf wurde ein Gefühl der Schwerelosigkeit ausgelöst und veranlasste ihn, die Augen zu schließen. In einem ungeordneten Strom erschienen Bilder aus seiner Kindheit in seinen Gedanken, er lag mit Fieber im Bett, seine Mutter kümmerte sich um ihn … Er spürte ihre weiche, kühle Hand auf der Stirn, er sah ihre blaugrünen Augen unmittelbar vor sich, die aufmunternd lächelnden Lippen … Sein Vater stand besorgt in der Tür, mit einem Glas Wasser in der Hand, ein stattlicher Mann, in seinem Rücken rötliches Licht aus dem Flur …

Als die Maschine abrupt wieder in normale Position kam, schlug Vasa die Augen auf. Er drehte sich zu seinem Vater um. Der drückte den Kopf fest gegen die Rückenlehne, die Hände umklammerten die Armlehnen so fest, dass die Knöchel weiß durch die Haut schimmerten.

Vasa stand auf und ging, sich dabei an den Sitzen abstützend, zum russischen Botschafter. »Kommen Sie mit ins Cockpit! Schnell. Dann dürfen Sie mit eigenen Worten sagen, was passiert, wenn man uns behindert.«

Unregelmäßig atmend saß Johanna in Notlandehaltung auf ihrem Platz. Sie hatte diese Haltung sofort bei Beginn des Sturzfluges eingenommen. Heinonen war ihrem Beispiel gefolgt.

Noch als die Maschine wieder in horizontaler Position war, hielt Johanna die Stirn auf die Knie gedrückt und versuchte sich zu beruhigen. Ihre Interpretation lautete, dass ein Kampfflugzeug sie attackiert hatte. Aber was für ein Kampfflugzeug? In welche Richtung flogen sie?

Die Panik in der Maschine ließ allmählich wieder nach. Die Frau des britischen Botschafters klang hysterisch, die ganze Zeit schon hatte ihre Stimmung extrem geschwankt. Mal schluchzte sie, mal ließ sie ihren Zorn an ihrem Mann aus. Ihr wütendes Getuschel war Johanna bereits zu Beginn des Fluges aufgefallen. Die Frau machte ihrem Mann Vorwürfe, weil er sie in dieses finstere, abgelegene Finnland geschleift hatte, in das sie nie und nimmer hätten kommen dürfen.

Langsam drehte Johanna den Kopf und begegnete Heinonens angstvollem Blick. Der Mann war blass und schwitzte.

Nun blickte Johanna vorsichtig nach vorn und sah Bewegung in der Business-Class. Vasa stieß den russischen Botschafter vor sich her ins Cockpit. Warum? Als Dolmetscher? Um zu gewährleisten, dass die Maschine in den russischen Luftraum durfte? Der Osten würde in gewisser Weise ins Bild passen, besser jedenfalls als der Westen. Lag hier auch die Erklärung dafür, dass der hochrangige Russe unter den Geiseln war, obwohl Serbien und Russland seit jeher eng miteinander verbunden waren?

Alle in der Maschine waren erschrocken, aller Wahrscheinlichkeit nach auch die Geiselnehmer, weshalb jetzt der Moment gekommen war, das Durcheinander auszunutzen. Johanna atmete mehrmals tief durch und versicherte sich selbst, dass sie fähig war, vernünftig zu handeln.

Noch immer in Notlandehaltung kauernd, streckte sie langsam einen Arm aus. Sie hoffte, dass die Kollegen sich an das gehalten hatten, was Jahre zuvor bei einer Schulung von KRP und SK Bär vereinbart worden war: Falls eine Passagiermaschine an

Terroristen übergeben werden musste, sollten eine kleinkalibrige Handfeuerwaffe und kleine technische Spezialgeräte unter dem Sitz mit der Nummer 17 B versteckt werden. Aus diesem Grund hatte Johanna sich Platz 18 B ausgesucht.

Sie griff mit der Hand unter den Sitz vor sich. Als sie auf etwas Hartes stieß, durchfuhr sie eine Welle der Erleichterung. Die Waffe steckte in einem Stoffbeutel, der mit Klebeband unter dem Sitz befestigt war. Laut Vereinbarung müsste der Beutel zusätzlich einen Peilsender mit Funkmikrofon beinhalten. Johanna stand also eine Waffe zur Verfügung – und ein Profi mit Top-Ausbildung, der aber freilich gefesselt in der hintersten Sitzreihe saß.

Langsam richtete sie sich auf. Hinter ihr übergab sich jemand in die dafür vorgesehene Tüte.

Heinonen seufzte tief und lehnte sich zurück. Johanna fragte sich, ob sie jeden Moment von Kampfflugzeugen zum Landen gezwungen werden würden. Aber vorläufig ging es gleichmäßig weiter. Vasa kam mit dem russischen Botschafter aus dem Cockpit zurück. Mit grauem Gesicht setzte sich der Diplomat wieder auf seinen Platz. Die Stimmung löste sich ein wenig. Einer der Geiselnehmer verteilte Trinkwasser in kleinen, mit Alufolie verschlossenen Bechern.

»Hätten wir nicht ein bisschen was Stärkeres verdient?«, sagte eine sattsam bekannte Stimme lautstark in holprigem Englisch.

Die Passagiere um Ala-Turpeinen herum verstummten.

Ein Geiselnehmer baute sich vor ihm auf.

»Leider können wir keine alkoholischen Getränke anbieten«, sagte der Mann in fast komisch sachlicher Weise. »Wir müssen alle einen klaren Kopf behalten, für den Fall, dass unsere russischen Freunde Dummheiten machen.«

»Ich verstehe«, sagte Ala-Turpeinen kleinlaut und mit rotem Kopf.

»Mein Gott«, flüsterte Heinonen. »Der Kerl bringt sich noch um Kopf und Kragen.«

Johanna antwortete nicht, sondern spekulierte innerlich fieberhaft, wo die Serben sich die Landung vorstellten. Doch nicht etwa in Serbien?

Sie merkte auf, als Vasa sich wieder zum Präsidenten in die erste Reihe begab.

»Unsere russischen Freunde wollen uns demonstrieren, dass sie nicht schlafen«, sagte Vasa zum Präsidenten und zur Premierministerin.

Die finnische Staatsführung saß kreidebleich da, schwieg und rührte sich nicht vom Fleck.

»Ich komme noch einmal auf unser Gesprächsthema von eben zurück. Ihr seid eifrig dabei, zur Beruhigung von Krisenherden auf der ganzen Welt eure Hilfe anzubieten, nein, aufzudrängen. Aber ihr seid nicht bereit, Hilfe anzunehmen, wenn ihr sie zufällig selbst braucht. Das Verweigern von Sicherheitsgarantien ist ein Fehler. Denn falls sie doch einmal in der Praxis gebraucht werden sollten, kann es sein, dass sie nicht mehr im Angebot sind. Wenn das Haus brennt, ist es zu spät, um eine Versicherung abzuschließen.«

Der Präsident seufzte voller Überdruss. »Sie malen den Teufel an die Wand. Erzählen Sie mir mal, wer einen solchen Weltenbrand verursachen sollte.«

»Ich bin in Universitätskreisen oft auf solche Tagträumer wie Sie gestoßen. Aber ich hätte nicht geglaubt, dass so einer den Platz eines Staatsoberhauptes einnehmen könnte. Solange es Menschen auf der Welt gibt, haben sie gegeneinander gekämpft ... Das letzte Jahrhundert war das kriegerischste in der Geschichte. Nur wenige Jahre vor Ihrer Geburt wurden Millionen Menschen getötet. Und dann, aus einer Laune des Schöpfers heraus, soll die Spirale der Gewalt einfach mal für ein paar Jahrzehnte aussetzen?«

»Ich werde nicht mit Ihnen anfangen zu diskutieren ...«

»Nur zu. Wir haben Zeit. Nichts anderes als Zeit. Also gut, Sie glauben daran, dass alle Kriege ausgefochten sind, dass die Menschen gut geworden sind, dass es keine Weltenbrände mehr geben wird und Ihr Volk in ewigem Frieden leben kann. Großartig.«

Vasa machte eine kurze Pause, dann schrie er den Präsidenten dermaßen an, dass die gesamte Passagierkabine verstummte: »Sind Sie so dumm, oder tun Sie bloß so? Ich habe mit eigenen Augen gesehen, wie moderne Europäer sich gegenseitig umbringen. Ich habe mit eigenen Augen gesehen, wie normale Angestellte den Anzug ausziehen und Tarnkleidung anlegen, wie normale Männer aus dem Mittelstand ein Gewehr in die Hand nehmen und losziehen, um die Einwohner der Nachbarstadt abzuschlachten!«

Voller Zorn stand Vasa auf.

»Haben Sie nicht wenigstens einen Mitarbeiter, der Sie über die Realitäten der Weltpolitik aufklärt? Die Menschheit hat noch nie vor Konflikten gestanden, wie sie jetzt zu erwarten sind. Die Endverteilung der nicht erneuerbaren Ressourcen fängt in Kürze erst an. Energie, Religion, Trinkwasser, Migration, Bevölkerungsexplosion ... Die Kriege des 20. Jahrhunderts waren die Ouvertüre, nicht der Schlusspunkt. Je mehr Menschen auf den Geschmack des Konsums kommen, umso enger wird es auf unserem kleinen Planeten. Die Konflikte werden einen ganz neuen Charakter annehmen, es kann sein, dass wir Fälle von Staatsterror erleben werden, in Ländern, von denen man geglaubt hat, sie würden nie mehr in einen Krieg verwickelt werden. Schauen Sie doch mal nach Moskau! An der Spitze einer seit Jahrhunderten expansiven Großmacht, in der es immer brodelt, sitzt ein Populist, der die nationalistischen Instinkte des Volkes zu wecken versteht und dem unendlich viele Ölmilliarden für die Rüstung zur Verfügung stehen. Wenn Sie so effektiv die Augen vor den künftigen Gefahren verschließen, sind Sie nicht der richtige Mann, um die Verantwortung für die Zukunft einer ganzen Nation zu tragen.«

Vasa drehte sich zu den anderen Passagieren um und rief: »Oder?«

Niemand wagte es, einen Mucks von sich zu geben.

Johanna hatte nur einen Teil von Vasas Rede verstanden, aber das genügte. Jetzt ging der junge Jankovic ins Cockpit, wo einer der Serben ständig Wache hielt.

Vasas aggressives Verhalten hatte wieder für mehr Anspannung in der Maschine gesorgt, die Atmosphäre war jetzt wesentlich schlechter als zuvor. Der geschlossene Raum, die Gefangenschaft in einem Metallbehälter zehn Kilometer über der Erde ließ alles noch bedrohlicher erscheinen. Die Menschen blickten sich unruhig an, unter das monotone Dröhnen der Motoren mischten sich Getuschel und gedämpftes Reden.

»Ich gehe auf die Toilette«, sagte Johanna im Flüsterton zu Heinonen und stand auf. Langsam ging sie den Gang entlang und stellte dabei fest, dass einer der Geiselnehmer in einem Buch las, einem abgenutzten Taschenbuch. Die kyrillischen Buchstaben waren nicht zu entziffern, aber dem Umschlag nach konnte es sich nur um ein klassisches Werk handeln.

Johanna war es nicht gewohnt, auf hohen Absätzen zu gehen, und eine kleine Erschütterung der Maschine zwang sie, an einem Sitz Halt zu suchen. Dort saß Jasmin Ranta, deren taxierender Blick Johanna musterte.

54

Per Vibration teilte Timos Handy den Eingang einer SMS mit. Er saß in einer Falcon 2000EX, die vom Geschäftsflugbereich in Helsinki-Vantaa gestartet war. Mit elf Plätzen war die Maschine unnötig groß, aber sie war sofort zu haben gewesen.

Die Räder der Falcon berührten die Landebahn des Flughafens Stockholm-Arlanda. Timo öffnete die englischsprachige Textmitteilung, die Polizeidirektor Nykänen an ihn weitergeleitet hatte.

»*Die Fracht ist in einer Holzkiste verpackt. Ihre Codenummer lautet CGK867. Ihr ladet die Fracht in der Nullzone in ein Auto und fahrt auf der kleinen Straße nach Hällbacka bis Bölsmark. Schickt mir eine Nachricht, wenn ihr dort seid, dann erhaltet ihr weitere Anweisungen. Ich erwarte die Nachricht innerhalb einer Stunde.*«

Die Geiselnehmer hatten die SMS an den Anschluss geschickt, den zuvor Helste und Johanna benutzt hatten. Jetzt befand sich das entsprechende Mobiltelefon bei Nykänen.

Timo las die Mitteilung noch einmal durch und speicherte sie. Aus ihr ließ sich schließen, dass sich ein Komplize der Geiselnehmer offenbar in Stockholm befand. Jedenfalls übermittelte ihnen jemand von dort Informationen.

Timo musste zugeben, dass Vasa geschickt vorging. Die Anweisungen kamen in mehreren Raten, und für jede Aufgabe gab es ein Ultimatum.

Die Maschine kam vor dem Geschäftsflugterminal zum Stehen. Timo nahm seine abgewetzte, vollgestopfte Ledertasche, bedankte sich bei der Besatzung und stieg aus. Aus Helsinki hatte er eine Glock-Dienstwaffe der Polizei mitgenommen.

Die Nacht in Stockholm war etwas wärmer als in Helsinki, um die null Grad. Timo eilte auf das moderne Geschäftsflugterminal zu. Im Gehen schickte er eine SMS an Soile nach Brüssel: *Der Mist weitet sich aus, bin auf Achse, aber kein Problem. Macht's gut.*

Er fühlte sich unsicher, war zugleich aber auch entschlossen. Was ihn erwartete, wusste er nicht, aber er fühlte sich bereit, alles Mögliche für die Befreiung der Geiseln zu unternehmen. Nykänen hatte ihm keinerlei Vollmachten erteilen können, ihm aber auch nicht verboten zu fliegen.

Als er das Terminal erreichte, sah Timo durch die Glastür eine Gestalt auf sich zukommen. Axel Navarro öffnete die Tür und gab ihm mit besorgtem Gesichtsausdruck die Hand. Timo hatte ihn von Helsinki aus angerufen und gebeten, ihn am Flughafen Arlanda abzuholen. Allein.

»Worum geht es?«, fragte Navarro neugierig und reserviert zugleich.

»Das habe ich doch schon am Telefon gesagt. Die Entführer wollen eine Wertfracht, die sich hier in Arlanda befindet.«

»Was ist das für eine Fracht?«

»Das weiß ich nicht«, log Timo. »Vielleicht Geld.«

»Vermutlich eine Menge, den Geiseln nach zu schließen.«

»Das ist nur eine Forderung. Und nicht unbedingt die zentrale.«

»Was hast du vor?«

»Ich will mir die Fracht ansehen. Auf Zeit spielen.«

»Wir brauchen dafür Unterstützung, ich rufe …«

»Nein.« Timo legte Navarro die Hand auf die Schulter und fügte mit leiser, eindringlicher Stimme hinzu: »Ich sehe mir das Ganze zuerst selbst an. Sobald ich Hilfe brauche, werde ich darum bitten. Lass uns zu deinem Wagen gehen.«

Timo ging in Richtung Ausgang, und Navarro eilte ihm nach kurzem Zögern hinterher.

Als er auf dem Beifahrersitz von Navarros altem Mercedes mit Verdeck saß, zog Timo ein DIN-A4-Blatt aus der Tasche, faltete es mit einer raschen Handbewegung auseinander und hielt es gegen das Edelholz-Armaturenbrett. »Das Frachtzentrum von SSG ist dort, über die Zufahrt Myransvägen kommt man hinein.«

»Hast du uns angemeldet?«

»Das ist nicht nötig. Lass uns einfach hinfahren.«

Navarro warf ihm einen vorsichtigen Blick zu und startete den Motor.

»Der Besuch wird dir kaum etwas bringen, wenn du nichts mit der Firmenleitung vereinbart hast ...«

»Toller Benz. Was ist das für ein Baujahr?«

Navarro fuhr rückwärts aus der Parkbucht. »Zweiundsiebzig.«

»Hat der einen Auspuff aus rostfreiem Stahl, oder was?«

»Das nicht gerade ... Ich finde, wir sollten zusätzlich Leute herkommen lassen.« Die Lichter der Scheinwerfermasten glitten über Navarros entschlossenes Gesicht.

»Ich habe doch gesagt, dass ich mir zuerst selbst in der Nullzone von SSG ein Bild von der Fracht machen will.«

»Da kommt man ohne Genehmigung nicht einfach so rein, man muss zuerst bei der...«

»Wie viel hat der auf dem Tacho?«

»Hundertfünfzigtausend.«

»Unglaublich.«

»Das war dreißig Jahre lang das Sommerauto des Vorbesitzers. Übrigens ein Manager von SKF in Göteborg.«

»Was willst du dafür haben?«, fragte Timo und blickte unverwandt auf das näher kommende Tor des Frachtzentrums.

»Es ist völlig zwecklos, zu versuchen, ohne Genehmigung da hineinzukommen«, sagte Navarro noch einmal. »Es handelt sich um eine Wertfracht. Da sind wir hier neuerdings sehr auf der Hut.«

Der Mercedes hielt vor dem Tor des Frachtzentrums an. Eine aufwändige Schlagbaumkonstruktion versperrte den Weg.

Timo stieg gleichzeitig mit Navarro aus und ging zu dem erleuchteten Pförtnerhäuschen. Hinter dem kugelsicheren Glas saß ein junger, selbstsicher wirkender Mann, dem beide ihre Dienstmarken zeigten.

»In eurer Nullzone steht eine illegale Lieferung«, sagte Timo und schaute dem Wachmann gebieterisch in die Augen. »Sie enthält einen Sprengsatz, der unverzüglich entschärft werden muss. Das Bombenkommando ist schon auf dem Weg hierher.«

Der Wachmann starrte Timo an. Für einen Moment sah es so aus, als würde er ihm nicht glauben.

»Ich werde das meinem Vorgesetzten melden«, sagte er schließlich und griff zum Telefon.

»Erteilen Sie den Mitarbeitern den Evakuierungsbefehl«, fuhr Timo fort, ohne sich um Navarros verdrehte Augen zu kümmern, und zeigte den Zettel, auf dem er den Code notiert hatte. »Hier ist die Nummer der Fracht. Wie finden wir sie?«

»Drinnen wird Ihnen Göran helfen.« Der Pförtner drückte auf einen Knopf unter der Tischplatte, um den Schlagbaum zu öffnen. »Ich rufe ihn an, er wartet auf Sie an Eingang B.«

Timo drehte sich um und eilte zum Wagen.

»Timo«, schnaubte Navarro, als er ihn eingeholt hatte, »in Schweden regelt man die Dinge nicht so ...«

Timo machte die Fahrertür auf und setzte sich ans Steuer. Die Schranke war bereits offen.

»Ich fahre.«

Navarro wollte protestieren, aber Timo hatte den Wagen bereits angelassen und schlug die Tür zu. Mit Müh und Not schaffte es Navarro auf den Beifahrersitz, bevor Timo mit Vollgas losfuhr.

»Was war das mit der Bombendrohung jetzt für ein Scheißgeschwätz?«, rief Navarro wütend.

»Axel«, sagte Timo beinahe sanft. »Wie lange kennen wir uns schon? Zehn Jahre? Zwölf? Du kannst dich auf mich verlassen ...«

»Was für eine Codenummer hast du dem Pförtner gezeigt?«

»Die habe ich von den Serben bekommen. Die Bombendrohung ist unser Schlüssel zur Fracht. Wir haben jetzt keine Zeit für Bürokratie.«

Timo trat aufs Gas, und der Wagen schoss auf einen von grauen Gebäuden gesäumten Hof.

»Wir dürfen auf keinen Fall jemanden mit einer Bombendrohung täuschen.« Navarro zog sein Telefon aus der Tasche. »Das ist schwere Kompetenzüberschreitung. Ich muss meinen Vorgesetzten anrufen und eine schriftliche Genehmigung ...«

»Wir haben keine Zeit, habe ich das nicht deutlich genug gesagt? Leg das Ding weg!«

»Warum hast du nicht früher Bescheid gesagt? Dann hätte ich die Genehmigung besorgt und Verstärkung mitgebracht ...«

»Ich hab doch gerade gesagt, dass ich die Mitteilung erst nach meiner Ankunft in Arlanda erhalten habe.«

»Ich rufe Polizeipräsident Magnusson an und werde mich mit ihm beraten.«

»Du rufst nirgendwo an.« Timo riss Navarro das Telefon aus der Hand und steckte es in ein Fach der Mittelkonsole.

»Das geht jetzt aber zu weit.« Navarro war dermaßen vor den Kopf gestoßen, dass ihm die Worte fehlten.

»Genau. Das hier ist nämlich eine Ausnahmesituation, wie du mittlerweile begriffen haben solltest.« Timo bremste vor der Laderampe. Über der Tür leuchte groß der Buchstabe B. »Und in einer Ausnahmesituation muss man gelegentlich zu außergewöhnlichen Maßnahmen greifen.«

Timo stieg aus und atmete kräftig durch. Er war nicht nervös, und zum Zögern gab es keinen Spielraum, denn ihm war klar, dass er nur tat, was er tun musste. Er eilte die Stufen der Rampe zur Tür hinauf, wo mittlerweile ein SSG-Mitarbeiter in Uniform erschienen war. Navarro folgte widerstrebend.

»Hier lang«, drängte der Wachmann. »Sollen die Leute sofort raus?«

»Unverzüglich. Zeigen Sie uns aber zuerst die Fracht. Hier ist der Code.«

Timo gab dem Mann den Zettel mit der Nummer und folgte ihm den Gang entlang. Das Gebäude erinnerte an eine Zwischenform von Gefängnis und Lagerhalle. Die Beleuchtung war gut, und oben an den Wänden hingen Überwachungskameras. Im Gehen sprach der Wachmann in sein Funkgerät.

Navarro holte Timo ein und wollte etwas sagen, aber Timo bedeutete ihm, still zu sein. Beide blieben hinter dem Wachmann stehen, als dieser den Daumen auf den Fingerabdruckscanner legte. Man hörte ein lautes Surren, dann öffnete sich eine schwere Metalltür und gab einen breiten, für Gabelstapler bemessenen Gang frei.

Der Wachmann ging durch den hallenartigen, mit Regalen bestückten Raum zur gegenüberliegenden Tür. In den Regalen standen Kisten und Transportbehälter in unterschiedlichen Größen. Aus den Lautsprechern drang ein grelles Piepsen, anschließend erteilte eine Stimme auf Schwedisch den Evakuierungsbefehl.

Vor einer Tür aus rostfreiem Stahl, über der ein Plexiglaskasten mit Überwachungskamera angebracht war, blieben sie erneut stehen. Am Türrahmen war eine Iriserkennung installiert, der Wachmann hielt sein rechtes Auge davor und drückte anschließend auf eine Taste. Die Tür glitt auf.

Timo betrat die Nullzone, in der die Wertfrachten aufbewahrt wurden. Die mit Ziffern und Buchstaben markierten Regale enthielten Geldbehälter aus Kunststoff, Aluminiumkassetten, Attaché-Mappen aus Hartplastik und gewöhnliche braune Kartons. Bargeld, Wertpapiere, Schmuck, Patenturkunden, seltene Edelmetalle, die in der Industrie verwendet wurden, Kaufverträge.

»Reihe 6, Regal C, Ebene 2«, sagte der Wachmann schnell.

Timos Aufmerksamkeit richtete sich auf eine Kiste aus groben Brettern, die auf einer Palette stand. Der Wachmann blieb davor stehen, griff nach dem Etikett mit dem Strichcode, das mit einer Kunststoffschnur befestigt war, und nahm den schnurlosen Scanner, der an seinem Gürtel hing, in die andere Hand. Als er den Strichcode einlas, leuchtete das gleiche Rotlicht auf, das man von Supermarktkassen kannte.

»Das ist es.«

Timo schaute auf die Kiste, die etwa einen Meter Kantenlänge hatte. Mit Schablonen waren Buchstaben und chinesische Schriftzeichen aufgemalt worden.

»Wir bringen sie nach draußen«, sagte Timo. »Holen Sie einen Stapler!«

Der Wachmann machte sich sogleich auf den Weg.

Navarro starrte Timo mit einer Miene an, die unmöglich zu deuten war. Aber wenigstens hatte der Schwede noch nicht verraten, dass das mit der Bombendrohung nur ein Trick war.

»Ich erkläre dir später alles«, flüsterte Timo. »Ich habe keine andere Wahl ...«

Das gedämpfte elektrische Sirren des Gabelstaplers näherte sich ihnen von hinten. Der Wachmann hob die Kiste mit der Lastgabel an und rief: »Ist das sicher, die so zu transportieren? Sollten wir nicht warten, bis ...«

»Nein, schaffen Sie die Kiste raus, wir sehen sie uns dort an.«

»In der Kiste befindet sich ein RFID-Chip, der an der Tür Alarm auslöst, wenn er nicht deaktiviert wird.«

»Soll er ihn ruhig auslösen. Sie können das dann als Fehlalarm deklarieren. Jetzt raus damit!«

Timo marschierte aus der Nullzone und ging den Gang entlang bis zur nächsten Tür. Zum Glück war die Wachkabine daneben leer.

»Timo ...«, sagte Navarro, der ihn eingeholt hatte.

Timo sah den Schweden an und erkannte, dass er ihn jetzt anhören musste. Fahles Licht fiel auf Navarros aufgeregtes Gesicht.

»Bist du verrückt geworden?«, zischte der Schwede. »Wir können die Fracht nicht einfach so aus dem Lager schaffen.«

»Hast du vor, mich daran zu hindern?«, fragte Timo ausdruckslos.

»Und ob ich das vorhabe. Und ich werde auch den Männern hier sagen, dass es überhaupt keine Bombendrohung gibt.«

Timo trat einen Schritt auf Navarro zu, zog die Glock aus der Tasche und drückte seinem Kollegen den Lauf in die Seite.

»Ich mache es dir leichter«, sagte er. Als er Navarros ungläubige Miene sah, spürte er einen kleinen Stich des Zögerns, aber in diesem Stadium war es unmöglich, noch einen Rückzieher zu machen. »Du musst verstehen, dass es sich um einen Notfall handelt, wie es ihn noch nie gegeben hat. Das Leben der gesamten finnischen Staatsführung ist bedroht. Wir rufen in Helsinki an, dann kannst du mit dem Polizeidirektor sprechen.«

Timo hatte nicht die geringste Absicht, Navarro zu erzählen, was die Fracht tatsächlich enthielt. Er wunderte sich auch nicht mehr über Menschen, die in extremen Situationen zu extremen Taten fähig waren. Wenn man die Grenze einmal überschritten hatte, war es leichter, weiterzugehen als umzukehren.

Timo wandte den Blick von Navarros Gesicht und merkte, dass er geradewegs in die entsetzten Augen des Wachmanns schaute, der in der Wachkabine aufgetaucht war.

Auf dem Gang näherte sich langsam der Gabelstapler.

»Nimm die Hände vom Tisch und mach die Tür auf«, sagte Timo zu dem Wachmann und machte eine Kopfbewegung in Richtung Außentür. Der Gabelstapler hielt neben ihnen an.

Der Wachmann in der Kabine erstarrte kurz, dann hob er schließlich doch die Hände. »Die Schlüssel für die Außentür sind im Schlüsselkasten.«

»Ist das keine elektrische Tür?«

»Nein.«

»Mach die Glastür auf!«

Der Wachmann, der auf dem Gabelstapler saß, schaute Timo an und traute offensichtlich seinen Augen nicht. Die Glaskabine öffnete sich.

»Du machst einen schweren Fehler«, murmelte Navarro.

»Bleib auf dem Stapler!«, befahl Timo dem anderen Wachmann. Er zerrte Navarro mit in die Kabine, die Waffe noch immer in dessen Seite gedrückt. Er wollte nicht, dass der Wachmann in der Kabine etwas tun konnte, was sie am Verlassen des Geländes hindern würde.

»Welcher Schrank?«, fragte Timo angesichts mehrerer mannshoher Metalltüren. Der Wächter rührte sich nicht vom Fleck und schwieg.

»Du hast bestimmt schon mal von der IRA gehört«, sagte Timo und behielt den Wachmann auf dem Gabelstapler im Auge. »Die bestraften Verräter, indem sie ihnen eine Kugel in die Kniescheibe schossen. Und weißt du, warum sie das getan haben? Weil das sehr, sehr schmerzhaft ist. Und einen für den Rest des Lebens zum Krüppel macht. In fünf Sekunden erhältst du die Gelegenheit, den Wahrheitsgehalt meiner Worte am eigenen Leib zu überprüfen, wenn du nicht die Tür aufmachst.«

In den Augen des Mannes blitzte Angst auf. »Der rechte Schrank«, hauchte er.

»Nimm die Schlüssel für die Außentür heraus, und zwar schnell!«

Der Wachmann öffnete den Schrank, in dem mehrere Schlüssel an einem Brett hingen, und nahm einen Schlüsselbund in die Hand.

»Gib sie ihm«, sagte Timo und nickte in Richtung Navarro.

In dem Moment tauchte hinter dem Gabelstapler ein dritter Mann auf. »Was geht hier eigentlich vor?«, fragte er und trat an die Glaskabine heran. Als Timo die Waffe auf ihn richtete, erstarrte er auf der Stelle.

»Komm rein!«, befahl Timo.

Als der Wachmann Navarro die Schlüssel gab, bemerkte Timo unter dem Tisch in Kniehöhe den roten Alarmknopf. Er verfluchte seine Gedankenlosigkeit. Mit Sicherheit war es dem Wachmann gelungen, unbemerkt den Knopf zu drücken.

»Ihr geht beide in den Schrank, sofort«, sagte Timo und zeigte auf die offene Metalltür. Die Wächter zwängten sich hinein, Timo drückte die Tür zu und versicherte sich, dass sie verschlossen war.

»Axel, mach die Außentür auf!«

»Du wirst nie ungeschoren davonkommen«, sagte Navarro beim Öffnen der Tür.

Timo gab dem Wachmann auf dem Gabelstapler ein Zeichen, und dieser fuhr auf die Laderampe hinaus, auf die Stahlplatte des Lastenaufzugs. Timo registrierte, dass mindestens zwei weitere Wachmänner aus Fenstern des Gebäudes zu ihnen herunterschauten. Er ging hinter Navarro die Stufen der Laderampe hinunter, die Waffe dabei ständig auf seinen Kollegen gerichtet.

Der Gabelstapler fuhr den einen Meter mit dem offenen Lastenaufzug nach unten.

»Mach den Kofferraum auf!«, befahl Timo seinem schwedischen Kollegen.

Von der Breite und Tiefe her hätte die Kiste in den Kofferraum des Benz gepasst, aber die Höhe war ein Problem. Timo bog den Kofferraumdeckel mit Gewalt über den normalen Öffnungswinkel hinaus, bis die Scharniere ein metallisches Krachen von sich gaben und der Deckel haltlos gegen das Heckfenster schepperte.

Navarro schloss die Augen und sah aus, als wäre ihm eine Kugel in die Kniescheibe lieber gewesen.

»Ladet die Kiste ein«, sagte Timo zu Navarro und dem Wachmann, der gerade vom Gabelstapler stieg.

Die Männer hoben die Kiste mit einem Schwung in den Kofferraum.

»Axel, du setzt dich ans Steuer!«

Timo setzte sich auf den Beifahrersitz, hielt die Waffe weiterhin auf Navarro gerichtet und tastete mit der anderen Hand nach dem Telefon in seiner Tasche. Er schrieb den Geiselnehmern eine SMS, die aus zwei Buchstaben bestand: *OK*. Er hatte die Fracht in seinem Besitz.

Navarro fuhr aus dem Hof hinaus und beschleunigte auf dem Weg zur Pforte. Dort rührte sich etwas, aber die Schranke war offen.

»Allmählich verstehe ich, warum eure Werttransportfirmen so gern überfallen werden«, versuchte Timo die Stimmung etwas zu lockern.

»Du hast versprochen, dass wir die oberste Polizeiführung in Helsinki anrufen.« Navarro starrte gerade nach vorne, sein Mund verzog sich nicht ansatzweise zu einem Lächeln.

Timo wählte Nykänens Nummer. Der leitende Polizeidirektor würde nicht begeistert sein, in die Sache hineingezogen zu werden, aber ohne irgendeinen Segen von oben ging der Weg mit Navarro allmählich zu Ende. Nicht mehr lange, und sie hätten die gesamte Polizei des Stockholmer Distrikts auf den Fersen.

»Sag Axel Navarro von der Stockholmer Polizei ein paar beruhigende Worte«, verlangte Timo ohne jede Erklärung und gab Navarro das Handy. Nykänens Kooperationsbereitschaft würde sicherlich nicht durch die Tatsache geschwächt, dass seine Frau unter den Geiseln war.

Navarro nannte seinen Namen und hörte eine Weile zu.

»Was ist in der Kiste?«, wollte er schließlich wissen, aber es war zwecklos, von Nykänen auf diese Frage eine Antwort zu erwarten.

Nach dem Gespräch sagte Navarro zu Timo: »Ich muss trotzdem Magnusson anrufen und ...«

»Wir rufen jetzt niemanden mehr an.« Timo nahm die Landkarte aus der Tasche zu seinen Füßen und nannte Navarro die Fahranweisung, die er von den Geiselnehmern per SMS erhalten hatte.

Plötzlich kamen ihnen zwei Polizeiautos mit Blaulicht entgegen.

»Jetzt helfen auch die Beteuerungen deines Polizeidirektors nichts mehr«, stellte Navarro beinahe erfreut fest.

»Ich habe hier eine lebenswichtige Fracht, und du weißt genau, dass ich sie nicht hergeben werde.«

»Du sitzt richtig in der Scheiße.«

»Tröste dich damit, dass du Finnland einen großen Dienst erweist. Du kriegst noch einen Orden und eine Einladung zum Empfang des Präsidenten am nächsten Unabhängigkeitstag.«

Die Polizeiautos betätigten die Lichthupe.

»Nicht stehen bleiben«, befahl Timo. »Sie werden uns nicht einmal unbedingt folgen.«

Navarro fuhr an den Polizeiautos vorbei. Timo schaute in den Spiegel und sah, wie beide mit quietschenden Reifen wendeten und ihnen folgten.

»So was aber auch«, murmelte Timo und schaute auf die Karte.

Eines der Fahrzeuge drängte sie kurz darauf an den Straßenrand, das andere zog vorbei und blockierte weiter vorne den Weg. Aus dem Wagen, der sie abgedrängt hatte, stiegen zwei Polizisten aus, ein Mann und eine Frau, beide mit gezogener Waffe.

»Zeig ihnen deine Dienstmarke und sag, dass wir einen Sonderauftrag ausführen!«, sagte Timo.

»Polizei! Steigen Sie aus!«

»Hier ist auch die Polizei«, rief Navarro und hielt seinen Dienstausweis aus dem Fenster. »Axel Navarro von der Zentralkripo und Timo Nortamo von TERA. Wir führen einen Sonderauftrag aus und müssen uns beeilen.«

Die Polizistin trat zu Navarro, sah sich den Polizeiausweis genau an und war schließlich von dessen Echtheit überzeugt. Sie signalisierte ihrem Kollegen, dass alles in Ordnung war.

»Wir sind vom Frachtzentrum am Flughafen alarmiert worden«, sagte die Frau. »Was ist dort los?«

»Wir kommen gerade von dort. Ist wahrscheinlich ein Fehlalarm.«

»Wir müssen trotzdem nachsehen. Und wir müssen jedes Fahrzeug, das von dort kommt, überprüfen. Würden Sie uns also sagen, was die Kiste in Ihrem Kofferraum enthält?«

»Das hat mit unserem Sonderauftrag zu tun.«

Auf dem Gesicht der Frau machte sich Argwohn breit. »Ich muss Ihre Behauptung überprüfen. Sagen Sie mir, wer den Charakter Ihres Sonderauftrags bestätigen kann.«

Navarro sah Timo an. Dieser hob die Waffe.

»Sie rufen jetzt Ihren Kollegen zu, sie sollen zur Seite fahren und uns durchlassen. Ansonsten erschieße ich Navarro.«

Nachdem sie sich vom ersten Schock erholt hatte, drehte sich die Polizistin zu den Streifenwagen um und gab den Fahrern ein Zeichen, an die Seite zu fahren.

»Sie bleiben hier stehen, bis wir weg sind«, sagte Timo zu der Frau.

Navarro fuhr weiter. Auf der Höhe der Polizeiautos schob Timo die Hand mit der Waffe aus dem Fenster und schoss bei beiden Fahrzeugen einen Reifen kaputt.

»Fahr schneller, aber so, dass wir die Kiste nicht verlieren.« Timo nahm wieder sein Telefon zur Hand. *Eine neue Mitteilung.*

»Das hier ist dann also der schwedische Ableger der Geiselnahme«, stellte Navarro lakonisch fest. »Du wirst ganz groß in den Boulevardblättern und in den Fernsehnachrichten rauskommen.«

Timo reagierte nicht auf Navarros Bemerkung, sondern öffnete die Mitteilung. Sie enthielt weitere Anweisungen. Er sah auf die Uhr und nahm zur Kenntnis, dass sie sich innerhalb des geforderten Zeitrahmens befanden. Allerdings würden sie bald schon weitere Polizeiautos hinter sich haben – und zwar viele, denn bekanntermaßen mochten es Polizisten überhaupt nicht, wenn ein Kollege von ihnen mit der Waffe bedroht wurde.

55

Unter dem Vorwand, ihr sei übel, hatte Johanna erneut darum gebeten, die Toilette aufsuchen zu dürfen. Sie wollte die Geiselnehmer daran gewöhnen, dass sie in der Maschine umherging.

Auf dem Weg zu ihrem Platz musterte sie die ermattete Schar der Passagiere: schwitzende Männer in Fracks und herausgeputzte Frauen, allesamt erschöpft und schwächlich. Die Entführer mit ihren Gesichtsmasken saßen in der Kabine verstreut. Die Stimmung hatte sich beruhigt, auf allen lastete die Müdigkeit. Johanna hätte gern gesehen, wie der Kollege vom SK Bär gefesselt war, fand aber keinen unauffälligen Vorwand, in den hinteren Teil der Maschine zu gehen.

Als sie an Jasmin Ranta vorbeikam, nahm sie deren forschenden Blick zur Kenntnis. Johanna gab sich Mühe, möglichst natürlich zu gehen. Der jungen Frau fielen die unsicheren Schritte auf den elenden hohen Absätzen und das zu enge Kleid mit Sicherheit auf. Die serbischen Männer interpretierten das Kleid als sexy, aber eine Frau merkte, dass es einfach stillos eng war.

Johanna setzte sich wieder neben den Wirtschaftsminister auf den Gangplatz. Heinonen hatte schon vor einer Weile die Augen zugemacht und versuchte zu schlafen.

Plötzlich merkte Johanna, dass jemand neben ihr stand.

»Hallo«, sagte Jasmin Ranta und setzte sich auf den freien Platz auf der anderen Seite des Ganges. »Wer bist du noch mal?«

Johanna durchfuhr eine eisige Welle der Panik. Durch die arrogante Neugier der jungen Frau war sie mehr gefährdet, entdeckt zu werden, als in jedem anderen Moment zuvor. Auch Heinonen war aufgeschreckt.

»Ich bin die Frau von Minister Heinonen.« Johanna gab sich Mühe, wie eine überdrüssige, vielleicht sogar einen Hauch verärgerte Gattin zu klingen.

»Tatsächlich? Dabei habe ich vor kurzem erst in der Zeitung gelesen, dass Heinonen noch immer Junggeselle ist. Bin ich da falsch informiert?« Jasmin lehnte sich zurück, um den Minister besser sehen zu können.

Johanna hoffte inständig, dass die Wortgewandtheit des routinierten Politikers jetzt nicht versagte. Sie drehte sich zu Heinonen um, in dessen Augen ein Besorgnis erregend ängstlicher Blick aufflammte.

»Na ja, Kirsti ist schon länger so etwas wie eine heimliche Liebe von mir«, lächelte Heinonen gezwungen. »Es ist mir gelungen, sie von der Öffentlichkeit fernzuhalten. Vor wenigen Tagen erst haben wir uns trauen lassen. In aller Stille.«

»Gerade rechtzeitig vor dem Empfang in der Residenz?«

»Vielleicht auch das. Ein Politiker muss immer an die Wähler denken.«

Johanna spürte Jasmins Blick über das Abendkleid und die hohen Schuhe schweifen, und sie begriff, dass die junge Frau kein einziges Wort glaubte.

Johannas Herz schlug immer heftiger, obwohl sie versuchte, möglichst ruhig zu bleiben. Sie rechnete damit, dass Jasmin ihr Verhör fortsetzte, aber die junge Frau stand auf und ging in den vorderen Teil der Maschine.

»Scheint nicht durchgegangen zu sein«, flüsterte Heinonen.

Johanna beobachtete Jasmin, die sich neben Vasa setzte und anfing, mit ihm zu reden. Ein zweiter Geiselnehmer gesellte sich zu ihnen. Alle drei blickten immer wieder in Johannas Richtung.

Plötzlich war es gefährlich geworden. Äußerst gefährlich. Sie war aufgeflogen.

Johanna beugte sich nach vorne, schob die Hand unter den Vordersitz und riss das Klebeband um den Stoffbeutel herum ab. Sie öffnete den Beutel, und als sie sich wieder aufrichtete, hielt sie eine Beretta Kaliber 22 in der Hand.

Heinonen riss die Augen auf, als er die Waffe sah. Im selben Moment sprang Johanna auf und rannte den Gang entlang. Die Waffe hielt sie mit ausgestrecktem Arm hinter dem Oberschenkel versteckt.

Vasa erhob sich. Der andere Geiselnehmer im vorderen Teil der Maschine richtete die Waffe auf Johanna und rief etwas.

Johanna sah, wie sich Oberst Jankovic auf seinem Sitz umdrehte, um zu sehen, was hinter ihm passierte. Rasch setzte sich Johanna auf den freien Platz hinter dem Oberst und hob die Waffe. Sie schob die Hand durch den Spalt zwischen den Sitzen und drückte dem Oberst den Lauf der Pistole in den Nacken.

Mit einem Mal war es in der Passagierkabine vollkommen still. Keiner rührte sich, nicht einmal die Serben – sie am allerwenigsten.

»Was willst du damit erreichen?«, fragte Vasa schließlich mit unverkennbarer Erschütterung.

»Du befiehlst jetzt dem Piloten, nach Helsinki umzukehren.« Johanna gab sich Mühe, die Angst nicht bis in ihre Stimme vordringen zu lassen. Sie hatte gesehen, was für ein Verhältnis Vasa zu seinem Vater hatte, sie wusste, der alte Mann war Vasas empfindlichste, schmerzhafteste Stelle.

»Und was soll dann in Helsinki passieren?« Vasa war außer sich und kreidebleich. »Du glaubst doch nicht im Ernst ...«

»Ich glaube gar nichts, sondern ich weiß, dass ich in Helsinki mit dem Präsidenten, der Premierministerin und der Hälfte der Geiseln aussteigen werde. Danach könnt ihr mit den anderen eure Reise fortsetzen, wohin ihr wollt.«

Einer der Serben lachte zwei Reihen weiter nervös auf. »Du bist übergeschnappt ...«

»Halt's Maul!«, fuhr Vasa ihn an.

Johanna stieß dem Oberst so stark mit der Waffe in den Nacken, dass er vor Schmerz aufstöhnte.

Vasa zuckte zusammen. »Hör auf!«, brüllte er rasend.

Johanna stieß den Oberst noch einmal, fester als zuvor. »Glaubst du, ich hätte etwas zu verlieren? Ruf dem Cockpit zu, sie sollen den Kurs ändern, sonst hast du den Tod deines Vaters auf dem Gewissen!«

Johanna sah, dass Vasa die Lage ernsthaft überdachte. Offenbar merkten das auch seine Komplizen, denn einer von ihnen sagte sehr kühl etwas auf Serbisch, das Vasa völlig die Beherrschung verlieren ließ.

Ein heftiger Streit entbrannte zwischen den beiden, serbische Sätze flogen hin und her, immer wilder schrien sich die Männer an.

Im selben Moment spürte Johanna, dass sich hinter ihr etwas bewegte.

»*Achtung*«, rief eine der Geiseln auf Finnisch.

Johanna blickte sich um und sah den Kolben einer Maschinenpistole auf sich niedersausen. Zugleich packte der Oberst den Lauf der Pistole, die auf ihn gerichtet war. Durch die abrupte Bewegung drückte Johannas Zeigefinger den Abzug. Der Schuss löste sich genau in dem Moment, in dem Johanna einen energischen Schlag auf den Hinterkopf spürte. Sofort wurde ihr schwarz vor Augen.

In ihren Ohren hallte das panische Chaos wider, das in der Kabine ausgebrochen war. Zuerst kamen die Geräusche wie durch eine Wand, aber nach und nach löste sich die Wand auf. Das Kreischen einiger weiblicher Geiseln schnitt eine Öffnung in Johannas Bewusstsein, durch die allmählich Bilder von verzerrten Gesichtern und blutigen Händen drangen ... Sie hörte entsetzte Schreie von Finnen und serbisches Gebrüll, spürte, wie sie jemand an den Haaren packte und ihren Kopf zur Seite riss. Sie sah eine lange, glänzende Klinge unter der Leselampe aufblitzen und spürte kurz darauf den kalten Stahl derselben Klinge an ihrem Hals.

Johanna begriff, dass ihr Leben nun zu Ende war.

56

»*Ruhe!*«, hörte Johanna inmitten des gewaltigen Lärms jemanden auf Englisch schreien.

»*In der Maschine darf nicht geschossen werden*«, tönte die strenge Stimme des Kapitäns aus den Lautsprechern. »*Legen Sie die Waffen weg, sonst befinden wir uns alle in unmittelbarer Lebensgefahr …*«

Das Chaos in der Kabine war wie abgeschnitten und wich lähmender Stille. Die Blicke der in der Nähe Sitzenden richteten sich auf das Einschussloch in der Deckenverkleidung der Maschine. Aber die Kugel war nicht durchgedrungen, sie musste stecken geblieben sein. Ein Geiselnehmer öffnete die Gepäckablage und nahm eine der kugelsicheren Westen heraus. Dort war das Geschoss eingeschlagen.

Ein anderer Geiselnehmer beugte sich über den Oberst und sagte zu Vasa etwas auf Serbisch.

»Ist ein Arzt unter euch?«, brüllte Vasa die Geiseln an.

Johanna saß verkrümmt auf dem Sitz und spürte noch immer die Messerklinge am Hals. Sie drehte die Augen und gewann so ein Bild von dem Serben, der sie im Griff hatte. Sie sah nur die Augen im Schlitz der Sturmhaube, aber sie kannte diese Augen. Sie gehörten dem boshaftesten, sadistischsten Mann der Gruppe.

Sie blickte in die andere Richtung. Einer der Geiselnehmer riss die Schoner der Kopfpolster von einigen Sitzen und versuchte damit die Blutung des Obersts zu stillen.

»Habt ihr gehört?«, schrie Vasa und versuchte gleichzeitig, seinem Komplizen zu helfen. »Kann hier jemand Erste Hilfe leisten?«

»Ich«, hörte sich Johanna sagen. Das stimmte tatsächlich, aber der eigentliche Grund, sich zu melden, war ein anderer: Sie wollte mit allen Mitteln den Moment aufschieben, in dem die Messerklinge ihre Kehle durchschnitt.

»Bist du Krankenschwester, oder was?«, hörte sie den Mann mit dem Messer höhnisch sagen. »Eine Krankenschwester, die mit Waffen spielt? Du wirst gleich selbst Erste Hilfe brauchen.« Der Mann drückte ihr die Messerklinge so weit in die Haut, dass Johanna ein warmes Blutrinnsal auf ihrem Hals spürte. Sie schloss die Augen und erwartete einen schnellen Schnitt. War das also jetzt das Ende? Mit aufgeschnittener Kehle irgendwo hoch über Russland?

»Hör auf!«, hörte sie Vasa schreien.

Sie öffnete die Augen und sah ihn mit blutigen Händen neben seinem Vater stehen, fürchterliche Angst im Blick. »Die Frau soll herkommen, lass sie los!«

Vasa versuchte sich zu beherrschen, aber es schien ihm nicht zu gelingen.

»Jetzt sind alle dieser Schlampe gegenüber loyal«, schrie Stanko auf Serbisch und deutete auf die Frau, die sich mit Zlatans Messer am Hals kalkweiß auf dem Sitz krümmte. Das dünne Blutrinnsal, das vom Schnitt der Klinge stammte, lief auf das Abendkleid.

»Wir brauchen den Erste-Hilfe-Koffer«, sagte Toma, der vor dem Oberst kauerte. »Ich kann die Blutung nicht stillen ...«

»Wir ziehen die Sauerstoffmaske aus der Decke ...«, fing Danilo an.

»Halt's Maul«, zischte Vasa.

Mit wenigen Sätzen war er bei der Finnin und brüllte Zlatan an, bis dieser das Messer von ihrem Hals nahm. Aber Zlatan machte keine Anstalten, die Frau loszulassen.

»Die ist von der Polizei, die haben sie eingeschleust ...«

»Genau deshalb kann sie Erste Hilfe leisten – hoffentlich besser als wir. Lass sie los!«

»Wir müssen sie töten, es können noch mehr heimliche Bullen an Bord sein …«

Toma blickte auf. »Lass die Frau hierherkommen und spiel dich nicht auf!«

Zlatan wartete noch einen Augenblick, dann ließ er frustriert die Haare der Frau los, aber nicht ohne ihr zuvor noch einmal heftig den Kopf nach hinten gerissen zu haben.

Vasa packte die Frau und stieß sie zu seinem Vater.

»Dein Leben hängt jetzt von deinen Fähigkeiten ab«, sagte er langsam und deutlich. »Wenn du nicht fähig bist, anständige Hilfe zu leisten, stirbst du. In dem Fall können wir dich nämlich nicht gebrauchen.«

Er drehte sich um und rief Slobo zu: »Hol jetzt endlich diesen verdammten Erste-Hilfe-Koffer!«

Slobo riss den Koffer aus der Gepäckablage und warf ihn Vasa zu.

Während die Frau sich die Wunde des Obersts ansah, ging Danilo zu ihrem vermeintlichen Ehemann. Der Minister saß mit grauem Gesicht auf seinem Platz und starrte auf die Rückenlehne vor sich.

»Diese Kuh ist deine Frau, wie?«, fragte Danilo.

Der Minister biss sich auf die Lippen, ohne aufzublicken.

Danilo schlug ihm ins Gesicht. Der Kopf des Ministers wurde gegen das Fenster geschleudert. Die Frau in der Reihe hinter ihm kreischte.

»Du verlogener Scheißkerl«, zischte Danilo und schlug noch einmal zu.

Die Frau kreischte immer lauter.

»Schnauze!«, brüllte Danilo sie an.

Der Minister hielt sich den schmerzenden Kopf und schien an der Grenze zur Bewusstlosigkeit zu taumeln.

»Es reicht«, rief Vasa.

Dann sagte er laut hörbar auf Englisch: »Wenn einer von euch ohne Erlaubnis aufsteht, schneiden wir ihm auf der Stelle die Kehle durch. Ist das klar?«

Im selben Moment sah er Zlatan im hinteren Teil der Maschine hantieren.

»Was tust du da, verflucht?«, schnaubte er auf Serbisch und lief nach hinten.

Dann blieb er abrupt stehen. Zlatan warf eine blaue Wolldecke über den gefesselten Mann.

»Was willst du mit ihm ...«

»Es ist schon getan.«

Vasa starrte auf Zlatans Hand mit dem Messer. Zlatan wischte die rote Klinge an seinem Oberschenkel ab und schob das Messer in die Scheide an seiner Wade. In der Maschine herrschte drückende Stille. Alle Köpfe hatten sich nach hinten gedreht. Jemand fing laut an zu weinen.

Vasa richtete den Blick auf Zlatans Augen – auf glasige, kalte Augen.

»Du hast selbst gesagt, dass wir ihn als Opfergefangenen mitnehmen ... Die Zicken der Finnen gehen langsam zu weit. Wenn wir sie nicht bestrafen ...«

»Verflucht«, sagte Vasa leise. »Was glaubst du, wie sich ein hingerichteter Polizist auf die Stimmung hier auswirkt? Wenn einer auf die Idee kommt, Rambo zu spielen oder einen Aufstand anzuzetteln ... Und was ist damit überhaupt gewonnen? Was ist jetzt besser als zuvor?«

Zlatan reagierte in keiner Weise, erwiderte nur ungerührt Vasas wilden Blick. Vasa begriff, dass sich Zlatan in einem Zustand befand, in dem er nicht nur den Geiseln, sondern auch sich und seinen Genossen gefährlich werden konnte. Er drehte sich um und kehrte in den vorderen Teil der Maschine zurück. Unterwegs registrierte er Jasmins ängstlichen Blick.

Vasa ging neben der Frau, die seinen Vater versorgte, in die Hocke. »Wie sieht es aus?«

»Die Kugel ist durch den Oberarmknochen gedrungen. Es kommt viel Blut, und er hat starke Schmerzen. Er muss möglichst bald operiert werden.«

Während sie sprach, versuchte die Frau das Blut durch das Anlegen eines Druckverbandes zu stillen. Ihre Bewegungen wirkten gekonnt. Das schmerzhafte Aufblitzen in ihrem Blick war vielsagend. Sie machte sich für den Tod des von Zlatan ermordeten Polizisten verantwortlich.

»Kann ich meinem Vater irgendwie helfen?«, fragte Vasa ohne Mitleid. Die Frau hatte ihren Schmerz verdient.

»Hier drücken«, antwortete sie mit einer Kopfbewegung auf den Rand des Verbandes. In der Mitte hatte sich die Binde bereits rot verfärbt. Das Gesicht des Obersts war grau, den blutleeren Lippen entwichen unregelmäßige Atemzüge.

»Er hat einen Herzfehler«, sagte Vasa. »Ich weiß nicht, ob sein Herz das alles aushält. Müsste man ihm ein Herzmittel geben?«

»Ich weiß nicht. Geh ins Cockpit und befiehl dem Kapitän, umzukehren.«

Die Frau legte eine weitere Verbandsschicht an, dabei hielt sie den Oberst vorsichtig an der Schulter. Aber wie viel Verband sie auch hinzufügte, er färbte sich immer sofort rot.

»*Geh!*«, fuhr sie Vasa an.

Vasa stand auf und ging in Richtung Cockpit.

»Was hast du vor?«, rief Zlatan auf Serbisch.

Vasa antwortete nicht, sondern ging ins Cockpit, wo Stanko die Piloten überwachte.

»Was ist dahinten los?«, fragte der Kapitän streng.

»Wir haben einen Verwundeten, der so schnell wie möglich Hilfe braucht. Was ist der nächste Flughafen?«

»St. Petersburg.«

»Dann dorthin«, sagte Vasa und wandte sich ab.

Stanko sah ihm nach. »Was soll der Scheiß?«

Vasa schnellte herum. »Das ist etwas, über das wir nicht diskutieren.«

Sein Gesichtsausdruck veranlasste Stanko, jeden weiteren Widerspruch hinunterzuschlucken.

57

Timo kniff die Augen zusammen, um besser sehen zu können. Zwischen den hohen Fichten war ein kleiner, einsamer Wegweiser zu erkennen.

»Bei der nächsten links«, sagte er. Navarro drosselte die Geschwindigkeit.

Beim Abbiegen sah Timo in die Richtung, aus der sie gekommen waren, und stellte erleichtert fest, dass ihnen keine Polizeiautos folgten, jedenfalls nicht in Sichtweite.

Der unbefestigte Weg war voller Löcher und schlängelte sich immer tiefer in den Wald hinein. Timo machte sich allmählich ernsthaft Sorgen.

»Halt hier an!«, sagte er auf der Höhe einer Fichte, die parallel zur Straße umgestürzt war.

In der Stille schrieb Timo den Geiselnehmern eine SMS, in der er mitteilte, dass sie den vereinbarten Ort erreicht hatten.

»Weißt du wenigstens selbst, was du tust?«, fragte Navarro.

Timo schwieg. Er versuchte, an nichts zu denken, hielt nur das Telefon in der Hand und wartete auf den Eingang einer SMS. Als das Handy dann piepste, erschrak er trotzdem.

»Nach Myrans fahren. Dort steht ein Lieferwagen. Kiste einladen.«

Timo studierte eine Weile die Karte. »Weiter«, sagte er.

»Wohin?«

»Das sage ich dir unterwegs.«

Navarro fuhr eine Weile, ohne etwas zu sagen, dann schnaubte er auf einmal: »Bombendrohung … Weißt du, was das für meine Karriere bedeutet? Für den Rest meines Lebens werde ich als

Narr gelten. Die ganze Polizei Schwedens wird über mich lachen.«

»Tut mir leid, wenn hundert Menschenleben und die Zukunft Finnlands sich ungünstig mit deinen Karriereträumen überschneiden«, sagte Timo trocken, ohne Navarro auch nur eines Blickes zu würdigen.

»Bald werden Hubschrauber und Spezialeinheiten hier sein«, fuhr Navarro fort. »Du wirst auf jeden Fall geschnappt, und dann kann dir von Helsinki aus keiner mehr helfen ...«

»Das spielt keine Rolle. Hauptsache, wir schaffen es, diesen Job hier zu erledigen.«

An einer Kreuzung im Wald befahl Timo, rechts abzubiegen. Der Weg wurde noch schmaler und führte in einen finsteren Waldabschnitt mit hohen, dicht beieinanderstehenden Fichten.

Plötzlich weitete sich der Weg zu einer kleinen Lichtung, und Timo bedeutete Navarro, anzuhalten.

Am Rand der Lichtung stand ein verlassen wirkender Lieferwagen, ein metallicgraues, eckiges Modell von Renault. Timo ließ den Blick über den Wald ringsum schweifen. Es war nichts zu sehen, aber das war eigentlich das Schlimmste. Hinter den Bäumen konnte alles Mögliche lauern.

»Fahr rückwärts an die Hecktür des Lieferwagens heran und mach den Motor aus ...« Timo merkte, wie er intuitiv die Stimme senkte.

Navarro gehorchte mit nervösen Lenkbewegungen. Dann zog Timo den Schlüssel aus dem Zündschloss und befahl seinem Kollegen: »Aussteigen!«

Er hielt die Waffe gezückt, scheinbar um Navarro in Schach zu halten, aber in Wahrheit wegen der Gefahr, in der sie sich an diesem Ort womöglich befanden. Langsam gingen sie um den Lieferwagen herum und blickten hinein. Keine Spur von einem Menschen.

Timo spähte noch eine Weile in den dunklen Wald. Bald würden sich hier schwedische Polizisten anpirschen.

Schließlich machte er sich daran, die Anweisungen weiter zu

befolgen. Sie konnten aus weiter Ferne gekommen sein – oder aus unmittelbarer Nähe.

Er legte die Hand auf den Griff der Hecktür und öffnete sie langsam mit vorgehaltener Waffe. Blendend helles Licht schlug ihm entgegen. Nachdem sich seine Augen an die Helligkeit gewöhnt hatten, sah er, dass im Laderaum des Renault Aluminiumbehälter auf dem Boden standen. Außerdem verliefen hier und da Kabel in verschiedenen Farben. In einer Ecke war eine Kamera auf einem Stativ angebracht, und im selben Augenblick begriff Timo, dass er auf dem Bild zu sehen war, das die Kamera sendete.

Irgendwo verfolgte irgendjemand in diesem Moment mit Hilfe der Kamera, was im Laderaum des Lieferwagens vor sich ging. Timo winkte der Kamera zu und griff nach dem Hammer, der auf dem Boden lag, denn so war es ihm in den Anweisungen befohlen worden.

Gespannt schaute Marek auf den Bildschirm seines Laptops. Mittels drahtloser Internetverbindung sah er in Weitwinkeloptik, wie die Tür des Renault aufging und der Mann den für ihn bereitgelegten Hammer ergriff.

Der Computer stand vor Marek auf einem abgenutzten, unlackierten Tisch. Für die Beleuchtung im Raum sorgte lediglich eine Tischlampe, und auch die war alt und etwas matt. Am Rand des Tisches lag eine Karte der ländlichen südostpolnischen Region, in der sich Mareks Versteck befand. Die dünn besiedelte Gegend war nicht unbedingt dazu geeignet, die Nerven zu beruhigen, denn in der Nähe befand sich das Gelände des Konzentrationslagers Treblinka II, wo 800 000 Menschen ermordet worden waren.

Neben dem Laptop lagen drei Handys, die mit aufgeklebten Kennungen versehen waren: A, B und C. Bei allen drei zeigte der Feldstärkeanzeiger fast das Maximum an, und genau das war eines der Kriterien für die Ortswahl gewesen. Auf den Displays aller drei Telefone konnte man den Namen des lokalen Anbieters lesen: PL-PLUS.

Marek beobachtete, wie anderthalbtausend Kilometer entfernt, unweit des Flughafens Stockholm-Arlanda, der Mann den Hammer nahm und sich von der Hecktür des Lieferwagens entfernte.

Navarro sah zu, wie Timo mit dem Hammer den Deckel von der Holzkiste entfernte. Timo machte sich keine Sorgen wegen möglicher Absichten Navarros, denn der Mann war kein Heldentyp, aber trotzdem hielt er die Waffe in der anderen Hand bereit.

Unter dem Deckel kam braunes Papier aus dem Reißwolf zum Vorschein, das als Polsterung diente. Timo schaufelte es zur Seite und legte damit vier graue Kunststoffbehälter frei. Das Material wirkte dick und stark. Die Brisanz des Inhalts wurde durch die High-Tech-Verschlüsse, die zusätzlich versiegelt waren, noch betont. Das bestärkte Timo in der Annahme, dass es nicht gelungen wäre, die Fracht durch einen anderen Inhalt zu ersetzen. Zumal dies durch den Strichcode, den RFID-Chip und extremen Zeitmangel noch erschwert worden wäre.

»Hilf mir! Wir laden die Behälter in den Lieferwagen um«, sagte Timo und steckte die Pistole ein.

Navarro setzte sich nur widerwillig in Bewegung.

»Wohin glauben die Idioten von hier aus mit dem Lieferwagen zu kommen?«, murmelte er, während er die schweren Behälter aus der Kiste im Kofferraum seines Mercedes hob.

Timo fragte sich dasselbe und fand keine Antwort. Er prägte sich das Nummernschild des Renault ein. Bald wäre die gesamte Polizei Schwedens hinter der Wertfracht her; sie außer Landes zu schaffen war praktisch unmöglich.

Der Gedanke an die schwedische Polizei veranlasste ihn, hinter sich zu blicken, aber im Wald war noch immer keine Bewegung und kein Licht zu erkennen. Wahrscheinlich wollten die Schweden ihren Kollegen Navarro keinerlei Gefahr aussetzen.

Als sie die Behälter im Lieferwagen hatten, nahm Timo den Anweisungen gemäß das Strichcode-Lesegerät, das an der Wand des Laderaums befestigt war, und scannte damit die Codes auf den Behältern ein. Nachdem das Lesegerät sie akzeptiert hatte, schickte sich Timo an, die Hecktüren des Lieferwagens zu schließen.

In diesem Moment stürzte sich Navarro auf ihn. Blitzschnell griff er in Timos Jackentasche, wo die Pistole steckte. Der Angriff überraschte Timo vollkommen, dadurch gelang es dem Schweden, die Waffe in die Hand zu bekommen. Aber Timo brauchte nur eine Sekunde, um die Situation zu erfassen, dann packte er seinen Kontrahenten am Handgelenk und schlug ihm mit der anderen Faust kraftvoll ins Gesicht.

Navarro brüllte vor Schmerzen und sank auf die feuchte Erde. Blut schoss aus seiner Nase.

»Muss ich dich an einen Baum fesseln, oder was?«, keuchte Timo und schloss den Anweisungen entsprechend die Hecktüren des Lieferwagens. Dabei fiel ihm auf, dass sich an der Innenseite der Türen oben, unten und in der Mitte faustgroße Metallkapseln befanden: ein elektronischer Schließmechanismus.

Timo wollte Navarro beim Aufstehen helfen, aber der schlug die Hilfe mit einer unwirschen Handbewegung aus. Gerade als Timo sich selbst, aber auch Navarro sein Handeln erklären wollte, hörte er das Piepsen einer eingehenden Mitteilung.

GUT. DU HAST ES DEM SCHWEDEN-CLOWN GEZEIGT, lautete der erste Satz.

Der Rest der Textmitteilung löste bei Timo Bestürzung aus. Hatte er richtig gelesen? Mit leicht unsicherer Hand holte er den Anfang der SMS zurück.

DAS AUTO FÄHRT NIRGENDWOHIN. DIE TÜR IST JETZT VERSCHLOSSEN. WENN VERSUCHT WIRD, SIE ZU ÖFFNEN ODER ANDERS AN DIE FRACHT HERANZUKOMMEN, WIRD EIN INNEN ANGEBRACHTER SPRENGSATZ DIE FRACHT VERNICHTEN. DASSELBE PASSIERT, WENN MAN UNS NICHT DIAMANTEN DER GRADUIERUNG VVS1 IM WERT VON 100 MILLIONEN EURO BEREITSTELLT. DARAN ÄNDERT SICH AUCH NICHTS IN DEM FALL, DASS VASAS GRUPPE ELIMINIERT WIRD. IHR HABT ES JETZT MIT EINER ANDEREN INSTANZ ZU TUN.

Vasas Blick sprang zwischen den aufgebrachten Augen seiner Komplizen in den Schlitzen der Sturmhauben und den Bemühungen der Finnin hin und her. Ihre Hände und der obere Teil ihres Kleides waren ebenso voller Blut wie Vasas Kleidung und Hände. Er sah, dass die Frau sich ernsthaft bemühte, das Leben seines Vaters zu retten – und ihr eigenes.

Seinen Leuten hatte Vasa mitgeteilt, sie würden als Nächstes St. Petersburg ansteuern.

»Du hast selbst auf dem Flughafen in Helsinki gesagt, dass wir am ursprünglichen Plan festhalten«, regte sich Stanko auf.

Vasa beugte sich dichter über seinen Vater. Dieser war bewusstlos, aber Vasa flüsterte ihm ins Ohr: »Versuche durchzuhalten. Bald kommst du ins Krankenhaus.«

»Es geht die ganze Zeit nur darum, was *du* willst«, sagte Slobo und sprang damit Stanko bei. »Mal bleiben wir bei unserem Plan, dann ändern wir ihn wieder, je nachdem, wie es dir passt. Mir reicht es langsam …«

Vasa richtete sich abrupt auf. Er atmete tief durch, um ruhig zu bleiben. »Marek hat mitgeteilt, dass in Schweden alles planmäßig läuft. Nichts wird schiefgehen, wenn wir einen einstündigen Umweg über Petersburg machen. Schaut euch meinen Vater doch an: Er muss ins Krankenhaus, oder er stirbt.«

»Okay, er ist verwundet«, sagte Slobo wütend. »Das ist nicht schön. Aber es kommt vor. Das muss er jetzt eben aushalten.«

Vasa ballte die blutigen Fäuste. Slobo und Stanko waren bloß Maulhelden, wichtiger war, dass Toma und Zlatan die Lage begriffen. Beide saßen schweigend einige Sitzreihen entfernt. Doch in gewisser Weise hatte Vasa auch das Vertrauen in Zlatan verloren, denn die kaltblütige Hinrichtung des finnischen Polizisten zeugte von Kontrollverlust und nackter Grausamkeit.

»Er ist nur *dein* Vater«, mischte sich Danilo ein. »Du kannst uns andere nicht zwingen, seinetwegen zusätzliche Risiken einzugehen.«

»Er hat Recht«, erhob Stanko die Stimme. »Meiner Meinung nach sollte Toma das Kommando übernehmen.«

»Keine Namen!«, zischte Toma.

»Entschuldige … Aber unser bisheriger Anführer hat die Lage nicht mehr unter Kontrolle«, meinte Danilo. »Im Gefolge dieses Lazars wird es uns ebenso schlecht ergehen wie damals auf dem Amselfeld.«

Danilos Einstellung hätte Vasa eigentlich nicht überraschen dürfen, dennoch empfand er sie als schmerzlichen Schlag ins Genick. Sollten sich jetzt auch noch Toma und Zlatan zusammentun und rebellieren, hätte Vasa das Spiel verloren.

»Ihr habt Recht«, sagte er darum versöhnlich. »Der Oberst ist nur mein Vater, aber er hat für alle Serben gekämpft und dabei sein Leben eingesetzt. Euch scheint das nichts zu bedeuten, das Einzige, was euch etwas bedeutet, ist Geld. Aber aus genau diesem Grund solltet ihr mir jetzt gut zuhören: Ich gebe euch die Hälfte von meinem Anteil ab, wenn ihr mit dem Umweg über St. Petersburg einverstanden seid.«

Die Männer wechselten Blicke.

Slobo drehte sich zu Toma um und fragte: »Was sagst du?«

Toma überlegte kurz. »Oberst Jankovic hat angemessene medizinische Versorgung verdient. Und die bekommt man nur im Krankenhaus. Es gibt also nur eine Möglichkeit.«

Zlatan schien, was St. Petersburg betraf, eher abgeneigt zu sein. »Es gefällt mir überhaupt nicht, den Plan so radikal zu ändern. Auch wenn ich glaube, dass die Russen alles für die Rettung eines hochgeachteten Offiziers ihres Brudervolkes tun werden. Trotzdem: Umkehren dürfen wir auf keinen Fall. Wir fliegen nach Moskau. Dort sind wir fast genauso schnell wie in Petersburg, behalten aber die Richtung bei.«

Vasa bekam vor Erleichterung feuchte Augen.

Zlatan stand auf. »Ich gehe ins Cockpit und sage Bescheid, dass unser nächstes Flugziel Moskau heißt.«

58

Noch immer mitten im Wald schaute Timo seinen schwedischen Kollegen im Scheinwerferlicht des Mercedes an. Aus Navarros rechtem Nasenloch ragte ein blutiger Taschentuchpfropf.

»Das kann nicht dein Ernst sein«, meinte er und klang dabei, als wäre er erkältet.

Timo hatte ihm gerade die Wahrheit über die Fracht erzählt. Außerdem hatte er kurz Nykänen in Helsinki und der TERA in Brüssel Bericht erstattet. Nykänen hatte gesagt, die Maschine mit den Geiseln sei in Richtung Moskau unterwegs, aber die Russen schwiegen nach wie vor und ließen nichts über Einzelheiten verlauten.

»Ruf deinen Chef an und besorg genügend Leute, um den Lieferwagen zu umstellen«, sagte Timo. »Sicherheitshalber. Ich werde das Lösegeld organisieren.«

Navarro gehorchte, aber offenkundig nur, weil ihn die Absurdität der Situation endgültig lähmte. Timo war klar, dass er sich aus dem, was er getan hatte, nicht einfach würde herausreden können, aber das war vorerst sein geringstes Problem.

Trotz allem war er in gewisser Weise erleichtert über die Wendung, die nun eingetreten war, denn sie machte alles übersichtlicher. Seine ursprüngliche Vermutung hatte sich bewahrheitet: Die Shikimisäure war nur ein Mittel, um an das eigentliche Lösegeld heranzukommen. Aber dieses Lösegeld, also die Diamanten, würde an jemand anders als an Vasa gehen. Und dieser Jemand würde einen Teil davon an Vasa weiterreichen, ohne dass die Behörden irgendeine Möglichkeit hätten, herauszufinden, wann und wie der Transfer stattfand.

Zwei Verbrechen waren auf geniale Weise miteinander verflochten worden. Über den Tamiflu-Erpresser konnte man Vasa nicht auf die Spur kommen, und über Vasa nicht dem Erpresser.

Ungewollt befiel Timo ein gewisses Schuldgefühl. Was hatte er eigentlich getan? Nicht weniger als die Verantwortung für Hunderte Millionen Menschenleben auf sich genommen.

Zehn Meter weiter weg war Navarro aufgeregt am Telefonieren. Bald würde es im Wald von schwedischen Polizisten wimmeln. Timo zwang sich, klar zu denken. Der Erpressung musste nachgegeben werden. Aber welche Instanz wäre bereit, eine solche Menge Diamanten zu beschaffen? Und vor allem: Wer wäre in der Lage, so schnell zu entscheiden und zu handeln? Die Finnen wären zweifellos bereit, das Lösegeld zu zahlen, aber die Beschaffung der Diamanten würde langsam und alles andere als geradlinig vor sich gehen.

Am ehesten lag der Pharmakonzern Roche auf der Hand. Der stellvertretende Vorstandsvorsitzende hatte erklärt, sein Unternehmen sei unter keinen Umständen bereit, den Geiselnehmern die Rohstofflieferung auszuhändigen. Aber jetzt hatte sich die Lage in ihr Gegenteil verkehrt. Wäre die Firma jetzt bereit, zu zahlen, um den verlorenen Rohstoff zurückzubekommen?

Hier lag eine der Erpressungssituationen vor, denen jährlich Dutzende von Unternehmen ausgesetzt waren. Die TERA war zuletzt an den Ermittlungen in einem Fall beteiligt gewesen, bei dem ein Schweizer Lebensmittelriese unter Druck gesetzt worden war. Eine osteuropäische Liga hatte behauptet, Packungen mit Muttermilchersatz mittels Injektionsnadeln vergiftet zu haben. Selbstverständlich war der Fall vor den Medien geheim gehalten worden, und bei der Aufklärung hatte man die klassische Methode angewandt: Man hatte der Lösegeldzahlung zugestimmt, um den Tätern dann durch das gezahlte Geld auf die Spur zu kommen.

Timo suchte in seinem Handy nach der Nummer von Roche. Dabei merkte er, dass er feuchte Hände hatte. Das folgende Telefongespräch würde alles andere als angenehm werden.

»Wie lange dauert es noch?«, fragte Vasa, der neben seinem Vater kniete, als Zlatan aus dem Cockpit kam. Der Kapitän hatte Turbulenzen angekündigt, und jetzt geriet die Maschine unangenehm ins Schwanken.

»In wenigen Minuten sind wir da«, antwortete Zlatan. »Setz dich und schnall dich an. Die Frau auch.«

Die Maschine geriet immer heftiger ins Wackeln. Vasa schob sich neben Zlatan auf einen Sitz.

Zlatan schaute ihn an. »Wenn das Ganze nicht planmäßig läuft, werde ich mit dir dasselbe tun, was ich mit dem finnischen Polizisten getan habe.«

Aus Zlatans Stimme war unmöglich zu schließen, ob die Drohung ernst zu nehmen war.

»Dann bringen wir dich zusammen um«, bestätigte Danilo hinter ihnen.

Die Maschine zitterte und schwankte, einige Passagiere schrien, andere holten die Spucktüten hervor.

»Fang bloß nicht an zu kotzen!«, rief Toma einer Frau zu, die sich in seiner Nähe die Hand vor den Mund hielt und mit der anderen Hand nach der Tüte tastete.

Stanko schien ebenso übel zu sein wie den meisten Finnen. »Schmeißt mir eine Tüte rüber«, sagte er mit schwacher Stimme.

Plötzlich hörte man, wie mit einem surrenden Geräusch das Fahrwerk ausgefahren wurde.

Im selben Moment rief die Frau, die Vasas Vater versorgte: »Der Oberst ist bei Bewusstsein.«

Vasa öffnete den Gurt und ging in die Hocke. Die Maschine neigte sich zur Seite. Vasa nahm den Kopf seines Vaters in den Schoß.

»Versuche durchzuhalten, Vater!«, sagte er leise, wobei er zärtlich über das graue Haar strich. »Es dauert nicht mehr lange ...«

Der alte Mann wollte etwas sagen, aber er bekam keinen Laut heraus. Seine Augen bewegten sich unkontrolliert hin und her. Vasa legte das Ohr auf den offenen Mund seines Vaters, hörte aber trotzdem nichts. Auf einmal gab der Vater den Versuch auf, und Vasa spürte keinen Atemhauch mehr auf seiner Wange.

Voller Entsetzen blickte er auf das Gesicht seines Vaters. Die Augen bewegten sich nicht mehr. Sie schienen durch die Decke der Maschine hindurch in den dunklen Himmel zu starren, bis zu den Sternen.

In der Kabine war es still, nur die Motoren dröhnten gegen die wechselnden Strömungsverhältnisse der Luft an. Vasa, der vom Blut seines Vaters überströmt war, richtete langsam den Blick auf die Finnin, die auf den Knien erstarrt war.

»Nicht einmal seine letzten Worte habe ich gehört«, sagte Vasa mit trockenen Lippen. »Ich habe nicht einmal seine letzten Worte gehört ...«

Kaum hatte er das gesagt, sprang Zlatan auf, war mit wenigen Sätzen an ihnen vorbei und eilte ins Cockpit.

»Nicht landen!«, rief er schon an der Tür. »Zieht die Maschine hoch, hört ihr!«

Die Maschine machte einen Ruck, und das Dröhnen der Motoren nahm weiter zu. Zlatan drehte sich um und musste sich an den Sitzlehnen festhalten. Der Fußboden neigte sich jäh nach oben. Zlatans Augen funkelten, als er vor der noch immer auf dem Gang knienden Finnin stehen blieb.

Johanna blickte auf. Aus dem Schlitz der Sturmhaube heraus wurde sie von kalten, erbarmungslosen Augen fixiert. Der Mann packte sie an den Haaren und riss sie nach hinten, bis sie auf dem Rücken im Gang lag.

»Du hast Oberst Jankovic getötet«, raste der Serbe vor Zorn. In seiner Hand war das Messer aufgetaucht, das Johanna schon kannte. Der Mann stellte sich breitbeinig über sie und hielt ihr die Klinge an die Kehle. »Jetzt stirbst du, du Polizeischlampe. So lautete die Abmachung ... Dein Leben gegen das Leben des Obersts.«

Johanna wurde schwarz vor Augen. Um ihrem Leben ein Ende zu bereiten, musste der Mann nicht einmal die Hand bewegen. Ein einziges Schwanken des Flugzeugs genügte.

»Stopp«, sagte Vasas Stimme plötzlich.

Der Mann mit dem Messer blickte hinter sich.

»Was heißt hier ›Stopp‹? Sie hat deinen Vater umgebracht ...«

»Und du hast die Tat schon bestraft, indem du einen Mann getötet hast, der mit der Sache nichts zu tun hatte. Das reicht«, sagte Vasa.

Johanna wagte nicht einmal zu atmen.

Der Serbe sah Vasa verdutzt an und hielt dabei weiterhin Johanna das Messer an die Kehle.

»Verdammt noch mal, sie hat gerade eben deinen Vater umgebracht!«

In der Kabine war es mucksmäuschenstill. Die Maschine befand sich noch immer in steilem Steigflug.

»Wir haben genug Leichen an Bord«, sagte Vasa mit kraftloser Stimme. »Ich kann die letzten Worte meines Vaters nicht mehr hören, auch wenn du der Frau die Augen aus dem Kopf reißt. Diese Worte sind für immer verloren. Bis ans Ende meines Lebens werde ich darüber nachdenken, was mein Vater mir im Augenblick seines Todes zu sagen versuchte.«

59

Jean-Pierre Debuilt, der Vorstandsvorsitzende des Pharmakonzerns Roche, saß mit dem Telefon in der Hand auf dem Rücksitz seines schwarzen S-Klasse-Mercedes. Jetzt, um zwei Uhr in der Nacht, war es ruhig auf den Straßen Basels.

Der Anruf des Sicherheitschefs des Unternehmens hatte Debuilt in einem besonders ungünstigen Moment geweckt, denn er musste am nächsten Morgen sehr früh nach Genf, zu einer H5N1-Krisenkonferenz der WHO. Daran würden auch die Führungsetagen anderer Pharmaunternehmen teilnehmen, denn es sollte darüber beraten werden, ob man den Patentschutz für Tamiflu aufheben sollte, da es immer offensichtlicher schien, dass sich das Vogelgrippevirus veränderte und in absehbarer Zeit vom Menschen übertragbar sein würde.

Roche würde seinen Konkurrenten dann helfen müssen, die Tamiflu-Produktion zu organisieren. Der entscheidende Engpass läge beim Rohstoff. Der war schon immer schwer zu bekommen gewesen, und bei der letzten Ernte in China war der Ertrag von Sternanis, den man zur Herstellung der Shikimisäure brauchte, stark eingebrochen.

»Was sagen Sie da, Simon?«, fragte der Vorstandsvorsitzende ungläubig. »Der Finne hat die Shikimisäure-Lieferung *gewaltsam* aus dem Lager der Transportfirma herausgeholt?«

»Genau. Die Wachleute konnten nichts machen, weil der Mann das Leben seines schwedischen Kollegen bedrohte.«

»Und dieser Finne ist derselbe Typ, der von Helsinki aus mit uns Kontakt aufgenommen hatte, um eine Partie Shikimisäure für die serbischen Geiselnehmer zu bekommen?«

»Es ist derselbe Mann. Timo Nortamo, im Dienst der EU-Polizeieinheit in Brüssel. Ich hatte gerade Kontakt dorthin, und man hat mir empfohlen, genau auf das zu hören, was Nortamo sagt.«

»Wo ist die Fracht jetzt?«

»In einem Lieferwagen, unweit vom Flughafen Arlanda. Die schwedische Polizei hat das Gelände abgeriegelt. Nortamo will mit Ihnen sprechen.«

»Sie können mir glauben, dass ich auch mit ihm sprechen will. In wenigen Minuten bin ich im Büro. Ist Rainer schon da?«

»Gerade gekommen. Catherine ist in New York über Video zugeschaltet.«

Debuilt legte den Hörer in das dafür vorgesehene Fach in der Armlehne. Das Vorgehen des finnischen Polizisten war unfassbar dreist – wenngleich verständlich, da die gesamte finnische Staatsführung den Geiselnehmern ausgeliefert war. Wie konnte man heutzutage nur so leichtfertig sein, die gesamte Elite eines Staates zur selben Zeit an einem Ort zu versammeln?

Der Chauffeur bremste vor dem Hauptsitz von Roche, winkte den beiden Nachtwächtern in ihrem Pförtnerhäuschen zu und fuhr unter der geöffneten Schranke hindurch in die Tiefgarage.

Von dort nahm Debuilt den Aufzug in den obersten Stock, wo bereits drei Männer im Konferenzraum saßen und Catherine, die Pressechefin, per Videotelefon zugeschaltet war.

»Wir haben diesen Finnen in Stockholm an der Strippe«, sagte der Sicherheitsbeauftragte.

»Dann wollen wir mal hören, was er auf dem Herzen hat«, meinte Debuilt und setzte sich ans Kopfende des Konferenztisches.

»Herr Nortamo, sind Sie noch dran?«, sprach er in ein Mikrofon.

Aus dem Lautsprecher war eine sehr klare und entschlossene Stimme zu hören.

»Herr Debuilt, wie ich Ihrem Stellvertreter bereits mitgeteilt habe, befinden sich Personen, die zur finnischen Staatsführung und zum ausländischen diplomatischen Corps gehören, als Gei-

seln in einem Flugzeug, das sich derzeit im russischen Luftraum bewegt. Die Geiselnehmer haben Shikimisäure anstatt Lösegeld verlangt. Es gab keine andere Wahl, als die Forderung zu erfüllen …«

»Es gab keine andere Wahl?«, unterbrach Debuilt. »Ist Ihnen eigentlich klar, wessen Sie sich schuldig gemacht haben? Sie haben sich unersetzliches Eigentum unseres Unternehmens angeeignet, mit dem …

»Unterbrechen Sie mich bitte nicht. Moralpredigten helfen uns jetzt nicht weiter. Die gesamte Lieferung befindet sich in einem mit Sprengstoff gesicherten Lieferwagen in der Nähe von Stockholm, und niemand kommt mehr sicher an sie heran. Falls versucht wird, die Ladung zurückzubekommen, oder wenn die Verbrecher die Verbindung zu dem Fahrzeug, das sie überwachen, verlieren, fliegt die Shikimisäure in die Luft. Und ich habe keinen Grund, daran zu zweifeln, dass dies tatsächlich geschehen wird.«

Der Vorstandsvorsitzende und die anderen Männer am Tisch sahen einander wortlos an. Der Vorstandsvorsitzende räusperte sich. »Offenbar begreifen Sie immer noch nicht …«

»Wir bekommen die Lieferung aber dann sicher zurück, wenn wir den Geiselnehmern Diamanten der Kategorie VVS1 im Wert von hundert Millionen Euro bereitstellen. Bis sechs Uhr heute früh.«

Der Top-Manager starrte verwirrt auf den Lautsprecher. »Was hat das alles zu bedeuten? Was führen diese Geiselnehmer eigentlich im Schilde?«

»Ihr Ziel ist es, mit den Geiseln Geld zu erpressen. Aber in den Besitz von Geld zu kommen, dessen Weg nicht nachvollzogen werden kann, ist sehr schwierig, wenn nicht unmöglich. Eine dritte Instanz, die den Geiselnehmern nahesteht, hat darum die Erpressung mit der Shikimisäure inszeniert. Wenn diese Instanz durch die Diamanten ihre Millionen bekommen hat, fehlt uns jedes Mittel, dem Geld für die Geiselnehmer auf die Spur zu kommen. Wir haben es mit einer unter Kriminellen abgekarteten, äußerst gut geplanten Geldwäscheoperation zu tun.«

»Wollen Sie damit sagen, dass wir den Rohstoff zurückbekommen, indem wir den Verbrechern Diamanten im Wert von hundert Millionen Euro übergeben?«

»Genau das will ich sagen. Leider. Oder zum Glück, müsste man vielleicht sogar sagen. Ich habe gerade mit der TERA in Brüssel gesprochen, dort wird man Ihnen bei der praktischen Durchführung helfen.«

Der Vorstandsvorsitzende seufzte gequält. »Bleiben Sie in der Nähe des Telefons. Wir müssen uns hier beraten.«

»Beraten Sie nicht zu lange, denn Zeit haben wir nicht. Mit Hilfe der TERA werden Sie sich mit Antwerpen oder mit De Beers oder woher man eine solche Menge Diamanten am schnellsten herbekommt in Verbindung setzen.«

»Ich melde mich in Kürze«, sagte der Vorstandsvorsitzende und unterbrach die Verbindung. »Wie ist das möglich?«, fragte er die Männer um ihn herum.

»SSG ist eines der besten Transportunternehmen, und Arlanda hat bis jetzt zu den sichersten Transportkorridoren gehört«, sagte der Sicherheitsbeauftragte schnell. »Darum haben wir ihn ja auch gewählt. Was ich nicht verstehen kann, ist, wie die Geiselnehmer wissen konnten, wo sie suchen mussten ... Sie mussten über genaue Informationen hinsichtlich des Zeitpunkts des Transportes und sogar über die Codenummer verfügen. Es handelt sich also um einen internen Täter oder um einen Dateneinbruch. Irgendein Hacker ist in die Dateien von SSG eingedrungen und ...«

»Das können wir später klären, jetzt müssen wir uns auf die dringlichsten Dinge konzentrieren«, wandte sich Debuilt an den für Tamiflu zuständigen Manager. »Was bedeutet die Situation für uns?«

»Besser wäre es wohl, zu fragen, was sie für die Welt bedeutet. Wenn eine Pandemie ausbricht, kann das Fehlen dieser einen Lieferung einen Verlust von Millionen Menschenleben bedeuten. Wenn wir an den rein finanziellen Wert denken, so gehen mit der Lieferung Shikimisäure, die sich im Besitz der Verbrecher befindet, unserem Unternehmen im Endeffekt gut siebzig Millionen Euro Verkaufserlös verloren.«

Die Pressechefin mischte sich über die Videoverbindung in die Diskussion ein. »Die Nachricht über die Erpressung wird aller Wahrscheinlichkeit nach in die Medien gelangen. Im Hinblick auf die Außendarstellung des Unternehmens gibt es für uns nur eine Alternative. Wir müssen die fehlende Lieferung unverzüglich in die Produktion bekommen. Alle wissen, um was für einen seltenen Rohstoff es sich handelt. Wenn diese Partie nun wegen uns abhandenkommt, erleidet die Firma einen irreparablen Imageschaden.«

Der Vorstandsvorsitzende nickte und schaute auf den Sicherheitsbeauftragten. »Theo, ich kenne Ihre Position. Erpressungen darf man nicht nachgeben, sonst gerät man in einen endlosen Sumpf. Aber in diesem Fall dürften wir es mit einer Ausnahmesituation zu tun haben.«

Timo ging nervös um den Lieferwagen herum und wartete auf die Antwort von Roche.

Was sollte er tun, wenn sie nicht zustimmten? Wenn sie nicht glaubten, dass die Fracht tatsächlich in die Luft gesprengt würde? Wenn sie nicht bereit wären, das Lösegeld zu zahlen? Womöglich beschlossen sie bei Roche, auf Risiko zu gehen und mit hohem Einsatz zu spielen. Genau dazu wurden Unternehmen, die Opfer einer Erpressung wurden, von TERA und anderen Polizeibehörden in der Regel als Allererstes ermuntert.

Im Wald konnte man in einiger Entfernung die Handlampen der Polizisten erkennen, die das Gelände abriegelten. Navarro sprach am Straßenrand mit einem Kollegen und kam schließlich zu Timo zurück. Am Himmel dröhnte ein Hubschrauber. Kurz darauf fuhr der Suchscheinwerfer eines Hubschraubers durch den Wald und hielt schließlich bei Timo und dem Lieferwagen inne. Dann flog er weiter.

Navarro trat neben Timo.

»Du wirst sicher verstehen, dass wir bei deiner Aktion im

Frachtzentrum kein Auge zudrücken können?«, sagte der Schwede. »Der Zweck heiligt nicht die Mittel, ein solches Signal darf man in einer westlichen Demokratie nicht geben, ganz gleich, um was für eine wichtige Sache es geht ...«

»Mir ist es egal, was hinterher passiert. Aber das hier ziehe ich bis zum Ende durch.«

Sie schwiegen eine Weile. Timo sah die Scheinwerfer eines Autos näher kommen. Gleichzeitig klingelte sein Handy. Der Vorstandsvorsitzende von Roche werde sich in wenigen Augenblicken melden, teilte dessen Sekretärin mit. Timo hielt das Handy am Ohr und erwiderte Navarros Blick, aus dem man keine Schlussfolgerungen ziehen konnte.

»*Mr. Nortamo?*«, fragte eine tiefe Männerstimme.

»Am Apparat.«

»*Wir haben die Lage überprüft und Informationen erhalten, die Ihre Behauptungen bestätigen. Wir schicken einen unserer Leute nach Antwerpen, um die Diamanten zu holen. TERA wird sich an der Operation beteiligen, indem sie zwei Beamte von Brüssel nach Antwerpen fahren lässt.*«

Timo war nahe daran, vor Erleichterung einen Schrei auszustoßen. »Mit wem wird der Handel abgewickelt?«

»*Warum müssen Sie das wissen?*«, fragte Debuilt, ohne seine Unfreundlichkeit zu kaschieren.

»Vergessen Sie nicht, dass ich persönlich dafür verantwortlich bin, dass dem Lieferwagen, der hier vor mir steht, und der darin enthaltenen Ladung nichts passiert. Nur ich bekomme von der Gegenseite die Information, wohin und auf welche Weise die Diamanten transportiert werden sollen. Ich muss mich außerdem vergewissern, dass die Qualität der Diamanten stimmt und das Geschäft auch tatsächlich stattgefunden hat. Und ich muss an Ort und Stelle sein, wenn die Übergabe der Diamanten stattfindet.«

»*Trauen Sie uns nicht? Oder nicht einmal Ihrer eigenen Organisation, die schließlich an dem Ablauf beteiligt ist?*«

»Das Ganze ist an einem Punkt angelangt, an dem ich mich nur noch auf mich selbst verlasse.«

Debuilt schwieg einen Moment, dann sagte er: »*Der Diamantenkauf wird per Scheck bei Van der Huit in der Winterkoninkjestraate stattfinden. In etwa zwei Stunden.*«

Timo schaute auf das Display seines Handys. Er musste nach Arlanda zurück, und zwar schnell.

Inzwischen hatten sich drei Männer zu Navarro gesellt, von denen zwei Polizeioveralls trugen.

Noch bevor Navarro den Mund aufmachen konnte, sagte Timo: »Ich muss in zwei Stunden in Antwerpen sein. Und du darfst mir dabei helfen.«

»Oho!« Navarro nahm den blutigen Pfropf aus seiner Nase. »Unser Finne hat die Stirn, Forderungen zu stellen. Zuerst machst du einen bewaffneten Überfall in Arlanda, dann schießt du auf Polizeifahrzeuge, dann misshandelst du einen Polizisten, und schließlich erwartest du auch noch Hilfe.«

»Axel, du weißt, dass die Shikimisäure vernichtet wird, wenn die Geiselnehmer nicht bekommen, was sie verlangen. Außerdem wird ein Flugzeug voller Geiseln wer weiß wie leiden müssen. Der Vorstandsvorsitzende von Roche hat mir gerade mitgeteilt, dass sie bereit sind, das Lösegeld zu zahlen. Sie schicken einen Mann nach Antwerpen, um die Diamanten zu holen, und ich muss dabei sein, denn ich bekomme die Anweisungen für die Übergabe an die Gegenseite.« Timo sprach nur zu Navarro und sah dabei nur ihn an; die Polizisten, die stumm neben ihm standen, ließ er völlig außer Acht.

»Das ist das einzige Mittel, die Geiseln zu retten und die Geiselnehmer eventuell zu schnappen«, fuhr Timo fort. »Ich bin vollkommen davon überzeugt, dass dieser Lieferwagen in die Luft gesprengt wird, wenn die Übergabe der Diamanten scheitert. Und das kann den Tod von Millionen Menschen bedeuten.«

Der Zivilbeamte, der neben Navarro stand, hob seine Waffe und richtete sie auf Timo.

»Keine Bewegung, Nortamo. Langsam die Hände in den Nacken!«

Timo war eher erbost als überrascht. Während er die Arme

hob, schaute er Navarro in die Augen. »Ich muss weitermachen, das ist die einzige Chance.«

Die Männer in den Overalls traten vor ihn hin, packten ihn und zwangen ihn mit harten Griffen auf die nasse Erde.

»Rührt den Lieferwagen nicht an!«, rief er, als die Polizisten ihm mit Gewalt die Hände auf den Rücken bogen.

Im Liegen sah er, wie ein Zivil-Volvo hinter Navarros Wagen anhielt. Timo bekam kaltfeuchte Erde in den Mund und in die Augen, als in seinem Rücken die Handschellen zuschnappten. Dem Volvo entstieg ein großer, blonder Mann, der direkt auf ihn zukam. Man führte eine Leibesvisitation bei Timo durch und nahm ihm das Handy aus der Jackentasche.

»Vorsicht mit dem Telefon!«, rief Timo und spuckte Erde und Fichtennadeln aus.

Er erkannte den Mann aus dem Volvo. Das war Lennart Magnusson von der schwedischen Zentralkripo, Navarros Vorgesetzter.

Er ging vor Timo in die Hocke und richtete das helle Licht seiner Taschenlampe in Timos Augen.

»Nortamo, du Scheißkerl«, wetterte Magnusson. »Und scheiß TERA. Was bildet ihr euch überhaupt ein? Für was für einen Cowboy hältst du dich eigentlich? Dir ist doch wohl klar, dass du dich eines äußerst schweren Verbrechens schuldig gemacht hast?«

»Ich gebe alles zu, aber …«

»Du und die Bosse von der finnischen Polizei besitzen für so etwas keine Befugnis. Hier wird das schwedische Gesetz befolgt. Und du hast eklatant dagegen verstoßen. Du wirst festgenommen und verhört. Und du wirst behandelt wie ein gefährlicher Verbrecher.«

Timo warf einen besorgten Blick auf Navarro. Warum schaltete er sich nicht ein, obwohl er wusste, was los war? Wollte sich Navarro nur rächen – weil er selbst nicht zu handeln gewagt hatte, obwohl er mehrfach die Gelegenheit dazu gehabt hätte?

»Axel, sag es ihm! Hören wir auf mit diesem Blödsinn, dafür

haben wir jetzt einfach keine Zeit. Oder willst du, dass der Lieferwagen da drüben in die Luft fliegt, weil die schwedische Polizei nichts kapiert?«

Nach kurzem Zögern winkte Navarro Magnusson zur Seite, redete ihm mit gesenkter Stimme zu und kehrte dann zu dem noch immer auf der Erde liegenden Timo zurück.

»Du hast mich unsäglich schlecht behandelt und mein Vertrauen missbraucht«, sagte Navarro. »Aber das kann ich ertragen, ganz gut sogar. Was ich allerdings nicht ertragen könnte, ist, wenn die Fracht da drüben explodiert. Alles, was uns bis hierher geführt hat, ist verwerflich. Und du wirst für das, was du getan hast, büßen müssen, wenn die Zeit dafür gekommen ist. Aber jetzt hast du diese Zeitbombe installiert und darfst sie darum auch entschärfen.«

60

Vasa war über und über mit dem Blut seines Vaters beschmiert, weil er, ohne es zu merken, sich immer wieder mit den Händen übers Gesicht und durch die Haare fuhr. Er schaute auf den leblosen, mit einer blauen Wolldecke zugedeckten Körper, den sie so hingelegt hatten, dass sein Kopf vor der ersten Bankreihe zu Vasas Füßen lag. Die Beine ragten zwangsläufig bis auf den Gang. Auf dem Teppichboden war ein großer dunkler Blutfleck zurückgeblieben.

In der Maschine herrschte eine Stille der Erschütterung und der Angst. Niemand wagte es, um die Erlaubnis zu bitten, aufstehen zu dürfen. Die Frau, die sich bemüht hatte, Vasas Vater am Leben zu halten, saß isoliert von den anderen. Man hatte ihr die Hände auf dem Rücken gefesselt.

Vasa war wie gelähmt. Nichts schien mehr Sinn zu haben. Er hatte nicht mehr die Kraft, Kommandos zu geben. Er hatte nicht einmal die Kraft, auch nur ein einziges Telefonat zu führen. Die ganze Aktion, alle Pläne über die Verwendung des Geldes, alles kam ihm sinnlos vor.

Er schaute auf seine blutigen Hände. Nie würde er das Blut von ihnen abwaschen.

Was hatte sein Vater ihm in den letzten Augenblicken seines Lebens sagen wollen? Hatte er von seinem Sohn verlangt, seinen Tod zu rächen?

Plötzlich fuhr Vasa zusammen. Er traute seinen Augen nicht. Sein Vater hatte sich bewegt. Ganz eindeutig hatte er sich bewegt. Kalte Schauer liefen Vasa über den Rücken. Lebte der Vater doch noch?

»*Sorry*«, sagte eine erschrockene Stimme hinter Vasa.

Vasa drehte sich schnell zu der Stimme um. Er sah den nervösen Danilo auf dem Gang stehen.

»War keine Absicht«, sagte Danilo unsicher.

Erst da begriff Vasa, was passiert war. Danilo war aus Versehen gegen die Beine des Vaters gestoßen und hatte damit dessen Körper in leichte Bewegung versetzt.

Nun schoss Vasa all das in den Sinn, was Danilo zuvor gesagt hatte. Er sprang auf und packte ihn am Kragen.

»Du ekelhaftes schwedisches Stück Scheiße! Du wärst bereit gewesen, meinen Vater dem Tod zu überlassen«, zischte Vasa. »Glaubst du, ich könnte dir so etwas je verzeihen?«

»Vasa«, sagte eine Frauenstimme. »Beruhige dich.«

Behutsam legte Jasmin ihre Hand auf Vasas Hand.

Vasa starrte sie einen Moment an. Dann ließ er Danilo los und ließ sich wieder auf seinen Sitz fallen. Er schloss die Augen und lehnte den Kopf zurück. Der enorme Stress hatte ihn die Selbstkontrolle verlieren lassen. Alle Kraft schien aus seinem Körper zu weichen.

Niemand näherte sich ihm, und Vasa mochte sich auch nicht umblicken. Die Minuten vergingen, die Maschine flog dröhnend in Richtung Minsk. Vasa versuchte erst gar nicht mehr, gegen die Müdigkeit anzukämpfen. Es war, als umgäbe ihn dichter Nebel in einem feuchten Wald. Vor sich sah er seine eigenen, ins Leere tastenden Hände, mit denen er versuchte, das lange wehende Haar einer Frau zu ergreifen, aber die Frau, deren Rücken er gerade noch vor sich gesehen hatte, war schon zwischen den Bäumen verschwunden.

Vasa sah sich als kleinen Jungen aus dem nebelverhangenen Wald auf die sonnenbeschienene Landstraße laufen, die von Blumen und grünen Büschen gesäumt war; begeistert stürmte er zur Haustür und riss sie auf. Der Duft von Mutters Gebäck strömte ihm entgegen, Vasa rannte in die Küche, in die Arme seiner lächelnden Mutter, und sie hob ihn in die Höhe. Gemeinsam gingen sie ins Wohnzimmer, wo der Vater mit einem Buch in der

Hand im Sessel saß. Er nahm seinen Sohn auf den Schoß und zerzauste ihm das Haar...

Dann brach die Finsternis herein, vollkommene Finsternis.

Vasa fuhr auf und starrte auf die grauen Haare seines Vaters, die unter dem Rand der Wolldecke hervorschauten. Warum hatte ihn niemand aufgeweckt?

Er drehte sich rasch nach hinten um und sah seine Kameraden im mittleren Teil der Kabine intensiv miteinander reden.

Auf einmal verstand er die Männer in der Sturmausrüstung, die er da betrachtete, viel besser. Er sah sie mit anderen Augen, mit kühler Klarheit. Diese physisch oder mental verstümmelten Männer suchten nur das Glück. Das Glück, das ihnen ständig aus den Händen zu gleiten schien. Je mehr und verzweifelter sie danach griffen, umso weiter schien es sich zu entfernen.

Diese Männer glaubten, das Geld würde ihnen das Glück bringen. Ihr Glück hing davon ab, was in den nächsten Stunden geschah. Hatten sie Erfolg, öffneten sich die Tore zur grenzenlosen Glückseligkeit: zum eigenen Weingut, zur Gunst der Blondinen, zum königlichen Auftritt in Las Vegas, zur ewigen Liebe.

Auf einmal empfand Vasa tiefes Mitgefühl für diese Männer, die in ihrem Herzen einsam waren, von Hass, Bitterkeit und Wurzellosigkeit gebrochen. Diese Männer empfanden eine unerklärliche Sehnsucht nach etwas, das es nicht mehr gab. Und dabei stand es um sie noch relativ gut, im Vergleich zu vielen ihrer Verwandten und dem gesamten Volk daheim auf dem Balkan. Nach welchem Glück streckte man dort die Hände aus? Nach der Chance, in Frieden zu leben, in der Familie, im eigenen Haus, ohne Bedrohung und Angst.

Blitzartig begriff Vasa die endlose Spirale von Gewalt und Rache: der Mord an Vater und Bruder führte zum Mord am Bruder oder Vater eines anderen. Die Vergewaltigung von Schwester oder Frau wurde mit umso grausamerer Vergewaltigung gerächt. Trost gegen die Trauer suchte man, indem man die Gegenseite noch mehr leiden ließ. Die Spirale von Hass und Rache setzte sich immer weiter fort, wurde immer stärker und ruinierte immer neue Generationen.

Vasa verstand auch, dass es nicht von Bedeutung war, was sein Vater ihm hatte sagen wollen. Von Bedeutung waren nur seine eigenen Entscheidungen.

Er stand auf, stieg vorsichtig über seinen toten Vater hinweg und ging zur Toilette. Nachdem er die Tür hinter sich geschlossen hatte, stand er eine Weile im Dunkeln. Dann verriegelte er die Tür, und das Licht ging an.

Vasa betrachtete sich im Spiegel: Blut im Gesicht und in den Haaren. Die Hände sahen aus, als trüge er dunkelrote Handschuhe. Unter dem blutigen Hemd kam der bloße Oberkörper zum Vorschein.

Fürst Lazar auf dem Amselfeld. Im Augenblick der Niederlage.

Still musterte Vasa sich selbst. Dann drehte er das Wasser auf und hielt die Hände unter den Strahl. Das Becken färbte sich rot. Er formte mit den Händen eine Schale und wusch sich langsam das Gesicht.

Schließlich strich er sich die feuchten Haare zurück und schaute auf den Mann mit dem nassen Gesicht im Spiegel.

Noch mehr Blutvergießen? Oder der moralische Sieg?

61

Kalter Nachtregen trommelte auf die Dächer von Antwerpen. In der Winterkoninkjestraate stiegen vier Männer mit ernsten Gesichtern gleichzeitig aus einem großen, gepanzerten Audi.

Jeder von ihnen hatte die Umgebung fest im Auge: die steilen Dächer der Häuserzeilen, die hinter den Straßenlampen aufragten, die dunklen Fenster und die wenigen Autos, deren Reifen im Vorbeifahren Wasserfontänen vor sich herpflügten, die im Scheinwerferlicht glitzerten. Fußgänger waren nirgendwo zu sehen. Jeder der Männer war bereit, blitzschnell nach der Waffe im Schulterhalfter unter der Jacke zu greifen.

Bewaffnete Männer waren im Diamantenviertel von Antwerpen kein seltener Anblick. In den Hinterzimmern der kleinen, bescheiden wirkenden Läden wurden Millionengeschäfte getätigt, oft mit Barzahlung, und es gab Kunden, die bei der Sicherheit keine Abstriche machten. Die Stadt war der wichtigste Diamantenumschlagplatz der Welt. Sechzig Prozent aller geschliffenen Diamanten und neunzig Prozent aller Rohdiamanten gingen hier über die Theke.

Zwei der Männer aus dem Audi waren von der Sicherheitsabteilung der Firma Roche, die anderen beiden von der TERA in Brüssel. Die Roche-Vertreter hatten zwei Schecks über je fünfzig Millionen Euro bei sich, unterschrieben von der obersten Firmenleitung. Während die beiden Männer mit einem Learjet von Basel nach Antwerpen geflogen waren und die TERA-Beamten die fünfzig Kilometer von Brüssel nach Antwerpen mit dem Auto zurückgelegt hatten, hatte man von Roche aus bei De Beers in London sowie bei Experten der Antwerpsche-Diamantkring-Börse angerufen. Dadurch war es schnell gelungen, die besten Kontakte für den Erwerb der Diamanten zu finden.

Timo stand auf dem Flughafen Antwerpen neben einem Falcon-2000EX-Learjet und wartete auf die Diamanten. Er kümmerte sich nicht um den Regen, sondern ließ zu, dass ihm in der Dunkelheit die kalten Tropfen ins Gesicht schlugen. Die Maschine wurde gerade getankt und überprüft. Welches das Ziel des bevorstehenden Flugs sein würde, war unsicher.

Man konnte nur hoffen, dass die Geiselnehmer eines begriffen: Nicht einmal ein privates Geschäftsflugzeug konnte überall hinfliegen, wo es wollte. Vor dem Start musste ein Flugplan mit Ziel und Flugabsicht erstellt werden. In den EU-Mitgliedsstaaten konnte die TERA dabei allerdings etwas flexibel sein, denn sie hatte mit der Eurocontrol, die für die Sicherheit im europäischen Luftraum zuständig war, Sonderbedingungen vereinbart. Im Hauptsitz von Eurocontrol im Brüsseler Stadtteil Haren, gegenüber der Nato, befand sich die CFMU, die Zentrale Stelle für Verkehrsflussregelung. Sie nahm alle Flugpläne entgegen, prüfte sie, leitete sie weiter und optimierte dabei den Verkehrsfluss entsprechend der zur Verfügung stehenden Luftraumkapazität. Die Flugpläne ihrer eigenen Flüge konnte die TERA direkt an Eurocontrol übermitteln, auch noch während des Flugs, ohne dass am Zielflughafen etwas über die Gründe des Sonderverfahrens bekannt wurde.

Navarros Vorgesetzter hatte Timo nach Arlanda gebracht und während der gesamten Fahrt mit Nykänen telefoniert. Timo wusste nicht, was Nykänen seinem schwedischen Kollegen gesagt hatte, ihn interessierte nur, dass er mit der Maschine, mit der er von Helsinki nach Stockholm gekommen war, nach Antwerpen weiterfliegen konnte.

Vom Terminalgebäude her näherten sich die kalt-bläulichen Lichtpunkte von Xenon-Scheinwerfern. Kurz darauf hielt ein großer Audi neben der Falcon. Vier Männer stiegen aus.

Timo stellte sich den beiden Mitarbeitern der Sicherheitsabteilung von Roche vor. Jan Bollard und David Maggot waren TERA-Kollegen, die er kannte.

»Wir können starten, sobald wir den Fallschirm haben, den die Geiselnehmer zusätzlich verlangen«, sagte Timo.

Die Männer trugen die kostbare Fracht in die Maschine. Timo achtete sorgsam auf seine Schweinsledertasche, in der die Glock-Pistole steckte, die er aus Finnland mitgebracht hatte.

Marek Kadijevic blies nervös in die Luft und sah zu, wie sich die Feuchtigkeit seines Atems zu einer weißen Wolke verdichtete. In der Nacht war die Temperatur in Nordostpolen zwischen Ciechanowiec und Brańsk unter null Grad gefallen. Die frische Luft tat gut nach dem stundenlangen Sitzen.

Marek warf durch die offene Tür einen Blick in den Wagen, wo auf dem Sitz der Bildschirm eines Laptops schimmerte. Der beleuchtete Laderaum des Lieferwagens in der Nähe des Flughafens Arlanda war statisch und öde auf dem Bildschirm zu sehen. Niemand hatte die Tür geöffnet, nachdem die Last eingeladen worden war.

Zuvor hatte Marek im Haus den Stecker des Laptops aus der Steckdose gezogen und war fast eine Stunde lang auf der Strecke Warschau–Białystok in Richtung Osten gefahren. Noch im Mittelalter war die ganze Gegend unbewohnt gewesen, sie hatte wie eine Pufferzone die Stämme Polens von den Ostslawen getrennt, und nach wie vor war es eine abgelegene Grenzregion, in der sich eines der größten Waldgebiete Europas befand. Die lettischen Prinzen, die russischen Zaren und die polnischen Könige waren hier auf die Jagd gegangen. Und wie in Grenzregionen üblich, war auch hier gekämpft worden. Entlang des nahe gelegenen Flusses Bug verlief die Kette der von Stalin erbauten Bunker.

Marek streckte sich und schaute auf die dunkle Landebahn des im Zweiten Weltkrieg angelegten Militärflugplatzes. Zwischendurch blickte er sich immer wieder misstrauisch zum Wald hinter sich um. Dort lebten Bisons, Bären und Wölfe. Städte waren angenehmer als Wälder.

Marek wollte sich nicht eingestehen, dass er Angst hatte. Statt sich an Waldrändern herumzutreiben, ging er abends lieber Sushi essen und setzte sich anschließend zu Hause an den Computer, während im Hintergrund Musik von den Arctic Monkeys lief.

Er fuhr zusammen, denn er glaubte, hinter den Bäumen ein Knacken gehört zu haben. Das war sicher nichts, versuchte er sich einzureden. Im Wald sind immer irgendwelche Tiere unterwegs. Und erst recht in diesem Wald.

Doch auch wenn er sich noch so viel Mühe gab, den Gedanken abzuschütteln, so wurde er die Vorstellung nicht los, dass jemand durch die Dunkelheit schlich. Er lockerte weiter seine Glieder, indem er die Arme in weiten Bögen schwang und dabei verächtlich über seine eigene Fantasie schnaubte. Zu viele blöde Horrorfilme – jetzt fielen sie ihm alle wieder ein. In Wahrheit kannte niemand seinen genauen Aufenthaltsort, nicht einmal Vasa und seine Leute.

Marek richtete den Blick wieder auf die Landebahn. Als Polen noch dem Warschauer Pakt angehörte, war sie in regem Gebrauch gewesen. Jetzt strahlte sie im Einklang mit den verfallenden Hangars geisterhafte Trostlosigkeit aus. Kalte Schauer liefen Marek über den Rücken, als er die Hand auf den Türgriff seines Autos legte. Das war in den Filmen immer der Augenblick, in dem der Mörder zuschlug.

Schnell setzte er sich ans Steuer und verriegelte die Tür. Er wartete ab, bis sich sein Atem beruhigt hatte, und dann musste er auch schon wieder über sich schmunzeln. Zum Glück sah ihn niemand.

Auf dem Computerbildschirm war nach wie vor das vertraute Bild der Web-Kamera aus dem Laderaum des Lieferwagens zu sehen. Drei graue Behälter, die Sprengstoffkästen und das Kabel. Alles schien in Ordnung zu sein. Marek vergrößerte das Bild der zweiten Kamera. Darauf sah man den Lieferwagen von außen und schwedische Polizeiautos, die in einiger Entfernung geparkt waren. Die schnurlose Kamera, von der diese Einstellung gesendet wurde, war in fünfzehn Meter Höhe am Stamm einer Birke befestigt.

Als Nächstes ging er im Internet die finnischen Nachrichtenseiten durch, auf denen freilich selten etwas auf Englisch zu finden war. Die neuesten Meldungen musste er in das Finnisch-Englisch-Übersetzungsprogramm eingeben, das allerdings ziemlich holprigen Text produzierte. Die Hauptsache wurde trotzdem deutlich: Das Flugzeug mit den Geiseln bewegte sich »irgendwo über Russland«, und von Moskau waren keine genaueren Angaben zu erhalten. Von der Shikimisäure oder den Diamanten war in den Medien nicht die Rede, und das war gut so.

Allmählich ging Marek die Stille auf die Nerven. Er hatte große Lust, die Kopfhörer aufzusetzen und Musik aus dem Computer zu hören, aber die Zeit zum Entspannen würde später kommen. Eines war allerdings sicher: Wenn all dies vorbei war, würde er so schnell keinen Wald mehr betreten.

Im selben Moment fuhr er zusammen. Diesmal hatte er wirklich etwas gehört. Er machte das Fenster einen Spaltbreit auf und vernahm das Geräusch deutlicher.

In der Ferne war am Himmel ein Brummen zu hören, das immer mehr zunahm.

Aus dem Lautsprecher in der engen Passagierkabine der Falcon hörte man die Stimme des Kopiloten: »*Noch vier Minuten bis zum Ziel.*«

Timo brachte sich auf seinem Sitz in bessere Position und sah aus dem kleinen Fenster, aber unten war nichts als Dunkelheit zu erkennen. Gemäß der SMS, die vor wenigen Minuten eingegangen war, flogen sie auf Minimalhöhe durch den nordostpolnischen Luftraum. Vor Timo saßen die Männer aus der Sicherheitsabteilung von Roche und die TERA-Mitarbeiter.

Als das Kommando der Geiselnehmer zum Flug nach Berlin gekommen war, hatte die Falcon sofort einen Flugplan an Eurocontrol übermittelt, in dem Berlin als Ziel angegeben war. Von Eurocontrol ging die Meldung an die Flugleitung in Berlin-Tempelhof weiter.

Gleichzeitig war die deutsche Vertreterin bei der TERA in Brüssel alarmiert worden, damit sie dem BKA und der DFS Bericht über die Lage erstattete. Die Deutsche Flugsicherung war für die Luftraumüberwachung und Flugsicherung in ganz Deutschland zuständig.

Nördlich von Frankfurt war von den Geiselnehmern ein neues Kommando gekommen: Das Ziel hieß von da an Polen. Nun war die Prozedur mit dem Flugplan und dem Kontakt zu den Behörden noch einmal mit der polnischen Seite durchgeführt worden. Kurz vor Warschau war das Ziel präzisiert worden: Białystok, östlich der polnischen Hauptstadt. Und vor wenigen Augenblicken war dann der endgültige Zielort mitgeteilt worden: der alte Militärflugplatz in der Nähe von Brańsk. Im polnischen Fluginformationssystem war er als außer Betrieb gekennzeichnet.

Timo betastete den Verschluss des Sitzgurtes. Die Maschine schwankte und wackelte. Mit der Flugleitung in Warschau hatten sie vereinbart, dass sie den Landeanflug durchführen sollten, als wollten sie tatsächlich landen.

Auf dem vordersten Sitzplatz lag eine Tasche aus Kevlarfaser, die an einem Fallschirm-Pack befestigt war. Sie enthielt Diamanten der Kategorie VVS1 im Wert von einhundert Millionen Euro. An der Tasche war kein Peilsender und auch sonst nichts Zusätzliches angebracht. Sie enthielt nur die Diamanten. Man würde alles tun, um die Verbrecher aufzuspüren und die Diamanten zurückzubekommen, aber erst wenn die Geiseln und die Shikimisäure in Sicherheit waren.

»Three-two-four, Sie können anfliegen, es besteht keine Beeinträchtigung durch anderen Verkehr«, teilte die Flugleitung über Funk mit. Auf Timos Bitte hin war der Funkverkehr so geschaltet worden, dass man ihn in der Passagierkabine mithören konnte.

Der polnischen Zentralkripo waren alle Fakten zur Lage übermittelt worden, der Flugleitung ebenfalls. Als offizieller, ins Protokoll eingehender Grund für die abweichende Flugroute waren »technische Schwierigkeiten« vor dem Zielflughafen Białystok genannt worden. Der Kapitän hatte die Flugleitung um die unverzügliche Erlaubnis gebeten, auf dem nächsten Flugplatz zu landen. Auf dem Flugfeld Brańsk gab es keine Anflugvorkehrungen, aber im Notfall war es allemal besser als Acker oder Wald.

Sie näherten sich dem Flugplatz in gerader Linie zur Landebahn, aber nicht in einer Höhe, die ein sicheres Aufsetzen erlaubte. David Maggot ergriff den Fallschirmpack und machte sich bereit, ihn abzuwerfen.

Timo hatte zu Beginn des Fluges gerätselt, ob auch Vasas Maschine irgendwo hier in der Nähe sein könnte, bis ihn aus Helsinki die Nachricht erreichte, die seinen Verdacht bestätigte: Der Airbus hatte von Moskau aus Kurs auf Minsk in Weißrussland genommen. Und das lag östlich von Polen. Es war dieselbe Richtung. Und das konnte kein Zufall sein.

»*Drei Minuten bis zum Ziel*«, sagte der Kopilot durch.

In der Sitztasche vor Timo steckte eine Karte, auf der er den Flugplatz Brańsk markiert hatte. Die Gegend war dünn besiedelt, die nächste größere Ansiedlung neben Brańsk hieß Ciechanowiec. Bis zur weißrussischen Grenze waren es nur knapp fünfzig Kilometer.

Obwohl die Polizei und der Nachrichtendienst in Polen das Ziel schon genau kannten, würde der Flug mit dem Helikopter von Warschau nach Brańsk bestimmt zwanzig Minuten dauern. In der Zeit wären die Verbrecher längst spurlos verschwunden.

»*Bereit machen zum Abwurf*«, sagte der Kopilot.

»Und was passiert danach?«, wandte sich Maggot an Timo.

»Wir fliegen weiter nach Osten. Dabei halten wir uns in der Nähe der Maschine mit den Geiseln. Sorgt dafür, dass Minsk einen Flugplan bekommt, aus dem hervorgeht, dass wir einen Geschäftsflug von Warschau nach Minsk unternehmen.«

Während das Dröhnen des kleinen Learjets allmählich nachließ, verfolgte Marek, wie der weiße Fallschirm friedlich am nächtlichen Himmel zur Erde schwebte. Die Farbe des Fallschirms hatte Marek selbst vorgeschrieben.

Die Ladung landete weich im Gras neben der Landebahn, und der Fallschirm breitete sich schön darüber. Marek rannte los. Als er den Fallschirm erreicht hatte, holte er die Tasche darunter hervor und rannte sofort zu seinem Wagen im Schutz der Bäume zurück.

Er setzte sich ins Auto und verriegelte die Türen. Schnell blickte er auf den Computer. Das Bild aus dem Lieferwagen war unverändert. Außer Atem nahm er einen Scanner zur Hand und fuhr damit über die Tasche, in der Angst, das rote Licht der Anzeige am Armaturenbrett könnte aufleuchten.

Aber es blinkte nicht. In der Tasche befand sich kein Gerät, das Funksignale aussendete.

Marek prüfte die Tasche aus Kevlarfaser noch mit einem Metalldetektor – ebenfalls keine Reaktion.

Schließlich öffnete er die Tasche. Sie enthielt einen Stoffbeutel. Das Plastikband, mit dem dieser verschlossen war, durchtrennte Marek mit der Spitze seines Messers.

Unter anderen Umständen hätte ihn der Inhalt des Beutels triumphierend Luft holen lassen, aber jetzt fuhr er nur mit der Hand hinein und pickte sich einen beliebigen Diamanten heraus. Er schaltete die batteriebetriebene Leuchtlupe ein und untersuchte den Diamanten sorgfältig. Dann tat er das Gleiche mit einem zweiten und einem dritten Stein. – Alles in Ordnung.

Er startete den Wagen und fuhr auf einem vergrasten Weg neben der Landebahn zur Straße. Er fuhr ruhig, ohne Hast. Die Polizei würde kommen und das Gelände durchkämmen, aber das konnte dauern. Und die Überbringer der Diamanten würden es nicht wagen, etwas zu unternehmen, bevor er die Erlaubnis erteilt hätte, die Shikimisäure-Ladung zu löschen.

Von der Straße, die nach Brańsk führte, fuhr er auf die Autobahn Warschau–Białystok–Wilna, auf der auch in diesen frühen Morgenstunden reger Lkw-Verkehr herrschte. Nach dreißig Kilometern hielt er auf einem Rastplatz neben einem halben Dutzend schwerer Lastwagen. Er schaltete seinen Laptop ein und nahm Verbindung zu den Kameras auf, die den Lieferwagen in Schweden observierten, und zu den Fernbedienungen, mit deren Hilfe er die Zündmechanismen der Sprengsätze im Lieferwagen steuerte.

Mit wenigen Tastenkombinationen unterbrach er den Stromkreis, der die Sprengsätze unter Spannung hielt.

Marek Kadijevic hielt sein Versprechen, wenn man die Zusicherungen einhielt, die man ihm gemacht hat.

Die Blaulichter der Polizeifahrzeuge zuckten auf Axel Navarros müdem, aber erleichtertem Gesicht.

Der Roboter des Anti-Bomben-Kommandos der Polizei öffnete mit seinem mechanischen Greifarm problemlos die Hecktüren des Renault-Lieferwagens. Navarro schaute auf das Bild, das die Kamera des Roboters übertrug. Im Laderaum war eine unversehrte Fracht zu erkennen.

Navarro machte einen Schritt auf den Lieferwagen zu.

»Warte!«, rief ihm ein Mann in schwerer Bombenschutzbekleidung zu.

Navarro blieb stehen. Er glaubte nicht, dass noch Gefahr bestand, ließ die Kollegen aber in Ruhe ihre Arbeit machen.

Er nahm das Handy aus der Tasche und schrieb eine kurze SMS an den verrückten Finnen: AUTO OFFEN, FRACHT SICHER.

62

Johanna hörte das Surren, als das Fahrwerk des Airbus ausgefahren wurde. Es war halb fünf am Morgen. Johanna war erleichtert und besorgt zugleich – bald hätte die Pein ein Ende, aber was für eines?

Sie bewegte ihre tauben Finger, so gut es ging. Die Geiselnehmer hatten ihr die Hände mit den Handschellen aus dem Sicherheitszubehör der Maschine auf dem Rücken gefesselt. Im hinteren Teil der Kabine lag unter einer blauen Wolldecke die Leiche des Kollegen vom SK Bär. Johannas Augen wurden feucht. Sein Tod war ihre Schuld ... Aber daran durfte sie jetzt nicht denken, denn sonst wäre sie zu nichts mehr fähig. Sie musste sich auf das konzentrieren, was um sie herum geschah.

Vasas Verhalten war Besorgnis erregend. Er war mit nacktem Oberkörper und nassen Haaren aus der Toilette gekommen. Und dann hatte er nur dagestanden und die Geiseln gemustert und sich schließlich neben die Leiche seines Vaters gesetzt. Seitdem saß er still dort, und das Verhalten der übrigen Entführer wurde immer unberechenbarer. Die wenigsten Geiseln hatten schlafen können, weshalb die Müdigkeit und die Angst fast mit Händen zu greifen war. Sogar Ala-Turpeinen hatte sein Spektakel eingestellt.

Das unruhige Hin und Her der Geiselnehmer zwischen Kabine und Cockpit hatte weiter zugenommen. Jasmin war zu Vasa gegangen, um mit ihm zu sprechen, danach hatte sie mit einem anderen Serben geredet. Inzwischen hatte der Kapitän die Anweisung zum Anschnallen erteilt, und zwei Entführer hielten sich im Cockpit auf. Sie landeten – aber wo?

Johanna spähte unter der halb geschlossenen Sonnenblende hindurch aus dem Fenster. Die Maschine kam aus der Wolkenschicht heraus, am Boden waren Lichter zu erkennen. Aus ihnen ließ sich nichts schließen, aber aller Wahrscheinlichkeit nach befanden sie sich noch immer in Russland.

Einer der Entführer ging über den Gang und sah Johanna im Vorübergehen an. Es war derselbe Mann, der ihr das Messer an die Kehle gehalten hatte. Sein Blick ließ Johanna fast zusammenfahren vor Angst. Was würde ihr Schicksal nach der Landung sein? Gaben sich die Entführer mit dem einen Rachemord zufrieden? Vasa hatte nicht zugelassen, dass man sie nach dem Tod des Obersts umbrachte, Vasa würde ihr demnach auch künftig nichts antun.

Bei den anderen war sich Johanna da nicht so sicher. Sie waren müde und frustriert, und falls etwas schiefgehen sollte, würden sie vielleicht ihre Wut an ihr auslassen, an der Verräterin aus dem Flugzeug, die den Tod des serbischen Obersts verursacht hatte. Besonders aufpassen musste sie bei dem, der sie gerade angestarrt hatte. Infolge seines Schlags war ihre Waffe losgegangen. Es konnte durchaus sein, dass seine Komplizen ihm später vorwarfen, am Tod des Obersts mit schuld zu sein. Diese drohende Beschuldigung in Verbindung mit seinem eigenen Schuldgefühl konnte den Mann unberechenbar und rachsüchtig werden lassen.

Er setzte sich, schnallte sich an und unterhielt sich leise mit einem anderen Serben, wobei er immer wieder zu Johanna herüberschaute. Sie sprachen über sie, eindeutig, und das war keine angenehme Feststellung.

Die Maschine setzte weich auf der Landebahn auf und bremste stark ab. Nachdem sie eine Weile geradeaus gerollt war, bog die Maschine von der Landebahn ab.

Johanna senkte den Kopf ein wenig, um das Terminal sehen zu können, das jetzt zum Vorschein kam.

Der Flughafen war groß, und es gab zahlreiche Gebäude. Auf dem Dach des größten Gebäudes stand etwas in kyrillischen

Buchstaben. Sie waren also tatsächlich noch immer in Russland – aber wo genau?

»Wo sind wir?«, zischte Johanna dem wenige Reihen vor ihr sitzenden Innenminister zu, von dem sie wusste, dass er leidlich Russisch sprach.

Der Mann hörte sie nicht oder wollte sie nicht hören. Johanna wiederholte ihre Frage.

»In Minsk«, antwortete eine Frau, die Johanna nicht kannte, zwei Reihen vor ihr von der anderen Seite des Ganges.

Diese unangenehme Überraschung ließ Johanna innerlich fluchen. Selbst Russland wäre besser gewesen als Weißrussland, die letzte Diktatur Europas, in der die Menschenrechte mit Füßen getreten wurden. Andersdenkende wurden mit harter Hand zum Schweigen gebracht, Demonstrationen waren praktisch verboten, und die Geheimpolizei war immer noch voll aktiv, sie hatte sogar den alten Namen beibehalten: KGB. Dieser KGB griff heute mindestens ebenso hart durch wie zu den Zeiten, als Weißrussland noch zur Sowjetunion gehört hatte. Aus der Sicht der Geiseln war Minsk vermutlich das gefährlichste Flugziel in ganz Europa.

Aber war es das nicht auch für die Geiselnehmer? Warum hatten sie sich unter allen Städten ausgerechnet Minsk ausgesucht? Die Wahl des Flugziels musste ihre eigene, schreckliche Logik haben, die sich Johanna nur noch nicht erschlossen hatte.

Die Maschine blieb mitten auf dem Rollfeld stehen, weit von den Gebäuden entfernt. Johanna spähte hinaus und erschrak. Dunkelblaue, kastenförmige, offenbar gepanzerte Fahrzeuge näherten sich. Auch die anderen Geiseln hatten die Autos bemerkt, und das aufgeregte Stimmengewirr in der Kabine nahm zu.

Ein Teil der Entführer befand sich noch immer im Cockpit. Einer von denen, die in der Kabine geblieben waren, postierte sich neben der vorderen Tür, ein anderer vor dem Notausgang in der Mitte. Sie standen über Funk miteinander in Verbindung. Alles wirkte geübt und entschlossen.

Die Fahrzeuge umringten die Maschine, und schwer bewaffnete Polizisten oder Soldaten sprangen heraus.

Wusste man in Finnland über die Geschehnisse Bescheid? War man von dort aus in der Lage, auf die Ereignisse hier Einfluss zu nehmen? Allein der Gedanke war lächerlich. In Minsk würde niemand die Finnen um Rat fragen. Hier wurde so vorgegangen, wie man es selbst für richtig hielt. Vermutlich würde man etwas Radikales versuchen. Aber das musste auch den Serben bewusst sein, warum also waren sie hierhergekommen?

Johanna war entsetzt. Ein Sturm der Maschine bedeutete ein Massaker. Die weißrussischen Sondereinheiten würden die Geiseln garantiert nicht mit Samthandschuhen anfassen.

Die Stimmung bei der Polizeiführung in Helsinki wurde immer gespannter. Das Krisenzentrum im Außenministerium versuchte Kontakt nach Minsk herzustellen, wo der Airbus gelandet war, wie aus den Mitteilungen der Piloten hervorging und wie von dem Signal des versteckten Senders bestätigt wurde.

»Der rote Punkt dort ist unsere Maschine«, sagte Helste und zeigte auf den Computerbildschirm, auf dem eine Karte zu sehen war. Der Punkt befand sich auf dem Flughafen vierzig Kilometer östlich von Minsk, an der Autobahn, die nach Moskau führte.

»In dem Beutel, den wir im Flugzeug versteckt haben, befindet sich außer einer Waffe und dem Peilsender auch ein Funkmikrofon«, fuhr Helste fort. »Die Weißrussen könnten, wenn sie wollten, hören, was in der Passagierkabine vor sich geht. Die Reichweite ist nicht groß, zweihundert Meter, aber das dürfte kaum ein Problem sein. Man müsste ihnen lediglich die Frequenz mitteilen …«

»Auf keinen Fall«, donnerte Polizeidirektor Nykänen los. »Wir sollten lieber alles tun, damit sie nicht irgendwelche operativen Maßnahmen gegen die Geiselnehmer ergreifen, solange die Geiseln in Gefahr sind. Die Serben haben jetzt bekommen, was sie wollten, neue Forderungen haben sie nicht gestellt, sodass sie logischerweise als Nächstes vorhaben dürften, sich abzusetzen. Wer in Weißrussland nimmt solche Fälle in die Hand?«, wandte er sich an den für internationale Angelegenheiten zuständigen

Chef des Kriminalnachrichtendienstes bei der KRP. »Die Miliz, der KGB oder eine Spezialeinheit?«

»Ich schätze, eine Sonderabteilung des KGB. Sichere Kenntnisse darüber habe ich nicht.«

Der Polizeidirektor seufzte gequält. Wenn die Kooperation mit Moskau schon kompliziert war, wie wäre sie dann erst mit Minsk?

Erleichtert kehrte Timo aus dem Cockpit der Falcon zu seinem Platz zurück. Sie näherten sich als normaler Geschäftsflug dem Flughafen Minsk 2, wo laut Helste der Airbus gelandet war.

Timos TERA-Kollege David Maggot beendete gerade sein Telefonat mit der polnischen Zentralkripo.

»Die erste Streife hat bereits den Militärflughafen Brańsk erreicht«, sagte er. »Natürlich ist nichts Auffälliges zu entdecken. Nur der Fallschirm liegt am Rand der Landebahn.«

»Mit wem hast du gesprochen?«

Maggot blickte auf die Unterlagen auf dem heruntergeklappten Tisch. »Mit Tomas Kowalski. Ist der Verbindungsmann zur TERA. Weitere Leute sind bald vor Ort.«

Überflüssigerweise, hätte Timo am liebsten hinzugefügt. Die Diamanten waren verloren. Aber am wichtigsten war dennoch, dass immer noch alle Chancen bestanden, die Geiseln zu retten. Sofern es gelang, mit den weißrussischen Behörden auf vernünftige Art und Weise zusammenzuarbeiten.

63

Eine perfekte Aktion! Marek glühte innerlich vor Genugtuung. Er fuhr in der Nähe von Lomza, westlich der Autobahn, nach Białystok auf einer von wenigen Buchen gesäumten, unbefestigten Straße. Rechts und links kamen in der Morgendämmerung weitläufige Felder zum Vorschein.

Ein kleiner Teil der Ehre gebührte natürlich Vasa, der auf die Idee gekommen war, seine Finnland-Operation mit Mareks Plan zu verbinden.

Marek bremste und bog in eine Einfahrt ein, deren morsches Holztor offen stand. Im Licht der Scheinwerfer waren Schuppen, ein großer Kuhstall und ein massiver Getreidesilo zu erkennen. Alles war leer. Die verlassene Kolchose glich einer einsamen, trostlosen Gedenkstätte aus der Ära des kommunistischen Polen.

Im grellen Kontrast zu dieser Kulisse standen die drei großen deutschen Limousinen, die mit eingeschaltetem Abblendlicht vor dem Hauptgebäude warteten. Beim Näherkommen bemerkte Marek im Schutz des Silos einen Mann, der einen eleganten Wintermantel trug. Er richtete den Blick auf Mareks Auto und hatte die eine Hand vielsagend in den Mantel geschoben.

Kurz darauf sah Marek zwei weitere, identisch gekleidete Männer. Seine Siegesfreude war auf einmal wie weggewischt, und böse Vorahnungen beschlichen ihn. Waren so viele Gorillas nötig, um dafür zu sorgen, dass der Käufer in Ruhe sein Geschäft abwickeln konnte? Oder hatten sie vor, die Diamanten ohne Bezahlung mitzunehmen? Wohl kaum, denn sie wussten, dass Mareks Komplizen sich ihren Anteil holen würden.

Marek hielt neben einem VW Phaeton. Er nahm seinen Mut

zusammen und stieg aus, wobei er sich Mühe gab, so selbstsicher wie möglich zu wirken.

Der Fahrer des Phaeton stieg ebenfalls aus, öffnete die hintere Tür des Wagens und bedeutete Marek, einzusteigen. Marek nahm auf dem cremefarbenen Ledersitz Platz, neben einem schlanken, braun gebrannten Mann, den er nur unter dem Namen Vincent kannte. Auf dem Beifahrersitz saß ein älterer Herr, den Marek noch nie gesehen hatte.

»Du kommst spät«, sagte Vincent in gepflegtem Englisch. Er trug dieselbe weinrote Lederjacke wie bei der letzten Verabredung. Marek wusste noch immer nicht, ob der Mann Pole oder Russe war oder aus einem anderen osteuropäischen Land stammte.

»Wir wollten gerade wieder fahren«, fuhr Vincent fort.

»Die Lieferung kam mit Verspätung.«

»Ich habe Besseres zu tun, als inmitten alter Kuhscheiße zu sitzen und zu warten.«

»Es tut mir leid.«

»Lass uns das Ganze jetzt schnell über die Bühne bringen. Hol die Ware!«

Marek stieg aus und zuckte im gleichen Moment zusammen. An seinem Auto lehnte ein Spaten. Marek nahm den Beutel mit den Diamanten vom Sitz, warf noch einen Blick auf den Spaten und setzte sich wieder in den Phaeton. Er reichte Vincent den Beutel, und dieser gab ihn an den alten Herrn auf dem Vordersitz weiter.

»Unser Fachmann überprüft die Ware«, sagte Vincent als Antwort auf Mareks fragenden Gesichtsausdruck.

Auf unangenehme Weise wurde Marek der eigene Herzschlag bewusst. Ihm schien, als würden ihn auch die anderen hören können.

»Der Spaten dort ist für dich«, sagte Vincent leichthin zu Marek, während der Alte Lupe und Pinzette zur Hand nahm und den Beutel öffnete. »Du glaubst gar nicht, was für Schwindler und Glücksritter sich manchmal an mich wenden. Meine Zeit ist kostbar, und wenn ich sie vergeuden muss, zieht das eine Strafe nach sich. Wenn du mich hintergehen willst, darfst du dir hinter dem Getreidesilo dein eigenes Grab schaufeln.«

»Das würde dir nichts nützen, denn dann würden meine Freunde …«

»Deine Freunde können dich auch nicht wieder zum Leben erwecken.«

Der alte Mann prüfte die Diamanten mit der Lupe. Marek versuchte, ruhig zu bleiben. Er begriff, dass er keine Fluchtmöglichkeit hatte. Aber er würde auch nicht fliehen müssen, denn er verließ sich auf die Qualität der Steine. Er gab sich alle Mühe, Vincent überzeugend zuzulächeln, brachte jedoch nur eine unglückliche Grimasse zustande.

Die Sekunden krochen quälend langsam dahin. Der Alte machte seine Arbeit gründlich und untersuchte einen Stein nach dem anderen. Schließlich legte er die Lupe in den Schoß, drehte sich zu Vincent um und nickte. Marek wusste nicht, was das zu bedeuten hatte, aber die Gesichter der Männer wirkten plötzlicher ernster als zuvor. Gab es bei der Qualität der Diamanten doch Probleme? Oder hatten sie vor, die Diamanten mitzunehmen und ihn sowieso umzubringen?

»Zeit zum Bezahlen«, sagte Vincent.

Das klang bedrohlich. Vincent griff in seine lederne Aktenmappe. Marek tastete bereits intuitiv nach dem Türgriff, bis ihm klar wurde, dass der Mann neben ihm ein Notebook aus der Mappe zog.

»Die Kontonummer?«

Marek spürte eine gewaltige Welle der Erleichterung.

»Was ist eigentlich mit dir los?«, fragte Vincent argwöhnisch. »Du machst so einen seltsamen Eindruck. Du bist dir doch über die Echtheit der Ware nicht etwa selbst im Unklaren?«

»Natürlich nicht. Ich habe nur ein wenig Stress gehabt«, murmelte Marek und reichte Vincent rasch den Zettel, den er aus der Tasche gezogen hatte.

Mit der Faxverbindung seines Computers schickte Vincent

eine Zahlungsanweisung an eine Bank in Hongkong, wo es aufgrund des Zeitunterschieds Tag war. Mit der Zahlungsanweisung gingen hundert Millionen Euro auf das Konto einer Firma, die auf den Britischen Jungferninseln registriert war und Vasas Gruppe gehörte. Nachdem er das Fax geschickt hatte, rief Vincent bei der Bank an, um sich die erfolgreiche Transaktion bestätigen zu lassen.

Marek gab sich Mühe, seinen Triumph zu verbergen.

»Es war mir ein Vergnügen, mit dir ins Geschäft zu kommen«, sagte Vincent augenscheinlich zufrieden.

»Ganz meinerseits.« Marek stieg aus dem Wagen. Er versuchte, es ruhig zu tun, um wenigstens einigermaßen das Gesicht zu wahren.

»Wir melden uns.«

Marek hielt vor der Tür inne. Im Nu war er erneut von Misstrauen überwältigt. »Warum?«

Vincent lachte kurz auf. »Im Hinblick auf weitere Geschäfte natürlich.«

»Die wird es kaum geben ...«

»Niemand macht mit mir nur ein Geschäft. Wenn ich dich als Geschäftspartner akzeptiert habe, setzen wir die Zusammenarbeit fort.«

»Ich verstehe«, stotterte Marek und schloss die Tür.

Der Phaeton setzte sich langsam in Bewegung, bis er plötzlich wieder anhielt. Vincent ließ das Fenster einen Spaltbreit herunter und sagte beinahe heiter: »Den Spaten kannst du behalten.«

Das Fenster schloss sich, und Vincent verschwand mit seiner Eskorte im Morgendunst. Marek blieb allein auf dem Kolchosengelände zurück und starrte auf den Spaten.

Der Airbus der *Finnair* aus Helsinki stand noch immer am äußersten Rand des Rollfeldes vor dem Terminal des Flughafens Minsk 2, gesondert von den anderen Maschinen. Gepanzerte Fahrzeuge einer KGB-Sondereinheit hatten die Maschine weiträumig eingekreist, aber die Männer versuchten nicht, näher heranzukommen.

In der Passagierkabine des Flugzeugs lag beklemmende, stark aufgeladene Erwartung. Die Anspannung wurde immer quälender, die Luft in der Kabine zunehmend stickig. Einige Passagiere versuchten verzweifelt zu schlafen, aber die Angst hielt die meisten wach.

Johanna versuchte eine Haltung zu finden, in der ihre Hände in den Handschellen nicht taub wurden. Die kleine Schnittwunde an ihrem Hals pochte immer noch. Hier und da hörte sie unterdrücktes Schluchzen. Einige Geiseln standen kurz vor dem Zusammenbruch. Der Abgeordnete Ala-Turpeinen saß unnatürlich aufrecht auf seinem Platz und beobachtete wachsam, was in der Kabine vor sich ging. Johanna hatte bislang geglaubt, das Benehmen des Mannes habe mit Alkohol zu tun, aber er schien auch bei nachlassender Betrunkenheit mehr Energie zu haben als alle anderen zusammen. Es hatte den Anschein, als wolle er jeden Moment aufstehen. Plante er, zur Tür zu rennen oder sich gar auf einen der Geiselnehmer zu stürzen?

Auf der anderen Seite des Ganges saß der Justizminister. Er versuchte Ala-Turpeinen mit Blicken zu beruhigen. Würde dieser eine abrupte Bewegung machen, konnte einer der Entführer, deren Nerven aufs Äußerste gespannt waren, den Abzug drücken. Und bei Maschinengewehrfeuer wäre die Kabine im Nu voller Leichen.

Aus dem vorderen Teil hörte man das Piepsen einer eingehenden SMS. Johanna richtete sich auf, um besser sehen zu können. Vasa saß schon lange in Gedanken versunken neben der zugedeckten Leiche seines Vaters, aber jetzt nahm er das Handy aus der Tasche. Zwei andere Geiselnehmer traten mit fragendem Gesichtsausdruck zu ihm. Vasa tippte auf seinem Handy und sagte etwas zu seinen Komplizen.

Auf einmal kam Leben in die Männer. Das quälende Warten war offensichtlich zu Ende, und die Stimmung wandelte sich. Vasa stand auf, und Johanna konnte sein Gesicht sehen. Es spiegelte vor allem Trauer wider, aber es lag auch etwas von Erleichterung und Klarheit darin.

Die Geiselnehmer hatten eine gute Nachricht erhalten, vermutete Johanna. Aber war es auch eine gute Nachricht für die Geiseln? Auf jeden Fall würde etwas passieren. Die Geiselnehmer überprüften ihre Ausrüstung, sie waren sichtlich im Begriff, sich in Bewegung zu setzen. Doch wie und wohin?

Der Stimmungswandel spiegelte sich auch in den Geiseln wider. Alle richteten sich auf ihren Plätzen auf und wollten in Erfahrung bringen, was geschah.

Vasa ging zur Tür des Cockpits und rief den Piloten so laut zu, dass man es auch in der Passagierkabine hören konnte: »Ihr bittet jetzt um eine Gangway und um einen Kleinbus. Falls wir nicht beides bekommen, töten wir den russischen Botschafter.«

Johanna wunderte sich über das Kommando. Ein Kleinbus? Für die Geiselnehmer? Vasa bildete sich doch wohl nicht ernsthaft ein, dass die weißrussischen Verantwortlichen einfach so jemanden aus der Maschine ließen – am allerwenigsten die Entführer.

Die Geiseln schauten unruhig aus den Fenstern, und das aufgeregte Stimmengewirr wurde von Sekunde zu Sekunde lauter. Unter der Angst schimmerte jetzt aber auch erste Zuversicht durch. Einige wechselten die Plätze, um an ein Fenster zu kommen, und die Geiselnehmer hinderten sie nicht daran. Die Leute begriffen nicht, dass sie sich gerade jetzt in einer besonders gefährlichen Phase befanden. Johanna beobachtete die Geschehnisse mit pochendem Herzen.

»Heinonen«, flüsterte sie ihrem drei Reihen weiter sitzenden Exmann zu und bedeutete ihm, zu ihr zu kommen.

»In dem Stoffbeutel unter Sitz 17 B befindet sich ein fingernagelgroßes Gerät aus Kunststoff«, flüsterte sie schnell. »Das ist ein Sender mit Mikrofon. Nimm das Ding, sieh zu, dass du irgendwie in die Nähe eines Geiselnehmers kommst, und steck ihm den Sender unbemerkt irgendwo in die Ausrüstung. Du kannst dich zum Beispiel auf dem Gang an einem von ihnen vorbeidrängeln. Mach schnell!«

Heinonen kehrte ohne Fragen zu stellen an seinen Platz zurück.

Johanna sah nicht zu, was er tat, sondern schaute aus dem Fenster. Vom Terminal her näherte sich ein Fahrzeug. Es zog eine Gangway – und dahinter folgte ein blassblauer Kleinbus.

Auch in die Spezialeinheit war Bewegung gekommen. Hinter den Fahrzeugen, die den Airbus umzingelten, sah man bewaffnete Männer mit Helmen, die sich offensichtlich zum Einsatz bereit machten. Der Kleinbus fuhr in einem Bogen vor die Maschine, und die Gangway wurde an die Tür geschoben.

Johanna war bestürzt. Panik stieg in ihr auf. Die Serben rückten ihre Sturmhauben und ihre Ausrüstung zurecht. Einer von ihnen ging langsam den Gang entlang und ließ den Blick über die Geiseln schweifen, die allesamt versuchten, sich so unauffällig wie möglich zu verhalten.

Nur Heinonen ging dem Geiselnehmer entgegen. Johanna hielt den Atem an. Die Männer trafen in dem schmalen Gang aufeinander, und keiner von beiden schien ausweichen zu wollen, bis Heinonen schließlich ein Stück zwischen zwei Sitze trat und den Serben vorbeiließ.

Der Geiselnehmer schnauzte Heinonen trotzdem an. Dieser machte eine Kopfbewegung in Richtung Toilette. Dann gingen beide Männer weiter.

Hatte Heinonen Erfolg gehabt?

Drei Reihen weiter blieb der Geiselnehmer stehen.

»Du«, sagte er und deutete auf den russischen Botschafter, der zusammenzuckte.

»Und du«, sagte der Serbe, wobei er auf den Präsidenten Finnlands zeigte. »Aufstehen!«

Die beiden Geiseln erhoben sich unsicher. Johanna fluchte innerlich. Immerhin ließen sie die Frau des Präsidenten unbehelligt und die Gattin des Botschafters ebenso.

Es schien, als wollten die Serben einen Teil der Geiseln mitnehmen. Es ging also weiter, das Ganze zog sich hin, und zwar in Weißrussland, in dem, was die internationale Zusammenarbeit betraf, denkbar ungünstigsten Land überhaupt. Johanna konnte sich schwer vorstellen, dass die Polizeiführung in Minsk Anweisungen entgegennahm, die nicht aus Lukaschenkos Palast stammten.

Kreidebleich und ängstlich traten der finnische Präsident und der russische Botschafter auf den Gang.

»An die Tür!«, befahl Vasa den beiden.

Johanna war verzweifelt, weil sie nicht den geringsten Einfluss auf den Gang der Dinge nehmen konnte. Die Sondereinheit würde kaum zulassen, dass die Geiselnehmer das Flughafengelände verließen, und ein Feuergefecht bedeutete Tote.

Heinonen kam von der Toilette, und Johanna fing seinen Blick auf.

Er nickte kaum merklich.

Der Sender steckte also bei einem Geiselnehmer in der Ausrüstung. Die Frage war, wie lange er dort bleiben würde.

Der Präsident und der Botschafter standen im vorderen Teil der Maschine an der Tür. Jeder von ihnen hatte einen bewaffneten Geiselnehmer hinter sich. Dahinter nahmen zwei weitere Serben Aufstellung – und Jasmin Ranta.

Sie wirkte unfassbar ruhig und selbstsicher, man sah ihr nicht an, ob die Situation sie belastete.

Der Geiselnehmer, der zuvorderst an der Tür stand, machte sie auf, und sogleich strömte frische, kühle Luft herein. Der zuhinterst stehende Serbe drehte sich zu Johanna um. Es war der Mann, der zuvor gedroht hatte, sie umzubringen. Jetzt hob er die Pistole. Ohne sich zu rühren, starrte Johanna in den Lauf.

Vasa sagte etwas auf Serbisch zu dem Mann.

Nichts geschah.

Vasas Stimme wurde barscher.

Johanna merkte, wie ihre Beine zitterten, aber trotzdem wich sie dem Blick des Mannes nicht aus.

»Bumm«, brüllte der Serbe plötzlich, lachte grausam und wandte sich ab.

Johanna erschrak dermaßen, dass sie in lautes Schluchzen ausbrach. Sie richtete ihren tastenden Blick auf Vasa, der an der Tür zur Seite trat und seine Komplizen samt den Geiseln vorbeiließ.

Anschließend kam er mit wenigen schnellen Schritten zu Johanna.

»Ich habe dir das Leben gerettet. Als Gegenleistung würde ich es schätzen, wenn du dafür sorgst, dass mein Vater beerdigt wird. Neben meiner Mutter und meinem Bruder.«

Johanna nickte. Sie würde tun, was sie konnte.

Vasa wollte sich schon abwenden, fügte aber noch hinzu: »Die Frau, die wir in Riihimäki als Geisel nahmen ... Wie ist es ihr ergangen?«

»Sie hat überlebt. Bald wird sie ihr Kind zur Welt bringen.«

Auf Vasas ernstem Gesicht blitzte ein Lächeln auf. Dann verließ er als letzter Geiselnehmer die Maschine. Johanna schaute verzweifelt nach draußen. Sie hatte nichts tun können, um die beiden Geiseln im Flugzeug zu halten. Es war nur eine Frage der Zeit, wann die Sondereinheit zuschlug. Oder warteten sie ab, bis die Entführer losfuhren? Der russische Botschafter war jetzt die beste Lebensversicherung des finnischen Präsidenten. Die Geiselnehmer hatten sich ihre Taktik gut überlegt.

In der Kabine war es zunächst ungewöhnlich still. Niemand verstand so recht, was passiert war. Dann hörte man einige gelöste Bemerkungen. Jemand fing an, vor Erleichterung zu weinen. Einige Ehepaare umarmten sich.

Die Geiselnehmer hatten tatsächlich das Flugzeug verlassen. Die Geiseln waren frei.

Johanna empfand keine große Freude, sondern verfolgte durchs Fenster, wie die Serben ihre beiden verbliebenen Geiseln in den Kleinbus stießen. Es erschütterte sie, zu sehen, wie einer der Geiselnehmer seinen Zorn am Präsidenten Finnlands ausließ, indem er ihm mit der Faust ins Gesicht schlug.

Währenddessen kam immer mehr Bewegung in die Mitglieder der Sondereinheit hinter den gepanzerten Fahrzeugen. Johanna begriff, dass die Katastrophe rasch näher rückte. Die weißrussische Führung würde die Entführer nicht frei auf ihrem Staatsgebiet herumlaufen lassen, und sie hatten nur noch zwei Geiseln. Es schien immer wahrscheinlicher, dass die Sondereinheit sich bereit machte, um den Kleinbus zu stürmen – ungeachtet des russischen Botschafters.

Der Kapitän des Airbus trat aus dem Cockpit in die Passagierkabine.

»Wo ist der Schlüssel für die Handschellen?«, rief Johanna. »Oder eine Nadel oder irgendetwas Spitzes?«

Der Kapitän drehte sich um und ging ins Cockpit zurück.

64

Danilo stellte den Fahrersitz des Kleinbusses für sich passend ein und blickte nervös auf die gepanzerten Fahrzeuge, deren kantige Silhouetten sich in einiger Entfernung im Sprühregen der kaltblauen Morgendämmerung abzeichneten.

Er probierte die Schaltung aus und bewegte das schwere Lenkrad.

»Ein grauenhafter Traktor. Aber der Tank scheint immerhin halb voll zu sein.«

Stanko setzte sich hinter ihn. Er hielt sein Handy ans Ohr, denn er hatte bei einer Bank in Malaysia angerufen, sein Benutzerkennzeichen durchgegeben und die jüngsten Kontobewegungen einer bestimmten, auf den Britischen Jungferninseln registrierten Firma abgefragt.

Der Druck, der auf Slobos Nerven lastete, entlud sich in seinem groben Umgang mit den Geiseln. Er verband dem Botschafter und dem Präsidenten mit einem Schal die Augen und zog den Knoten so fest zu, dass der Präsident laut aufstöhnte.

»Muss das sein?«, fauchte Jasmin ihn auf Schwedisch an. »Du bist doch nicht so ein Irrer wie die da.« Jasmin machte eine Handbewegung zu Zlatan und Danilo.

Slobo schaute kurz zu Zlatan hinüber und sah diesen den Blick auf Jasmin heften.

»Schnauze!«, zischte Slobo auf Englisch. Jasmin hatte gegen eine wichtige Regel verstoßen: Sie hatte Slobo in Gegenwart der Geiseln vertraulich angesprochen. Und zu allem Überfluss hatte sie Zlatan als Irren bezeichnet.

Zornig wandte sich Jasmin ab und starrte nach draußen, wo

die Fahrzeuge der Sondereinheit stumm auf ihren Einsatzbefehl warteten.

»Entschuldige«, sagte Slobo zu Zlatan. »Sie ist nervös und müde, sie weiß nicht, was sie redet.«

Zlatan machte sich gar nicht erst die Mühe, zu antworten.

Stanko beendete sein Telefonat und hob den Daumen. Dabei funkelten seine Augen im Schlitz der Sturmhaube. Der Eingang des Geldes auf ihrem Konto war bestätigt worden, aber noch waren sie zu angespannt, um in Triumphgeheul auszubrechen.

»Fahren wir?«, fragte Danilo am Steuer.

Vasa hielt den Blick unverwandt auf das Flugzeug gerichtet und wirkte vollkommen unbeteiligt.

»Sie werden sich um deinen Vater kümmern«, sagte Toma leise zu Vasa, richtete aber gleich darauf das Wort an Danilo: »Wir fahren.«

»Haltet euch fest«, rief Danilo und trat aufs Gaspedal.

Johanna sah vom Fenster aus zu, wie draußen der Kleinbus in hohem Tempo losfuhr.

»Schnell«, trieb sie den Kopiloten an, der versuchte, ihre Handschellen aufzubekommen.

Der hellblaue Kleinbus raste auf den Parkplatz neben dem Terminal und das dahinterliegende Tor zu, in dessen Nähe mehrere schwere Fahrzeuge der Polizei standen.

»Habt ihr Kontakt mit dem Kontrollturm gehabt?«, fragte Johanna den müde wirkenden Kopiloten.

»Wir haben es versucht ...«

Plötzlich hörte man Schüsse, und Johanna sah hinter den gepanzerten Fahrzeugen Mündungsfeuer aufflammen.

»Oh Gott!«, rief jemand im allgemeinen Stimmengewirr.

Endlich hatte der Kopilot die Handschellen auf, aber Johanna merkte es gar nicht. Sie bringen den Präsidenten um, dachte sie voller Entsetzen, als der Schusswechsel weiterging. Sie hätte etwas unternehmen müssen, aus dem Flugzeug stürzen und die weißrussischen Einheiten auffordern, auf Gewalt zu verzichten.

Auch wenn jetzt hundert Finnen in Sicherheit waren, hatte Johanna das Gefühl, in schrecklicher Weise versagt zu haben.

Der Kleinbus hielt nicht an. Er verringerte nicht einmal das Tempo, sondern fuhr ungebremst weiter auf das Tor zu. Ungläubig blickte Johanna dem Fahrzeug hinterher. Es schien nicht einmal beschädigt worden zu sein. Was für eine Sondereinheit sollte das denn sein? Sah sie vor Müdigkeit Gespenster, oder waren tatsächlich alle Schüsse an dem Kleinbus vorbeigegangen?

»Ist das Auto getroffen worden?«, fragte sie die anderen Passagiere.

»Ich habe jedenfalls nichts bemerkt«, sagte Heinonen, der sich zu ihr gesetzt hatte. »Der Sender ist übrigens in der Hosentasche des Serben. Ich habe ihn nicht an eine bessere Stelle bekommen, er wird ihn sicher bald finden.«

»Trotzdem gut. Du hast das prima gemacht«, sagte Johanna. Dann stand sie auf, machte einen Schritt über die Leiche des Obersts hinweg und ging zur Cockpittür.

»Habt ihr inzwischen mit dem Turm gesprochen?«, fragte Johanna den Kapitän, der auf seinem Platz saß und den Kopfhörer aufhatte.

»Nein.«

Vor der Maschine liefen bewaffnete Männer mit Helmen und kugelsicheren Westen umher. Johanna erschrak. Die glaubten doch nicht etwa, dass noch Entführer in der Maschine waren?

Sie hob die Hände und trat an die Ausgangstür. Der feuchte, kalte Wind ließ ihr Abendkleid flattern. Unten stürmte bereits eine Gruppe behelmter Männer die Gangway, den Blick auf Johanna gerichtet.

»Ich bin Johanna Vahtera von der finnischen Zentralkriminalpolizei«, rief sie. Der erste Mann blieb unmittelbar vor ihr stehen.

»Die finnische Polizei scheint ziemlich ausgefallene Uniformen zu haben«, sagte der Mann mit dem Schnurrbart außer Atem, aber mit einem freundlichen Lächeln. »Major Marodschki, KGB-Alfa.«

»In dem Kleinbus waren der finnische Präsident und der russische Botschafter. Warum haben Sie das Feuer eröffnet und damit die Sicherheit dieser Personen gefährdet? Sie können schwer verletzt sein.«

Im Nu war das Lächeln aus dem Gesicht des Majors verschwunden.

»Sie sind jetzt in Minsk. Geben Sie uns keine Ratschläge, was wir zu tun haben!«

»Sie werden dem Kleinbus doch folgen?«

»Wie gesagt«, fuhr der Major noch eisiger als zuvor fort, »wir kümmern uns darum. Gehen Sie in die Maschine und warten Sie auf die Erlaubnis, ins Terminal zu kommen.«

»Ich muss mich mit Finnland in Verbindung setzen.«

»Alles zu seiner Zeit.«

»Es eilt, der Präsident Finnlands ist gerade ...«

»Beruhigen Sie sich! Kehren Sie in die Maschine zurück!«

Johanna begriff, dass der Major keine Widerrede mehr duldete. Augenscheinlich hatte er nicht die geringste Absicht, auf die Forderungen einer finnischen Polizistin einzugehen. Zumal Johannas Überzeugungskraft durch das zu enge, stellenweise aufgerissene und mit Blut beschmierte Abendkleid nicht gerade gestärkt wurde.

Der Major ging mit seinen Leuten in die Maschine hinein. Als er die entkräfteten Passagiere in ihren Fräcken und Abendkleidern sah, machte sich eine ungläubige Miene auf seinem Gesicht breit.

Vor der zugedeckten Leiche blieb er stehen.

»Wer ist das?«

»Oberst Borislav Jankovic«, sagte Johanna. »In der hintersten Reihe liegt ein zweiter Toter, ein finnischer Polizist, den die Geiselnehmer umgebracht haben.« Während sie das aussprach, spürte sie in ihrem tiefsten Inneren einen schmerzhaften Stich.

Der Major wurde ernst. Er nahm sein Funkgerät und sagte etwas auf Russisch.

Johanna ging inzwischen zu ihrem Platz, beugte sich nach

vorn und nahm den unter dem Sitz angeklebten Empfänger des Mikrofonsenders an sich. Sie steckte das zigarettenschachtelgroße Gerät in ihre Handtasche und trat wieder auf den Gang, wo sich schon unschlüssige Passagiere drängten.

»Verzeihung«, sagte Johanna knapp und bahnte sich mit den Ellbogen einen Weg zum Cockpit, um von dort aus Kontakt mit Helsinki aufzunehmen.

Der Major trat ihr in den Weg.

»Aussteigen! Alle Passagiere werden mit Bussen zum Terminal gebracht. Die Piloten verlegen die Maschine auf den für sie vorgesehenen Platz.«

»Wir werden die Maschine nicht verlassen, bevor wir nicht mit Helsinki gesprochen haben«, entgegnete Johanna entschieden. »Unser Außenministerium …«

»Heben Sie sich ihre Reden für später auf. Die Busse sind bereits auf dem Weg, Sie können die Passagiere hinausführen. Aber zuerst bringen wir die Toten in eines unserer Fahrzeuge.«

Johanna gab widerwillig auf. Draußen hörte man schon Motorengeräusche. Ein Polizeifahrzeug hielt neben der Gangway, gefolgt von zwei Bussen.

Die Männer trugen die Toten routiniert die Treppe hinunter und luden sie in das Fahrzeug. Dann verließen alle finnischen Passagiere die Maschine. Viele stützten sich gegenseitig, während sie die Gangway hinuntergingen. Bei manchen waren die Beine nach dem stundenlangen Sitzen und durch die psychische Belastung so schwach, dass sie fast getragen werden mussten. Einige hatten sich zum Schutz gegen den Wind Wolldecken um die Schultern gelegt.

Johanna ließ sich die ganze Situation besorgt durch den Kopf gehen. Waren die Passagiere jetzt in Sicherheit?

Noch einmal bat sie den Major, Kontakt mit Finnland aufnehmen zu dürfen. Außerdem verlangte sie eine Karte der Umgebung.

Der Major seufzte. »Gute Frau, Sie frieren in dieser Aufmachung. Schließen Sie sich den anderen an, dann kommen Sie ins Terminal, dort gibt es Decken und etwas zu essen.«

»Ich brauche keine Decken, ich brauche ein Telefon.«

Der Major schnaubte etwas auf Russisch und stieg wütend in ein Panzerfahrzeug, das sofort losfuhr.

Heinonen winkte Johanna zu sich in den Bus. Alle anderen waren bereits eingestiegen. Johanna war sich immer sicherer, dass etwas nicht stimmte.

Nasskalt und bewölkt brach der Morgen nordöstlich von Minsk an. Inmitten des fahlen Ackerlandes, sechs Kilometer vom Dorf Haradski entfernt, war ein einzelner, hellblauer Kleinbus auf der Landstraße zu erkennen.

Der Bus bremste abrupt und bog ohne den Blinker zu setzen in eine unbefestigte Straße ein. Er fuhr weiter in ein bewaldetes, hügeliges Gebiet, wo er bald einige alte, große Anwesen erreichte. Viele davon waren stark heruntergekommen, aber sie erinnerten noch immer an das glanzvolle Leben vor der kommunistischen Herrschaft.

Nach den Anwesen wurde die Straße schmaler und führte eine Anhöhe hinauf. In den Buchen hing stellenweise noch trockenes, braunes Laub. Die Bodenvegetation und das Unterholz wurden immer dichter.

Nachdem sich der Kleinbus eine Weile den steilen Anstieg hinaufgequält hatte, bog er in einen Seitenweg ein, der immer tiefer in den von Farn überwucherten Wald hineinführte. Schließlich endete der Weg, und das Auto fuhr auf ein mit Gras bewachsenes Grundstück, das an einer Seite von einem mit Steinen befestigten Hang begrenzt wurde. Auf der anderen Seite erhob sich ein gutshofartiges Gebäude, dessen Wände von Efeu überrankt waren. Vom Dach des Turmes, der zu dem Haus gehörte, hing ein rostiges Blech herab, das einst zum Ausbessern verwendet worden war; mehrere der Bogenfenster waren mit Spanplatten vernagelt. Trotz allem sah man dem Gebäude an, dass der ehemalige Bauherr sich mittelalterliche Burgen zum Vorbild genommen hatte.

Langsam fuhr der Kleinbus auf den alten Pferdestall zu, dessen

Türen offen standen. Das Auto hielt im Stall, wo bereits ein Pkw parkte.

Schweigend stiegen die Insassen aus dem Bus. Als Letztes stieg die finnische Geisel aus. Mit einem Fuß tastete er nach dem Boden, weil ihm noch immer die Augen verbunden waren. Der russische Botschafter war schon an der Landstraße nach Mahiljou, unweit des Flughafens, abgesetzt worden.

Vasas Leute hatten die Sturmhauben abgenommen. Stanko und Danilo führten die Geisel in die hohe Eingangshalle des Hauptgebäudes und von dort in einen leeren, halb dunklen Raum. Dort wurde der Finne mit Handschellen an dem verzierten Heizkörper aus Gusseisen gefesselt. Im alten Musterparkett des Raumes fehlten Stücke, und an den Wänden hatten sich durch die Feuchtigkeit Flecken gebildet.

Stanko und Danilo schlossen die Tür und gingen durch die Eingangshalle in den rechten Flügel des Hauses, in einen Saal, wo mehrere Reisekoffer bereitstanden. Sie waren vorab hierhergeschafft worden, und an einigen hingen noch die Gepäckstreifen von der *Scandinavian Airlines*. Die Koffer enthielten all das irdische Hab und Gut, das die Männer in ihr neues Leben mitnehmen wollten.

Schweigend wühlten sie in ihren Sachen und wechselten die Kleider. Die Overalls flogen in die Ecke und wurden durch Jeans und saubere, wenn auch im Koffer zerknitterte Hemden ersetzt.

Nach und nach löste sich die Stimmung, und das Schweigen ging in gut gelauntes Plaudern über. Von der Küche her breitete sich Essensgeruch in dem feuchten, verlassenen Gemäuer aus.

65

Durch das Fenster der gerade gelandeten Falcon sah Timo bewaffnete Polizisten und Angehörige des technischen Personals geschäftig um den etwas abseits stehenden Airbus herumlaufen. Passagiere waren nirgendwo zu erkennen.

Die Nachricht von der sicheren Übernahme der Shikimisäure-Lieferung durch die schwedische Polizei war für Timo eine riesige Erleichterung gewesen. Derzeit untersuchten die Schweden den Renault-Lieferwagen. Man hoffte, mit Hilfe der technischen Installationen im Laderaum den Erpressern auf die Spur zu kommen.

Das Gefühl der Erleichterung wurde allerdings von der undurchsichtigen Situation in Minsk überlagert. Warum hatten die weißrussischen Behörden die Finnen nicht auf dem Laufenden gehalten? Helste hatte von Helsinki aus mitgeteilt, dass der Peilsender sich von Minsk aus in Richtung Nordosten bewegt hatte, die Geiselnehmer also schon weit weg waren, aber die Geiseln wurden trotzdem noch immer auf dem Flughafen festgehalten.

»Bin gespannt, wie sich die Miliz und der KGB uns gegenüber verhalten«, sagte Maggot. »Die TERA hat hier nicht gerade den besten Ruf.«

Timo wusste, was sein Kollege meinte. Die TERA war an vielen Ermittlungen beteiligt gewesen, die Weißrussland tangiert hatten, und dabei dem Sicherheitsapparat des Landes ins Gehege gekommen. Unter anderem war die TERA dabei gewesen, als es darum ging, die Finanzmittel Alexander Lukaschenkos bei westeuropäischen Banken einzufrieren.

Die Falcon rollte in die Nähe des Flughafengebäudes. Die

Landeerlaubnis hatten sie routinemäßig für einen gewöhnlichen Geschäftsflug erhalten. Timo Nortamo und David Maggot traten in den nasskalten, grauen Morgen hinaus und gingen auf das Terminal zu. Die Männer von Roche blieben vorerst in der Maschine. Die Ausnahmesituation war in den Routineabläufen des Flughafens kaum zu bemerken, nur die Angehörigen der Sondereinheit samt ihrer Fahrzeuge rund um die *Finnair*-Maschine verrieten, dass etwas Außergewöhnliches vorging. Ansonsten verkehrten die Busse, Tankwagen und Gepäckkarren normal, und die Flugzeuge starteten und landeten.

Eine lächelnde junge Frau vom Bodenpersonal nahm Timo und Maggot vor dem Terminal in Empfang. Ihr Lächeln verflog jedoch rasch, als Timo sich vorstellte und sein Anliegen nannte. Die Frau rief ihren Vorgesetzten, der sich zwar bald zeigte, aber gleich wieder entfernte und dabei aufgeregt in sein Funkgerät sprach.

Kurz darauf kamen zwei Geländewagen in hohem Tempo angefahren. Ein Beamter des weißrussischen Nachrichtendienstes nannte unfreundlich seinen Namen und stellte lakonisch fest: »Sie haben kein Visum, darum müssen Sie unverzüglich das Land verlassen.«

»Hier ist eine Maschine mit hundert Geiseln gelandet, allesamt Landsleute von mir«, sagte Timo. »Sie können sicher sein, dass ich das Land nur zusammen mit diesen Menschen verlasse.«

»TERA besitzt hier keine Handlungsbefugnis ...«

»Ich bin nicht als Vertreter der TERA, sondern des finnischen Staates hier«, fiel Timo dem Mann ins Wort. Organisatorisch betrachtet, stimmte das nicht ganz, aber das spielte jetzt keine Rolle. »Ich will mit Ihrem Vorgesetzten sprechen und eine genaue Schilderung der aktuellen Lage hören. Und ich will wissen, wo die Geiseln sind.«

Der Beamte sagte einige Sätze in sein Funkgerät.

»Sie kommen mit mir, er geht zur Maschine zurück und wartet dort«, sagte der Weißrusse mit einer Kopfbewegung in Maggots Richtung.

Da Maggot sich nicht vom Fleck rührte, wurde er von zwei anderen Weißrussen an den Ellbogen gepackt, aber Maggot riss sich entschlossen los und ging allein zur Falcon zurück.

Timo wurde zu einem der spartanischen Geländewagen gelotst, damit ging es zum Terminal. Nach wie vor hatte Timo die Glock-Pistole in der Tasche, und er war auch nicht bereit, sie herzugeben. Der Weißrusse führte ihn in das Gebäude hinein, das seine besten Tage schon hinter sich hatte. Drinnen schlängelten sie sich zwischen den normalen Reisenden hindurch. Vor einigen Gates hatten sich lange Schlangen gebildet, Flüge wurden aufgerufen. Von der Landung der entführten Maschine wusste wahrscheinlich kaum jemand etwas. Eine interessante Methode, mit dem internationalen Terrorismus umzugehen, dachte Timo.

Schließlich erreichten sie einen separaten Wartebereich, und dort erblickte Timo eine absurd anmutende Schar Menschen: In Abendkleidern, aber alles andere als herausgeputzt wirkend, lagen sie auf Feldmatratzen oder saßen mit Wolldecken über den Schultern auf Bänken und aßen belegte Brötchen. Man hatte ihnen stapelweise grüne Pullover, Militärjacken und -hosen gebracht, aber den meisten schienen die Kleidungsstücke nicht gut genug zu sein.

Eine Person hatte sich allerdings umgezogen: Johanna. In etwas zu weiter Tarnhose und Militärjacke kam sie Timo entgegen. Ganz intuitiv umarmten sie sich.

»Was ist mit deinem Hals passiert?« Ein Gefühl der Wärme überkam Timo, als er Johanna tapfer lächeln sah.

»Ist nur oberflächlich … Aber wechseln wir das Thema. Ich verstehe nicht, was die Verantwortlichen hier vorhaben.« Ihre Miene wurde ernst. Der KGB-Vertreter stand noch immer bei ihnen und sprach in sein Funkgerät.

»Sie wollen nichts sagen«, fuhr Johanna fort. »Die Geiselnehmer haben das Flugzeug verlassen und Präsident Koskivuo und den russischen Botschafter mitgenommen. Dann hat die Sondereinheit das Feuer auf den Kleinbus eröffnet, aber anscheinend haben sie nicht getroffen. Was an sich schon merkwürdig ist. Der

Bus ist weitergefahren, und offenbar hat ihn niemand verfolgt. Sie wissen, dass ich Polizistin bin, aber sie behandeln mich trotzdem wie Luft. In der Maschine haben wir einem der Geiselnehmer das GPS-Mikro in die Tasche geschmuggelt ...«

»Helste hat mir von der Bewegung des Senders berichtet«, unterbrach Timo Johannas Redefluss. »Entweder die Serben haben ihn gefunden und tricksen uns aus, indem sie ihn in die Wallachei wandern lassen, oder aber wir wissen zumindest, wo der Geiselnehmer sich aufhält, der den Sender hat.«

Timo verstummte, da ein grauhaariger, übergewichtiger Mann auf sie zukam.

»Wassili Medwedew, KGB«, sagte der Mann knapp.

Timo und Johanna stellten sich vor, und Medwedew ergriff das Wort: »Es ist bedauerlich, dass wir uns unter diesen Umständen kennen lernen. Ich kann Ihnen versichern, dass wir zusammen mit der Miliz alles tun werden, um die Entführer zu stellen und die verbliebenen Geiseln zu befreien.«

»Eine der Geiseln ist der Präsident Finnlands«, sagte Timo. »Darum verlangen wir, bei der Verfolgung dabei sein zu dürfen.«

»Das ist unmöglich. Wir können Ihnen ein Hotelzimmer in Minsk besorgen und Sie auf dem Laufenden halten, aber wir können keine Außenstehenden zu operativen Maßnahmen zulassen.«

»Außenstehende?«, fuhr Johanna ihn an. »Soweit ich weiß, bin ich die Einzige, die gesehen hat ...«

Timo bedeutete ihr, zu schweigen. »Ich verstehe Ihren Standpunkt«, sagte Timo zu dem Weißrussen. »Wann können wir ins Hotel?«

»Das wird gerade organisiert.«

»Wir werden uns jetzt mit Helsinki in Verbindung setzen. Wir brauchen von dort neue Piloten, damit wir die Maschine und die Passagiere nach Hause bekommen.«

Timo trat zur Seite und nahm sein Telefon aus der Tasche. Johanna folgte ihm und hörte, wie er den Polizeidirektor anrief und ihm kurz Bericht erstattete. Anschließend fragte er: »Hat der Peilsender aufgehört, sich zu bewegen?«

»Ja. Er befindet sich ungefähr dreißig Kilometer nordöstlich von Minsk. Du bekommst von der Miliz …«

»Das bekomme ich nicht, wie ich gerade gesagt habe. Die Kerle haben nicht die geringste Absicht, uns irgendwohin mitzunehmen. Ich rufe gleich noch einmal an, sobald ich eine brauchbare Landkarte gefunden habe.«

Timo und Johanna sahen sich an. Beide wussten, was sie tun würden.

Verstohlen entfernten sie sich von den befreiten Geiseln und bewegten sich auf die Läden und die Schalter der Autovermietungen zu.

Da tauchte wie aus dem Nichts ein KGB-Mitarbeiter vor ihnen auf. »Was suchen Sie?«

»Dürfen wir uns nicht ein wenig umsehen?«

»Sie haben in dem für Sie vorgesehenen Bereich zu bleiben. Keiner von Ihnen hat ein Visum, darum …«

»Holen Sie Ihren Vorgesetzten!« Timo wusste, dass sein Blick und sein Tonfall schüchterne Widerreden im Keim ersticken konnten.

Der Beamte griff widerwillig zu seinem Funkgerät, aber er tat es immerhin und wechselte mit jemandem einige kurze Sätze.

Wenig später erschien erneut Major Medwedew.

»Betrachten Sie uns als Gefangene?«, fragte Timo ohne Umschweife.

»Wir hätten Grund, Sie festzunehmen, denn Sie sind ohne Visum in unser Land gekommen. Worum geht es? Gibt es Probleme?«

»Wir haben nicht vor, hier nutzlos herumzusitzen, während unser Präsident sich noch immer in der Gewalt der Geiselnehmer befindet.«

»Und was bilden Sie sich ein, unternehmen zu können?«

»Ich wiederhole meine Frage: Betrachten Sie uns als Gefangene?«

»Und ich wiederhole meinerseits: Wir tun alles, um die Situation friedlich zu lösen. Falls Sie der Ansicht sind, etwas beitragen zu können, teilen Sie uns das bitte mit!«

»Wir haben vor, jetzt zu einer Autovermietung zu gehen und das Flughafengelände zu verlassen.«

Medwedew hob beide Hände. »Nur zu. Aber Sie brauchen keinen Mietwagen, einer meiner Leute kann Sie ...«

»Danke. Wir mieten ein Auto.« Timo ging davon, Johanna folgte ihm.

Sie war sicher, der Weißrusse würde sie aufhalten, aber er trat sogar zur Seite.

»Was hat das zu bedeuten?«, fragte Johanna, als sie Timo eingeholt hatte.

»Uralte Taktik, die wir selbst viele Male eingesetzt haben. Sei hilfsbereit und kooperationswillig – aber tue nichts, wodurch der andere in der eigentlichen Sache vorankommen könnte. Sie wissen nicht, dass wir den Sender haben. Medwedew glaubt, wir fahren ins Blaue. Schade eigentlich, einem so sympathischen Mann eine Enttäuschung bereiten zu müssen.«

In dem großen, mit gusseisernen Bärenköpfen verzierten Kamin leuchtete die Glut. Es roch nach Rauch, denn der Kamin zog nicht ordentlich. Vasa saß mit seinen Leuten in einem hohen, halb dunklen Raum, an dessen Wänden noch stellenweise Reste der alten, weinroten Seidentapete zu erkennen waren. An der Decke hing ein schwerer, verzierter Kerzenleuchter.

Mit einer Bierdose in der Hand saß Vasa vor dem Kamin und starrte in die Glut. Auf dem massiven Holztisch standen offene Konservendosen und Wasserflaschen. Die Kleider, die sie bei der Operation getragen hatten, lagen in einer Ecke, Zlatan trug statt des Sturmoveralls seinen üblichen schwarzen Rollkragenpulli und ein Sakko, Danilo ein Sweatshirt mit Kapuze, und die anderen Hemden, Pullover und Jeans.

Danilo war in die Zahlenkolonnen vertieft, die auf dem Bildschirm seines Laptops erschienen. Stanko saß mit einem Zettel in der Hand neben ihm und las ihm Geheimziffern vor und die

Geldsummen, die von einem Konto aufs andere flossen. Das Geld stammte von Mareks Diamanten, und die Polizei hatte keinerlei Chance, den Weg zu seinen neuen Besitzern nachzuvollziehen. Toma, Zlatan, Slobo und Jasmin verfolgten die Transaktionen in andächtiger Stille und aßen dabei ihre Pappteller leer.

Danilos Finger bewegten sich routiniert über die Tastatur. »Und damit geht der letzte Anteil auf die Reise«, sagte er, wobei er seinen Zeigefinger theatralisch auf die Enter-Taste sinken ließ.

Die Stille wurde durch ausgelassene Rufe und kameradschaftliches Schulterklopfen gebrochen.

»Wir müssen uns allmählich mit der Tatsache abfinden, dass wir Multimillionäre sind«, strahlte Danilo, als er sich aus der Bankverbindung ausloggte.

»Jetzt muss man sich Gedanken machen, was man mit dem ganzen Geld anfängt«, sagte Slobo und hob einen der Koffer auf, die vorab in das Haus gebracht worden waren.

»Ich kann dir dabei gerne behilflich sein«, grinste Stanko.

»Das glaub ich. Du verspielst deine ganze Kohle an einem Abend, und am nächsten Morgen läufst du mit leeren Taschen auf der Straße herum.«

»Du unterschätzt meine Spielinvestitionsfähigkeiten, das beleidigt mich. Außerdem habe ich überhaupt nicht vor, meine ganzen Flocken ins Zocken zu investieren. Ein hübsches Sümmchen werde ich mir für Frauen und Alkohol aufheben.«

»Das ist wenigstens was Vernünftiges«, lachte Danilo und klappte den Laptop zu.

»Und du, Zlatan?«, fragte Slobo, während er im Koffer nach dem farbigen Haarspray suchte. »Du bist der Einzige, der noch nicht gesagt hat, was er mit seinem Geld anfangen will.«

Zlatan stopfte seinen Pappteller in eine Mülltüte. »Ich kaufe diesen Hof hier«, sagte er trocken.

»Irgendwie verstehe ich, dass du dich hier wohlfühlst.« Slobo blickte sich um. »So düster, wie es hier ist.«

Die Männer grinsten. Keiner traute sich, laut zu lachen, schon gar nicht, weil Zlatan das nicht lustig zu finden schien.

Danilo packte seinen Computer in eine Umhängetasche. »Marek hat seinen Teil perfekt erledigt, obwohl ich zugeben muss, dass ich skeptisch gewesen bin.«

»Vergesst nicht, dass Vasa die ganze Operation geplant und geleitet hat«, merkte Toma an. »Sein Verdienst ist das alles.«

Die Männer nickten zustimmend.

»Vasa«, sagte Danilo verlegen. »Was ich in der Maschine über deinen Vater gesagt habe, nachdem er verwundet wurde ... Ich hab es nicht so gemeint. Die Situation war bloß ... Es tut mir echt leid.«

Vasa seufzte tief. »Bei allen lagen die Nerven blank. Und eine Zwischenlandung hätte tatsächlich die ganze Operation gefährden können ...«

»Jetzt ist nicht die Zeit, auf der Vergangenheit herumzureiten«, warf Slobo ein und reichte Vasa die Dose mit dem Haarfärbemittel. Mit Filzstift war VASA auf das Etikett geschrieben worden.

Slobo verteilte entsprechende Sprühdosen an Stanko und Danilo. Außerdem nahm er Brillen mit Fensterglas aus dem Koffer.

Zlatan holte im Nebenraum aus einem Versteck unter der Wandverkleidung eine Plastiktüte, die sechs Pässe enthielt. Er schaute in den ersten hinein und reichte ihn Vasa.

»Bitte sehr, Ratko Petrovic.«

Vasa blickte auf den Pass und empfand eine Beklemmung, die er nicht empfunden hatte, als er den Pass zum ersten Mal zu Gesicht bekommen hatte. Damals war alles nur spannend und neu gewesen, fast wie ein Spiel, aber jetzt war es auf ganz andere Art endgültig. Und wahr.

In der folgenden Woche würde ein plastischer Chirurg in Malaysia seine Nase, seine Lippen und seine Augenwinkel neu formen. Er hatte keine Zukunft mehr als Vasa. Vasa Jankovic war tot. Vasa Jankovic war nach seiner Mutter, seinem Vater und seinem Bruder Radovan in die Ewigkeit eingegangen. Nur Mila war von der Familie Jankovic noch übrig.

Bis ins Mark erschöpft starrte Vasa auf seinen neuen Pass. Von nun an hieß er Ratko Petrovic. Er gab sich Mühe, neue Kraft zu schöpfen, an die Zukunft zu denken, an sein neues Leben, in dem er tun konnte, was er wollte, kaufen konnte, was er wollte. Aber er empfand keinerlei Begeisterung, nicht den geringsten Funken Vorfreude.

66

Der am Flughafen Minsk bei Hertz gemietete Renault Megane fuhr auf der Landstraße in Richtung Mahiljou. Es war still an diesem frühen Morgen in der Nähe des Dorfes Haradski, nur eine Ziege vor einem hellblauen Holzhaus nahm kurz von dem vorüberfahrenden Auto Notiz, ohne dabei ihre gleichmäßigen Kaubewegungen zu unterbrechen.

»Bei der nächsten rechts«, sagte Johanna mit Blick auf die Karte, die sie bei der Autovermietung bekommen hatten.

Timo verringerte die Geschwindigkeit. Er blickte in den Spiegel, kein Fahrzeug schien ihnen zu folgen. Am Anfang war er sich nicht sicher gewesen, aber jetzt sah es so aus, als würde man sie wirklich nicht beschatten.

Warum ließen die Weißrussen sie so frei handeln? Oder müsste man eher fragen, warum sie *nicht* zulassen sollten, dass etwas unternommen wurde?

Timo wusste, dass sie zu zweit nicht viel zur Befreiung der Geiseln tun konnten, falls die Situation in die Sackgasse geriete. Zum Glück würde man die letzten beiden Geiseln wahrscheinlich auch ohne Intervention freilassen. Danach ginge es nur noch darum, den finnischen Präsidenten sicher nach Helsinki zu bringen.

Etwas völlig anderes war es, die Verbrecher zu fassen. Die Chancen dafür waren minimal. Alles hing von den weißrussischen Behörden ab.

Vasa betrachtete sich im Spiegel, den er vor sich auf dem Tisch aufgestellt hatte, und kämmte sich die nun sandfarbenen Haare. Er setzte sich eine Brille mit schwarzem Gestell auf, so wie sie

Ratko Petrovic auf dem Passbild trug. Schon das Färben der Haare hatte Vasas Aussehen Petrovic ähnlicher gemacht, dabei hatte er ursprünglich geglaubt, die Hilfe eines Friseurs in Anspruch nehmen zu müssen.

»Und mein Pass?«, wollte Jasmin von Slobo wissen, der ebenfalls sein Äußeres änderte, um seinem neuen Passbild zu entsprechen.

»Mein Gesicht kennen bald alle Polizisten auf der ganzen Welt«, erklärte Jasmin, ohne ihre Nervosität ganz verbergen zu können. »Wo bekomme ich einen Pass her? Und eine neue Identität?«

»Das wird alles geregelt«, beruhigte sie Slobo. »Ist nur eine Frage der Organisation. Jetzt bekommen wir alles, was wir wollen.«

Plötzlich wurden die Männer aufmerksam und sahen einander an. Draußen hörte man das Motorengeräusch eines Autos.

Zlatan stand als Erster auf, nahm die Kalaschnikow und war mit wenigen Sätzen an einem der Bogenfenster.

Er sah einen Niva-Geländewagen mit weißrussischem Kennzeichen auf das Grundstück fahren. Der mit verkrustetem Schlamm überzogene Wagen hielt an, und zwei große Männer in schwarzen Lederjacken stiegen aus.

Als Zlatan sie sah, ließ er die Waffe sinken. »Wolodja.«

Der Ankömmling war der Mann aus Moskau, über den Zlatan die Waffen besorgt hatte.

»Wer ist der andere Typ?«, fragte Danilo.

»Weiß ich nicht«, erwiderte Zlatan. »Aber wenn Wolodja ihn mitbringt, dann ist er okay.«

Toma stand mit der Maschinenpistole in der Hand mitten im Raum und machte ein ernstes Gesicht. »Hat er jemanden dabei? Das gefällt mir nicht.«

Man hörte bereits das Pochen der Stiefel auf den Steinfliesen in der Eingangshalle, dann ging die Flügeltür auf, und ein ungefähr 60-jähriger Mann mit kurzen grauen Haaren und kräftigen russischen Gesichtszügen betrat lächelnd den Raum.

»Herzlichen Glückwunsch«, begrüßte Wolodja die Männer auf Englisch.

Die anderen schauten Vasa an, aber der sagte nichts, sondern riss sich nur eine neue Dose Heineken auf.

Alle Blicke richteten sich auf Wolodjas Begleiter, einen Mann mit dunklen Augenbrauen und massivem Kinn, der sich aus den Blicken nichts zu machen schien.

»Es gibt keinen Anlass zum Gratulieren«, gab Toma zurück. »Oberst Jankovic ist bei einem Zwischenfall in der Maschine ums Leben gekommen.«

Wolodja sah Toma überrascht an, dann wandte er sich an Vasa: »Ist dein Vater tot?«

Die Antwort war Schweigen.

»Er wurde durch eine Kugel verwundet, die eine Geisel aus Versehen abgeschossen hatte, und starb, bevor wir in Minsk gelandet sind«, sagte Toma schließlich.

Wolodja trat vor Vasa hin und legte ihm die Hand auf die Schulter.

»Mein Beileid«, sagte er. »Dein Vater war ein tapferer Soldat, der bis zum Letzten für sein Volk gekämpft hat. Wie habt ihr euch an der Geisel gerächt?«

Vasa schwieg zunächst, aber dann sagte er: »Rache erweckt meinen Vater nicht wieder zum Leben.«

Wolodja sah Vasa ungläubig in die Augen.

Timo fuhr die Anhöhe hinauf. Neben ihm hielt Johanna die Landkarte auf dem Schoß. Bis zur Position des GPS-Peilsenders, die man ihnen aus Helsinki mitgeteilt hatte, war es weniger als ein Kilometer. Im Prinzip kannte man den Ort mit einer Genauigkeit von zehn bis fünfzehn Metern, aber es war unmöglich, einen so exakten Koordinatenpunkt auf einer Karte einzuzeichnen. Sie mussten also mit größerem Spielraum operieren.

»Steck dir schon mal den Knopf ins Ohr«, sagte Timo. »Sicherheitshalber.«

Johanna öffnete den Plastikdeckel im Empfangsgerät des Mikrofonsenders und nahm den Ohrhörer heraus. Bei dem Gerät handelte es sich um ein israelisches Zymec. Timo hatte es mehrfach benutzt, und er vertraute ihm nicht. Die Leistung litt unter der geringen Größe.

»Die Reichweite beträgt nur zwei- bis dreihundert Meter«, sagte Johanna und stellte die Empfindlichkeit auf Maximum.

»Ich weiß.« Timo bremste und ließ den Blick forschend über den vor ihnen im Morgendunst aufragenden, dichten Wald schweifen.

»Eventuell überwachen sie die Straße.«

Danke für den Hinweis, wollte Timo schon zurückgeben, aber er behielt seinen Ärger, der von der Müdigkeit begünstigt wurde, unter Kontrolle und sagte stattdessen: »Wir gehen zu Fuß weiter. Der Wald bietet uns gute Deckung.«

Er fuhr das Auto hinter eine wenige Hundert Meter entfernt stehende, verlassene und verfallene Villa, damit man es von der Straße aus nicht sehen konnte.

»Gib mir den Empfänger.« Timo streckte die Hand aus.

Johanna nahm das Gerät aus der Tasche, und sie stiegen im Schutz der Bäume den Hang hinauf.

In dem grünen Pullover und der Militärhose verschmolz Johanna perfekt mit der Landschaft. Beim Aufstieg merkte Timo, wie schwer sie atmete. Einmal geriet sie sogar leicht ins Taumeln. Es war klar, dass Johanna am Limit ihrer Kräfte agierte. Eine zähe Frau, dachte Timo.

Durch das feuchte Unterholz waren die Kleider im Nu nass. Als sie den Hang fast hinaufgekommen waren, machte Timo ein Zeichen, und sie blieben stehen, um auf die Karte zu schauen. Die genaue Bestimmung des Koordinatenpunktes in natura war unmöglich, aber es war auf jeden Fall wahrscheinlicher, dass sich die Geiselnehmer in einem Gebäude aufhielten als unter freiem Himmel.

Hinter den Bäumen schimmerte ein Gebäude hervor, das nach einem alten Gutshaus oder einer großen Villa aussah. Im Ohrhörer war noch immer nichts als Rauschen zu hören. Sie befanden sich noch nicht nahe genug am Funkmikrofon, oder es war gefunden und zerstört worden. Andererseits wäre beim Zerstören auch der Peilsender kaputtgegangen, und das hätte Helsinki auf jeden Fall mitgeteilt.

Auf einmal war durch das Rauschen hindurch ein Knacken wahrzunehmen. Timo stand regungslos da, aber das Knacken wiederholte sich nicht. Er ging auf das Gebäude zu, Johanna folgte ihm. Nach zehn Metern hörte er ein erneutes Knacken, dann ein anderes Geräusch, und schließlich Wortfetzen, die wegen des Rauschens aber nicht zu verstehen waren.

»Wahrscheinlich ist es das Haus dort«, sagte Timo leise. Er zog seine Glock-Pistole und ging auf den Weg zu, den sie überqueren mussten.

»Ich gehe zuerst«, flüsterte Timo. »Warte einen Moment ab und komm dann nach. Es ist besser, wenn wir ein bisschen Abstand zueinander halten. Ich gehe links in einem Bogen, du rechts.«

Johanna nickte, und Timo bewegte sich vorsichtig weiter. Er hörte jetzt immer deutlicher Stimmen, das Rauschen wurde schwächer, aber er konnte noch immer nichts verstehen. An dem Zufahrtsweg, der sich durch den Wald schlängelte, duckte sich Timo und blickte nach beiden Seiten. Wegen des Dunstes war die Sicht nicht die beste, aber er nahm nichts Verdächtiges wahr. Rasch überquerte er den Weg und ging im Wald weiter, wo die Farne immer größer wurden. Er blieb stehen und wartete, bis Johanna den Weg überquert hatte und sich im Bogen auf die im Dunst schwebende Gebäudeansammlung zubewegte.

Timo ging weiter, bis er fast das Grundstück erreicht hatte. Die Stimmen im Ohrhörer waren immer besser zu verstehen. Es waren Männerstimmen, und sie sprachen offenbar Englisch. Aber noch immer blieb der Inhalt ihrer Worte unklar. Nun setzte Timo den Weg kriechend fort, denn es konnte sein, dass die unmittelbare Umgebung unter Bewachung stand. An der Natursteinmauer, die das Grundstück einfasste, bog er vorsichtig einige Zweige zur Seite. Ein unwirklicher Anblick tat sich vor ihm auf.

Zwischen hohen Bäumen mit säulenartigen Stämmen stand das villenartige, mit einem Turm versehene Gutshaus, daneben befanden sich ein Pferdestall und weitere Nebengebäude.

Rasch kroch Timo mit der Pistole in der Hand weiter. Der Geist einer versunkenen Welt lag über diesem Ort, aber er verflüchtigte sich im Nu, als Timos Ohrhörer stärker als zuvor zum Leben erwachte. Nun waren unter dem Rauschen bereits ganze Wörter zu hören. Die Intonation klang nun allerdings Russisch, bis Timo begriff, dass jemand Englisch mit russischem Akzent sprach.

»*... ist nicht einfach. Pässe von Frauen sind schwerer zu kriegen als Pässe von Männern*«, sagte die Männerstimme. »*Der FSB hat wesentlich mehr männliche als weibliche Agenten ...*«

Timo glaubte seinen Ohren nicht zu trauen. Er drückte mit der Handfläche auf den Ohrhörer. Der FSB war der russische Geheimdienst, der Erbe des beim KGB für die Auslandsspionage zuständigen Ersten Direktorats.

»*Das war nicht abgemacht, ihr könnt nicht davon ausgehen, dass wir plötzlich eine zusätzliche Identität beschaffen ...*«

»*Als wir die Abmachung getroffen haben, wussten wir nicht, dass sie auffliegt*«, erwiderte ein Mann, der besser Englisch sprach, unnachgiebig. »*Ihr solltet die Dimensionen nicht vergessen ... Ihr habt bekommen, was ihr wolltet, ihr habt ein strategisches Problem der zwischenstaatlichen Kategorie gelöst, und jetzt haben wir auf der Personenebene ein strategisches Problem ... Ihr könnt sicher sein, dass Finnland in den nächsten Jahren Abstand von der Nato halten wird. Ich denke, im Gegenzug müsste sich unser kleines Problem regeln lassen. Wir brauchen nur eine einzige neue Identität.*«

Die Worte waren klar, aber ihre Bedeutung erschloss sich Timos Bewusstsein erst mit einigen Sekunden Verzögerung.

Moskau war an der Operation beteiligt gewesen! Das erklärte das Verhalten der Russen, nachdem die Maschine hinter der russischen Grenze verschwunden war. Ebenso lieferte es eine Erklärung für das Vorgehen der weißrussischen Behörden.

Timo drückte sich tiefer in das feuchte Laub und atmete durch. Das Attentat auf die Residenz des Präsidenten hatte die Ablehnung der Nato-Mitgliedschaft in der finnischen Bevölkerung und in der politischen Elite auf ein neues Niveau steigen lassen. Wo aber hatte man von dieser Ablehnung den größten Nutzen?

Im Kreml.

67

»Ich habe nicht behauptet, dass es unmöglich wäre, eine zusätzliche Identität zu besorgen. Aber das wird uns deutlich höhere Kosten verursachen«, sagte der Russe, der in Wolodjas Begleitung gekommen war. Wolodja hatte ihn als seinen »FSB-Kameraden« vorgestellt.

Vasa verfolgte die Diskussion zwischen Toma und dem FSB-Mann von der Seite. Er fühlte sich müde. Trotzdem musste Jasmins Lage geregelt werden, unbedingt, darum war Vasa zufrieden damit, wie Toma die beiden Russen unter Druck setzte.

Vasa nahm den Pass in die Hand, der noch auf dem Tisch lag. Das Foto zeigte einen 65-jährigen Mann, der seinem Vater ähnelte. Nach kurzem Zögern hielt er dem einen Russen den Pass hin.

»Den brauchen wir nicht mehr«, sagte er. »Wir tauschen ihn gegen einen Pass für Jasmin.«

»Ich habe gerade erklärt, dass Pässe für Frauen selten sind. Und wertvoller.«

»Wie viel wollt ihr haben?«, fragte Slobo unruhig. »Nennt einen Preis!«

»Halt's Maul, Slobo«, befahl Toma auf Schwedisch. »Du lädst sie zur Erpressung ein. Halt dich da raus.«

»Wir sind in der Lage, der Frau eine perfekte und echte Identität zu beschaffen«, sagte Wolodja wie ein Verkäufer. »Weil sie Finnin ist, schlage ich die russische Staatsbürgerschaft vor. Sie könnte aus einer Gegend stammen, in der Finnisch gesprochen wird. Das würde ihre Muttersprache erklären.«

Jasmin saß still am Tisch. Nur die roten Wangen und die schnelle Bewegung ihrer Augen verrieten ihre Anspannung.

»Ich will keine russische Staatsbürgerschaft. Lieber lerne ich eine neue Sprache, ich bin sprachbegabt. Was für Staatsbürgerschaften stehen denn noch zur Auswahl?«

Der FSB-Mann schien verärgert. »Wir sind kein Kaufhaus, sondern der staatliche Geheimdienst. Da müssen zuerst ein paar Dinge geklärt werden, wir kommen demnächst darauf zurück. Aber zuvor muss die finanzielle Seite stimmen. Der Preis für eine Identität beträgt 100 000 Dollar. Im Voraus. Die Summe muss jetzt überwiesen werden. Zusammen mit den anderen Zahlungen.«

»Wir müssen das akzeptieren«, sagte Slobo auf Serbisch.

Vasa wusste, dass er verhandeln und feilschen müsste, aber er nickte nur matt. Toma schien auch nicht daran interessiert zu sein, das Ganze in die Länge zu ziehen. Er ging zu Danilo, der inzwischen wieder am Computer saß. An Wolodja sollten ursprünglich 80 000 Dollar für Waffen und »Kontakte« gezahlt werden. Letztere waren notwendig gewesen, denn nur mit ihrer Hilfe hatten sie durch den russischen Luftraum fliegen können, ohne Angst zu haben, von Abfangjägern zum Landen gezwungen zu werden. Über dieselben Kontakte hatte sich ihre Zusammenarbeit mit Moskau schließlich zu gemeinsamen Interessen verdichtet. Ihre Operation war den Russen mehr als willkommen, denn sie nagelte die aufgeschreckten Finnen für lange Zeit außerhalb der Nato fest. Wolodjas Freund vom FSB hatte die neuen Identitäten offiziell bei seinem Arbeitgeber, dem russischen Geheimdienst, besorgt, der sich auch um die Absprachen auf höchstem Niveau mit der Regierung Lukaschenkos in Minsk gekümmert hatte.

»Die Kontonummer?«, wandte sich Toma an Wolodja.

Der Russe reichte ihm einen Zettel, und Danilo öffnete die Verbindung zur HSBC-Bank in Malaysia.

Der graue C-Klasse-Mercedes mit dem Diplomatenkennzeichen fuhr durch die Laivansillankatu im Südteil von Helsinki. Noch war es an diesem kalten Dezembermorgen nicht ganz hell geworden. Der Fahrer registrierte die Schlagzeile einer Boulevardzeitung im beleuchteten Fenster eines Kiosks: ENTFÜHRT! AUFENTHALTSORT DER GEISELN AUS DER RESIDENZ UNBEKANNT.

Die Nachricht ist veraltet, dachte Techniker schmunzelnd. Er bog in die Vuorimiehenkatu ein und fuhr diese entlang, bis er ein eingezäuntes Grundstück von der Größe eines ganzen Häuserviertels erreichte: die russische Botschaft. Als er sich der Zufahrt näherte, öffnete sich das Tor, und Techniker fuhr zu einem Gebäude aus den 70er Jahren weiter. Dort stieg er aus. Das Hauptgebäude ragte grau auf der anderen Seite des Geländes auf.

Technikers Augen waren noch immer gerötet und tränten, aber er trug trotzdem hartnäckig die Kontaktlinsen. Die Augen mussten sich nur daran gewöhnen. Vor allem beim Schießen waren sie fast unverzichtbar.

Sein Schlaf in der letzten Nacht hatte sich auf zwei Stunden beschränkt, aber trotz der Müdigkeit musste er zur Arbeit kommen. Techniker fühlte sich schmutzig, denn er hatte es nicht geschafft, sich zu rasieren, bevor er seine Wohnung im Stadtteil Kruununhaka verließ.

Es war ein Wunder, dass er überhaupt kurz nach Hause hatte fahren dürfen. Samjatin hätte ihn ebenso gut 24 Stunden am Stück dabehalten können. Es wäre nicht das erste Mal gewesen. Wiktor Samjatin war ein fast 60-jähriger Geheimdienstoffzier der alten Garde, der seine Karriere beim KGB begonnen hatte, aber keineswegs ein Wrack war. Im Gegenteil. Die wachsenden Ressourcen des FSB in den letzten Jahren und die anspruchsvollen Aufgaben hatten ihn mit neuer Energie aufgepumpt.

Techniker ging zur Tür und gab seine Codenummer ein. Er war selbst an der Planung des neuen Kontrollsystems für den Botschaftskomplex beteiligt gewesen. Einige im Haus glaubten, er habe eine technische Ausbildung, obwohl er ein waschechter Geheimdienstmann war. Techniker war nur der Spitzname, den er schon in der Grundschule in Krjukowo in Moskau bekommen hatte. Aber er konnte nicht nur Waffen bauen und umfunktionieren, er war auch ein erstklassiger Schütze.

Techniker – sein richtiger Name lautete Jegor Rybkin – hielt sich mit einem normalen Diplomatenpass in Helsinki auf und arbeitete zur Tarnung teilweise in der Konsulatsabteilung, wo die meisten Geheimdienstmitarbeiter der Botschaft beschäftigt waren. Er ging jetzt geradewegs ins Zimmer seines Vorgesetzten. Dort hing eine Karte von Helsinki an der Wand, auf der mit unterschiedlichen Farben die Sektoren gekennzeichnet waren, die von Geheimdienstoffizieren gemieden werden sollten. Dazu gehörten verschiedene bewachte Objekte wie Militärgebäude, Ministerien und die Botschaften anderer Staaten.

In dem Raum warteten bereits zwei Kollegen von Techniker sowie sein Vorgesetzter. Außer ihm waren sie die Einzigen, die von der sogar innerhalb des FSB geheimen Operation wussten. Sie hatten den Serben genaue Grundrisse des Präsidentenpalastes und des Wirtschaftsministeriums aus dem Fundus des KGB besorgt. Während des Anschlags hatten sie die Kommunikation der finnischen Behörden über das interne Telefonnetz VIRVE und den Funkverkehr der Polizei abgehört, auch den des SK Bär. Dadurch hatten sie Zlatan vor den eindringenden Männern in den Belüftungskanälen warnen können.

Jetzt war der Fall für die FSB-*Residenzura* auf dem Botschaftsgelände allmählich erledigt. Doch das Wichtigste stand noch bevor: das Beseitigen der Spuren. Nichts durfte darauf hinweisen, dass sie den Serben geholfen hatten.

»Sie haben einen Russen nach der Kontonummer gefragt«, flüsterte Timo der neben ihm auftauchenden Johanna zu.

»Darum war die weißrussische Polizei so passiv«, murmelte sie. »Abgesehen von der Schießerei. Die passt nicht ins Bild …« Plötzlich ging ihr ein Licht auf. »Das heißt … Sie haben wahrscheinlich Platzpatronen benutzt. Könnte das möglich sein? Das ist so absurd, dass ich nicht gleich darauf gekommen bin. Ein echter Schusswechsel hätte den Kleinbus beschädigt … Das war alles nur Theater für die Finnen.«

Timo nickte. Weißrussland war der letzte treue Befehlsempfänger Moskaus. »Auf dem Flughafen Minsk kamen die Anweisungen von weiter oben«, flüsterte er. »Helsinki wurde mit einer kleinen Aufführung zufrieden gestellt. Und uns beide halten sie für relativ ungefährlich ... Wir brauchen also gar nicht erst zu versuchen, die hiesige Polizei zu Hilfe zu rufen ...«

Plötzlich fuhren beide zusammen. Die Schüsse aus der alten Villa hallten grell im dunstigen Wald wider. Ohne weiter zu zögern, stürmte Timo los.

»Die nächste Salve trifft ihr Ziel«, sagte der FSB-Mann mit einer kleinformatigen Uzi-Maschinenpistole in der Hand. Von der Decke, die durch die Schüsse beschädigt worden war, schwebte weißer Staub herab. In Wolodjas Hand war eine Beretta-M9-Pistole aufgetaucht.

»Gib uns die Geheimziffern!« Der FSB-Mann hielt Stanko die Hand hin.

Vasa war bestürzt. Sein Herz hämmerte schwer. Einen Moment zuvor hatte Wolodja noch voller Pathos seinen Vater gepriesen und von der ewigen Brüderschaft zwischen dem russischen und dem serbischen Volk gesprochen. Jetzt drohte ihnen derselbe Mann mit der Waffe. Habgier schien eine größere Kraft zu sein als jede Blutsbrüderschaft.

Vasa warf einen Blick auf Stanko, der neben Danilo vor dem Computer erstarrt war.

Wieder zerriss eine Salve des Russen die Luft. Diesmal schlugen die Kugeln nicht in der Decke ein, sondern in der Wand über dem Kamin, zwischen Stanko und Toma.

»Gib ihnen die verdammten Geheimziffern!«, schrie Vasa.

Timo drückte sich atemlos gegen die Wand des Pferdestalls. Johanna blieb an seiner Seite.

Im Hauptgebäude wurde wieder geschossen. »Verlieren wir jetzt unseren Präsidenten?«, keuchte sie. »Wir müssen versuchen, ins Haus zu kommen ...«

Timo hielt mit der einen Hand die Pistole fest umklammert und drückte mit der anderen Hand auf den Ohrhörer.

Vasa biss die Zähne zusammen, während er die Hände im Nacken verschränkte. Alles war am Zerrinnen. Wolodja und sein FSB-Kamerad hatten sie betrogen. Oder war der FSB als Organisation an der Intrige beteiligt? Hatten einige Beamte in Moskau eine unwiderstehlich einfache Methode entdeckt, an so viel Geld zu kommen, dass es bis an ihr Lebensende reichte?

Voller Entsetzen blickte er auf Wolodja, der seine Waffe auf Jasmin richtete.

»Wir werden auch das Passproblem ein für alle Mal lösen, wenn nicht bald etwas geschieht«, sagte Wolodja trocken.

»Gib ihm die verfluchten Geheimziffern!«, brüllte Slobo den versteinerten Stanko an. Die anderen Serben standen mit erhobenen Händen da. Stanko schob die Hand in die Tasche.

»Stopp!«, fuhr Wolodja ihn an. »Langsamere Bewegungen!«

Vorsichtig zog Stanko den Zettel aus der Tasche. Mit wenigen Sätzen war der FSB-Mann bei ihm und riss ihm den Zettel aus der Hand. Im selben Moment war er am Computer, setzte sich und fing an zu tippen.

Es war mucksmäuschenstill im Raum. Vasas Müdigkeit und Lähmung waren verflogen, er war wieder er selbst.

Auf einmal sagte Zlatan etwas auf Russisch zu Wolodja. Dieser antwortete mit einem kurzen, scharfen Satz, dann schwiegen beide. Nur das Klappern der Tastatur unter den routinierten Fingern des FSB-Mannes war zu hören.

Vasa schaute Zlatan an, über den sie den Kontakt zu Wolodja bekommen hatten. Zlatans Miene verriet nichts, aber seine Enttäuschung über Wolodja musste niederschmetternd sein.

»Was hast du zu ihm gesagt?«, fragte Toma Zlatan auf Serbisch.

»Schnauze!«, fuhr Wolodja ihn an.

Nun bildete sich ein Lächeln auf den Lippen des FSB-Mannes am Bildschirm. Er sagte etwas zu Wolodja, der daraufhin ungeduldig mit seiner Waffe fuchtelte und sagte: »Alle da rüber. An die Wand, neben den Kamin!«

Schlagartig wurde Vasa klar, dass die Russen keinen einzigen

Zeugen der Operation am Leben lassen würden. Von Panik ergriffen sah er auf seine Kameraden. Alle wussten, dass sie etwas versuchen mussten, und zwar bald.

»Bewegung!«, brüllte der FSB-Mann.

Die Hände noch immer im Nacken, bewegte sich Vasa langsam auf die Wand neben dem Kamin zu. Danilo, Stanko, Slobo, Jasmin und Toma folgten ihm. Nur Zlatan blieb auf seinem Platz auf der anderen Seite des Tisches.

Alle sahen ihn schockiert an. Zlatan war an der Intrige der Russen beteiligt! Er hatte sie aus Habgier verraten und verkauft.

Zlatan schaute Wolodja an und grinste entspannt. Dann wandte er sich mit kaltem, gefühllosem Blick an seine Komplizen.

Wolodja beantwortete Zlatans Grinsen mit einem unwirschen russischen Satz.

Innerhalb eines Augenblicks änderte sich Zlatans Miene. Plötzlich spiegelte sie panikartiges Entsetzen wider. Er erbleichte und machte den Mund auf, aber Wolodja schnitt ihm brüllend das Wort ab. Der FSB-Mann stieß den schockierten Zlatan zu den anderen Serben.

Verächtlich blickte Wolodja auf Zlatan. »Scheißkerle, die ihre eigenen Leute verraten, kann ich nicht ausstehen. Er kommt mit den anderen in ein Grab. Und die Geisel ebenso. Holt sie her!«

68

Timo schlich durch die Tür des Haupthauses in die halb dunkle Eingangshalle. Johanna folgte ihm, auch wenn sie ohne Waffe keine große Unterstützung sein konnte.

Durch das, was er gehört hatte, erfasste Timo grob die Situation: Außer der russischen Seite trieb mindestens noch ein FSB-Mitarbeiter sein eigenes Spiel, in der Hoffnung auf das große, schnelle Geld.

Vorsichtig spähte Timo durch den Spalt der Flügeltür und wünschte, er hätte sich getäuscht: An einer Seite des hohen, nur spärlich erleuchteten Saales standen Menschen an der Wand und hielten die Hände im Nacken verschränkt. Unter ihnen der Präsident Finnlands. Alle hatten vor Entsetzen versteinerte Gesichter.

Der eine Russe richtete den Lauf seiner Pistole auf die Gruppe, der andere kniff die Augen zusammen.

Eine eiskalte Hinrichtung stand bevor.

Timo musste seinem Instinkt gemäß handeln, Zeit zum Nachdenken hatte er nicht. Der Russe drückte ab, ein Schuss ertönte und gleich darauf ein zweiter. Timo trat die Flügeltür auf, die Waffe auf den Russen gerichtet. Jasmin Ranta schrie auf, die Leichen zweier Männer lagen auf dem Fußboden. Gelähmt vor Überraschung starrte der Russe Timo an.

»Die Waffe weg«, rief Timo auf Englisch.

Der Russe gehorchte nicht. Timo hatte keine Wahl. Er drückte ab. Der Russe taumelte nach hinten. Während er zu Boden sank, fiel ihm die Pistole aus der Hand.

»Hinlegen, das Gesicht nach unten, die Hände in den Nacken!«, brüllte Timo.

Alle gehorchten, auch der Präsident. Johanna rannte in den Raum, um die Waffen der Russen und der Serben einzusammeln. Sie reichte Timo eine Maschinenpistole, nahm selbst eine der Waffen an sich und brachte den Rest nach draußen.

»Stehen Sie auf«, sagte Timo auf Finnisch zum Präsidenten, während er die Maschinenpistole auf die anderen richtete. »Wir müssen sofort hier weg. Jeden Moment können weitere Russen oder Weißrussen hier auftauchen.«

»Was machen wir mit ihnen?«, fragte Johanna, die wieder zurückgekommen war und mit vorgehaltener Waffe neben Timo stand. Unter den Serben und Russen war auch die kreidebleiche Jasmin Ranta. Timos Blick ruhte auf den Gesichtern der beiden toten Serben. Ein älterer und ein jüngerer Mann.

»Wir können sie nicht alle mitnehmen. Zu großes Risiko.«

Timo überlegte. Am wichtigsten war es, den Präsidenten sicher nach Finnland zu bringen, wichtiger, als die Verbrecher festzunehmen. Und auf die weißrussische Polizei konnte man nicht bauen. Die Rückkehr der Geiseln würde sie wohl kaum behindern, aber welche Anweisungen hatte sie für den Umgang mit Vasa und seinen Leuten erhalten? Oder mit dem FSB-Mitarbeiter?

»Wer hat den Wagenschlüssel?«, fragte Timo auf Englisch.

»Ich«, antwortete Vasa.

Johanna nahm den Schlüssel und führte den Präsidenten hinaus.

»Jankovic, aufstehen«, befahl Timo. »Behalt die Hände im Nacken.«

Vasa Jankovic hob langsam das Gesicht vom Fußboden.

»Tempo!«

Johanna kam mit einem Knäuel verstaubter Schnur und einem rostigen Messer zurück. Damit fing sie an, die Hand- und Fußgelenke der auf dem Boden liegenden Männer zu fesseln. Über kurz oder lang würden sie sich befreien können, das war klar, aber das ließ sich jetzt nicht ändern.

»Wir werden den weißrussischen Behörden mitteilen, dass hier die Leichen eines Russen und zweier Serben liegen und fünf

Verbrecher auf ihre Festnahme warten«, sagte Timo. »Euer Schicksal liegt in den Händen der weißrussischen Führung.«

»Hat sich das gelohnt?«, fragte Johanna, während sie Jasmin fesselte.

»Leck mich am Arsch«, fauchte die junge Frau.

»Wir werden versuchen, dich nach Finnland zu holen«, sagte Timo. Trotz allem tat ihm das Mädchen leid. Aber diese Jasmin Ranta war unberechenbar, er wollte nicht, dass sie mit Vasa in einem Auto saß. Sie konnten sich kein Risiko leisten.

Nachdem alle gefesselt waren, führten Timo und Johanna Jankovic hinaus und stiegen in den großen BMW mit alter Karosserie, der im Pferdestall stand. Dort wartete der Präsident bereits ungeduldig.

Johanna setzte sich ans Steuer, der gefesselte Jankovic wurde auf den Beifahrersitz gesetzt und angeschnallt. Timo holte die Waffen, die Johanna eingesammelt hatte, und lud sie in den Kofferraum. Anschließend setzte er sich mit gezogener Pistole auf die Rückbank hinter Vasa und neben den Präsidenten. Eine Maschinenpistole legte er vor sich auf den Boden.

Alle schwiegen, als der Wagen den geschwungenen Weg entlangfuhr. An den bewaldeten Hängen hatte sich der Morgendunst mittlerweile aufgelöst. Ein letztes Mal blickte Timo aus der Heckscheibe auf das Gutshaus zurück.

Allmählich überkam die Insassen des BMW eine gewisse Erleichterung, auch wenn Timo wusste, dass sie erst in Sicherheit waren, wenn das Flugzeug in Minsk gestartet war.

»Vielleicht lernen wir etwas aus dieser Prüfung«, sagte Präsident Koskivuo mit erschöpfter, heiserer Stimme.

»Leider ist das Ganze noch nicht vorbei. Wir können uns auf die weißrussischen Offiziellen nicht verlassen. Und wir können nicht über den russischen Luftraum fliegen.«

»Was meinen Sie damit?«, fragte der Präsident verblüfft.

»Die Serben haben nicht alleine agiert. Sie hatten ihre eigenen Absichten, aber sie haben operative Unterstützung aus Moskau erhalten.«

»Aus Moskau?«, fragte der Präsident scharf. »Was wollen Sie damit sagen?«

»Bekanntlich gehört es zu den zentralen strategischen Zielen Moskaus, die Nato von der Nordwestgrenze Russlands fernzuhalten. In letzter Zeit hat es in Finnland immer deutlichere Anzeichen dafür gegeben, dass das Land für eine Nato-Mitgliedschaft reif werden könnte. Aber nach dieser Attacke werden die Finnen diese Frage mit neuer Energie angehen und einen Beitritt zum Verteidigungsbündnis ablehnen.«

»Das glaube ich nicht. Das ist ein völlig absurder Gedanke«, schnaubte der Präsident schwach.

Timo sprach auf Englisch weiter, damit auch Vasa ihn verstehen konnte. »An dem Projekt war zumindest der FSB beteiligt, und über ihn musste auch die politische Führung in Russland im Bilde gewesen sein. Wusste der Kreml davon?«

Für einen Moment sah es so aus, als wollte Vasa nicht antworten. Johanna setzte den Blinker und bog auf die Straße, die zur Landstraße nach Mahiljou führte und auf der nun etwas Verkehr herrschte.

»Natürlich wusste der Kreml Bescheid«, sagte Vasa schließlich. »Der FSB hätte bei so etwas nicht ohne den Segen von Präsident Rozanow mitgemacht. Zlatan könnte mehr zu dem Thema sagen, er hatte sich um die Kontakte nach Russland gekümmert ... Dieser Verräter.«

In Vasas Stimme lag mehr Enttäuschung als Hass. Mit den dunklen Ringen um die Augen sah er extrem müde aus.

»Sie glauben, was diese Leute sagen?«, wollte der Präsident von Timo wissen. »Es ist in ihrem Interesse, die Verantwortung auf andere abzuwälzen ...«

»Sie haben darüber geredet, ohne zu wissen, dass ich zuhöre«, unterbrach Timo schroff. Die Ungläubigkeit des Präsidenten enttäuschte ihn, auch wenn sie in gewisser Weise verständlich war, denn der neue russische Präsident hatte wie seine Vorgänger die Freundschaft zu Finnland beschworen. Aber was wusste man tatsächlich über Rozanow und seine Ziele? Auf jeden Fall strebte er wie sein starker Vorgänger danach, mit Hilfe von Energiemilliarden Russland den Status einer Großmacht zurückzugeben.

»Im Kreml war man sich bewusst, dass der FSB den Anschlag der Serben auf die Residenz unterstützt«, fuhr Timo fort. »Aber man hat sicher nicht damit gerechnet, dass einer oder mehrere FSB-Mitarbeiter der gigantischen Geldsumme nicht widerstehen konnten. Diese Mitarbeiter wollten die Serben zuerst berauben und anschließend ermorden. Jeden Einzelnen.«

Plötzlich bewegte sich Vasa auf seinem Platz. Timo drückte ihm sofort von hinten die Waffe in die Seite. »Bleib sitzen!«

Mit einem traurigen Lächeln sah Vasa sich zu Timo um. »Ganz ruhig, ich laufe nicht weg. Aber ich habe eine Bitte. Ich möchte meine Strafe in der Zelle absitzen, in der mein Vater war.«

Timos Blick glitt von Vasa zu dem Auto, das ihnen mit irrsinnigem Tempo entgegenkam. Johanna wich zur Seite aus, als der schwarze Mercedes-Geländewagen auf der schmalen Straße an ihnen vorbeibrauste. Etwas an dem Fahrzeug mit den verdunkelten Scheiben ließ Timo unruhig werden.

Auf einmal lachte Vasa befreit auf. »Haben Sie gehört? In genau derselben Zelle.«

Timo sah, wie Johanna über den Rückspiegel zu der Kurve zurückblickte, hinter der das Fahrzeug verschwunden war. Im selben Moment kamen sie aus dem Wald heraus und fuhren zwischen weitläufigen Äckern hindurch.

»Gib Gas«, empfahl Timo, und Johanna erhöhte die Geschwindigkeit.

Timo blickte sich um: Der Geländewagen hatte gewendet und tauchte jetzt hinter ihnen auf.

»Er ist hinter uns«, sagte Timo zu Johanna. »Konzentrier dich aufs Fahren. Wir versuchen, den Flughafen zu erreichen, egal, was kommt.«

Mit seinem wahnsinnigen Tempo holte sie der Wagen bald ein.

»Wer ist das?«, wollte Timo von Vasa wissen.

»Keine Ahnung.«

Timo nahm die Maschinenpistole aus dem Fußraum. Wer immer die Leute hinter ihnen auch sein mochten, sie würden gleich Grund haben, sich Sorgen zu machen.

Die Straße tauchte wieder in ein Waldstück ein. Der Geländewagen hing ihnen unmittelbar an der Stoßstange.

»Kopf runter!«, befahl Timo dem Präsidenten.

Im selben Augenblick wurde von dem Geländewagen aus geschossen. Das Heckfenster zersplitterte, und das Auto wurde heftig nach links geschleudert. Timo duckte sich und schoss im Reihenfeuer auf die Fenster und Reifen des Geländewagens. Das hielt die Gegner für die entscheidenden Sekunden vom Feuern ab, die Johanna brauchte, um das Auto wieder unter Kontrolle zu bekommen. Mindestens eine Kugel war durch den Fahrgastraum geflogen und hatte die Windschutzscheibe zerschlagen. Der Mercedes hinter ihnen kam heftig ins Schleudern, schlingerte immer mehr und raste schließlich in den Wald.

Innerhalb weniger Sekunden war alles vorbei – vorerst. Die Gegenseite musste vollkommen überrascht davon gewesen sein, dass ihr Feuer erwidert worden war.

Johanna fuhr so schnell in eine Kurve hinein, dass der BMW fast von der Straße abgekommen wäre.

»Sie folgen uns nicht mehr«, sagte Timo.

Schwere Stille machte sich im Auto breit. Koskivuo hielt sich noch immer die Ohren zu. Er schien vor Entsetzen gelähmt zu sein, aber auch Timos Puls wollte sich nicht beruhigen. Jedes entgegenkommende Fahrzeug sah jetzt bedrohlich aus. Erst als der Verkehr in den Vorstadtbezirken von Minsk lebhafter wurde, änderte sich das allmählich. Inmitten der anderen Autos fühlte man sich sicherer.

Johanna fuhr auf das Flughafengelände und schlug dort den Weg zu dem Tor ein, durch das man auf das Rollfeld kam. Der Wachmann, der davor postiert war, hielt sie an. Hinter dem Zaun war, abseits von den anderen Maschinen, der vertraute blauweiße Airbus zu erkennen.

»Major Medwedew«, sagte Johanna zu dem Wachmann, der so tat, als verstehe er sie nicht.

Nach einer kurzen Diskussion nahm er schließlich per Funkgerät Kontakt zu seinem Vorgesetzten auf, und kurze Zeit später war KGB-Major Medwedew zur Stelle.

»Wir haben eine von den Geiseln, die in der Maschine waren, bei uns«, sagte Johanna ohne Umschweife. »Es ist der finnische Präsident. Wir bringen ihn jetzt zur Falcon und damit dann nach Finnland. Machen Sie das Tor auf!«

69

Timo saß in der Falcon auf dem Ledersitz, stützte das Kinn auf die Hand und sah aus dem Fenster. Über den Wolkenhügeln schien hell die Sonne. Der Flug von Minsk über das Baltikum nach Helsinki dauerte noch gut eine Stunde.

Inzwischen hatte Timo eine SMS an Aaro geschickt: »*Komme bald nach Hause. Zwei oder drei Tage noch. Reisen bildet, aber zu Hause ist es am besten.*«

Präsident Koskivuo saß hinter ihm, sie waren die einzigen Passagiere. Sogar Koskivuos Frau flog mit dem nachfolgenden Airbus, dessen Abfertigung Johanna zusammen mit David Maggot überwacht hatte. Die neuen *Finnair*-Piloten waren aus Warschau gekommen, wo dafür ein Flug nach Helsinki verschoben worden war, bis neue Piloten in Polen eintreffen würden.

Timo hätte schlafen sollen, aber er konnte seine Gedanken einfach nicht beruhigen. Wer hatte die Entscheidung getroffen, das Feuer auf ihr Auto zu eröffnen? Über den Sinn der Schüsse bestand kein Zweifel – man hatte sie beseitigen wollen. Steckte Moskau dahinter? Wollten die Russen die Zeugen zum Schweigen bringen und ihre Nato-Einschüchterung damit krönen, dass sie Vasas Gruppe als Mörder des finnischen Präsidenten hinstellten? Oder steckten hinter den Schüssen FSB-Leute, die ihre eigenen Geschäfte machten und durch das Beseitigen der Zeugen verhindern wollten, dass sie aufflogen?

Timo wollte dem Präsidenten Erholung von seinen Strapazen gönnen, aber jetzt war es Koskivuo, der sich von sich aus neben ihn setzte. Timo zog die Blende am Fenster herunter, damit der Präsident beim Reden nicht gegen die Sonne blinzeln musste.

»Wer hat uns auf der Landstraße angegriffen?«, fragte Koskivuo leise.

»Ich kann Ihre Frage nicht beantworten«, sagte Timo. »Ich habe mir darüber auch schon den Kopf zerbrochen.«

»Wollten sie Vasa Jankovic befreien?«

»Im Gegenteil. Sie wollten ihn zum Schweigen bringen. Und uns anderen ebenfalls.«

Timo konnte und wollte nichts schönreden, darum fuhr er fort: »Vielleicht sind Sie auch nach Ihrer Rückkehr nach Finnland noch in Gefahr.«

Koskivuo lächelte. »Sie und Frau Vahtera allerdings auch.«

»Das sind die Schattenseiten des Polizistenberufs.«

Der Präsident seufzte gequält. »Es fällt mir sehr schwer zu glauben, dass wir in Finnland noch in Gefahr sein sollten. Aller Vernunft nach gehen diese Leute, wer immer sie auch sein mögen, davon aus, dass wir nicht wissen, wer hinter dem Anschlag aus dem schwarzen Mercedes steckt. Und damit haben sie Recht. Wir wissen es nicht. Also können wir auch nichts unternehmen. Sie haben von uns nichts zu befürchten.«

Die Müdigkeit schien Koskivuos Kombinationsgabe nicht zu beeinträchtigen.

»Warum haben sie dann versucht, in Minsk zuzuschlagen?«, fragte Timo.

»Da waren wir noch in ihrer Reichweite. Und alle in einem Auto. In Finnland einzugreifen würde ganz andere Maßnahmen voraussetzen.«

»Der Meinung bin ich auch. Aber Ihr Schutz muss trotzdem auch in Helsinki intensiviert werden.«

Koskivuo war angesichts der Umstände sehr ruhig. Er schwieg eine Weile, dann sagte er leise: »Wenn aus der Perspektive Moskaus das Ziel des Anschlags auf die Residenz darin bestand, Finnland Angst einzujagen, damit es sich von der Nato fernhält, hätte die Wirkung dann nicht ihr Maximum erreicht, wenn sie mich umgebracht hätten?«

Timo überlegte kurz. »Ja. Und diese Möglichkeit haben sie

auf jeden Fall in Betracht gezogen, als sie eine derart gewaltsame Operation akzeptierten. Sie wussten, dass dabei alles passieren konnte. Und was auch passiert wäre, es wäre auf das Konto der Serben gegangen.«

Koskivuo sah schweigend vor sich hin. Es hatte den Anschein, als wären seine rosigen Vorstellungen von der internationalen Großmachtpolitik dem nüchternen Blick auf die schäbigen Realitäten gewichen.

Zum ersten Mal im Verlauf der vergangenen Nacht und dieses Morgens empfand Timo Mitleid mit dem Präsidenten.

»Wenn ich jetzt, vom Fleck weg, Entscheidungen treffen müsste, würden sie anders ausfallen als zuvor«, sagte der Präsident.

Timo verstand nicht, worauf Koskivuo hinauswollte, scheute sich aber, allzu neugierig zu erscheinen. »Große Entscheidungen sollte man nicht in der Aufregung treffen.«

»Manchmal muss man bereit sein, über die Dinge dann zu entscheiden, wenn man sie frisch im Sinn hat. Die Zeit verwässert die Sicht der Dinge. Man vergisst. Oder versucht zu vergessen.«

Koskivuos Stimme wurde immer leiser. Er war nicht mehr derselbe wie am Tag zuvor in Helsinki.

»Im schlimmsten Fall nimmt einem die Zeit ganz die Möglichkeit zu handeln.«

Timo sah den Präsidenten fragend an.

»Ich weiß jetzt, worum es bei den Ereignissen der vergangenen Nacht ging«, murmelte der Mann vor sich hin. »Aber wenn mir jetzt etwas zustößt, kann ich nicht mehr auf der Grundlage meiner neuen Erkenntnis handeln. Ich kann niemandem ein Testament hinterlassen.«

»Es gibt keinen Grund, über ein Testament nachzudenken«, sagte Timo so beruhigend, wie er nur konnte.

Koskivuo saß mit hängenden Schultern da und starrte müde vor sich hin. Timo hätte den resigniert wirkenden Mann gern getröstet, aber es gelang ihm nicht, die richtigen Worte zu finden.

70

Am nächsten Tag wurde der Großraum Helsinki von Sturm und heftigem Schneeregen geplagt. Das Gebäude der Zentralkriminalpolizei war auch aus der Nähe nur als graue, diffuse Silhouette zu erkennen.

Timo stellte in der schmucklosen Cafeteria sein Tablett auf den Tisch und nahm Johanna gegenüber Platz. Das blasse, ernste Gesicht der Kollegin machte ihm Angst. Am Telefon hatte sie ihm erzählt, sie würde gut schlafen, aber so sah sie ganz und gar nicht aus. Timo stellte eine der Kaffeetassen, die er geholt hatte, vor Johanna hin.

»Was ist los?«, fragte er. »Ist etwas passiert?«

»Ja.«

Johanna sprach nicht weiter, sondern saß nur regungslos da. An ihrem Hals war ein kleines, unauffälliges Pflaster zu erkennen.

Timo machte sich ernsthaft Sorgen. »Lass uns irgendwo hingehen und in Ruhe reden.«

»Nein, bleiben wir ruhig hier. Ich kann nicht reden. Noch nicht.«

Timo hatte kaum richtig den Mund aufgemacht, als Johanna schon hinzufügte: »Glaub es mir einfach.« Sie nahm den Löffel und rührte in ihrem Kaffee. »Wie geht es bei dir?«

Timo sah Johanna in die Augen, in dem Versuch, darin etwas zu lesen, aber es gelang ihm nicht. Hatte sie einen posttraumatischen Schock erlitten?

»Bei mir?«, lachte Timo kurz auf. »Von Schweden aus drängen sie mich, über die Vorfälle in Arlanda zu diskutieren. Sie meinen es furchtbar ernst. Was an sich ja auch verständlich ist.«

»Du solltest dich am besten dort nicht mehr blicken lassen. Die stecken dich sofort hinter schwedische Gardinen«, sagte Johanna. In ihren Augen lag keine Spur von dem Lächeln, um das sich ihr Mund bemühte.

»Na, das wird sich mit Worten schon aus der Welt schaffen lassen, auch wenn Navarro zutiefst beleidigt ist.«

»Navarro hat bestimmt längst psychologische Kriseninterventionshilfe bekommen. In der empfindlichen Seele eines Porzellanmalers kann es schlimme Spuren hinterlassen, wenn er mit der Waffe bedroht wird.«

»Das hinterlässt in jeder Seele schlimme Spuren«, schmunzelte Timo. »Auch in deiner und meiner. Und in ihren Seelen ebenfalls.« Er machte eine Kopfbewegung zu der Boulevardzeitung, die auf dem Tisch lag und auf deren Titelseite der Präsident mit einer Wolldecke um die Schultern über das verregnete Rollfeld des Flughafens Helsinki-Vantaa ging. Auf einem anderen Foto sah man die übrigen Geiseln den Airbus verlassen.

Plötzlich legte Johanna ihre Hand auf Timos Hand. So etwas hatte sie noch nie getan. Erstaunt sah Timo sie an. Im selben Moment nahm Johanna die Hand weg, griff zur Zeitung, schlug sie auf und zeigte Timo einen Artikel.

»Hast du das schon gesehen?«

Timo nickte schwach. Die Überschrift verkündete: »*Umfrage: 91 Prozent der Bevölkerung nach den Ereignissen vom Unabhängigkeitstag gegen Nato-Mitgliedschaft*« .

Timo war nicht überrascht. Diese Reaktion der Bevölkerung war zu erwarten gewesen. In Moskau hatte man genau richtig kalkuliert. Schade, dass man den Finnen nicht irgendwann offiziell mitteilen konnte, welchen, Anteil die Russen an den Ereignissen hatten. Außer Timo und Johanna kannte nur der Präsident die Wahrheit. Aufgrund ihres Diensteides durften die beiden Polizisten ihre Information nicht weitergeben, und der Präsident konnte es aus politischen Gründen nicht tun. Ein anderer Präsident hätte es vielleicht sogar fertiggebracht, nicht aber Koskivuo, der während seiner gesamten Karriere vor Moskau gekrochen war.

Timo sah Johanna an. »Was hast du eigentlich auf dem Herzen?«

»Lass uns später darüber reden. Aber was sagst du dazu? Einundneunzig Prozent.«

»Was soll man dazu sagen? Das Volk weiß Bescheid. Und die Politiker ebenfalls. Bald dürfen wir wieder einem von ihnen zuhören«, sagte Timo mit Blick auf den Fernseher, der oben an der Wand auf einem Regalbrett stand. Um dreizehn Uhr sollte eine Ansprache des Staatspräsidenten übertragen werden.

»Gibt es aus Minsk etwas Neues?«, fragte Johanna.

Timo schüttelte den Kopf. Bei der TERA waren über die Serben keine Informationen eingegangen. Die weißrussischen Behörden hatten mitgeteilt, den von Timo angegebenen Ort aufgesucht zu haben, aber der Gutshof sei leer gewesen – keine Leichen, und schon gar keine gefesselten Personen.

Der Peilsender befand sich jedoch noch immer an derselben Stelle, weshalb zumindest die Kleider, die von den Serben im Flugzeug getragen worden waren, noch im Gutshof oder in dessen unmittelbarer Umgebung sein mussten. Wo aber waren die Personen? Timo tippte auf Russland, und diese Annahme wurde durch eine Geheimdienstinformation aus den USA bestätigt: Am Vorabend war in Minsk ein zehnsitziger YAK-Learjet gestartet, der üblicherweise von einer Deckorganisation des russischen Geheimdienstes benutzt wurde.

Was aber war mit den Serben in Russland geschehen? Timo hatte diesbezüglich eine unangenehme Ahnung.

Er drehte seinen Stuhl, um den Fernseher besser sehen zu können. Einige andere Leute in der Cafeteria taten es ihm gleich. Auf dem Bildschirm erschien die Residenz des Präsidenten, darüber war das Staatswappen mit dem Löwen eingeblendet. Fernsehansprachen des Präsidenten waren in Finnland nicht üblich, aber in der aktuellen Situation schien es nur natürlich, ja sogar unabdingbar.

»So, so, Tröstungen für das Volk«, sagte Timo. »Muss für den Redenschreiber eine Herausforderung gewesen sein.«

Johanna schaute unverwandt auf die Mattscheibe. Koskivuo saß hinter einem Schreibtisch, auf dem die finnische Flagge stand, genau wie bei der Neujahrsansprache. Der Drehort war allerdings nicht das Arbeitszimmer des Präsidenten in der Residenz, denn das hatte Schaden genommen, sondern ein Studio. Nicht einmal die dicke Fernsehschminke reichte aus, um die schwarzen Augenringe und die grauen Wangen des Staatsoberhauptes zu überdecken.

»Liebe Mitbürgerinnen und Mitbürger …«

Koskivuo musste sich räuspern. In der Cafeteria wurde es still.

»Wir Finnen sind es nicht gewohnt, über unsere Gefühle zu sprechen, schon gar nicht in der Öffentlichkeit …«

Timo seufzte. Die Rede schlug gleich zu Beginn die Richtung ein, die er vorausgesehen hatte. Koskivuo verdichtete die Ereignisse des 6. Dezember in wenigen Sätzen, die einem Menschen, der sich von einem Schock erholte, angemessen waren – aber waren solche Sätze auch einem Staatsoberhaupt angemessen, das die Fähigkeit besitzen sollte, das Land in jeder Art von Krise und unter jedwedem Druck zu führen?

»Die Angreifer zwangen uns, am Abend des Unabhängigkeitstages einen Videofilm zu zeigen, der vom Kosovokrieg berichtete. In diesem Film wurde die Nato als Ursprung alles Bösen dargestellt. Die Gräueltaten der Serben wurden vollständig übergangen. Aber gerade um jene Gräueltaten zu verhindern, war die Nato gezwungen gewesen, ihre Kräfte einzusetzen …«

Timo spitzte die Ohren, denn die Stimme des Präsidenten hatte einen strengeren Ton angenommen.

»Es ist klar, dass nach der gewaltsamen Attacke die Haltung der Finnen gegenüber einem Nato-Beitritt so ablehnend wie nie zuvor geworden ist. Das ist verständlich, denn die Emotionen sind in Aufruhr geraten. Aber das Thema Nato ist keine Frage der Emotion. Die Zukunft des finnischen Staates und des finnischen Volkes ist, im Horizont von Jahrzehnten betrachtet, alles andere als eine Frage der Emotion. Auf den ersten Blick scheinen

uns die Ereignisse des 6. Dezember zu ermahnen, uns von jedem Bündnis fernzuhalten. Aber diese Auffassung ist falsch.«

Die Worte kamen deutlich und mit Nachdruck. Timo schaute den aufrecht sitzenden, gerade in die Kamera blickenden Koskivuo überrascht an. In der Stimme des Präsidenten lag keine Spur mehr von dem süßlichen, die Welt umarmenden Tonfall, der seine Worte gerade noch gefärbt hatte.

»*Eine Staatsführung, die sich ihrer Verantwortung bewusst ist, muss bisweilen Entscheidungen treffen, die der Meinung der Mehrheit in der Bevölkerung widersprechen.«*

Pause.

»*Jetzt befinden wir uns in einer solchen Lage.«*

Timo sah Johanna an, deren Augen sich zu schmalen Streifen verengt hatten. In der Cafeteria versammelten sich immer mehr Leute.

Die Miene des Präsidenten war gelassen und ruhig, die Stimme fest: »*Wir Finnen haben es lange und inständig vermieden, die Dinge bei ihrem wahren Namen zu nennen. Das haben uns Geschichte und Geografie gelehrt. Ich für meinen Teil möchte trotzdem offen sagen: Finnland bietet der Nato über verschiedene Freundschaftsabkommen seine Hilfe an, aber jetzt ist es an der Zeit, auch offiziell vertraglich festzulegen, dass Finnland Hilfe bekommt, wenn es sie braucht. Dies ist einzig und allein bei Nato-Mitgliedern möglich, auf der Grundlage von Artikel 5 des Nato-Vertrags. Ich habe darum die Absicht, bei der nächsten Kabinettssitzung vorzuschlagen, die Aufnahme Finnlands in die Nato zu beantragen.«*

Ein Raunen ging durch die Menge, die sich inzwischen in der Cafeteria drängte.

»*Die Feier unseres Unabhängigkeitstages wurde in diesem Jahr auf die denkbar unschönste Weise unterbrochen. Aber unsere Unabhängigkeit war und ist nicht bedroht. Meine Pflicht ist es, sicherzustellen, dass sie auch in Zukunft nicht bedroht sein wird, auch wenn es in der Welt um uns herum immer stürmischer zugeht. Meine Pflicht ist es, sicherzustellen, dass auch un-*

sere Kinder, unsere Kindeskinder und deren Kinder am 6. Dezember die weiße Fahne mit dem blauen Kreuz hissen können.«

Der Präsident machte erneut eine Pause und sah fest in die Kamera. Der Bildschirm wurde kurz dunkel, aber dann kam das Bild sogleich wieder. Jetzt sah man allerdings nicht mehr den Präsidenten, sondern das graue, todernste Gesicht der Premierministerin.

»Ich kapiere überhaupt nichts mehr«, flüsterte Timo Johanna zu.

»Gleich wirst du es kapieren«, erwiderte Johanna mit versteinertem Gesicht.

»Liebe Mitbürgerinnen und Mitbürger«, sagte die Premierministerin. Ihre Stimme war belegt und von Emotionen aufgeladen. *»Sie haben gerade die aufgezeichnete Rede des Präsidenten gesehen. Es war sein Wille, sie unmittelbar nach seiner Rückkehr aus Minsk aufzunehmen. Er wollte auch, dass sie Ihnen gezeigt wird, obgleich ... obgleich ...«*

Die Stimme der Premierministerin versagte. Sie musste Atem holen. *»Vor zwei Stunden wurde ein Attentat auf den Staatspräsidenten verübt. Kurz darauf erlag er trotz aller ärztlicher Bemühungen in seiner Wohnung den Folgen des Mordanschlags.«*

Timo war nahe daran, die Kaffeetasse durch den Druck seiner Hand zu zerbrechen. In der Aufregung, die im Raum ausgebrochen war, gingen die weiteren Worte der Premierministerin unter.

Johanna nahm Timos Hand. »Ich konnte es dir nicht sagen. Wir hatten die unbedingte Anweisung, bis zur Ausstrahlung darüber zu schweigen ...«

Timo riss seine Hand los. »Du konntest es *mir* nicht sagen?«, fragte er voller Zorn. »Ist dir nicht in den Sinn gekommen, dass auch ich in Gefahr sein könnte? Und du?«

»Vielleicht irgendwo da draußen, aber sicherlich nicht im Hauptquartier der KRP.«

Johanna und Timo drängten sich an den aufgeregten Menschen vorbei auf den leeren Gang. »Wie ist es passiert?«

»Ein Scharfschütze. Aus knapp vierhundert Metern Entfernung. Koskivuo ging über den Vorplatz seiner Dienstvilla zu seinem Wagen. Der Schütze versuchte zu fliehen, aber der Hundestreife, die vor Ort war, kamen zwei weitere Streifen zu Hilfe. Als er sich umzingelt sah, erschoss sich der Mann.«

Timo zwang sich, ruhig zu atmen. »Weiß man etwas über den Schützen?«

Johanna schüttelte den Kopf. »Etwa fünfunddreißig Jahre alt, vielleicht leicht slawische Züge. Trug Kontaktlinsen. Die Waffe war eine PSG1 mit Eltron-Infrarotvisier. Ein Profi. Die Obduktion ist in einer Stunde. Warum hat er den Präsidenten erschossen?«

Timo zuckte mit den Schultern. »Vielleicht vermutete jemand, Koskivuo könne in Minsk zu viel mitbekommen haben und bei großen Themen in Zukunft Schwierigkeiten machen. Kein Außenstehender konnte wissen, dass der Präsident seine Rede bereits aufgezeichnet hatte. Tatsächlich hat er sich schon auf dem Flug von Minsk nach Helsinki Gedanken über sein Testament gemacht, für alle Fälle. Aber das habe ich da noch nicht begriffen.«

»Wir sollten wohl auch unser Testament auf den neuesten Stand bringen – wenn es nur etwas zu hinterlassen gäbe ...«

Timo sah echte Angst in Johannas Augen aufblitzen.

»Ich glaube nicht, dass uns die Killer auf den Fersen sind. Der Mord am Präsidenten steht in einem größeren Zusammenhang. Was für einen Nutzen hätte man von der Eliminierung zweier Polizisten? Sie wissen ja, dass uns die Voraussetzungen fehlen, um Moskau öffentlich zu bezichtigen.«

»Ach ja?«, fragte Johanna.

Timo schaute ihr in die Augen und überlegte einige Sekunden. »Was haben wir denn an konkreten Beweisen? Wie könnten wir den Kreml mit den Ereignissen in Verbindung bringen? Wir bräuchten schon ziemlich starkes Indizienmaterial, wenn wir Präsident Rozanow hierfür verantwortlich machen wollten. Zumal wir nicht wissen, ob solches Material überhaupt existiert.

Wir müssen bestimmte Realitäten akzeptieren. Genau diejenigen, die auch der Präsident von der Pike auf zu akzeptieren gelernt hat.«

»Nein. Er hat sich am Ende doch gerade geweigert, sie zu akzeptieren.«

Timo schwieg einen Moment. »Alle Achtung dafür. Ich habe mich in ihm getäuscht.«

EPILOG

Vasa saß mit geschlossenen Augen auf seinem Bett und genoss die Stille. Er öffnete die Augen und sah durch die Gitterstäbe, wie draußen leise die Schneeflocken vom Himmel schwebten.

Am Morgen hatte er von seinem Anwalt gehört, dass Heli Räsänen in Riihimäki einen gesunden Jungen zur Welt gebracht hatte. Vasa glaubte, über diese Nachricht glücklicher zu sein als die Eltern des Kindes.

Die Stille wurde durch ein Rasseln an der Tür gestört.

»Besuch für dich«, teilte der Wärter mit.

Neugierig stand Vasa auf und folgte dem Wärter in den Besucherraum. Auf der anderen Seite des Tisches saß Mila – zum ersten Mal seit drei Monaten.

»Das ist aber eine Überraschung«, sagte Vasa lächelnd. »Ich freue mich sehr, dass du gekommen bist.«

»Ich mich auch«, antwortete Mila beinahe schüchtern und holte einige Fotos hervor.

»Ich dachte, du willst vielleicht Bilder von Vaters Beerdigung sehen«, sagte sie und reichte Vasa die Fotos. »Die Wärter haben meine Tasche kontrolliert, sie hatten wohl Angst, dass ich dir eine Torte mit einer Feile bringe.«

Vasa betrachtete die Bilder. Wie es aussah, war das Begräbnis ruhig und würdig verlaufen.

»Es waren unglaublich viele Menschen da. Das hätte ich nie geglaubt«, sagte Mila bewegt.

»Ist man auf meine Bitte eingegangen?«, fragte Vasa.

Mila wischte sich über die Augen und nickte. »Unser Vater ist ohne einen einzigen Schuss zur letzten Ruhe gebettet worden.«

Vasa gab seiner Schwester die Bilder zurück.

»Behalte sie als Erinnerung.«

Vasa gab sich Mühe, das Zittern in seiner Stimme zu unterbinden. »Ich fühle hier stark die Anwesenheit unseres Vaters.«

Mila sah ihren Bruder zärtlich an. »Ich habe dir noch etwas mitgebracht.«

Sie öffnete ihre Tasche und brachte ein kleines Gemälde zum Vorschein. Es zeigte einen unschuldigen kleinen Jungen. Vasa erkannte sich selbst und das Foto aus seiner Kindheit, das Mila als Vorlage benutzt hatte. Gekonnt hatte seine Schwester seine Haltung und seinen Gesichtsausdruck festgehalten.

Er nahm das Bild in die Hand und lächelte. »Du bist doch wohl nicht zur Fälscherei übergegangen?«

»Das war eine Ausnahme.«

Vasa betrachtete den zarten Jungen auf dem Bild. »Wäre das Schicksal seit jenem Augenblick doch anders verlaufen!«

»Auf die Zukunft können wir noch Einfluss nehmen. Hast du deine Examensarbeit fertig?«

Vasa nickte. »Ich habe sie letzte Woche weggeschickt.«

»Es war aber auch Zeit«, lachte Mila.

»Ich denke daran, weiterzumachen und zu promovieren. Hier hat man Zeit, sich zu konzentrieren. Vielleicht würde eine Doktorarbeit ja sogar irgendwann fertig werden.«

»Gute Idee.« Mila wirkte ehrlich erfreut.

»Außer dir habe ich niemanden mehr, Mila. Wir sind jetzt zu zweit.«

Tränen traten in Milas Augen. »Wenn du freikommst, werde ich vor dem Tor auf dich warten.«

Sie stand auf und umarmte Vasa.

»Mach's gut, großer Bruder.«

Sie drehte sich rasch um und ging zur Tür, wobei sie sich über die Augen wischte.

»Kommst du bald wieder?«, fragte Vasa.

Mila nickte von der Tür aus. »Schau genau hin, was der Junge dir zu sagen hat«, sagte sie und verschwand.

Etwas später saß Vasa wieder in seiner Zelle und starrte auf das Gemälde mit dem kleinen Jungen. Er versprach dem Jungen, dass das Schicksal von nun an in eine andere Richtung laufen würde. Und genau wie Mila es gesagt hatte, schien die Miene des Jungen ihn zu ermutigen.

Plötzlich aber führte Vasa das Bild näher an seine Augen heran. An den Augen des Jungen war etwas Außergewöhnliches. Erst als er aus unmittelbarer Nähe hinsah, konnte Vasa an der Grenze von Iris und Pupille extrem kleine und zarte, strahlenförmig angeordnete Buchstaben erkennen.

Vasa hielt das Bild schräg. »H-I-N-T-E-N.«

Er drehte das Bild um und untersuchte die Rückseite. Der Rand der Leinwand war an einer Ecke einen Hauch schräg abgeschnitten – dort lagen zwei Leinwandschichten übereinander. Vasa nahm die Ecke des oberen Stoffes zwischen die Finger und hob ihn ein wenig an. Er ließ sich lösen und gab eine winzige Tasche frei, in der die Ecke eines Stücks Papier zu erkennen war.

Vasas Herz schlug heftiger. Er wandte sich mit dem Rücken zur Tür und beförderte das Stück Papier heraus.

Darauf stand eine von Hand geschriebene Botschaft: »*Bin in der Heimat meiner Wollmütze. Dir ist die plastische Chirurgie erspart geblieben, mir sind gerade die Nähte des zweiten Durchgangs gezogen worden. Immerhin bin ich meine alte Kartoffelnase los. Schreib deine Examensarbeit zu Ende. Ich warte auf dich.*«

Vasa lächelte. Damit hatte er wahrhaftig nicht gerechnet. In zwölf Jahren würde Jasmin kaum noch auf ihn warten, aber das Versprechen wärmte ihn trotzdem. Seit ihn die Finnen von dem Anwesen in der Nähe von Minsk mitgenommen hatten, hatte er von Jasmin und seinen Kameraden nichts mehr gehört. Zlatan und Danilo waren tot, aber die anderen möglicherweise am Leben. Warum hatte Jasmin sie nicht erwähnt? Mit Slobo schien sie jedenfalls nicht mehr zusammen zu sein. Und was war mit Marek? Und mit den Diamanten?

Falls Vasa irgendwann seinen Anteil von dem Geld bekäme –

was sehr unwahrscheinlich war –, wusste er, was er damit tun würde. Die serbischen Kinderheime und andere Einrichtungen, die dringend Hilfe benötigten, würden überraschende Spenden erhalten.

Vasa sah aus dem Fenster. Immer dichter schwebten die Schneeflocken vom Himmel.

Er hatte seinen Kampf verloren, wie Fürst Lazar auf dem Amselfeld. Und wie Lazar hatte er zugleich gesiegt.